U0693576

王金昌日记收藏系列——

北平日记

（1939年—1943年）

（二）

董　毅◎著

王金昌◎整理

人民出版社

王金昌日记收藏系列——

北平日记

（1939年—1943年）

（二）

董　毅 ◎ 著

王金昌 ◎ 整理

人民出版社

中华民国廿九年

（1940 年）

NOTE BOOK

Diary № 9

kept By

Henry Tung

中华民国廿九年

（1940 年）

NOTE BOOK

Diary № 9

kept By

Senly Tung

1月1日　星期一（十一月廿二）　晴

阳历新年元旦，今天却在家闷着瞎忙了一天！

只希望从今天起，新年给我带来好运气和光明！

上午九时许受了一次虚惊，日本飞机数架在西南方远远的回翔，间或地响了几下，明明是炸弹的声音，震的窗户都摇动起来。娘很害怕惊慌，不知又发生了什么事情！我仍很镇静地走出来到院子去看，但是心中不免有点疑虑，不明白又是什么缘故。后来看了报才知道是日军用飞机在永定河沙漠掷弹演习，以示庆祝并且示威，心才放下。十时许斌母忽来，并询炸弹声音之故，告之始去。上午去菜市口李福寿处购笔归来，午间接到十二姐来一信，桂舟由新京来一信。午后与等挪移屋中什物，杂物甚多，以致感到甚挤。下午发一信与铸兄，寄两本画报与华子兄，本来想下午出门去玩，因为搬东西也就懒得再出去了，瞎忙一气到三点多才开始做自己的功课。买来了新小字笔，于是整理校长的课外工作，《图书集成乐律典引用书目录》，麻烦得很，四点左右一直抄写到八时许，才弄完了一半，那一半预备明天做。现在的生活，我已很满意，白天屋里有火不冷，也不挨饿有的吃，弟妹们在家里一同说笑，有母亲照拂疼爱，李娘帮忙照料一切，也可以出去玩了，有电灯用，自来水喝，有车骑，有书念，还有无线电视，一切享受可以说是在中人以上了，我很满，知足才是快乐的先声，有人说自己在幸福中不知道，偏要到外边去找，结果看惹了满身烦恼，真是不错！

1月2日　星期二（十一月廿三）　晴

晨醒，窗上甚亮，疑下雪，呼五弟视之，则曰未也。八时遂起，天气晴，昨晚狂风，只稍增寒气而已，至午尽消。上午未出门，将引用书目录完全抄出，视之颇悦目，心为之一畅，计共十一页四百册，私书之多。午饭后往访徐仁熙，在家约其同往真光，未果，遂独自前往。人不少，前排

最后一排恰有一空位，旁乃一历史系三年级之同学，与桂舟相善。电影乃米高梅出品，珍妮特·麦克唐纳及华伦·威廉二人主演之《战地笙歌》，二人歌唱得不坏，摄影道具，具甚精彩，二人演来亦相当好。我觉得比纳尔逊·埃迪和麦克唐纳合演的好，不知为什么，我总讨厌纳尔逊·埃迪，也许他的声音根本不悦我的耳，实在不敢恭维。人很多，楼上下都满了，散场时遇见刘曾颐、泽、履、萃、华兄弟四人，后四人一致行动，却大不易。与曾颐去东安市场购明星日历，已无，闻廿日左右始来，中国牙膏亦无，失望归来。至家已黄昏，闻强表兄处又送来一信，乃约我明日下午至其家，不知该事能否成功。我在国文系亦不知有否不满意或改他组之说，心中忐忑不安。在出去时看见不少女孩子，不客气的讲比斌强的有的是，虽然心中恨着斌，可是不时心中还想起她，有时更能扰得心烦意乱起来。想忘掉她，这么久（不过一个月吧）不见面了，我也不过去，她也不过来，就这么无形中又疏远起来，可是她对我是影响一点没有减少，近日更加强烈起来。今日影片中有一幕女主角抚摸男主角的手，不由我又想起去年夏日月下，与斌揉手之情来，痴呆的我，她是不知道的！晚弄《说文》。

1月3日　星期三（十一月廿四）　晴（有风）

《说文》实在是干燥无味，耗了一上午的光阴，才写完了一篇古文，《异同说》，午饭后继续写了一会儿才做完。两点左右去中南海溜冰，一个人很无聊，也没有碰见一个熟人，玩了一小时多，大约有四点半左右吧回来。今天冰到不坏，不软，也没消化，只是不平，地方太大，又不要钱，自然不满水了，省得很。可是人太多，还有日本人太多，实在有点讨厌，可是也没有那么齐全的事，到家后，不料，绥晋回来了。她是威如三哥的第二个女儿，也考上了辅大，在经济系，老看不见她。今天来看娘，谈了一刻，比以前大方多了，黄昏时始去，她住在公寓。为了明日得强表兄一信与我，今日去其家中谈话，故提前吃饭。六点左右驶往，强表兄尚未回家，稍候始归，见面谓我运气很好，陈仲老在沪，在朋友方面劝捐结果，计共有千八百之多，实出我意料之外。际此时局竟尚有如此仗义之人，实

属罕见，强表兄谓天无绝人之路也！予亦自思，可谓塞翁失马，安知非福也！？西院大哥，力九妹等闻之，心中将作何感想也！？喜也？！愤也？！此岂即一九四〇年所与我带来好运气之先声欤！？第一炮也！此已很高，令我惊讶不止也，本未指望此方，不料意有为此大力回应，即有亦未料及有为此大数，即有此大数亦未数寄来神运为此！实一切皆出人意料之外也，天也，命也，老人九泉暗中保佑也！？收此数，读书因无问题，但异日如何方能报答他人对我的盛情，思之不禁汗流浃背矣。

1月4日　星期四（十一月廿五）　晴

摸黑起来，结果还迟到了几分钟，泄气得很。上了两小时课交了两篇文（故〔卯留〕非亚异同说），想打电话问问银行办公不，老打不通。去找英千里秘书长，将家里情形大略告知，并言仲老等帮忙我读书学费，但是愿意要我转系，我想转经济系。英先生说怕很困难，因为学校是无特别原因，没理由是不准转系的。英先生说转经济系，可先写信要求，吃亏一年，明年还上二年级，不知可否，至此，遂辞出。十一时许，骑车至尚志医院与九妹夫相晤，因强表兄已经写信通知，故未再详言，因银行今天放假，故去银行办理手续须至明日，遂通一电话与强表兄告知，其并与九姐夫通话，并约午间去找九姐夫，我遂归来。午饭后，因今日下午不去银行办理手续，遂又跑到学校去上课，两堂无聊的小说史，写了一些笔记。大家都不爱上的伦理学，伏鹏告假了，于是大家皆大欢喜，归来却闻小妹言一恶消息，听不清。晚饭后过西院与国侄谈，因下午系其与来人接洽者，始知铸兄在保因私吞罚款，被日本兵扣押，至今已约十日于兹，家中丝毫不知，所长亦押起，吉凶莫卜。令人焦急莫名，此真想不到的坏消息，真不知如何是好，真所谓爱莫能助了，这次出来名誉上弄坏了，事也没了，又结了婚，以后日子真不知怎么是好呢！高兴是不易保持的，昨天才高兴了，今天又烦起来了，昨得泓一信，今日下午又得其一信。今日阅谢冰莹的《一个女兵的自传》，内容相当激烈，在麻木的古城中的好青年，正缺少这类书看呢！

1月5日　星期五（十一月廿六）　阴，小雪

　　起得晚了，还是又迟到了五分钟。下了英文，到楼上找着大马，把新旧约全书，让他签了字，是送给他同学的，他托我替他买一本，我因为自己借有的一本，还是在崇德的时候买来的，算来已有八九年之久了，但是我就是搁在一旁没有用，所以就送他了，并且替他寄出去。又到老王家谈了一会，问问经济系功课的大略，出来买了一张一元的慈善夜票，与小徐一同归家，至辟才胡同正风打字补习学校要了一份简章，顺路又到小徐家坐着聊了一会儿，到家已是中午了。今日阴天，小雪如霞，时下时止，小风刺骨，甚为寒冷。午饭后至尚志医院稍候一刻，午睡的九姐夫始起，知昨日云门表兄已与九姐夫略谈，南方寄来存放安全之款，由云门表兄独自保存，为我交刚才之学费用项，所谈甚简略。于是又骑车至前门公安街、财政部，访云门表兄，在客厅候顷之始止，客厅布置新式一切家具，皆新式者，殊为富丽，火炉温暖一室如春。表兄意仲老所助之款，只能做为我与刚弟学费之用，不能移作生活费，家中如有尚能卖钱者，尽量卖掉，集成一数，存到银行，可以彻底计划。热心帮忙之意，衷心感激之情，非言可宣，惟铭之于心，以备异日再报，辞出。顺路往访杜麟鲁老友，出门未遇，怅然而返，不意归途近家，忽遇斌踽踽独行于途，遂下车与攀谈，略现不自然之意，步行送其至家门口而归。晚饭后，郭所长又来，谓我家中明日需有一人去保，料理董股长事，不知维纵兄能否去保，心为之乱。过西院，见斌与其母在略谈，我即归。

1月6日　星期六（十一月廿七）　晴（凉）

　　晨九时余过西院，与大哥谈铸兄事，彼亦无何妙法。不料斌亦在彼，与行佺鬼鬼祟祟的不知做何事体，见我即去。十一时许归来，看报，昨日下午意外邂逅遇斌于途，一路谈来，不觉心中又起热情，但昨晚上见其在西院闲坐，心中即又趋于冷境，不知何故，总之我不愿其他人接近，亦可言忌妒心吧！故而又恨起她来，今晨一见不觉又烦起来，想不到近二月来，他们和西院的往来这般频繁呢！午间看完了《一个女兵的自传》，因昨日下午允借与她看，遂给她拿过去，未在屋，搁在其桌上就回来吃午饭。午得润兰嫂来一信，关于铸兄事，只略提未详言，不知细情，实无法研究如何办法，遂即作一信以平快复之，并荐金妈至刘家。归来即去中南海溜冰，人不太多，遇庆璋一帮，和他们玩了一会儿。小徐也去了，慧去了，斌没去，留心找了半天，泓也没来。又遇久未见的金大智、任兄弟，金大信未来，始知其未上学。大智在北大农学院，大任在中华，不过孔祥玑比我还高了，后生可畏，几乎不识。归来已是黄昏，持信与大哥看。晚饭时，多日不来之斌，忽来，原来是还书来了，看的真快，待了一会，谈了一刻，说什么《海军之翼》、《月官乐园》、《念奴娇》等片子，她都看了。看了就看了吧！不定又是那个倒霉鬼儿着了迷，花这个大头冤钱，我可再也不干这个傻事了，花钱找麻烦，找烦恼，谁干?! 我只作她骗我，她不知骗我多少次了，我也不要那么老实心眼了，一会儿就走了，走就走吧！不来也好，见了她我就心乱。晚上校补《乐律典》目录。

1月7日　星期日（十一月廿八）　晴

心里想事不能安睡，虽然昨晚睡的不早，今晨七时多也就起来了，写了三张信略长一些，心中的事给斌，交给四弟转交给她，后来又有点后悔，看看这三张纸的反应如何？没有就算了，我也不是十分切望着她的，十时许出门访陈老伯书琨，未在家。坐候久之，将午遂归来。路过郑家过去小坐，并告以学费有望，旋归。至家午饭后已是一时半左右矣！泓来信邀我去看她校赛球，在公共体育场。很远，时间是新时间二时半，已经来不及了，遂不去。整理完引用书目，带好了明天用的书，二时左右与四弟一同骑车往东城王府井大街安福楼去，因为今天是威如三兄长女爽秋与潘寿斌结婚之日，安福楼乃女家上轿之地，至时爽秋已衣装以待，顷刻潘来接，我等遂光往金鱼胡同福寿堂，五弟小妹随李娘后至，娘则因身有孝，并不舒适，遂未来。此番爽秋亲事其父不满意，且男家只其子身一人，亦

无一亲友来，只其同事，日人占大多数，日妇有五六。真是，国际联欢，东亚和平之表现也！一笑！礼成入席等一切节目过后，我即与李娘至东安市场瑞士金表铺购一小手表，代价廿二元，遂骑车去校。因今日下午七时起开"慈善夜音乐会"（Chinty Night）内容相当精彩，我花了一块钱购票，与大马、洋枪同坐楼上前排，音乐节目占大半，中西合璧，末有四场国剧，大轴宁雪之《凤还巢》成绩不减当年，《火烧百凉楼》无味，内容当另文记之。休息时并买糖由女同学售卖，招待全内女同学负责，至夜间三时半始完毕。因过晚，即宿与第一宿舍大马屋中，幸其同屋杜玉林归家未回，即和衣卧其床上休息，亦殊别致，为我睡眠之别开生面者也，乏甚，不久即入梦乡！

1月8日　星期一（十一月廿九）　晴，凉

疲倦死了，也早就忘了是在什么地方？！昨天的盛会，一直到四点才归来，今天也不放假，一直到八点三刻了，大马把我叫醒，急忙洗了脸漱了口去上课，不然睡过去就晚了。发回了做的诗，改了不少，自己也感觉自己做的太不好，不够诗味。校长两小时讲了不少，交了那篇引用书目录，幸而今天没有再留下什么事情，叫去用午餐。一时半骑车归来，至陈老伯处请其代拟谢仲老及他人助我学费之信稿。三时左右归来，看看报，补写一日之日记，转瞬即暮矣。晚饭后，伯瑞突来，代彼写一告假条，无事不登三宝殿也，今日天气较冷，稍有寒冬意味，大马待我有时很亲切，犹如兄弟，不负我与他友好如此。明年即将毕业，好友又将要少了一个矣！他现在很忙，每天只是大半都消耗在试验室中了，一吃完午饭，一点左右，便又换着书去了，真是忙得够瞧的。但是相反的郑夒每礼拜只十余小时功课，四门，一天很闲，只是在忙着论文罢了！近来也不常见他面，今天早上起来也不觉得再困了，算来睡得不到五小时呢！预备早些休息，明天第一时还有课呢！晚上今天有上供，大哥及嫂全出门，至暮全无消息，行住在画寝，无人负责，还是我催了。七时半才由我点香上供，简陋令人心冷。

1月9日　星期二（十二月初一）　上午阴　下午晴，冷

　　起来晚了，头一堂也就没上，从第二小时上起，中午归来。午饭后看了报，近二日天气骤冷，如此方像严冬，因了前日在校熬夜，未休息足，昨今尚勉强支持，今天午后听 Radio 幽雅的音乐，不觉催起眠了，竟和衣卧在床上睡着了。至五时左右迷糊中，五弟来唤我谓斌来了，起来出来至书房中。久日不来之斌，坐在摇椅中，暗思是那一时心血来潮，随意写下来的三张信的功效了，果然是来借我所说的那本书，又借去一本中国文艺与湖南的风，又谈了一会儿方去。谓我所说有人帮她的忙是何意思，本来我是说她和行俅接近的缘故，她却故意做不知，还是误会到我给她找事情呢！《查泰莱夫人的情人》这本书，我早就借来了，早想借给斌看，只是迟疑不定，到今天是她自己来了，遂大胆的借与她看了，不知她可有勇气看完否？至五时许骑车至陈老伯取出代我所拟之谢信稿二币略谈，即又至礼路胡同四号强表兄处，将信移交与他看，并代我又改数字，表兄代我立一账本，上写"刻苦耐劳，力求上进"八字，以示勉励之意。表兄又谓今日访得英千里学费事，谓自明年下半学期起至毕业止，全数交与学校，又云仲老今日有信，谓沈昆三或亦助我若干。明日午至前门与表兄同去兴业办理手续，因天暮遂留其家用饭，见过表嫂，大小共有七八人之多，菜皆蔬菜，饭后略谈即归，因学费系他人助者，更需努力攻读方不负仲老及诸前辈热心提掖后辈之感情。归来灯下做英文一篇备明日交。

1月10日　星期三（十二月初二）　上午阴，下午晴

　　下了唐宋诗有一堂空，跑到图书馆，略为又翻了一遍《一个女兵的自传》，又笔录了几段才还了，一小时也过去了。一小时英文也很快过去了，前三个礼拜在堂上做了一遍文，得了九十分，真出乎我意料之外。急急忙忙吃了饭，不料在小饭铺遇见了大马，一块吃的，吃光又到第一宿舍和二马聊了半天，不觉已是一点了，遂急忙骑车到前门财政部去找强表兄。昨

日约好的一同到新大路浙江兴业银行，去办理南方寄来的款子的事，沈经理自己出来陪着，立刻很快的就决定了，一千四百元为定期存款，四百廿元为活期，以成记名义存入，并需有我和强表兄二人的盖章才能取款。当时即提出三百元，预备明天去学校为我交学费，把我从下学期起至毕业止的学费全数交了，以示我求学之决心，并可预防将来物质上涨。因已二点多，亦懒得跑回去，那么远做一篇交了，就到顺兴店去拜访老友杜林鲁。幸这次在家，就在枢房谈了一刻，三点左右到公共体育场去看赛足球。很大的一个地方，人那么少，天气又冷，显得冷清清的，也没看见泓。回来顺路又去尚志医院和九姐夫要米和钱，答应过一二日即有以相报。归来看看报，晚饭后叫四弟拿一条过来与斌，旋至西院问行佺近关与铸兄事不知有信否？润兰嫂亦与信来，不知何故？正在灯下写信给泓时，不料斌突然不声不响来了，大概是看见我给泓写信了，看见就看见吧！没有什么？今天她就把那本《查泰莱的夫人》还我了，看的真快，五百多页呢！不知她看了，她有什么感触和刺激否？她很大方，一点也没有害羞的样子，勇气不小。一天就看完了，那么顺利，迅速的就还我了，却大出我意料之外，坐着闲谈了一刻到九点才回去。晚得华子来一信，并随有相片一张，一是华子，天真与宜中合摄的，不大好，三人都够黑的，很好玩。今晚上只给泓写了一封信，没有做别的事情，时间就很晚了，连着两天斌来我家，我却未过去她家，她一家有点奇怪呢！真的近来我确实很理智呢！正为小徐说我的一般感情再不能随意支配我了！这次我是故意先借斌一本《一个女兵的自传》给她看，再接着借给她《查泰莱夫人的情人》看，两本绝不相同性质的书，看她的胃口对消化那本的力量大！这两本看过以后，至少应该给她生活的意义上以更大的认识吧！到现在我还对她的将来有希望没有全失望，只想能把她的思想引到前进的路上去，不愿她那样每天无所事事，亦未念书，亦不管家事，袖手旁坐，舒适的生活，这种无聊的生活，也真亏她每天一个人在家怎么过的!? 只是想出去玩玩，溜溜冰，看看电影，或是去北京饭店跳舞，十足的小姐生活，在别人看来她多么舒服，她自己却大不满意呢！每天如此无聊，难道只等出嫁不成，不知她自己想怎么样?! 近月来，我很少过去她家，理智的力量吧！不常去，也不大想去了，去了也没事，站在那里多无味，在家还可以做点事，看看书什么的。
今日下午杜林鲁兄处谈及四存绪老友各自星散，多无音讯，流止失离，不
胜沧桑之感，令人为之怅惘者久之。

1月11日　星期四（十二月初三）　晴，冷

七时起来，头一小时未迟到，《说文》真无味，可是又不得不上，这
半学期如果不给我C＋，我下学期就刷了它不上了。两小时空堂，两小时
消磨在图书馆中，近来才知道图书馆对学生的益处，现在才非常喜欢到外
边去。我真可惜，我中学的六年时光白白的过去了。中午到大马屋中待了
半天，和他们神聊一气，同学们谈话无什顾忌，随心所欲，天南地北的
谈，可算是天地间快事之一，可惜天下好事都是不常的，好友多离散不能
常常聚首。近日突然悟出一番道理，即觉得天下事物，无论什么东西都是
不完美的，不完全的，都有缺点，天下可算是缺点的世界。下午两小时小
说史很无意思，看了一小时多的《母亲》，今天才由图书馆中借出来的，
是丁玲著的。今日强表兄去校代我交了二年半的学费，心中为之一慰，由
此至毕业之学费可无问题矣！惟转系成功否？我念的成绩能否良美，惬助
款人意否，均不可知。归来已暮，家中生火甚大，热甚。有热水，遂沐浴
一番，心身为之一块，积郁一消，正沐浴中忽报爽秋偕其新婚夫寿斌回
来，我则因洗澡，没有看见。饭后阅润兰嫂自保来一信，谓世良兄事与其
所长弟来言大略相同，并云局中托人为之关，说近数日内或可释出，连日
为铸兄事，心中实不安，大哥终日如常去打牌，并未在意，亦无去保看望
意，人心如此，令人心冷。晚上写三信，一与华子，一与桂舟，一与润兰
嫂，家中无人去保照料，只其一个年轻妇人，在保为离，亦实可怜，但我
一时不能离平，亦环境与事实上为难，无可奈何也。

1月12日　星期五（十二月初四）　阴

今天第一时，先生没有讲词，却令我们讲一首词，是温飞卿的菩萨

蛮，大家的意见不一，很有意思：讨论一件事情倒是很有意思。英文一小时又过去了四段，又快讲完一课了，空堂两小时，又在图书馆中过去，看世界文库。午后至大马屋中小坐，写一信与强表兄致谢，两小时新文学习作，讲了半天熊佛西那本《赛金花》，很无聊，念了半天，我直要睡觉。下了伦理学与小徐一同走，送了信与强宅即回来，路过至蒲佰扬医院，打了一个电话与泓，因为我想起来明天中南海是开水上运动会，和她约定改去中央公园，说了几句即挂上。又打一电话至尚志医院，与舒东未说完话，他即挂上，脾气古怪，是以亲友多与之不洽，非无因也。归家已暮，西院今日又叫一石米，价洋五十八元，近归历年堂不越过半百之数，米面杂粮近来无处购买，穷人不知如何办法?! 日久终无善果也，念之心悸，舒东处米推三阻四，有钱算给他，尚且如此麻烦！要钱如何不快，借钱更无有了！晚饭后将昨日润兰嫂来信与大哥看，彼亦无办法，旋归来，即开始继续整理《说文》，麻烦之极，弄了半天，只提出一点来，烦得很，由晨至暮皆阴天，气候已入三九之季，只近三日始冷，今日阴一天，亦无降雪意，今年始暖，亦不降大雪，则来年春天又将瘟疫盛行矣！近数月来，不，几乎一二年来，自觉运动时间过少，除了少数骑车奔驰之外，几乎均坐着，故身体甚弱不强，疲甚，甚以为忧，冬日天冷，亦只有溜冰一途耳。

1月13日　星期六（十二月初五）　　阴

下了今日唯一的一小时《说文》，到教室去找老王，把华子与桂舟的来信给他看，即独自归来，至西单欧美理发，精神为之一振。午饭后听了会话匣子与 Radio。两点钟方起身去中山公园溜冰。阴天，没有风，稍冷真是溜冰的好天气，路过中南海，人多极了，是冰上运动会呢！我没有看，到了公园静静的，人少极了，安静极了，另是一种风味，一个人，安详地独步到后海去，溜冰的也少得很。换了鞋自己一个人下场溜起来，天凉无风，人又少，冰又好，很过瘾。没有一个相识者，正很无聊，大约有三点左右泓来了，见了面很生疏似的，只低低地谈着，笑着，很少溜，她简直不是溜冰来了，蹭冰来了，也可说是走冰来了，她还是那么胖！溜起来慢得很，她很聪明，不是一个人来的，却是把她的小外甥七岁的"裴端"也带来了，出乎人意料之外的小郭的妹妹，带了小郭的侄子，但是没有溜，只在岸上站着看，也不怕冷，真成。我和泓二人之间一人携了小裴的一只手一起溜，慢慢的绕了好几圈，歇了两次，夹萝卜干不知趣的，郭郁文老在岸上泡着，也不走，非等泓一块回去不可，直到了大约五点多了，遂上岸和泓一道走，郭郁文和泓各雇一洋车各带一个小孩回去，在道上又和泓谈了几句。在西长安街分途回来，第二期的《辅仁生活》送泓一册，晚饭后，只看了会儿书，也没有什么事情就睡了。

　　提起泓来，相识已两年了，可是两年中都在北平一个城市内，都住在西城，但是两年中只见了三四次，今天算来已是快一年没有见着了，只是间或通通讯罢了。这种长时间的分别，说与别人恐怕都不会相信呢！友谊在信中是不错，见了面又显得生疏若有若无，若即若离之间。泓的环境虽不是很好，但也可算是中上了，没有什么不如意，或令她烦恼忧愁的事，每天只是上学罢了，没有正事，最快活。和我相比，简直天地。间或还可看看大义务戏，并且有汽车坐，认识了工务局长的小姐，真是高攀了！按泓的性情来说，是很沉静的，不大好动，思想至少有点旧，女孩儿的娇羞腼腆也是有的，不像斌似的那般开通，各有各的好处，但都不可过于太极端了才好。泓好静，我有一大半好动，我好一点儿洋味的东西，如电影她则不大喜欢，很少看正如我不喜欢看戏，她却很感兴趣一般。但难的是，她家不是没有钱，也不是供给她不起，可是她一点儿也不赶时髦，朴素得很，我没有看见过她打扮得漂亮的样子，今天也只是脸上淡饰脂粉，穿了一件兰布裰子，一件毛外衣，一件半旧的呢大衣、兰布鞋，朴素得很，谁知道她是北平京工务局局长的女儿呢！她具有沉静、温柔，她有十足的女孩儿气，我现在尚未曾喜欢她，亦正如她来信所说的，我俩不过普通认识的朋友而已，缺点是她眼睛太小一些！太沉静！

1月14日　星期日（十二月初六）　阴凉

　　宴起！十时半方起！懒得很，十一时许过黄家，多日未过去了。斌等

似乎方起未久，正在洗脸。今日斌见我颜色甚和，谈笑甚欢，却出乎意料之外。买东西来，买了点还分我吃，行伫亦过来。我心中有点不自在，适四弟来唤我回去吃饭，遂归来。今日吃涮羊肉，与弟妹等嘻嘻哈哈。吃的好不热闹，未吃完时，忽闻犬吠。原来斌来了，吃完即陪她在屋小坐，洗完脸，开了 Radio 听，又开了话匣子听，一时半遂又过其家拟代彼打气，不料行伫已经替她打好了，这倒不坏，倒省了我的气力了。我即回来，斌旋与其母出门，小弟与恭弟二人去公园溜冰去，我到二时许去刘家还其书二册，与胖子等聊了一会儿，三时许出来，至王家还话匣片子，王弼未在家，与冶华谈了一刻，四时许仍未归，遂回来。在家看看报，阴了一天，小雪片刻即无，真是不知何故？希望天能下一场大雪。只是阴沉沉的，黄昏时斌又来，原来是寻小弟，六时正二小孩尚未归，胆真大，令人着急。谈了半天，很是有劲，我拿出那篇《断芽》来给她看，她说："上边就是说那死去的三妹吗？"我说"对了！我很爱三妹，可惜她不知道？"说时两眼直看着她。聪明的她，她还不懂我的意思吗？却出乎我意料之外的，她答复我："你准知道，她不知道吗？"明明是自己答复我呢！我真高兴呢！一直到七点二小孩方归，晚点唐宋诗及整理笔记。至十一时半方寝。

1月15日　星期一（十二月初七）　阴冷

　　昨午得松三自川寄来一明信片拜年，并亦与斌一信，到了没有忘记了她！感情动物的人吗?!

　　上午三堂，校长又讲了不少，写了不少笔记，幸好没有留下什么工作。今日阴沉沉的，也不下雪，连阴了三天了。怪事，今天可冷得很，干冷小风也够凉的，就是有点像三九天的样子了。中午归来很冷，吃过饭才好一些。洗过脸在屋中继续看没看完丁玲写的《母亲》，不一刻即看完了。可是即走过黄家给斌拿去，开门的就是斌，穿了一件红毛衣，白长裤，拖着鞋，她说她在睡觉，只是她一个人在家，李妈去文昌阁了。她一人在炉子旁边在沙发上看书呢!?! 逍遥自在得很，给她那本书，坐在她旁边谈天说地的神聊起来！嘻嘻哈哈的又是暑假的情景了呢!? 无什么顾忌，随意

的谈笑又开始了，说说电影，又扯到文学上去。今天她真有点变样，那么
特别的温柔，藉了一个机会向她表白了一些两月来对她的内心的心中话。
一个奇迹，一个奇异的现象展开在我的面前，我看见了斌的两眼流出了眼
泪，这真是我意料所不及的事。我一时倒愣住了，不知是为了什么事，她
告诉我，她写了一张什么要给我，可是又烧了。我说："我失眠了多少夜，
你可知道？"她说："我失眠了，你也不知道！"又说那次公园的事，溜达
的那回，我说我当时的心情是多么地难过。她又流泪了，她怨我为什么这
些日子不来，原来她也是心里很难过的呢！数度柔语的温存接吻，才算填
平了这两月来的缺陷，外边天气阴沉沉的冷森森的。可是我俩在屋中完全
沉浸在爱之温暖气氛中。今天斌却真是兴奋极了，比平常大不相同，几乎
有点主动的意思。特别温柔，眼中放出爱怜的光辉，那般可爱。她更紧紧
地拥抱着我，亲切地偎依着我，那么柔顺，像个小孩子坐在我身上，说多
日没有坐在这了。近来我的理智很强，很能管住我的感情，在爱之交流
中，我暗暗仍以理智指挥我的感情，使她不要过于激起，过于过分了。今
天说出了许多的想说的话给斌听，心中舒服得很，她对我的真情，至少今
天是露出一部分来了，那般的哀怜柔和的眼泪，脸色似乎是在向我忏悔这
两个多月的过失似的。我则更还给她一倍以上的慰安与真挚的热情。但同
时我亦更想到现在是沉浸在爱之热情中，将来是邈远不可期，好不好的结
果是不能预料的，为了将来更大的痛苦，还不如现在就疏远些才好，可是
感情动物的人，这可都又是不易彻底办到的呀！我承认爱斌是够尽我的心
了！在另一方面封建（制）度严厉的面孔，在对我警告，我和斌二人之间
是有一道不可见的鸿沟的，到时候是会出现，来挡阻住我俩的，现在且不
管它吧！今天倒有意思，斌对我倒有几分情感，说了几句知心的话，不负
我爱她一场呢！她大沙发上旁搁有叠信，不知是谁给她的，大概是松三来
的，她说她看一点，想一会儿，这倒是消遣时间的好办法，回忆是快乐，
可也是痛苦的，她把松三送她的相片给我看，信我可没看。五点左右，小
弟与慧相继归来，我则拿回我那篇《断芽》就回来了，脸上浮上了得意的
微笑，一个温柔的下午，黄金色梦般的下午。晚饭后弄了一刻《说文解
字》，下午斌还问我暑假中那个可纪念的下雨的日子，可还记得！？她却不

记得是哪天了！今天下午的意外遭遇，一样可以说是个纪念日子呢！她还怕我今夜会失眠。

1月16日　星期二（十二月初八）　　晴，微风

幸好，一夜好眠，一觉直到天亮，没有失眠！

没起来就听见外边风刮得响，心里就烦了，去学校往北，得顶着风头去，那么一大段路，多费劲呢！还好到了学校时，风已是不大了。第一小时词，孙先生讲得有趣，两小时经学历史的堂上，没有几个正经听的，我也看了一会儿《冒险家的乐园》，本来连阴了三天，今天却被一阵风吹得天朗气清了，我不也得是青年吗？今天我的暖寿吗?！午饭后把文学拿过黄家去，和斌谈了一阵子，又提了一点往事，三点钟出去，到银行取了钱，又到东安市场取回手表代价22元，正是我的年龄。第一次买手表，心里很高兴，又替斌买了一个手电筒，五时多归来。在市场门口遇见卢五神气得很，点点头。回来已是黄昏，把东西给斌拿去，又留我在那坐了一刻，六点左右回来，歇了一会儿，跑到刘家去借英文，不巧，他们还用呢！拿回了几本三六九画报，晚饭时，斌与小弟来，稍坐一刻，小弟先归，九时左右斌始回去。三六九却让她带走了！座谈至九时，难得！下午得泓来一信，多情得很，但斌连日亦多情得很。

1月17日　星期三（十二月初九）　　晴，冷

夏历十二月初九日，今天我的生日也，昨天买了一个手表，算是母亲送我生日的礼物吧！今天真是逍遥了一天！

早上第二小时才有课，可是还迟到了廿分钟，下了宋诗，一小时空堂到图书馆去抄英文单词。第九时是英文，交了 New word book。讲了大半堂的闲话，下课在老宁屋里闲休一刻，差不多十二点半了才去吃饭。小徐、宁老二、李家四人合吃了一元六角多，我吃的最多，吃完已是快一点了。特意带来了冰鞋，于是和小徐一同在学校冰场上溜了一刻，冰不坏，

就是地方小一点，走几步就到头了，人少得很，只四个人，倒不错，可是没有什么兴趣。玩了一会儿，不到半小时便下来了，到老王屋中要回华子寄回来的信，便上课了。下午两小时是郭老头子的各体散文习作。今天是发上次作的文，我上次告假了，尚未交，读书又像催眠曲，大家都不喜欢听。第二小时走的很多，我和小徐亦告假回家。午间二时左右，女一中高二班，由其先生率领来辅大参观化学系之液体空气机，足有好几十，泓也在内，看见我走过，故意把头歪在一旁，也不知是没有看见。三时多了尚未走，我却先回来了，顺路在西北买了五角的糖果。到家正好已经全都预备的差不多了。搭好了圆桌子，一切预备舒齐，向娘拜过，黄昏时便过黄家去。表嫂却由西院走出，斌亦由外方归来，早来了还不在家。斌母本有不欲来之意，是我硬拖了来，斌等亦来，一家四人全都来吃，晚饭却是难得的机会。一时屋里小孩占大半，嘻嘻哈哈好不热闹。斌特意跑出去一趟买了两小电木红色杯子送我！东西虽是不怎么样，可是这一点心意，我已经是既高兴又感激了。斌今天吃得不少，一大碗面呢，就是没有什么味道，饭后拿出糖果来，在这四个孩子手中，这一点是不算什么的，不一刻就光了，干净得像以前碟子根本就没有搁过东西似的！拿了斌送我的那个红杯子喝水，看着斌微笑，她也一样的向我报以会心的微笑。看看他们孩子那么高兴地在说笑，玩乐，娘也高兴地和李娘及斌母在炉边闲谈着，虽是只有黄家四人来，可是却表现得完全是宾主尽情坦白无忌的快乐和欢愉，不像一般人只是虚伪的应酬。我看着斌，心里实在快活，但是心底深处似乎总有个缺陷似的。少了一个亲爱的人儿，这一辈子生日再也不能给父亲叩头了，去年今天，我和大马、老王、桂舟、老宋等，发单子，在真光看电影，请华子。因为华子去年那时快乐极了，当天晚上又请华子在东来顺吃涮羊肉，一直到九点半左右，我才由东城回家。转眼间已是一年了，真快得很，这一年的时光人事的沧桑，有多大的变化！我和华子都失去了父亲，现在又远远的分别在两个地方，各自以不同的方式，在和现时的环境挣扎，与将来的生活奋斗。但是我的责任是多么重大，我不可以懈怠，要努力，刻苦上进，不要一时为了儿女情长，而误了我的前途！

1月18日　星期四（十二月初十）　　晴，冷

七点廿才起来，弄完吃饱已是八点了，去了又得晚了几分钟，多讨厌。《说文》亦无味，下午三小时都无聊透了，不想上，索性刷了不上了，再逍遥玩一天！不知道今天是一种什么心情，会逃走了一天，看看报，因为西院拉车老杨要（娶）儿妇媳，替他写了两个大喜字，和一付门联，已是中午了，饭后看了一阵子书，有点爱困。洗完了脸好一点，近四五天来，斌又和我恢复夏天的热劲，而且她对我所表现的更加热烈了。不由得我不又燃起了那冷下了两个多月的受伤了的孱弱的心碎，于是又只是想看见她，必便安下去，否则心总不安。什么事也做不下去，除了坐着默愁她以外。可是，她住得又是这么近，那个小门又那么方便，于是便借着送过那两个盘子又踱过去了，轻颦浅笑蜜意柔情，热烈的拥抱与爱火燃烧下甜吻的交流之后，反倒相对静默无语了，多少心中话，只凭两只眸子在默默地交换着。斌现在也知道用手来搂着我，或有点半自动地向我送过红唇，渡过香舌来了，她现在真爱上了我吗？我真不大相信，温柔中时光过得飞快，四时许，小弟就回来了，和他玩了一会儿踢毽子，不一刻其母及妹相继归来，她们吃饭时我方归。连着去她们家有六天了，今天又在那待了四小时之久。下礼拜快考了，这却有点影响到我的考试呢！明天不去了，考完了再亲近吧！斌近四五日对我的大转变，实出我意料之外。

1月19日　星期五（十二月十一）　　晴，冷

小别了两个月左右，闷憋了这短短的时间，好似过了几年。前一个礼拜写了几张纸，不料却勾起了斌的真情流露，连日对我之热为以前向来所无，真难道反是这小两月来理智强抑感情的好结果吗？十五日下午，斌对我流下了清泪，真非我想得到的事，一时我反倒愣住了，但我心中却真的被她感动了，两年来的苦心与真诚，那日方算得到了一个具体的有力的满意的答复。当时我也要流泪，来一泻这二年来的复杂的情绪，但我终于忍

住了，只是拿手巾替斌拭泪，一半是我有泪有痛苦都一向是我自己来承受、来消磨，男儿的泪不是轻易流下来的，但是在看富于正义性角色与感动的戏和电影时，我也会常常为之一洒同情之泪的。由于看了两次电影斌都被感动的流了泪，和十五日那天的泪一样，她也是相当"富于感情的"人，总是感情动物不是！十六日下午她曾对我说一了句"将来你找到了一个好的新娘子，便不恨我了！"这句话真刺入我底心里去，直震了我的神经，难道她也想到了将来不易跨过的那道礼教社会旧制度为我二人"所划下的鸿沟吗？"我当时也反驳她一句是"将来你要找到了一个好姑爷呢！?"她当时只低了头，没有言语。我可是也不想反刺一下她的心，但当时说出口了，也收不回，后悔得很，昨天她又说"谁知道明天是怎么样？过一天算一天吧！"生在此种时局也只好是做如此想吧！又有什么关系呢！? 又有什么办法呢！其实她的脑子里一点烦的事没有，除了一般普通女孩子都有的，虚荣心偶尔打扰她一下以外，她真是个大孩子似的，蹦跳唱笑，吃喝玩乐，看书画报，间或也去溜冰看看电影，很幸福的一个孩子呢！跑起来能够整天不在家，安静起来十天半个月不出门，高兴直来，一屋子只听见她一个人的声音，嚷、笑、说个没了。沉默起来，别人都说，只她一人一句也不开口，只在一旁静坐，或是老早上床睡了，看书也说不定，小孩子脾气仍有，大人味时也十足，就是这么个人！两年来的真诚，她算知道了，并且给了我以相当满意的表示、答复与安慰，我已是知足得很，终于得到了我应得的报酬！

真泄气，今天第一时又迟到了五分钟，跑来了，孙先生却没有讲词。今天叫我们做词，调子是《思远人》与《薄幸》。我一小时内添完了小令《思远人》。英文又胡扯了一堂，写了一篇笔记，大约有六十余个，就考这些。想不到外国人教我的成绩反而提高了，期中考得 B 呢！两小时空堂，一小时消磨在三层楼上的本校美术系的展览会上，中西画书的都不坏，有几个还很不错呢！一年级的成绩有的很好呢！一小时在图书馆中看书，中午又是和小徐等一块吃饭，饭后能在教室中看书，七点多了，伏桌上小睡一刻。两小时新文学，朱先生念了两点钟的剧本，刷了一堂伦理学。为了斌，跑到东城王府井大街去代她换了两个灯泡，回来给她送去。近数日，干冷得很。

1 月 20 日　星期六（十二月十二）　晴，冷

只有一小时的课刷了，早上一直睡到十点才起来，懒极了，吃稀饭的时候力大嫂忽来了，坐了一忽儿就走了。十一点多送米的来了，米面现在在北平真成了问题，有钱就买不出东西来，有行无市，近来已是过了五十一石，还没处买。只有零售一人只许一次购五斤，面简直是没有，兑官发票买一袋七八元，可是面票又不普遍，巡警有私自发售的情形，于是富者有的吃，穷的更没有的吃了，真是怪现象呢！今天送来百斤廿六元，江米售至四毛一斤，杂合面卖到二毛二分一斤，穷人真不知如何生活也。上午写了一封信给赵狙武与董光宇，这学期少有信来，不知何故？午后很是无聊，今天特别感到冷，火不大，坐在屋里还很冷呢！干冷得很，外边虽是晴天，空气却凉得很，小风不大，刺肤生疼，心里想斌得很，可是又不愿意过去，因为一去，就连着去好多天，太不好意思！一咬牙不过去了，提起笔来做了一篇文，是补那次未做的文，题目是《柳子厚封建论》，神聊了三篇，待着也是待着，于是又拿出先生教的美文单字拿出来查，六十几个一直查到黄昏去了。六点多快吃饭的时候，斌突然来了，还我一本文学，看她那样子大概也是在家闷了，今天又没看见我，借着借书过来看我了。我们正在吃饭时斌母忽亦来了，聊了半天，小弟也来了，玩了一会，八点半就走了。本来今天理智的不过去，大概是看不见她，想不到她反来找我了，晚上看了一会三六九画报，十点多就睡了。说文弄不完不想做了，只再写一些日记交郭老头子。天气严寒，我仍在没有火的书屋中独自一人睡。训练训练自己！

1 月 21 日　星期日（十二月十三）　晴，冷风

月份牌上节气，今天是大寒，怪不得今天这般冷呢！早上又是十点左右才起来，写了两封信，一封是给德山的，一封是复润兰嫂的。铸兄至今天将近一月，尚未出来，实令人着急，日宪兵只是如此老将人押着亦不是

事，真不知其原意何在。中午吃饼，一直到两点才弄清楚，两点多骑车出去冒着寒风跑到西四牌楼强表兄处，将注册证给他看了，仲老无信来，他今日有画会，无事不便久坐，遂辞出。顺风至小医坊胡同郑家处，六表兄亦在与小孩子谈了半天，维动亦回来，一聊竟到黄昏快六点了才回来。风已停了，比较小一点，不然真是冷得要命。今日下午瞎跑了半天，也没有做什么正经事，书也没有念，史学名著许伦的笔记，已是一个星期了，还没有弄清呢！晚饭后，把《上海冒险家的乐园》拿过去给斌看，不料其母这么早七点四十就在床上了。聊了一刻天，替她母写了两个红封套，我真成了标准秘书了。华子和我住在一屋时，我是他的私人秘书，他走了，大马又以我为她的秘书，现在斌母又以我为她的秘书了！我真成了忙人，我要够做个他人的秘书，我也很满意了。只是自己离真有一点学识本事还差得多呢！给伯慧讲了一些"金刚"，斌却跑去睡觉了，这时也不过才九点一刻左右，一天没出门，又消磨在炉边，成天没有事做，也不想自己找一点事做，真怪她也不知道怎么过的。也不觉得难过?！太无上进心，不好！不值得乐的事，她会笑个半天，孩子似的！

1 月 22 日　星期一（十二月十四）　　晴，狂风寒

　　早上风还小一点，但已够瞧的了，继唐宋诗上本学期最末一次之校长课，照常讲临 11 点快下课之五分钟，仍然继续往下读稳得很！中午虽是太阳高照，但除了照亮以外，似乎毫无温暖之感，小风不大，可是干冷，一路归来手足都冷得很疼了，真够瞧的了。午后风更大了，在屋里坐着都感到冷，于是本来想下午带小妹去中央看电影之行，亦作罢论了，下午无课，在家听听无线电，看看报。下午两点多行佺忽来，谓五姐打电话与九姐云"铸兄明日归平"，此消息真突兀，忽然即刻就出来了，亦大好事，心中为之一快！明日后其归来再细谈，下午闷坐室中，寂对窗外寒风，填词一首，为慢词，调为薄幸。词向来不会做，自觉十分不易，平仄不易弄调，按其平仄，则觉用字范围太狭矣。方抄完车铺老王来要钱欠其四十余之，视之头疼，前月初方由九姐夫处要七十元，购米面煤等，即用完，际

此时局虑米惧面，实无法计列预算。年关在即，尚有外欠约百元，尚未付还，实令人头疼也。铸兄平安出来亦大幸，不知其事尚在否？黄昏时至刘家小坐，打一电话给五姐，云系铸兄来长途电话，亦不知其何时到达，一人抑系夫妇二人同归？晚上供亦来招呼我等拜，大哥即自己拜完，实混账，自灵枢移出后此其首次，在家与父叩头也，人子!? 晚点唐宋诗看《文心雕龙》，十时半寝。

1月23日　星期二（十二月十五）　晴，午后狂风

去校时遇王贻，作伴同行颇不感寂寞也，出了一头汗。孙先生却不读书，只看我们做的词，词我觉得不好做，字数韵脚，每一字又得合平仄，麻烦得很，一堂就这么过去了。《说文》讨论一会儿，说文意符字之研究的做法。宁老二和三老板讲了半天，苦眉苦脸的，把沈兼士都逗笑了，不易。可以明年交，忙什么，两小时，余先生的亦是很快的过去了。与小刘、小徐一块归来，一路亦不寂寞也。午后起风，甚大。风沙蔽面，刺骨生疼，冷不可挡。如无风我尚拟去真光，如此则吹矣！中午在家中，铸兄尚未归来，大约须下午方归。午后看完报，二时许遂过黄家，只斌及其妹在家，与其谈笑，四时许又与慧等念英文。五时许黄昏，刚弟来唤，谓铸兄已归来，但又出门，我旋即归来未见着。闻此事之错误在所长与日人争捧一唱大鼓者，触怒日人而致此，故其甚冤，其实在内容如何，谁知其实为何事?! 晚点完宋诗，小刘云其日前曾与友二三，夜踱至河沿看看人打冰，并唱歌，月生中天，分外凄凉。彼云有特殊风味，严寒夜邀，予则殊无此雅兴，而其友人亦十足瘾头，冬夜满处跑何苦！昨夜又去步月，却未见打冰，遂同去中央观夜场，此种精神，此种生活我却不惯神啦！刘行踪够怪的，考试在即了，我总觉得没有什么值得看看的，反到清闲了似的。天气今天报上登看又降至零下十度余了，如果如此继续则放假后尚可溜冰！

1月24日　星期三（十二月十六）　晴，午后狂风，冷

近数日早上时常是晴朗的好天气，一近午便刮起风来，扬起尘土来更讨厌，冷以外还得闹一身土，又骑不动车，冷得手足僵硬，甚至生疼，真是又累又冻，有点活受罪！

昨日铸兄归来，因其出门半夜归，我寝未见着。今晨八时铸兄起来唤我，遂起来与之略谈，彼又出门，不知何事，如此忙碌也。据谈此次事件之发生不怪他，而徐所长等可恨，缘徐所长与一日人在保争捧一唱大鼓妞，后该女被所长购去，日人怒遂找碴将所长传至宪兵队，而所长没将铸兄拉上，日人意欲敲诈，听铸兄口气或以为所长与日商设计害他，以为其有钱而欲讹诈，事实到底如何，则不可知！反正其未受苦，平安出来，即大幸矣！别无他求。上午九时课，快九点半才到，未上，即去学校图书馆。十一时上英文没讲书，又闲聊了一点钟，末了何神父问我们大家选择妻子的条件，一人说一点。真是洋和尚瞎操心，这辈子他也娶不了亲，何苦多余，但是他说话手式神情十足的美国味，很是有趣。中午在大马屋待了半天，小睡一刻，午后上了一堂半的各体散文习作，老头讲得不带劲，大家也没精神，无意思透了。三老板无缘无故要补一小时的课，懒得听却和小徐一同回家了。昨天早上词不讲，也懒得去，上午刷了，这两天无形中松下来了。真不高兴上课去，对读书又没趣味了，加之天气又冷，真不好。晚斌来座谈九时归去，行佺亦来旋去，铸兄早出至晚十时未归。

1月25日　星期四（十二月十七）　阴，下午风，寒冷

今天是本学期上课最末的一天了，本来想去上课，可是起来既晚了，又加上刮大风，真是吹得冷极了，遂决定不去了。近来真糟，连着大约有一礼拜了，每天都和斌见着，一天不见就觉得少了点什么似的，就会心神不安起来，看见斌就好了，希望能够老陪着斌在一块说话、谈笑才好，什么事也干不下去。怪事，除了心里想着斌以外，什么事也不能做，就是眼

晴看着她也好，又为了她颠倒起来了，本来想今天早上看点书，结果是没有效力，只看了一会儿伦理学。在十点一刻又踱过去了，本来她昨天说叫我今早帮她摘墙上挂的画，她家扫房，谁知今天过去，她都已经摘下来了，见了我却撇起小嘴"求人难"，逗气得很，又替她母写了一个红封帖，谈谈笑笑不知不觉就十一点半过了，还没有说几句话就十二点了。她又在家吃午饭，吃热汤面。我也陪她吃了一碗，真怪事，在家五分钟都觉得过的慢极了，在她家坐一会儿就是几个钟头，时间过的真快得很。心理作用吧！时间到了，没有法子，快快地回来，又吃了一些，一点多骑车去学校上课，半途遇上小徐一块去，顶风费了半天劲才到学校。可是小说史先生却告假了，真倒霉。今天学校才告诉学生捐钱给粥厂，一律每人一元，五毛的都被大家哄着强改成一元了。不上课便一同到宁岳南屋中和小徐、刘厚祜一同聊天，山南海北的，一刻便到了四点，又上了最末一小时的伦理学，伏开鹏又从头大略说了一遍。访云门表兄未遇，本来觉乏甚，坐椅上休息几睡着，晚饭后更疲倦，竟和衣服卧床上，迷迷糊糊竟睡着了，也不知是为了什么缘故，这般疲倦，一直睡到十点才起来。昨天就考了，还是考三门功课，我到这时候了，一门也未看呢！好在词是无法看的，昨天做一首小令，到那时候才做，伦理学在床上看了一遍记了个大概，新文学习作也不必看了，到时聊就灵了。铸兄今晚没有回家不知又去哪里。一月廿四日晚，舒东九姐夫令张得荣送来支票一张票面二仟元。前欠二仟五佰元至此存付两清了，可是票上是说交与强云门表兄还得找他去，真麻烦透了！

1月26日　星期五（十二月十八）　晴，冷

第一天考试第一小时就有，共总五天却有四天第一时都有，真是倒霉。早上冷多了，可是我也太差劲了，今天考了还迟到了十分钟，在路上劲一跑，通身是汗，累极了，将就息了一会儿。勉强整出了一道小令，马马虎虎，平仄未必全对，调子名是鹧鸪天，足耗了两小时。接着又考伦理学，寇神父看堂，大家都不能抄了，神聊了一大篇多。中午吃了一斤炒

面，就是四毛，吃完到宁老二屋中，未在。我在小徐书包中翻出一本他的创作，中篇小说题目是《妹不爱听的故事》，写的还不坏，一个中午就只看他这本玩意了，新文学习作的笔记一点也没看，上课了才一块去，到那就答题，还好有几个课外自由想着答的，提笔一写就是两个钟头，没有什么空闲。答完同小徐一起归来，看了那篇小徐的故事。约略知道些小徐的罗曼史，一路上说说笑笑感不到寂寞。归家尚未坐，斌来，借去画叉子，她家扫完房挂画，近数日她也怕起冷来，穿上长毛裤子了，脚也冻了，拖着鞋过来了。还未一刻又来了，说电灯不亮了，叫我过去看看是怎么回事。李娘说一句："留神不要电着"，斌就大生气了，说："电死赔命！"一路上向我说："真可恶，你娘都不管，要她说，真是求人难。"我到那一看，也不知是什么缘故？一拉另外一个桌灯，不料全都灭了，这下真糟了，斌还在一旁生气，换鞋，想要自己出去找人来收拾电灯，还是我说替她出去打电话叫个人来吧！我回来立刻就骑车跑到小刘家，打了电话找震生来，又在刘家聊了一刻，回来一会吃晚饭。正吃时，电灯送来了，立刻放下碗就带他过去收拾，我又回来吃饭。在院中斌母低声问我，斌为什么生气？今天晚上连饭都没有吃，好大气了。晚上算账，快过年了，得提出多少钱来用，舒东千元算来不足一年之用，烦得很。可是一切东西今年都特别贵的厉害，至少得一百元，可是又得预算够两年半用的，一次存起三千元来才有希望，可是还有那些不足之数上哪里凑去呢，心里没有什么挂念的过了几个月，现在又得为了生活问题烦了，真是倒霉，怎么会有好心情去读书呢！

1月27日　星期六（十二月十九）　晴，小风

懒得很，又是九点多才起来，吃完早点，带了支票骑车跑到前门财政部去找强表兄办理手续，不料走在玻璃公司后身空地却遇见了黄家姐弟三人，一律骑自行车倒也自在。太阳老高，可是干冷得很，陪他们走到西长安街，他们去东城给他们舅舅拜生日，我分途到前门去了。寻着强表兄尚未谈到一刻，他们就吃饭了，才十一点多钟。他们吃的是烧饼，喝粥，配

咸肉吃，倒是很俭省。表哥云一千之数太少，拟将电车公司股票抵押千余元，再加上买铁柜钱，最好能凑上三千之数，再存入定期，每月用数十元，保持三年之久，方始无虞赎当还欠，等过年后清算之，现在且取二佰元，还账过年。于是支票交表兄，礼拜一送佰元来以备家用。白跑一趟，十二点多赶回来吃饭。午后弄清了九姐夫的字据，写日记，四点忽然又困起来了，就在刚才床上迷糊了一会儿，忽然听到有人和娘谈话的声音，起来一看，是斌母来了。五点多钟才睡了不到半小时光景，来打听米的事情，一会儿小弟也来了，和五弟玩了一刻，六点半回去。一刻四弟回来，正吃晚饭时慧进来，随之小弟来了，最后先伸出头再露出斌来。吃完饭和他们三人谈笑，不到半小时李娘老太太一回来，他们三人旋即相继归去，令人扫兴不少。时间太少，说来做什么事即又黑了。斌来说中午他们玉芳斋等我半天，我也没去，我不过说句玩话，不料他们就信以为真了。

1月28日　星期日（十二月二十）　　晴，风冷

这几天简直是又犯了困的老毛病，老睡不够，早上九点多才起，下午五六点许精神就不足了，吃完晚饭一会儿便又困了，念不几句书便一直打哈欠，真不知为了什么缘故，这般爱困呢！泄气得很，今天一早铸兄回保，我至九点始起，七时许带五弟回去。西单理发，遇王贻，买东西归来便误时，一个上午又过去了。午饭时，一时肝火旺盛，与李娘口角，既而悔之，气真难使，亦人不好生也！饭后即开始整理两礼拜前之史学名著笔记，一直写了两小时多方才弄清完了，四时许，慧来借书，旋去。看笔记，晚饭后继续阅完又看了半天的唐宋诗，也没有什么特点，明天再说，读书札记还一点没有呢！心里急得很，经学历史也未看呢！英文还不知道这次何神父怎样考呢！作文全收回去了，本来下午还想过去看斌，可是这两天正是紧要关头，考的好坏却大有关系。于是一咬牙不过去了，却先看看书，再说考完了再玩不迟。各体散文习作还有一篇文得在家预备。明天下午，或是大后天上午再做，过了明后天，可以算是没什么问题了。其余还不是做两篇文就完了，小说也就是一抄就完了。今年的功课，还比较像

点国文系的，一年级一年真是无聊。在家闷了一下午，也没有做多少事情。天气冷得邪门，三九不寒四九五九冷，真是懒得出门呢！下午刚才冒风跑到中南海去溜冰，不到两小时又被风吹回来了。

1月29日　星期一（十二月廿一）　　晴，风，寒

风迎面虽有，却不大，可是走着觉得十分的吃力，不知是什么缘故？好容易费了九牛二虎之力骑到了学校，累极了，上楼几乎腿都要抬不起了，也是怪事，以前上学第一时也没有这么累过。考唐宋诗仍然晚了几分钟，想不到这次考试出这么多的题目。两大页填字，简直就是背诗，后面的举例亦是背诗，大家差不多全没有背，没有防到这一招，于是唧唧之声四起，抄书考大有人在，先生亦无办法，只好半睁半闭的。两个日本同学，先生特别原谅，先许他们二人看书答题。翻书，找了半天也找不着，结果东来西来的也凑了全数，接着又考中国史学名著评论。校长出的题目亦不少，四个都够麻烦的，足足写了九十多分钟，手都写酸了，可是自己觉得这次答的没有期中考时好，字写的也潦草得很。中午又和朱泽吉在宿舍谈了一会经学历史，与小徐一同回来。一路上又有风，干冷得紧，风特别吹得人烦，冷得手都疼，她似没有戴手套似的，回来半天才好一些。一点多一人吃饭，强表兄等人送来百元，舒东所还二千元，云门附信来谓又交还舒东矣，不知此是何意？自己的钱，我亦不一定非请他们保管，推来推去，多讨厌。饭后在屋中看书，刚才替恭弟交了学费，回来嚷冷，四时许，斌来借文学，旋去。五时左右我过去，替他们把电灯弄好，谈得来已六时许，其母归来，留在彼用饭，饭后又谈笑至九时方归。斌对我殊温柔，并坐而食，归来看经学历史。

1月30日　星期二（十二月廿二）　　上午晴，下午阴，晚降雪

上午考英文及经学历史，考英文单字十个，造十句话，做一篇文，容易 pass，及格想必不成问题。经学历史一点未听，好在是策对题，先生允

许参考书，勉强答上了。觉得这次期终考，除了宋诗以外，别的已考过的，我觉得都没有期中考时考的好。中午归来时，天气虽仍是相当的冷，可是没有风又是晴天就好得多，更增强决定下午去真光的心意。午间到家，书房已是马马虎虎的扫完了。饭后有点阴天，到黄家去找斌未在，有点败兴。正要走时，不料随着敲门声，回来的正是斌，她真有运气，也真巧。和她约好了，我即回来，二时左右即去其家陪她先去车铺修理，我怕晚了先走。小弟则去中央，跑到真光前排已没有好地方。放假了，人真不少。没有法子，只好换了两张后排，便替斌存了一张。开演了她还没来，序幕已演过了，正片子也演了大约有十分钟，她还没来。我真疑惑不知怎么回事。只好出去到存票处一问，票已取走，可是没见她，于是打了一个片子，她才出来一同到我坐的地方去。她真坏，取了票也不去找我，便独自坐在一处叫人着急，叫我担了半天心。还没完，她就嚷走，闹的我电影也没有看好，还闹了两次茶房，以为我没有票呢！真倒霉透了。真不痛快！散场已是下开雪了，这倒很好玩，天地一白，斌直嚷冷，穿得少又有什么法子！出来碰见了教我们美文的美国神父年轻的 Relge 和其余的两个，还有冠神父，美国的风流神父也来看电影。今天的电影是美米高梅的名片，《Stand up and Fight》。华莱斯皮瑞、罗勃泰勒和新女星佛罗伦瑞丝，剧情有相当的意义，有火车在美国初行时人们反对之情形，有解放黑奴私贩黑奴之残暴。华、罗二人两幕之相打，十分逼真、十分激烈，很过瘾，感人不深，不如《孤儿乐园》之数片子。给人的印象深华的演技，我觉得比罗好，尤其是面部的表情生动、活演出粗暴人的脾气。真光加假后这还是第一次看后排呢！斌的眼睛也不大好，在后排，看的不大清楚。回来天未泛黑，时间还长得多了。北屋也扫完了，今年扫房糊里糊涂，东西全未搬出来，我也未帮着做点事，却去看电影，却也是例外的举动。晚上看完了一册《中国文艺》，十点左右便又没有精神了，即去睡了。

今午闻老张妈说毛子来言，伯杭在南方被人害身死，有快信来。九姐夫嘱有信来，先交其再交，与九姐恐其知也。此坏消息，我有点不相信，但听了心里总是不痛快的，有那么一丝说不出的难过。伯杭这种好的、有为的青年，在中国太少了，在中国此时也太需要了，结果还是为人所害，才是国家的一个大损失。至少我听了这么一个消息，心中很悲哀，特别的不痛快，虽然尚未证实是否真实。今天玩的不适，这也是一个原因呀！唉！！如果真成事实，九姐听见了怎么受的了这个刺激？！也恐怕，也要有危险性的，纸里留不住火的，只是早晚问题罢了！今天考完了，余下三门，没有值得预备的功课了，小说史看他这次怎么考！

1月31日　星期三（十二月廿三）　　晴

　　雪，大概是下了一夜，至早晨九时尚未全停，细雨蒙蒙似的还在下着，至午才止。今天下午考各体散文题目早出了，大家都打好了稿子到那一抄就得了，可是我因为还得交读书礼记，直到这时候了，一点还没有呢！心里急得很，于是急中生智，自己写是做不了多少，便把现成的稿子抄了几页，懒得弄这东西，爱加多少分就加多少分吧！作文不短就得了，吃完了午饭，十二点才开始做那篇文。勉强打了一大半的稿子，心里一着急，一麻烦就不易做出来，文思就不来了。一点一刻就走，怕有雪不好走，大街上雪都被车马压扁了，很滑，得留心，不敢快骑。到了学校在大门口遇见了久未见的李宝澄，这倒是意外，谈了几句，上课了才分别。临时又在堂上添了一些，一边抄着，一边又编了些加上，快有两篇了，那几页不像东西的笔记也交了。出来看了一刻报，便和小徐一同回来。下雪我很高兴，只是骑车不大便利，雪中气味另外给人以一种莫名的兴奋。下午在家记了这日买年下用品的账，用的不少。看报，晚饭后一边听着无线电视，一边记日记。接到泓来一信，今日旧历是十二月廿三日，为祭奠的日子，实际南方人是廿四日，其实都是迷信，好在今年我们也没有灶王爷了。灯下围炉坐着说了许多谜语，娘和李娘也张开口笑，参加说，也倒很是有趣，另外感到一种温馨。只是一想到家中的用款就又烦了！

2月1日　星期四（十二月廿四）　　半阴晴

　　考试剩了一天了，可是还是第一时考，讨厌再挨一次冻。去了迟到五

分钟，《说文》没法子考，只是出个题目作一篇文罢了。今天的是"说文意符偏旁分析之研究叙例"，提起笔来神聊一气也写了个不少，列了十大条，心里很满意。做的快，文抄了一份在笔记上，快得很，也未用两小时。今天雪后，可是亦不太冷，还好。考完到老王屋看看，他明天下午走，回天律。又到小马屋去坐一刻，和冯以理二人谈的很畅快。十时许大马考完回来，谈了一刻。洋枪这半年也老实了，一半功课忙，一半经济问题。看看画报，到十一时许和大马一同去吃饭，在爱克特，马马虎虎将就吃了一顿。吃完又到他屋里坐着，又看会沙漠，谈会天，小睡了一刻，暖暖和和的倒是舒服得很，和外边的风寒完全是两个世界唉！穷人可怜而已，我又能为他们出什么力呢!? 两点了，去考小说史，三道题，做两个，笔记上都有很容易，不到一小时多就答完了。归途中顺路到小医坊胡同郑家看看，正碰上他们扫房，和小孩们谈了一会。维动也在家，约好礼拜日去太原，大宝二宝们向我借小说乐谱画报等。四点多归来，休息一刻，考试完了，心里石头放下，轻松许多，舒服得很，看看报。晚饭后在温暖屋中看第二册《中国文艺》，连日疲乏，不觉思睡，且加之昨日后半夜睡的不好。学校放假，自明日起至十五日止，廿三日上课，计三礼拜正！不多！

2月2日　星期五（十二月廿五）　晴

放假的第一天九点才起，吃过早饭，看完报，已是十点多。拿了一本文学要过去看斌，才走到外院，遇见斌由西院过来找我，于是又一同回去。和他们谈到十二点左右回来，老妈子回家了，只剩了三个孩子在家，也不知是怎么吃的午饭。午间归来整理清楚了一个书架子，饭后因为阳光很好，为近月来少有之好天气，没有什么风，虽不暖和，也不觉得多么冷，在院中散步一刻，精神很爽快。本来下午想出去，可是因为斌叫我下午在家谈天，于是改变计划不出门了。二点多又到她家聊了一会，四五二弟旋亦来了。她们非逼着我讲个电影故事不可，没办法，于是就给她们讲了一个故事，是 sinefly 的本身，讲的他们都笑了，都很高兴，一直讲到五点多才讲完，口都干了。六点左右由其家出来，步行至刘家去，曾泽未在家，曾欧在家和二同学与其四舅在作竹战，兴致不浅，看了一会回来。用晚饭时接到强表兄来一信，谓近又接到沪上汇来，沈昆、许缄甫二老伯寄来贰佰元，并云舒东九姐夫写信告彼伯杭在渝殒命，如此言来，此坏消息是真的了。看看心中十分烦，周身均感不适，可惜有为大好的青年，竟短命死矣。母谓伯杭今年方廿九岁而已，可惜！人品兼全者，竟如此结束了，中国又何其不幸矣！晚上灯下写沪上前辈谢信，斌突来，又拿去一本文学而归。逍遥了一日。

2月3日　星期六（十二月廿六）　晴

真是快立春了，昨和今两天都够晴和的，不算太冷，中午时候自然的冰都融化了，快暖了。还是夏天好，我比较喜欢过夏天。早上又是九点才起，真懒得很，早餐后急忙把其余的八封信写出来，手都写酸了，一直到十一点多才写完。看了一会报，休息一刻，办完了一件事，心里痛快得很，可是没有事了，心里又烦了。想收拾书可又懒得做，十二点半才开始吃午饭。因为预备下午出门，所以很是着急，虽是知道生气吃东西不好，可是也是在很不高兴之中用的午餐。四弟一早就出去至一点左右才回来，跑到东城一趟，并到中南海去着溜冰表演。午后看了一会《中国文艺》，没有意思。二点多丢下书到小刘家去，曾履在弹钢琴，曾泽无聊中在院子晒太阳，随便谈起，说要去看 "When tomorrow comes"，《何日君再来》，译的不对，实在意思是 "当明天来的时候"。小刘说："走，我请你！"心里话，真有这股子神经，本来是向他借音乐谱子，不想闹了一场电影看。他拿了衣服便出来，一同骑车直驶至 Rox。到那已是二点多了，怪的是两点多还没有满呢！前排两张，把我俩分在两个地方。女孩子去的真不少，Rmant 的，Beauty 的不少。片子我觉得不太满意，比没看以前的希望太失望了，只不过其中穿插了一幕大风雨，大水很逼真。散场后遇见弻和她一个女同学，谈了几句话，便分手。在东安市场与小刘分别，在东华门大街遇小梦，至强表兄家候久之黑始归，晚黄家全来，九时走。

2月4日　星期日（十二月廿七）　　阴雪

　　和昨日起的一般早，阴天，讨厌昨天还说好一点呢！今天就又冷起来了，才起来正洗脸的时候，赵君祖武来访我，却出乎意料之外。昨天本来还想打电话到他家问他归来没有，今天他反先来看我了。请他进来在那没火的冷书房子坐，洗完了脸就出去陪他坐着东拉西扯的聊起来，倒也不错。可是想起来那么多的同学，以前聚在一堂，如今则天各一方，散在四处，不禁怅怅。谈至十一点一刻，赵君出去，进屋进早餐。看看报和书，休息一刻至十二点半多又用午饭。二点左右冒大雪带了五弟去太庙溜冰，本来为了下大雪不愿去，可是在二月一日与维勤约好了，不可失信，所以只好去了。临行五弟至黄家小弟五妹均未在家，斌与其母皆昼寝，我遂走去。雪中带人感觉特别费劲，好容易才到了太庙，人不算多，可是那么小的地方，已感周转不灵了。溜一次两毛，够贵的。维勤已先去，溜了一刻，冰倒是不错，五妹、佰英小胖，四弟亦均陆续皆来，熟人一多，就热闹了。可是为了斌没来，心里总不感觉兴趣。地方总嫌小，至四点三刻就和小孩子一块回来了。雪下的真不小，地下足有寸来厚了。听五妹说斌病了，所以躺在床上，晚饭后过去看她，她睡在里屋。她昨夜三时起失眠，又发烧，心口难过，躺了一天，晚上只吃了一点挂面。谈了一会，至九点左右我即归来，行侁亦过去坐，灯下弄完沪上信件事，明天发。

2月5日　星期一（十二月廿八）　　上午晴，下午阴

　　早上仍是九时左右才起来，心里连日总是念着斌，吃完了早饭，心里忐忑不安，终于又踱过去了。斌才起来不久，刚洗脸，已经好了，我心里才放下。我和小弟、五妹在大椅子上玩扑克牌，打五百，斌却在一旁洗脸，涂粉，梳头。看女孩子化妆却也另有一番风光。她梳洗完毕，却走过来挤在我旁边坐在沙发扶手上，穿着袜子的双足，搁在我腿下取暖，手却伸在我毛衣内，真是亲热得很。我老想和她二人独处，可以畅快的谈谈，

当着她的弟妹虽无大忌，终不方便，只好不时以眉言，以目语。五妹早已看出我和斌的感情来，不时也说些带刺含蓄的话，在玩扑克时，插科打诨的令小弟与五妹笑不可抑。斌后来竟坐下来，紧紧的挨着我，我哪有那么专心去玩，结果输了。他们吃饭倒很简单，就一边玩，一边吃。李妈拿过来的烙饼，倒也省事，喝点水就算完了！十二点多了，我便回家，还待了一刻才吃午饭。饭后看过报，听了一会无线电就出去了。路过黄家又不自主的被一种无名的，无形的，无很大的力量吸引我进去，本来是坐一下就走的，可是一见了斌，就总舍不得走。和小弟与斌神聊颜色问题，叫他俩笑的直不起腰来，一起耗到三点多，我才快快的走了。在邮局寄了信，挂号二角三分，给仲恕老伯的，厚厚的，几十张纸，真不少。到交通取了五元七毛，八期的还得过些日了才能拿，麻烦。正好对过就是旧日劝业场，改成了新罗天游乐场，一切现都粉饰一新，并且新按的电梯。劝业场我很少去，今天趁机闲逛一番，楼下第一层全是商贩已经占满了，地方很小，好似很热闹，中下流人甚多，比东安市场又低一等似的；第二层只有少数的商贩，大多还空着，在那买了一点零食；三层全是游客，空空的，夏历初一才正式营业，全场连顶上的共有四层，三连葫芦形的不很好，很没意思，就出来了。进前门，走西交民巷，轻往尚志医院找九姐夫，安慰他一番。因伯杭他亦十分烦也，至今日始知九妹已因前病复发，腹痛如绞，日前又入协和住院了。太亦病了，伯长去校，九姐夫自己又咳嗽，伯律归家照应，伯美终日仍然与明纛住在一起，亦一怪事，想不到美满和乐之家，竟一变至此凄凉惨淡的情况。惨遭不幸，速速失意，九姐夫可怜矣！坐久之，九姐夫写数封，托我带一封给伯律看后寄给伯长。归来已黄昏，遂又送过给伯律略谈。现在力家只除伯律与太及二小孩在家。太坐炉边咳嗽觉冷发烧，空气照常令人发闷，稍顷大哥亦来稍坐即去，我亦归来。晚饭后灯下观书，忽觉疲乏甚又至刚弟床上睡着，从七点至十点才起，又听了会Radio，精神又来了，他们全睡了，我又看起书来。看上瘾，老不放下，一直到十二点半，上了床又看了半天，大约有二点左右才放下。关了灯，老睡不着，一直听三点、四点。心里老想着斌，又着急，大概今晚又要失眠了，真糟！

2月6日　星期二（十二月廿九）　晴，下午风

　　昨夜翻来覆去迷迷糊糊的不知道什么时候睡着了，早上八点三刻左右醒来，即起来听说昨夜协和来电话谓九姐，又要动手术，已签字。跑过去到力家问伯律，详安亦在。伯律谓定于十一点动手术，时已十点廿分，回来同四弟二人骑车飞驶未用廿分钟即到东城，坐电梯直上三层楼，找着病房，伯美、六嫂，行俭均在。候久之始进去看看九姐，九姐正在抽胃中物，两三个大水瓶，在床头吊着，鼻子中一插一皮管，不住呻吟，瘦瘦的，头发散乱，脸无血色，神气衰弱。我叫她一声，只微睁二目，微点点头，又呻吟起来，看她那样子很可怜的。等了半天，十一点廿分了，九姐夫还没来，也尚未去动手术，我又因为要去东安市场看牙，便先下来了，和刚弟一同至东安市场看过牙，明天才能补，出来十二点一刻，回家吃饭。觉得很累，起了风，讨厌！饭后写了一封信，娘又命我一至九姐夫处要半百之数还账。九姐夫在睡觉，留一条即又去访祖武，至彼家已经三点多了，不是预先约好，真懒得出门呢！他在和他表兄一块打 Bridge，我遂一同玩，至五时半辞出。连日想去王家看看，有一月多未去了，今天顺路去了，大街上因近年节热闹得很。到了王家，杨崇敏女上亦在彼，系由律来玩者，谈笑甚欢，并留在彼处吃饭，进三大碗面。饭后王贻来杨去（杨和庆华很好！）又在一块玩扑克，一直到十点多才辞出，弥派人送一条子给我，我未回家没看见。他们请我明天下午去他们家开茶会，大约得闹一整夜，十点多回来，进屋娘说黄家四人才走一会。斌今日找我三趟，并留一条子给我，我今天为什么不去？叫我明早找她去，不知什么事。下午铸兄派人送一信来，并廿七元和一大张相片来，刚弟通知书也来了，想不到我出去半天会有这么多事，想不到晚上家会来坐到十点多才走，想不到写完日记，已一点多了。

2月7日　星期三（十二月三十）　晴

夏历十二月卅日就是今天！

忙了有半个多月的李娘，菜做的也差不多了，一大锅的猪肉、肝、肚子，一大锅白菜汤，两碗米粉面，两碗八宝饭，一碗炸酱，一碗栗子肉，一碗海参烧肉，一碗酸辣汤，这就是我们的年菜。买东买西，购这个，置备那个，忙得不亦乐乎，完全是李娘一个去跑，一个人去做，一手包办。娘虽只顾得整理我们的衣服，被褥换洗熨等，也真难为了两位老人家，我们小孩子过一个年，却是十分的清闲呢！昨晚上力九姐夫，送过来 50 元，于是今天难过稳过了。铸兄亦寄来一信内附有廿七元，可为家用酱菜四篓，与四兄一、力二。我一大相片一张，系其结婚留影，新娘子头纱，却两分拉如一大蝴蝶，可神气。昨夜黄家看见四人大笑半响，奇怪，不知为什么这样的好笑好玩。早上九点左右起来被娘叫醒，一同娘去东城到协和医院看九姐。我先到黄家和斌谈了一阵，即起身去追娘的洋车，我刚到协和门口，娘亦才下车，遂一同走进在一楼一零一号找到了九姐，是时无人看她。不一刻，九姐夫来旋去，继之而来的是行佺，互相轮流进去看过九姐即出来。动过手术的九姐人尚清楚，同灌盐水补血，不住呻吟，痛苦神疲体弱。由协和出来到大众袜店买了四双袜子，又到东安市场五芳斋吃了一些点心，到上海银行，换了零的。与斌母小谈，陪母顾洋车，我即又回去到大众给斌买了一双红色人造丝袜子，到家洗脸休息了一刻，洗过脸已是两点半多将三点了。遂过去看斌，只她一人在家，陪她谈天，把袜子拿出送她，她怕穿红色的，倒出我意料之外，说好了下次替她换别的颜色。问她今晚可肯和我一同去王家玩，她说不认识他们去干吗？到五点左右回来，我看了一会书，吃了炸年糕，一至又吃年夜饭菜很好，也不笑少了，在这么特乱的年头可是因为她们——娘和李娘——谈天又提起了父亲，不由得我心里不难过，那么一丝无名的，特别堵的不好受，心里翻了底似的，于是也就吃不下东西去了。吃的不多，饭后听了一会无线电，领了二弟一妹到西院去上供，菜只四碗，那个被早已售买掉了的玉如意又出现

了，火爆柴不到一尺高，可怜。拜完了，向四哥、四嫂辞过岁，就回来了。此时已是九时左右了，于是和四弟急忙换了衣服，预备去赵王弼的 tea party。我正在换鞋的时候，斌来了，笑嘻嘻的，又学说先头西院四哥四嫂打架、口角的样子。大卅晚上，何苦来，这种女人真要不得！没劲透了，走在我书房，斌突然说："你们骑车去吗?"我说："对了。"她说："你要是不骑车，我就跟你去！"我说："真的吗?"她说："真的!"这一来，真是我想不到的，又惊又喜。我还怕她骗我，问她是不是骗我？她说不骗我，我听了，我喜欢得几乎要把她一把抱住呢！于是我格外打起精神来了，把两辆自行车全都推进来。换好了衣服和四弟向娘说了，与斌到她家去，等她换了衣服，便一同出来。四弟在前边拿了手电灯照路，这边没有车，只好步行，斌今天真是难得，夜里她向来是极少出门的，今天竟同我出来了，而且已是九点多了，并且还是去赶一个我的朋友的茶会。在路上她说，她一向她母提及和我去王家玩，她母立刻答应了，并且很赞成。路上黑的，斌有点怕似的，紧紧的偎着我，并且自动的和我挽着臂同走。到了宣武门坐电车到西长安街大栅栏口下来，又步行到王家，一进去，龙华先跑出来，看见我和斌遂又跑进去，说我和一个女的来了，王泓说大概是和他妹妹来了吧！说还未了，我已进来了，四弟先进去，跟着斌也进来了。屋里除了庆华在王津以外，还有两个小孩不在其余都屋里，屋子中间支着一张圆桌面，火炉很大。来的有李惠照、王贻和孙敏秀。我一进去就把斌向大家互相介绍完毕，才脱衣坐下聊天。弼看见斌就一惊，但一会便即恢复自然常态，我心里暗笑，她们大家一定会想不到，我会带斌来呢！大姐又拿糖招呼一气，听了一会话匣片子（十点钟到王家）。十点半左大卢、二卢来了，于是 game 开始。先玩猜戒指，方法是大家围着桌子坐着，用一条细绳上穿着一小戒指，大家用手握着绳子左右移动，拉成一个圈子，来回传，另外一个人在外边站着猜，猜着的互相调换，猜不着三次的便罚他随意做一个动作，声音或别的都可以，目的在使大家笑一笑。李惠照头一个被罚，学了一次狗叫，钟华变了一次戏法。换了一个 game 是切面，用碗压面粉，成一堆上边竖戒指，每人用力切面，无论多少，谁切倒了戒指就得用嘴叼起来，想想吧用嘴叼起来，只少得弄一鼻子一嘴的白粉，多好笑，自己再一笑还不成了一个大白脸，所以切到很小的一块的时候，都战战兢兢的怕它倒了。第一次是二妹，第二次头一刀，便又被她切倒了，第三次是孙敏秀也闹了一鼻子一嘴的粉。因为都是她们女士倒霉，便又换了一个 game，大家每人吆唤一个大街上卖东西的声音，倒很有趣，只是一时不易想出，又不能和别人的叫重了。斌不好意思，一个也未喊，五次被罚，半天了，经大家几次的催她，终于学了一声狗叫才完。休息一会，治华变了几个戏法，又玩了指鼻子四张牌，又玩了一会一个人做样子大家学，一个人猜。屋子很热，又听了一会话匣子，斌这时似乎有点不耐烦想回去。这时是十二点多了，我说再玩一会，最奇怪的是二卢兄弟的戏法，摆在桌上六张牌，大家随便指一张，于是大卢说一句话，二卢走过来，便可以指出大家先头指的那一张牌，说的话每句不同，不知机在何处？很有意思，我也被罚一次说了一个笑话。到了一点多，斌穿衣要走，大家都留她，她不肯，执意要走，她说叫我在这玩，她一人回去，我那放心！于是便一同回来了。四弟亦随我同归，却扫了他们玩的兴头，真对不起，本来他们预备玩到天亮的，车也没有，于是辞出步行。电车还有，斌也没坐，于是又步行至西单，到一铺子买了一元的水果，又步行到宣武门了，才雇了三个洋车，一个一毛五分，一路上斌又向我道歉似的说个没完，她不说还好，她一说我心里反不好受似的，我只要能陪着她，一切都可以丢开。王家玩到那时已经快无味了，已不似先头有趣有劲了，回来也好，斌说她从前出去跳舞，都没有这么晚回去过，两次十点多，一次十二点，今天已是一点多了。她说："你要是在我家伴着，我就不睡觉！"我说："好吧！"到家以后刚弟独自进屋睡去，我却反走到黄家去，到家的斌幸而她母没有责备她，只问她为什么这么晚才回来。我一路提心吊胆，在这时候才放下来，斌母亦刚睡不久。在床上和五妹小弟掷骨子玩，一会五妹也被我们谈话闹醒了。到她家已是两点多了，她肚子疼，李妈起来又给她热了些包子。五妹也被她叫起来了，陪着她俩，我也吃了两个。斌母又睡着了，我们便轻轻走出，到斌的屋子，三个人都坐在床上，用被子盖着腿，又加上大衣，开着火，我就给她二人讲了一个故事，是《Three smart girls grow up》。不过因为看过很久，记不大清楚了，所以讲的也没有

多大意思，不由得都有点困。斌头靠在我肩上，要睡着了。这时已是五点半了，五妹进里屋拿出一个大空碗来，于是分了扑克牌，三人掷起骰子来，消磨这残夜。手气不好，我和斌都输了，幸而后来又赢回来了，只输了一毛五分。六点半的时候，天已经有点微亮了，七点左右是很亮了，于是关了灯，下来穿起大衣，走进去。斌母及弟相继醒来，斌及慧漱口洗脸，又买了年糕分我吃，八点左右我就由前门回来了。

2月8日　星期四（正月初一）　晴

多少年没有熬夜了，尤其整夜不睡。昨晚过破例了，尤其是在别人家过的年，更奇的是和斌在一块，真又是一个可纪念的日子。她也没有整夜没有睡过，更奇的是平常五妹最爱睡，半夜谁要叫她，会发脾气的，昨夜却很高兴，很快的就起来和我一块陪着斌在一起玩，过这个奇怪的夜。早上八点左右由斌家回来，娘等都以为我是由王家回来的呢！洗了脸又吃了一点吃饭，娘起来了，已是九点左右，我的精神终于支持不住了，便脱衣服在娘床上睡了，一直睡到十一点半才起来，头还有点晕，才知道力家都来过了，都来拜年，就在这屋子坐，我今年可以不去了，到也省事。十二点左右降大雪，伯长、伯律、八姐来小坐旋去。午后心里又不舒服起来，没有看见斌，不过才几小时真是不由自主的又踱过去了，她在床上睡着。起来和我及五弟小妹玩了半天扑克，力伯美、四弟、五妹等则在里屋玩，五点多回来，晚饭后又过去玩了会切面和猜戒指，十点回来休息。这廿多小时没有合眼的疲身体。

2月9日　星期五（正月初二）　晴

初二，财神爷的生日。可是谁也没有去财神庙，早上仍起的很早，吃完稀饭已是十一点左右了，看完了一本《中国文艺》。十二点半多一点，在家闷的难受，在屋子里来回走。四弟跟黄小弟去春明打乒乓球玩，我步行走到大街上，又道口，又回来了，无聊透了。什么事也不想做，更做不下去，书有的是，就是没有心思去看它，于是坐在好几天没有坐一会的书桌前面，抽出日记本来写。才写一会，斌母来了，抱了一个小孩子，是她弟弟惟一的男孩子，今天拜她做干妈，高兴得抱了过来给我妈看。稍即回去，我也未进来，仍然继续写我的日记。还未写完，不一刻斌一人来了，换了一件夹袍，显得那么苗条，来给我母拜年。后来走出来和我谈了一会，那么妩媚，一会就又回去了，她说她要去厂甸。我因为太阳下山了，遂拿进屋子陪着母亲来写。不一会斌母一人又走过来谈天，又待一会，斌和五妹也来了，谈了半天。五点多斌母及五妹走了，五弟小妹和张妈去厂甸回来，买了一个小耗子。我向五妹开玩笑，说这是她的子孙，她就生气了，一直到晚上也不理我。今天斌看看我的日记，一月十五日的那天也看了，不知她看了心中怎么想，她叫我别叫别人看见。六点多陪她回去，她又留我在那吃饭，吃她母做的酱牛肉，饭后又和她一块玩打五百，王成、行侄、四弟、五弟、小妹、小本等全过去了，十一点才回来。

2月10日　星期六（正月初三）　　晴

立春以后天气是暖和的多了，大街上的冰完全融化了，一个上午看看书就断送了。十二点五弟跑到黄家去滑冰，饭后因为无聊，斌又出门了，我亦换了衣服出门。大街上店铺开了十之三四，人不少，来往匆忙，都不知忙些什么！？到了王家，治华去看电影，只余王弼姐妹等在家，她父和她弟弟去厂甸了，谈了一会，来了二人，是卢五的哥哥，卢四和他太太。人头我觉得比老五好得多，人怪和气的，也没老五那股子神气，坐了一刻，就走了，压岁钱五元，阔人的手头多大方！他们走了一会，王弼也因为在家太闷了，也要出去，叫我陪着她出去。一同骑车到东城米市大街，青年会溜冰，我因为鞋没带来，只好做壁上观。老二在内大显身手，怪过瘾，看了半天我一人便先出来，到东安市场骑了半天，店铺亦只开一小半，买了两个别针，怪好玩的，一个送斌，一个送小妹；又买了一玩三角的苹果。骑了半天，无多大意思，也无兴趣，便出来骑车回来了，到家已黄昏。六时多，才知道弟妹们和黄小弟一同去中央看电影去了。五点半那

场得黑了才能回家，吃了一个苹果，想过去看看斌。才先到西院便听狗吠，又走回来一看，大门口走进一人，走近了才知道是斌，她眼睛痛，家中也没有眼药，问她才知道她母也去看电影去了，只余她一人。遂陪她回家，她一回家就嚷饿，叫李妈弄吃的，先搬出鸡蛋卷出来吃，又吃饭。近半月来斌对我那份温柔、多情、妩媚，两眼射出的爱怜的光辉，真令我更加爱她了，有时只好两眼不眨的亲切的注视她秀丽娇小的脸，真不知怎么样爱她才好，不知怎么样表示，才能显示出我心中爱她的百分之一来。近二三日更是特别，就是一日半日数小时没有看见她，便心里好像空一块，悠悠荡荡的没有着落。或有什么事情没有办似的。终于似乎有点缺陷般，心中忐忑不安，非得看见她以后才安静下去。今晚她又半自动的吻我二次，中国女孩子多半害羞，其实她们也一样和男孩子们心中燃烧发热的火焰，只是不好意思像男孩子那般明白、强烈、直接的表示出来。我希望斌能大胆的表示出她内心的情意。当她动情的时候，会自动抱着吻我，不要像个木偶或假美人似的，只是让别人去吻或拥抱和抚摸。希望她能起强烈的反应，甚至自动的、主动的向我表示她内心的意思。过年真是无意思，拜年、过年……等等。都是过钱呢，那是过年?! 同学朋友走了大半，自己有孝也不能去向亲友拜年。大街上店铺都关门了，人们都慌慌张张的像车上一层年间忙似的现象，玩的地方，觉得都无意思，白雪观等等都不想去，电影也没有什么好的，现在惟一能使我兴奋上进高兴有生气的只有斌。只有斌能给我一种无私的力量，只有她能安慰我，我也只希望和她在一起，一切便都满足了。年末想和她一起玩玩，不料她虚弱的身体，因为七日夜的疲倦，连日缺觉，今日出去拜年，又累了，明天早场大概不能和她一起去了。《比翼双飞》大约今天末一天了，也未看，以后再说吧! 此片毁誉参半，不知如何，但只少看那个热闹劲是真的，明天不能和斌一块去，心中失望得很。近来无论干什么事，如果一没有斌，我立刻不感兴趣，不想继续。斌现在暗中精神上指挥着我的一切，她自己不知道罢了! 现在热烈的完全沉浸在斌的身上了，我相信她如果再加以鼓励我，我的学业会更加进步的，她的一切完全影响我的一切，我的喜怒哀乐。二年来，使我不变初衷直到现在更加深深的爱着她，尽我力之所及的爱着她，所以她不但是我的 Sweet heart，不但是我的 darling，简直是我的 Second life 了！唉！我亲爱的斌！你可知道我如此的痴情！我整个心都给了斌！

我觉得斌的身体有点弱，我希望她日渐强健起来，成个活活泼泼的（Smart），勇敢的（Brave）女孩子！斌！锻炼好自己吧！（永远和她一起过卅晚上！?）

连着七八天每天都和她会面，可是我认为宝贵的时间是只剩我二人在一块。见了面像不愿意，难过，可是还得分开，想起来不觉怅然。只盼这好景多延长下去，将来！? 小徐说得好："将来自有将来去安罢吧！?"

2 月 11 日　星期日（正月初四）　晴

九点才起，急急忙忙弄得来，已是快九点半了，我才走。去看真光的早场，路过黄家，进去看看斌眼睛已好，只是尚有点浮肿，才起不久，不去了。我遂一人驰去，到了真光，楼上下全都满了。已开演遇庆璋恰好他买了一张别人退的票，上楼去了，我买不着票，一生气就又跑到 Rex，演的是巴塞罗蜜，及贾克古柏主演的《赤子丹心》，剧情平平，有点感动人。人真不少，满了，散场时遇何美英及其妹美惠，时方十一时半，散的真早。不值帘外桃花太叫座了，连站票都不卖了。出来到大众换了一双袜子，时方十一时廿五分，便到协和去看九姐。葡萄糖水瓶已撤去，人已好多了，说话亦有力，精神亦好。再将息坐几日便可以出院了，伯津亦去，十二时归家，一时许正吃饭时斌来了，等我吃完饭，又待了一会便回去，是来约四弟一同去东城买鞋，又到她家小坐我即回来。又待一会到三时左右同四弟、斌及五妹一同骑车去东安市场买鞋。在大街上遇多数热人，东安市场中绕了半天才买了两双，和五妹一人一双，四弟要的鞋没有，出来又往西城跑，在西长安街遇见伯长，在西单又绕了几家，仍没有四弟所要的鞋。遂归家，在西单南遇见了小徐，说了几句话，想不到的是在东安市场风翔鞋店遇见了沈美申，点头招呼，她亦含笑答礼，到家已是黄昏。斌叫我进去待会，六时回家，今天跑东城两次，下午这一趟不是为了陪斌去，真懒得去呢！运气不坏，明天《比翼双飞》，真光还有。

2月12日　星期一（正月初五）　晴（上午阴）

　　连着些日子总是每天早晨在三四点钟的时候便醒了，口干舌燥的要命。可是又懒得起来喝水，于是就这样翻来覆去的不能入睡，迷迷糊糊的，听见钟敲着半点，四点或五点的，失眠心里急，这讨厌透了。这时睡不着又不免心里又想起事情来了，如此折腾得疲乏了，到七点左右又迷迷糊糊的睡着了，得这下子至少得九、十点才醒。于是近三四天总起不早，今天又照例，又是十点起床，下午和斌说好，预备去真光，一会便又见面了，何必忙在一时就忍一忍，心里老想看见斌的劲，坐着看中国文艺，督查着五弟小妹做一些寒假作业，眼睛看在书上，心里可又幻出一个斌的影子来，所以眼前一片黑蚂蚁似的，说的什么满不知道，正在这默默的暗自出神的当儿，忽然斌来了，这是令我高兴，她真好像是知道我正在想着她，她就来了。待了一会便回去了，继她而来的是五妹小弟，十二点左右便也回去了，我们今天吃饺子，急忙叫张妈做了，我刚吃完，五妹小弟便又过来找我们了，四弟、五弟、小妹和他们一同去中央看《金刚》，我把小妹带到中央和斌去真光。到了才一点四十，还未卖票呢！于是先到市场陪斌去买戒指，她小弟送她的，买完出来便到真光，幸好在前排最后一排找了两个地方，等了半天才开演。唱的不坏，麦唐那有几身时装表演，真好看得很，剧情没有什么。出来又陪她到北池子何家找了她母，一同到西单买了一双鞋和一些东西完了才回来，又留在她家用饭，十点归来。年前松三曾寄给我，斌、曾泽等明信片各一张，是拜年的别无他话。一月十五日那天看见了那一大叠的信在斌处，今天据斌自己在路上亲口告诉我说是松三给她的，连那张明信片，整整二十封信，如此说来，松三不是无心的人了，但终未免有逢场做戏之讥。斌说松三在临行前曾给她好几封信，她都没有答复，并且约她去玩，她也耍得他，叫他等个一个整天，于是松三认为她不理他了呢！不到一个暑假廿封信，真不少，也够热的了。我那时知道他们是通信的，却料不到有这么多呢！我平生第一个吻过的，我现在，不，自从认识她起一直到现在，始终热爱着斌，没有第二个女孩子，而且连想都不曾想过。我整个的心都放在斌的身上，都交给了她。所以一天不见她，心里立刻起了反抗，但不知道，斌她是否也是第一次被男孩子，我第一个吻的她呢!? 这个我不知道，只有她能来答复我了! 谣传那次在太庙后边的事，我都不信是事实，何况还有刚弟和泓在旁边，也未免有点不大好意思吧! 但这个问题也得斌自己来答复，目前松三又来一信报告，阳历年过的三天快活日子，我今天告诉了斌，我问斌为什么不给他写信，她说："他不给我写信，我凭什么给他写信？"还叫我写回信时附带代问他好，不知她是什么意思!? 今日在影院中斌对我说了几句知心知情的话，有两句话吓了我一大跳，几个小动作亦令我猛吃一惊。斌! 你真热烈的在爱着我吗？这几句话，这小举动在别人是太难听到，遇到了，我的斌! 我也正热烈的爱着你，不知怎么说才好!

2 月 13 日　　星期二（正月初六）　　晴，上午半阴

　　世界就是一个缺陷的世界，根本没有一样东西是完美的，上天好似是故意和人开玩笑，好作弄人似的! 总是那样令你在人生的说长不长，说短不短的旅途中时时遭到不如意的、不顺心、不痛快的、不完美的事情。好似造化在成心这样颠倒播弄你的命运似的，永不能令你容容易易、快快乐乐的如愿以偿呢! 而世界上那极少数的幸运儿一步登天，受命运之神另外看待的又有几个？看清了这点，也许人生更乐观一些。前两天看《中国文艺》上面有段是《健忘礼赞》，说的很好，爱忘记事情，因是一种很不好的事情，但是天下事情总是有利有弊的，互相对应的，自然健忘也有它的好处了，好的是在能减少痛苦。我就吃这不健忘的苦头，每每想起两年前的暑假，我那一个人的单相思，单恋斌的苦味，和斌同松三一块玩去的劲，便心里不自在起来，事情都过了这么久，何必再想，可是就不时又想起来，真讨厌透了。这就是不会忘记以前事情的坏处。

　　斌昨天告诉我，她今天出门去，我也就没有过去，因为她不在家，就差多了。上午总是不能做些什么事情的，十一点多的时候正在看书，五妹来了，原来是家中就剩她一人。闷了来找小妹玩一会，又和五弟三人都过

去，中午便在黄家吃午饭，午后我便出去访友。及回拜表兄、陈老伯等，先到黄松三家，他未在，出来便到泓家小坐，适其在家，小孩不少，闹得荒。其家除了其妹妹、其父外，都俗不可耐，坐了一刻，沈美理来了，我便走了。斌知道了她一完也不会怪我这个纯友谊的拜访呢!? 我现在热爱着她的，她是知道的。三点半去访祖武未在家，这下子又得暑假见了，于是又奔陈老伯家。老伯不在与伯母座谈顷之，又来二姓唐的辅仁同学，一会又来二位客人，一会又来一人，屋小坐不下了，我便告辞出来，一看时间尚早才四点多，强表兄未归家呢! 遂又往南行到郑家去，只余大宝、二宝在家，三表兄在后边打牌，维勤不在，大宝、二宝和我说了半天讨厌维勤及六表嫂的话，不由我亦生靠人求人难之感。谈起来很高兴，五点左右，久未见面的孙祁忽然来了，他说今晨到行伝去访，他又谈了半天，六点左右我辞出祁亦回家。南北分途，我去西四礼路胡同强表兄家适，方归，至客厅稍候方出，稍谈。将四弟成绩单等与他看后，开一五十元支票预备交刚弟学费，四弟美文不佳，宜多努力。七时归来，斌母在与母炉边闲谈，小孩皆在黄家玩，呼回用晚饭，斌尚未归来。有人请吃晚饭，在煤渣胡同何家，大约又有跳舞。九点一刻斌母回去，我漱口洗足是预备休息，坐椅上休息，听 Radio 放音乐时，正十点斌忽然穿着大衣来了，告诉我才回来，大衣尚未脱，没有 dancing，谈了一会，还给我两块糖吃，才走，多情!

近两天来斌略见削瘦，实之其身体不甚强健，我希望她能逐渐强健起来，更好的，是她能继续求学。无论是那一方面的，近来画也不画了，希望她过些日子自己会继续下去，她的身体也不胖，苗条得很。今年算来她已是十八岁了，有时仍很天真的像个小孩，希望她的天真永远不没!

2月14日　星期三（正月初七）　晴

阴历正月初七日，俗称人日，今天晴和希望今年能平平安安过这一年。时局平安一些生活容易一些! 早上七八点多起来，总晚起也不是事，把弟妹等都叫起来，念念书，做做寒假作业，也都快开学了，也该收收心了。我亦补写日记，时正九时三刻，今天午饭娘去协和看病，我便先到西院略走。又到黄家，斌才起来，正洗脸呢！小弟尚未起来，十时半归来，即用午饭，十一时三刻，娘及李娘小妹先去。我又听了一刻无线电，刚要走，斌来了，托我把她车从文昌阁取回。我即直驶车至东城弓弦胡同五姐家和五姐三嫂、二妹谈谈，河先、大弟相继归来，留用午饭。河先大弟二人殊冷淡，亦无何可言，根本聊不到一块去，我亦甚惯之，无聊之至，所以我素不喜去五姐家，因无小孩无意思也。饭后我旋辞出，至协和找了半天，才在地下室妇科找着母亲，已言定今日即住院，动手术后再休息三五日即可出院。力六嫂、四妈等均动过相似之手术，九姐夫言无危险，李娘到九姐病房看看。五点半出来，至尚志找舒东不在，又至文昌阁带回斌的车送到车铺，在路上被李娘看见又问长问短的问个没完，讨厌得很。老人都是那么口啰嗦，回来在黄家待了一会便回来，晚饭后至九姐家等均在，我与九姐夫略谈娘病事，即归来。斌在我家中，小弟与五弟玩枪旋行伻亦来，玩了一会扑克，李娘啰嗦透了，老催睡觉，不到十点，气的斌鼓起小嘴怒冲冲的走了。真对不起她呢！李娘就是这点讨厌，自己不知道自己这点惹人讨厌劲，所以总被人骂，有的事情几十百遍说的都不好，自己也不嫌累，多余透了。晚上也惹我一肚子不高兴，我们到时都睡了，不知道娘今天一夜睡的好否?!

中午学校成绩单来了，奇怪伦理学我会得个少，文字学及词及词史也是，真是差劲，小说史没有分数，不知何故？真怪，虽然是都及格了，可是太泄气了，真不好，下学期将努力。可是，自己这一学期也不算是不努力呀！伦理这小子没有准，文字学更得碰他的高兴，词我承认不会做啦！看了看虽是没有不及格的，可是心里总不痛快半天！真是的，太不好，下学期一律只少也得要个 D + 或 E 才成！加油！可是成天俗务缠身，这个那个的没完没了，心里怎能一心一意的去攻读呢！烦得很！家里事我不管管不跑跑，可有谁去管管跑跑呢！有的事情又是非我不成呢！没法子！没有父亲的孩子是天下最不幸的人罢了！但是，当然，另有一部分人又当别论了，也许他父亲死了，他反而更快活起来了。勾起烦来，真烦得要命，心灰意懒。念书也不过是那么装门面，挂晃子的事，在学习际学问能得多

少，离原来的教育本意，差得远呢！看大弟那像在念高中中文都不通，可是他那么舒服，真令人可叹!？

2月15日　星期四（正月初八）　晴

八点左右才起来，但比较半月来算是起的早得了。略看看报，吃过早餐，已是九点左右了，便到力家去，借了七本画报，预备下午去看娘的时候，带去给娘看着解闷的。家里这几天少了娘，便好似缺少了一个很重要的人似的，屋子里也显得格外空阔似的。一个人在生疏的环境中静静的呆着，一天到晚一事不做，一事不用你操心，多么的闷呀！清福真是舒服，可是谁也不愿享这种清福，太无聊烦透了！好在闷个一个礼拜左右妈妈就可以回来了，十点多到斌家座谈笑半晌，十一时许即归来，用过午饭，已是十二点半多了。又听了会 Radio，看了看报，李娘坐洋车先去东城，我则在一点一刻的时候，骑车到东城去，比李娘还先到的呢！拿了牌号便等了一会，取了看病人的卡片，和李娘一块去看娘，我先进去，娘在 29 号移到 23 号床上了，舒服很舒服，只是试表，抽血，检查很麻烦，有点痛苦和累。把画报给娘看，谈了半天话，左不是问长问短的，关照家里的事，问弟妹们有打架没有等等？反正母亲心里总是惦记着子女的，一晃功夫已到半小时了，出来换了李娘进去谈谈。只有一小时探病时间，并且是二四六日，不能天天去的，花的钱少吗！没有法子，由医院出来，便奉母命到南池子飞龙桥七姐家去看看七姐。到了那一问，只有青哥几个小孩在替他们看家，都出去了，不知何往，只好留一名片归来。春天了么，天气真是热得很，跑远的道，身上都会出汗了。中午骑车可以不必带手套了，今天天气真好，暖和又无风，大街上乘着好气候出来玩的人多极了，来来往往的真匆忙得很，看着真有一种"年味"，看着别人都那么有兴致玩，自己总有不顺心的事，所以也不想去玩，只是闷恹恹的过日子。只是见了斌我的生命便又活跃了，所以简直是不能有一天不见斌呢！回家路上发了两张明信片，一是给松三，一给孙的，到家后孙湛在这，小弟等也在，五妹亦和小妹在玩。我休息一会，便来看斌只她一人在家，回来时，顺手把她车往车铺取回来了。和斌谈了一会，便玩起扑克来，打五百，算分。不知怎么回事，总输她，后来五妹回来了，拉我和她去小刘家一趟，不在家，我便回来了。不料五弟小妹二人在屋喝开了大碗豆汁，我便又继续和斌玩扑克牌，一直到黄昏，其母归来又要我在她们家吃晚饭，稀饭花卷，我真不好意思。近来时常在她们家吃饭呢！她们的盛情又不好意思推却，老吃也怪不好意思的。所以，答应吃一碗稀饭和一个花卷回家再吃去。因为我知道斌母的脾气是有好的东西，好吃的，总愿意留人在那吃，就是自己不吃都可以，可是不管别人喜欢不。可是好吃的自然是好吃，从来也没有我不喜欢吃的，那种诚恳和殷勤劲，真不好意思令人推辞呢！我已搅了她许多次，我心想不出用什么方法来回请斌母，来谢谢她呢！于是今晚在大人小孩留下，吃了一碗真不坏的稀饭，及一个相当大的馒头，回家来又吃了二碗。刚吃完，三位便又开到了，打打闹闹了一阵，我便和斌及小弟回到她们家来，讲个电影故事给她们听，《何日君再来》，又大略说了一个《科学怪人》，回来已是十点了，李娘已由东城回来了，谈了一会，我便休息了，心里惦记着在协和的娘！

2月16日　星期五（正月初九）　　上午晴，下午风

八点一刻起床，早起确有早起的好处，可以做许多的事，不然平空白白的睡过去了，什么也不能做。吃过早饭，拿了电车股票便一人匹马单车的往东城西总布胡同电车公司进发。早上稍微有一点冷罢了，到那找着单子衡先生和他商量电车公司股票换印章的事，单先生人到很和气告诉我，只要登一天报，并有个铺保便可以了，只候呈上去，董事会批准便完了，没有什么麻烦的，满意归来。顺路便到尚志医院去找九姐夫，向他说了此事，并请他代为张保，且写好了一条广告的稿子。回家时便先到新北京报去办了，回家时又到孙家小坐。祁未在家，翰在家才起，和小孩们谈了一会话，十二点了，便回家了。前天下午祁来找我，我未在家，饭后看着两个弟弟做了些功课，给四弟补习了一会英文。真没把我急坏了，真糟心极了，不知他将来英文会好不，不要像我似的坏才好。二点多到黄家去，行

俭在忽然想起没替他们叫收拾电灯的便又回来到陈家打电话叫了。回家无聊便提笔写了一个明信片给桂舟，昨天将其来，一信始知华子已不在本溪湖，去申了。怪不得他无信来，行踪不定不知，他在申有机会否？希望今年他有好运气。还没写完斌来了，叫我过去替她在家待一会，后来到她家，她又要我陪她到无线胡同，因为她母叫她去东城一块买布去，她坐公共汽车去，我便又把她自行车带回来了。在家休息一会，风讨厌吹得我一头一身都是土。四点多送车过去，正好收拾电灯的来了，便看着他修理。小弟在我家玩，五妹去中央看电影，我反来替她们看家了。有意思，来的是一个小孩，爬上爬下的，看着又可怜又好笑，好容易找着了灯上的毛病，快黑了才走，工资四角。这时在南屋的小弟等也吃光了豆汁，都在家，我便回来了，一时因为心情的冲动，很想写点东西，拿出了纸才写了不多，李娘老太太出来了，坐在一旁唠哩唠叨的和你讲家长里短的，说个没了。心里烦透了，头都疼了，老太太不讲，这一点想写东西的兴头也没有了。六点半了，斌来了，还了我四毛，她才回来。她说有点冷，今天下午起风后有点半阴天，是有点冷。七点晚饭后，便独自己一人在书房写我的日记，里屋他们老谈话，太乱。我做不下事情去，旁边听着 Radio 倒也不错。只是微冷一点，但好多了，反正不冻得荒了，到了熬出了三九天，以后一天比一天暖了，希望夏天快快的来，夏天多好！人的身体太自由了，多舒服，不穿这么多笨重的衣服多好。今天下午又听说九姐病没弄好，还得开第三次刀，听了真害怕，不知第三次以后人怎么样，今晚未去黄家。

2月17日　星期六（正月初十）　　晴，风，冷

　　时间是不等人的，过年过节等，你虽是不过，日子可毫不迟疑的过你。太阳出来了，星儿隐去，月亮上升了，太阳休息，轮回不停的，一代又一代的送过去，事事物物生了又毁灭，一切都变成了历史上的名词，但人偏又比其他的动物有知识多。除了感情以外，更有理智，会想尽了巧妙方法享福，可是也比其他动物受的痛苦更多，最大的痛苦是精神上的，而

不是肉体的，肉体最大的痛苦顶多是死亡，也就解脱了一切，精神上的方慢慢消磨你的一切，有形的，无形的，最可怕不过。有了记忆力，会有知识固是很好了，可是自然的坏事，不如意的事情也照样深深刻在脑中，不易拭去，也就是精神痛苦的泉源。我真赞成《中国文艺》上那篇《健忘礼赞》说的好，人要是记性不好，什么事，不如意的，失望的，都忘它一干净多好，我就吃不会忘掉的。二年前失意痛苦的事，一回忆起来便一丝丝痛苦的啮着我弱小受过创伤的心！真难过，极力想忘掉，可是不能，反而更加清晰了。想起来发恨，恨别人，更恨我自己，二年来爱斌不变的诚心，单相思的苦闷，在以往的日记中可以详详细细看出来。

下午去兴业取回学费，顺路至第二附小问小妹上学事，据主任云考过方能决定。又到小徐家小坐，借了几本画报归来。到家方知朱君来访，候久之始去。真对不起，李娘及小妹去东城并去看娘，午后看看书听会 Radio。二点过去，只斌一人在家，正谈笑间，忽维勤来，回来陪他聊天。四点多始去，遂又至黄家与斌谈天，拿了我借来的画报，互相看着谈着笑着，俏皮话，多情话，乐甚，拥抱，热吻，甜甚。近来斌对我的样子，似乎露出了她现在也正在热爱着我的样子。言谈举动对她更随便，更可以不加拘束了，后来五点多，五妹回来一块说笑，不生气时候的五妹也是那么和蔼呢！黄昏六点多我即归来，因为饿了的缘故。四弟下午去学校，并借书，已归来。一同晚餐，方食完不久，黄家三人相继过来，谈笑并看相片本八时许，李娘及小妹归家三人先后回去。我亦未过去，只在家可今日下午九姐第三次开刀，闻九姐夫言人尚好。娘今日尚未动手术，娘住院了要回来，并且检查甚苦，局部疼痛，真慢，赶快动过手术就得了，老耗着两头着急。今日忽起风并有点寒冷。

今天和斌谈起，她微露出有可否想到将来如何之意。这个问题实难答复，我也并不是没有想过，我屡次想过，但我自己也没有切实完满的答复，我只是对自己讲将来是一个很有希望的，很快乐的，完美的，光明的，或是不可知的，或是悲惨的结果。都不一定，谁也不知道明天会发生什么事情。在这年头，尤其在此局面下，所以结论还是没有，终于还归到小徐的那句话上"将来自有将来去安置，且抓住现在吧！"斌也只说了四

个字是"及时行乐"。不错，我有时脑筋会想到牛犄角中去，悲观的了不得，有时又兴奋的不了得，其实人生不过几十年，一辈子不过如此，谁也逃不过最后的一关，不乐又怎样?!

2月18日　星期日（正月十一）　　晴，风，冷

大礼拜日的，中央早场是《孤儿历险记》，片子很好，决定请黄家三人，并带弟妹去看。早八时起来弄完过力家看九姐夫，问九姐昨日第三次开刀情形。据云昨日午后十二时半上去，下午八时半才下来。人已醒过来，共六小时，人尚好。昨夜十一时才归来，把电车公司中信交九姐夫后，即回家带了弟妹到中央去。不料片子太好的缘故，不到九点座位就全满了，外边还站有数百人，真是好生意。出来等小弟、五妹、五弟，等到了以后告诉，他们即回来了，他们却跑到厂甸去玩，我则先带小妹回来。在宣内大街遇见了斌，告诉她以后便一同回来了。到家搁下车，便过来找斌，斌母去力家，并去文昌阁。只我和斌在家，我们俩人得其所成，亲热的抱和吻，真陶醉了。我的心身呀，可爱的斌，我不知道怎么样才能说出爱斌的百分之一来。斌近日的对我的温柔多情，也确实是显得爱我呢！今天她告诉我平生只有我吻过她，抱过她，在我以前她未曾像我似的，如此亲密的过往过！中午吃蒸饺子，久不吃了，今天吃了馅不大好。十二时半又过去，小弟去学校补考，我和斌一同去东城。四弟今日本说去东城协和医院一同看娘去，一早上学校代先生看考生去了，十二时半左右还未回来，我便与斌走了，到和内干菜铺内买了一斤蜜柑给娘带去，一直就到协和去了。方到门口，四弟却一人在门口等着我们呢，于是一同进内，由我带他俩要了卡片，上楼让四弟先进去看娘。我和斌在外边等着，协和里边热极了，脱了衣服才好一点，斌也脱了，只穿了一个袷袍，还直嚷热，四弟进去不到十分钟左右就出来了。来一趟不容易，老远的不多说两句一会便出来了，真是孩子气，于是我便进去，和娘谈了半天。娘床又移到门口来了，人满好的。只是疲一点，还未动手术，检查真慢讨厌得很。画报娘也看腻了，说了会儿家事，娘看我来了，便笑了，我心里还放下些。娘在

家成天劳累，不是这便是那的做个不了，这回一闲数天，什么事不用娘做，不用娘操心到时候都有人侍伺，便利清洁，享清闲福。可是一事不做，娘又腻了，福也看怎么享也不是好享的。什么事不管成天叫你躺着，谁也不愿意，如果日子长了的话，二点三刻出来和看门说了几句好，才让斌进去看娘。因为三等规矩，只许二人去看，我在外面等，以为娘看斌来了，一定有点奇怪，到时候，斌出来了，我问她，她说没有正好来到协和了。便到楼下去看看九姐，不料她睡着了。又吊上了葡萄糖水，看着就难过，不好惊动，问问看护士便出来了，陪斌到马市大街杨村糕点店买点心，这店开了一百七八十年了，不少日子！又到东安市场绕了半天，买了点肥皂手绢等，请四弟及斌吃了点东西，出来取车碰见了王大姐，在东安市场内遇见了王杰和刘媛、胖子，还和我招呼一气，想不到出来走东交民的。到前门我特意到驰名四处的老铺子月盛斋里去买了五毛酱羊肉送斌母吃，回家休息一会。斌母又留我在那吃晚饭，进四碗止，饭后又给她们讲了一会电影故事，说了王宝钏才回来。四弟这孩子很机灵，我和斌好的情形是很明显的，谁都看得出来，他却在他日记上记我冤枉了他，并说他在娘面前为我说过许多好话。他昨日在东城，不是在我二人车后数丈远，便是在我俩车前数丈远，到很知趣的！

2月19日　星期一（正月十二）　狂风，凉

早上五弟开始去上课，四弟去校交费，我也去学校，准时报到。到小徐家已十点，和他一同到学校去。刮开了风真是讨厌透了，风吹得你骑不动，土扑过来满头满脸，全身都闭塞住了，难过得很，最坏不过。尤其是往北走更吃不消，里边累出一身汗，外边很凉，吹得我还直流眼泪，没法子。我费早已交过，到注册课报个到，添个表交了完事。今天交费人不算多。遇见了刘厚祜和朱君泽吉，我没事了，等小徐半天。打个照面就走了，十一点半出来，到西什库北堂，想买点小十字架等玩意。因为斌喜欢，可惜迟了，十二点下班不买东西了，只好下次再说吧，风真不小，回来往南走，顺风又舒服又快得很，到家还未吃完饭，小弟就来了，可是我

还得带小妹去学校,考一下子呢!因为我们约好今天去中央看最末一天的《三朵花》去,斌请我。真够面子了!本来吗?!一个男孩子和一个女孩子好,如果是真心互相爱的话,固然出门应该男孩子花钱的时候多了,可是女孩子要是真爱那个男孩子的话,她也可以偶尔请他一下子,吃点,看个电影什么的。我素不主张,一切尽由男性花钱,不是怕花钱小气,是为了表示自己的爱情起见,否则真成了"爱情是建立在金钱上了",也未必太亵渎了爱情,卑视、侮辱了爱情。

饭后带小妹去学校,风大带个人顶风去真够费劲的,到了那又等了半个钟头。下了课,我把小妹交给了她们的班主任安先生,我才出来。到中央去,恰好在外边遇见了小弟,便一同进去。在前排,位子很好,最后一行,我挨着斌坐的,一会功夫楼下就有八成多九成人的样子,这个片子真叫座,尤其是女孩子,中学生占一大半。我买了一包瓜子,两个糖球一个给小弟吃,一个给斌。开演以后,斌又向我表示特别的亲热,真令我有点消受不起呢!才十八岁的女孩子,心中知道的事情可真不少呢!片子虽看过,但仍觉不坏,散场出来意外的遇见了张世俊,这位老兄去沪了,不知什么时候又跑回来了,据他说不去了,震旦很坏。这半年还不知道在什么地方呢!有子(儿)的少爷就是这个脾气,他托我问辅大借读可以不?!回来风小一点,又到黄家坐了一会儿,六点一刻回来,晚饭后记账休息。院中风又大起来,因为风连着几天又冷起来了,今日把父亲的金表块卖了。想起来不觉凄然换了四百余元,可是兄当了百元,只余三百多,豆腐卖到五分一块,真不能生活了。米面仍不易购买,且昂贵异常最次米三毛余一斤,合六十余元,一石西贡米一百零八九元一石,真吃不起。五弟学校每月饭费现在涨到九元了,不知怎么办才好!昨天云门表兄来一信附一张样子,系我寄与仲恕又从沪寄回者,又改了格式又得重写,真麻烦得很!又得去四五个小时的光阴!前些日子看了一张 Hwee thealt 片子,里边有一对夫妇,二人恩爱异常,虽是每天见面,可是每日仍是互送卡片上,写的情书不止,而且因为情书上的字所以二人的感情只有增无减。我觉得这倒不错,一时心血来潮,想给我的斌写,说写就写,不然时机一过,又写不出来了。于是从刚热了的被中爬出来,伏在书单上又写起来信,对我这个嘴笨的人是很好的，心中的话都可以赤裸裸的表现出来，如果斌赞成这样的话，我要继续下去，这倒不坏！

每次出门和斌在一起，斌和别人一比较，自然有比斌美的，可是我的心一点都不动，我只爱着我的斌。有一样让我发愁的是，斌在外边和别的女孩子一比较，显然是身体瘦弱得很，我希望她会渐渐强健起来，成一个活泼、健美、勇敢前进的女子。

今天到学校上课一打听，小说史的分数不料才得 D，真不痛快，半年有四门功课得 D，不好。想不到伦理学及小说史两门会得 D，成绩太坏了。虽然没有不及格的，自己心里怪不舒服的，过去的不提了，看这半年的吧！

2 月 20 日　　星期二（正月十三）　　　晴，风，凉

脑子总想事情，睡不着了，七点半就爬起来了，还没洗脸呢，就又把昨夜起来写给斌的信，拿出来又写了两段。吃过早点，一气又写了三封信，都是给同学的。九点半到西单理发，和四弟一同去的。十一点出来又到澡堂沐浴。十二点多才回来，刚吃完午饭，洗脸的时候斌和小弟来了，略谈，拿了两本书就走了。因为李娘老催我去协和，出来手套被斌拿到她家去了，于是又到她家取手套。顺便邀她一同去东城走一趟，她本因风不去，后来经我坚邀，终于和我一同去了。一路上静默老实的也不讲什么话。过了太庙，忽然斌向我说，第一次去平安看电影的时候便是这样，她还记得回来走时，我脱背心的琐事她也还记得。如此看来她也不是无心的人了，一直先到上海银行。邀了斌母一同去，因为她要去看娘，昨天说过的，走到医院里边，不料会遇见了五妹，于是上前招呼，由我领了牌子，领着走路，五妹先进去看，我和斌及其母在外边等着。不到一刻钟左右五妹就出来了。斌母进去，不到五分钟就又出来了，才知道今日上午九时许动手术了，娘仍还未十分清楚，不过可以听见话，半昏迷状态中。两个卡片全用了，我要进去，今天不成了，我可急了，于是和五姐到地下室，住院处交涉要了张单子，才得进去。娘又移进去了，两旁挡着帘子，进去一

看昏睡未醒，我出来恰好有两个大夫在视察病人，我就请看护问大夫娘有生瘤子没有，答复我是没有生瘤子，只是刮一刮，子宫壁血管破裂，所以常出血，只是看娘那样子很痛苦，我叫了两声才微微睁开眼睛，告诉我难过，肚子疼，我不叫娘说话，又闭上眼，我说娘听，点头心中还明白。恰好李次贡的次女在协和学看护，正好是她值班。娘吐酸水都是她在侍候，说了会儿话，到了时候，我便出来了，在我下地下室的时候，五姐走的慢，斌和她母去看九妹先走，我一人不能照顾两头，只好由她们走去，及至我看完娘出来去看九姐，她们已经走了，五姐、七姐、六嫂、大嫂都在那，出来二太也去了。我又到上海银行去找斌一同到东安市场，她买了点东西和一个表带，出来已是四点半了。电车公司已不办公，只好明天再跑一趟了，便陪斌回家了。在西交民巷遇见了子元，一路谈到绒线胡同才分手，回家来和李娘谈起，因为今天病人动手术，可以特别去看，于是五点三刻李娘又去看娘十点才回来。陪李娘出去时，黄家三人来了，我又回来陪她们待了一会便走了。饭后我去力家和九姐夫谈娘及九姐病事，并安慰伯津。八点归来，走到屋门口，斌却从里边走出来要回去，是我不让她走又待了一会，走时送她到西院遂又过来了五妹。小弟则与四弟、五弟、小妹在内玩，五妹都十六了，还小孩子气，比斌小好几岁似的，斌来两次，也无什目的，不过闲坐。今日，我上午未去她家，饭后她便找我来了，归来我未过她家，她来找我，饭后她又来了，可见她也是有点不看见我，也想看我呢！昨夜写的信，今日上午面交给斌中午她来时写了回信，内容却也相当缠绵，但她——不料她却会如此想———劲想到将来去，她悲观将来我俩会有一个悲惨的结局，她预言说，她会有痛心的日子。在以后，将来是什么样，谁也不知道，不能避免的，时间会带到，可以逃过的，不用躲也过去了，人生就是怎回事，从前我也曾如此想，现在觉得想也无用的，谁也不知道，将来到底怎么样。她说为了预防将来的伤痕，那么现在我们赶快向后退一步，慢慢的退到"八妹"的态度去!？但是在这时候，天知道谁（我俩之一）会自动的退一步？她那小心眼里肯定在为"将来"，以后"那天来临"来着想，往前我也常为这问题苦恼着我，可是现在知道胡想也是无用，便也不再去想它。今天看了她的信便又觉思潮起伏不定起来，她来信有两点，我看了有点不高兴，一是没有理由的，不愿意和我在一起照一张像，二是我不如松三。我虽未提过我比松三怎样，只是我也不曾骂过他那点不好，我自是不如松三，一切都不如他。廿封信不多，怎样才算多?! 不到两三个月的光景，写信不像我似的，我现在因为爱斌二年的时光，现在才有机会，使我痛痛快快的写出心中所要说出的话。拿出以前我曾给过她信与松三来比比，一定不会，也决没有什么哥哥妹妹的，叫得那么肉麻吧! 如果我不如松三，那斌就有再爱上松三的可能性，我不过要要而已，否则再遇见比我强的，或是比松三强的，斌又爱上了另一个! 唉! 怎么写了这些这个，但愿斌不是这样人，这样意思才好，真的将来是什么结果呢?! 小弟五妹近两天竟有点公然起哄了，唉! 不想了! 谁也不知道将来是什么样子! 只是信中有一句"无论以后是什么情形，请放心我决意忘不了你，但愿来生你是我的亲哥哥!"看着心里很痛快! 还有几句"人生就是戏台上的演员，我们不知演到那一幕才换人? 我们年纪都不大，很容易换人呢!"很有深长的意味呢! 但愿我俩这幕戏永远是我二人做主角，永不换人才好! 无可讳言的，现在斌是我最爱的人了! 除了妈妈以外。

2月21日　星期三（正月十四）　　晴和

九点起来，写了一封信给铸兄。十点多骑车去东城，西总布胡同电车公司办理电车股票，改换印鉴手续。到了那里以后把报纸及信交给庶务科，单子衡先生办理，毫无问题遂即辞归。今天也不能去协和看娘，于是快快回来。在宣内大街买了点信封，到家吃午饭，饭后休息一刻，看完报一点多，走过到黄家去。李娘替斌母买了一把剪子，我也带过去小弟不在家。才谈一会，五妹来了一个同学，叫陆徽羽，即陆方的堂妹，找她一同去交学费，于是又余我二人在家了。我早上回来顺便替斌买了一个车座套子，我替她套上，她喜欢得直用小拳头打我，真是特别表示喜欢的方式! 她在刷她的皮鞋，弄完了鞋，相视一笑，其中意思大了，甜蜜的接吻、谈笑。自不免又亲近一番，她又说什么她是很容易换人的，不觉我心中很难

过，脸上自然表现出来。后来终于她不忍了，又安慰我几句。我几次要回来，她都不让回来，三点一刻了我回来了。李娘和张妈去买米，我也骑车出来和斌一同到厂甸走走，厂甸一共开十五天，今天都十四了，只有明天一天了，其实不去也没什么，只是不过去应个景，看看而已。那里人并不算多，旁边东西没有什么，我们所需要和往年一样，可以说是一个大规模的小集会。土地庙似的，书摊今年也没遛呢！打算明天来看看，才存好车子，便碰见了葛松龄，笑嘻嘻的问斌是谁。进去还未绕一个圈子，又遇见了刘曾华说了两句话，走到东门外，劈面在买食物摊上看见了曾少堂，穿了长毛绒大衣，神气十足的在摊上吃喝起来，曾少堂冒冒失失的就问斌是我 love 还是 wie，我告诉他是我的 Aliend。和斌在里边转转，没有什么可买的，于是陪斌到火神庙去，也无什意思。回来又碰见了曾少堂，在信远斋买了一盒棋子糖，又买了一盒什么"爱窝窝"的东西，就骑车进和平门，陪斌买了点元宵，便一直回家。已是五点了，斌母还未回来，立刻就吃。东西才吃一半，斌母回来，立刻分她吃，五妹一回来，立刻光了。不到二点回来，听说庆璋来了，这倒想不到，拜完供，吃晚饭，拜供时只有大哥吾吾小孩二人在家。正吃时斌等皆来，谈米事小孩们玩扑克大笑大嚷，好不热闹。斌要看我的日记，可是有小孩在旁，她又不好看，我说话，她也怕他们听见，我和斌好，小弟五妹四弟等早都知道，明白，他们又不是傻子！九点回去，明天中央早场又演《孤儿历险记》，决定请他们三人去看！

　　近来自阴历年以后，物价飞涨不已，白糖迄今已一元八分一斤，比肉还贵；肉有行无市，有钱买不着肉；豆腐四分一块，昨买三块豆付，两把菠菜代价二毛；大米一百廿八元一石，次米三毛七八一斤，还没处买；面一元八一斤，其余无不奇，即不知以后如何生活也！言来不胜浩叹，见面时人人皆为过日子问题暗暗切齿发愁不已。下午小刘来小坐即去，下午买米一百廿三斤代价四十四元七毛，合三毛六分一斤，从前亦只一毛余，三元一袋之白面，今涨至七倍，而闻昆明一袋面售四十元，真为前所未有之现象也。归告黄家买米处，明日她们亦去买米，由斌出马！

　　许是因为我太爱斌了，爱极了她，所以我对她的嫉妒性也就特别强大，无论她对谁比较多表示一些亲切的态度，我立刻不自在起来；或多谈笑几句，我便也就感到些微的不快，每每事后想来有许多都是无谓得很的事，自己也常不觉哑然失笑！但这也正是可以表现出我爱斌的程度如何了！嫉妒与爱的热度是成正比例的！斌的信说总有那么一天，我俩都会很痛心的，或者也许，因为以后的事是什么样，谁都不知道！即便就是知道将来是会有痛苦一日的降临，但是，现在谁——我俩——又能放开一切，或是退后一步，逐渐疏远呢！我想恐怕在此时斌也不会那么一点感情没有的就那么决绝了呢！知道将来会痛苦而仍然一步一步的往前走，真是一个谜，谁也不能解释的谜。

二月十五日给四弟买了一本日记本，他也写起日记来了，也不错。

2月22日　星期四（正月十五）　晴和

除了不时有一些风以外，今天真可算是一个标准的春天！当得起日丽风和四个字，气候显而是热得多了，出去一身被风吹得发燥，嘴皮都干了！斌今天只穿了一件夹袍，真是早班，不到八点就起来吃过早饭，也就是八点一刻左右，我带弟妹等四人先去中央，买了票进去。来的早，人尚少，迎头就遇见了昌明及陈志刚，后来又碰见许同学，孙祁也去了，一个人显得那么孤单。今天的早场演的是《孤儿历险记》，因为是儿童的电影，特意请了黄家三人去看，坐在后排一共七个人，倒也热闹。虽是上课的学校不少，可是因为片子好，也上座八成呢！内容幽默、紧张都有，五彩的，而且相当的好，于是全都满意而归。今天一人两毛多，不料我回家一数钱多出了一块，多找了一块，合着才花一块钱，看了五个人太便宜了！饭后李娘先去协和，我也穿好衣服到黄家小坐，和他们三人谈笑一刻，我即亦驶往协和。小弟本来想去真光，被我说了几句便不去了。到了协和李娘先在等着拿了号头，我先进去看娘，娘言今日头晕，不思饭食，迄今已四日不食矣，只喝水，注入两次盐水，针扎腿上痛甚，今早只进牛奶一杯，并吐一次。今日人比前日清楚多了，谈了半小时出来，换李娘进去，我则去一层楼看九姐，进去睡着，伯津在，稍谈。至客厅，姐夫亦在，惟

老喘并咳嗽，精神极萎顿。今日亦思住院，协和无床，明天或亦住院。九姐夫谓连日累甚，需将息数日，伯津看去亦可怜家中无人，又有小孩。照顾小孩太忙，又要看父母，二人病倒一双。伯津不知去看那个好了！可怜的孩子！前三年多么和美快乐的一个家庭，不料现在如此不如意起来，人的一辈子，真是不可预测呀！三点多陪伯津出来，她去东安市场吃饭，我回家顺道找朱泽吉去厂甸看看书摊去。不料他已去了，到了那没有存车牌，找了半天也没看见朱泽吉，一生气买了一点吃的就回来了。四弟在刘家，便看着五弟小妹做一些事情，看看书。五妹也是个那个怪可爱的孩子，虽是十七岁了，蹦蹦跳跳的在人面前还是十足的孩子气，有时也会闹得令你头疼，不像斌懂得那么多，在人面前大人味着呢！五妹让我过去，不料有一个什么张先生在那，我即回来了。才坐定看报不久，斌就跑来了，让我过去，也无什么事。我又把她叫过来，她本来买米回来，要去厂甸找我，才在这不久，五妹小弟又都来了。这时已快五点，她恐怕她妈妈回来，便又匆匆走了，穿了我的短大衣走了。晚上上过供以后，斌又亲自来找我，到她家吃晚饭，吃薄饼，预备了不少东西，是有十小盘，真够丰富的了，不知又麻烦了斌母多少功夫。真好吃我便不客气吃了足有七八卷之多，未吃完时，西院行佺小本四嫂、庆斌全过去了。我吃完，玩到九点和四弟一同归来。明天上学了！

2月23日　星期五（正月十六）　晴和

第二学期，今日第一天就上课了！第一小时就迟到了四分钟，泄气！词是讲了一堂的苏东坡。第二小时是英 holage 先生和我们聊了半天就下课了，问我们新年寒假中都做了什么事？很有趣，半点多钟就下课了！离下午还有四小时才再上课，也没有事。小徐要回家，便陪他一同去。先陪他去纸铺买了一点东西，他再陪我去西什库教堂里边的印书处去买圣牌，和十字架等。因为斌喜欢，要有一个小十字架挂在胸前以做纪念，进去选择了半天，没有什么满意的东西，木造的都粗陋得很，勉强买了一个十字架和几个圣牌，恐怕斌不喜欢呢!？有一种铜笔杆，锡制的，很有意思，买了一个回来，小徐也买了一个。午后又跑到学校去，新文学朱先生只谈了一小时的现代物价飞涨的生活情形，第二小时也未上，和小徐、朱泽吉二位谈了一小时，伦理学随便说说也就下课了。归家途中遇见铸兄，买了许多大包小件，不知又要送谁?! 到家吃过点心又走了，忙人! 晚饭后因心绪不好，写完日记，决定早休息。

今午归来，将买的十字架等拿过给斌看，果然她不喜欢，只留下了两个圣牌。饭后她要信封，拿过去，是我自己糊涂、愚笨，说话不留神，又惹她生气并气得她流了泪。真是从那里说起，我暗恨我自己的呆傻，她也不理我了，我那时心里真难过极了，没法说的难受! 这种干着不理、静默的空气，我真受不了，还不如她打我几下，骂我几句呢! 啰嗦多余爱说不相干话的老太太，真差劲透了! 哼! 谁能拦阻我的热情!?

2月24日　星期六（正月十七）　　晴，上午半阴，凉

半阴的天，有点凉! 刷了三老板一小时，在家打算写谢信给上海各位! 为了昨天的缘故，今天的心绪还是不能安宁，总是那么不安。看完报，写了半天的信，也没写完，还有一个字看不清楚，于是一生气不写了。十一点又踱到黄家去，只斌一人在家，在吃午饭，一会李娘回家去了。斌的态度仍有点异样，可是我还没她说的多，空气显得那么沉闷，我和她之间似乎有了一道无形的隔膜似的，对我有点冷冰冰的样子，使我十分伤心，心中十二分的难受。一阵往上翻，几乎吐了出来，我便匆匆走了。出来到力家去，问伯津九姐夫住在多少号? 下午预备去看他，回来一会就吃午饭了，心中难过哪吃的下去，饭后就躺在椅子上迷着眼养神，一边听着 Radio 中放出西乐，外表是很快活，可是心中不定多么难受可怜呢! 谁知道! 临行到书桌上拿东西，忽然后现一个信封在我书桌上玻璃底下，抽出一看斌写的，信中的言语直刺入了我的心。她说她因为听了李娘几句不相干的闲话，她觉得她要我和她的友谊退一步，为了我念书，为了我将来的前途幸福! 她那么关心周到我，她信中的话决不是她自己由衷发出的，聪明可爱的斌! 我将怎样才能酬报她对我的恩情，她本来的意思是

要冷淡一些我和她的友情，不料，反而增强浓厚了！一个下午都沉浸在苦闷中的我，怀着一颗散碎的心去协和看娘，妈妈问我眼睛为什么红，我只好说是风吹的，屋子热的缘故。那时候我真想伏在妈妈怀中打个滚，痛哭一番才好。陪着妈妈神聊一气，到了时候，我就出来去看九姐，又到楼上看看九姐夫，都不错。四点出来，又跑到财政部去找强表兄，谈了一阵子，出来即回家。铸兄归家来，仍大半在外。我又拿出斌的信，反复的看，心中难受极了，不觉两眼含满痛泪，心中烦的不得了！坐立不安，暴躁之极，结果坐在书桌前边写了一封长信给斌。强表兄代刚弟买了一支自来水笔，我却拿来先写字，还不坏，心绪起伏不定。信也写了不少，一直到吃晚饭还没结束，便摆在桌上去吃饭。正吃着，四弟告诉我斌来了，我猜她一定会看那封信的，好在是给她的，便不理，叫她一个人慢慢的看去吧！我吃完洗了脸漱过口，她把《辅仁文苑》还我。她问我一句，我便答她一句，她的态度很自然亲切，令人不测是什么意思!? 我见了她，因为心中难过，想不到她那么软弱胆小，为了几句极不相干、无味的话，便要和我疏远起来，真使我伤心，可惜我这两年不变的痴心。今晚奇怪，她却硬让我过去她家，这时她母却在里边和李娘谈天。到那五妹已上床，一会她也上床了，我给她讲了一会电影故事，完了才回来。她的态度令我很迷惑，晚上继续写那封信，写完十一点多才睡！

2月25日　星期日（正月十八）　　晴，凉

放假的日子，反而起来的很早，七点半就起，床上听 Radio。早餐后，因为心血来潮，于是又给斌写了一封信，铸兄也不知都忙些什么事，不到九点半又出去了。我又把昨夜看完的那本老舍著的《老张的哲学》中择录了三段，又把昨夜写完的那封给斌的长信，拿出来抄留一个底子，以作纪念。我正在低头紧紧抄写的时候，大约也就是十一点左右，斌悄悄来了。她穿着那件斜道夹袍，上穿一件毛衣，颇显苗条，头发蓬松显得大了，脸上薄施脂粉。我是愈看愈爱，她看我在抄那信，她说别抄了，吓！写了那么多，六页！我只和她互相默含情的注视着，心中暗暗在交流着爱的美

感！她不让我抄，硬叫我过去上她家去，到了她家也没事，四弟在她们那。五弟也去了，小妹也过来和五妹玩。小弟和五弟在院中抖空竹，行伫也过来玩了，我因为要吃饭了，遂回来了。果然正好吃饭，饭后李娘与四弟去协和看娘，五弟小妹去黄家，我又继续抄那封信。刚好抄完了，斌骑车来找我，要我和她去厂甸，把信交给她，换了衣服与她同出来，到她家找着五弟五妹小妹三人一同去，走着去。在家中时，因为没有人，于是与斌拥抱亲热半晌。可惜不敢过分了，干自着急。厂甸没什可买的东西，买了点吃的，看了半天书摊了，买了一本《木樨》，陶晶孙著的代价一毛，又走回来。五点斌母已回来，谈了一刻，和斌一起回来，才一会李娘便回来了。娘很好，子宫被割去。晚饭后写信给沪上诸人，十时半就寝。

2 月 26 日　星期一（正月十九）　晴

天气确是暖和多了，除了早晚以外，夹袍很可上身。今天早上去学校，就没有带围脖，也不觉冷，唐宋诗简直是随翻随说就过去了一堂，大有结束了那本宋诗的意思。今天发了一本唐诗，三、四两小时是校长的课。这位老先生，上来一言不发，没有废话开口就是讲书足足说了两小时。手不停的记，下课的时候才问了问谁去厂甸没有，都买了什么书？午间与曾萃一块骑车归家，饭后知小妹春明已经取上，庆诚伫女代交杂费，李娘去西单买菜。午后二时左右，陈老伯来稍坐旋去。小刘来，我因斌唤我今日下午去陪她，遂未同小刘去天桥过去黄家，只有斌一人在家稍谈便即拥抱在一起，细细的笑，轻轻的谈，蜜蜜的吻，重重的拥。斌的手很不老实，我的手却不能自由行动，吻呀！吻个不了！吃着她的香唇，真要陶醉在她的怀里，紧的挨挤在一起，抱着，生怕给谁硬抢了去似的偎着。时光在爱之交流中，更快得加倍似的，一小时两小时过去了，李妈从文昌阁终于回来了，我二人便又好好的谈起来，斌却要我讲些她理应知道的事而仍未晓得的知识。我要回来，斌不许我走，五妹小弟相继归来，到快六点了我才回来。快开晚饭的时候，铸兄回来了，今天回来的早，昨晚什么时候回来我都不知道，晚饭后斌忽来告我李妈明天回去，她又得看家。后来

铸兄过去小坐，斌又叫我去，至快九点回来，写完谢函十二时左右才睡。四弟近日与五妹颇亲近，但愿其不似我才好！

2月27日　星期二（正月二十）　晴

差廿分钟，才骑车往学校跑，一路急驶，到学校刚好才上课。词讲苏东坡，上《说文》。看了一小时的《巫海潮汐》，黄庐隐作的。黄和斌是一家呢，比斌大一辈，斌应叫做姑姑。里边构造的句子，一看便知道是女子的口气，一点刚强的口气全没有！有些句子写的还不坏，大半都含悲观与软弱性。两小时的经学通论很快的过去。午后过黄家小坐，只余斌一人在家，李妈送其子归家一直未回来，午饭还是她自己动手做的，我叫张妈送过馄饨去，她尚未吃，我又给她带过两个甜的锅贴去。亲热一会，谈了一刻。四弟老先生才添足了肚子，找我一同去协和看妈妈去。不到两点走的，走到宣武门遂一路急驶。整用了十二分钟跑到协和，等拿牌子，去看娘到病房，已是二时一刻了。四弟先进去，我在外边等，二点廿五他出来，换我进去，和娘谈了一阵子，又把画报换了新的，说了些家事，娘只是人软，头晕，吃的稀的多，还是多住些日子休养完了好。到时候出来，又到九姐及九姐夫处看看，便同四弟去东安市场买了点日常应用的东西，怕以后涨钱，花了四元多。出来到前门财政部，找表兄把昨夜赶着写完的信给他看过，他又替我买了一支自来水笔，就是现在用的这支，不大好，才三元。又到天楼去看鞋，够贵的，买不起，碰见了冯以理。晚饭后过黄家，斌等一家子正在做饭呢！李妈未在家，还要做薄饼吃，弄了半天，八点半才吃上，斌脸上有点不高兴。我还以为是我没有早回来陪她的缘故呢！我要回来，斌母不让我走，结果又吃了两卷，他们吃完，已快九点。我因昨晚睡的晚，今早又起的早，下午又跑了许多路觉得累了，有点疲乏。回来睡觉，才坐在桌前不久，想写完日记便睡，忽然有敲门的声音，开开一看，斌忽然来了。这么晚了，九点半了，却是我想不到呢！就坐了一刻便走了，她来了，告诉我其母回来时因为炉子灭了，生气骂她，以为她和我谈天的缘故。晚上过去时，其母还问我，她午间吃饭没有？我答不知道，正好！实在不知道我下午去协和快黑了才回来，哪知道今天斌还把那可爱的小手烫了两块，真可惜。晚上接到泓来一信，我和泓虽偶尔通信，可是完全普通友谊的问讯，一年未必见一次面。想斌知道了这个，也不会怪我多事的吧！反正我心中一心一意的爱着斌，爱她多么深，多么切，她现在也知道了，就是了！

2月28日　星期三（正月廿一）　　晴，凉

早上不到九点去学校，太阳虽是老高的，可是小风吹着脸上还是真冷，凉得够劲！往北走还相当的费劲，寄了陈仲恕老伯的信，唐诗今日开始讲完空堂，在图书馆抄笔记，碰见朱泽吉在校对欧阳永叔的词。朱兄的念书劲，真令人佩服之至。将来成就不可限量。英文 Hotage 聊了一堂，中午和小徐老宁一块，午饭代价六角，八成饱而已，惨！午间去找大马都不在屋，遇小郑略谈，即出。在教室与诸同学闲谈，各体散文习作发回札记，讲了一课苏老泉的申法。下课至永丰买文具纸张等，访庆华未在。晚七时许斌来小坐，多情！

2月29日　星期四（正月廿二）　　晴，凉

现在的天气真有点令人哭不得，笑不得。早晚还是冷得多，到了中午那两三个钟头，太阳晒得人还是真有暖意！说冷不算冷，说热又不能说热，春天真是撩人的天气！听了一小时的词，说文真是懒得上，又不得不硬头皮去听，我可看我的书，三老板讲他的，管他呢！上午两小时空堂，跑到大马屋去待着，和他们聊天到很有趣，不到十二点便和大马去吃午饭，现在这个饭食真是没有办法！同学在一起没有不为这个发愁、头疼的！稍为吃得好一点，一月饭钱就是六十元左右，否则为了省钱一天一元左右，那只好委屈了自己，吃素的了！很不好的饭食，一顿还得四五毛呢！钱不值那么多，又有什么法子！？反正现在拿钱买东西就合算，所以昨天我买了许多文具纸张之类花了三元多。现在东西一天一个价，真没办

法，早一天买就便宜一些。中午就在大马屋休息半晌，出来遇见了李培，又到他屋待一会。他住在新收拾出来的一间小屋，在洗脸室对过一人一间不坏，就是小一点。他现在教美育又教协和哲学楼。大忙人一个，口琴十几个，满桌子都是乐谱，神气得很。寒假他也很少回家，脾气多少变了点。下午上了一小时的小说史，这个孙先生讲的真不高，奇怪我问了几个同学，这门考的都不算好，虽是及了格，选了这门真倒霉，一生气。第二时伦理全刷了，和大马、二马、杜玉林一同去天桥，杜先到厂甸买书，麻烦了半天，真腻，到了天桥钱带的不多，又挺冷，我就先回来了。又白跑了一趟，饭后至黄家，斌及其母已上床，我小立即归，抄会词即睡。

3月1日　星期五（正月廿三）　　半晴，凉

一天到晚总觉时间不够用似的，没有做什么事情已是很晚了，睡意又来与你去做伴了！算起来人活了廿年，实在只有十年，那十年都睡过去了，要是一个人不睡，那多好！将来也许可以。

第一时的词，今天又讲秦少游的。据孙蜀丞先生一讲，苏、秦、周、柳、温、李、韦等之词全都好的了不得，不知谁是其中最好的！这也好那也好，真有点令人莫知所从了！第二时的英文 Hotage 又聊了一小时，不讲书，这样过去也好，也不好，很有意思。谈了一会话，也不坏，利用两小时的空加上午间休息有四个钟头，跑到前门去取回伍拾元做为家用。回家用午饭，又可有一顿饭钱，到家才十一点左右，看报和书休息一会，十二点一刻小妹由春明回来，一同吃。十二点半吃完我即推车出来，到黄家小坐，去看斌！她正在吃饭等了一会，把从何神父处要来的十字架给她，她立刻挂在她的颈间了！谈了一刻，不免又亲近一番，时光如飞的过去，不一刻已是一点半了，我因为下午有课，不得不走，其实心里真不愿走，恨不得和她在一块多待一刻，也是好的，但是事实办不到呀！上了两小时的新文学，讲的是小说之研究，又上了一点钟的伦理学，回去时去找庆华这小子又出去了！预先打了电话给他，还不在家。真差劲！等了半天不回来，我亦回家，晚饭后正在床上休息，斌及其母来了，谈至八点半才走，

我灯下整理完笔记已十点多了！有点冷意。

3月2日 星期六（正月廿四） 晴，凉

早晚还是凉，要是再加上风，那就该算是冷了！

刷了一小时的说文，八点半才起来，九点半到黄家去和斌谈笑。十二点回来，斌有时那么可爱，有时又那么冷淡。直到现在我还没有听她向我说过"我爱你"！这句话，就是写也不曾写过，她的嘴真硬。今天她又提到了将来的问题，她总说叫我和她渐渐疏远一些，叫我找别人一块去玩，意思好似是以后她和我的结合可能性太小了，她还说将来还不定我成什么样子？我不要现在嘴这么硬，以后我要是有了另外一个朋友才不说了！唉！她为什么老想到这么多，这么远！她一定是为了我和她在社会促成的名分与地位的问题？还是耳闻李娘及其母等之闲话问题!？后者很易打破，前者我总相信，假如我二人互相真爱，始终不渝的话，那也没有什么！何况远得很的亲戚关系！辈分问题原是人们造成的，她说了这么一句令我十分不欢，就是和谁玩也没关系!？自然，假如她是不爱我的，而又抱有和谁玩也没关系的念头，我则对她前途悲观，未免差点劲！此正表示她爱情的不专一。我却二年来未变过心，也许我是死心眼！她说什么专一，现在也早一点，那我不明白什么时候是合适，那么我现在应该和她怎样？我告诉她我爱了她，她对我的一切也不是不理我，不爱我的样子，要我渐渐疏远些，真不易做到，因为人是感情动物呀！何况我还爱她呢！

早上不到八点，铸兄回保定了。

午饭后去协和看娘，到上海银行找了表嫂一同去，娘还好。只是疲，身体未完全恢复，尚须休养数日，牙也有点疼，今天又带了两本画报给娘看。出来又去看九姐及九姐夫，又到东安市场绕了半天，买了两本画报和两双拖鞋，一双预备送给斌的，又到中原公司买了一条裤给五弟。顺路又跑到天桥去看鞋，现在一切东西都贵了旧鞋和提装货的鞋也大涨，十元的鞋，九元五都不卖了，没办法，较好的廿多，十六七的，一生气我就回来了，去找小刘。在家略谈，便又跑到天桥去，死说活说的，不知废了多少

话，才花廿五元买了两双九成新的皮鞋。小刘也买了一双，西洋皮的代价十九元。天已黑了，他请我去鲜鱼口一家最有名的卖炒肝去吃，名会仙居，小小的一家，头一次吃这玩意，还不坏。吃了个八成饱，一同又跑回来。鲜鱼口、前门大街、大栅栏等街，也不知那来的那么多人!? 来去都不知所忙何事？真热闹透了，车多极了，加之街道狭小，更显得车多十分窄，真是太平景象呢！到家已是快八点了，家中还等我吃饭呢！又吃了一小碗饭，听说斌母及斌来找我，大概是来找我要斌母前托我带回来的钱，不料我却比斌母回来的晚了，刚吃完，斌来了，来看我的鞋，又在书房谈了一会。九点多陪她回去，待了一会，因为今天跑了许多路累了，回来写完日记便睡了。四弟过去和五妹玩，十点才回来。

3月3日　星期日（正月廿五）　半阴，晴

今日白天的时间大半都和斌在一起过的！

懒惰的我，起来已快九点了，本来还想去中央看早场，是狄安娜窦萍主演的《疯狂音乐》，于是急急忙忙的跑去，已是九点廿了，到还未进去，就知道没有地方了，因为又和前次来看《孤儿历险记》一般，院子站着是有一二百的人，票是早已卖完，楼上下全满没法子，只好不看吧。孙祁也来了，邓绍煦也来，孙没有票，邓有地方了，又在外边等了一会儿，斌穿着红色毛衣来了，没有票了，也无法，于是一同推车走出来。本来她想去文昌阁，我则回家，后来她忽然想去公园，于是骑车直到公园来。礼拜一清早来公园也不坏，空气很好，不像城内大街上那般叫喊噪杂，精神为之一清。和斌信步行来，另是一番心情，早春天气树枝大半还是枯萎，但皆有生意。因甚早，游人甚少，茶店亦无多，走到社稷坛，斌坐在大石上和我大谈，其昨夜梦中购鞋之笑柄，笑容可掬，娇憨天真，浑朴自然，令人爱煞。我只斜倚大铁香炉，微笑，凝视倾听其如春鸟般之言笑，真是乐甚！大谈、大笑旁若无人，偶尔远远有一二游人，怒皆投我俩以奇异之眼光。又绕到后面走走，往南至小山，往回又到花坛内小立。一路上游人皆向斌注视，每次与斌出门，多人皆看斌，不知其身上有何特点，竟引人注

意至此，令我不解。花坛内有日人照相，并有一人对花写生。公园中游人日人占大半，出花坛又往北复至五色土前，寻一双座椅，坐休息半晌。阳光沐照下，已有暖意，想不到今日有此机会，有此闲暇，与斌又有此兴致，把臂同游公园半日也。而往事如潮涌起伏不定，欢乐之余反生出一种幽思，似悲哀，似惆怅，似离思。往事不堪回首矣！不觉泪盈颊欲下矣！而春景固在目前，爱人斌在身旁，现实尚好，惟斌能稍慰我心中之伤痕与缺陷，解脱我于愁苦之中。步行一刻又到五色土东门外，小亭中小憩游人过此，又投我二人以奇异之眼光，此又有何特别，值得一赏，默坐对视两心相印，含笑不语，暗中心在爱海中交融，只恨何以二人，不能合为一身矣！近日因我与斌过往形迹之密，斌母不快时，亦偶有喷言，我则心中亦不免稍有忌惮，我则无关斌为我负责，我则大不忍心也，惟有忍痛少见她数次而已。而昨今见斌母对我一如往昔，并无异志，心又稍安。十一点半出公园，斌去文昌阁，我则回家。饭后一时许，斌骑车来，尚未回家，先来我这，对我亦不可谓不多情矣！李娘与五弟去协和看娘，四弟小妹与五妹去土地庙，我则叫张妈去土地庙买豆腐脑，此时只余我和斌二人在家，不免谈谈情，接吻亲近一番。今天头一次听见了斌说"我爱你"三个字，斌手又不老实。张妈买东西回来和斌吃，五妹小妹也跑回来吃了，斌却步行回去。一会四弟亦回来，我待了一会儿把斌的车给她送过去。其母回来了，又陪斌去土地庙绕了一会儿，买了点儿东西。小弟一会儿过来，晚上七点多五弟与李娘回来，黄家全家过来，八点半回去，大说大笑很是热闹，大说五弟的牛脾气，今天去协和看娘，他竟流泪，真泄气！惹得娘也流泪了，出来又到五姐那买了东西才回来。斌今天一天来来回回，足有五六个来回，晚饭只我和小妹在家吃饭，刚弟则被留在黄家吃片汤。近日四弟与五妹常在一处玩，昨夜十点半刚弟才回来，刚弟才十六岁，就这样胡闹却不大好，免得又惹人多说闲话！晚上五妹一人先回去，刚弟一会也就又过去找五妹，真不得了！

娘仍未恢复健康，牙已不痛，瘦多了。九姐精神不好，可虑晚上写信给强表兄一，给辅大经济系主任张重一信一封，要求请其准我转入经济系事，不知其允否！

3月4日　星期一（正月廿六）　晴，和

天气好，精神也就随之好起来。早上九点上课骑车去校，一路上阳光普照下，处处都光照似的，精神为之一爽，无风之日，大有春意。上了三小时课，午饭回家吃，天气真好，真想出去走走，看了会儿报，忽然刘君衡的母亲来找老姨太，我便走出来了，到斌家去，她叫我去的，她尚未洗脸，一点多了。才吃完午饭，她修饰完毕已是二点多了，游兴已去大半了，于是遂不出去，便看看报和书谈谈天，闲扯就如此消磨了一个下午！在斌家为了要和她在一起，不知放过了多少好时光了！但我心中快乐，也是值得的，斌近日愈发对我有情，令我慰甚，几次要回家，她都不允我走，一直耗到五妹小弟及其母回来，约六点我才回来，饭后整理完笔记，写一信给泓，下午庆璋等又来，旋去。晚十时半就寝。

3月5日　星期二（正月廿七）　半阴，狂风

天气有点阴，精神随之受了影响，第一时词又晚了五分钟，自己真有点恨自己，为什么几分钟还不早点去！混过了一小时三老板的说文意符字的研究，又延长到暑假才交呢！又是两个多月的事了，过了两小时经学历史，天气突从半阴中转到了有风，真可恶透，从心里往外烦，往南还顺风往西就顶头了。室内还好，城外土就多了，老墙根玻璃公司后身一带，简直就是土连天，风从地下拉起一层层的灰色大帐似的往人身上盖，弄得全身无处不是土，风令我恨的就是呼吸被它窒息了，全身被它弄污秽了，迎着它骑不动车子，大好春光完全被它扫尽了，真是大煞风景，并且连带把我和斌的约会也大半刮成了泡影！心中怎能不恨呢！中午到家简直成了小花脸，一身灰土不高兴极了，漱口大洗脸，才好一些，吃午饭是饺子，休一刻，便骑车去东城协和看卧病在院的妈妈，和妈妈谈了一刻，医院中因为住了几乎三个礼拜，娘和同房住的病人大半都熟了，闷了的时候，能够下地的便走来走去，找伴谈天，到也可以解闷，差十分钟三点的时候，忽

然院长说还有人看娘叫我出去，出来一看，不料却是斌呢！遂一同走出来，她说她碰见一个同学要请她吃饭和看电影，她都推辞了，却到协和来找我，哪也不去了为了风，骑至中南海门口因向风累，下来推着走一直走到西单亚北去，我喝一杯水，她喝了一杯咖啡，又待了一会便出来了，一同骑车回来，又到宣外平民市场绕了一会儿，碰见小弟一块走，到家看完了《云海潮汐》，休息一刻喝了点水，六点一刻到黄家去，顺便还她书。到那有一什么张先生在那，先到厨房和伯慧谈天，李妈在做什么面食猫耳朵，一会斌母及小弟由力家回来，又留我在那吃饭，吃没吃过的猫耳朵，等了一会，七点多才吃上，斌分我糖吃，处处都那么柔情，今天跑到协和找我，陪我一同回家，却是我想不到的，狂风把公园的约会也给吹散了！斌近来对我太好了，简直我是太笨了，这支笔写不出十分之一来，看看别人登出来的关于恋爱著作我真自愧弗如远甚，我想不出什么奇持美妙的字句，言词来，记叙、描写、形容我对她，她对我的热情，总之现在是我极热烈的爱着她，她也尽力爱着我，真有点每天不得不见之势了。

娘病已渐痊愈，今日并允娘下地走走，因卧床三个礼拜，腿脚自无力，还得扶着东西慢慢来，累了再上床，大约再休养一个礼拜左右便可以回家了。

济华从东北煤矿中辞职赴上海就朱永上事，实大维当代彼喜悦，近已一月矣！不知甚已否至沪，谋事如何矣，亦无信来，殊令人挂念。桂舟，近已无信来，庆昌、乐成、于政等诸人久不得音信，老友天涯如何，亦殊令人愁思不置，伯法家铭亦无信，近来米面问题小煤球问题又来矣！生活之不易一至如此！何堪浩叹！

3月6日　星期三（正月廿八）　晴，风

春天什么都好，就是春风吹得人发懒，全身发燥不得劲。说不出来的一种闷郁困顿了。饭后更爱困，精神也不大好，近数日更是说不清的，不知为了什么，觉得无聊！什么都不来劲，闷恹恹的，懒透了。可是又有一种无名的，潜伏在体内的力量要冲出来似的，要往外发泄。可是又无处、

无事、无目的让我抓住，这真是难受，就是有也要思量审慎一下，总之一种道不明的劲，连日在体内折腾着，这种现象大概就是春天来了的影响吧!？老想困睡不够似的，晚睡第二天倒好了，早睡第二天早上倒不易起来了，怪事。

今天一天的课都无意思，下了唐宋诗一小时空堂，随便各处走走，操场看看到教室内看会儿书，和同学聊天，便过来了，英文下后吃午饭，十二两白饼，一片叶子肉丝炒菠菜，两个罗丝转，便是六毛六分钱，真没办法，吃的还不痛快，还不十分饱，还是回家吃的好，饭后到大马屋中去聊天，到时候又来上课，两小时作文课，题目是读苏明允申法后，回来四时许，刚洗完脸，斌就过来了，继五妹也来了，坐了一刻就回去了。今天不知为什么心里总不痛快、不合适，看过报查唐宋诗，晚上饭较硬，饭后胃有点疼，八点过去看斌，已经在床上了，早班，谈了一阵子，便回来了。斌母等皆在南屋做九九粥，只我和斌在北屋内谈天，小弟来了一会又出去，我临行出来，好似小弟在外探视，好在无事。

3月7日　星期四（正月廿九）　半阴凉

阴天气候立刻凉得多了，因为没有太阳于是精神也因此不太振作。今早去得早，第一时没有迟到不错，今天继续讲少游的词。明天要背呢！小徐今天不知为什么没有来上课，又上了一小时的说文，却抄完了小说史笔记，下课后回家却先来到黄家，不过才十点半左右，斌一人在家，李妈一早就出去送东西，给斌母娘家送九九粥去了，对了，今日是夏历，正月廿九日，福建人有这规矩，亲友互相买送红糖、桂元、花生果等煮成江米粥。谓之九九粥，缘系岁数是九之倍数，者如18，27，36，45等等有受人粥之资格。如系明九，如9，19，29等年岁之人更应有，今年斌是十八岁，我早上想送粥给她，可是想等到11点走时，吩咐张妈一声就是了，不料今天那一阵风，把老太太吹得高兴了，才七点多就叫张妈戴了一大红花碗，送过去了。我却不动声色，也不响，这倒不错，也就不用我那说了，到了斌家，她在洗脸，看了一刻报，斌洗完便笑着谈了起来，她抱着我，我吻着她，她也不时的吻我唇面颊，她接受我的爱，吻的范围却大多了，两手，全个脸，脖子，凡是可以接触着的地方，都是我吻痕所到的。她的手有时也很不安分，并且她还爱逗着我玩，火上来了，不由不用理智压迫下去，胶一般粘在一起似的，紧紧的互相的偎着挨着。时光过的太快，不一刻十一点，十一点半了，又谈笑一刻，便是十二点了，可是李妈还没有回来，奇怪，一早去了那么久了，还未回来，可是却给了我以一个绝好与斌畅快无忌的亲近的机会。今天肚子也不觉得饿，怪！只是愿意和斌多亲近一会，她也没有吃，我便也不回家吃饭了，决定到一点半再去上课，光和斌在一起，快乐的谈天，甜蜜拥吻再说，她虽几次催我回去吃饭，可是她却紧紧的抱着我，含情的看着我，我告诉她，我陪着她不吃了，时间在爱恋着的人们看来，真是不值钱得很，还没有待多大一会儿便是一点廿分了，我说我一点半就要走了，还有十分钟，她听了立刻皱着眉，紧紧的偎拥着我，意思是大不舍得我走呢！时间到了，可是李妈还未回来，几次含娇带媚的眼色看着我，更要溶溶欲泪，我真舍不得离开她，但愿多陪着她一会儿也是好的，何况她还说："李妈也未回来，你要走了，我一个多闷呢!?"于是我便又决定不走了，本来我就不愿上小说史和伦理学，这两门无聊得很，遂一定不去了，继续着我那甜蜜的缠绵的时光，吻呀，亲呀！不知多少次！她那两个小馒头似的，动人的乳房，也隔着衣裳在我两手中温柔的爱抚着，神经完全陶醉了，不知怎么样爱她才好了，紧紧的偎着，接着我二人的两颊都发烧的很厉害，都是因为爱火烧的吧！爱极反而都无言了，静默的凝视着，暖和沉静的空气中，两个感应的交流，恨不得混而为一。两点多了，斌大约是饿极了，起来弄吃的，她给我热了两碗九九粥，又煮了两个饺子，她吃一小碗挂面，三点多，李妈回来，因为她十八岁，她得了许多吃的，高兴的跳来跳去，和小孩似的真有趣。不一刻三点半小弟五妹其母相继归来，小弟有病，五点多回来，饭后写日记念词，十时半休息。斌有时提松三，我真不高兴听。

3月8日　星期五（正月三十）　　阴晴不定，狂风

　　大约是昨日下午在斌家精神过头，兴奋了，所以今天觉得很累，全身发软无力。早上虽是醒了，可是不愿起来，词也没背下来，于是一懒就没去，好在上午只有两小时，迷迷糊糊愈躺着愈不爱起，四肢无力得很，真泄气，身体太弱了一直睡到十点了，才怀着满心的无悔起来，赶紧弄清了一切。把新文学笔记搬出来，整理清，一直写到十二点半才完，小妹刚弟先后回来吃饭，中午了，太阳努力的从云缝中钻出来，大地上光照了，一会阴云又遮上了，就像开玩笑似的，一会露出阳光来，一会又隐去，最讨厌的风姨又满处穿行扬得尘土满天，天都被她搅黄了，呜呜的叫，声势真正的不小呢！可是下午还将去上学，算起来已经逃了一下午一上午的学了，斌又叫我过去陪她一同去文昌阁，这么大的风还去？到那一问她还是去，出乎我意料之外，等她换衣修饰完毕，一同冒着狂风骑车出来，陪她走到北新华街北口分手，我走府右街去校，上了三小时的课，与小徐一同归来，在西单遇大怪及曹猴两个磨姑，五点多风小得多了，回家斌母来了，斌继之亦来，我回家时在宣外平民市场替斌买了一双七成新的软底帆布鞋，代价一元。回来她一试有点大，小坐旋去。晚饭后上供，大哥未在家，七点半过黄家谈天，斌母谈其以前的事，小孩子等大说大笑，斌及小弟尤甚真不脱孩提天真之态，憨态可拘也，其李妈欲走，要换人九点半归来。

3月9日　星期六（二月初一）　　晴，风

　　春天真是撩人，天气不冷不热，虽正好，可是风却大，讨厌了。吹得土满天都是，烦透了！早上就是一小时的课，可是也不得不跑一趟呢！昨天阴晴不定，晚上看见满天的星斗，今日早晨醒来果然红日满窗，精神为之一振，上了一小时的说文又跑回来了，到室外大街买了一毛五分的切糕，回来先到斌家同她一块吃，李妈还未走，给她弄饭吃，又收拾了半天

东西，一直到十二点一刻才走，斌真着急，向我说她真磨姑，还不走。昨天她叫我来找她的，好容易李妈回家去了，斌就跑进来"好似"如释重负似的出了一口气，微笑的坐在我的腿上，捧着我的脸，亲切温柔的一吻。今日她只穿了一双袜套，光着大小腿，更加动人了，十二点四十五妹就要回来了，宝贵的时间是少得很，只廿分钟了，和斌紧紧的拥偎着，狂一般的无数的吻着，我引以为庆幸的是，我和斌都能把持住，虽都是在青春爱火极激烈的燃烧着，但不会过分，不会失身。理智不时在我俩耳边唤醒着我俩适可而止吧！这也可以稍稍慰我的良心的谴责了，李妈今天临行到门口忽向斌说："我忘了向二哥说一声，请他给照应一下了！"斌说："他管的着吗？"李妈这两句话，其中大有深意，自然每日必见的亲密行踪，谁也看得出来的，现在我也不怕那个人知道，知道的人已不少了，有什么关系？反正又没有做出什么见不得人的坏事情，怕什么？午饭回来吃的。五妹回来一会，我就回来了，饭后冒风跑到协和去看娘，谈了一阵子，今日已能下地二三次了，大约下礼拜内可以出院了，出来又去看九姐及九姐夫，伯津亦去，回来写了几张明信片，并顺路去琉璃厂北新取回铸兄之书，明天给他寄去，昨夜宣外火车轨坏，有一列车出轨，幸未伤人，今日交通极为不便，火车出轨，却为近数十年少见之事也，晚整理日记，刚才过黄家九时半归来，我未去，下午不知斌去何处，十时左右方归家，李妈回家，彼等做晚饭，九时许方吃完，九姐夫下礼拜一出院，昨得乐成一信今日复之。

　　四弟由黄家回来时，已九点半了，听他说斌尚未回来，今天是星期六，一定又是去东城不定参加那个 party 去了，今天问她，她也不告诉我，她时常的说些谎话骗我，或是玩笑的骂我，时时与我在人前下不来台，谁叫是她呢，而她又是我爱的人呢！可是她时常骗我，未免有点不忠实，我向来是对她极忠实的，两年永是这样，出去便出去，上哪就告诉她去哪，决不骗她，她说的假也好，真的也好，我全信以为实，所以有时她却说我是傻子，可怜的老实人，其实今天她就告诉我去东城又有什么关系？不告诉我反而显得有点那个似的了，好在我今天晚上没有过去，只是斌也不念书，成天在家待着混日子，吃吃喝喝玩玩乐乐，我

却不大赞成，不要使她成了一只玩物才好，至少生活得要有意义一点，何况她还年轻。

3月10日　星期日（二月初二）　　午后晴，狂风竟日

阴天和刮风是我对天气最讨厌的两件事。今天早晨的天气就是兼而有之的样子，醒来睁开眼睛，看不见那光明，可爱、温暖、令人振作兴奋的太阳光，也就懒得再看。是几点钟了，反正是礼拜日，翻了身，又继续去睡了，一直被人声吵醒了，已是十点了，起了早餐后，刚要坐在书桌前继续整理昨日的笔记，偏偏那时孙湛忽然骑车来了，在我旁边问长问短的说个不了，没办法，遂一边答应着他，一边写，结果耗到十二点才走。我也没写完，天气有点冷，太阳虽是出来了，可是风儿把寒气送到各处去，土儿扬的哪里都是门窗关得紧紧的，它也从缝中钻进来，讨厌透了！午饭后四弟一人去协和看娘，我则抄完笔记，又查出唐宋诗用韵三首，明天交储先生的，今天下午倒是做点事，不像前两天，一有时间便去陪着斌待着，外边风大得很，我心里不高兴那也不想去，只是闷在屋里，但是多少做了些正经事，总算对得起这个礼拜日，不白过。想做两篇英文作文，可是又不高兴作，又拉倒。正闷的无聊，便找出小字纸来练习，许久没有写了，真不好，退步多多了，正写着的时候，忽然斌来了，坐着谈天，于是就开始高兴的得意的告诉我，她昨天下午的经历，六七点钟的时候走的，在新月食堂吃的晚饭，饭后一同到芮克去看《碧血黄沙》的夜场，看完又到北京饭店去跳舞，大约一点钟的样子回家，多神气呀，新月、北京饭店呀，多唬人，芮克楼上，晚上大汽车送回家来多美呀！愈显得我的寒酸啦！找那有钱请她那吃，那玩的呢!? 更那有钱请她坐汽车呢!? 还要叫我去学跳舞，我那有资格有机会去北京饭店或是外国人家去摆呢！学那些劳什子做什么呢?! 今天这么大风，还跑出去到文昌阁一趟，我在心里只暗暗想，只愿她不过说说小孩子似的好玩罢了，她那颗纯真的心不会被那虚荣心所蒙蔽了才好！否则真是前途不堪设想呢！我的心真有点发冷，人的欲望是无穷的，这年头没有钱趁早别交女朋友，哪请得起呢！哪有那么多的闲功

夫陪她呢？那有那么好的兴致呢！？何况我又是不惯晚睡的呢！？好了，我又想起她信上那句话"我们都很年轻，人生本是个大舞台，我们都很容易换人呢？"唉！我真痴心，除非她变了心呢！我总觉得是在想将来的不可能底事实，以为我俩不能结合，其实，这问题确实是很远呢！何必这么早就想到呢！？我认为她说这句话，有一半不忠实，否则就是她看见了那般在影院中，舞场中食堂中看见的人，那股子劲，自然比我强的多了，强的多的多的多啦，我承认世界上比我强的人不知多少，她喜欢了那些人将来如果她换人的时候，一定是其中之一，可以常常陪她去食堂啦，饭店啦，舞场啦。她现在真是舞迷的厉害，但愿她不是那般小说上说的，社会上现眼的什么交际花，名小姐成天玩乐，高级的玩具，行尸走肉的东西，而毫无意义的活着，不像那样活得更有意义一些，她从外边回来，大衣没脱，就跑过来找我，对我总不错呢！但暗祝她不会流为高级的玩具，不成为崇拜虚荣的表面，只知玩乐的女子，及时行乐，但不是也有个限度吗？她和我出去，都是骑车或是走路，看电影都是前排，哪有北京饭店去走走的事，我哪开过这个窍？我也没去过进去还不知怎么走，在什么地方，什么规矩，嚇我又哪有钱呢！别梦想这些吧！只是一想到她和我出去玩的一切，和昨夜比起来，多么委屈了她，一想到此真是惭愧呢！真不敢再请她一块出去玩了呢！我照那样又请得起呢！她叫我晚上过去，七点廿过去，其母已经睡下了，小弟今日下午也是别人请客去芮克看的，斌便和他二人又说又笑，没头没尾，这扯一段那说一段的，有声有色的，她不知都说些什么？胡乱一气，得意的很，不用忙，我自己也会去看呢！他们都要睡了，我到八点就回来了！斌告诉我，昨夜是一个从天津来的人请她的，不好意思不去，其母也赞成她去，不是她本来想去的，她还说什么都告诉我呢，其实她又何尝告诉我，她还认识一个什么叫杜效如的在免税分局，还写信给姓杜的呢，还有一个姓张的，上海美专的。什么姓张的，多得很，又告诉我什么了，唉！脑子才清静了半天，这会愈想愈乱了，别想了吧，但是事实告诉我，斌不是也正很热烈的爱着我吗？（也足以安慰我自己了！）

3月11日　星期一（二月初三）　半阴，晴

　　上午上了三小时课，校长是讲了两小时，真不少，可惜他的广东口音太重，说北平话有时字音说不真，笔记没法写。中午车被小徐借去取他的车，因为他的车在礼拜六去真光途中，在东华门大街被查捐的查着，他有捐没带去，就把车扣下了，他的女朋友赵淑兰小姐在上礼拜四也把腿跌伤了。真是祸不单行呢！等他一到一同回家，又修理表耗一会儿，到家已是十二点半了，吃完饭，急忙换了衣服，就到黄家去了，斌已打扮得七成，她说她要去文昌阁，有意去中央看海上英魂，于是我也临时改主意不去芮克而陪她去中央，换完鞋便一同去了，她就陪着我也不去文昌阁了，最末之场，虽是星期一，结果上座也不少，坐定以后忽然在前排发现了小弟，这孩子，下午有三堂课不上，却来看电影，叫他过来一问，原来先生告假了，开演以后，他偷偷的从前排，过来和我们在一块坐，片子虽是看过，可是还不坏，斌在开演时紧紧握着我的手，那么怪温柔的，散场三人一同回家，才进家门，张妈告诉我说李娘去协和接娘去了，心里暗骂自己，真是荒唐会跑去看电影！本来上礼拜六娘告诉我说这礼拜或许出院，但今天上午到下午一点都没有电话来，我以为明天才出院呢，谁知道今天会要回来，据张妈说，是下午三点半才来的电话，四点左右李娘才走的，这时才不过五点左右，才一小时，协和手续麻烦，大概还走不了呢，于是我便立刻又上车跑到协和去，因为九姐夫答应的钱还未送来，便顺路到尚志去问，没有人在，无法只好先去协和再说，飞驶到了以后，便进去到地下室住院处，果然李娘在，娘亦下来在换衣服，我打电话叫汽车几处都没有，上楼去看看九姐夫，告他娘今日出院，他说钱已交给 miss Chang（尚志医院看护）明天再说吧！协和那方面一切手续办清，也答应明天还钱来，好不容易从五处处叫了一辆汽车来，我看娘上车以后，我才骑着我的车回家，一路飞驶加速度的骑，一贯的快，恐怕这是第一次，现在父亲不在了，只有向妈妈尽尽力了，果然，到家时候，汽车还未到，虽然他在御河桥便追过我去了，大概是等红绿灯的关系，汽车开到门口，又雇了一辆洋

车一直拉到屋门口，我扶娘进去，娘消瘦了许多外，便是全身软卧，精神尚好，倒霉的是把手电灯搁在自行车袋内丢了，太马虎了娘到家吃了一碗饺子挂面便卧在床休息，晚饭后我就跑到黄家去吃，他们蒸的切糕，不坏，就是素少一点，吃了一些便不吃了，和斌及一妹小弟等谈笑半晌，斌母过来看娘，后来斌及小弟也来了，斌看完娘便在书房和我一块坐着看沙漠，晚上泓来一信，摆在桌子，斌看见了信封，似乎好像认得不是男子的笔迹，脸上立刻冷了下来，便不太爱说话，不太笑，老板着脸。九点一刻回去了，我心里怪不痛快的，因为今天跑的路太多了，太累了，什么事也没做便睡了。

3月12日　星期二（二月初四）　　阴冷，晚小雨一会

前夜受了一点小刺激，脑子里便赛了马，思潮起伏不定，久久不能入眠，翻来覆去的真好似得了病似的，失眠了听着钟，敲十点半，十一点，十一点半，十二点，不知在什么时候，精神支持不住了才迷朦中睡着了，失眠，真是苦事。醋不但是酸，而且其中一想到那时的情形，还有点苦呢！跳舞我总想不出有什么意思，为什么斌那么醉心于它!？

今日第一时没有迟到，也没有背词，讲周邦彦。今天又接到云门表兄一信，内附有兴业转寄来之许潜夫一信一币，给我和四弟的，内容很是客气，并盛赞父亲对待他的恩厚，中午回来有点冷意，饭后伯津来看娘，我去前门到部中找云门，不料他在睡觉，我即出来去芮克一个人看碧血黄沙，又名万在流芳，贾利古柏的主演的很好，遇见王弼和大卢在后排，招呼后我自坐前排，散场遇久未见面的方鸣慈，还那么矮，大人味了。天气阴暗得很，小风够凉的，不料风中又加着小雨点儿，未免早一些。于是骑车快跑，到家五点半了，休息一刻，一会斌便藉送回菠萝过来和我要谈天（她听见我按车铃她才知道我回来了），才坐下还未说两句，小弟便过来把她叫回去了，不知何事，她走了。我心中不免有点怅惘，总不愿意离开她，少了她心头便缺乏了温暖似的，今日下午没去找她不知她做什么事情消遣!？记过账，写完了给叶撆福老伯的信，便吃晚饭了。天气虽是阴着，

地下也潮湿着，可是雨点不掉了，空气却显得有那么一种沉郁，令人不快的闷幽，而且冷，棉袍不可再上身，春寒吗？八点左右还黄家的盘子，在厨房和他们谈笑半天，斌仍是那么温和，我一天心中的不快完全消释了，唉！我的斌呀！你冥冥中完全操持着我的一切，你是不觉得的，我心在二年前，已经给你了。我的日记是最忠实的佐证，你把我的心细心爱也好，你漠不关心的冷落的它也好，或在是你忍心揉碎撕了它也好，完全在你了！但那却是一颗红鲜鲜赤热的数年来永是那么不变的爱着你的一颗心啊！

想起来真也是麻烦，现在沾上了身，摆脱却不易呢！泓昨天寄回来我第一次给她的信，接到以后，看过自己十分惊奇自己，不知那时，怎么会写出来这么样的一封信给生疏的舒令泓呢！真怪！老实讲起来我实在不喜欢泓，我和她相识，我只认为和与一个男孩子相识的心情没有两样，通信简直可算是，间接受斌的强迫，因为那时心中恨斌和松三接近的缘故，便和泓偶尔通起信来，是精神上对斌的报复，这时想来很是无聊，所以信中只是普通的朋友，友谊的常套，更可澄明我只爱着斌的心不变。在泓的信中说，我和她二年只见了二次面，会面简直可以说是等于零了，斌要晓得这些一定会原谅我，以前和泓通信的，我爱我的斌！但我也并未欺骗了泓，因为我向来只以纯粹普通朋友的态度回她，一月来必有一次的一封信，而绝未谈过什么别的了，而且她信上也只认为我和她也可算是我知道她，她晓得我的那么生疏的朋友而已！我只爱我的斌！

3月13日　星期三（二月初五）　阴凉

今天除了一小时的唐宋诗以外，真够烦的，都不来劲，下了唐宋诗有一小时空堂看看报和书，第四时是英文，不料是 Hotge 先生，今天不讲书，却叫我们作文，可是问我们想什么题目，问了几个人，有的说 spining，后来问到我，我说 Aletter，他竟用这个题目了，我本来就想给他写一封英文信，算做作文，这次便借这个机会给他写建议，希望他能在课堂上讲些关于美国故事，新闻，风俗，笑话等等，这比较上英文书我们所得的利益要多得多，并且可以得到许多常识，不知他怎样答复我，中午和小徐、宁岳南一同午饭，饭后到大楼内去，找大马聊天，谈了半天，摇预备铃了，便一同上课，才出门便碰见了小郑招呼而过，各体散文，习作无聊极了，老头令人一点都不感兴趣，好似催眠术大半都睡了，正经听了没有几个人，下课后到郑家去小坐和三表哥略谈，大宝回来才知道我替她从小刘处借来的歌谱她已借有，便又拿回来了，到家看娘，娘无什么事，吃过点心，到黄家去小坐便归，晚饭后过力家九姐夫归医院，斌及其母过来，至九时归去。

3 月 14 日　星期四（二月初六）　　半晴，狂风，冷

坏天气真令人起心眼里不痛快！迷惘中便听得院中狂风怒吼，不由得我不皱眉，一直往北去学校，顶风真够费劲的，没法子，把手绢蒙上口，带上墨镜和帽子，出去和狂风奋斗，风对于骑车的真是一个大大的阻力，好似前边有多少人在推着你似的，或是像后边有人拉着你一般用极大的力，半天走不了多远，车轮偏不转动，干急急就是不往前走，风又是看不见的来，时间就这样耗过去和牛车似的，蠕蠕而动，还是真吃劲，真不是事，闹一身汗，别瞧风这么大，而且虽是初春了，还是真冷得邪行，两手冻得很，到校结果晚了五分钟，用心仔细听听词，第二时文字学名著三老板告假了，本来因风想不回去，这可回去了，并且买了一瓶葵大制的花生酱回家，先到黄家去，陪着斌谈天，笑！因为天气冷，她却上床待着，后来，生了火炉才下来和我一同在大沙发上坐，谈天。接几个吻，她告诉我，十号那天大风，我白天没有去黄家，她母向斌说我的妒性真大，斌去出门一次，我今天就不过去了，唉！那天不是不过去，老去，怕人厌，而且大风真懒得出门，正好自己又想念念书，上午斌有同学在，下午她去文昌阁了，要不是那天晚上不过去一会，不定斌母又要猜什么呢！斌母脾气也怪有趣的！中午回家吃午饭，饭后又冒风跑去上课，下午是两堂小说史，一小时的伦理学，都不愿意上的课，可是上礼拜就请假了，不好意思不去，到那以后，却不料先生却告假了，真是倒霉透了，好不容易冒着风

跑来不上了，和同学聊聊天，到图书馆看看书，两小时便这样过去了，真无聊，等了半晌，又上了一点钟的伦理学谁听，看了一小时我的中国文艺，今天够倒运的，这么大风天，一天还跑了四次，一上午，一下午，各只上了一堂，还不如不来呢！下午和斌在一块多好！倒霉！回来以后因小妹尚未回来，又跑了一趟去找她，到春明已没有了人没找着看娘很着急，等到六点半才和四弟相继归来，使娘在床上着急半天，那么小就去找同学玩，真是不懂事。

昨日下午得彌来一信，说的简单马虎，大约她和庆华一同离平去津去沪，不知道，不知何日再会，看完心中不免有点怅怅，在京的熟朋友又少了两个，她说我惹她生气了，不知何事？我很有几天没有看见她怎么又得罪了她，莫名其妙，礼拜二还看见她在芮克看万世流芳呢，怎么礼拜三就走了，怪事！打算近日内去他家看看问一下就明白了！

今天冷的邪！下午去时带皮手套才不觉冷，晚在家看潜夫老伯信，尚不知如何回复，近日来，因娘住协和治病费用几达百元之数，而九姐夫处之钱，亦只余七百五十元左右矣，如此用下去，则今年底不到即可用完矣！而铁柜至今尚未售出，强表兄年前之计亦因其本身问题，尚未解决故，亦不能为力，而日月天催人，无日不用钱，今后正不知如何过法，思之又不免令人焦灼异常矣！

3 月 15 日　星期五（二月初七）　　上午晴，中午起风，凉

虽是比昨天好得多，可是仍然冷呢，上午好好的天气，偏偏下午又起了风，第一时间讲李易安古今女词家，亦只易安一人亦是称道千古矣，英文无什意思，下课后与同学数人共奔前门各有目的，我则去财政部找强表兄取饭费等，卅元尚不是，因有车捐刚弟制服费等等故也明日再去取，十一时许归家，看由小徐处借来的一本穆时英著之圣处女的感情内有一篇"某夫人"我觉得写的不坏，亦一巾帼英雄也，称这本书内容未免有点太浓郁，带绯色味，句子有时像所谓骆驼派文章，不知其含意所在，小小的一本，倒很方便的，饭后继续看一点一刻就又往学校跑，回来去看斌，到

学校又上了三小时的课，徐光振上午一人去北平图书馆，把校长要我们抄的三篇文章，辽金宋三史表全抄来了，借我抄省我事不少，又送我纸，真大方，不知为什么这么和我拉近乎，总是有求于我，大概是要借我的笔记用吧！下了伦理回家，休息一刻便抄那篇《进辽史表》，恭楷写，可费了时间，现在事情都赶到一块了，又显得忙起来了，赵德培还了我的笔记，又得滕清了，许多书堆得太不像话，春假中得好好看看一些才好，晚饭后八点多，拿了特意由学校买来燕大制的花生酱送斌的，拿过去，不料她未在家，大概又是去赴什么 party 去了，神气得很，老实讲心里是有点不舒服呢！斌叫我别那么醋，哼！如果我是像她那样和别的女友在一起玩个半夜的，管保她醋的更凶！

3 月 16 日　星期六（二月初八）　　晴，微风

风虽是比昨天前天小得多，可是往北走，还是真费劲得很，跑到学校就上了一小时的文字学名著，一上午只这一小时的课，还是费这么大劲跑来，真有点不值得，要不是为了取其余的那篇进金史，宋史表，我真想刷了他了。学校同学办了一个慈善影展是为了粥厂而展的，本来想在第三小时的时候去看，可是为了抄出一份宋史表，来去了一点钟，得也甭看了，出来去强家取了支票，去取本月应用的钱数，在西单北碰见了什么段师尊的出殡，很热闹，德行！在西单取回四弟五弟的鞋，又跑到前门去到兴业取了钱，回来已得十二点半左右了，午饭后小妹四弟都又上学去了，五弟根本不回来，李娘去东城，只余我一人在家，我便不出去，坐在椅上看《圣处女的感情》，陪着已在床上的妈妈，一边听着 Radio 放出来的西乐，妈妈从协和回来养病，除了人尚软以外，尚好。也没有什么其他的不适，吃些软的东西，有时也下来走走，只是人瘦得多罢了。三月的阳光晒在背上是那么暖洋洋的，在阳光下看着自己高兴看的书，真是乐事。最末一篇《红色的女猎神》，结局很奇怪，含意不知何在？正在看得出神的时候，Radio 也关上了，母亲迷迷糊糊的像睡了，孙祁忽然来了，原来要借个女车，过去问斌可惜她的没在，五妹也未在家，说了半天斌取笑了孙祁半

天，也无结果，祁走了。得一会又来了，又到力家向伯英才借着，祁才满意的走了，斌却撇了半天嘴，笑着说："祁怪！"斌告诉我她有一天看见了五妹的日记怪好玩的，说什么有一天四弟把电灯熄了，向五妹有点表示，还不过才十六岁的孩子，知识开的早，就这么胆大吗？这样子下去不像话。我得找机会暗示四弟一下才好，今天不打算做什么事情，所以看了半天的闷书，把买来的，借来的什么画报，三六九等足翻一气，五点半斌亦过来，座谈顷之才走，六点钟的光景斌和小弟来喊他们的妈妈回去晚饭，这早七点多我们晚饭后，我过去小坐，九点四弟亦去，九点半即归来，斌母买了七个带棍的糖球，卧在床上吃个没完，真不脱孩子气，怪有趣。斌告诉我昨天有人请她吃晚饭，九点多就回来了。不得了，近来的斌真是多游广博，三天两夜的都是应酬呢，吃饭也好，跳舞也好，去吧！我是没有时间、机会、金钱去陪她去玩的呀！但愿她不要像《五月》（穆时英著圣处女的感情中之一篇较长者）中的佩佩就好了！斌珍重你的青春、忠实你的爱情吧！昨天送她一瓶花生酱，今天已去了三分之一，回家一看那瓶我自己没吃多少的花生酱，今天只余了一小半了，不得了，四弟五弟两位全开了！今日下午去力家陪祁过去和力伯英借车的，她正坐在台阶上看书呢！拿起来一看是卢骚的忏悔录，别看伯英不讲穿，吃，书念的很好，每次考的都不错，看的书在一般差不多大年纪的女孩子都不爱看的，她看了很多，天性就喜欢念书，好孩子，前途光明，还听说她写了点东西呢，我没看见。

3 月 17 日　星期日（二月初九）　晴，和

红日满窗，我的精神为之一振，很兴奋的起来，八点半左右在书桌上抄进金史表一直到十点才抄出一大半来，太阳光由窗外射进来给人以一种新鲜光明之感，打开窗户通通空气，精神比较更舒服一些，十点多出去，先去找王贻，向他转借像匣子，未在家。遂进去王庆华家，治华在家，接谈之下，方知庆华是（3 月 9 日）由津来平，领的是日本大使馆的护照一路平抵、沪。已有电报回平，想不到他们走的这么快！这么熟的朋友呢！

老朋友又少了一个！庆华这家伙不知打的是什么主意！？到上海去又怎么样？念书、做事尚未决定。也是治华说的，后来庆华母亲出来了，也告诉我这事，王贻事前大概也是不知道，他们走了，心里不免起一点轻微的惆怅！上海总比北平好，北平是个死地方，上海总活动得多，上那去不是也容易吗？回想起来，我自己被困在北平，一步走不得，又看见他们又想起我那亲爱的父亲。有时上校长的课，校长的动作和笑容的轮廓有时很像我亲爱的父亲，那就不由得我不动那思亲之念呢！我为我自己的将来预先祝福，并为我的朋友们，为了剑华庆华前途祝福！他俩这次一走，不知何时才得再会了！谈了一阵子，又和他们的小弟弟玩了一会，快十二点了才回来，五妹买了一本化学，午饭后立刻接着抄我的金史表，为了明天得交，于是一咬牙努力使劲的抄，手腕子酸也顾不得，进宋史表特别长，又得恭楷写抄了，好几个钟头。外面是大好的阳光，本来是应该出去走走，可是想抄完了，春假可以足玩一气不是！只有不时抬起头，看看外面可爱的阳光，慢慢的往西斜去了，返照在东墙上的多残阳，显得那么苍黄耀眼，树枝都静悄悄的立着，上面微微发了一层绿色，都快抽枝发芽了，春意渐渐浓了。五弟四弟小妹和黄小弟去中央看《Snow White》，一点去的，都没买着票，可怜可笑可气，又回来了。这年头生活这么不容易，可是娱乐场所是满坑满谷的挤不动，真是畸形发展，似乎有点说不通！五点多和四弟出去，跑到宣外平民市场看看买了一付胶皮自行车把套，很满意。到家斌来了，她今天下午出门和她妈及五妹才回来不久，到我这拿了两本画报就走了。晚饭后继续做完我今日的工作，并点好句子，事情完了。明天可以交上了，心里放下去，晚饭后刚弟和黄小弟跑去，中央看《白雪公主》的夜场，真是大瘾头。八点左右过黄家，与斌及慧谈笑并玩牌，又吃了点东西，大说大笑总好不热闹，后来斌母及五妹都睡了，我在外边陪着斌等小弟，大约十点四十左右他俩才回来，我亦回家。

3月18日　星期一（二月初十）　晴，微风

昨天才是标准的好日子，今天差劲，刮起风来了，不大，唐宋诗堂上

写了会笔记，忙了会儿校长的笔记，小徐又写条告诉我，他和他的女友赵淑兰小姐，在十六日那天下午去中央米，买着票。小徐到赵的家去了，又到太庙和公园走走，他们老爱去太庙不知什么意思，有一次小徐告诉我一直泡到八点多，门都关了，现叫开的，真神，够热的！上了两小时校长的课，中午小徐等了我一小时一块走，行佺及宁岳南叫小徐请吃糖，吃二元四毛多，我才吃了四块糖，便宜了他。和朱头三人一块回来，又在护国寺绕了一会，到家已经一点多了，吃过饭看会报和妈妈谈一会天，快三点的样子过去找斌，却替他们新来的老妈子写了一封家信，和斌谈笑半晌，五点左右，五妹回来，我才回来。出去到西单买了点药棉花和一只体温表，又去和平代斌取回一张相片，昨天下午照的，我又跑到中央电台去要了一张中国音乐研究会的简章，回来吃饭，斌来坐一会，拿了相片走了，她说她妈妈九点多才能回来，大概有人请吃饭去了。学校自明天起放春假九天，下礼拜五上课，这九天，我也不知道怎么过才好，大好春光不要辜负了才好！斌近二日颇温柔亲昵，爱咬人，虽是不疼，可是怪那个的，让人瞧她那个劲，大概是春天来了的缘故吧！写完日记九点钟了，我过去看看斌母回来了没有，到那才回来一会儿，在行里请客，所以回来晚了，又吃了一些斌母带回来的吃的，待了一会儿就回来了。

3 月 19 日　星期二（二月十一）　晴和

八点起来，斌母已在里屋和娘在谈天，我洗脸的时候，斌母走了。用过早点，就整理中国史学名著评论的笔记，天气十分好，晴和得很。真是好春光！一点风都没有，太阳那么可爱的！写到了十点钟停止，踏着一片春光蹀到了隔壁，斌正在洗脸，我拿了张报站在外边晒着太阳，看我今天穿的很少，只有一件毛背心和一件外衣，斌洗完了脸，拿了两张藤椅子，搁在院子里背着晒太阳拿了两本书戴了墨镜看，一边谈着笑着，真是快活得很，这才是享福！太阳晒着十分舒服，晒了半天，又跑到屋子里去，不免又和斌温柔一番。谈来谈去，斌就说从前青年会有一个人叫唐光霓的追她还到她家来送了一束花呢，在大街上回家被人尾追过四次，还有一个同学跑到她家去，被她骂跑了。她认识的男孩子多得很，和她在一块玩的也不少，她说那有什么关系?! 玩一天算一天! 危险的思想，她老说她那一套，可怕言语，我几乎要忍不住了，我便要走，她又不许我走，我只好对她说，希望你先头说的那些是她一时的随便说说，成心呕我的话，像小孩子发脾气似的，说过就忘了。她老说我爱醋，她不知道我是多么的爱她呢! 她一时竟成心说了许多令我心疼的话，心中难过极了，极不痛快。我因为太爱她了，所以嫉妒心十分强烈，甚至不愿她提起另外一个男子的名字，何况她偏爱说些以前的令我不敢回想起来的事，因为一想起来就难过呢! 她的嘴是一点不饶人的，也许她就俏在这一点上，所以她大走女子的桃花运。她不过是才满十八岁的女孩子罢了，已有几十个男孩子追过她了! ……可不是，她的脾气过了，不说了，翻起两只小眼睛看着我，我站在那里，硬搬我过来。向着我娇笑，小脸儿偎着我，半嘲讽半打趣的一边笑着一边说："你瞧你，别这样子!" 那时已是快午饭的时候了，我要回家，她便香唇儿送上亲亲密密的吻我几下，看她那么娇媚楚楚动人，想起刚才的情形，真是令人又可气，可恨，更可爱的小鸟! 我对什么人都有办法，独独对斌真没办法，那些对付男孩子的手段，她是运用得那么圆滑熟练，出乎得那般自然适宜，有时真使你哭不得笑不得呢! 真是一个神秘的老练的"小东西"! 像穆时英《五月》中所说的似的。回家路上遇见回家吃饭的五妹，向我做了个鬼脸，到家吃了饭时，娘等已吃过大半，幸好，这几次去黄家，娘也没有说过什么言语，饭后又继续写了一点笔记，一点三刻出去，到黄家等斌换完衣服，陪她一块出去，她去文昌阁，我去西单裕华园洗澡，在西单分手，我洗完出来买了一付白边墨镜打算送斌的，又到三星买了点东西，便回来了。可惜今天这么好的天气，晚饭时斌来座谈半晌，又说了些俏皮令人生气呕我的话，没法子，九点才走。现在北平住宅的存粮还得报官，什么都要限制，真可恨!

3 月 20 日　星期三（二月十二）　　晴和，微风

迷迷糊糊的睡着，九点才起来，真懒得很，弄完了一切没有什么必要

的功课，笔记全都整理完了，也懒得再念些什么，比起朱头（泽吉）那种念书劲差得多，自愧弗如远甚！拿了本画报（三十九）和报纸坐在阳光下看，倒不错，只是不时起了点风，很讨厌，因之阳光的威力比昨日上午差得多了。一直看到中午十二点才进去吃午饭，饭后待了一刻，便拿了一本电影画报过斌家去。她正在洗脸，她把头发梳成我所说的那样，蓬蓬的，我爱的我说好看的那样。一块看着画报和报，嘻嘻的说着，她闪动着她的鲜红的唇，更用那么令人迷惑的眼睛向我做了不少俏皮的样子，真是令人爱极了！不由得我不把她拥过来，蜜蜜的吻着她，结果刚擦上的唇膏都被我弄下来了。这时候强家送信来，我回去给他一个回片，打开一看原来他意思是叫四弟学打字。正好这时警察送来两张调查粮食的单子，令填好，立刻返去，立刻写好，就过去告诉斌，她一时高兴要和我一块去。这时太阳光很威，也没有风了，天气真好。出来一同直奔张仪门大街教子胡同北口交兴十七段，斌家的不是这，跑到十八段问也不是，又往回跑，一直在上斜街西边，过了大坡西边人家，私晒粪干的地方，简直到了乡下一般，臭得很。好容易找着了，给他们又不愿走原道回去，闻臭味，便绕小道走，七绕八圈的难走得很，难为斌推着车子走赶，爬高下低的，经过了好几处不平的地方，打听了人才走出来，真不易，好似历险一般在北平往了廿年，第一次往这边走呢。好容易走到了，河沿边站着休息一会，才骑车回家，到家待一刻我又到黄家去，这时小弟已经回家了，我继续看完了画报又和斌及小弟说笑半晌，五点半了，其母及五妹还未回来，我即回来了，小弟来坐一会才去。看一刻书，晚饭后，写信给强表兄，解释其先要英文好，打字不难，打字不过技术上之问题而已，并作一信复泓，寥寥数语而已，与彼通信只不过为敷衍朋友的面子而已，我是爱着我的斌哟！

　　有的女孩子，俏皮带点泼辣，惯会打情骂俏的，最适和做个情人；具有温柔体贴娴静，亦活泼并能原谅做男子的苦处，会明白男子的心理，才是做妻子的人。我希望我将来的妻子能具有上述两种的美德则妙甚。否则，只知一味逞强、毫不让人，错亦不认错，不知原谅人者，则非好伴矣！

　　天气真不坏，可惜缺点有风起了，满天是土，太讨厌。济南威如三哥由青调至济南，因三嫂病重，前去一信慰问。因了战局的关系联银票发行的太多，以致影响外汇增高，无形中联银票价值大落，而物价遂形腾贵，且日用百物，更是一日一价，较前增数倍至数十倍者不什其数，米好者达百除元，面廿五六元，沪上一元煤球，只廿余枚，可为奇谈矣。计此时无物不贵之时，只邮票、火车、假中国人的人格和信用、苦力的命，没有涨价。

3月21日　星期四（二月十三）　晴和，微风

快九点了才起来，太阳老高的，在屋子里看十分可爱，可是风却在外边呼呼叫，令人头痛，在床上看了报，芮克的《first love》明天才开始演呢！真是扫兴！早上写了一个明信片与桂舟。十点左右去找王贻，未在家，听他家人说是去辅仁"避静去了"，得住在那里礼拜日才回来呢！这孩子真差劲！早就答应我的，替我借像匣子一用，今不露面了，也不回信一声，好好的中国人，偏要信什么外国教，还有这么多的花样，真是瞎胡的事，又碰了一鼻子的灰，便又跑到治华家去，他正在做美文作文，不好意思打搅坐了一会，便回来了。由治华谈天知道小麦现在准备银行做事呢！出乎我意料之外，又得到了庆华在沪的地址，算不白来！回来到黄家找斌，小杨妈见我又来了，就笑，怪那个的，让我有点毛，和斌谈了会天。拿出一盒糖来给她吃，一会儿便吃完了，真能吃糖。陪她到十一点三刻，又延到十二点一刻才回家。斌那么温柔，午饭后，擦净了桌子，摆好了椅子，预备斌下午待会儿来的，我则拿出报纸来贴，尚未弄清楚一半她就来了，还我画报，坐了一刻，我一时高兴去把四弟的日记翻出来看，看见他和五妹的事很是好笑，斌也在看，后来末一页。四弟写了一大篇，都是议论我和斌的甚至于谈到什么贤妻良母的问题，我和斌的问题，他会替我想得这么周到，真是想不到。写了许多糊涂话，真有点浑，我看了有点不自在，斌更不自在是甭说了，她心里不高兴。在她脸上，两个眼睛中可以看出来，她勉强的又坐了一会儿，笑了几笑，便匆匆走了回去。我预感到将有一场暴风而降临以前的重压在心头，那样令我不安。待了一会儿，

我实在沉不住气，便也跑过来看斌，她一个在桌上坐着拿着一支毛笔在报上随意写着字，我和她说话也不理我，我一碰她，她立刻眼中落下两滴珠泪来。真是怎么说的，我心中已有点着慌，暗骂自己多余，本来以为看着有意思，这下倒翻在自己的头上了，倒霉。可是谁又知道四弟会写了那一套，本来斌就时时提到以后，口气言外老是想到好似我俩难得结合，将来的事谁知道呢！谁也不敢决定！也许明天北平城是块废墟，这年头谁能保险呢，将来事最好不想，自有将来去安置好了。这一下子，又惹了斌的不痛快，近来斌很易动感情，竟到流泪，我说了多少话，也不理我，从两点三刻一直到三点半，就不理我，只说一句："你还不快回去？"她只是写字，落泪，心里委屈得很，我看了她那样子心里难过极了，只是低语柔声的慰问着她，给她拭着泪，忍耐，两眼凝视着她，果然快到四点的时候，她已回心大半了，又经我苦苦相劝，急得我也落了泪，她才颜色转和了许多。但是眼泪更多了，我手扶着她的头、肩、背，拍着她的手，温语的安慰，吻着她的颊、唇、眼。因为太激动了，她好像有点发烧，两眼也哭得有点红肿，后来终于被我感动了，抱着我呜咽起来，吻着，拥抱着，和爱人相抱对泣，却是另一番滋味，我却写不出那时是一种什么心情呢！一时那么倔强的斌，立刻又化为绕指柔般驯顺可爱了！我尽力的温慰着她，断线珍珠似的泪，也渐渐止住了，她也完全接受着，互相爱抚紧抱着，心神渐渐宁静下去，不那么激动了，她挣出了那么一句："下辈子再认识你"，"认识"二字所含的深意的领略，我倒一时心中十二分的难过，只是两眼饱含了泪，紧紧的抱着她的脖颈，没有答她，爱是有这么多的限制吗？一切名分的上的阻碍尽是人为的，我和斌的亲戚分上是太远了，几乎可以说是没有，为什么我二人有不能结合的可能性!？可诅咒的黑社会，毒鬼般的旧封建。本来打算四点回家，却因为斌不愿我走，又一直延到五点左右，经我劝诱了半天，斌已不哭了，末了会儿破涕一笑，这一下真令我心花大放，紧张的心情，才慢慢松懈下来，恢复常态。这时恰好五妹回来了，谈笑一阵子，她拿出新买的头纱给我看，很美丽。她一眼便看出斌的眼睛有点红肿，真危险，斌告诉她我打的。一会儿小弟也回来了，五弟来叫我回去，原来是叫我出去给五弟买车，到宣内大街一看不好，又到老王车铺看了一辆，也不大好，但是这是什么东西都贵的时候，廿多元也便宜，不料斌和五妹也到达智桥去买东西，便一同回来了。到家替大马抄了半天中学教授法的笔记，晚饭后警诫四弟一次，写日记完十二时休息。

3月22日　星期五（二月十四）　　晴和

天气太好了，标准的日子！

暖和晴朗，真是太好的天气啊！精神也分外的兴奋，心里虽是想着斌，但不好意思过去找斌，但掇了一张摇椅搁在院中阳光下，戴了墨镜一半沐着阳光，一半看报和书，太阳晒着十分的暖和舒服，全身都觉得松快，好似一冬的沉闷全都放泄出来了。正在看得出神的当儿，忽听见外院狗在吠，又有人低声的叫我的名字，急忙出去一看，原来是赵祖武来了，这已经是我想不到的了，不料后边跟着一位是小郭，我想不到他会来我家呀！奇怪！于是让他们进来坐，祖武是趁着学校放春假之便回平来玩两天，事前他未给我来信，所以他今天来了，我很奇怪。尤其出乎我意料之外的是郭道伦会来找我，他只在一旁坐着，我和祖武说了许多，他穿了去年秋天做的那身衣服，那时才五十五元，今年一百五十五差不多了，我很想做一套小礼服似的双排扣子的，可是现在什么都贵真没法子，以后恐怕还要贵，我穿赵祖武的衣服，很合适，祖武暑假内前三星期还要去实习，大约得阳历七月下旬才能见面呢！又谈了些别的，十一点左右，他二人便走了，祖武可算知己了，许多好朋友都不在平了，现在比较知己的也就算是祖武了，每次由津回平都来找我谈谈，我又看了一刻书，天气晴朗使我联想了许多幻想，美丽的梦，老想去外边散步，公园或城外去走走，也未实现，原因是一个人无意思。想和斌一同去，时间机会又不凑巧，可是春假已过了一半，午后正在阳光下看报，斌母来了，约我陪她一同去天桥，才十二点一刻就要去，太早。斌母便先回去了，我又看了一刻书一点半多一些便过去了。黄家因为天气已暖。院中花都由屋中搬出来了，真不少。院子便立刻显得很拥挤，不那般枯寂了，斌在屋门口站着相视一笑，我进去看斌母正在裁衣服，还早呢，不忙。我就又在院中看报和书，太阳光真

热，晒了一刻，觉得很热，便进来了，黄家新雇的小杨妈才廿六岁小孩子似的，好哼哼个曲子，有时也跳跳蹦蹦，还会和斌闹着玩，今天见我又来了，忽然向着我和斌笑，并说："昨天打架，今天又好了！"她以为斌昨日眼睛哭的红了，是我打她呢！真好笑，她还真说，真令我和斌笑的直不起腰来，二点左右和斌及其母一同奔到天桥去，天气真好，一点风也没有，斌只穿了一件小夹袍，带了我送她的那个白边墨镜，梳着蓬发，卷曲的秀发，苗条的身体，半椭圆的嫩脸，我是愈看愈爱呢！到了天桥往这边溜到东边，又回来了，斌看见一双鞋，很满意可是没有买成，天桥那有斌这样人去走走，于是她惹得路人注目。斌母也没买衣服，只是看了看各种各样的东西。又顺前门大街一直往北走，一边看一边谈着，四点左右，我带路把斌及其母领到鲜鱼内会仙居内吃炒肝，这地方虽不大，可是北平是最有名买炒肝的地方。她很喜欢吃，连吃了三碗，我也吃了三碗，因为我还不太饿，所以也只吃了三碗，本来我要请斌母的，可是其母死也不肯，没有法子，只好让她付了钱出来又步行到西河沿。斌母真能走，我和斌因为脚后跟冻了的缘故，一走多了路就被鞋底磨的疼了起来，把车寄存在顺兴店内，老杜也没在家，出来又到新罗天去转转，没什么意思，斌母买了点东西，斌买了一朵花，戴在头上。我和斌一人吃了一杯红果汁，刚吃时很好吃，可是这一杯在肚内却做了怪，走了一刻有点疼，一会也就好了，骑车回来。到家休息一刻，又看了会书，听听 Radio。五弟自己糊了一个风筝放的很高，六点多去西院上过供，我已吃过晚饭，不料随口答应的，黄家这时七点了还在等我吃饭，小弟来找我，不得不过去，到那里斌说她为了我来又多打了好米，还倒了些香肠汤在饭内，等我半天，斌对我这么多情呢！本来是已经吃得八成饱了，晚上不想多吃，可是看在斌的份上，于是又硬吃下去一碗半的饭，饭有点硬，吃完斌就躺在床上了，她累了。我也因为今天走了不少路，腰有点酸，斌躺在床上，我坐在床边，问小弟的美文、单字，一只手却被斌提住，在温柔的爱抚着。小弟又和我谈志成的先生，谈了半天，到九点半我才回来，急忙就睡了，可是肚子因为不痛快，去方便一回，母亲也没说什么，小肚子仍是不舒服，有点疼。躺在床上又听了会马连良唱的《青风亭》，Radio 中放出的，十一点半才睡着，想借个像匣子，出去照相老借不着，真是求人难，一天到晚除了和斌在一块，自己也不知道都做了什么，每天睡的也不早，笔记没给大马抄多少，书也没有看多少，近来连着三四天夜里飞机不停的飞来飞去，不知又在忙着干什么劳什子!?

3月23日　星期六（二月十五）　晴和

又是一个好天气！真痛快！我真高兴！可是我因为昨夜肚子疼睡不稳，所以早上懒得起来，九点左右迷迷糊糊的斌忽推门进来了，被她堵了我的被窝，真是破题儿第一遭，她来找她的妈妈，她母在里屋和我娘谈天，我却不晓得，旋即她与其母走了，一同去东城看她外婆！我的肚子今早仍是一阵一阵的疼，很难过，起来又去厕所一次。起来以后吃过早饭，便坐在院中看报，又进屋来一边听着 Radio，一边补写昨日的日记，一个上午如此断送了。午饭肚子仍不时作疼，三点半左右骑车出去找赵祖武。天气暖和得很，不巧他未在家，正闷闷的想去别的地方，才去不远遇见朱北华，一问他才知祖武在小郭家，到那一找果然在那！不料好久不见的王守觉也在那！接谈之下他的风韵神气一如往昔，算起来高二一别已是二年半了。日子快得很呀！好友相聚谈的很好，谈了会话又玩起 Bridge 来，一直玩到四点半多快五点才停止，后天赵祖武就回津了，出来又去找黄松三母，新搬在南太常寺收拾房呢，但未在家，归来已快五点半，在黄家门口遇见五妹把她们家的钥匙交给她，她母及其三姐已等半天了，奇怪那一把钥匙也不知上那去了，闻说其外婆会去她家住，这却对我和斌去玩有妨碍，回家来坐在院中看完了一本《木樨》（在厂甸买的），进屋来及晚饭后替大马抄笔记，今日一天肚子都不舒服，斌昨天和我吃的一样，她无病，我真泄气！

3月24日　星期日（二月十六）　晴和

连着近几天都好天气，真是春游的好日子，可惜我这几天那也没有

去！但是和斌在一块心里便十分痛快了！今日又是九时许才起来，看看报写了点字，出去了，到黄家找斌，已和五妹出去了，我便也走了，一直骑到"和平门口"，果然她俩在那呢！才取出来斌给我看她的相片，答应送我一张，陪她们往南走在荷兰号买了两盒糖，请斌和五妹吃，我去欧美理发，她们又到文昌阁找张艳容去了，我刚要洗头的时候，忽然斌及五妹又找我来了，我才理一半，她们把东西交给我带回去，先走了。我理完发替她们带回去，顺路去找孙祁，他也未替我借着像匣子，出来把东西在黄家门口交给五妹，我未进去即回来了。帮着妈妈和李娘收拾那两张花椅子，钉好了好坐得多，午饭吃饼又吃炒饭乱七八糟，饭后练了会小字，听会无线电，郭家老妈和行三的吵嘴，讨厌得很，刚要出去，斌母来了。叫我过去替她写两个字，即随她过去，写了一个喜帖，原来陈伯欧今日在渝结婚，昨天和同学们聊天就从美国政府已对德宣战，立刻有数千青年男女伫立在市政府外等候购买婚书及结婚。中国在此纷乱时期，结婚者极多，结完婚再去前线，不知其理安在，一同学谓或称政府奖励生育增进人口的关系，一同学则谓不然，谓一人一生如未结婚即战死，未免太冤。此语言中，虽含滑稽讽刺之味，实亦有至理在焉。天气不坏，就是有点风，本来想出去，斌不愿我走，便一边看她给我在她送我的那张相片上染色，一边和她外婆带来的斌的表妹玩笑小孩子，嘴可厉害得很，斌母今早又去菜市，买了十四条鱼回来，做苏鲫鱼吃，亲自动手开刀，又留我在那吃晚饭和斌说笑，又耗了一个下午五点半多小弟回来，她去 Rox 看《道奇城》，不坏，昨天我也想去，六点回家，五弟去空地放风筝，小妹和李娘去买东西，四弟一早七点多和同学一同去颐和园玩去了，这时候还未回来，和娘说过，我便过去吃饭和斌母之母在一块吃饭，这还是第一次呢！饭后斌母带小孩子"华华"来我家玩，一会斌也要找她妈妈，便陪她一同过来，我则一人在书房看书，她几次过来和我说话，后来看我老看，有点生气便要回去，一会儿真走了，可是不一刻忽然又跑了回来，脸上很生气，原来西院把门从这边锁上了，于是我拿了手电灯送斌及其母三人由大街绕着走回去，又把四弟叫回来，西院把门锁了也好，省得乱，今日得弼由沪来一信，只谈个大概告诉我他们已安然到沪了，也没写地址，还好我已向治华问了明白等明天再给他们写回信吧！斌今天送给我一张相片，并且染了色，那么娇娇的样，我爱她，她今天对我也是那么温柔呢！四弟回来讲他们今天玩得很痛快，并且遇见了许多熟人！

3月25日　星期一（二月十七）　晴和

今天起得比较早一些，看过报十点左右跑到琉璃厂去上车捐，不料人真不少，没有号牌子了，只好明天早上再跑一次了，往北进和平门绕小道去找王贻。嘻！真成，找他是有四五次了，都未在家，昨天回来，今天出去旅行去了，天气这么好，谁不出去走走，可惜，我老想出去玩玩，一个人无味，想和斌一块出去，机会时间不巧，照相机又那么难借，讨厌得很，回来坐在院子看会儿书，只穿一件毛背心，还一劲觉得热呢！天气实在暖和多了，桃花已开，海棠、槐桂等均都长新芽，丁香毛桃也都发绿，春风点缀得春影十分生机勃勃呢！十一点许替黄家找来的木匠来了，带他过去，在那待了一会儿，斌叫我吃完饭就过去，十一点半回来吃过午饭，换好衣服，就过去了。斌正在梳头，等她一会儿，约一点半即一同出来，斌母也没有说什么，斌今天只穿了一件夹袍，身体显得那么瘦俏可人，坐在身旁，走在一块，真像个可爱的小鸟，依依在旁，我是愈看愈爱，别的大街上的女子我是瞧不见的，就是看在眼里也不起反应的，我只是饱餐我的斌底秀色。在芮克就遇见了王光英、王燕婷、魏瑜、宗德淳四个，散场后在市场又碰见他们二次胡哄。宗最可恨，讨厌得很真不高兴理他。晚去东安市场门口忽又碰见大马兄弟等，说了几句话，分手。和斌一边谈着一边骑回家了。到家已快六点半了，今天前排还八角，又涨价，差劲！埃尔佛林主演的《奇城血雨》，没有《罗宾汉》好，末了的时候很紧张，火车直成了火的车了。埃尔佛林几个镜头很漂亮，很帅，尤其那稍歪着嘴的一笑，意思大了。晚饭后检阅旧日相片一遍，徒增感慨耳，令我频念老友不已，往者快乐生活，不再何日再兴诸，友相聚?！多人皆不在乎，我愈增无聊。多友皆已达目的，我依然如故，徒增惭愧而已，念念忪然。

今晨力家来修理房屋，我处房屋二太竟嘱老张不必修理，由我自行出

资修理，实不平，太奇事。房租八元，双方愿意，并非强迫，且月租八元，每年自己修房，亦未事前言明，殊不讲理，人穷便受欺负耶!? 人在人情在，此言不错，这还是亲戚呢!? 思之惨然，今日又频念老父不已，念念心痛，往日慈颜言笑，今日何在!? 呜呼。老父九泉下可知儿念慈亲也! 连日善嬉，潜夫老伯大人，写者，招我去其家，彼云昨日其与赵至北海划船，瘾真不小，尚未回复，懒甚。晚闻李娘由东城归来言威如三嫂病逝与济南，闻之心动，爽秋自婚后有，孕竟未归济南探母，闻之不禁，愤然，如此子女，生有何为! 真禽兽不如也! 此思想只怕自己，不念父母者实该死，不知其今晚如得知其母死又作何感也!? 晚由恭弟带回一信，系小徐之信真不小，还说我要看相片，大好春光，正好春游，他真享福，他们的程度进的也真快呀! 祝他们有情人终成眷属吧!

3 月 26 日　星期二（二月十八）　晴

起得稍早一些，不到九点跑到琉璃厂去，上车捐人没有号码了，这么多上车捐的，修理过车，跑到西单替五弟买了一双里黑胶底鞋，送到他的学校去，顺便到小徐家去走走，因为他昨天由五弟回信叫我去他家玩。按了半天电铃才出来，他才起来屋里还有一个他的亲戚，尚未起呢! 聊了半天，很有趣，他并把他的女友赵小姐的相片给我看，平常的一个孩子，但是情人眼里出西施呀，他爱她的一切呀，正如我爱斌的一切一样。小徐（仁颐）说上礼拜六他和赵去芮克看《奇城血雨》，礼拜日上午又去北海划船，上上礼拜六晚上去看《白雪公主》，不料他们才认识不久，便进到这般程度了，那个女孩子也够热的了。小徐还说他们已经三次夜里一块去看电影呢，想不到他们会这般热呢! 他们两家的放心和他们的自由却使我羡慕，斌夜里是难得出来的，她和我出来玩总觉得有点什么不便似的，畏人言? 畏其母不高兴? 都是疑忌? 令人不安，不解。上午归来陈老伯在与娘谈天，言及我意欲去沪求学之事，陈老伯很赞成，我亦为之心动，旋去，未久。朱君泽吉来访，略座谈即去，我很感谢其盛意，惜其找我却毫无益处，只有他教我才成，午后摘了一大把桃花送给斌，她正在整理东西，一会陪她一同到达智桥买东西，回来她穿珠子皮包，我在一旁和她谈着，一边看书，五点许其母及弟妹归来，六时回家晚饭后，阅《中国文艺》卷四。

3月27日　星期三（二月十九）　晴和

七点半起来，八点又跑到琉璃厂第二征稽所去上车捐。又去晚了，所发号码已发完，许多人在那等候。中国人办公事太不好，发了令人等着，不知何时才开始，而且一点秩序都没有，人等着，宝贵的时间就这么消磨过去了。我已来了三次还是没有上，只好走了。慢慢地走着，八点半左右到了王贻家，我是找了他四五次之多，都未在家求人难。今天去了早了，把他堵在被窝里了，等了一刻出来，就在门口谈了半天关与庆华的事，原来庆华想和杨宗敏订婚未果，杨姐夫把杨又介绍给徐卫民了，杨把庆华涮了，庆华很生气，把送杨的信与相片全要回来，怪不得他这次回平那么瘦呢！又那么决心去沪呢！我今天才明白。王贻要送我两张去颐和园的票，我没要，回来问斌如何再决定。九点多到斌家，和她谈了半天提起去颐和园的事，她到想去，可是嫌太早一点，于是打消前议。十二点前回家，饭后强表兄介绍唐某来看铁柜，旋去，出来路过黄家按车铃，一会斌也出来了，一同骑车在路上临时又定行程，本来她想去文昌阁，又改去景山。景山我许久没有去了，里边什么样子一点不记得，这次去玩也不错。里边无什么玩的，只是一座土山很高，上边有五个亭子，最东面有明思宗殉国处。由东面绕到后面，后面只是许多很大很高很直的柏树和松树，路旁间或杂植一两棵桃花点缀其中，后边有个大牌楼，很旧油漆都碌落了，显得那么冷落。树林中人很少，只远远走着两三个人碰见两对，我和斌却一边说着，笑着也不怕看，还要看别人，就有两个人被我和斌二人的笑声给笑跑了。在树林下坐了一会，往西走，绕到土山上去，一条土道很陡，不好走，往上走很费力，我拉着斌的手往上走，真是步步登高到了上面，上面有许多游人，日本人也有，日本兵也有几个。斌起初害怕，后来一看还有许多别的人也就不怕了，有一个四五十的老太太推了一个小孩车子，走到

半途上不来了，我帮着拉上来，上面有个小孩很好玩，斌也帮着和我一块抬起那个小车子，抬过石头边才放下，口里笑着说："这孩子真好玩！"我不禁心中一动要是将来我俩要有个孩子真好玩！？斌只向我笑笑。景山上五个亭子，一个个都走过了。景山够高的，在上边一站，周览北京城倒是一个好地方，远近都看得见很有趣，看了一会和斌拉着手下来，挽着说笑，只是对我温柔地笑着，天气温和又一点风都没有，只有一两朵云彩，不时流动在晴朗的天空中，想不到今天会忽然跑到景山来玩了两个钟头，我一时和斌说着笑着，真是既高兴又快乐得很。下山来走到门口北边高台上，坐在椅上休息着，和斌谈笑着，那么怪温柔的。我真恨我自己太笨，笨也形容不出那时的形象和心情，换了个地方，斌在低声唱着各种歌儿，更有爱的歌，如莺般的妙声，在我耳旁美妙曼丽地流动着，眼睛看着我心爱的斌，真快乐极了。又歇了一刻，才骑车出来，到西单荷兰号吃了点东西，就回来了，斌去找同学。我回家顺路去找孙祁和小刘都未在家，归未自家蒸的切糕刚好，便就熟吃了一些，我并分了一盘子送到黄家去，六点一刻四弟回来，知他遇见斌也回家了，待了一会过去，他们正在吃饭，说了一会儿话，便回来吃饭，明天农事试验场之议又打消了，心中怅怅。晚饭后看报写了点笔记，做出一篇英文，预备后天交，觉得有点累，便去睡了，但已十点左右了。

3月28日　星期四（二月二十）　　晴和

八点半醒来，朝日满窗，好天气呀！九点多一姓周的系保定税局中人，铸兄托其带来酱菜送强郑二表名者，附来廿元。送走周某后，即开始写信，连日皆在外边跑或是去斌家，有许多信债都在今天还吧！一气写了两封信，一是给庆华，一是回铸兄的，两张明信片，一是给思索的，一是给威如三兄，安慰他，一个上午便这样子过去了，午饭后过西院和大哥谈事一刻关于自来水的事，天气真好，太阳晒得很暖，院子热得很，比屋子还热在院子走了一会儿，全身都是舒服的松散得很，不然今天走出城玩玩多好，又未去成，老去找斌，怕杨妈讨厌，打算不去了，可是心里十分不安，终于二点多走过去了，可是斌没在家出去一会儿，不知何往，怅怅归来，心里无聊透了，想想那也没得去，没劲，想去看电影也无味，何况大好春光关屋里多不够意思，见不着斌心里边像少了一样什么似的，老惦念着她，其实一天不见才多久，虽是很短的时候，也好像是多久不见她一般的难过，简直我的生活中少不得她呢！斌！我不愿一天不见她，可是又不愿再过去了，免得她母等啧啧说她或我，忍痛，今天不去找她了，回来无聊透，想写点东西预备明天交学校，可是怎么也写不出来，想改旧稿子也无心思，只是想着斌，精神也因之萎顿，想睡，上床去却五点左右了，接着又写了点，晚饭后又写，又看了半天以前的日记，斌对我真够好的了！不负我对她一片的苦心。真的，近来是一天不见斌就难受呢！心中少不了她呢，今天却没有看见她。不知她今一天都干吗了!? 我却足足在家闷了一天！

3 月 29 日　星期五（二月廿一）　　晴和

多少日子没起早了，今天春假完了。头一天上课，七点左右起来，半路上遇见小徐，到校还有十分钟，听了一小时的词讲李易安，古今女词家，李最出名实难得巾帼中出此文学天才，第二小时 Hotge 的英文等了十分钟还不来，便全体刷了他，各自回家，与小徐一同走，因甚早，便先到黄家去看斌，她在穿珠皮包，已穿好大半，谈笑一刻，我在一旁看着，她不时对我笑，忽然门响她来了一个同学，学打字时认得的，我在里屋看报，她们在外屋说笑了大约有一个钟头，这位老先生才走，斌又和我亲热的谈笑，不一会她便穿好了，又加上了一道黑边，不难看。斌说我一来了，她就做不下事情去，便搁下陪着我待着，自动地吻我好几次，那么温柔可爱。我要走，她留我待到十二点一刻，五妹回来了才回家，到家用过午饭，休息一刻，听一刻 Radio 一点半去校，又上了三小时的课，五点多同小徐一同归来。在路上小徐向我大夸口很是骄傲，我只是微笑不答。他说他和赵淑兰才认识不到三个月，一块泛舟，一块看电影，逛公园游太原。晚上看电影，进步飞速，热烈非常。小徐近来高兴之至良有以也，他

说他有手段，一近了，就不能叫她跑一点，什么都伏伏贴贴的。赵也是初出茅庐，不懂什么，所以如此容易近乎追上。这种人很危险，容易受人骗，幸而遇见的是小徐，不至出什么事，否则遇见个坏人要弄了她，何堪设想。小徐并告诉我到现在为止，正式交往相识不到三个月，在相识的第六天就被小徐给吻了，初入情场的少女，值此良辰美景的春天，那经得了这么温柔的安慰，大约是一缕芳心已许小徐，誓死靡它矣，一笑。小徐还说："你是不想到以后你（指小徐）失恋了，我再问你这话，看你怎么说？"……"那你（指我）甭想！"言外即是将来他们准结婚喽！我却没有那么想，但是认识容易散也容易，但愿与他（小徐）说的一般就好。在西单他得意骄傲的归去。归家看书，斌忽来知其母着凉发烧过，看后遂至菜市和西鹤年堂买了疫清瘟丸服之，又待了一刻七点左右小弟方归来。我归来用晚餐，灯下整理新文艺笔记，晚得华子一信，知彼在津，甚慰！

3月30日　星期六（二月廿二）　晴和，微风

上午好天气，八点半去学校，顺路把铸兄托人由保带回的酱菜，分送郑强二表兄处。到了学校还未上第二时，今日以汪精卫氏为中心之南京又成立一新中央国民党政府，成立日，还都日，亦华北政务委员会成立日，各机关学校放假一日，唯独我校未放假。跑去等了十分钟，沈先生亦未来，我今日只此一小时就算放假了，白跑一趟，天气十分好，真想到城外去走走，没有斌同去，我却又没兴头去，回来在西单买3（个）元宝，先预备明天去坟地烧化之用。时光如转瞬，父故已将一载了，可怕的时间，不知带走了多少人，谁也难逃此数。到家十点过去看斌母，仍未清醒，未见疼，略坐便出来骑车至西鹤年堂又买了两丸时疫情瘟丸给斌母吃了，斌母一病，他全家晕了，那么一层愁雾似的，难过。才吃完一会，小弟干爹来了（斌母娘家兄），我旋出来又跑到孙祁家打了电话请何东俦，下午来给斌母看病。归来等半晌方用午饭，一时许，小弟忽来谓其母肋痛，催请何大夫早点来，遂又跑到孙家打了一个电话何大夫已出马。归来稍坐与小弟一同过去，看报和书，等到四点半左右，何大夫看后开方，出来在院中

之斌母瘟病不轻，应注意调治，斌母终日奔波，劳累之至，日久积郁一旦发作自不轻，亦可怜矣，何大夫走，我即代斌去西鹤年堂抓来药，六点归来，晚饭后抄笔记十时寝，下午有微风。

3月31日　星期日（二月廿三）　　晴，上午风

才七点半左右，正迷迷糊糊的要醒的时候，突然被人推醒睁眼一看，却是斌。想不到她会这么早来了，一问她原来是怕我们去上坟去，托我打一个电话给何大夫，请他下午来。她被我拉着坐在床边，她说昨晚上她起来好几回，看她妈妈，她妈今天仍和昨日差不多，仍有热，她很着急不由得扑簌簌落下两行清泪来，令我心内老大不忍。她让我起来，她又说了一会儿便走了，我吃过早餐也就是八点半左右，弟妹和娘尚未弄清楚，洋车已叫来，我便先跑到孙祁家打了电话，回来正看报时突然昨日来访我未遇的五六年未见的刘德山来访我了，多日不见，老远来访，只好请吧！进来谈了一刻，娘妹五弟先行，他偏自不走，东拉西扯的，耗到十点了，他才说明来意是向我借大洋拾元，买东西（为她弟弟结婚）不够了。初一听一怔后来一想他人还好，不至于骗人，遂进来借与彼伍元，反正就是那么回事，还不还在他，不还他的人格破产，交谊断绝，上当只上这一回，我不好意令他脸上不下来，他走了不够再去别处或杜林那里看看，反正这年头朋友是无事不来哟！他一走，立刻和四弟一同驶去，有风很不好走，见了坟头又很难过，拜过即归。过黄家看看，归用午饭，斌来呼我饭后过去，彼饭后请她外婆去（从我言）二点多过，其外婆来旋归，祁来小坐，我又去，何大夫尚未来，候至六点一刻归来。晚饭后复过何大夫方来，走后和斌一同至西鹤年堂购药！八点半归来，抄笔记十一时休息。

4月1日　星期一（二月廿四）　　有风，阴冷

未起来先听见呼呼的风，心里就烦了，上学又得费劲了，睡过多，起来晚了，急忙跑去还是晚了一刻钟，一生气便不上了，刷了一小时的唐宋

诗。替斌母打电话告假三天，不能去银行，又到图书馆看了半天书，十点
钟到十二点上校长的课。今天因为没有上唐宋诗，也没见着小徐，不知他
礼拜六和礼拜日又去那里去了。中午归来在室外遇见孙祁了。午饭吃面好
几天没有吃了。饭后听无线电中王杰魁之小义评书很有趣，二点多过去看
斌母病，稍好一些，仍有烧，稍坐即归。因精神疲倦，看完报，躺床上小
睡一小时许，五点半醒来。因天阴，觉凉遂又回着一绒衣，六点许又过黄
家，适何大夫来，俟其看后，回来取车陪斌去西鹤年堂抓药，并购其他用
物，归来已暮。在药铺中斌告我昨日偶尔与我坐一沙发上，被其外婆看
见，告斌母。斌母今日即诫其勿与我过亲密，又云去年暑假后，抑前年暑
假后，一度斌与我疏远，谓亦系其外婆见我每日去其家，太亲密或遗人言
故斌曾一度与我疏远，至今方恍然大悟。老太婆都是多余的，可笑，可
恨，我现在过去，不过帮忙性质而已，他们既疑心我则少去好了，真的，
都是辈分相差的关系，这不都是人为的吗？其实纯朴的友谊是不怕任何流
言中伤的。斌每提起将来的不可避免的缺点，一件不可能的事，时间在将
来总会把我二人强制分开的，想起来不免怅怅。斌说她对我永远像现在这
样不减也不增，保持这样。如果真能如此，我也满意了，恐怕不可能吧！
晚饭后替大马抄笔记，正写日记的时候，娘忽出来与我谈起家中事，姐夫
处钱月少五十，不一年即可用完，来日方长不知如何办法，强表兄处闻其
房已售出，近日即要搬家，前晓其一函，询其去年计划不知能否实现，今
其本身问题已经解决，不知何故尚无消息，求人难故也。闻话中又扯出我
近日行动的问题，表示不满，并云西院、力家，东城啧有闲言，闻之可笑
亦复可气，无亏心事，又怕什么？也未做何见不得人的事，谁爱造谣谁就
造谣，胡说八道的人，舌头会烂掉的，可恶极了！浑透了！自己也不想想
自己有多么好！我和斌接近一些就新鲜了，就不可了！什么理由？简直是
胡扯。斌现在的耐度我很高兴，我和斌一块出去玩，我爱，我喜欢，我高
兴，又没有犯法，杀人抢人，谁也拦不了我，谁都是那样，说得来和我好
的才在一块呢，恐怕天下没有和仇人和心里厌恶的见了就恶心的一类的
人，在一块玩的吧！我和斌在一块知道的多了，现在亲戚朋友、同学、家
人知道看见的不少，怎么样，我爱和她在一处吗？又没有什么见不得人的

事，怕谁看！？以后更要明目张胆的出去，碰见谁我是也不在乎，和娘说了一会儿，我解释了一阵子，娘才无言。我心里真是不高兴，说来我和斌都倒运，两人都触这个霉头，本来想和她出城去游春，春假中那也未去成，本来想这礼拜二去芮克看《初恋》，她母一病又吹了！倒运！

4月2日　星期二（二月廿五）　　半阴晴，风

昨夜心绪不宁，一时心血来潮，写了一封信给斌，如下："也许我今晚会睡不好，因为我今夜心里不痛快，人在世上的一切名义都是人造成的，除了至近的亲属关系，与年龄长幼的不同外，本来人都是平等的，我们用的仆人，也是和我们平等的。只是他们穷一些，为了生活罢了，与我们又有什么分别？除了知认以外，其余的制度法律，名分等——那一件又不是人造成的？不过是那么空虚的名义罢了。（谁又把谁怎么样了？）都是无聊的事，是不？乖！——我现在恨我个人的环境，恨我现在所处的社会，恨我所生的时代，还恨一切的人——但是我妈妈等和你除外——唉！斌！怎么办？我恨着一切！我这时简直要精神失常，不见你便从心里往外顶着，不知有多少话，要和你说，见了你只好光着眼看着你，不眨不动的看着你，总会觉得，我觉得多看你一眼，也是好的，生怕什么时候就会把你失掉似的，斌，会吗？是的，保持着吧！永远保持着你，我亲密的友谊、纯朴的，你是相信我的，我爱你，不会害你的终身！你我的接近，与其他二人的接近，又有什么奇异？又有什么不可能？又有什么危险？又有什么值得他们担心讨论研究？我反倒奇怪，他们对我俩的这种态度。是的斌！你说的好！我们要互相保持着我俩彼此不变的友谊永远不变，我俩仍是和现在这样！不改一些！勇敢些！我俩没有什么见不得人的事，怕谁？尽可紧紧握着手，挺着胸，走到各处去，骄傲的走着，微笑地看着别人，我俩又怕谁看？纯朴的友情，又怕什么（任何人的）流言蜚语呢？是不？斌！——我的感情一时太激动了，写下了这些，所以字也草得很，你不会笑我神！但这时只有你还知道我一点。（也许你也不太明白我）但我明白你任何琐事，甚至不曾告过你妈妈的事，都告诉我了你相信我，我怎不相

信你!? 我每苦心中有事，说不出来。没人听，许多好朋友又走了，你可愿意听那些牢骚，至少你是我的知己，今晚乱七八糟的，故此写了这些给你看，写完了痛快一点，你看完了可以撕了……"

天下事总没有顺心的，什么事总不令人如意，偏会出许多枝节，出许多阻碍，想起来就烦！我和斌在一起，快乐的玩着能够维持着多少日子呢!? 尽我力能不少掉斌，我决不能失了她！可恶的社会，真的，现在，我恨着一切！这么多的阻碍。

上午去学校八点上课，虽是昨夜没有睡好，但也没有晚。临去时，把老马眼药和半夜写的（上面）那封信，一并交给斌，上过四小时和小徐一同归来，小徐把他认识赵的经过与赵的为人，相片都寄到大连去给他父母看，今午得其母回信无可无不可，小徐真神，这么早就想到终身大事了，上礼拜六他俩去逛景山公园，礼拜日上午又去北海划船，他真幸福，一切进行顺利，毫无阻碍，回想起我来真惨。李易安（清照）的几句词："闻道双溪春尚好，也拟泛轻舟，只恐双溪蚱蜢舟，载不动许多愁……"此数句正为我写照也。午饭后一时许去前门取款，顺路去看九姐夫，在午觉，由兴业出来，一时心血来潮返驶赴真光去看，维葵新声，平克罗斯贝与林黛蕙主演后者为新进小女歌星，唱的还不坏，只是一个人孤零零的，坐在椅上频念斌不已，出来风已小，顺便到协和去看九姐，她精神面色好的多了，只是人软，说话也好，好似半身不遂。真替她着急，谈了一刻即出来回家。先到黄家一问，何大夫已来过，走了。斌去买药了，我未进去，迳一直追下去，在张仪门大街追上了斌，她也是才出来，遂陪她一块到药铺去，等了一会又买了别的，陪她到家，我即回来，在道上她给我一封信，回家晚饭后一看，写的够热，写出了多日闷在心头的热情，她也爱着我了，她总写我和她在将来没有结合的可能，但这也未必是绝对的事，怎么知道会毫无一点光明和希望呢！她要我兄妹般的爱着她，唉！斌，我比爱我妹妹还爱着你！她还叫我交几个别的朋友，唉！只少现在是不可能的事，我只会爱着我的斌！我就是这么死心眼，那么不专一游戏的人，是不可恕的罪人！她说她永远爱着我，可是将来她又不知会和别的什么人结婚，爱是可以分在两个人身上吗？我不明白，这真是一个谜。晚饭后过去看斌母病，已见高烧亦退，昨夜睡不安，今晨咳嗽。下午稍好，在外屋看看画报，谈会儿话，又上了点眼药回来，九点左右，到家觉得精神有点乏，下午又跑了半天，眼睛大概是昨夜睡不好又看电影，很不舒服，连着两个下午什么事也没有做！

4月3日　星期三（二月廿六）　　晴，狂风

实际严格说来，今天一天的课没有一门是我爱上的，都很无聊，唐宋诗和念一遍差不多，也提不起我们的兴趣，空堂一小时，和小徐聊聊就过来了。英文神父 Hotge 因为他上课并无报酬，于是他今天也没讲书，只是问同学春假都做什么事了？破碎不佳的美文，十分好笑，就这样子谈了一小时，真没劲透了。吃过饭到大马屋待了半天，杨恒焕（洋枪）硬卖我票一张，为他们年刊国剧社公演的票，谁去呀！？下午两小时，各体散文习作，临时经大家要求也没作文，老先生又开讲了，简直好似催眠术，大半同学都要睡觉，加上这个天气，又无意思，谁不困！小徐不舒服上了一小时便拉我一同回来了。昨天是小徐的生日，找赵一同去 Rex 看《first love》，出来到东安市场五芳斋吃饭，吃完又到公园走走，十点回去，真成，昨夜着了凉，今天就不舒服了，四肢无力头晕，不思饭食。不到三个月的朋友这么亲热，真是快车，赵淑兰和小徐这两个真是有趣的家伙！五点半过去看斌母好一些，中午热高，下午较好。何大夫未来，我即归来，斌母大兄旋来视其病，六点左右又过去，适大夫已来，看完。我即去买药，我未叫斌去，买完药又到城里替五弟买面包，归家八点。斌因其外婆老太太什么都啰唆，都怕传染什么事，都叫斌做。她却避在一旁，斌很生气又说一天闷得很，无人谈天。

4月4日　星期四（二月廿七）　　晴，大风竟日

还未起来先听见院中的狂风怒嚎，势欲掀房倒屋，加以大树助威，愈见猖狂，声势惊人，心中一烦，蒙头后睡，上午两小时课就刷了一觉直到

九点半才起来，外边大风，未尝稍杀，心中烦闷遂取出代大马抄普通中等教学法笔记，一上午什么事也没做，只抄这个了，午饭后继续抄完，十二点半娘和李娘去协和复诊，我在一时廿分，亦骑车去校，大风不已，本不想去，可是老不上课也太不像话，遂出来冒大风径往北驶，与狂风奋斗出一身微汗，弄了一身土，顶风骑车最费力，费时最苦差事也，上了一小时半的小说史，讲的无聊极了，便回家了，礼拜三，礼拜四两天下午的课都无味，伦理学刷了，便回家了，抄完的笔记交还大马，小徐因病未来。一人顺风归来很是省力，先到黄家小坐，看斌母今日一天都无烧，人亦清醒渐痊愈矣。斌那么温柔多情，近日更甚。眉言目语，说不尽的娇媚。为了母病老太太啰唆，道不完的幽怨委屈，只好宽言安慰，六点归来。到家只小妹一人在家，旋四弟归来，七时娘等方归，我又过黄家看何大夫未来，后斌至力家接其母来电话云，今日何大夫不来，不知何故，风大矣？不解，不必去买药，我则又稍坐便归来。恰值家中晚饭，饭后听 Radio、看书，写笔记旋即休息，云门表兄、铁柜事亦无回音，不知何故。

4月5日　星期五（二月廿八）　晴微风

风停了，可爱的太阳出现心中痛快许多。八点多起来，一切弄清楚正想出去晒晒太阳，恰好斌来找我，于是推车出来一同出去。陪她到西单买东西，又到荷兰打了一个电话，请何大夫下午来，大概是何大夫有点不高兴。归来十一点左右，他们今天上供，要留我在那吃饭，我想还是回去吃好，便回来。孙祁才走，等我半晌呢！不知何事。太阳晒得怪暖和的，一时高兴便和四弟、五弟、小妹在院中种了些兰子花，五蜀黍之类的东西，掘坑灌水，又把蛰伏一冬的金鱼搬出米，大有生意，看着很好玩。娘和李娘也在院中看我们种豆，和花等，阳光下笑嘻嘻的，另有一番融融乐乐，心里也有一点高兴。午饭后听一刻 Radio，李娘过去看斌母，被留在那午饭，我却未去。近几日来和斌待在一处的时候少了，谈话的机会也少了，一不见她便想她，午饭后一直耗到两点多一些，心中实忍不住了，便又走过去看斌母。一会工夫，斌陪她干妈出去，半天也不回来，我心里有点不高兴。来了一半也是为了来看斌的。她却出去了。半天她才回来,我也一会儿就回来了,不料孙湛来了,在院中和他们玩呢。一会儿庆璋忽然来了,东拉西扯,说个没完,由屋子聊到院中,一直到快六点了,斌来了,便陪她一同去菜市口去买药,又到稻香村买了一点东西,回来才六点半,她叫我明早去找她,晚饭后因收拾水管子开我十一元,跑去交涉无结果而归。今日无聊之至,什么事也不想做,闷甚!

4月6日　星期六（二月廿九）　晴,上午半阴

昨日中午铸兄突然由保归平,匆匆忙忙来办理他调往他处之事,有去武清之说,今日下午四时许复回保,忙人也。

不知何故,我的表停了半小时,所以早上起来晚了,八点钟左右,斌骑车来找我,在路上怨我不守时刻,气得一路也不言语,脾气真不小,实在也不赖我,表实实慢了半小时,在绒线胡同分手,我却一直往北去学校,顶着小风有点冷一个人走很冷寞,而且因为斌不高兴心里也像堵着一块什么似的别扭,去得早,第一时尚未下呢,小徐来了,病已好了,昨天他不知道放假,白跑一次上了一小时课,即回家。在西单洗头十一点多才到家,放下车便跑到黄家去,看斌母病,一半也是去看我那可爱的小鸟怎么啦! 斌母好得多了,人亦日渐精神,尚好。斌已转好颜色对我,心中一块石头方落下,一会她要打电话去,便又步行陪她走到下斜街北口代她打了电话请何大夫,她一路给我讲她昨夜所做的梦,梦见与我游园,遇机关人被我救等奇异现象。因快十二点了便回家吃饭,送她到她家门口,午饭吃烙饼,饭后正在一边看报,一边听 Radio,恰好斌骑车来了,坐下谈了一刻,态度那么温柔,忍不住在她柔发上吻了一下,等了好久的机会来了,把留了将近一礼拜的苹果取出削皮分开同吃,愿我二人一生永远平平安安的。又坐了一会,约二点整即相偕骑车出来。陪她到西单去替她妈妈买馄饨皮,又回来到菜市口买了鸡蛋糕,回来叫我去她家陪着她,等她母亲吃完了馄饨,我和她二人在外屋坐着谈天,好几天没有好好的谈天了,因讨厌"隔墙有耳",便用笔谈方法,谁也听不见。斌老爱说那一套,她

说我和她是有兄妹之爱，"无她关系，亦无别的可能性"，四点半左右的时候，忽然陈家大妹来看她妈妈，我便回来了，捧着一本最近出版的《辅仁生活》，心不在焉地看着，心中却仍是惦记着斌，一刻也不能离开她吗？这没办法！五点一刻她又骑车找我来了，我便又到她家去取车出来陪她一同去菜市口买药去，又买了两盒糖，一包她吃一包请五妹的，在西鹤年堂她说了两句直刺入心中深处的话。

她说："我本来就没有想到爱你，只不过是被你感动罢了！我爱过一个，那个人是我一见就爱上了他……"我听了头立刻轰了一下，几乎晕了，我还勉强镇定地问她："后来呢？""后来我便不理他了！……因为他走了！"（当时我真想问问斌，如果松三回来了呢！我岂不是被甩了吗？那此时她不是真爱我的，是耍我了！可是我没问她！）我明白她说的是指的松三，我自然比不上松三，无论那方面，我说"那个人本来就可爱，我也爱他，……"可惜他走了！（我心里想）当是我心中的难过，无法形容。我如同突然全身掉在冰窟中了，肉体神经一齐凝结了，心中复杂的情绪无法进出，只由两只呆视的眼睛和默默无言来表示我心中当时的悲哀，我不怪任何人，更不怪斌！我自己悲哀自己，我可怜我自己，我恨我自己。两年来（我也是一见斌就爱上她了，可是她却一见松三就爱上了松三！）诚一不变的心，幸好是今天无意中由斌自己口中吐出，不错的是斌被我感动而爱了我！前两小时我还迷惑在爱波中，心中暗自得意至少今生有个女孩子爱我了！（前两小时斌向我说她爱我！）可是现在我以前粉红色的梦底美丽的泡完全碎了，我不是被人爱着，只是被感动而爱了我，或是可怜而爱了我！我接受这样的爱情吗？两年来不过只拾他人唾弃的一星半点抛给我，我还当宠物般的珍惜着，欢跃着。可怜的我，虽是现在实际斌和我最亲密，实际我仍是失败了，因为心灵是比肉体伟大的！（斌也是这么说的）我在心灵上先输给松三了，她不过因为松三走了，而才被我感动了，他如不走呢！我还不是被不屑一视的抛在一旁吗！唉！我想到这只有向我自己道歉！向我自己安慰悲哀！我不由得我不想到，以前我曾想过的问题，我是否平生第一步便走错了呢！我是否应该如此呢！恋爱中苦和乐简直是没有什么大的分别，苦中就有乐，也许现在的乐，埋下了将来更大的苦！我完全迷惑了，我相信承认我是个笨家伙，我没有美的面孔，水般的钱，会说话的口，也无健美的体格，更没有一般女人喜欢的所谓漂亮的手腕！我怎配令个女孩子爱我呢!？——斌在这不经意，随便的两句话中，她不知道是多么重重地刺伤了我的心。细细的回溯往事，更是伤心难过在她这两句话中，在过去一年中，我在她的心目中是什么地位，可想而知，好怪的我，好可怜的我！好傻的我！怪不得她常叫我"大傻子"呢！——我心里难过，也就没有再谈什么，保持着沉默，她也看出了我异样，竟也使起小脾气来，说你不理人是不？不说话好，你也甭和我说话，说也不理你！果然她也生起气来，撅着小嘴不再言语，一路回来也没说话，我心里好气又好笑，她总是没有认错的时候，只有我服低。即便是她错了也不会向人道歉，有，那也太少了，在她身上成了奇迹！何况她说这句话怎会不刺激我呢!？她却一点不原谅人，还要使气想想到底她孩子气仍未全除，这么多日子，早受惯了。到家门口，替她搬东西，她颜色又和。问我："不进来啦？"我便也只好含笑进来坐下看看报，把糖给五妹，他们吃饭，我便回家了。到家看书，晚饭后心绪起伏不定，先抽笔记下这些也许会好些，静一下心情，过一会，好安静的休息。

终于在今天斌无心中吐露了她心中底真话："我根本没想到爱过你……只是被你感化而爱了你！"我多么糟心，多么惨！在近来每一谈话，很容易就扯到"将来"的问题上去，她总是说"不可能"，我不明白她的意思何在？为的是我和她在亲戚辈分上的不同？为了社会亲友的讥笑？为了两方家长偶尔言谈的流露？为了我不配和她结婚？为了看见四弟日记的一页？至少我认为她是根本没有想到爱过我，而现在之爱我，不过是由于我日久的感化的结果罢了！并不是什么由衷的爱我，那又哪能和我结婚呢？除了这恐怕只有因为亲戚辈分上的不同这一条最有力了！因为她曾幽怨的向我说过："我真不应该认识你，……你也不该爱上了我！……一切只有下辈子才有可能性！"她说的那么坚决，可是并不少减我对她的热爱，反而增加不已每日的相思，一辈子还不清，这又是那一世欠下她的相思债!？

今天看实报上有某夫人答某君的什么时才能讲恋爱里有这么几句话

是:"……能认识了自己,更得能认清了对方,……还要是否有能力完成这个恋爱的结果?是否有能力维持……"这现在也都成了我的问题!交友是交友,恋爱是恋爱,而恋爱亦未必是结婚,这在外国是普通的,我向来亦主此说,可是某夫说得好:"这在外国是流行的,可是在中国就行不通了,这很幼稚,在中国交女孩子,便趋于恋爱,而自然的结果便是结婚,所以得在交女孩子以前审慎这条自然的定律,……并且需要郑重你第一次的爱情!"我又是否郑重我第一次的爱情!唉!自认识了斌,自己苦恼了自己不知多少时候!(不能怨任何人,更不能怨斌,有什么不好只有怨我自己!)但是上面我的幻想都不是没有办法的,何况斌曾经暗示给我,她曾指着一本好莱坞画报上露薏丝雷娜的人生哲理底标题是"为了恋爱,可以牺牲一切!"我和她是否为了纯挚的爱情而能牺牲了一切呢!

"知识欲高,苦恼亦愈多",一点都不错,如果能够一生蒙蒙胧胧的过去,无所求无所欲,亦无痛苦烦恼相接,亦一乐事!人生几何耳,苦恼何为?过去的让它过去吧!只抓住现实再说!一切扑朔迷离的虚幻,都可以被铁一般的事实打碎!事实是善于雄辩,也可以当做定律一样看!

现在事实告诉我,我和斌是在互相的热恋着,一天不见,不见也见两三次,今天她就骑车找我三次,陪她出去了三次,据她自己告诉我,我是第一个吻了她的人!谁也没有像我那般和她的亲密,她的全身我几乎都抚摸过了,我吻过她的香唇无数次,吻过她的脸、颊、眼睛、额、发、手臂、腿、颈,搂抱着她娇弱的身体,那么小鸟依人似的靠在我的怀里!和我一起无所顾忌的玩着,谈着笑着打着闹着,互相吃过二人嘴中的东西,饮过残余的水,互相交接着幽怨的,爱怜的无可奈何的眼光,含情的微笑,互相亲切的关怀着……啊!这一切回想能来不就在眼前吗?现在不是我二人互相的爱恋着吗?我还有什么不满意呢!?我的斌!……

晚上得多年无音讯的老友王松辅来一信,殊出我意料之外,犹如廿一日仁符之来访一般使我惊异而欢欣?

4月7日　星期日（二月三十）　　晴，狂风竟日

一起风我就一点心情都没有了！虽然是很晴和的天，风却在空间疯狂的跳舞哪也不想去，一上午为了心中的思潮又继续写了一篇日记。正看完报的时候，孙祁忽然来了，仍是那么沈忧郁黝黝的脸，也是无聊闲扯了一阵，大约十点他就走了，下午他打算去找孙翰去，近来他们弟兄倒是很亲近的，午饭后把许缄甫老伯的来信取出来，坐下提笔作复，看日子已是有一个月了，写了三大张，把家中近数年的情形，叙述个大概，又给陈仲恕老伯写一封信，两点多快三点了才写完，心中很是轻松，不然心中老似有一样什么事情没有做似的烦闷，今天早上没有过去看斌母，下午这时候才走过去，看看已好了大半，只是人仍是无力，待了一会工夫，斌出去买东西去了，今天对我有点冷漠。昨日余气半消吗？她的性格真倔强，回来取了信拿出寄了，顺路往北去寻她，陪她一块回来，院子比屋中还暖和，今天一天总觉得怅惘无聊，思念着各地的朋友。"乍暖还寒时候，最难将息"，正是这时的写照，我今天只管对着天空的云彩出神，心是那么空落落的无处放似的，惆怅，冷漠，无聊，更打不起精神，也不愿做什么事，回忆、幻想只给予我悲哀和孤寂之感，好像现在我没有朋友了，孤单单的生活着，斌时常给我失望，大好春光也没有去那里玩玩，我总想出城走走，到现在也没有离开北平城圈半步，和斌是不能预定计划的，因为往往是被突然的事故阻止，而不能实现的。本来想去看《first love》和去北海划船，及春假中去城外玩玩的，看斌母病的情形，是又不能实现了！黄昏时仰望西天的暮云思念着斌，一种无名的悲哀之感袭上我的心头，一天终是不快，晚于灯下看辅仁文苑第二辑。

下午娘过去看斌母的病，坐久之方归。

4月8日　星期一（三月初一）　　晴，狂风大半日

风昨夜停了，今早又起，真没办法，讨厌透了，不得不冒着风上学校

403

上学，不上学都无聊，可是也得去，上了三小时，校长说我们此时念书得举一知十，至少也得会举一隅而三反才行，回想自己真差得多，中午回来午饭，因亲父故去一周年，中午到西院上供，妈妈又哭了，令我心中十分难过，心又抖又跳，六神无主的不好过，上供大哥会没在家，自神位移至西院以后，卅、十四只看见他在家拜过一回，今天也不在家，太差劲了。九姐夫今天送来拾元，却交与我，娘出院后他也送拾元，并十盒沙丁鱼。饭后听了一刻 Radio，心中仍是有一块结似的，不好受，烦闷异常，在屋中徘徊，什么事也做不下，就走过去看斌母，三人都在睡斌也在睡，我蹑足走进。斌母却醒着，便和她谈了一刻，走出来。斌仍睡着，即坐在一旁看书等她，也未叫她一直到二点半她一翻身看见我才醒来，娇媚的眼神都着痴地望着我，令人爱惜之至，伸着手拉住我，问我什么时候来的，我告诉她来了半天，她怪我为什么不叫醒她！那股爱怜劲，怎不叫做爱煞，又躺了一刻起来，偷着和我吻了几次，那么温柔。一会来了一个客人，北方气大得很，俗不可耐，二妹大嫂二哥的没完没了，斌还煮鸡子挂面请她吃呢！后来问斌才知道是她大舅妈娘家嫂子，这弯可不小。四点多孙祁来，五弟来喊，遂归来，在院中和祁谈了一刻，东拉西扯的，他想后天去颐和园恐怕去不成，又谈了一会，他就走了。五点半了，便又推车过去，恰好大夫来了，等了一会，大夫走了。便陪斌一同去东市口买葱，又到东市买菜和其他东西，到家七点十分正好回家吃饭，送她到家，我回来吃晚饭，今天还好一点，可是为了父亲周年的忌辰又发烦不已，除了想和斌在一起外，什么事也做不下去，真糟心，这样念书怎成？而且愚笨的我更形容不出一点我是如何深陷在爱河中！

4月9日　星期二（三月初二）　　晴，午起狂风

真是春风无处不飞花，看那落英缤纷，不禁为春惜，今晨读词，辛弃疾之《祝英台近》与《摸鱼儿》，内有数句描写春日之妙甚，恰如所感，如："是他春带愁来，春归何处，却不解带将愁去"，又"更能消几番风雨，匆匆春又归去，惜春长怕花开早，何况落红无数，春且住……闲愁最

苦，休去倚危楼，斜阳正在，烟柳断肠处"。连日春风轻狂，甚是惹厌，更有一种淡淡无名的哀愁，不时侵袭着我的心头，茫然不知如何是好，什么事也不想做，什么也不感兴趣，恨着一切，厌恶着一切，平常生活的动作都觉无味，寂寞无聊的心绪，又感到人生不过如是之感，正是"君不见玉环飞燕皆尘土"，人生时虽能显示一时，百年间，只换得一坏尘土而已，再一时万绪杂沓。家、国、亲友皆奔心头。更是一时排遣不开。

午间由校归来，饭后清寂无事，亦不思做何事，独坐椅中幻想，今日何日，夏历三月初二也，去年今日正我平生最悲痛之日也，亦即严亲逝世之忌辰回思往日，年来依然故我，能不惊悌，时光如电，岁月催人，转瞬将亦垂垂老矣，值此春光，可不及时奋发，仰首凝视严父遗像，不禁泪盈双眼，父恩今生不能报答，实我罪大莫过于此矣！溯念严亲爱我之深，尤怀慕不止，衷心如焚，此时谁又能了解我此时之情怀欤，正自陷入沉思中，忽有所悟大好时光岂可空掷，欲报老父于地下，唯有努力攻读耳，遂愤然而起，精神骤增，整理笔记，及做文一切就绪后又复归于消遣情绪，忽然斌翩然降临，她之一言一笑皆已能安慰此时我之悲苦之情不少，感甚，爱甚，旋采丁香，海棠一束携归，鲜花美人倍增娇艳，送她出去，她回眸巧笑，举手作态，真令我一时魂消。进屋中不免仍有悲戚，盖父子天性难移也。昨日移前一日上供，今日静悄如无事然看看科学画报，籍欲换换脑筋，晚亦心中烦躁不宁，遂思过去黄家，但行至绿门时忽迎面遇见五姐与力六嫂走来，遂陪五姐至西院？妈等均出门，只余大哥吾吾小孩在家，叫起午觉之大哥，五姐与大哥谈，我即进来，顷之七姐亦来，怒冲冲，怪大哥昨日未通知彼等，谈起家常，这个那个的没完没了，一刻五姐亦进来，彼虽亦愠但不出诸口面上微笑而已，谈了半天，天已将暮，点心给五、七、二位姐吃，旋伯津来座谈顷之，谈及，现在力家之凄凉惨淡。较之往日之兴荣快乐，不可以道里计，伯津亦答矣！伯美如被鬼迷，与陈明焘日日不离，家人一概不理，食用分明，如无关系，脾气大变，夜恒三四点归家，如换一个人，奇甚怪甚。不知名焘有何法力，将此人性情，心意完全指挥把持，可惜伯美好孩子，变成这样！不幸都赶到一块来，"祸不单行"此之谓也。（不料那时我已被鬼迷如此！1941Mach19 记）

午间行伫、庆诚二人又来将丁香、海棠，尽摘佳者，自己人用就采好了，前二日已采二大捧，今日一日间采四次之多，自己够插花瓶就是了，还要送人，那还有完，采花扰如赌气全采尽又该怎样，只是可惜糟蹋了好花，一时看了心中不免十分气愤，后一想尽他们不知趣的孩子去吧，付之一笑好了！将来有机会还是离开远一些的好！

薄暮时五姐七姐归去，晚饭后，已八时，斌忽悄然而来，我今日一天，未过去。斌此时来，吓我一跳，不知何事，以为她母又有什么不安，后来一问，才知她才送走大夫，她尚未用饭，意要我代她去购药，不等她说我先答应了，便拭了个脸，推车拿了手电灯，陪她先回家，我即一人驶去。还好药店不十分忙，又碰在老手上，虽抓两副也很快，回来送去，四弟在。斌今日上午去东城，并买了一双凉鞋，黄色的，她穿了还不坏，在那谈了一刻，斌坐在外边陪着我一块谈天，说笑。四弟先回去，十点我回来，因疲即睡。连日，虽仍与斌在一起，总觉不满意似的，在那半天，因有客人，和她得做这做那的，总不能好好地陪我谈天，在她家待得很久，我老觉得正经和她在一块的时间太少了，晚上睡觉，总想赶快睡着，黑夜赶快过去，白天很快来，我觉得白天来了，我便能看见了我的斌！一天总不见也见几次，随时简略的言谈，多情的话，手示，态度都是写不尽的，我几乎也要记不清，我只恨我这样笨，一点也不能表达出我心中欢愉的情绪的百分之一来，我只是想看斌，想和她在一起，她是我精神上的最高尚的安慰者，她是我心上的花，黑暗中的明灯，有了她，我的烦闷全被驱逐净尽了，我一天里只有那么少的几分钟，在见了她的时候，心中才是纯洁真正的快乐那么一会儿罢了。

4月10日　星期三（三月初三）　晴暖，微风

昨日竟日不欢！为了思念故去一年的老父，斌常唱那句："……最难报的是父母的恩情！……"一点不错，一辈子报答不完父母爱子女的心！

上午只上了一小时的唐宋诗，今天一天都无聊之至都不想上，真的。这个社会，我有点不想念书，上这种课真无意思，对我没有什么大益，可

是不念书闲着也受不了，我真不知怎么样好了，陪小徐在操场上转了半天，许久不去操场玩了，身体不运动了不好。太阳光显然是热得很了，跑跑跳跳已是见汗了，美文和下午作文全刷了。回家顺道到小酱坊胡同郑志文表兄家中看看，已是十一点多了，尚未起床，就在他床边谈了一阵子，大宝他们还未放春假，闻舒北怀在三月廿九日在其家门口被刺后，有传五点后不许青年人骑车之讯，可是未见实行，如实行可麻烦了，快十二点回来。（在那遇多日未见之陆方），午饭吃蒸饺子，不好。饭后二时至黄，太阳热得很，文昌阁长煌之太太及其一女一子，小弟弟又白又胖，很好玩，本来约斌一同去春假，她因她干妈在这，不便出去，便和小弟说笑，一会小弟找四弟先去春明，我则仍在等斌，斌一会被她妈妈叫过去做事，一会倒茶，一会煮挂面，不喊杨妈，偏要叫她做，做这做那的没完没了，我觉得怪别扭的，老不让我和她好好地多谈一会，昨天她买了糖给我吃，还特意买巧克力，因为是我爱吃的，今天又拿出天津豆来吃，她说都是我和她二人吃了，五妹小弟都没吃几个，我心中事实感激，只有看着她笑，简直现在我爱她是无法用言语形式来表现出来了！我一边看书，一边等着她，四点多她干妈走了。她也出去买东西，我和她一块出去先到春明看运动会，来晚了，已成尾声，站好队，宣布结果便散会了，娘会去看，我和斌四弟，小弟等进去时，因为斌的白边墨镜惹得那些女孩子都斜目而视，她那样子出了风头，很高兴呢！乱糟糟的挤出来，陪斌进城到西单买东西，便回来了，到春明没有看见赵淑兰，白跑一趟，回来又在黄家待了一刻，四弟亦在，五妹回来，小弟五弟二人未回来，斌告诉我，五妹日记竟记关于四弟的事，有趣，斌和五妹二人间虽只差一岁，可是斌好似比五妹大好几岁似的，她们吃饭了，我俩回来。斌母今天已好多了，并已下地两三次，只是人尚无精神力气，黄昏七时多了，五弟小妹在院中玩球，娘忽然也高兴和她们一起玩，晚饭后我忽觉得身体十分疲倦，遂什么事也未做，便和衣服在床上，睡着了，十点四弟把我叫醒，又从新刷牙洗脚又上床睡了，不知为什么今天这么困，也没跑多少路，也没做什么费力的事，奇怪！

今天暖的很，太阳晒得热得很，穿单的一点都不冷，在屋子阴凉的，

还不热，还不至于头昏罢了，天气这么好，斌因她妈妈病，不能出来玩，我一人也不愿去，找不到同心意的朋友一起玩（好友多不在乎）所以哪也没去，虽是每天梦想出城去玩，斌又有点畏首畏尾，因为我和她在一块，怕她家讨厌，说闲话！

4 月 11 日　星期四（三月初四）　晴暖

　　天气真好，风也没有，大好春光，标准的日子。早上去校时只穿两件单的，一点都不冷，大街上来来往往的人们多得很，尤其是青年男女，这么好的天气，更加活跃了，分明有许多人出来去游春的，在北门口有许多人在等汽车，真羡慕他们。现在各校都放春假，才是时候，我们那么早放春假真无意思，我到现在那也没去，一次城也没出，心里老是就想去玩，一直闷到现在。上午两小时课，到家才脱了衣服，斌便来了，她是听见我的铃声而来的，随便谈一回，十点多院子已是很热了，斌在院子和五弟小妹打皮球玩，没事随便走走，她大约也是想我呢！听见我回来了，便过来找我，又采了一点丁香拿回去，十一点就回去了，在我家待不到半小时，她怕家里找她，我便写日记，午饭后一点半左右，我刚要去学校，忽然斌骑车来了，换了一件短袖的竹布大褂，那么合她苗条的娇躯，两条玉藕般的臂也露了出来，那么强烈的诱惑人呢！我又替她采了些丁香，她要送她干妈，陪她一同走，在室外遇见孙祁他要去真光看电影，在绒线胡同分手，到校上了两小时的小说史无聊之至。伦理学请假，便回来了，小徐只上了一点钟，一路上看见许多女孩子光腿露腿的，真是热了！顺路去宝昌源买白手套，忽然又遇见斌，便把小徐向她介绍过了，小徐说斌率，斌买完东西便一同回家，与小徐分手后，斌忽然嚷渴，更又往回走到西北，已经有冰棍了，每人吃了两根，斌请我，现在涨价每支五分了，一直陪她回家，我回家略息，洗了脸便又走过去，斌母已起来，人已好七八成，再将养四五日当可全复了，与小弟、斌二人闲谈及看报，一直到七点何大夫才来，耗到七点半走了。又陪斌与小弟同去菜市口买药八点多才回来，他们已吃完。我一人吃蛋炒饭，四弟今天一早又和他同学十人去香山玩去了，才回来不久，大说一日之经过，日前他即与同学去颐和园一次了，他们全是骑车去的，多过瘾，我在初三时，没有他这么大胆，自由。我做学生时代没有这么玩过，我享受玩的乐处太少了，说的我愈发想去外边玩了。饭后也未做什么，已经快十点半了。明天还得交一篇散文学，我还来写完呢！谁叫我爱在黄家待着呢！？因为在黄家待着，不知白白抛过了多少下午的时光，不然念书，看书或做点别的事情一定能做不少。说虽然如此，实际上是不成的，我会那般用功吗？我一有空闲，便想着斌，便不由自主地过去了，见了她心神便宁静下来，而且精神上受到温暖的安慰与寄托所似的，舒适起来，虽然现在有时想起自己没出息白白空抛了许多宝贵的时光，有些后悔，但是我也得到了相当的报酬底代价，受到斌的受抚，亲吻与拥抱，我已是相当的满意，格外的高兴，比我多读几部书实际上要喜欢得多！

4月12日　星期五（三月初五）　　阴，狂风竟日

昨天那么好的天气，今天会变成这个样子！呜呜怪吼的狂风，又在作怪。树助风威，更加显出风的力量，只有风还好一些，最糟的是加夹上无数的黄土、沙粒和其他无数不知名的东西，简直吹得你走投无路，大气出不得，全身像是披上一层沙子。这是狂风的恩惠，我最不愿接受的施与，尤其是对我们骑车人，顶风吸土蒙头盖脸的像潮水似的，一阵一阵迎面亲热的扑来，虽戴了帽子、眼镜、围了手绢，还闹了大半脸的沙土，烦透了。好不容易到了学校，这一路往北顶风而行苦头大了，简直说不完，没有经验训练，还真不行，一路上少不得出乱子，或是费时间，上了一小时英文，好没劲了。本来因为风太大，我不想回来了，小徐死乞白拉的叫我回去，只好陪他一同回家，到家看看报，继续马马虎虎的结束了一个短篇，是叙述孙祁前年的一段恋爱史，是个好材料，美丽的故事，却被我弄得乱七八糟了，后边是愈写愈坏，自己太不满意了，既无组织，又无中心思想和任何意义，太不像东西了，不是为了非得交，我才不交呢。简直自己都对不起自己，下午去校时，又去找小徐一块走，又费了劲，风已小

些，又上了三堂，回来已五点半多了，看看书，等着吃完晚饭，拿了四本画报过去给斌母看，与斌谈至九点半归来。

4 月 13 日　星期六（三月初六）　下午阴，全日小风，凉

　　只是一小时课，但也得跑去学校，今日下午是 1940 班毕业同学为他们年刊筹款而演戏，本由本校国剧社，后因商洽未妥改请戏曲学校，大礼堂新油饰的，里里外外一忙显得有点热闹，同学也兴奋一点似的，大学中课外活动虽是不少，可是我却一件也未参加，总觉得和他们那一般人不对劲似的！下课后小徐交我图画纸两张非叫我转交斌，给他画不成，无法，遂带回，下课早就去南太常寺去看松三母亲，很多日子就想去看的，老延迟下去未去，今天考了也就算了，省得心里老惦记着，在斌这方面，我对松三不免有点妒恨，可是在同学的友谊来说，我对他仍很好，并且也佩服，他的勇敢和有志气，人性也很有趣，松三母亲很能干，谈起家常来和我说了许多，南太常寺房子也是他们自己的，正在修房，动工一个多月了，还未弄完，这个那个的懂得真不少，前王公厂的房子卖了，又新置了两所，真能干，自己又保了两个的寿险。因为收拾，房屋里乱七八糟的，谈起来，提起舒令泓父亲于三月廿九日被刺的事，这事我在廿日听说，始不信，后听小刘与孙祁问我知道否，我才晓得是真的。据松三母亲说是中午被刺的，现在还未出院，幸而伤势很轻，现在门房添了四个护卫的，贼走关门，无何用处，为什么刺不知，只是在平时舒北怀爱饮酒骂人，平常已不拘小节人亦耿直更喜诙谐。不免得罪人而遭此不幸！人真不易处，和松三母谈约一小时，即归家。看看报，不到十二点半即吃过午饭，五弟小妹闹看要去中央看白雪公主，娘答应他们去了，又不放心，叫我追去照应，娘和李娘带四弟去西单买东西，全出去了。我去找孙祁未在家，到中央等了半天，也未见他二人，匆匆出来，这时又无事了找谁也无意思，于是便跑到真光去。这时忽然阴天小风吹着有点凉意，到那才两点前排恰好有两个位子，我占了一个，走过去，看见了李景岳，便拉他在一块坐，后来又碰见邓绍均等同学。片名是《钟楼怪人》，场面相当宏大，主角查利

劳顿那个鬼样，不知是怎么化装成功的，真不易表演，最奇异的是女主角 Esmeslaldo（Mawieen Olianla 饰）面貌，甚似我心爱的斌，不禁我想起斌来，可惜来时匆忙，没有招呼她一同来，不然多有意思，散场时，前边有两三个外国青年，个子都很高，四周的中国人显得那么矮小，不知他们为什么都那么好！又到真光对过的新月去看野餐盒的单子，看那样子恐怕没有多少，决不够我吃饱的，地方很小，坐得满满的，生意真好！因为想急于要看斌，遂归来，到家娘等都回来了，四弟买了新西服裤换了出去，我走到黄家去，四弟在那，一问斌，她今天也去东城，到东安市场买东西一点多就去了，想不到今天有风又阴很凉的天气，她还出去了，我不晓得她能出来，不然一块出来多好，待了一刻，他们吃饭。我和四弟回来，真不巧。我总等着斌一块出去时，她多不能出门，我没工夫去上课，或是我不知道的时候，她就有功夫了，真倒霉。她母已好大半了！

4 月 14 日　星期日（三月初七）　晴微风

昨天和斌约好了，天今早晨过去问她去真光看早场不，七点多起就没有睡好，弄好一切，便走过去，顺便拿过小徐那两张纸及告诉斌母力太何时生日。斌不去，我即回来。近来要想约斌出去简直是难得很，一半因是她母亲病了，一半不是她有事，就是本来说好了去，临时会出了事，故不能去，不是闹天就是有事，或是别人请她去过了，所以我激烈的盼望终成了冰凉的泡影与失望，回来一肚子不痛快，但却不是怪斌，只怪我自己运气不好，没有福气和她在一起玩罢了。反正也是起来了，不出去玩太不合算，便去找孙祁，他才起来，约好他一同去真光，我先走，请他替他约了票，片子是《帘外桃花》，桃拉乐珊拉摩主演的，戏却不算多，内容相当幽默。不太好，人可不少，拿车拿半天，孙祁去找孙翰，我则独自归来，不料走到南地与南口忽然发现了小徐，便上前和他搭话，旁边就是所谓的赵小姐，我也还他两对久仰。赵不美，可也不算难看，白胖胖的，戴个眼镜，倒很朴素，只是笑而不言，很腼腆的样子。只好和小徐说着，他说他们也去真光，可是看见了我没有招呼我，差劲，到了叫我碰上了，在中南

海前我便先走，不便打扰。到家一刻郑爕忽然来了，谈了一刻采了点丁香拿去，饭后斌等三人全来了，谈了一会又采了一大把丁香去（近来花遭了殃！一笑）。她叫我过去休息一刻，本来乘着好天气想出去走走，可是又无目的地看看报，又听了半天无线电里广播音乐，二点半了过去，不料他二舅在那，爕母也未走，本来是她外婆今天的生日，我却装不知道，和斌谈着一些话，她又画画，一会他们都走了，斌母今天似乎有点不高兴，脸色总是那么板板的，大约讨厌我吧！我要走，斌又不肯，她说："想看你，你又要走，待着怕什么，近来总想和你在一起，虽然知道将来……你说怎么办?!"我也没办法！真的怎么办呢!? 大声谈话也不方便，只得不时以眉言，以目语，后来斌也不画了，用笔在纸上写着谈话，胡画，几次想回家，斌都不肯，无法只好留下，但是今天我只觉得空气异样，斌母也不痛快，不会是我今天没有给斌外婆拜寿吧！可是有孝是不拜寿的。天天来本来是惹人厌的，也不像话，不是我就那么没志气，从昨天起，隔两天再去看看，省得招人白眼，惹厌不是，可是心里总念着斌，那可爱的影子，唉！真是那一辈子欠她的相思债！总还不清，耗到了快六点我才回家，和孙湛一块推了一会久未玩的排球，手指有点酸疼，大马组个球队，还要我打呢！午间归来遇多日未见的伯长，晚上灯下写了几封信，答复友人的，华子近又无信来，不知何故，庆昌、乐成藻如皆久无信来，令人悬念不止，桂舟来信，东北尚大雪，而北已春意十分矣！相距非遥气候相差竟至如此悬殊，自然之伟力也，自春降临家中院中丁香盛开，为人攀折不少，可惜，海棠黎等亦皆开，颇有香气，太阳普照生气勃勃，观之怡然自乐也。

4月15日　星期一（三月初八）　晴和

天气很好，也没什么风，上课去一路上很舒服，因为起来迟了，快跑不到廿分钟便到了，上了三堂，小徐等我一小时，一块回来一路上谈论些爱的问题，和虚荣心等等，倒也不错。和他分手，又到前门去，到了财政部，强表兄把支票忘记带来了，白跑一趟，求人难也。没辙回家吧！到家也快一点了，午饭吃汤面，饭后休息一刻，听了一刻 Radio 正在看报的时候，心想斌这时候不来找我，恐怕今不去了，可惜好天气。正自沉思的时候，忽听狗叫，急忙出去一看，可不是斌来了吗？穿着她那件斜格夹袍，上罩古铜色人字花形毛衣，蒙头纱，墨镜，她出去打她自己车带上气，我已换好了衣服，走到宣武门外大街，看见行侟他故意扭头装没看见，谁还爱理他才怪呢！昨天下午他也碰见小徐，他去真光看《钟楼怪人》，也开这个窍不易！我俩先到西交民巷兴华公司参观一番，都很贵直奔市场，她去银行替她妈告假，到市场转了半天，我买了一双袜子，她买了两条手绢，出来又到大众绕了一下，又到中原公司去看，有个日人卖珠蚌，一元伍割一个，没有不要钱，一个中国老太和他说了半天日文，原来是新从日本回来的很有意思，我看见有一个小镜子很有意思，立刻买了一个送给斌，才两毛钱真便宜，白的好玩，出来又到国货售品所看看，人多得很，原来是大减价，怪不得呢。斌买了她做斗蓬的料子，不留神把毛衣丢了，幸而又找着了，否则才倒霉呢，我却买了一件白布衬衫，二元六，便宜。便宜东西，好东西多得很，就是没有那么多钱去购买，中原公司东安市场等等东西太多了，真是看都看不过来，鞋也多样子也好，西服料子，也多得很，近来我也是老想买这个买那个的啦，斌也是，这也是虚荣吗？不顾念书了吗？但我无时无刻没有忘记现在念书的钱是怎么来的呀！今天斌告诉我，昨夜三点多起，她睡不着，直想我一直到天亮，这个样子，她是真爱我喽！不是想别人吧！（骗我）送她到家，我就回来，今天没有去她家，晚上滕清笔记，觉得乏。

4月16日　星期二（三月初九）　　晴，微风微凉

上午上了四小时，昨日下午五妹带回来一包糖，大家分吃了，留了两块给斌，今早带去两块，给小徐吃，并有手绢一条，我便和小徐开玩笑，因为手绢糖都是赵淑兰的，饭也是赵请吃的，后来小徐生气了，不高兴，真是不值得。手绢也不要了，我向他道歉，终不怿一路回家没有往天那般说笑，我说一句，他答一句，不说便沉默，无味，真是戏无益，他也未免

有点小孩子脾气吧！中午饭后换了衣服，一点三刻出去，先到兴业取了本月的饭钱，便到中南海了，在海边椅子上等着斌，不到半小时她来了，原来车坏了，所以来晚了。从中南海往东走，绕过流水音，斌那么多情娇柔可爱的，不时相视而笑，她今天穿上她改打好的黄色短毛衣，上瀛台，在山石上站了一会，吻了她一下，几乎被山下行人窥见，下了山石找了一条小船划着，斌紧紧偎着我坐着，不时她划两下，起风讨厌，绕了一圈。和斌在一块划船，这是第一次。五点回来，旋斌又来坐一刻，晚饭后过去和斌谈天，斌十分多情，我竟被感动流泪，九时归。

4 月 17 日　星期三（三月初十）　　晴和

昨夜斌对我柔媚多情，令我不安，窥其意似极不欲我回家。但不可能，是时已晏，且其家人大半就寝老在那，亦未免太不知趣。九时归来，一弯明月在天，路风拂耳，至家寝前又不知自爱，复不注意听 Radio 至夜半，外起风，气候突转寒，忽觉身冷甚，并哆嗦甚烈。日前数日早已仅盖一被，今竟不支，不知何故，强忍之。因已夜半不愿惊醒家人，冷不已，后转烧且口干并燥不可耐，正焦灼间，幸五时许张媪起，丞呼之加一被，取水来。已不及，病势已成，且旋吐酸水若干，心中为之颓然，烧甚烈，及晓，娘及李娘起，招呼备至，不可以言语形容衷心感激，莫可言状！问寒问暖试表饮水不厌烦琐，吾则因烧达四十度昏迷不醒，惟心头甚，明白耳，午间打电话请何大夫，予竟日作烧，难过之至。且因念下礼拜尚须考试，心中更加焦急心躁不已，发烧尚须多盖被褥实不可耐，遂将手臂频置外面，娘与李娘遂不得不随时注意之，因急欲病好，故盼大夫来之心切，不料其竟迟至下午七时许方来，谓我受恶寒，时令病而已，谓烧如此高，实大怪事，实消受不起，四弟买药归来，偶一回顾，不料斌却亭亭然立于我之床侧，我只深深看她一眼，无什言语，彼聪明当知此眼色中无穷言语也，后竟坐在我床边并问长问短，关心之至。我因热心中烦躁，彼亦温语相慰，令我深感之灯光昏暗中我见其泪盈双眼，偷拭去，彼必不料昨日之我，今日竟病至此耶！我吃光药后，九时斌方归去。

4月18日　星期四（三月十一）　晴和

　　昨夜娘伴我床侧而眠，因作烧故不甚好睡，发烧实难过之至！昨日一天只进水与少许米汤而已。今晨烧已退许多，约37°8，心中稍安，私念本礼拜不去，下礼拜可以去应付期中考试矣，晨间进少许挂面，正无聊间，斌来看我。今日竟毫不顾忌，亦不怕，娘及李娘在侧，竟坐在我床上身侧细语盈盈倍觉温柔，彼本系去东城为其母购物。连着已跑四五天矣。斌母亦不知疼惜其大女儿，累病了不亦是事吗？凡是大的都倒霉，有事都是大的去跑去担去干，她看我到十点才走，稍休息一刻，不料十点半左右，朱君泽吉与小徐来看我病，原来小徐问行俭才知道我病了，小徐说行俭知道我病了真不易，我听了不禁一笑（亦一欢），谈顷之约一小时方去。午间吃点稀饭，今日热虽退仍不甚清醒思睡时多，至三时许斌又来看，仍坐我身侧执手殷殷频询不语，后娘及李娘均进北屋，只余我二人，她说她向来最怕看病人，她妈妈病了，她都怕看，但是我病了她却一点也不怕，反而很接近的探视我，我心中被她感动不知说什么好，我只好睁着两眼看着她，那秀丽的面孔，她对我一切那么仔细，那么关心真是难得，我这次病了，总算又意外地得到一件报偿，更证明斌是真心地爱我，她不怕我会传染她，她妈病了，我也未看见过她坐在床边半天的，这次却毫不顾忌迟疑的坐在我的身侧，她不怕我病中的恶味，她不嫌我污秽，她不怕我病容的丑恶，总之她不避我一切，她还不时拍拍我，这抚抚我那塞好被，拉进去我那一双因热而不听话的手，柔声温语地安慰着我，一坐就是二三小时，我对着她，我身上一切的痛苦完全跑了，她简直好像是我的一个温柔体贴的妻子——可惜不是——在只余我二人的时光，当竟不怕污秽，把那小脸儿靠在我那瘦颊上亲热起来，还要吻我。我烧的上和嘴唇上都有点脱皮了，又干，难看得很，我自己照镜子都讨厌我自己，不料她竟不嫌呢！她为了我病，她夜里不好睡，见了我就流了眼泪，我竟不由得被她对我这么好也流了泪，就这样子她陪我到五点才回去，依然是恋恋不舍的样子！五点以后，我即休息，七点左右，何大夫来黄五妹及斌来了，给我看完便过

去黄家给斌母看，旋行佺进来我装睡，他走进去和小孩子及五妹等谈天，搁下一封信，谁也没理便又似幽灵般出去了，一点礼敬都没有，可怜！亦复可恨！七点半斌又来适四弟出去买药，便也替她带去，她进来等着，正好是小徐托行佺带来了一封信，内容以为是我生了气，真是小孩子脾气，难得斌答应了替我写了一封回信，四弟回来叫他交给行佺带去，买回药，斌回去已九点了，我因烧未退净，妈妈不放心，又陪我睡一夜，卧在几张现搭的椅子上多不好，都是我造孽，罪更重了，娘着急烦恼，李娘受累，还要让斌心里难过，夜里不好睡，还老惦记着我，真是从那里说起，以后还是要自己留心一下才好！晚睡不甚安，背腰一部不适。

4月19日　星期五（三月十二）　　阴，雨，凉

今晨起精神的得多，便坐起来漱了口，洗脸，梳梳那乱蓬蓬的乱发，并把一身上下的脏衣服全换了，觉得舒服得很，心理很高兴，想一会儿斌来了，告诉她，八九点钟吃了挂面。本来想起来，因为天气冷，只好再躺一天，明天再起来，看一会儿报，休息一会儿，精神还是不大好，就这样子一早晨过去了，阴沉的天气，阵阵春雨，不时听见院子有人嚷："下雨喽！""停了！"心想今天斌也许不会来看我了，心中正在闷闷的时候，快到一点钟的时候，门儿轻轻开了，翩然进来的正是我心中惦记着的斌呀！她仍是毫不迟疑的一下就偎着我身侧坐下了，那种坦白大方劲，真令我感动，于是我立刻高兴起来，提起精神与她谈天，东拉西扯的她这两天也不大舒适大半还是为了累，阴霾的天气没劲透了，我便给她大略讲了一点钟楼怪人的事，她也很奇异那个女主角会相像她的容貌，她说她不愿意来我家，她像人人都讨厌她似的，要不是为了我病她不来的，她只盼我病快好，因为我病一坐在我身侧闲谈没有人来吵，这种清福一来便是二三小时，我真是幸运呢！她对我的温存柔和，简直好似和平常变了一个人平时那种刚强不屈的劲全没有了，恨不得什么都随着我，她为了我不顾我妈妈，她妈妈的私议，为了我不怕西院及其他人们说闲话，她仍勇敢的来去，她都是为了我，我不知应该怎么报答才好！她说明天打算不来了，我

知道她的苦衷，但我知道她不会不来的。

4月20日　星期六（三月十三）　晴和

昨夜酣睡，一觉醒来，我忘却身在病中，遂请娘取来衣服，下床，不料卧床三天，衣服无力如此。精神不足，体力不支，活动嗅嗅，精血活动，渐较刚起时的多多。今日志成周年纪念闻四第言并求开会，情形殊惨淡，忆昔隆盛不腾今昔之感。用过早点，十时许起写日记，固病未写补记三日者，旋斌来还膠水，又问我病，多情多态拙萧不能叙其万一，其关心我已切，不亚于母亲也，坐至十一时半归去，午饭后德培又送笔记来。来又即去一时即出院子坐椅上晒太阳，颇暖和，阅报看书之际，斌突推车来，在院中助其打车胎，又立误半响，我试验是车尚好。礼拜一可以正事去校当兵问题，斌谓我昨日上午虽未来，可是心理老惦记着我，什么事也做不下，书也看不下，所以一吃完午饭（昨日）就跑来看你，见了你就好了，可是又不愿在你家待着，我们擎扭似的，（我明白她的难处。）且了你就又不愿走，老陪着你才好。那时天上飞机在响我说，这时要是飞机抛炸弹你跑回家看妈妈不？她说不，我你死在一块吧！我没言语，但两眼内已包满了情泪。她的心情是我的平时的心情，怎不晓得，无时无刻不在惦念着我，她，这时是她挂念我了，二点她出去我妈妈不在文昌阁，我推屋来试表，并休息，小睡一小时，四点半后大夫五点双吃挂面，五点半斌后来谓在西单过见铸史回她太太，铸史怪不好意思的，真怪，回来了也不回家，全不露面，看他明天回来不，乘无人时，安慰安慰斌，她这两天感情那么烈是因为我病了吗？因为我病她不怕，不避一切，我明白她是真正的很深的爱我，我以前的胡猜疑，都是自己瞎想真不该！她11点去时说："你的病传染我吧！你就好了！"因为非传染她我才好的话，那我宁可病一辈子也不要传染给她呀！她对我的好处，简直记不完，说不完！

4月21日　星期日（三月十四）　晴和

早上起来了，四肢仍是无力，在屋里觉得冷，在院子里晒太阳到很暖和，孙湛、孙昭、小弟、四弟、五弟等都在院中玩球，闹了个乌烟瘴气。到了十二点左右，斌来了，谈了几句，我还是没有多大精神谈天，进屋来愈觉冷，心说不好，有点像上礼拜二晚上犯病的劲，于是七手八脚急忙脱衣上床，毛衣还没有脱，盖上两层被冗自管发冷不止，心说糟了，又病了，果然一会冷过又发起烧来了，又躺下了，娘知道了不免又叨唠一番，急打电话去请何大夫。午后小孩子都来了，行佺也进来，铸兄及嫂回来待了一刻便走了，被敲请吃糖一会孙祁也来了，我屋里可热闹了，一会四弟买糖回来，他们大家又抢糖吃，我因为病了不能吃可惜，一会他们走了，才两点我一人静静地躺着烧的难过，好容易大夫看过，吃药晚上妈妈陪我在身边睡，使我心中十分不安。

4月22日　星期一（三月十五）　风，阴晴不定

何大夫说我是重感了，这也不能吃那也不能吃，心里烦得很。为了烧要利小便，娘等便是那么一灌我白开水，我再吃些蜜柑，又吃稀饭和挂面一肚子全是稀玩意。本来还想今天去学校考试呢！这下子可吹了，心里烦得很，早上风刮的真不小，自从上学以来，为了告病假耽误这么久日子，并且还误了考试这是第一次，病了只能在床上活动，困了就睡，醒了就只能看看眼前的东西罢了。闷来只有娘坐在旁边一边做活计一边陪伴着我，可是不说话也是闷人，在床上过的时间觉得特别慢，但仍得忍受，只有下午斌来看我的时候心中松快一些，糊里糊涂又过了一天，今天斌未来，我大发烧。

4月23日　星期二（三月十六）　半阴凉

昨夜烧才退一些，心中就高兴一点，谁知道昨天上午十点以后，突然

我又发起烧来，中午十二点时竟达四十度零，令人可怕，幸而我还清醒，娘急得很，发烧真难过，全身好似在蒸笼里一般，热得难过极了，口干舌燥，饮水也不觉润，嘴唇皮都裂脱皮了，鼻孔亦干疼，还不许手足伸至被外盖得紧紧的，真是难受透了。下午何大夫来了，四弟抓来药，九时许又跑到北池子何大夫家去取药丸，半夜三点才吃，今天烧退一些，仍有热，下午斌来，穿着她新做的薄呢短外衣很好看。

4 月 24 日　星期三（三月十七）　晴

连日病了的我，病热却在反复不定，令我心烦不已。而外面的天气也是和我的病情似的不定，忽风忽雨的，上午看着好好的天气，下午就许刮一阵子风，今天天气不坏，我的病势也好一些，热已退了一些，自我病了以后，斌就不时地来看我，甚至一天来两三次之多，我真有点过意不去，不安心，她不怕不避我病中一切的污秽丑恶，毫无一点厌恶的心来探问我，安慰我，那么亲切而关心，使感激而流泪；不知为什么，近来我会这么轻易就流出了眼泪，她前天一天没有来，吓我一跳，我还以为她有什么不舒服了呢？昨天下午她来了，才放心，晓得她大前天回去受她妈妈叨唠了，一生气昨天就没来，也没和家人说话，做好一件大布衫，真是的，又是为我，我那担得起这个责任，为了我，她和她妈妈生气，我的罪是多么重。斌呀！快不要生气，不要为了我而和你妈生气，因你妈妈是疼你，怕你被我传染病了的缘故，所以才不要你来，别太接近我，谁的妈妈不疼谁的孩子呢？你不看见我病这场，我妈妈受的苦痛和烦恼吗？别生气吧！保重你自己，躺在床上，吃，喝，拉，撒，睡，说话，发烦，发急；想吃的，发脾气，饮水，就这么混合着又在床上过了一天！无聊之至，病真是活受罪，好好的人看他们自由行动，自由的吃东西多好，真是羡慕他们，心里着急得很！

4 月 25 日　星期四（三月十八）　晴

昨天烧了一天今天才退了，只是精神还不好，躺在床上发怔，上午十

点小徐忽然来看我，谈了一刻学校的事，知道他昨天把车丢了，这下可烦了，结果把我车借走了。

斌真的爱我，在这几天完全流露无遗。每一回思便觉我对她的罪孽的深重，她是个纯洁的孩子，一切罪过都在我的身上，要有什么惩罚，都让我一人来担受吧！上帝保佑她永远健康美丽而活泼，快乐地过好一生！斌不来看我，我觉得好，也觉得不好，好是她不来可以少有机会传染她，她不来我又极大的想念着她愿意看见她，我一看见她，我病中的痛苦便消失了大半，譬如昨天中午突然烧到40°痛苦的不得了，娘子和李娘，互相推拍着我，仍然难过，可是一会儿工夫，她来看我，两双温柔的眼睛，放出温煦的光辉，立刻把我的痛苦吓跑了，精神也一振，和她正谈得高兴，五妹来所她叫回去了，我立刻又难受起来真是怪事，黄家他们有时以为我去他们家完全是为了斌，我爱斌不错，当然我为她做的事情多一点，但是对其徐的三个人，不是一点感情都没有呀！其余三人，我都帮过他们的忙，而且遇到什么事情，都是尽我的力量去做，甚至于在家中都不曾做过的，在他们家都做过。所以有时妈妈说我："老二有时替别人做事，比给自己家里做事还尽心呢！"替别人办事，不尽心，还不如不办呢。我总觉得黄家没有大一些的男人，处处都不方便，小弟又小，什么都不懂，我总想把我化做他们家中的一分子帮帮忙做点事情又算得了什么大不了的事。

病中有时拿起镜子来看见自己这付又瘦又难看的病容自己都讨厌自己，可是斌不讨厌真怪！卧在床上无聊什么事都不许我干，只能静静地看着，所见有限，左不是那些东西，一点也引不起兴趣来，不由脑中便幻想起来，因为现在什么都不能吃，只吃淡的稀饭和挂面，所以便联想许多好吃的东西，好了以后大约可以实现吧！这不会像老早以前就想到现在一点影子还没有的那个周游世界的美丽的幻梦般邈远吧！

母亲和李娘为了我病的关心和看护的周到使我由心中感激至于极点。焦灼，难过在她们的面孔中完全表现出来，娘更是每一分每一秒都在注意我病情的变化，不但白天伴着我，晚上不辞劳苦搭桌子睡在我的床边，一夜我不是试表就是饮水，那能安睡。母亲对儿子病真是世上最好的看护者，我只有暗自感到母亲的伟大，现在父亲没有了，我只好多疼疼我的妈妈吧！下午铸兄及嫂归来坐顷之始去，这次铸嫂回来适值我病，我也没有看清到底她长什么样子，今天天气还不坏我一天也没烧，精神还好只是闷得很无人说话，斌偏又没来！

4月26日　星期五（三月十九）　　下午阴且风

昨天和今天已是两天没有热了我自己真高兴，可是何大夫说我三天没热他才保险，老躺在床上没事真受不了，干着急，娘是你说什么不许起来的，十点左右斌来了，今天蓬着头发，穿着新短外衣及昨天一天做成新粉红色直条长衫，做得很合适显得她的身材更苗条了，也显得高一点，更美了。谈了一刻，因为大夫嘱咐我不许多说话，她便走了，不能多待一会，真是可惜。

天气真好，病在床上真是可惜，病的都不是时候！还不能上学，误了考试，真是哪里说起，病中觉得人类的无能，懦弱，丑恶，残忍等等弱点、劣点，完全表现出来，病了什么都得人协助，哼哼咳咳真泄气到家，禽兽病了绝没有这么多麻烦，别看平常人很强壮，一到病了什么都不成了，禽兽仗着它们的力量，本能，利爪锐齿走向大自然求生存，人却只有一付娇弱的臭皮囊，仗着一肚子鬼坏奸诈，战胜了禽兽，真是可耻。下午五点多钟斌母及斌，五妹小弟全来了，看看我和娘等谈了一刻到六点左右才回去，晚上在床上和四弟下象棋，被他赢了一个苹果去吃，看完了一本中国文艺，在床上躺的烦透了，老想起来活动，五弟、小妹十分淘气，又不听娘话，又爱闹，听着着急，不免在床上又嚷起来。

4月27日　星期六（三月二十）　　晴，有风

连着三天没热了，可好了，真不易，本来礼拜四我要是再发烧下午就被送到协和去了，这两天咳嗽右胸有点疼我自己害怕有肺病，好了以后我也想去协和照一张 X－Ray 相片看看，中午十二点徐仁熙与朱君译去二人又来看，朱盛情可感，谈了一刻便走了，下午在床上过得很无聊，二点多

起睡了一小觉，五点左右，黄家一家子全来了，坐顷之，又送我一切蜂糕吃，今晚朱盛情可感，谈了一刻便走了，下午在床上过的很无聊，娘没有陪着我睡，决定明天起来了。

4月28日　星期日（三月廿一）　晴和

可起来了，两腿发软没有什么力量，能起来了，自己高兴得很，刷牙后大洗脸，脸色发黄，瘦了许多；吃过牛奶，看完报，便写了发张明信片给同学，又剪了会儿报纸，指挥四弟们整理鞋，娘则叫张妈把我床上被褥等东西全都拿出去晒，在屋里走来走去很逍遥又看看全科学画报，一上午就这么过去了，中午饭后，坐在书桌边把新文艺笔记滕清，二点左右小徐来还我车，坐一会二点走了，今天天气热，可是我还穿一毛衣大棉袍，下午看看科学画报，走走，和弟妹，五妹等谈谈，五点许斌来，穿了一伴花夹旗袍很美，露着两条肉臂怪那个的，她和她妈妈出门才回来有点累六点回去。我晚上灯下补日记十点睡。

4月29日　星期一（三月廿二）　晴和

和平常一样的起来了，不觉得什么异样，除了做点事觉得有点累以外，四肢还是无力，刷牙洗脸，饮过牛奶后看报，继之写日记，病了几天未写全都补上了，九点左右斌来了，提了一个书包意思是要出去，先到我这来看看我，她忘不了我，今天是她的生日，本来规定下午陪她出去玩，我病才好也不能去了，真是扫兴，预想的事总不能如意，真令我不痛快，她在这谈了半小时，九点半才走，我又吃了一碗半的稀饭，写完日记，看了半天科学画报，弟妹们都去学校了，觉得很闷，到了中午吃饭，用牛肉汤泡饭，吃得很香，但是每顿总是吃不饱，娘又不许多吃，在家里真无味，我真想去学校，闷闲着真不是事，午后耗到两点去到黄家去，斌尚未回来，新雇的老妈子也不认识失望回来，娘叫我睡午觉，没事睡吧，迷迷糊糊的才睡着一会吧！忽然斌来了，她才回来，到家一问知道我去了，擦了把脸就跑来了，把我叫起来，遂穿上夹袍，随她过她家，她家谁也没回来呢！自病后有些礼拜没去了，大沙发也有一个多月没坐了，她还没吃饭呢都三点多了，她又吃了一碗炒饭，我看报，她想必是多日的热情都储蓄着到今天才有机会发泄出来，自动的躺在我的身上，我也不禁搂着她蜜蜜的吻起来，她还告诉我昨夜梦见和我搂着一块睡。四点回来，吃蒸山药，看《科学画报》与《新文艺谭》。今天晚上吃了一次牛奶。

4月30日　星期二（三月廿三）　晴和下午阴

很早便醒了，躺不住七点半起来，已不算早了，早上太阳好，空气也好，于是我的精神也很好。写完了昨天的日记，又看看报。《中央铁马》今天最末三场了，下午决定去。十点斌来问我买袜子要什么花样，旋去。她穿了一件薄衫短黄毛衣，觉得那么怪热情的。和娘吃过稀饭同娘一块去力家看九妹，她昨日从协和回来了，从后门走的，陈大妹，力六嫂，大嫂皆在院中坐着，谈了一会，她们都说我瘦了，病了半个月怎么不瘦？到了九妹家，她正在西屋床上躺着，听说都能下地了，精神很好，有说有笑的谈了一刻，又逗伯津小孩玩。李娘亦在，她先走，我和娘坐约有一小时，十一时许回来，我躺在床上看书，周作人的《中国新文学的源流》，娘却在厨房帮张妈在包饺子，一吃面食娘便忙个不亦乐乎，十二点多，我即换好衣服，我先和小妹吃，我吃到三个便饱了，没有什么味，不好吃。耗到一点钟骑车过去找斌，她在睡午觉，娇迷迷的劲，一醒了就把我抱住。近数日，她对我热得很，因为这时候天忽阴了下来，有点凉意，要下雨，她便换上那件厚一些的粉红色单衫，现熨，小姐不免又收拾一番，是又耗了一小时，才骑车到大街上，到了中央刚开演。找的地方还不坏，片子花，内容相当好，片名是《铁马》，西席地蜜尔导演的。休息时看见马永海。通场斌紧紧挨着我的时候多，好似怕什么似的，坐久了，屁股坐的都有点疼。出来仍阴，幸而无雨，刚好病体仍无力，腿上没多大劲，骑不大快，斌一跑，几乎跟她不上呢？泄气泄气，有今天的练习，决定明天去上课，上午可以考美文，免得全体补考，回来觉得有点累，吃了点点心又吃山药

泥，在院中看书，忽然斌送袜子来了，即去，不一刻斌母来了，在里边和娘谈天，一会斌，五妹来了在院子和她们打了一会儿排球，一会儿小弟也来了，一直等到我们吃过了饭才去，五妹说我好了一定要我过去，便随她们回家，斌母小孩子似的老笑，看着我特别似的，我瘦了也特别，我眼睛。我笑，全都特别，待到八点半我就回来了，记日记，十点睡觉。

5月1日　星期三（三月廿四）　　上午狂风，下午半阴

病好后今日第一天去上课，算来整整病了两个星期。早上去学校经过黄家门口不久，斌也出门追上我一块走，在绒线胡同分手，一路往北遇狂风，吃得尘土蔽天，弄得满身是土，顶风骑车费劲得很，尤其是病后两腿无力，更觉吃力，倒霉之至，到校擦了半天，仍是不舒服，上了一小时唐宋诗，小徐没来，同学看见我，都说我瘦了，第四时考英文，不算容易，考的不大好，但总不会不及格吧，吃过午饭，到大马屋去，有两个月没有去了，谈了一刻，又洗了一回脸，大马对我甚好，并拉我入骆驼排球队参加校际赛，下午上了两小时各体散文习作，很是无聊，大家都昏昏欲睡，下课后，大马崇实校友队与物作友谊赛，因为人拉我打一场，多日未动球了，一时兴之所至便答应了。脱了衣服在操场玩了一会，病后体弱，差得多，等到五点多，才打上，打的坏的很，幸而以三比一赢了物三。我因病后两腿无力，骑车都觉有点发软，因为瘦了两臀无肉，坐久了，骑车亦觉微痛，归来两腿疼痛累得很，明日耶稣升天放假一日，可以休息一下，七点多才到家，晚饭后亦未做何事，写完日记想早点休息。

5月2日　星期四（三月廿五）　　狂风竟日，晴

早起，照例饮过牛奶，吃过稀饭已是九点了。出来先到黄家借了气筒打打气，斌大画一张茜蒙，我去了便不画，陪我谈了一刻，九点半我即出来，到西单欧美去理发，很满意，一高兴给他伍毛钱，此时已十一时。忽又起风真是讨厌透了，往北到华宾园去洗澡，并叫一擦澡的。第一次，倒

很省力，病中积垢为之一清，顿觉身轻体爽。又修脚，一切弄完已是十二点半了，出来忽然看见小徐的车，想不到他也去了，也未看见他，便走了，蹓了一会儿书摊也没买什么，到宝昌源拿了一个大茶杯，很好玩，到家已快一点一刻了，吃完饭，刷刷鞋休息一刻看看报，到三点左右便去过去找斌，本来想下午和斌一块去东城走走，因起风便中止，她正在睡午觉，我去了便醒了，谈笑亲热一番，斌对我实在好得很。四点半归来，五点出去找小徐谈了半晌七点归家晚看书。

5月3日　星期五（三月廿六）　　上午阴凉，下午风

　　昨日耶稣升天瞻礼放假一日，可是我也没有休息跑了一天，晚上休息腿还是有点疼，方病好的身体还是孱弱得很，两腿无力，骑车走不快觉得很费力，早上去学校，差不多用半小时之久呢！今天早点去把老五的冰鞋还他，他没病比我还瘦，第一时间，大家练习认平仄，也没讲，第二时英文下课后风还是不小，因为来回跑受不了，太累就没有回去，在宿舍中待了半晌，在李景岳屋，老五屋各待一刻，又去大马屋，等他打完一段字，一同去爱万特吃饺，很简单，还吃了七毛多，真是没法子，出来又到大马聊天，大马告诉我有一个地方做一身白西服连手工才三元，这时候够便宜的，我也想做一套，郑夔，李培，洋枪等都来了，一点五十回大楼去上课考新文艺，我答的自己很满意，我写了四页就觉得不少，可是小徐他竟写了六页，不知他有哪些说的，又上了一小时的伦理学，本来想看赛排球的，小徐拉我一块回家，就回来了，在宝昌源买了一盒牙膏，和一个日本天我买的那个外表像木头的杯子送斌，回来仍有风，真是讨厌透了，进屋嗅到雪茄味，知道陈书琨老伯又来看我了，陈老伯真关心我，感激得很，昨天去看他老人家，因为中午十一点多吃的饭，这时又饿了，饮了牛奶休息一刻，把友观止和杯子拿过去给斌，谈了一刻，他们吃饭我就回来，晚饭后看《秃秃大王》——张天翼的童话，费了一小时。

5月4日　星期六（三月廿七）　刮风半日，晴

　　八点左右起来，洗完脸正穿衣裳的时候，忽然斌来了，穿上她那件自己做的小短衣服很好看。我替她车胎打气，她等我吃完稀饭一同出来，走绒线胡同及北新华街陪她走，她到文昌阁去，我去府右街那边去学校，上了一小时的说文，今天腿好多了，跑快一点也不疼了，只是心跳得厉害，没看见小徐，出来径到陈书琨老伯家去看看，昨天下午回来，一进屋便闻到一股子雪茄烟味，就知道陈老伯又来了，自我病以来，他老人家，来看我两次了，关心我得很，我很感激，所以今天赶紧去回看一下，一半谢他，一半也可表示我完全好了，在那座谈了半小时便先辞出来又到许久未去的王家，治华在家，聊了一会，知五弼每在浙江奥业银行做事业，真巧，十一点二十出来，又到九姐夫医院去看他，我病了他也很关心我的，自他出院后尚未看见他呢？见了他，他说我好了，他又不行了，一走路他就喘，浑身无力，北平春天的天气对他不好，一刮风他就不舒服，劝他去协和他说没用，协和也就会给你鸦片麻醉以外也无好法子，他想到南方去换换空气，我劝他去青岛走走，不到十二点他就吃饭了，留我在那吃，只好吃了两碗炸酱面，看他咳嗽真难过得很。回来又吃了些，看会儿报，睡了一小时，也未睡着，三点起来去看九姐，和小妹谈了一会儿回四点回来。四点半过黄家只五妹一人在家，待了一会儿回来，七点斌来给我点糖吃，她才回来出去一天，没忘了我，还给我带吃的来，多情得很。我吃饭了，她回去。下午无聊看完了一本巴金做的《砂丁》，内容很惨，看完了心里有点不痛快，又写了几封信回复同学。晚饭后七点廿，斌叫我过去，和四弟一同过去，谈了一刻，便帮她练习熟习字盘表，九点半回来，才进大门，不料五弟、小妹、娘及郭家两小姐回来了，想不到娘今晚会去蹓大街呢，到家休息一刻十一点睡觉。

5月5日　星期日（三月廿八）　晴和

　　天气真好，令人痛快，没风最妙。上午起来看过书报，在病中欠的信债，昨天下午写了一点，今日上午再写一点就成了，于是又答复了三封信，给庆华及弼的共写了六大页，一上午也没了。十点钟的时候，斌及五妹来了，待了一会就去了，十一点孙祁来了，本来我还想去找他，他倒来了，他说下午他去西便门外看赛马，天气很好，我也想去，于是下午去东城之议打消，祁走了，我过去告诉斌，她也极想去，可是下午她还得去学校练习打字，不成。我回来吃午饭的时候斌忽骑车来了，我以为她要和我一块去呢，可是她坐在我书桌前不言不语，等我吃完和四弟一块走，她还是去打字去。我寄了信和四弟一同骑车驶往西郊，许久没出城了，乍一出城倒很新鲜。土路上多不好走，有时石头子很多，弯弯曲曲去了半晌才到遇上汽车过去，土就好像是放烟雾似的，讨厌透了。到了那遇见孙祁和赵振华便在一块买马票合着买，买了四次中了两次，我自己买了两次全输了，不然我还赢九角钱，摇彩中的很多，可是机会太少，没有买。许多没有来了，一切都显得有点生疏，尤其是马名，那个好全不晓得，下礼拜来就知道了，结果输了一元一角。五点回来，顺小道一去彰仪门回来的，看表才走25分钟就到家了，还不怎么快，到家孙湛在这，一会儿五妹，小弟全来了，玩了半天。六点多，斌母及斌来了，待了一刻就走了，斌叫我吃完饭过去，七点二十吃完饭过去，小弟已在床上了，真是早班。谈了一刻，五妹念完美文九点左右和她妈妈也睡下了，只余我和斌。九点半时我要走她不许我走，先谈了点闲话，又说了会儿马场的事，以后便是帮着她练习熟习中文打字的字盘表，我念她找一直练习到十一点我才回来，十一点二十上床，娘等已全睡了。

5月6日　星期一（三月廿九）　晴热（今日立夏）

七点起来，吃过早饭，补写昨日日记后，方始去上课，小徐等我一块回来，穿大夹袍中午跑回来，一身汗热得很，饭后看报，原来是立夏，看完报整理中国史学名著评编华记，是写了一小时，到三点换了衣服去公园看画展，一路上太阳晒得真够热的，公园游人不算少，我先到董事会看文玩展览出来绕到牡丹花那边去找斌及其母，昨天约好的，没有，便经过春

明馆到北边河边绕了一圈，又往回去，到春明馆前才碰见斌走来，她穿了一身黑光是足未著袜，头发蓬松，她晒了大半天，手臂立刻显得黑了，她今天跑到朝阳门内海连会北大农学院去打字，这一趟真不近，那边我还没有去过呢！和她在公园绕了一会，又走到春明馆北边才找到候少君，陈士杰唐雪谨三人联合的画展，成绩不坏，大半售出。经斌介绍认识了候少君，人还不错，也能写文章，中国文艺登过他的文章，斌累了就在那坐着休息，还喝汽水，和侯谈了一刻，他也喜欢看电影，和我性情倒相近，我觉得他不错，有几张画真像王雪涛笔法。座谈到五点和斌一同告辞出来，斌车坏了，她雇车到西单，我把她车带到利华去修理，一同到西北去吃点东西，她到这时候还没吃午饭呢！各吃了一杯冰激凌，及几块洋点心，出来又到荷兰买糖，又买了些别的东西，取了车回家。我一到家便先去西院上供，今天预习防空，里里外外瞎忙一气，灯罩上都多了一个黑布套，闻闻那么不痛快，饭后八点我去黄家，斌叫我过去帮她温习打字盘表，她预备去考某一机关的打字员，礼拜六考，所以这两天赶紧练习。她对我那么温柔，那么多情，她买的糖五妹、小弟全吃完了，可是她去乘他们不留神的时候，塞在我裤袋内四块糖，是她特意给我留的。和她一块温习字盘表，她倒很努力希望她能考上，省得每天在家待着，多不好。可是够远的，每天跑东城九点半回来。吃花生，记日记，今天又接华子一信，托我买药。

5月7日　星期二（四月初一）　晴热

立夏以后，天气剧变热了许多，亮的早，所以起的也早，也不会迟到了。早上上了四小时课中午回来，向着太阳真热，但是还受得了，出了一身汗，饭后看报，休息一刻到两点出去。斌昨天告诉我她不在家，所以也未找她去，去尚志医院看九姐夫，他却去公园了，并且请客，便去财政部找强表兄，不料财正长训话，都去听训去了。出来径奔罗马电影院，罗马即平安旧址，一切如前，惟内部刷新，伙计亦换，重张后今日第一次去，片名百日夫妻，内容甚为幽默，最末三场人却不多，看完又到东安市场绕了一周，出来至中原公司，及国货售品所看看，之前未来东城，病愈后今日第一次来东城也，太阳晒背够热的。五点许遂归来，顺路又去找九姐夫当未回来，遂一直回家，到家大火炉拆除，屋内顿觉宽畅，为之一快。休息一会，径赴黄家，把在市场买的一把梳子搁在斌桌上，并留一条，因昨夜偶闻五妹言斌梳子坏了，今日至市场顺便买一个。斌至七时方归家，我已回来，今日未见着，晚饭后，斌母及五妹来小坐即去，晚风扑面犹有热意，在院中散步烦之。至八时，呼四五二弟一同进屋温习功课，此时夜间不凉不热正好读书也，唯此时灯下已有小虫辄扑人面，甚意厌耳。

5月8日　星期三（四月初二）　晴热

我从前连想都不敢想，现在便不愿去想的现象，想不到今天早晨会入我的梦境。梦还大略记得一点，是斌为了一点极不值当的事，而和我翻脸，写了一封信给我，里边有两段话约略还记得，是说我太懒，一天到晚太舒服，也不用功，身无一技之长，将来怎么做父亲？（斌梦中责我的信中语是对得很，我是应该怎么样努力呢！）还有一段好似说咱俩人（我和斌）之中，本不能再有第三者加入，可是两人为了前途，现在已有二人加入，我很秘密着，不知道你晓得否？……我看了很伤心，底下还有一小半没有看完，后来我竟痛哭失声，就这么样醒了。可惜信的前边忘了，后边还没看，只记得这么一点，最初以为是真的，可后来醒了才明白是在做梦。我真不能想象出若一，如果，若是，假设，斌又和别人恋爱，或是，甚至于结婚，我失去了斌的痛苦与伤心是到什么程度!？斌呀！我永不愿失掉了你！梦中的痛苦已够我受的了，我向来是不迷信的，可是醒来还是那么激动，心里难过得很，爬起来，记在此处才好一点，这时又觉得自己对斌痴呆得好笑，但更可证明的我爱斌到什么程度！（记于晨六点一刻醒后。）

现在日记本中我夹了一张斌的相片，见不着她时，便看她的相片，好像是她在我的旁边。今天早上的梦真是可怕，不管将来能否和斌结合，但我总是那么热烈希望着，她却常常往反面想，以致时时在我俩欢乐中总带

一点哀愁而引起我俩的不快，仅仅是昨天一日未见，却做了这么一个可怕的梦，于是决定吃过早点，早些去先到她家看看去。弄完一切，不过才七点四十，便去她家，她正在洗脸，我本来想抱住她告诉她，我是多么不愿失掉了她，可是见了她又有一种说不出的心情抑制住，只是看看报，心里觉得见了她，也就满足了，本来定于八点廿走的，正好她也收拾完了，便陪她一块去。在顺城街分手，我一直往北迳赴校上课，第三时学堂找大马一块聊天，第四时美文，何神再又问了半天废话，什么为什么改时间了，每人闲时都干什么玩了，聊了大半堂，饭后到大马屋去。做衣服的羲利伙计来了，前三个礼拜大马定的衣服，现在量就长十元了，香港布一套从前六七元，现在却得廿六七元，真是不得了。下午做文题目很容易，有一样我挺烦的，我的作文本丢了，不知放在何处，一病什么都乱七八糟的，今天只好用纸写了。做完又到操场看了一会赛棒球的，四点一刻便和大马一同骑车到东城存车，在东安市场进去绕了一圈，便到芮克去。才散场不久，买票的人挤得要命，我去买票挤了一身大汗，可不得了。临时忽然遇见乐芸因叫我替他买票，可是他没带钱，无钱跑来不知做什么，如果不遇见我呢，我也没钱，又不好意思驳他，只好先拿大马的钱替他买了一张票。坐在前排位子仍很好，口是剪了一点，出来已黄昏，又修理车，到家已暮，吃过饭做会儿事，已是十点了。斌这几天忙着练习打字，所以也不便去找她。

5月9日　星期四（四月初三）　　晴热

天长了许多，热了许多，亮的也早了许多，醒的也早了许多，到学校便也不会迟到了，词讲了一小时。三老板要成绩了，做说文真是不情愿，内心里不愿做倒霉怎么忽然想起选他的课来了。天气虽是早晚有点凉意，早晨到十点已是够瞧的了，十点到十二点无课，可是懒得回去，便到图书馆，看看词。经出辛弃疾词三首的平上去入来，又看了全书，十一点到楼上去找大马，一同回宿舍待一会，便去吃饭，花了六毛多，买了一个大苹果三毛多，结果一块钱出去了。又在大马屋看了会儿画报，下午上了三小时课，小说史无味，挺想睡觉。五点到操场去看骆驼队与中学队赛排球，先输了两个，后来小刘加油赢了两个，士气大振，大概后来可以赢，因为今天有防空演习，所以六点就回来了，可是没有看完。顺路到路强表兄处，他在家，便进去略谈。六点半出来，至家约七点，斌先头在五点半来留一纸条，叫我代她找几条新闻，她明天自己先考自己一下，看报和广告等。找了半天合她二百字的条件很少，一直耗到十点才找出五条来，又择抄一件写文，不知合她意否，不知她考什么机关？考上了见面机会又少了，想来也高兴，也不高兴，高兴的是她有事了，比每天闲着无事好，不高兴的是不知她年纪轻轻的人情世故不懂，不定会遇见什么样人，而且少了见面的机会与时间，连日她很紧张的去练习，所以我也不好意思去打扰她，今日未见她。

5 月 10 日　星期五（四月初四）　　晴和

昨天斌来了留了一个条，所以今天早上把她所要的东西给她送去，就出来了。到校还差 4 分钟，先到老王屋借了书，便去上课，词练习了一点钟的分平上去入，英文又马马虎虎的过了一小时，很是无聊。下课回家，同小徐走分手后，到绒线胡同拐弯去找九姐夫，谢道仁亦在旋去和九姐夫谈了一刻，娘意欲以贰佰元购米来，九姐夫言，钱你有限，如此大量花去，不半年即尽，对外汝等皆言无钱，而人看如此买米言无钱之情形，即我亦不信矣！终又取回伍十元，暂欠，计存九姐夫需尚有六佰元数，钱不管多少，但总有一日用完，如此坐吃山空，有出无入终非了局，思之烦，甚十一时归家，午饭后看看报！休息一刻去校上两小时新文艺，今天也没劲，第一小时批评我们交的估品，第二小时漫论一篇托尔斯泰的作品，名字是《上帝知道，但是在等着》，又名《竞狱》，又说了说《项链》那篇莫泊桑的小说就下课了。伦理学我一点没看我的书，下课回家顺路去强表兄处打了印章，又到西斜街十八半截世广政家，去找他弟弟。在家畅谈一小时，孔祥强也来了，许久不见了胡扯一气。于良抽烟，不好，可是他父亲也不禁止真怪。六点多回来，借来相匣子，正吃饭的时候，斌及其母来

了，谈了半天，在院子坐了半晌，才去，斌说这两天跑了不少的道，可是一天保打几分钟，可是每天很晚回来，大半都玩过去了。今日仍有防空演习，晚来做何事早睡。

5 月 11 日　星期六（四月初五）　下午阴并小雨

一小时的文字学，我烦透了，偏张要每个人都要问什么字的分类多少，谁也懒得去应付这些。告假没有去，早上起来，做一点事情，九点一刻出去先到晨报馆，替李君、国良买了两分晨报，迳赴前门银行取了钱，便又至东安市场先去订衣服，到王君统桢所介绍的宏大西服店去做，香港市的一套又做了一做裤衩自己的布，及一条白裤子，又到瑞华订了一双鞋，出来一高兴，又跑到明日去照了一张二寸的相。出了东安市场到中原公司买了一顶草帽，取车回家已是午时了。今天不热，下午多六，饭后看报，听了一会 Radio 中放出的西乐，又在床上假昧半小时，两点半起来，过去看斌，果在家，问她今日去考打字职员如何？她告我不知道礼拜一才晓得。文昌阁她干妈来了，还带了两个小的，小弟宝又白又胖，才十个月，个可真不小，很好玩，又可爱。一会她干爹也来了，我才悟起今天是她妈妈的生日，可是我不记得了，算了，也甭要什么表示了，好在她妈妈也不在乎这些，忽然孙祁来找我，让他进来坐一会，她死气白列的向斌借她的纪念册做样子去画，真有点贫气，耗了半天，各吃了一碗面，又坐了一刻，我便和他回来，斌说一会儿来找我，我答应在家等她，孙祁取了车回去，一会儿阴云四合，隐隐雷声，一会儿斌来了，不知那一阵子不顺风，向我大发牢骚，外面下起小雨来天气欲觉凉爽许多，李娘等老太婆，有时是讨厌得很，那股子啰唆劲，有时酸的厉害有时说话也实在是使人不痛快，觉得十分多余，也怪不得斌不痛快呢！五妹来了一刻，我们吃饭了，她二人便回去了，饭后：觉得雨后空气清新，顿想出去走走，许久没有遛大街了，但身不自主的又遛过去问斌去不？她又不知是那一阵风又吹了，忽然高兴去，于是五弟，五妹，小妹，四弟，小弟全去了，步行而去，一路又谈又笑走得很慢，斌大谈其参加 Rarty 有二人对她献殷勤之趣事，如此看来，斌阅人多矣！我能对其如此亲爱，真是幸运儿也。斌极爱跳舞，我真奇怪她不知为何如此些醉心跳舞，我实觉不出其中有何乐趣在焉！我实不大赞成跳舞，我总觉得有点可以不必去，多少有点太奢侈些，在中国方面，尤其是在不能生产只知消费的学生时代，在舞场中不得不大方点，因去不得不坐汽车，这点我就花不起，没有那么些富余钱。我今天说斌有虚荣心，她也承认，并未生气。虚荣心是难都免不了，我也有，但希望也有个限度，在自己能力或可能性范围以内才行，否则不免流于妄想了。在西单买了一点东西，又步行回来，天上阴云未散，又有点欲雨，九点，路上说了一句玩笑话，她就生气了，一路上不言语，倔强得很，脾气仍不小，只许她向我取笑，我一向她玩笑便很容易生气，还得哄她。今天她说我不配做新闻，研究新闻学就非去当记者不可？怎又见得我不配呢！她这种含有讽刺、讥笑看不起我成分的口气，使我有点不高兴，一路回来时不言语，也使我难堪！到家已九时半，有时我觉得她不明白我是多么的爱她，而使得我去屈就她随她的意思去做，她问我话，我向来是诚实地告诉她，而她却相反，也许是她好调皮的缘故，时常造些无影的话来骗骗我，我也都相信她，因为我太爱她了，所以她说的一切我都相信的。我总觉得对她所说的话，如不相信，简直是侮辱了她的人格，她却时常笑着叫我"大傻子"。我想起来，有时也觉得自己怪呆傻得可笑，但又对斌之对我的偶尔的不诚，也不无认为遗憾。（像随便骗我玩。）

5月12日　星期日（四月初六）　　晴，风

不知是自己不痛快呢，（为了昨夜斌的不高兴，）还是为了自己懒的缘故，今天竟总躺在床上不起来，九点多才起来，十点，还是穿着睡衣，正在清新空气中，早晨令人高兴的阳光下，聚精会神地在看书和报纸，不料斌却一声不响的走了进来，面上微微含笑，那么活泼，一下子便跳了进来，出乎我意料，昨夜生气了，一句话不说，想不到睡了一夜便什么都云消雾散了，真是小孩子脾气，没办法！谈了一阵，不免又让她发一阵子牢骚，真是从那里说起，都得怪自己太笨嘴也太不会说话，还好一会便过去

了，这时忽然来了一位老太，原来是什么从前天津李娘等认得的赌友，我听了起心里厌恶她，我们家从前那一座大楼，还不是都断送在她们这一般人底身上，斌见来了人便去了，我也过去小坐，五弟四弟全在那，斌母及五妹出去了，只除小弟和斌在家十一点多便回来，上午吃稀饭时，李娘及娘忽然看见我右手小指甲上，昨日被斌乱涂上一层指甲油的小红指甲，便问我，我很不高兴，什么琐细的事都问都管，讨厌！我说涂着玩的，娘等也没说什么，只是娘娘说了一句："老二现在变了！"我听了很好笑！我变了，我真的变了吗？我又变成什么样子呢?! 从前又是什么样呢!? 真是怪事！中午吃包子，饭后已一时好。便拿出中国史学名著的笔记拿出来整理，正在誊写的时候，忽然郑维勤骑车来访想不到，我一边写着笔记一边与他谈话，谈些学校的琐闻，闲扯一气，他带来两本书还我是曾借去看的，到了她说出是谈什么来了，原来是斌上礼拜因为要考满铁打字员，所以去农学院两趟练习打字；他遇见了起初以为是在他们学校做打字员，后来才知不是，现在到底在做什他想知道，来问我，我却答他一概不知我反而反问他怎么回事，他后来觉得无味，也无话可谈三点多便去了。我继续抄完笔记，待了一会便过去看斌，她又躺在床上很无聊的，我告诉她郑维勤来问的事和她相对拍掌大笑。一会斌母回来，买了两只蟹留我在那吃饺子，五弟来又闹着去买车，四弟去潘家看车有点日本味，我不大喜欢，本来我今天想去跑马场的，下午风太大，所以就没有去。四点多风小了，斌忽想出去，便陪她一块出去，到西长安街买日本胶卷，都没有，便到进北去吃冰棍。和斌又说又笑的互相交换着吃一根冰棍，她请的我。有时想起来，自己对于斌是够幸运的了，她给我的安慰与甜蜜，简直是说不完写不尽的，我吻她，我搂抱她，我温柔怜爱地抚摸着她，我和她亲迈无拘束的谈笑着，她身上那里有几颗痣，我都知道般的亲近，我晓得她左颈右耳，右臂下，颈下都有颗痣，她的身体的形状，她走路的姿势，她的语声，她的笑声，她的习惯，她的喜恶，她的脾气，她的性格我全清楚，而且又是那名熟客，像一加一等于二那般的清楚与有把握。我不时吐着我的心底的话，说给我这心爱的人听，她也时常说给我许多话，都是别人难得听见的，甚至于她没有告诉过她妈妈的话都告诉我了，像我和她各吃一半的冰棍再互相交换吃，这程度，在她家里和她弟妹都不干的，更甭提和别的人了，但是和我交换着吃了，我是多么幸运呢！我是多么骄傲呢，这程度都不会悉化第二个人身上何况别的呢，虽然有时她也会把我气得要命，有时也会令你哭笑不得，有时高兴之至！也会叫我这轻不流泪的人在她面前会那么轻易地，毫不羞耻地抛下眼泪来，笑和哭交换着，历来感情最易激动的我（变成这样!?）不知在她面前表演了多少次，晚上吃了四十多个饺子，在她家饭后，在院中和斌小弟，唱歌玩，她鼓起如簧的小舌唱完了这个又唱那个，我再聆妙言真是快活得很。我真笨，一个歌也不会，从前学的忘了，也不记得，更甭提什么情歌了，后来四弟也来了，前两天防空演唱无灯，今天电灯公司修理机器又停电，便在她家院子坐着，一边谈笑一边哼哼歌，晚上阴天有点凉呢，九点回来，觉得精神很疲乏。

5月13日　星期一（四月初七）　　晴和

上午去校上了三小时，校长讲的不多，中午回来后一点半过去找斌，因为今早去校以前过去和斌订好求她等我一同去东城的，她在床上睡午觉，薄薄的衣裳下裹着她那成熟的少女的肉体，是多么的诱惑人呢！光赤的大腿，更加强诱人的力量，初醒娇媚的眼神，真是让人魂飞呢！她底爱火是那么强烈的烧灼着她，她是那么亲爱的和我挨着，便我用力的搂抱着她，重重吻着她，脸完相偎着，有力的臂膊加在那么瘦小可爱的柔软的她的细腰与瘦肩上，她是那么娇慵的靠着抱着你，半眯着眼来接受我送出她底香唇久吻后，闭着眼好似在想滋味抱着又分开说不了几句话，又合在一处吻过了又吻，好似没有完似的，轻轻的，柔柔的，温柔的，热烈的。我还吻她的颊，吻她的颈，吻她的眼，吻她的臂，她都那么快乐的，安详的，静待的，微笑中接受着我给她的热爱。就这样子，吻，抱，笑，谈的打发了一个多钟头，三点多才出来。她先去满铁打探她考得如何？我先去东安市场书摊那一带，后来告诉我还得过一天才晓得，可是她脸上的笑容是遮不住的，显然是有希望，我也替她高兴，有了做总比闲等着强。虽然我不满意她去满铁和日本人打交代，在明明看了我相片的样子，又到宏大

去试我衣服的样子，出来到宝荣斋各吃了一杯冰激凌，又吃了一枝冰棍。冰棍比亚北的差远了，没吃过瘾，又跑到顺丰去各喝了一杯酸梅汤，这下子肚子里可有点发胀了。出来，又跑到西城，在重张的隆和买了一把油纸伞，因为东日本铺子都没有日本胶卷，所以便到欧亚去买了一捲蔡司，代价二元八角，够贵的。出来斌又到菜市场内买了点东西便回家了，她又叫我吃完饭去，到家休息一刻，晚饭后取出剪存的艺术周刊包在一处，明天斌去京华，叫她带去送老侯比在我处有用得多，一坐一谈，不觉又是九点才回来，到家就困了，必不想做什么事，只好到床上去休息，本来无电，后来又有了，到了床上又精神一点，便拿起穆时英的《白金的女体塑像》来看，不一刻忽然电又没了，只好去睡。

5 月 14 日　星期二（四月初八）　晴，风

本来背词，又改在礼拜五去了，再过三四个礼拜就放放假了。文字学，现在我是愈来愈无兴趣，愈觉无味，沈兼士说他的，我看我的，余老头的口音，听他课二年了，还是有不懂的北方话说不好，和校长一样，许多音同字不同，或音近考全分不出，听不明白，麻烦中午回来热甚，饭后听无线电阅报，一直耗到两点了，才换了衣服过去找斌。她还是照例的躺在床上等我，睡着了，不一旋便被我警醒，她那初醒惺忪睡眼的娇媚怨，真是叫我爱煞了！禁不住低下头去吻她的香腮，她娇嗔地说我为什么这么晚才来!? 薄怒的样子，更加增我对她的怜惜。抱她到里屋沙发上，取了鞋她穿上，她忽然拉我坐在她身旁，抱着我重重的吻起来了，于是吻的交战又开始，昨天有一幕竟几乎要延长到五分钟之久呢！香吻，终于她的香舌，侵入我的口中，我也用我的舌去与她周旋，她紧紧的偎依着我，因为要支持中心，所以我便不得不更用力地抱紧了她，有时竟使得她出不来气呢！抱呀！吻呀！你饥饿了一个礼拜的人，在见着丰美的食物似的，那么不顾命的，如风捲残云似的，贪婪的，狼吞虎咽大吃大喝起来，其于一切是顾不得的，吻了还要吻，抱了还要抱。时间是不等人的，转瞬已是二点半都过了，订的三点左右去找她母，陪她一块去看牙的，只好，好似没有

吃饱的人看着那些未吃完的食物似的，依依不舍的，没有吃够似的分开了。我先走去春明把钥匙留在门房给五妹，在室内大街碰见了斌，一块走，在天安门看见了许多人，还有警察和汽车，原来今天是释迦牟尼佛诞辰纪念大会。到了银行她母不在，等了一会，才由东安市场出来，我们也未进去，便又陪她再往回跑。在东华门大街，一家书铺进去看看，斌也无中意的，遂即出来，在西长安街项大夫牙科医院看牙，要价180元，在隔壁中华牙科医院又看做活的，要价150元。斌母又犹疑不定，出来步行到西单买了东西又到亚北去，我又热又渴，吃了冰棍和橘子水，我请的，回来已是六点了，斌又不肯叫我走，一路走，斌母时常一个人先走，只余我和斌，简直是诚心，故意叫我和斌在一起，有时也会小孩子似的回过头来，如五妹一般，向我和斌扮个恶意的鬼脸，令人挺不好意思的。在斌家又休息了半天，斌是那么多情地对我，我每天不看见她就想她得很，今天她告诉我，有时她母不高兴时说她，我一去她就高兴，我不去她就不高兴了。有时令她哭笑不得，难为情的很，我问她是否为此，她白了我一眼，含笑骂我声讨厌，我问她是否愿我多在她家待一会，她说："当然！"胡扯一气，到了七点回来用晚饭。饭后，替她小弟在木板写了几个字，劳估要刻的，记过账写日记，写完已是十二点了，家人全都睡了，只余我一人在灯下，外边风仍很大，北平的风真是最讨厌不过了，每天都有风不知哪天才止，今天看穆时美的《白舍的女体雕像》一书内有《父亲》，《旧宅》，《百日》三篇，内容与我家之经历，与我身受之经验相同，阅后为之感动甚久，百感交集，怃然久之，这种事不是身经者，不知其中深味而受感动。

　　天气热了，女孩子的衣服穿得少极了，斌自然也是穿得少得很。夏天女人的诱惑力最大，她的乳房还不太大，还差一些，只是那些露出的肉，腿，滚圆曲线的身体已是使人颠倒了。奇怪的是，我最近发现有一种味是斌的，我和她坐得近一点，我便闻得到，别人我都闻不见独独斌的味对我特别强烈，我极熟悉这个味觉。她用过的东西，尤其是她的衣服，我全闻得出她的味来，此就是生理上所谓的体臭，异性的体臭，也具有相当的诱惑力呢！她说她也闻得出我的体臭，自己是不觉得的。我病前可说是天天

来的，病中半月末去，病一好去上又没完了，又是天天光临，没一天间断，一天二三次时常有，新来的蒋妈又该觉得奇怪了，这两天开门便对我笑了，笑什么？又有什么好笑，真的有时熟习起来，好像我也是斌家中的一分子似的。比如，本来想今天不去了，可是决办不到的，而是不自主的就走过去了，连着已是三夜都是九时多回来，怪不得五妹竟向我撇嘴，斌大前天说不来了，可是前天一早又来了，决心不易下呢，她也和我一般呀！

5月15日　星期三（四月初九）　上午阴凉，下午晴，风

昨夜睡得晚，今天早上多躺一会儿，差一刻七点起来，早上阴霾的天下了一阵子雨，立刻凉了许多，我便加了一件毛背心去学校。还好，我走的时候没有雨，南边天空黑沉沉的，往北走却是晴的。上完唐宋诗一小时空堂，便去找大马聊天。在他试验室里很好，谈谈，我又继续看我的书。他们试验室里有许多仪器，药水，玻璃片，杯子等等，标本，显微镜，都很好玩，我一在大马面前，便好似小了许多，永远是他的小弟弟似的，在他面前那么幼稚气，小孩子好奇似的翻翻这，动动那，问这个问那个的。一小时很快地过去，又去上英文，无聊得很，何神父竟问些课外的不相干的，私生活上的问题，一小时只讲了一点。小徐回家，我则未归，午饭后到大马屋看画报，大本的不少，只看了一小时多，摇预备铃了才走，下午的课是郭老头的。第一小时散文，第二小时讲欧阳修的一篇文，听的很少，各干各的。今天一天的课都无聊，没劲透了，真不想来呢，下午狂风仍不小，讨厌透了，顺路去松三家，代新表兄询松三母其房租出否，不意昨午始租出，惟尚未空一俟如何，再行通知，真不巧，谈了一刻，又看了一封松三最近的来信，只谈家中琐事而已，他尚与蹇永琼通信，并寄相片数张与蹇，信中普曾念及，我病愈后曾与彼一信，不知现在收到否？五点归来，未他去，虽距舒家至近，因不便，且实不愿去，愈疏远愈佳便未去，逐即回家稍息，方欲过去送书与斌，不料刚六点即开晚饭，遂止正用饭时斌及其母来，今日一日未见，彼亦急欲看我，等不得我去先来寻我

了，她今日一日未出门，竟做好一件衣裳，做得很好，怪能干的，吃完把借给小弟的笔墨拿过去，和斌说话，五妹一会儿叫我，一会儿叫我去，告诉她代数，斌一看我走开便皱眉，八点左右的时候忽然有一个姓陶的来访，斌原来是在满铁相诚的，斌考满铁的打字员，已成功，本来今天就应该去上班，昨天她才去检查身体，每日得下午才能下班，见她的时间少了，这位姓陶的特意来报告斌，又哩哩啦啦的扯这扯那说了一大堆，未免有点显他的功劳，来献殷勤，他也配！我凭我自己的能力考上的，谁也不求，也不靠！斌母先头从我家给请回来，斌说："这家伙讨厌死了，才认识三天，便跑来找我，并且这么晚了，真冒失。"他走了，斌母这时忽然精神大来，大约是知道斌有事做了，高兴的缘故。说先头那人以为我是斌的哥哥，斌母说我若有个这么大的孩子，什么都不愁了，别看我，娘平常挺不在乎，可是别人还希望的很呢！别瞧我娘如没有我看又是什么样子，斌母一时高兴的说斌从前已自己找了一个事，不过是挂名的差事，白拿钱就是了，可是很不好取薪水，每次去总是推三阻四的往后延日子，气的斌也不想去拿了，这次这边有了事，她不想去取这份白吃了。斌这孩子，有事在心里搁的住，我有事决对存不住，不是斌母今天告诉我，我一点不晓得，怪不得那一阵子斌做这个做那个，买这买那的，这次也是她自己找的，谁也不求，谁也不靠，在这年头自己找事找挂名差事，实不易，说起来，她不是也怪能干的吗？而且仅仅只是个十八岁的少女呀！这也是她那多认识人主义的效果吗？明天她应老侯的约看中央的电影，看二场，她叫我也去，还是十分愿意我去，订了个不见不散的约会，近几日斌更对我热情了不得呢！不知她做事后会变不?！我只是担心她初入社会不要被人欺负，被骗了才好！看来大半不会的，但愿如此！谈得高兴了，十点我才回家到家写日记又是快十二点才睡。

中午在大马屋画报上看见一张小 Bady 的相片用作广告，两眼上看，撅着小嘴可爱极了，剪下来搁在玻璃板下，看着很高兴。由黄家归来，夜来较凉，但心中如焚，百感交集。据今夜与斌及其母之谈话，斌非无心人也，玩虽玩，其自有其心胸在，默默中自己找着了职业，十八岁的少女就做事了在中国不可算不早了，不可算不能干了，并且还是完全自己出力，

凭一己的技能去考取的呢！确实是值得一夸的女孩子，我是多么高兴，但想想自己又是多么的懒惰呢！不知我毕业后，能否不求人而能找着一个事情做呢!？本来前一年就想学的打字和簿记，今天更坚决了我的意志。

5 月 16 日　星期四（四月初十）　上午阴，午风，下午晴

　　听了一小时的词和一点钟不愿听的说文，昨夜十二点睡的，今早起来，觉得还没有睡够。本来想回家吃饭，可是车子借给李国良君了，他十点没回来，我无法走，只好留在校中，在饭馆内吃了一顿又是 7 毛钱。两点钟看看以文会友和报，午饭后在李君国良屋内待了一刻，看他买的那本某夫人信箱蒿集，第一编卷有几句话不错抄在下面："爱能完全一个人，也能毁灭一个人，要尊重你的第一个爱情，要在爱情的朦胧里保持着最大可能的清醒，爱情是一种责任，凡责任都是有相当苦味的，所以需要坚忍地来担负……爱是独占的，但不必一定去占有，占有也许会连爱情也失掉了。"

　　我现在有时在静静沉思，与回味和斌亲爱的情形中，（有时觉得我会和斌亲热，我的罪过也会大！）稍稍呈以安慰和自傲并对得起斌与她母亲的，就是我能够在爱情的朦胧里保持着最大可能的清醒，而不至于做出什么越轨的行动来！

　　在李君屋待了一刻，便又到大马屋去看了会画报，便又到上课的时间了，上课后，小徐抛过一个条，大意是说和我友谊疏远些，为了我太不够面子，我想到一定是为了我告诉五妹说他替趄做的事，赵写信告诉了他，他大大的生气了，我自知不对，是我多嘴，便向他认错，他兀自怒气不息，也不再理我，伦理学没上便走了，下了论理学一人走，绕小路去府右街，迳赴中央去看二场，演的是马铁民主演的黄锺大员《Music for Madam》，我本前在真先看过了，不想去，但是斌叫我必去。今天下午是京华侯少君请客，为的是他前些日开重展买了百余元，有请斌，她却把我也拉去，我去了，我看见斌写的字，知道她来了，侯少君我来了，也请我，告诉我："黄来了，又去了，一会就来！"不一刻果然斌来了，和我坐在一

块，开演不久，陆续又来了许多人男男女女的全是京华的，斌只认识两三个，女的没一个好看，及得上我亲爱的斌的一半的都没有，看着那些唧唧哝哝又吸烟的怪样真是恶心死人！散场谢过老侯和斌骑车先归，走在下斜街，斌先回去。我代她去派出所打圆章，证明她的居住所。管他们的派出所，那个地方够僻的，路两旁全是晒肥料的，那股子味会使人作三日呕，真是受不了，不知他们在那旁边坐着凉快的，住居的人们怎么过，大概他们的肺部总和平常异样些吧！鼻子器官辨味也麻木了，习惯成自然一点不错，叫我在那待五分钟都受不了，出不来吸不进气去，捂着一块手绢还难过呢？回来就送给斌立刻出来回家吃饭，斌告我今天跑了四个来回，去了又回来取证书，明天就上班了，她有事业了，回来吃过饭做事情，写日记念词，明天背。

5月17日　星期五（四月十一）　　晴，狂风竟日

词背下来大半巴巴地跑去没叫我背，又练习了大半堂的分别平仄，第二小时英文讲完了一小段，又胡扯一气，问这问那的，又过了一小时，今天早上跑的这一趟似乎有点不值呢！在英文堂小徐又抛给我一个条子，又和我讲和了，又好了，又是那么笑嘻嘻的了，小孩子一个！下课后一同回家，在西单分手，到家看报、休息，吃过饭，躺在床上小睡几分钟，又听着无线电里播送出来的西乐，一点半又去上课，懒洋洋的，这时候正是爱困的时候呢！北平的天气真糟心！天天刮风，吹得你说不出的难过和讨厌，不知是什么缘故，会这么没完没了的刮，北平各处土又多，别提这份烦啦，往北走顶风简直是骑不动，吃的饭骑这下子全没了。听了两小时的新文艺，今天讲散文。伦理学下了课，看了一会排球赛，出来又到报国寺庙会摊上走走，买了三副风镜，代价一元二，我觉得不贵。到家六点多，一会儿便吃晚饭了，吃完也不过是才七点钟，便过去黄家看斌，想问问她今天的结果如何。到那她们才吃饭，等了半天才吃完，斌不知干什么了，那么累那么懒似的，老爱倒着，问她什么也不说，只说不去了，不说不说吧！今天我也感到一种空气压迫我，坐了一刻我便回来了，总想着斌，一

有空的时候，便想去看，老去是讨厌，明天不去了，看办得到不!? 硬心肠点!

5月18日　星期六（四月十二）　上午风，下午晴和

　　心里有点不痛快看见什么都不顺眼，心里一烦，索性睡觉，想借着睡眠能减少一点烦恼，可是不怎么见效，虽然今天上午竟躺到九点半才起来，可是脑子要想，又有什么办法呢! 收拾清楚一切已是十点半了，看看天津一高级职业函授学校寄来的简历，刚要看报，娘又命陪着一同过去看九姐，小妹恰好也回来了，同去，还送九姐一块钱方子，座谈了一刻我和小妹先回家已十二点，回来午饭。饭后刚拿起报来，忽然四弟同学二人来找我说四弟在西单南撞了一个人，等一会儿才能回来，眼角上碰破了一个口子，昨天新买的墨镜便摔了，不知是什么情形，便急急骑车跑去一看，已经由警察排解完结，被碰的人也破面了，幸而有知识，互相和平解决。四弟已走，我到家他亦归来，真是年幼轻狂无知。一点半去找小徐，他一会要去找赵，我遂先一个人去学校，到大楼内，上下走绕一遍，去年没有看见的地方，今年全去了。中文书库，液体空气机等都是去年我没看见的; 心理系实验室很有趣; 又到三楼去看画展，作品不少，一年级同学的成绩真不坏，校外的人，各校的校友来得真不少，好几千人，到处都是。最妙就是平日视为禁地的神父花园也大开放，出来正好碰见小徐和赵来了，今天凡是认识女朋友的同学大半都带来了，陪着一同参观学校各部，可惜斌今日仍有事，不能来看见赵与徐的亲热劲和老实听话劲。不由得我不想到斌来，一心只念着她，不知她此时又在何处又做何事了呢!? 小徐又要求我陪他俩再进去绕出去，只好又进来，今天才看清楚了赵的面容，很爱笑! 对小徐是那么老实，那么听话，在神父花园又遇见了何神父，他给我们三个人照了一张相片，神啦! 出来时，已快四点，女校宿舍快到时间了，便不去了，到操场去看运动会，只看了二三项便没了，小徐请我到刘记吃了一杯冰激凌，一杯酸梅汤，一支冰棍，又到女院去看赛排球的，已是人山人海的四周挤满了人，简直是看不见，后来还是我挤进里边去，

他俩也随过来看了一场，痛快的，可是也完了，不幸输与燕京三比一。出来老宁偏要请客，我又在一块没有说，我又白吃了一杯冰激凌和一杯汽水，赵那么驯顺，徐说怎么着便怎么着，我吃完却有点涨呢！我去取车，忽然曾履跑来热烈地握着我的手问我的，并说闻我病也未去看我，实抱歉。亲热劲却非我始料所及的，这样子耽误了约有三分钟，再去找小徐和赵已是没有影子了，想不到他们会骑的那么快，到了太平仓西口还没有，我不相信，又往回跑到学校仍是不见只好一人回来，又得被小徐说我一次。到家已快七点了，学校今天真热闹极了，遇见许多熟人，晚灯下看报，写笔记，今日一日未去黄家，亦未见斌。

5 月 19 日　星期日（四月十三）　　晴，暖

自我记得事情的那一天起，我就记得每一年的今天旧历的四月十三日，是没有一次是坏天气的，总是那么晴朗和光辉，令人愉快的天气。今天仍是不能例外，早上快乐光明的阳光就先透进一条到我枕边，低声温柔地告诉我今天的好气候，往年今天是快乐的、兴奋的，来来往往的人，都是一团喜容，一堆笑意的挂在脸上，因为今天是父亲的生日呀！今年的今天却恰好相反，静悄悄鬼谷一般的幽寂，什么人也没来。我们弟妹四人，一早怀着满腔铅一般重、一般凉的心去到上清宫父亲的墓前去致祭，为了父亲已经离开我们一周年了。周围的气候，好风光虽是和往年一样的撩人，使人兴奋，一点没有变，可是我的心情，尤其是在今天却大大的变了。经娘和李娘四个下午的工夫穿成的纸元宝，在火神的保护下，并由风姨带他们四下散飘扬，往天上飞，我的思想也跟着她们毫无目的的四下摇荡，往年今日的情形，在辛酸的幽思中，又重温习一遍。默默地看纸元宝熄了，蜡烛灭了，饭菜由值日的老道倒了去，石碑仍是那么坚强的沉静地立在那里，好似并未在他前面，我们刚刚做完一套为人子都应做的把戏似的，我下意识地拿起帚扫，扫净了墓石上的树叶尘土和鸟粪，只是拱手默默的立着，看着，不知父亲可知道我们来给他拜冥寿，他可曾享受那一点菜肴。我犹如祈祷一般地默立着，弟妹们好奇地看着我，庙附近的孩子们

看着我们的一切已经做完，这时，便都觉无味的走散，弟妹们，这时却催我回去，因为这里已没有什么值得可留恋的了，就是老在这里，也不会重见我们最亲爱的父亲了。警醒了似的我，重又提起铅般的心情和痛苦的回忆，踏下石阶，顺路回家。先和四弟径到西单去沐浴，这不由得又使我想起陪着父亲去洗澡的情况来，身体在洗过后是轻快了，精神和心情仍是那么沉重。去访孙祁未在。午饭后看报，给四弟，小妹各照一像，二点左右独自一人出来，就怀着一棵希望心往西便门外跑马场跑去，天气热得很，也没有风，到那已跑过了四次遇见不少熟人，赵振华今天又来了，（昨天他和孙祁来了）五杰又去，巧的是碰见了王伯母（及华母）和小毛，小龙给华已去沪，不久又遇见了，吕家的，宝权来了，于是正好，与他合资，买了三项摇彩均未中。后来买了一张预猜票，想不到会中了，和一个姓张的三个人合资分的比较少，可是回来点，不然输了四元呢，后来又中了一个独赢，才不输。王伯母昨日中一头奖五百多，今天末一次又中了一个头奖，七百多，他们一买就是几十元，十余张容易得，我们买的少甬想回来，才五点多，只五弟在家和黄小弟玩，我看会儿报，休息一刻，说是誊笔记，娘和李娘小妹出去到西单买东西，七点才回来，饭后凉风习习，缺月斜挂在天，到也另有一番风光。弟弟他们便闹着要去公园，晚饭后他们二人和黄家一同去了，斌来找我，虽是她也去，可是我没去，我想一定她很奇怪的，其实一半是我故意如此，叫娘和斌母看看斌去，我也可不去的劲，一半是今天有英让我伤心，不愿出去，何况下午也跑了不少的路，觉得有点气笔记也得写，还是在家待着早点休息的好。

5月20日　星期一（四月十四）　　晴，热

昨夜因等四弟五弟归来，至十一时许，后知四弟自行车不慎夜在亚北门口丢失，步行归家心中为之着急，固其自己已甚焦急，遂亦未忍再责他，嘱其明晨再告诉母亲免得生气睡不好。近日方计议给五弟买车未果，今四弟反丢一车，目下各物皆贵，五金尤昂，不好之新车尚需百余元，心中烦恼，思此仿彼，半晌不得安眠！一时许始朦胧睡去，今晨娘知其车丢

失不免喝骂一阵，幸未深责，中午归来，午饭四弟亦归，询之始知其午饭放价也，看报，休息一刻，二时许迳。

赴兴业银行办理手续，等半晌，几三时方出，又至东安市场取衣鞋、两盒甚大，不好拿遂决定先归家。此时已三时半，遂疾驰归家，道路遥远苦甚费力，且有二盒不便之至，到家已四点五分，而汗涔涔下矣，是为今年出汗最多之第一日也。交清母亲掇子及画，算过账，换了衣鞋迳又赶往公园去赴彼约，言定四点半，快跑到达，又是一身汗，正好四时半，东先未在，心安一半，怕其先来等急，进入绕了圈，亦未找着，至春明馆，草草看过一遍清和画展，至花坞前椅上等半晌仍无其影，不知何故？此时已正五时矣，不耐枯候遂又步至门口坐等至五时一刻方见彼姗姗而来，询方知下班后总得到四点半，又买了一些东西又谈了一点昨夜四弟丢车事，匆匆走了一小半，至门口喷泉处彼为我照一相，我亦为彼照两张，遂相偕出门。又赶赴中央看第二场银水难凤，入座后彼紧偎我傍，娇柔之至，三日未见，几为数月之久，两处相思，遂向之低诉，念彼之苦，不意彼竟眼泪盈睫矣，亟慰之始止，彼对我亦不可谓不多情矣，片子不大好，惟能与彼相偎静坐两小时，方是真幸福也，自其有事业后，其上班的时间甚长，将我与其会晤之时间完全剥夺矣，如怨如慕之情在此两小时内尽情倾吐，彼亦只有紧握我手以示意耳，散场后送其至家，嘱我晚饭后去其家，其盛情不可却，至家始忆及今日十四，西院亦未通知四弟等过去已拜过，殊浑虫，我亦晕头，娘则生气唠唠不休，饭后已几八时，遂过彼家，三五来，不得不先与五妹小弟周旋一番，后来彼竟直呼我至其室，彼卧床上休息持书看，我亦看报，间或与之谈天，笑语移时，四弟亦来，彼母因在银行请主任及家眷吃饭，至九时许始归，乘无人进，吻斌，斌之娇慵态，实不忍离彼，彼亦不愿我归去，但终须归来，无可奈何也，九时半归来，十一时方寝。

5月21日　星期二（四月十五）　　晴和，下午风

今日三老板又要说文分析了，真烦，谁高兴做那些玩意，中午与小徐

归来，下午无课，本来想看点书，做些札记，今天出了佈告，补考每门还是交 0.25 元，一天考八小时，简直是玩命，心里烦了，大约考的就是我一个人，可是娘早上去大街定购了一石米，代价七十三元，明天送来，于是又得去前取款，热得很，不得已也得去，在床上小憩了半小时，二点半到兴业银行，把活期的百卅元，取了四十元，又顺路到财政部去寻强表兄，未在屋留了一个条子和虞先生托我代求其画之扇画置于桌上，即归来，至晨报代李君购亦没有，去春明接小妹亦未遇，回来路上碰见五妹，到家休息一会儿，四点半，看看报，在归家时，顺路到朱君泽吉处借来书四本给彼看的，五点时候，刚要给她送去，不料她去一声不响的来了，她才回来，在我书桌对面小坐一刻，她对我那么多情，那么可爱，取了书一同走出来，在外院柏树边，她给我照了一张相片，遂同她一块儿回到她家去。她弟，母都未回来，一会儿小妹来了，小弟亦回来，她们三人都跑回来采桑叶，只余我和彼了，多少日子没有这个好机会，彼立刻热情的和我互相拥抱在一起，甜蜜地吻着，在情不自禁的时候，总不敢轻举妄动的，只是互相以无可奈何的眼光凝视着，六点半回来，晚饭后，出去到达智桥买了点东西，八点多又过去和斌、其母小弟等谈了半天，看相片，九点多十点了才回来，觉得还未写日记。

5 月 22 日　星期三（四月十六）　上午阴而黄昏晴

昨天约好今早和彼一块去，不料我起来晚了一点，她已先去了，我又失望的回来补写前天的日记，八点半才去学校，后天就考八门，想起来就烦，可是补考，我想总不会太严重吧！也就是那么回事，上了一小时唐宋诗，学堂一小时，看看报及以文会友的文采，做的大半不坏，腹内有点饿，遂到刘记吃了一些点心，忽起大风，尘沙蔽天声势极为惊人，尘土迷花，令人心烦，阴云密布，更增愁态。上英文时，则下雨，闹天总不好，为之不快，此时凉意顿生，加之小雨拂面，觉冷午间冒雨跑去用饭，饭后至大马屋休息又和冯以理，小马下跳棋，借了冯的一伴毛背心穿，觉得暖和的多，差十分去上课，和小徐一同出来冒小雨归家，我因雨及冷遂憶及我亲爱的彼，遂决意去看她，并把毛背心给她送去御寒，飞驶至铁路学院，小徐先归我迳进去找彼，进大门，拐两个湾便到了，一间不算太大的屋子，有九架机器很挤，成天关在那间屋内，才无味，女打字员只她一人，骑车到那，她也快下班了。她叫我等她一块去，在外边等了一刻，四点十分，她出来，遂一同骑车去，她穿上我的毛背心，可是短袖外衣，两臂仍凉，幸而甚小，至西北坐半晌，吃一客饭及其他东西，至六点归来，至其家摅一影归来。

5月23日　星期四（四月十七）　阴凉

早上起来有太阳，七点半上学，遇见斌及其母，和斌一块走，一直送她到了铁路学院，我顺黄城根去校，心里总有点说不清的为什么，不愿意她在那做事，而且她说，每天很累，足工作七小时，休息时间都很少，每礼拜六下午也一样，大半还没有暑假，真糟，以后日子长了，还怕她累不了呢！我上午只两小时，三老板下礼拜要成绩，我做了一点反正弄不完了，活该，有多少算多少，能及格就成，下半年说什么也不选他的课了，不感兴趣，枯燥得很，看见都头疼，十点多回来，看看报，休息一刻，午饭后，整理新文艺笔记，四弟借个车亦回来吃饭一点半又去校，上小说史亦无大劲，第一堂挺爱困的，第二堂好多了，又接着上第三时，伦理学。看了半天从前的，李国良君替我从明明取回我的相片来，还好，当时就被他要了一张去，今天天气很不好，阴云又密布，又有下雨的意思，幸而没下，可是有凉意，夏历都四月下旬了，还是说冷就冷真不是正经的气候下午回家听说这才来了八个警察，两个便衣查问一番始去，不知又因何故，真是讨厌得很，但是"躲雨人檐下，不得不低头"，不好受这个味，心头觉得不舒服半晌，明天得补考一天呢！八门的书得看看不是，在院子看了会儿，晚饭后又在屋里看，明天说什么也得过去，可是今天交了两元补考费有点差意思；小徐昨夜十点多，（十一点多都平常）才回家由赵家。

5月24日　星期五（四月十八）　半阴晴

病了，耽误了八门期中考试，前三天规定了今天补考，今天的课全不上，而去应付考试，从早上八点一直不停的考到下午六时，真要命，够瞧的，早上去时遇见彼，陪她一块走，一直送她到学校，头一堂考唐宋诗，不料补考满神气，书都拿过一边，一屋子不到二十人却有三个人监考，竟比平时期中先生考还要严重得多，差劲，以致我没有预备好的唐宋诗考得不好。词也不好，校长的《中国史学名著评论》考的还将就，也不大好，小说史，也过去了。伦理学及经学历史，我觉得考的还不坏。一堂接着一堂，一小时连着一小时的考，考不同的功课，头脑都乱了，加以半阴晴沉闷的天气，真叫人全身都不舒服。中午饭后看报，又接着下午考，末二时，只我一个人，便在教务课考，他们便在我一旁忙乱的办各种事情，看着也很有趣。五点半考完出来，到操场去看骆驼队赛排球，和G队赛，李培亦无法显其球技，三比一赢之，回家时已快七时。头脑昏昏，今晚不思做任何事，休息一下，七点半斌忽来，为了只有一个居留证明书，要什么署长打印，真是麻烦透了，意思要我陪她去。我还没吃饭呢，她便在我屋内等我，将吃的时候，斌母也来了，一边和我们谈着，还喝了一点我们的酱油、醋、葱、香菜开水冲成的汤，父亲唤作满洲汤，她赞不绝口。我吃完便和斌先去了，又陪她回家取车，四弟在那，五妹已上床睡了，出来先到平民市场老王处把车搁在那修理，与斌步行，顺宣外大街一直往南，一边走一边谈着，倒也逍遥，她自动的挽着我臂一块走，一天的疲劳与闷烦，都随着晚风四散飞去了。她说，前天她母对她说了许多话，反正都是指我而发的吧！说我俩太好了，超出友谊以外了，并问她，我曾对她说过什么!? 并说反正是希望我们别太亲近了，她也要求我以后我在他们面前，能度做得疏远一点，我当时听了心中老大的不自在，为什么我对于我爱的人略亲近点，他们就有多方面的反响和阻碍。虽然和斌在一起是快乐的，可是每一忆起那可诅咒的，无形的，毫无理由的名分、礼教问题的阻碍，我和斌的情意太远了，离一千八百里还远，每每我不愿称她母为"表嫂"，因为我觉得这么称呼便使得我二人间的距离更拉长了，一提到的这点，她总是说将来是"不可能的"。我听了便伤心，更会不快活半天，她也怅然自卑，所以有时她也总说些我不爱听的什么"你将来要娶个好太太""你应去多认识几个女孩子"，"将来结婚是甭想，你我是不可能的！"等等言语，她虽说时是那么自然的样子，可是我知道她是多么的悲伤，在想忆她的心底深处，她是不愿说的，而不得已说的，可是她说了以后，一点不生效力，我反而更深深的热爱着她。她今天又说了，结果照例同归于默默无言的沉痛中，她却更紧紧的挽着我臂走，为了畏晚风的凉意，她身体也半个偎着我去，我讥讽她没有与环境奋斗的勇气，最使我伤心的是她承认她没有勇气去奋斗！她今夜也发出的问话，说我有什么能力，只会玩！？并且她一直就想到很远去的！这句话，像把利剑似的直刺入心房，我也承认的，我现在是消费者，也是除了念书以外也就会玩，（尤其是陪着她玩，本来每月我有余的钱都陪她玩得，反而不够用了，但那是我自己愿意这样做，谁也不怪，只能怨自己）我现在所以没有什么表示的，正因为此，我等到我有力量了，充足了，我自会说话的，后来我说，既是你妈妈这样说了（东城何大夫也对她有烦言，自然也跑不了我，我到不怕什么，只是她的名誉因我而受损，我是觉得十分抱歉，不快与生气的，长舌的人，早晚都有报应的，我就是最不善议论人的短长），那我就以后对你疏远点吧，可是我的心是什么样，你知道就是了，她又说："是不是，和你说你便是这样！"可实上是要如此办的，她明白，我也晓得，并由她亲自告诉我她妈妈的意思，可是她却又实实的不爱，不愿我去实行，即是和她疏远，事实因是矛盾，可是在情感上讲来是最自然的演变了。这打印过晚，明天再说，一路步行回家，为了我说要和她疏远一些，为了她，也为了我，她立即不快，而不大言语了，我送她到家，她老想吃吃的买了点油炸蚕豆回去，到她家已是九点左右了，她母尚在我家，她留我在那待会儿，五妹小弟都睡了，只余我和她在外屋，她好似后悔她先头在路上和我说了那几句话似的，对我做着哀怜娇媚的眼光，两手捧着我颊，温柔地吻我，并说："先头说的都是说着玩呢！"自她有了事业以后，我和她单独相处的时间少极了，难得今天有机会，便不免和她亲热一番，那般情形真像隔绝中的几

句话：

> "我们相拥抱着，
>
> 说了平日含羞不敢说的话，
>
> 拌了嘴，又赔了罪，
>
> 更深深的了解了彼此的心际。"

两个火热的颊儿亲着，默默深情的，互相凝视的，终于微笑了，但一想到那可怕的阴影，禁不住又要流泪，我紧紧抱着她，我只是想着我怕失掉了她，真的"爱的种子又何不是苦烦恼的源泉，在人们来生之前，造物主已把甜蜜的花，和痛苦的刺调得均均匀匀的，散布在人生的路上。造物主在造爱的糖菜的时候，已将其中掺了痛苦的汗儿啊，不说了吧！……"我们的甜蜜的生活岂是这支笔叙述得尽的？时候不早了，我要回去，她上床睡了，她吻我，我才起来要走，她又叫我回去，疯狂一般用力抱着我肩颈，重吻着我，后来竟伏在我肩上呜咽起来了，我也只好安慰她一番，她又激动起来了，我这时却更用理智压抑我的感情，让她一人静静地睡一夜便好了，出来，到家，恰好她母也才回来。

5月25日　星期六（四月十九）　上午晴，下午阴雨

本来想今天不去了，休息一下，可是昨天约好了，陪着彼步行一同去取车去，早起，却反而起晚了，喝了牛奶便跑出来，过她家门口，望见她在前边独自一走着赶上同行，在老王处取了车一直陪她到学校门口，我到校还不到八点，小徐叫我陪她听一堂，我去却没听，遇见大马，他请我吃早点，各处走走，看会儿书，便到上第二堂的时间了，下了课，到宿舍看一辆自行车，还将就骑，卅元或可购来，下礼拜一再说，顺路到郑家去看看，三表兄久不见了，谈了一刻，他们因房主要买房，快搬家了，维勤一会儿也回来了，又坐了一刻，十一点一刻出来，又去松学家，问其母房子事，是代强表兄问的，谈了一刻回来，午饭前又去志成接四弟带他回来，在西北门口碰见小徐和小赵，他们去燕京，午饭后在娘屋听一刻，无你要的西乐，困了要睡，到床上一躺竟到下午四点才起来，不料阴云密布又下

了一点雨，幸而小得很一会便停了，西北风又起讨厌得很，出去代斌至外四这边打印，这里叫送至段上转呈方可，又往回跑去那臭地方，讨厌得很，段上说不会办，要呈也得有这边电话才成，不管接收，没法子只好拿回来，交给彼，彼打扮好了，我回去取来像匣子给她照了末一张，取出来胶卷，四弟回来不舒服，我奉娘命又跑到菜市口去买药，晚饭后又过去看斌，她气了又赖在床上，五妹小弟都过去，在我家玩，她母在床上念诗消遣，斌在外屋又抱着我吻起来，于是便又谈起来，谈着着了，她又说了几句令我不高兴的话，她说"我酸的厉害，不可能的酸，也是白酸，……"那么我是瞎闹，可是她又为什么对我这么好呢！有时她一时高兴起来，她那种被一时兴奋所行动的未免过于浪漫的思想，有点要不得，还说了好些我不爱听的话，都是在我，我和她已是这般亲密地爱着的人，在她所不应对我讲的话，所以那时我心里实在不痛快。可是一阵子过后便好些，默默地坐在那里，她却和她妈妈说笑起来，不知是说到一件什么极不值的，或是没想的一个丑面孔，便绽声大笑起来，声音那么可爱，样子又是那么天真娇憨，完全是个孩子，就像刚才她并未说什么似的，她时常在不知不觉中说出几句带刺的，讥讽的，或是令人难堪的话，当时令你会生气，可是她并不是有意，转过脸来全忘了先头说了什么话，所以过后便仍会原谅她的错处，九点一刻五妹小弟等回来了，天上虽有星，可是打了好几个闪，并有雷声，怕下起雨来不好走，在九点半的时候，我也回来了。

5 月 26 日　星期日（四月二十）　晴，下午风

疏懒的我，虽是六点就醒来了，可是没有起来，迷迷糊糊的赖在床上，到了八点一刻左右，忽然有人敲我的屋门，家人是不会的，别人又不会来的，这么早，下意识的，一定知道是谁来了，立刻爬起来开门，又披上浴衣，果然，从里边北门绕着进来的是五妹，斌从院子的书房门进来，姊妹两人打扮得齐整，这么早来找我，令我一怔，不知何事，四弟未好，他们都进来看他，斌告诉我她去何大夫处看病，五妹陪她去，可是又要玩

去，便来找我，不料我才起来，她俩待了一会便走了，约好九点三刻在中南海南门见面，我便梳洗，换衣服，慢腾腾弄清楚了一切，以代四弟去购物及寄信为名出去，这时已快十点了，遂急忙飞驰往中南海进发，今天却晴了，太阳晒得很热，买票时已看见她俩的自行车了，不料她俩先来了，而且说是等我半天呢！真对不起，我每次和斌定约会，我迟到的机会几乎可以说和她相等，这也可莫是例外了吧！见面以后，中南海也没有什么好玩的，斌便去订了一条船，三个人一块玩，可是她俩只划了一会便渴了，只坐在两头，五妹把手和水玩，斌却躺在后面，中南海的水里海藻多极了，缠住桨不好划极了，费劲透了，只好慢慢地走，用了快一小时才绕了一圈，没意思，已快十一点多了，便交船给钱，斌付的代价，出来以后，她俩回家，我因为得给四弟买东西，所以分手，并代斌买了药，回来先送给她药，到家饭后忽起风，听会儿无线电，正看报时，忽然孙祁来了，风时忽大忽小，本来想去跑马场玩，也打消了，四弟下午爬起来，五妹小弟这时也来了，孙祁无聊了却来找我，神气，上礼拜预先打电话去找他，他反而出去了，他和五妹小弟、五弟、小妹一群孩子在我书桌上玩，我懒得凑在他们一堆，便在一旁看着或是坐在椅边看书，到了四点，走到黄家去看斌，她和她妈妈都已午睡醒了，待了一刻无味并且祁在我家，我便回来了，他们又玩了一会也散了，祁和五妹小弟去亚北吃冰棍，人都走了，又静了，这时斌却来了，坐在对面谈了一会，五点多，她陪她妈妈去看牙，我说一会我也出去，她便约我在亚北会面，到了五点我在她家待了一刻先走，替四弟买药，遇见久未见的大宝、二宝及维勤，又谈了一会，他们家房东要卖房，最近也要搬家，买完药往回走，在西单遇见了斌，便一块走到亚北去，上去吃了几根冰棍，本来斌母也要来，斌给她雇车先去文昌阁去了，我又叫了一个敏丝饭吃，待了半小时多，便回来，又陪她走了一段路，她去找她母，我先回来，到家五妹、小弟在我家，一会儿就回去了，昨日下午得铸兄一信内附洋四十元，系四、五二月份者，近日家中经济正窘迫，正好以此挹注，四弟丢车后，极力想法购车，前询云门，至今无回音，可发一叹也。

5月27日　星期一（四月廿一）　晴，下午风，雨

上午三小时的课，校长讲的不错，只是有时嫌太琐碎，老头子高兴起来满和气呢！很有趣，小徐为了忙着搬家所以也来等我，不回来，近日每天中午必起风，真是讨厌透了，不知是什么缘故，午饭后觉得精神不支，便躺在床上睡午觉，才躺下不到二十分钟，迷迷糊糊的，又听见有人敲门，虽然奇怪，可是下意识的觉得一定是我亲爱的人又来了，跳起来开门一看，出乎意料，果然真的是斌来了，（原来今日下午放假），并且已吃过了饭，家里门锁了进不去，便跑来找我，外边风不小，在屋里座谈了半晌，她是那么柔媚呢，现在更是每天和她相见呢！一有工夫便找她去，或是她找我来，昨天在亚北我说："如果咱俩一礼拜不见面……"她说："那哪成?!"并做个娇媚可怜的样子，要是一天不见都难过呢！本来想去看真光的第一场，后来因为时间不够了，便不去，到了三点便换了衣服，先后出来，我到邮局取了钱，先到西长安街取相片，没洗好呢，便又到亚北去，这时天上落了几个雨点，在亚北耗了半天，到了四点出来，又晴了，代价七毛五，取了相片一看，气坏了我，只有了八张，并且都不十分清晰，只小妹的一张好了，还要五毛多呢，真惨，心里挺不痛快，花三块多闹了一肚子气，给斌照的只好了两张，在门口遇见了小徐，立谈了一会儿，我和斌便往真光去，第二场人数少一些，坐了一刻便开演了，遇见了杨智宗坐的还是那次看比翼双飞的地方，真成了纪念地位了，斌那么亲昵的紧偎着我，拉紧了我的胳膊，为了在亚北她和我打赌输了，这时有机会她使我得实行便利的权利，并且深深获得我所祈求的愿望，柔和训顺的斌却令我惊奇，她也以深情津然的温情，润湿了我枯燥的寂寞，积极的反应着，和她在一起并肩坐着的看电影，实使我获得无上的精神的，心情的快慰，我现在简直可以说除了她的肉体以外，我双手获得了她的一切，这一点是我俩良心对得起一切有关系的人，也是以骄傲的，甜蜜的回忆每每令我神往发呆，可惜人的心多半都是太污浊了，最爱拿他们那卑鄙不堪的心来推测别人，不然我怕没有一个人，只要他们曾听见过我们这回事，不相

信并且羡慕我们的爱情是纯洁神圣的，试想以两个爱到为了爱，几乎可牺牲了一切的男女青年，每天相处在一起，而除了拥抱和接吻密谈以外，没有丝毫其他的关系，算不算古今中外爱史中所仅见的呢！亲爱的斌！我愿我们永久别忘了二月七日那夜神圣和神秘，奇怪与美妙混合的一夜和今天我们俩第一次最亲密的爱的功课！纯洁无瑕守身如玉，是你我二人的足以胆大，对人骄傲的地方，其实这不是那事情本身的罪恶与否的问题，而是这时候的对于你我的礼教与道德的问题！斌骑车技术日高，今天能撒把去很远了，回家时，她要我饭后再过去她家，火一般的热情，猛烈的在我二人心间流动燃烧着，多分别一会儿都不好过呢，别让火烧伤了心才好！最好火能永久温热着我俩的心，永远的！晚上饭后八点，把自来水笔给小弟送回去，她母及五妹已都睡床上了，我出来看看报，和斌谈着，她对我那么温柔亲切，使我记叙不尽，使我快慰，在可能范围内使我对她感激满足，她对我这么好，我不知怎样才莫对得起她！本来九点要走，她不肯，一晃九点半了，又陪她一刻，她需要我对她的慰安，温存，陪伴，谈笑，我又吝惜些什么?！只尽我的力就是了，结果到家已十点，十一时半就寝，今天也可算是个我和斌的纪念呢！

5月28日　星期二（四月廿二）　上午晴，下午风

昨天约好和斌一块走，结果仍是她来找我，替她给车带打了气，陪她一块走，送她到学校，在西单北又遇见孙翰，到学校才上课，上午连着四小时，三老板今天也没提还好，我得赶出一点来交了，不然白念一年多倒霉，午后泄气的我，本来想做点事情，可是终于睡了午觉，还是一直睡到五点才起来，想起斌的信的问题，急忙跑到臣去交涉，这次好，和气，但预先改了户口底子才能打图章，于是又跑到段上去，几乎和警察打起来，为了斌只好忍一口气，回来交给斌，他们都去吃饭，她还不去，抱住吻我，我走了她才去吃，饭后又来我这，坐了一刻才回去，晚上我做了一点事。

5 月 29 日　星期三（四月廿三）　　午后风，晴

早上去校时，起得早点，为了要和斌一路走，路过她家门口时，她母站在门口，不知等什么，我不介意般的骑过去，走到玻璃公司后身，等了一小会斌便骑车来了，她说我今天早一点，本来要换衣服的，怕我等急了，急忙就出来了，这么体贴我呢！一路说说笑笑不一刻便送她到学校了，我到学校也还早得很，才上第一堂一会儿，我在操场散步，又到宿舍待一刻，便上唐宋诗，空堂在宁岳南屋和小徐等一块谈笑，不觉又过了一小时本来还想利用空暇做点别的功课，结果什么也没做惭愧，英文后在小饭铺午饭小徐回家，连日他忙着搬家，何神父在返校节日给我，小徐及赵在花园中的合影照好了，很好，我自己觉得我照的好看，饭后看了会儿报，无聊之至，便到教室里拼上椅子假睡了半小时，又看了一刻书，两小时一老头散文讲文，我却看完了一本冯沅君（淦女士）的作品书后是《卷葹》，叙写其个人之恋爱生活，颇逼真动人，偶尔其中亦有佳句，看完即又借与小徐（原是朱思考）。下课后还不到四点，我因为想在西单那一带遇上斌一同归来，故慢慢地走，小徐明天就搬到中南海去了，要我去他家，我没去，在西单南恰好碰见斌，心中高兴，一路回家，她叫我等一会过去，我回来正洗脸时她忽然来了，原来屋门锁着，她和五妹都关在外边，她便上我这来了，我请她吃自煮的蜜枣，谈谈笑笑，她告诉我她今天下午一到四点便不打了，第一个先跑出来，她也是为了能看见我一块走呀！半天不见，都不好过，何况是一天了呢！我俩是愈来愈不易，不愿分别过久呢！我和她二人是没什么，有时因为互相避免双方家人的注视起见，都想今天不过去吧！结果仍是走过去了，她也是这样，连日都过来呢，一分别就想在一块，我手边或脑中一无事，立刻很容易，极自然的便想到斌的身上去，很不得当时便和她在一起，但事实却又不可能呢！斌前天说她全是我的了，我怎样才对得起她呢！我们两人相爱到这种程度了，天！晚饭后娘为了五弟不高兴，大发脾气，谁都得罪了她似的，吵得让人心烦，灯下赶说文至十二点方睡，晚上也没有过去看斌，她一定怨我呢。

北平日记

5月30日　星期四（四月廿四）　阴

　　早上有第一时，恰好和斌一块走，我到学校尚差两分钟八点，上了两点钟的课，十点便又往家里跑，阴沉沉的天气，实在讨厌，到家看了一会报，补写了昨日的日记，十一点接着弄说文，麻烦透了，抄还这么费劲呢，腻死了，吃过午饭又做了半天，到一点一刻才停止，休息一会儿便又上学去了，两小时小说史，抄了半页中国史学名著译论笔记，刷了一小时的伦理学，被小徐拉去陪他去西单买一个脸盆代赵买的，又到察院胡同空房子转了一遭，五点多了才又跑到安福胡同20号赵家去，在门口说了会话，又到中南海去看他新搬的房子，一人回来，在西单先头遇见斌，她和她一个同事一齐走，我和小徐便先走了，我到家，先碰见斌母穿了斌的一件衣服走来，才到屋子，斌、五妹、小弟全来了，我把为斌借来的画报拿给她看，买了一点她要的大饼解解馋，由赵取来的，何神父为我们照的小相片给她看，可惜那天斌未去，不然一块照一张相片，可算个纪念呢！她把她照的一寸小相片及洗的相片拿来给我看，还好，六张呢，我留下一张，说一阵子徐和赵又说点别的，六点一刻回去，叫我待会过去，后我七点一刻我走过去，她母已在床上了，真是早班，看一刻报，及画报和斌谈天，批评批评画报中的人物，故事，新闻等等，自二十七日后我和斌的热烈的感情似乎更增多一些，更亲近一些，更密切一些，更不易，不愿分离一些，我想不出什么适合的句子，形容词，来记述描写一点我和斌现在亲密的程度了，温柔缠绵的相处直到九点，外边这时忽下起雨来，幸而一会便停了，九点半归来，记过日记，因精神，心，身，都过于激动，不再做什么事就去睡了！亲爱的斌！我在念着你！

5月31日　星期五（四月廿五）　忽雨，忽晴，忽阴不定

　　晨间大雨，遂未去上学，盖上二堂无什益也，至十时方起，是时已晴暖阳照人矣，抄中史笔记，饭后又抄，一时半去校，上三小时，下午数小

时间忽阴，忽雨，忽晴，值此时局，天公亦哭笑不得也，可慨，下午与小徐归家，骑车飞驰，青年好事，受小侮辱，初甚愤怒，后亦平，受一教训，今日不知斌如何，来去念甚，但为去，遂一日未见，晚间灯下赶完笔记并说文，至十一时寝。

6月1日　星期六（四月廿六）　下午阴

　　本来今天不想去学校了，只有一小时课，而且也得不到什么，老远的跑去太不值得，可是又没有理由，不去太对不起自己的良心，于是为了陪斌去学校的方便，我送她到学校，我也去学校了，因为愿意多伴斌一刻，要看见她，早上便常陪她一路走，因此我起的早一些，到校也早一点，今天九点才上课，不到八点便到学校了，这种事也是向来以前所未有的，找着小徐他拉我旁听一小时的戏曲与散曲，反正没事，便坐在后面听一小时。先生说话南方（江苏一带）口音，听不懂他说的是什么，约好小徐下午邀赵一同去中央看第二场，下了课我一人走，有时候便到王庆华家去，和他母亲及外婆谈了一刻，便回家用饭，午饭看报，并抄笔记，弄说文，休息一刻，四点出去，先到艺文中学看辅友与北华赛排球李桢吹笛子，耗到四点四十才赛，沈美理还去看呢！大约是找小刘因快到五点了，我看了不到十分钟便先走了，到中央还未散第一场呢！等了一会才散，小徐，赵，斌都没来我于是买了票到外边去等，都差十分开演了，才看见斌来了，穿了学校发的那件蓝色的衣服，一会便开演了，先到里边去，心里正奇怪，小徐怎会没来，照例的斌是那温柔亲热的偎着我坐着，谈着，笑着，她告诉我今天不舒服，吃何大夫药的关系，中间休息，小徐过来找我们，和她俩坐在一块，她俩来晚了，小徐还请我们吃冰棍，我来请他，他倒先请我吃了，不知为什么斌老笑，赵却很沉默，只是见人笑笑而已，一句话不说，怪腼腆的。斌却大说大笑，片子是都会的家巷，由薛维亚薛尼及佐麦克利等主演。向来看惯了外国的洋楼汽车、饭店、歌舞等浪漫豪华的片子，只知道外国人是快乐的，谁知道也尽有穷苦的大众在后面为他们工作呢！这片子就是这方面，下流社会的暴露，但剧情既不曲折更不紧

张，也无什暗示与力量，不怎么感觉兴趣也没感染力，平淡得很，陪小徐和赵到家门口，我们俩就回来了，她叫我晚饭后到她家去，八点左右去的，和小弟及其母谈天，小弟又从一个拉车的手中买了一支自来水笔，代价五角，外表很美，银色的，像日本货，又和斌谈谈说说，一直到十点左右我才回来，觉得疲倦，遂未再做什么了便睡了。

6月2日　星期日（四月廿七）　下午阴，晚雨

上午睡到十点才起半阴天，早晨五六点下过一阵雨，雨后阳光照耀着，一切都显得那么清新可喜，竹叶也格外显得翠绿欲滴呢！水光亮闪的可爱，愈显其劲节高标了，写了阵子笔记，十一点多去看九姐精神、身体都好多了，小妹回来陪坐在身旁。十二点回来，饭后休息一会，又做了点读书札记。一点多和娘、小妹等一齐去西郊跑马场，因为上午阴天，下午人少，遇见五伯母和吕太太（宝叶之母）娘今天花了廿多元买马票及摇彩，惜时运不济，一次未得。四点半败兴回来，还好，娘未生气，还是笑嘻嘻的，到家仍有说有笑。我回来又继续作札记，晚饭后七点过去看斌，小坐一小时即归来。晚上又阴天，连日去黄家，并未闻何闲言，心中颇舒畅。夜做功课后，十一时方寝，夜凉，有初秋味。

6月3日　星期一（四月廿八）　上午晴，午雨，雹旋晴

中午由校归来，还是好好的天气，不料一顿饭后天气骤变，阴云四合，大雨忽降，但又听得噼啪疏落有声，往院中一看才知道下雹子了，很好玩，大如蚕豆，跑出去拾了几个进来，可惜不一刻便化了，落在地下乱蹦，如泻玉珠，好玩得很，有趣极了，适才的睡意全都消失。呆呆看着雨中加着冰雹。拿起笔来想写点什么，心中又有点怅惘，空虚的我，又会写出什么来，但一阵心血来潮，不禁惦记起斌来，不知这般天气她怎么回来，我的心，近来自己也觉得有点变了似的，不但不太注意，不太留心弟妹等，就连自己也不太注意一心只用在斌的身，只无时无刻不想到她。幸

而一阵雨后天晴，云彩四散，又落太阳，雨后各树更是那么苍翠欲滴，颜色鲜明可爱，三点左右去力程家，九姐夫在家，看看他，谈了一会，他前些日子割鼻中一小瘤，无关系早已痊愈。四点左右斌忽来，原来她自六月一日起改为三点下班了，在我书桌前坐，看了会儿相片，谈了一阵。四点半其母亦来旋去，她亦归去，小弟、五妹亦来旋即归去。我买了一点花生米吃不了多少，不到六点她们就吃饭了，我先说要走她就不吃去了，我答应等她，她才去吃，她很快吃完了。又呆了一会，我亦回来吃饭，晚上电灯有毛病早睡。

6月4日　星期二（四月廿九）　　阴晴不定，有云

天气不正，忽阴，忽晴，又冷又热，午后晴了，天气突然热得很，天上云彩甚多，各形各式都有，各种颜色都备，如平云如远山，真好看，可惜没有像匣子留下些痕迹来，天气热了，又易发懒，饭后看看报，不一刻已是二点了，小睡了一觉，醒来已是快四点了，急忙把中午回来买的杏拿过去看斌，她才回来一会儿，给那个让人爱怜的小嘴巴东西吃，没有不欢喜的，我只坐在旁边看她那可爱的小嘴巴吃东西好玩，她高兴起来，那神气，那姿态是那么的天真和顽皮，谈了一阵子，五妹、小弟其母相继回来，坐到六点，五弟、小妹、四弟全来了，我旋同四弟一块去达智桥去看车，没看见，车被人骗出去了，白跑一趟。饭后赶了三页英文作文，预备明天交；一下午什么事都没做，真不好，只晚上做了这一点点。德国在欧战后连侵犯荷、芬、比、挪、卢、英、法七国，又要侵罗马尼亚，拉意大利参战，一定立于德国方面，英法更不得了，英国真是泄气，平日那么自做威福，打起来却那么脓包，法国马其诺线也白搭，德国真棒，希特勒真成，在欧战后那么苛刻的条件，居然廿年后挣扎得这么棒，空军更立空前的武功，电击战与降落伞战法更使英法目瞪口呆，新式武器效力更大，马其诺防线为之无用，侵法德军节节胜利，更要远攻英国本土，不得了哉。向以狡猾著名的英国，也该有一次打击教训才好。

6月5日　星期三（四月三十）　　晴，多云

　　一觉醒来正是八点廿分了，急忙跑去，幸未旷课，空一小时，到图书馆去抄笔记，上了一小时英文，小徐刷了回家，饭后到大马屋待着看会儿书，坐在床上休息一刻，忽然想起自来水笔没水，吸些墨水，不料抽出一看，只余一个笔帽在身上，一惊非同小可，现在买这第一支也非七、八元不办，钱虽小事当时没得用，又使惯，心里这份不痛快，找了一趟也未找着，自己太不留心了，又丢一支笔，太浅，气，这么大了！幸而先前多购了一支，不大好使没法子只好将就用，下午作文又是什么文读后，老头子真贫气，老是这一套，急忙做完，三点廿五出来，故意走皇城根，希望能碰见斌，也未遇见，中午起大风，尘土蔽天，真是讨厌透了！洗完脸，即坐床上看报，并沐足，写札记，晚饭后七时半过去，与斌略谈即归，今日卅，上供，六时许去西院，闻已于中午上过，近月来，上供前也不通知，臭女人还把屋门关上，我连看都不看，来此是为父亲，平常再也不去的摆那德行！今日倒霉事堆集一身，心中颇不痛快，今年亦够倒运，第一娘病，进协和，次我病半月，四弟亦病数日，伤眉际，丢自行车，五弟今又不适三日，李娘伤风四日，去马场输钱，今天我又失笔，多般不如意纷至沓来，半年未过，不知下半年又发生何事，不知何时坏运气方去，佳运能来！（？）晚做札记，并觉人生殊无味之至，上学亦不过如是耳。

6月6日　星期四（五月初一）　　晴，风和

　　如果认定一件事情，看得极重要，专心一意的做去，心里没有闲暇去想别的事，则完全觉得生活的有趣，如果什么都不在意，每天马马虎虎无所事事，则极易颓废堕落，而流于悲观的人生，而感到一切的无味，斌就是为了注意她的职业，每天活活泼泼，高高兴兴的去办公，生怕迟到了，一天工作以后，觉得很累，到家躺在床上一休息，自觉十分惬意，也无所谓觉得无聊了。今早起来晚一点，不料斌来找我，见我还未穿上衣服及早

餐，她便先走了，她有点不高兴，我很担心上了两小时，跑回家抄了点词，午饭后看报，一点半又去上课，热得很，有点风还好，北边天上白云朵朵，各形各式，很好看，有点困，风吹一下，清醒多了，连着上了三小时，本来想在小说史堂写一篇散文，因为听了会，没有写成，下课后同小徐一块回家，疏懒的我非先生催着要了，快放假了我还不做呢！这两天很忙，做这做那，已忙出头绪来了，懒学生在这时候才忙呢！所以和斌在一块的时间少了，可是在做事情的时候，总忘不了她，她的情影时时浮在心头！"她现在干什么呢？"也时时这么想我不知道我现在爱她爱到什么程度。可是有时觉得用心思，为她想这想那，想得周到，比对自己还要用心，简直现在她说的什么话，我记得那么清楚，她对我建的议，也比任何人都有力量！她自已却不觉得呢！在路上及德兴隆为四弟看一辆新自行车耽搁了些时候，到家已是六点多了。想把词抄完，用惯了的笔丢了，这支不好用，便过去向黄小弟借来一支自来水笔用，斌又躺在床上看书呢！见了我，只是望望而已，也不说话，上午的时候余怒未息吗？才坐一刻，力家六嫂来了，我因为要吃饭了便回来，饭后和四弟五弟小妹在院子玩了一会排球，不料斌来了，进来坐了一会，谈了一会关于四弟车的事，明天他有车骑了，高兴得很。约有八点半了，斌才走，送她到大门口，她忽然给我一个纸条，莫名其妙的接过去回屋，以好奇而又担心的打开一看，几乎感动得我落下泪来，虽只是数行，但可以看出她对我如何情深，现在照录在下面，以作纪念（原无上下款）。

"干脆不写了，已写了两大篇还是表白不出我的意思之万一，虽然这时哭够了！有给你写的精神了，但那又有什么用呢！根本笔墨又哪里能形容我的心情呢！不过最后告诉你，今夜我不大高兴，若想不到期待的代价，就是那些冷一句，热一句的言语，一天零一夜的报酬啊！你的赐予！我爱的人儿的赐予好了，不写了，昨天一定七点左右去看望我的爱的人儿！虽然今夜给了我这样多烦恼！"

末了两句最是感动了我的心，我昨天丢了笔，在家中不如意，四弟五弟的不听话，种种的倒霉堆在一身，使我十分不快，我也是指望过去告诉

她，她会给我点安慰呢，谁知道她却也在不痛快呀！我昨天还失望归来呢，谁知道她也在不高兴呀！怎么那么巧呢！在以前她是早会气得一连几天不理我了，这回反而想了我，原谅我，今天下午果然来看了我，她确实是爱我呢！不是假的，我是多么高兴呢！哈哈，看看她写的条子吧！她竟没有深责我的冒失，与不会体贴，竟好似自怨似的，就看末两句吧！那已经是值得我流下眼泪了！本来想今夜写好的散文明天交，结果未能如愿以偿！

6月7日　星期五（五月初二）　晴

词今天讲完了，下了英文便回家，昨天说好在德兴隆订了一辆大把的自行车，代价六十元，顺路陪小徐一块去，到前门取了七十元，多取十元还德奥隆。仅仅百十元，取了两次已是只余二十元了，可怜。买了五毛的月盛斋的烧羊肉，才一点，可是味真不坏。到家已是十一点左右了，下午就要交的散文，我在昨天下午仅仅写了一页小稿纸就余七页了，打算在这篇内全写完了，提起笔又文思滞涩得很，吃过午饭又想午睡可是今天如再不交，不成了，没法子硬着头皮，又坐在桌子上拿起笔来写，糊糊涂涂竟写满了七页，不易，自己很高兴，就是不大好，交三次新文艺都是临交的前一两天才写，一直到交的前一两小时才完卷，忙里写出自无好成绩，下了课。今天我出场打排球，骆驼队中我头一次打，我打的坏极了，大家不合作又生气，自然是输了，到家已七点多，斌一家子都出去了，我遂未过去，觉疲乏早睡，晚上什么也未做。

6月8日　星期六（五月初三）　晴热

昨天早上和斌一块走，被其母看见我今天早上却索性去她家找她一同走一切弄清楚。到她家才七点一刻，把小弟笔还他，和她母谈了一会，她母看我笑，斌走了，她母问我走不走，进来常看见她母的尴尬面孔，有时我也不禁觉得有点不好意思起来，一路行来和斌谈着不觉路长，她到了目的地，我仍继续前进，到了太平仓会遇见国之，到校未上课呢！还有一小时才有课，我这么早来，也除非是陪着斌去，自己真懒。有两天没和斌一块走，都迟到了几分钟和斌一同去没有迟到过，像今天这样早来一点，更是绝没有的事，我就去图书馆看了一小时的书，下了第二时便回来，到陈老伯处看看，许久没去了，不巧老伯不在家和伯母谈了一阵子，出来到裕华园去洗澡，十二点多才到家。饭后看报，躺在床上又睡着，连日白天竟睡觉真讨厌，可是到时候就困也怪了，这一觉却睡到四点半快五点才醒。骑车出去绕了一小圈，过去看斌不料一个人必未回来呢，便和四弟一同去平民市场买本锁绕了一圈回来。不知何故今天下午觉得浑身发软没力气，懒洋洋的，六点陈老伯忽来，座谈半晌始去，谈后，令我心情兴奋。七时许晚饭时，忽斌来，等我吃完，邀我一同过去，四弟先在，其母请经理，约九时方归来，下午中暑呕吐，归来包极，我在彼看报及看一篇小说，九时半归来。

6月9日　星期日（五月初四）　　晴热

清早起来，独自跑到西单去理发，九点多了又跑到了真光号看早场，是柯尔柏及唐阿曼契，约翰巴里穆等主演的午夜情痕，很有趣，昨夜约斌来，她因要睡觉休息，本来遇见了好几个旧同学，与方鸿慈，小麦，刘曾履坐在一块看的，剧情相当幽默，中午回来很热，饭后休息打算弄完了札记过去看斌，不料在我写完札记时，她来了，还我一本书，并说她陪她妈妈去看牙去，大约三点左右可以回来，就回去了，我于是安心慢慢的弄，共写了十七页，要有纸我还写呢！裁好了书皮自己用针钉好，觉得很高兴，耗到三点多过去，五妹小弟都睡了，我就坐在大椅子上看报，没有一刻钟，五妹醒来，旋四弟来，我固无聊便回家了，到家心里总惦记着斌什么事也做不下去，看了一会报，吃一点瓜子，耗到四点五分了，又走过去。斌仍未回来，遂坐候之，与五妹小弟等聊天至五点了，她才回来。一下便坐在我旁边，一身热得很，她说等她妈妈弄完已是这时候了，得吹台甫去了，正说着（本来想去真光看场《女人》），苏裁缝送衣服来了，她

立刻穿上比薄纱的，条纺花不难看，扭来扭去的走，五妹也做一件黑地白花的。斌又说晚上去看电影，她没有和我一块，晚上单独出去过（去玩），结果说完晚饭后出去遛大街。五妹，小弟，四弟，斌，我五个人骑车跑到公园遛了一大圈又到亚北吃了冰棍，回家又到黄家待半小时，七时半归来。

6 月 10 日　星期一（五月初五）　晴热

　　端午节，中学都放假，就是我们不放假。四弟，小弟去药克，五妹，及斌去中央看早场，我则去学校上课。结果唐宋诗没上，只上中史许论两小时，唐宋诗亦只上了不到半小时，写了点笔记就走了，余下时间他们讨论本班联欢会的事，议决每人三元，我不知道却在图书馆中看了半小时的书，末一点钟，校长发回了我们的成绩。中午回来热得很，饭后休息一刻，看完报，约有二点便过去看斌。她一家子都在睡午觉，我走到她面前将她警醒，便闲扯起来，她说刚才梦见了我，近来她时常梦见我都是她告诉我的，不一刻全都醒了，我仍和她在外屋谈着，我便叫她给我讲上午她看的《兽国女皇》的故事，此片我和四弟在真光看过但已久，内容忘记，她便"后来，……"的讲起来，说了半天还未讲完。不一刻裁缝来了，要钱小吵了一阵子走了，四弟也来了有点讨厌，我不来他也不来，尤其是这几天来的比我还勤，说着笑着，已混到了六点多，什么事也没做，近 6 点因斌的办公时间把我和她会晤的时间全占去了，所以近些日子和她在家会面，她自己没有单独的一间屋子，一切都觉得不便似的，行动固觉拘束，言谈亦不自由，处处那么别扭，有意无意之间，其母有时坐在外屋看着我们，像是监视什么似的，何必，我不去就是一下午待的换了一肚子烦，可是想起到底我看见了斌，陪着她过了一下午，别的笑看不见罢了！晚饭后过去她们已经都出去了，我初觉得有点不高兴，继而一想又有什么！怪不得斌说我量小，有时自己的脾气发的似乎也不值得，我和四弟骑车在西单电车上发现了她们，后来在西长安街道上，我和斌说了几句话，她们去文昌阁去，我随口说要去中南海找小徐去，不料到站她竟下来要和我去中南海，哼！还是她爱我！小弟五妹向她大撇嘴，我婉言告诉她小徐未必在家，而且你还是和她们去文昌阁好，免得听人咕哝闲话。她于是便又转去，我陪她走到胡同口回来，和四弟去中南海，小徐果未在家，便骑车随意行走，端午节游人甚多，一对一对，走着，说着，笑着，更增我想斌的念头。到北边游泳池看了看，老早八早，七点多就开了门，换水，已无一人。往回走，到两边海旁，找了一处无人的清静的椅子，下车，坐在那里发呆，想斌。风凉，这处的山、树、灯火黑影沈沈，暮霭四合，远处的舟桨声，蛙鸣，却是另有一番风味。但当时心如火焚，心绪此起彼落，其乱如麻，如果手边有纸笔的话一定写下不少来，八点四十出中南海，心里不高兴，四弟请我去北海划船，去打球，我都没去，到西北吃了两支冰棍，不是斌来，我也不去，心里并不想吃，到了那，胖子告诉我她们在楼顶上，上去待了一刻，把文昌阁小弟宝也带来了，很好玩，和斌陪她一路步行，一道上不免又向她发小脾气，冷嘲热讽地说，怪的是她并不生气只是忍受着，到家愈想愈觉自己不对，她会原谅我，便立刻写了一个条子，预备明天交给她，后悔半天，到家不料娘及五弟小妹尚未回来，也去遛大街，等到十一点才回来，李娘今不舒服。

6月11日　星期二（五月初六）　　晴热，下午阴雨旋晴

词讲完了，聊了一小时。第二堂说文我刷了，到大马屋去待着，又接着上两小时的经学历史，亦无味。各门功课，除词中中评论及新文艺以外，余均不感兴趣，中午陪朱泽去，小徐一同走，中午至家热甚，饭后休息，连日至此时必困，讨厌得很，天一热一日之中多思睡，无精神，全身懒洋洋无力，不能做多少事情。看过报时已二时许，遂卧床上假味，廿分钟三点许换衣驰至，西单北，约三点半斌始出，一同偕行，径穿中南海，等小徐，处门前小立，未入即行，过桥出东门，穿天安门，东单门大街至东安市场进入，稍绕一圈，斌因赴校久未至，且因天热口渴，饮酸梅汤及水激凌各一杯，斌请我，四点半又至 Roma，斌车坏，存车铺修理。步行至影场时已差数分钟即开演矣，恐大马先至，进入一找，幸未来。遂偕斌

先坐，至前奏乐起大马方翩然光临，真稳。斌说她看见大马大个子害怕，小孩子胆小似的，可笑。片子是泰偏宝华南锡凯莱，亨利方达等主演。泰演些反角，不通合其个性；亨尚称，职惟其戏甚少；南似省中年颜色，尚好；全片五彩，尚佳。七时许散天上阴云又合，又有雨意，归途幸未下。斌坚邀我至其家，遂同其进入小憩。斌母当我面连讽带训，说斌一顿，使我难堪，心甚不快。如不愿，可直向我言，下次不要与斌一同玩，何必如此！五妹、小弟亦频翻白眼，五妹说我没吃饭，我要与斌同进稀饭，同吃就同吃，吃一碗，其母与五妹均过我家坐，我与斌在其屋中坐，小弟出来同坐一室，目不视手中书，状若监视然，可笑！愤愤归来，又进晚饭些许，并做一会儿事，因疲，至十时半躺。九时小弟亦来，五妹与小妹大说大笑半晌，稚气极深，小弟来后，全出院子爬上树淘气之至，闻斌母尚爬上树，奇闻！有时小孩子脾气亦可笑，三人九时半归去，只余斌一人冷落在家，想必入梦乡矣！从前小时从来不知男女情爱为何物，更无暇去想，见他人之亲昵情形，时鄙视以为不屑，向他们撇嘴，可是现在到了年龄，自己也一样的堕入了爱网，现在却轮到了别人向我撇嘴的时候了，昨夜五妹小弟不是向我和斌大撇其嘴吗？不用忙，到了岁数一般的，有人再向他们撇嘴呢！感情之能发动，且寄爱于一个异性，那是天性，自然的趋势，人类先天的本能！没有什么可以奇怪的事！而是很自然的，我现在爱斌，爱极了她，我恨我的笔下太呆笨不灵了，以至不知，不会写出什么字句来形容我爱她的情意的万分之一，连日只是烦，见了她也只是见了而已，不能稍稍亲近，她上班的时间太久了，回家来有种种的不便，只可以互相凝视着，以眼光中表情，互相默默无声的交流，低诉着我二人心中火一般恋情，有时真不如不见她呢，像这般不自由，因为不见我还可以用幻想与甜蜜的回忆沉醉安慰我自己。

6月12日　星期三（五月初七）　　上午晴热，午后阴，雨

天气一天比一天热起来，九点多钟的太阳已是够热的了，所以还是早点去，比较凉快一些陪斌走，她告诉我下午她陪她妈妈去东城买东西，回

来的晚，我就不去她家了，到学校去宿舍大马屋抄英文单词，上了一小时的唐宋诗。小徐上午没来，又给宁岳南赶说文，真是忠人之事。下唐宋诗，到图书馆去抄完英文单词，出来看报，嚇！意大利十日通电与英法宣战了！莫索里尼这小子真会找便宜呀！欧战又多一主角，愈来愈热闹了，打呀！杀呀！充满火药味的廿世纪！世界人类文化的劫运。第四时何神父没来，大家都走了，我也回家吃饭。热不管，省钱是真的。午后又跑到学校去，郭老头（蔡石）散文，我交了札记，还讲了一篇文章，无味。这时忽然阴云四合，大有雨意，闷热之余，稍有凉意。下课后至大马屋谈一会，大马毕业在即，见面机会甚少，好友又去了一个，心中不无怅怅。些时天忽落雨，阵阵，忽停忽下不甚大。五时与陈志刚同行，一路飞驶，倒也凉爽。至府右街又遇雨，遂急至中央避雨，适演二场，遂入观片。名《风流世家》，马尔芝，哈蕙兰等主演。片甚长，几达三小时始完，归家已八时矣！而后清快，片亦尚佳，唯觉见长难乱，归时路过黄家，五妹小弟与仆妇在门口站立，想是等其母及妹未归也。饭后看书，心中频急斌不已，惟时已宴，且小雨不止，不良于行，遂忍而未去，十时即卧，阅科学画报，今日小郑口试完毕，不知其得意否，大学毕业，又将开始人生中之挣扎矣，闻娘言伯津今日南下。

6月13日　星期四（五月初八）　晴和

因学校教授司徒资病逝，今日上午停课半日以示哀悼，未去，清晨醒来后，苦念我亲爱的斌不已，朦胧有人触我，睁目一看，正是我心中人斌含笑立我床前，非梦耶！略谈数句，她低头轻轻吻我一下即去，亲爱的，我哪舍得她去呢！她昨夜与其母归晚，车留在文昌阁还得去取呢！亲爱的斌，我一时都不愿离开你，你可晓得？我的热情我的心，完全放在她的身上了！几乎似发狂般不顾一切的爱着她！啊！我的斌！

一上午就是把说文订好了，一点正经事没做。看了半天的报，好似没有多久便中午了。午后跑到学校去上课，尚好太阳不太热，有点风，也挺凉快。小说史两堂把小徐做的说文拿来对，添上些我抄的补字，也就不困

了。上伦理学只发了讲义，略说了些不主要的地方便下课了。什刹海现在开幕，很热闹，明天去逛逛，陪小徐去。我又到正风打字学校去问，可惜早上的没有时间了，只晚上有空。校舍简陋不好，而且要四个月才毕业太慢，时间真成了问题。回来后，六点过去，六点斌才回来略谈到七点十分回来，晚看伦理学，词没法看，新文艺明天再看也成。

6月14日　星期五（五月初九）　晴和

　　早上去校走河沿，与斌一块走。送她到胡同口，我便一直往北走。到校尚早，待了一刻方上课，今天起停课举行期终考，头一天就考三门，做词、调子一个是《高阳台》，中调一个是《阮郎归》，小令平仄不明，好费劲。做的很不好，又请同学告诉我那几个平仄不对从新改过，将就了，大约可以及格，接着又考伦理学，伏开鹏不知那一阵子高兴出了廿八个题，做廿五个。我也没怎么看讲义，所以连编带言的写了十九个，总可以及格，我实在对这门不感兴趣，根本就没有正经听他讲一堂，无聊之至，能及格就成，出来十一点廿分，在大门口遇见了大马便一同去吃饭，听他告诉我他口试过了，心里高兴了，完全毕业了，就等找事情做了，我也替他高兴，现在我也挺烦毕业口试这一关的，讲义拿到恒兴斋去订，大马因为担心他的毕业考试所以两夜都没有睡好，回去睡觉，我就一个人独自步行往什刹海去散步。什刹海临近辅仁，但平时轻易不往那边走，每值夏日照例茶食小贩等聚集，开一定期例会，游人至此饮茶纳凉者极多，昔日名流贵人，吟诗尤多，盛名流传至今脍炙人口。平时车马所行之路，现已布满摊贩茶棚等，甚形热闹，食物亦多，颇思染指一二，奈已吃饱。本拟至此用饭，不料被大马拉至饭铺吃，谓怕我吃病了。正游览间，忽听人呼我，原来是刘冠邦及杨智崇二人在茶棚内坐着，便和她们一块坐着聊天，近来他俩到很亲近，闲谈起来，原来列二对于舞场亦是过来人，他认识许多女朋友，据他说只不过认识而已，并无深交，说了些关于舞场的话，神啦！听他说，才知道葛松龄，殷晋枢，姚子靓（日本）都去欧林西亚舞场，想不到我们国文系，还有这么多的风流人物呢！天南海北一的聊，新文艺笔记亦未看，到时候回校就考题目容易，一点半钟就答完了，刘二末了发了点议论说："无论谁，有女朋友及爱人，最好不要带她去舞场，多么好的女人，到舞场去个几次，心就不定了，因为在那种场合下，认识人顶容易，一天就不定有多少悲欢离合，人见的多了，自然什么事情都看得谈了，什么都不在乎了，我就不喜欢爱跳舞的女孩子，最好是带点率真的性格，爱看电影，爱旅行及骑马等等的好……"我听了也有同感，斌就喜欢跳舞，在那种场合下和个陌生人，那么搂搂抱抱，我总觉不出有什么乐趣来，她还总思我也去看看，但我总对舞场印象不好，我总是下意识对那地方起恶感，而且有许多种原因。我没有黑皮鞋，正式规矩的西服，最重要的没有钱。那地方花钱太大，而且家住的地方这么远，这么不方便，来去不便之至，自己良心似乎也下不去，所以虽然有时心里很活动，便总迟迟不去。那地方的规矩一点不懂，更不会跳，去了也让人笑话不是，故愈想愈不敢去。四点到家看书报，六点即开晚饭，因为我心中惦记饭后去找斌去，饭后六点半左右我即去，她亦才回家，她们等小弟至八点才吃饭，和斌谈笑，她留我到十点半才放我回来。

6 月 15 日　星期六（五月初十）　　阴，晚雨，凉

停课考试，今天没有考的，可是仍早起，陪斌去，她先到河沿慢慢走，我从后赶上，送她到大酱坊胡同口，我本亦想拐弯，她叫我一直走，我不忍拂其意，便一直往北，这一别，又得到下午才能看见她呢！真不好，但又有什么法子呢！我因为早上无事，便跑到北平图书馆去，别看早上，已有不少人去了，屋门未开，在外边看书的不少，不料遇见了洋枪一个人上这念书来了，原来他毕业考试有一门没有过去，这小子这一下子可抓了！上这念来了，在学校不好意思念，耗到了九点，和他一块进去在一块坐着看了约有一小时的书，才看了七页之多，下楼又看了会儿报，德国已经攻入法京巴黎了！真行！十一点到财政总署找到强表兄，谈了一刻，到奥兴取了支票，又给老张打一个电话借船票，他也答应了，礼拜三去找他，中午回来，饭后整理旧物，写信与铸兄，及中华并看报快三点卧床

上，疲乏，睡着，一觉醒来已四点急忙起来过去，斌方回不久，小弟今日赛球，五妹及其母去东城，只余斌一人在家，这种好机会在这近一个月来是没有的了，坐在一块吃了一点煮蚕豆，斌顶爱吃零食，小嘴巴最好不闲着。我故意静坐着看她，她到底忍不住，把我抱住吻我，我这时才也用力抱着她，这么热烈亲爱的拥抱我是渴望了多少时候呢！总没有机会，使我们如此无忌的抱在一起，双颊相偎着，就是这样还不到十分钟吧！突然有了拍门的声音，不料她母这么早就回来了，算来我来了还不到一小时，真是一刻千金价了！坐到五点半四弟来唤我回去吃饭，今天这么早吃饭，还不到六点呢！饭间娘问起斌母昨日翻车事，晚饭后去看斌母去，想不到那一阵子高兴会自动想去了，请怕还请不动呢！怪，我想不出什么道理来，饭后四弟出去我和五弟小妹去九婶家看看她，给她两本书看，娘一人去黄家，她们一定擎奇呢！九妹一人在家，太也去孙家了，伯津小女儿在家，很有趣那么小，也不找妈妈。谈了一刻九妹吃饭我即回来，五弟小妹去找娘，我则回来，到家下雨，待了一刻雨小了，四弟回来，路上跌了一跤，裤子腿全污了，我拿了衣服和伞去接娘，因为下雨有点凉意，到那五弟和小弟，小妹与五妹，娘及斌母都正说笑得高兴，只斌一人在旁呆坐着，看我去了，才高兴起来，她和我在外屋一边看报，一边谈着，一忽小声说，一忽大笑，很有趣。她却那么温柔多情，我催娘几次方才走，但已是九点半了，谈得那么高兴，不知是什么缘故，雨后泥泞甚滑借来手电灯扶娘回家，倦甚遂收拾去睡，下了雨天气立刻凉了下来，近来我算账每月花约三四十元之多，五月至六月中，手边甚拮据一半输在马场，大半也是因为和斌一块出去花的，玩，吃花去，以致用得不够用，和斌一块玩用，是我愿意的，不能怪她，何况她不是也有时请我吃东西吗？我是没钱，有钱我一定买些大件如衣料等东西送她，不送那些小玩意，因为我爱她花了我情愿。

6月16日　星期日（五月十一）　阴，雨，晴不定

本来今天斌要和学校去香山旅行，结果因阴天下雨未去，很凉快的天气，一时贪睡，卧到九点半才起来，十点正吃稀饭的时候，这时雨停了，

斌母，五妹，及斌都来了，想不到一早他们就跑来了，吃完稀饭便和斌在书桌旁谈天说呀，笑呀的这个那个的闲扯，又折了几个纸船给五弟，五妹大孩子似的，一点都不像十七岁了，把礼拜五中午刘二说的话和斌说了一遍，她却不置可否的淡淡一笑便过去了，雨是下一阵子停一阵，直到十二点半了五妹来叫她回吃饭了，她才回去。本来上午想做一点事，结果未能如愿，午饭后整理了一点东西，又看中国史学名著评论笔记。三点卧在床上迷迷糊糊的要睡着，突然五妹小弟来了，把我警醒，得，也就不睡了，起来看报，后来他们都进屋子来谈天，力伯英也来了，我看我的笔记。到了四点半我过去看斌，她和她母都睡着了，未醒却被我吻醒了，她母仍在里边睡着，她被我吵醒了，也就再睡不着，她那种温柔娇媚的乖样，真叫我爱极了。低低的笑着谈着重重地吻着，亲爱的抱着，雨天好似有缘，一会紧一会松的下个没了，斌母也未起来，五妹小弟都在我家，真是再好没有的机会了！我俩得以尽情地亲热接近，互相低诉着心中爱火所冲出的言语，是可以补偿这一礼拜的相思了。一直到他们吃晚饭了，我便回来。今日阴，雨，晴不定，天气甚凉，灯下抄完中史笔记，斌身体不大强健，需要好好保养注意才好，今日她却睡了一下午！

6 月 17 日　星期一（五月十二）　晴和

因为车带软了，去黄家借气筒打气，便明明白白的和斌一同走了。她说今天还上学校的日文班，由五点到七点，回来很晚，我心里挺不自在，早上到校，至大马屋，看了会笔记，大马他回家了，出来到恒兴斋买了许多本子什么的，一算账竟达三元多，不知自己怎么一高兴买了这么多东西，出来又到图书馆去看书，到了十点去考校长那门，看了半天，不料校长这次出的是不很重要的地方，表面容易，实际是出冷门，下午没有考的，中午即归来，顺路买了点东西回家，饭后因天气较凉爽，遂亦不太爱困，整理小说史笔记，竟至四点，又做了点别的事情，几次举目，钟才五点，真恨它走的太慢，卧在床看报，报也看完了，心里总是不安宁，总挂念着没有回来的斌，我总是不满意她在那里做事，现在如再每日五时至七

时学日文，那就把我俩可以见面的时间，莫是完全剥夺了！我真不痛快，五点以后天又阴下来要下雨的样子，讨厌得很，阴沉沉的令人发烦，饭后在院子走走，仍是无聊，便进屋看一会科学画报，八点斌及五妹相继前来，谈笑顷之至九时许归去，并借去日文读本二册，叫我陪她回去，便随便一路谈着不觉就到了，我光足拖鞋去她们家这还是第一次，坐了一刻因为不早了便回来，在她一个本子里发现一张从报纸上剪下来的一条新诗，题目是献给贤，下面是个毅字，去年冬曾有个朋友问过我，不料今天却在她处看见了！

6月18日　星期二（五月十三）　晴

　　起来的晚一点，早上骑到老王车铺才看见她一半在打气一半在等我，一起谈着到了胡同口，她拐弯，我去学校，文字学沈兼士考段注形声字有未尽处，试引申阐发之，这题倒是没想到，挺麻烦的，可是想法子写出一篇多来，准看笔记再聊一点就成了，经学历史也给他写了一页半的样子，反正能及格，不一定碰上老头的心眼还有好分的希望，下午有考的，四点才考英文，回家吃饭去，和小刘一块走。饭后看报，卧床上小睡一刻，今日报载法国对德降服请求议和，十六日起已停止战斗，真是出乎一般人意料之外，不料法国一败涂地至此，不知英国以后以何措置。至三点许去校考英文，此时甚热，不意行至宣内大街又遇小刘（曾泽）遂同行。英文仍考单字，造句，改错三种，一小时许我即答完，出来和杨智崇等略谈即归家，行至西单迤北忽遇斌推车而行，即与之同行。她车坏了，我把她车送至车铺去修理，她在亚北等我，斌今天精神不大好，眼也好似昨夜没睡好，吃了几枝冰棍和一盘刨冰，休息一刻。斌觉得心里不好过，好像要吐似的。六点多才回来，她叫我吃完饭过去，到家看看报休息一会儿，饭后已是八点左右了，走过去时其母与小弟已出去买物，王妹及斌均已上床睡了，和五妹说几句话，便出来陪着斌谈话，才不到两小时的工夫，斌说等我半天了，甜蜜的笑，吻，谈，神秘的爱的滋味，我一时不知怎么一种心情，也许就是良心的谴责吧！不禁半后悔似的向她说了几句心中的话，不料却引起她的感情冲动，抽泣不止，倒令我一时不知所措呢！像我俩这时这般深深地陷入爱情中，何时是个归宿？她兴奋的哭泣引起我无名的怅惘！现在只有我和她为此特别的接近，不知我是否是在造罪恶，我总觉得有时很对不起她，不知怎么对她才好，晚上月光甚好，清光洒满一地，清风徐来，颇为凉爽，把我灼热的面颊吹得很是痛快，心绪无难，徘徊月下甚久。

6 月 19 日　星期三（五月十四）　　晴热

仍是和斌一块走，可是明天上午没事，便不能与她一同去了，结果她还是为了我绕了一个小圈，才去学校，昨日收到松三一信，内附有与斌一小张，松三是我一个奇怪的朋友，正式熟识不过半年的光景，他是我也钦佩，也嫉恨的人，钦佩他坚决勇往直前的毅力，特殊的性格，与人以深刻的印象，这是一方面，但有一时他却有意的追着斌玩，而确实斌的心有一时也完全被他迷惑占据了，（她曾告诉过我，她确实是一见了他，就爱上了他！）如果他不走的话，也许没有现在我和斌亲近的情形，我承认在女人面前我是不如他的，而社会的旧制度，使斌先有一种成见在胸，也莫是我失败的原因，这也难怪她呢！昨天自己想了半天，终于为了我自己的人格与尊重他二人的友谊起见，在今早与斌分手的时候，把信全交给她了，我不知她看了信是什么心情！心思一定也够乱的吧！相思？回忆？松三给斌写的信，字迹娟秀，如女子，而且确用过一番心思的，美丽的句子，有几句也像现在新的散文诗，到学校，在大马屋待了有两小时，一直到十点多才去考。唐宋诗，结果我反是第一个出来，找大马一同去什刹海吃饭，他请我随随便便就吃了两元多，回来在他屋又待了一刻，出来到图书馆去做文，一直到上课又做了半天，却弄了有一页半之多，出来与小徐，杨智崇，刘冠邦一同到杨家去，待了一会，他屋乱得很，有株杏树，结的杏子大逾寻常采拮数个食之甚甜，吃了三个，包了两个带来给斌吃，出来又到炒豆胡同，张兄处进去座谈一刻，借了船票回来，陪小徐去，他回中南海我又到西单修理手表，配一个表蒙子，一个针，计一元九角，至家已六点

多，今天跑了不少路，饭后约七时半拿杏过去给斌，不一刻其母亦归，结账回来晚，斌还我松之信，问我松三家情形，她说她也要去，去就去吧！如以纯友谊来讲，自无什么，只是在爱这方面谁都是小气的，不容第三者参与其间的，所以我最不高兴，她提起松三来，她今天仍不大舒服，精神仍不大好，她今天又说要找别的好，这事太累，太不方便。同事病了好几个，她母今晚很高兴和我谈这说那，说了半天，到十点我才回家，夜里倒得凉快，今日下午去西院上供，都未在家，什么玩意？得铸兄一信谓公事已到保，不日回平，其太太暂不来，须至力家借一床置书房中，好长久居，恐其亦不能久住家中，不便故也。

6月20日　星期四（五月十五）　　上午晴，下午阴

一没有事，就懒极了，早上没有考的就起的很晚，九点多离开床，看着报，一时心动，把电车公司来的信拿出来一看，入场券今天换取截止，没法子，下午还得去考试，只有上午有空，虽亦快十一点，也得跑一趟，走到下斜街想起得带图章到宣武门，有火车，到车铺去修车打气，天气热，车胎总存不住气讨厌得很，打完气又是心中一动，用手一摸车袋，好，股票粮本都没有带来，还好没有走多远，真烦得很，不带股票去，公司做什么给我入场券呢！？自己太马虎了，又得回来，一忙一会工夫白跑了许多路，本来这趟还不愿去呢！这回倒多跑许多路，真是跑路的命，老远的跑到西总布胡同电车公司，找单子衡先生取了入场券，就为了这么一张纸老远的跑来，又跑了回去，没法子，到家一算时间来回用了一小时，闹了一身汗，休息一刻，饭后，一点半，带了像匣子还叶于良，又取回修理的手表，配了玻璃的，到底清楚得多，到校晚了五分钟，用了一小时半答完小说史骑到北海快要四点了，走到桥边，恰好斌也骑车来了，便一同进去，一路直奔到船坞去，取了一艘船，和斌划起来了，两个人船很轻，划的很痛快。本来连日晴天很热，今天下午偏偏阴天，可是又不下雨，倒挺凉快，这样气候，很小的风划船太好了，小船不少，没有碰见认识的人。斌却不划，和我谈天，我今天算是今年第一天穿短裤衩出门，今天觉

得自己船划得不坏，挺如意的，今天是我和斌二人第一谈单独来北海玩和划船，（在北海）虽然我们相识了快有三年之久。绕了圈，和她天南地北的谈着，后来她觉得坐着不舒服，就躺在后边了。快六点了，便交了船，一路慢慢行来，坐在路旁椅上休息，歇了半刻，她仍觉累，又到土山上，白塔下歇了半天，便相偕回来，骑上车她又不累了。进中海过南海，出新华门回家，倒不错，今天一天逛了三海。昨分手时，她叫我饭后过去找她，到家七点，七点三刻又至她家了，可是五妹小弟和我谈话，讲故事，不得不和他们一块说会儿话，今日是其母银行结账的日期，回来晚。九时许五妹去睡，小弟在里屋刻字，只我和斌在外屋谈天，不知怎么，她又扯到将来她和我不可能的结果上去了，我问她是什么理由，她说无理由，就是不可能，我只是说不懂，她又说叫我多认识几个女孩子，不要老守着她，说我大学快毕业了，年纪亦不小了，现在多认识几个人注意一点，她说她说的是正经，不管她说的对否！她只为我想，不管她自己如何！我只更觉得她的可爱与心地伟大的可敬，我一时激动，说了些她不爱听，也是我背着良心的话，她哭泣了起来，眼都红了，人似乎总有那么一点先天的野蛮性存在，分明十五分的爱她，而偏又要说些令她伤心的话，不一刻我就向她认了错，问她恨我不。她摇头满脸眼泪抱着我头吻我，更使我自惭，觉得我的卑小，劝她半天，她仍不断抽泣，她连日精神不佳，加以今日我使她不痛快，她告诉我她明天不去了。十一点三刻，其母归来。我又稍坐一刻即归来，到家十二点，只因心绪芜杂不宁，独自月下徘徊，不知绕了多少圈，心里也着实不痛快，终于在无可奈何中去睡了。

6 月 21 日　星期五（五月十六）　半阴晴

七点半斌母忽来了，我尚未起床呢！果然斌今天不去，并且问我如去学校；代她到学校去告假，我一听心里就着急了，不知我昨夜把她气的如何了，急忙弄清了一切，便推车过去，她仍躺在床上，见了我好似不胜幽怨似的，禁不住她扑簌簌又落下泪来了，两眼还红红的，我心中一阵发酸

后悔不迭，和她说了几句话，便拿了她给她一个同学的信出来。先给她送去信，便又到学校去。到校已是九点多，庄严的毕业典礼已经开始，校长董事秘书长，院长主任等在台上坐着，前边坐着各院系的毕业生，后边坐着教授、助教、修士等，最后才是学生的座位，楼下都满了，先是奏乐开会，校教长雷冕致词，校长训词，余主任致词，国文系余主任是博士，院长都来讲演，却有他说话，可见一斑。讲演完毕，校长发学士学位奖章一个个眉飞色舞，十分高兴，看着也高兴，一个个宽袍大袖，另一番神气。大马个子特别大，惹人笑，洋枪口试一门未过去，今天竟无他参加。何时我要也是穿着那个袍子就好了！看了这种仪式的情形，令人羡慕，散会后在第一宿舍待一刻便回家，加盖大楼工作进行很快，不半年许有住上的希望。归家饭后，略息一时半，下午五点还得去北海应本系的聚餐会。连日奔跑本可略息再去，可是心里十分惦念着斌这时不知怎么了，于是过去看她。她一个人在里屋睡着，我去了把她吵醒，她从早上十点睡到两点还没有吃午饭呢！我把她叫醒才吃了一碗面，现在她心里好一些了。谈了一刻，约四点五妹回来了，五点左右我因要去北海便走了，换了衣服跑到那去，已是晚了一点，本系同学大半全都来了。葛松龄和宁育清唱，梁秉铨还会拉两下胡琴呢！后来葛宁二人唱了一段武家坡，还不错，我们大家占了一间大屋子，随意说笑同学之间亦无什顾忌客气，到齐了以后便入坐吃喝起来。李鑫午，李文善，二人未去，不来亦好。每人有汽水喝，但无酒似乎不够意思，于是便由李国良，葛松龄，徐光振，赵大年，朱泽吉等人请大家饮酒，还好是啤酒，我素不会饮酒，非强每人饮一些不可，我皱着眉喝下一玻璃杯，后来我对了许多的汽水喝下去。这一阵子真够热闹的，吃的自己钱（每人三元）又都是天天见面的熟同学，有什么客气！余兴中，每人说一点笑话什么的雅谷是赏，够热闹的。朱君泽去，平日稳重，今日饮酒过多，说了许多玩笑话，尤以对赵大年为甚。饭后，与杨智宗、刘冠邦、小徐同划一船，遇宁岳南，与兼铨、李国良、刘镜清船遂合并同行，高歌欢笑，至十时方兴尽归来，

6 月 22 日　星期六（五月十七）　阴雨不定

昨日累了，今天又起的很晚，十一点左右去力家给力大哥贺喜，未在家（上天津去了）我就回来了，顺步到黄家小坐，不廿分钟即回来。饭后天气阴沉沉的讨厌得很，还有点小雨，但不一刻小徐又来了，小妹又来喊回去。原来她姑母死了，要我给他做一个葬礼。我哪学过这个，便找出两本书来借他回去看，那两本是葬礼大观。又走过黄家去，今午在她家吃合子，多日不在她家用饭了。一中午，这么一会去了三趟，也不知自己去干什么？心里总想和她在一块，不然便不安起来，她哪有什么病!？不过不高兴罢了，连今天休息了三天，本想和她出去，后因天气变了，不去，回来换了衣服再走。过去时，其母，妹，弟皆出去，未在家。外面天就不时紧一阵松一阵的下小雨，雨对于我俩似乎有缘，只有我二人，她卧在床上，我在椅上，互相间谈看。雨停时已五点多，其家人均相继归来。后二太来寻其母谈房子事，告九姊夫谓其房将出售，令其先寻房也。我遂驶往郑家去，一路小雨如牛毛，仍频频不止，到时所约之人均到，行住亦先至，所谓廿先生考亦尚坦白，有杨先生在，亦在北京统税分局谓铸史调至广安门外双合盛驻厂办事员，好差事，清闲舒服自由得很。饭尚不错，很多。饭后又谈半晌至九时，归来大宝、二宝非要我跳舞真磨蹭，我不跳，有点不高兴，晚凉。

6 月 23 日　星期日（五月十八）　今日阴雨不定

早八点多，正迷迷糊糊的，发觉一臂触一凉物，原来五妹来了，用挺凉的手摸我，吓我一跳，淘气。我即起来，十一点多娘叫我过去给力六哥拜寿坐了一刻就回来顺步去黄家，周力伯英在那，未廿分钟即回来，饭后天仍很阴，雨下的不大，可是忽下忽止快一点了，遂不顾出去，先给五贻送信，后去东城西总布胡同电车公司开会，到那领了报告书进去等了半天，不大一间长方屋子摆着几条凳子简陋得很，到时候就照着报告书念了

一遍，就莫完了，差劲得很，今年股东仍是没有红润可分，奇怪得很，当时有人站起来问，现在电车买卖这么好，大赚钱，净余二十余着，而股东却不能分利息，当时张璧谓以前公司赔罪过后，现在有余得补以前之损失，且尚有负债，故不能分利息，明明一切均被他们几个人所把持侵吞，又有一个四十多岁的太太站起来说你们说什么就是什么，报告书写的什么就知道什么，这么多年来没有分利息了，现在公司走的运了，我们大家也似乎该分润一点，也不白做电车公司的股东不是，结果仍是得一个不具体的答复："以后总得努力想办法。"空洞得很，后来请大家投票改选商务监察人，大约看那样子是无一人写票，倒是利息分不到，人人愤愤不平，有备的吉士林的茶点，大家据桌大嚼，毫不客气，风卷残云般好似解气。出来在东城绕了一圈，没意思，哪也没去，就往回去。到尚志医院去看看九姊夫谈谈公司开会事，遇斌母出来，我坐一刻即回来。晚饭时斌母来约娘一块去力六哥处，娘不去，遂一人先去，告我斌一人在家，我饭后遂过去。得与斌随意畅谈亲近，斌是那般婉顺温柔，令人爱煞那么可人意，那么听话，今天与我特别的亲昵，今天才莫是真给了我一切，可是我胆小，我太泄气，太笨，太慌，以致让她耻笑我，令我自己都不好意思难为情起来了。她今天那么热情几次自动的抱着我吻我，一听到我说要回家去，便急忙叫我抱紧了她，娓声说我别离开她，我本来想十点回去，她要我再待一刻。十点半了其母等均回来了，头一句话说："我一猜就是你。"令我当时也怪不好意思的，我和斌打过招呼便回去了。到家写了一日的日记就睡了，阴霾的天气晚上有点凉，躺在床上，自己默思自己的泄气，不觉好笑，今日亦可莫为我俩的一个纪念日。

6月24日　星期一（五月十九）　阴凉

懒散了一天，九点多才起，看报，补写这几天的日记，娘听五乐魁的三侠五义说包公救李后事上了瘾。饭后二点多出门正逢打字无暇访，祖武虽已回来，但未在家。在单牌楼一带直耗了两圈耗一小时多也未见着斌。买了一对晚香玉回来，又到王家小坐，大孩子都走了，只余小孩子，无聊得很，但知道庆华之新地址，亦不白来。五点多回来，又补写日记。六点多斌来了，带上那对花情香四溢，其母及五妹亦来。我等吃晚饭时，其母，妹皆归去。她等我吃完又坐一刻才回去，拿去一本《爱的分野》。灯下写完日记，早休息，歇歇这两日疲倦的身体。法国与德意，分别讲和，以后之世界大势皆看英、美、苏、日四国如何了。打字学校无着挺不痛快的。

6 月 25 日　　星期二（五月二十）　　全日阴，小雨

为去找斌，今天才起得早，自己也未免太懒了，今天斌学校放假，八点半过去，她尚有起来，有意吗？说了一会话她才起来，真不知怎么样才好，见了她未必有事，就是无事爱和她在一起罢了，总之在她身边心便安定下去，有了安慰，现在我俩可算是最要好了，她竟常自动的抱着我，吻我，怕我说到走的话，最好是老和她在一起才好，可是至少现在是不可能不是！一晃有半年之久了，我俩总是这么好，中间没有打过吵子，不像以前好两礼拜得打一礼拜的架了，我病了她来看我，对我如此的柔顺温存，体贴，都是以前所没有的态度，她近来时常和我说："我俩总如此的好，总维持这般的友谊，不管我二人会变到什么样子我总是这样对你！"我常怀疑她对友谊与爱情的解释，与赐南及发生与他一人的价值，虽然我是十二万分的高兴能够如她所言的一般，中午去前门一次，本来下午是想出去。因天阴未果。下午去时五妹小弟皆回来，今天这两个孩子对我开玩笑，五妹尚好，小弟今天确实是有点惹人厌，后来我看书故作不理会，他俩才觉无味而停止了。六点回来，饭后精神疲倦，遂卧床上小憩。4 时醒来，在床上看《辅仁生活》，至十一时，晚又下雨不止，实惹人厌。

6 月 26 日　　星期三（五月廿一）　　全日阴

一放假无形中自己疏懒多了，早上总很晚才起来看看报，和书写一些日记就过去了。近日娘等听三侠五义中的李太后进宫上了瘾。饭后很无

聊，上学上课觉得没有意思，不上学太闲了，没有事做，多少也觉得无味，真是矛盾的人生，躺在床上看看会儿科学画报，算了算家中账。本月用的较少，思及来日方长，而所存有限，颠不知怎么是好，一毕业还不知有事做否，所得报酬能否维持家用？这三年中准保险不生变化？皆是问题，一家七口之生活皆在我一人之肩上，真够我担的，想起来真害怕，简直抱着头不敢往下想去。连着已经阴了一个礼拜，这种天气实在讨厌得很，尤其是令人精神不振。心里惦记着城门有打预防针的，不时的看着钟。四点多出去到德兴隆收拾车，她飞轮坏了，六元出去了，换了一个新的。这时恰好已无打针的了，便进城到青年会去询问打字事。出来走到西长安街，恰好碰见斌，一同走到中央去看打京柏，及梅父岛格拉斯合演之女书记的秘密。内容平淡轻松，甚无意思，大失所望，较之午夜情痕差的多多，真倒霉看这样的片子，柯尔柏大柏大概以此片之成绩为最坏了。到家已七点半，我独自在院中吃饭，不意忽然刘曾履来访，遂在院中大谈，聊至九点半，借去书二本。

6月27日　星期四（五月廿二）　全日阴

还是不放晴，老天真和人泡上了！

本来起的晚，加上天气如此沉闷，令人亦愈加沉默而沈沈大睡不止。十点钟的样子，想不到赵祖武与董锡鹏来访，我只知赵祖武回来了，不料光宁来平小游。自高二一别，算来已是三个年头多没见了，来我家却是五年前的事了，真快，时不我留，大家见面，老友重逢亲热的握手言欢！见面真不易！现在看起来他也不高了，面容没有改多少，说话举止，还是和先前一般，东拉西扯，好不热闹，吃了一些点心与茶水，说了不少话。光宇住在花园饭店，再有几天就回津去了，预定明日如果好天气下午去找祖武一块去玩玩，谈至十一点左右他俩即告辞归去，老朋友啦！不易！前得于良一信谓于政于七月初旬回平，来回跑什么也不是。下午无聊，呆着不是事，便收拾书桌抽屉及书柜子等正正整理了一下午。晚饭时斌母来谈，后五妹及斌皆来至九时归去，曾履与曾萍后来房畅谈至十点半方告辞。

6月28日　星期五（五月廿三）　　下午稍晴闷热

好像是成心和人赌气似的，仍是阴闷沈郁的天气，上午不知怎么那般爱困，九点才起，收拾书桌弄了一上午，下午阴，车又被五弟骑走，得今天仍不出去了，没有事，成天做个闲人也是难过得很，我也受不了，总得找点事情做才好！定一个作息时间表，生活纪律化一点，才显得青年的精神，每日无聊颓唐也太不像话！下午两点多去刘曾泽家。和刘曾履，萃谈了半天，他们一家子都对于音乐有兴趣，很好，可惜我太笨，一窍不通，也不会欣赏，正巧沈美理也去了，不过我没有去北屋，斌和我好，刘家素知，沈又常去刘家也很熟，刘家还有不和沈谈的，而沈又和舒很好，正好，我正高兴，就这样子间接叫舒知道我对她的本心，不过以一个普通朋友看她罢了，对她实无别意，几次之书写信暗示于她，只能和她不过维持朋友的关系两年不见面的友谊关系，她来信却装糊涂，不管活该，反正我一心一意全被斌占有了，我没有功夫想别的！五点多四弟去刘家说斌先头找我去，我未在家即回去，我待一会即归家，借来一本交际跳舞术看了半天仍不明白。晚饭后过去看斌她却站在门口看斜对过一家敲击接三的，看上没完，老站在门口，实在不好。她饭后与我单独骑车出去蹓一趟大街，这是第一次九点半回来，娘过去坐。

6月29日　星期六（五月廿四）　　全日阴雨

真气人，今仍是阴天。想不到宁岳南又来了，昨天下午来的，晚上还住在西院了，今早上九点却和引佺来闯上了我的被窝，急忙起来谈了一刻，他即告辞出去，他是由津又来的，为了找房子。看看报，今日又是大阴天，心中很是烦闷，才十一点就开午饭了，天气不好，又无事，没有什么事可以使我高兴，一天到晚闷厌厌的，也不想做什么事，空荡荡的，心好似没有着落一般。念着斌又看不见她，她一去就是大半天，回来以后我免得使人起老去的厌恶，近几日都没有过去，昨天也只在她家待了一会便

走了，幸好她这两天都来我家，见了她心就平定下去，午后小弟来坐一刻，冒雨出去，小孩子不听话，昨天在北海和他同学划船差些落水中，其母闻其谈及，警心落泪，小孩不懂事如此，其如有何善错，其母之命在其身上，他自己之行岂可不懂慎吗?！下午开始降雨不大，下了老半天至六点才停。下午在家看了半天书，单调的雨声沉闷的空气，更加使人烦躁不安。四点半当冒雨去黄家，一家子都没有回来。五点就开饭，今天两顿饭，开的都特别早。心里惦记着斌下雨不知怎么回来。雨止以后在院中散步呼吸一些清新的气味。六点半禁不住自己心中的驱使又走过去，他们仍是一个未回来遂归来坐院中看书。晚记日记，与华子写一信。想斌不愿再去，只她看她情况。

6月30日　星期日（五月廿五）　半阴晴，闷热

连日见斌的时间少了大半，今日恰值礼拜。目前她曾约我今日上午一同去公园看京华画展，所以今天起的较早。八点半过去，她们才起来，斌母穿的很少，不一刻换了衣服和小弟一同出去了，五妹一会也走了，只余我和斌在家。四五天不大去她家，她也是不大自在，她问我为什么这几日老不去，几天没有接近互相都相念得很呢，她那如火的两双美丽活泼的眼睛，不动的注视着我，两手不时抚摸我手脸，那股子温柔幽怨，我简直形容不出，那么渴望我给她的安慰，拥抱与蜜吻哟！我当然不愿使她失望，而她也快乐满意的接受了。在刘曾诩家借来一本交际舞书看，昨天下午雨天闷闷无聊，看了半天一个人练习得很干燥，不过知道了一点，觉得很简单，也没有什么趣味。十二点回家午饭，一上午莫是陪斌过来的。下午饭后一点半推车过去，等她洗脸修饰半天，二点半才出来，在老王处修理后，三点半到中央公园城门口，虽有打针的，可是马马虎虎出就过来了。进去先绕了一会，在水榭西看见了两个衣履不整的不正经女人，据石大嚼其桃，旁有一男子形态极为呕心，公园中实应取缔之。行至董事会看京华画展，作品都不错，周怀民两张雪景很好，蒋兆和作品另成一派，惹人注目，不意与展览会中遇雯宴，后她们也看见了斌，出来时在来今雨轩遇葛

松龄，握谈顷之，又碰见蒋国樑，这位长的又胖又大，打扮可不高明，有点像高等流氓。由画会出来蒋兆和又把斌叫住，扯上没完没了，这位先生老叫斌去他家，他要画她的像，见面就是这一套，去年冬溜冰时兆和先生还似有意和她捣乱，她却避着他走了！兆和这家伙可真有点太不知趣，这种举动多无聊！差劲，我冷冷说上两句，斌却又不高兴了，说我又酸了，说我这人没办法，说兆和对她无恶意或追遂意，而溜冰时却自己又避着他，怕他捣乱，嫌他讨厌，真是矛盾，她说这的些我真不明白，只许她讲不许我说，令人心中不快，在园中散步，又碰见大宝二宝，她俩似有意避我二人，活该，小孩子，在椅上休息时，远远好像看见兆和在东令雨轩往这边走，斌便吓得站起就走既说他无别意，先生和学生谈话，又有什么可怕，又有什么讨厌，又有什么躲，自己心里先打鼓，还要在人面前知不认，真是不知她心中到作做什么想呢！出了公园，一同驰往中央去看二场，片子是 ReannaDoulin 主演的《finetcoue》初恋，她请我看，片子内容没什么，也无什么精彩之处，就为了这个名字来的，她暗含着暗示我俩现在甜蜜的初恋呀！她小心中的深意，我深深的体味到，今天我言语在公园不免使她也不快，但我总觉得她今总算还温柔，一会儿气消了，又向我呈着那么可爱的小脸，今天出去玩，都是她花钱说来我二人现在这么亲热，更无须分什么彼此，也不必客气，回家饭后和四弟过去，不料她外婆来了，我免得使她少听些闲话起见，待一刻就回来了，并且决定近几日不过去，咳！自她有事以后，白天大部分时间在职业上过去，回来她又累了，就是去了，连畅谈都觉得不便，最痛快的是她有假日太少了，及礼拜，礼拜有时，她和她妈妈出去，今天例外没有去，我于是不管一切，陪着她过一天，早上，下午，晚上都在一块待了一刻，这一下子，分别每天见一面就不错，真不好，她也没有暑假，现在只有她及她妈妈每天出去了，可是这两天她妈妈也放假了，就剩她一人跑了，九点回来，因为宁岳南在西院住了三夜我还没有过去看他一下，所以今天晚上过去，胡扯一气，聊到十点半才回来睡。

　　娘够可怜的，成年成月的不出门，每天只是闷头做家中事，预借一切我们兄妹四人用的日常衣物，自家中大变以后，更是难得见她，老人家面

上有笑容哪也不去玩，不讲究吃，不讲究穿，一切只知让我们先享，可是近来每逢斌母来了在一块谈天，便笑逐颜开的合不拢口，高兴得很，也喜欢在一起与斌母谈天，这倒不错能使娘高兴，我也高兴，前些日子自己去黄家前天人家就去，真不易，缘分!? 铸兄这人也怪前一个多礼拜前来信叫我预备一张床他回来，至今一切早已弄好，而他人始终不回来，莫来已快十天了，不知故!? 现在感到自己不但嘴笨，而且笔下也太泄气，总达不出心中的原意来，日记记的也很幼稚，内容除了和斌来往详细的记载以外，就是日常生活太无意义了! 太不好了。

7月1日　星期一（五月廿六）　　全日阴，下午晚大雨

多日没有陪斌一块走了，今天为了去看强表兄搬家如何了，早起陪斌一起走，到了强家一看，好，外间东西已经搬过去大半了，一间才知已提前昨搬过去大半了，人家搬家是没法子帮什么忙的，人家东西不好胡动，搬过去，你又知道人家意思是怎么摆呢!? 正好表兄过去看新房子和他一同走去看，不远离陈老伯家不远，房子比较小，里边粉饰裱糊一新，还不错，有灯无水，起新居，每月租百廿元呢! 东西真不少，为何摆设大费心思；乱七八糟看着眼乱头疼，搬家真不易，也真不是事，没两下子受不了，看了半天亦无何可下手帮忙去，当然不好意思叫我去动手搬东西了，到九点半表兄回家，我亦告辞去陈老伯家看看略座谈，旋有客访老伯，我亦即辞归，本拟顺路去郑家拿回书，又嫌大宝等和找麻烦及闲言冷语等，遂未去，回家，至家方十时半，看报，休息，午饭，后天仍阴，在家写日记，待着也不想做什么事，便于二时廿出去，活该今天阴天，直驶去找赵祖武，未在，后又去找朱北华等亦均未在，在西单北遇于良，知于政于七月中旬返平，再至花园饭店访董锡鹏，不料于前日返津矣! 此番五年本未见于老同学，此一别又不知何日方能再晤，我又未稍尽地方之谊，心中良心为歉，归来做一信向之谢罪，非我不去伤他，天公不作美连日总阴天也都没找着，亦快三点了，斌快下班了，遂推车在西单人行便道上慢慢蹓，耗时候以等斌出来，想和她到别的地方走走，再回去，因她家我这两天不

愿过去，慢慢的由捨饭寺口走到了林清宫透时，阴沉沉的，忽下起小雨来，不一刻看见斌从北边冒着雨疾驶过去，我遂亦上车，追了老远才追上，她骑的真不慢，她看见我一笑，遂径到亚北去避雨，车就直推到里边去了，上楼拣了一个单间坐着，本来一半为了避雨，一半也是为了要和斌才一块待会儿，来了多少得吃点，可是心里根本不想吃什么，拿出了桃来和她分吃，她要了一个刨冰，我也要了一杯橘子水，就一边吃一边谈起来，觉得今天她很美，她那个小面孔，我不知道看好了多少次，亲了多少回，可是总不会厌倦，今天更是可爱，更说了许多俏皮语，笑起来那么天真，也还惑人怜爱，到底还是孩子呢！雨是一会儿便不下了，四点莫怅取车出来，到家时，其母及其干妈在门口站着大半是等她呢！不管那一套，她母还和我借眼药，回来叫五弟拿去，后天四弟就考燕大附中，今天还玩去哪！早上才报的名在家弄手电灯的时候，斌忽抱着她那个干小弟来了，这个小贝贝（Baby）是真好玩，又白又胖，一头淡栗子色的软发，全身胖极了，处处都是肉涡，手足满是胖肉纹，尤其怪的是足心都胖得凸出来了，那条小腿伸直了，膝上也有两条肉纹，两颊胖得圆了并垂出下来，两个又黑又大的眸子圆睁睁地看着他新又到另一个环境，新奇的周围也不怕人，也不认生更不哭了，才一岁的孩子这么大，这么重少有，想去年此时，他才生下几天，（阴历五月廿三日生日）种种天真幼稚的表情，实在可爱得很，怪不得斌及母等爱得不得了，斌更似疯狂般爱他，一会摸摸这一会动动那，咬咬小手臂，亲亲小胖颊，忙得不已乐乎，我抱了半天，也不恼，后来斌要抱他都不去了，在院子站了半天，大家都喜欢他，可是他爱睡了不管那一套，靠在我胸前睡了，斌遂接过去躺在她怀里，我本来弄手电灯，弄得一肚子气，李娘及娘和我说话，没有好话答应她们，可是一见斌抱小孩子来了，立刻便扔下，出来，烦也就没有了，见了斌我就快乐，不见她想尽办法也得去，只要能见她，她现在在我生活中占着多么重要的地位，斌，你知否？！没有她，恐我即无快乐可言，生活中亦无生气前途光明亦随之暗淡了，现在我是已经深深感到她对我影响之大，对我的重要，失掉她我是多么烦闷无聊会立刻陷入苦恼中去的，我少不了她！后来她抱不了，叫我接过来每逢我二人在一起逗着小孩的时候或接过来送过

去的时候，我想起一种幻想，会心的微笑漂浮在我脸上，我便替她抱回去那已睡了的小 Baby，交给她干妈我立刻回来了，六点就吃午饭了，天又阴沉下来怪可怕的，七点一刻天又降大雨，我觉得疲倦意卧床上，和衣睡去，雨下的很大，约一小时稍停，过了半小时多的样子，又继续下起来，仍很大心里惦念着斌今日怎么去学校，在雨声中迷迷惘惘脱了衣服就睡了。

7月2日　星期二（五月廿七）　晴

我这支笔太笨，一点也写不出，我现在是多么热烈疯狂，不顾一切的那么爱着斌，偶尔翻阅以前的日记都不足以表示出我内心热情的十分之一，她简直是成了我的第二生命，她的一举一动，我都留心，甚至极琐碎的地方，为她想的地方底周到，她随便说的一句话和她所喜好或缺少的事物，我都尽我的力去办到，有时连她自己都不知道，都不留心的事，我有时都会注意到，为了她甘心去奔跑卖力，甚至于不顾一切的忍受他人的闲讯或讥劝，以前向来所不甘受的也都受了，各种的委屈也全都忍受，简直甘心为她的奴隶，我是那么的爱着她，做个爱人的奴隶也不算什么！何况并不是那么简单的问题，我简直是写不出我现在心里是多么的爱着斌，至于为了她而受怎么样的委屈，那都是我自己甘心愿意，每月的饭钱如果一个人花，绰绰有余，而自己愿意和她一块出去玩嘛，她又没有敲我，是我自己去找她，每月钱不够用那是自己愿意，她虽有时使我不快，烦恼，但也有给我很快乐的时候。使我不痛快的时候，也不能怪她一人，大半我自找，或为了我的时候居多，但无论如何我是爱她的，无论以后，我自己这一方面怎样，那是我自己的事，并没有告诉她知道的必要，这一切一切，说不清楚，也许就是她自己所谓的上辈子我二人的缘分，互相欠的债吧！她更时常幻想到下辈子，希望下辈子我二人能如愿以偿，猛看起来在廿世纪受过新教育的青年不应该有这种迷信的思想，但她有这个幻想，便可以稍慰她今生的失望，也可以同时减少她的痛苦，也不错，但我始终不这么想，只是努力，希望使她在今生来实现，因为这近乎疯狂般的恋爱着斌，想起她来连自己都忘了，所以自己时时做出些近来呆笨的事来，事后自己想想也不觉哑然失笑。就像今天吧，为了昨夜大雨，挂念着斌今天怎么去学校上班，一早起来，先安了一半的心，跑出去到下斜街口上一看，干的地方已是不少，自行车可以骑了，回来一看已是七点一刻多了，便骑车出去，在玻璃公司后身，全身浴着朝阳，一半欣赏清晨自然的伟丽，看见那残存的半截大烟筒，又被工人在继续拆除，暗暗为之叹息。就在那呆立约有廿分钟，左等右等斌也不来，心中以为斌走河沿了，一辆洋车远远过去，又以为她坐洋车走了，到七点四十了，我便失望走了，到邮局寄了信，又想起她也许去绒线胡同坐公共汽车，又跑到绒线胡同西口看，也没有，顺路回家，买了几个油饼和麻花回来吃，心中十分纳闷，不知斌是怎么去的，到家八点廿，吃了稀饭，五妹、小弟和弟妹在玩，我就闷闷地坐在椅上看报，不一刻忽听一个极耳熟的声音，随着进来的却不是别人，就是心中惦念不已的斌！心里奇怪她为什么不去上班，带了一个小孩子来闲坐，她告诉我今天告假一日不为什么，就是不愿去，好在没什么关系，偷一天懒，休息一下也好，和她谈了一会，拿出麻花来给她及那小孩子吃，快十一点多的时候，因为娘要听书怕人说话吵，便到里屋去坐，她也进来，一会儿小孩子哭了，她便带小孩子回去，小孩子是她干妹妹，一会，她又把那个可爱的小弟弟抱来，今天才睡醒一会，不如昨天惹人爱惜，但胖胖的两眼黑漆的，天真无邪的看着人是十分的好玩，斌十分的疼她，这胖干小弟弟，咬呀亲呀的吻个不了，十分的表露出女子的天性与母爱的潜发性来，我看了十分的好笑，和她站在一起，逗着她身里抱着的胖 Baby，便幻想出那一天斌抱一个她的小宝贝我来逗她玩玩呢！看她疼小孩子的样子，简直无以复加，我向她说了一句："如果以后你有了小孩一定是只知疼小孩子，不顾得爱大人了。"她立刻毫不迟疑地说："那不干你事！"我听了从心里一阵凉凉呆呆的，一时说不出话来，我总是那般热烈的希望着，她却绝望的当头给我一瓢冷水，我不敢想到会有一天我爱的人完会在别人的怀里！但恶魔似的幻影在我眼前闪出，向我狞笑，一把尖刀刺入我心中一般令我痛苦，不由得使我退后一步，她这一句话，简直把我和她隔离得十万八千里还远，虽然现在是站在相距还不到七八尺远的地方，我近

来觉我自己变得有些神经质，她却常在不介意中说出一两句令我十分痛心，灰心，悲哀的话，自己却毫不晓得，而我更是习惯的努力抑制住我的反应，极力把他人完全埋在心中的一角，现在或许已经积下了不了少，就像今天偶尔的一句话，在不到一分钟内，我内心所起的变化都是那么大呢！站在院中默默无言，静立了一刻，她遂招呼她小弟一同回去午饭了，我一直目送她走出大门才怅怅进屋。看报饭后，卧在床上看书，不觉睡着，连日真是疏懒之极，昨日下午七点多就睡，今日下午饭后又睡，到三点多才醒，四弟这人真马马虎虎的，明天考燕大附中了还是那么满不在意，毫不着急呢！四点半了，终于过去看斌，本来因为她家来了不少人，想不去，上午她叫我过去我还没去，这时真想过去，情感终于战胜了理智，到了她家，她正在洗足露着大腿十分肉感，和她在书桌上逗小宝弟玩了半天，不一刻她干妈等全走了，我就在外屋和她谈着看了一刻报，说了些报上的新闻，书上的故事，她所需的安慰，我亦使她快乐，自己亦觉我二人未免有时过于大胆了，我有时想使别种方法，令她高兴，不愿令她失望。约六点我回来，饭后，在院子休息一刻，内心的燃烧，我又走过去看她，她正好推车要出去，便问我可要一同出去，我于是回来取车，再去时，她又把小弟叫出来了，路上她告诉我如果我不去找她，则她会来找我的，还是我太心急了一些，因为有我和他一同去，她又叫出小弟，我心里有点不高兴，我下意识的感倒是有意的，既是怕和我单独晚上出去，根本就不必招呼我就完了，平常白日出去不怕，晚上出去遛大街一会儿，就会出什么错了!? 真是想不透，所以她每一提到这层，我终是不快的，也许基于我这一行的不快，而使今夜很不高兴的出去一趟。先修理好了手电灯，就到堂子胡同口上一家布店拍卖的，已是关门休息了，我随口说夏天晚上凉快，以后可以看晚场去，她说今天去，我说"那哪成，事前没有和你母说好，回去该挨说了。"这本是她前两天自己亲自和我说的，我不明白的是她会和陌生的男子在深夜一起看电影，吃饭，跳舞，而和我在一块出去看晚场，像避毒蛇般的可怕，而她又是说那么爱着我，岂不是矛盾吗!?（也许是因为我请不起她去新月食堂，又没去过北京饭店，晚上回来没有汽车送她回家的缘故吧！不过这是我这么想而已，我爱的斌不会这么想的，就是爱慕虚荣，也不至于这样被享受所迷惑吧！）她又半似浅笑，半似鄙视的说："你不请罢了，说别的干吗？"哼！我没有请过她看过电影？一时不觉脱口答道："我怎么请得起呢？"说出了以后，她似有点变色，我也很后悔，她生气了，明明的叫了她小弟就往亚北走，也不再理我，我那时，为了自尊心当然也有点生气，虽是仍然爱着她，真想一直回家了，但终于忍住随他们上楼，吃了两根冰棍，静默默的，他俩的脸色真比冰棍还冰冷呢，一路上也没话，不高兴最好少讲话，勉强陪着她走，又到菜市口她给五妹买了东西，绕土地庙回来，一路上心里又气又难过，真是何苦，早知如此不去好不！？那里是遛大街，简直是遛了一肚子的气。回来，真是难得痛快！想起早晨和晚上自己的痴呆，不觉可笑自己，又可恨自己，太无聊了。今夜的举动，大半仍是神经过敏的缘故吧！或许是在热恋成熟的时候，互相爱的太过了，不免因"求全责备"而不时闹些小意见，可是使我心中十分的难受，却不是好玩的事，晚上自己折腾了半天，气吼吼地来回走约十一点半才睡，四弟近来和五妹又接近上了，黄昏时四弟去理发，五妹去买东西，二人相伴而行，五妹步行陪四弟去，四弟车在车铺修理，取了去理发，两个小孩子怪有趣的。

7月3日　星期三（五月廿八）　晴热

早就醒了，卧在床上没有起来，不料在七点一刻的时候，斌骑车来了，走进来交给我一个条子就走了，我躺在床上看那张纸，写得很潦草，是在床上写，总之是她因我昨夜对她的言语态度而使她十分伤心，还说了许多过分的话，令我不敢承当，又写了些气愤可怕的话，但她怕太硬了不好，末了又软下来，她用心可算良苦了，看了以后一时心绪很乱，起来以后，又卧在床上想了一阵子，头都有点疼，不料一个上午就这样子打发了去，十二点多正要吃饭的时候，忽然朱君泽吉来了，胡聊了一阵子，他因要去看一先生便顺步到我这里借了一身衣服，因为他出来忙了，衣服不整似乎有点不敬，胡扯了半天约一点半才走，今天朱君有点神啦呱唧的，言语无次，不知何故，朱君学问过人，不敢与他相较，自思二年大学念完毫

无所得惭愧之至，送走他回来一人吃饭，饭后卧床上看科学画报，约二时许，铸兄忽归来，前七八日来信云归来，久不回来，这次隔有十日方回来，正在放心不下，不知何故，昨去一信，今天即回助他整理东西时，郑夔忽来访，进来座谈又听他的嘴说上没完，大学毕业了，事尚未完请他吃了一碗挂面，至四点半，陪他到小刘家去，都未在家，回来路上碰见正在找我的李準，夔遂一人去黄家，我则陪李準回去座谈许久。不见了他长大许多，幼时形态，还依稀有点，听他告诉我才晓得最近他们又搬了家，向云后，也搬了家，永在昆明甚好。连日此间报载香港中外人士婷儒一斋避难各处，日军进攻至龙圳又迫昆明，不知以后更演变至何种程度也，谈顷之他即辞去，我亦过黄家，夔尚未走，我看报，稍坐即归，把早上写的条子给斌，本来我是不想写的，（我欲无言，）有什么说的呢！? 但到了写了一点，想来她写过了也就完了吧！回来晚饭，他们留发在他们那晚饭，今天五妹小弟会留我在那吃饭，小弟还说："你许久没有在这吃饭了！"奇怪，小弟向来讨厌我和她三姊接近的，更没有自动的留我在那吃晚饭，昨天的白眼和生气面孔，使我十二分的不快，今天又和我表示好感起来了，怪事，小孩子脾气变幻无常，回来坐在院中看书倒也舒服，只是天空云又变了，下了几滴雨，四弟考的不佳，六点多才回来，晚饭后他去黄家，九点半回来，几亦才走，不易，晚饭后我去达智桥替铸兄看一旧车，又聊一会天和铸兄，他调四平久住，买一车代步，省车钱，晚十时半寝。

7月4日　星期四（五月廿九）　　晴热

阴天讨厌，可是真凉快，一晴天，热的真够瞧的，从立夏起叫了一夏的蝉，今天又复活了，叫起来那么单调悠长的声音，更倍增人的不耐烦，昨天简直是在糊里糊涂中过去，本来人生不过百年，我自己的所处的境地本就不快活舒适，为什么偏要往痛苦烦恼网中去呢！前夜真是大傻子！何苦如此对待自己！? 八点半起来，九点一刻和四弟出去到青年会交费，我习打字，他写英文，我又到段上添报铸兄的户口十一点半回来，午吃面，饭后写昨前之日记到四点，天气炎热，易令人起烦，五点时，五妹来叫我过去，吃冰棍，是郑夔买的，奇怪，原来昨天他和他们玩，谈得高兴了，所以今天借口五妹的生日又来了，去了，吃了两支冰棍，五妹，小妹，五弟各吃了两支，夔妹妹鲲也去了，又矮又胖，还戴眼镜，坐在那很无聊，就拿起书报埋头看了半天，根本懒得和夔谈天，斌也不说话看着还是有点别扭似的，我偶尔说了一句福建话，当然不好，她就笑起来，也不管人好意思，脸下得来不，一时使我很不高兴，后来四弟也来了，五弟六点半来叫我，想起今天是上供的日子，赶快回去，正好从沉闷空气中出来，进去拜完就出来，又待了一刻才过去，天热得很，吃得很少，斌冷冷的很无聊，吃完八点半，斌却上床躺着，我也就回来了，和斌相处，和好不发生小意见的以这次算最长了，总是这样，隔一些时候，总要发生一点小事，使我俩都不痛快一两天，好似调剂这甜蜜的交情。今天就使我心里十分不好过，我也意识到她心里也不会痛快的，不知有一种什么东西，今天在我俩之间隔膜起来，心里极想着和她亲近，而脸上表情却是相反的那么死板板，一意都不受内心的指挥，为了心里不舒服，几乎言语都失了节度，情这东西的潜力是没法计算的想不到今天又过了一个窝心的下午，倒霉，天热，汗出如泻。

7月5日　星期五（六月初一）　晴热

天气一热，精神就不振作，什么可也不想做，在家随随便便，穿的极少，于是总爱躺在床上看看书，报等，有空间也不愿做别的，全身都是因出汗而发粘，一到夏天就好像多少天没睡觉一样很早睡，很晚起，午后躺在床上，很容易就会睡一个午觉的，一个人被天气变成了极懒的人了，真不好！但被太阳热气薰蒸的又有什么法子，俗话说冬天是穷人的，夏天是大家的，不假！

早晨半醒神经质的觉得今天早上斌似乎会来找我一趟的，六点多似乎听见有人来，细一听却没有，可是心里不得安宁就仿佛预定好她会来，而我等得心焦的心情非一般。"笃笃！"习惯，熟习的，来敲我这门的多半是斌，一下爬起来，下意识地看了门，可不是她嘛奇怪，先头不过是我心中

这么想罢了，想不到她果然来了，难道我俩冥之中心灵暗暗相通吗？她让我代她妈妈叫裁缝还我昨夜遗忘在她家的扇子，未多说话，就走了，我只一时高兴她会来了，也未说什么，但暗恨她有了事业也不好，每天生生的，有八九小时看不见她，精神上感到十分的苦恼，小徐来信，谓他成天陪着他的赵在一起多美，多幸福，我那比得了他，但斌有自己的精神，却是我应当钦佩的呀！一上午回了两个朋友的信，一个给小徐，一个给大马，看看报和听听 Radio，一个上午又完了，饭后卧在床上看书，一边听着 Radio 中放的西乐唱片，但这就是给睡魔造机会，不觉又睡了，迷迷糊糊的三点廿才醒，一时心血来潮去刘家和刘曾履华及他们一个小弟弟一同去前外彩明路报上所谓的“国际马戏园去看看，散散烦闷的心情，借电话打了，立刻出发，三点多时够热的，到那一看，好破了，大约是个下流的马戏园一切皆不讲究，就地搭了一个大棚，在土地上摆了好安排的椅子，分隔开三部分就算了，坐垫，茶水花花都是钱和戏园子似的很讨厌，就有三匹马两个猴子，棚内空气不好，气味甚大，歌舞粗陋，令人呕心欲吐，大半皆是日本人，表演无什意味，有一个人骑自行车甚好，并能在一大竹木编的筐内骑机器脚踏车横行绕圈，殊奇特，不知为何练法，其余无何惊人的，至八时许归来，计票价甚低看时甚长，亦日本风俗之一特点也，计自幼八九龄时，曾随父母同看一次马戏，内容较之此园精彩百倍，各种兽类及设备均全，末并有抽彩至今犹未能忘怀，忆昔一中年妇人，得头彩新洋车一辆，小丑并拉其绕场一周，此情以景犹在眼前，予并得一磁水罐至今犹用之。八时半到家，斌母在院中与娘等闲座谈四弟、五妹、小弟去亚北买冰棍，只余斌一人在家，不知做何事，此时心频念斌不已，本想今日不过去，然此时大反初衷，遂急忙用饭毕，过去看斌，她一人在床上看书见我来似有欢容，四目相视后归沉默矣，我二人心中皆有无限幽怨之思，因此数日我二人之小纠纷故也，然终皆被感情屈服，后斌坐我身上并伏我肩上，我亦抱紧，并吻其颊颈她此时与前夜在街之倔强犹为二人，抬头时，她也是双颊皆湿涕泪交横，如带雨梨花，不胜娇柔，令之爱怜不已本来恨她薄情之心，此时早已化为乌有矣，女人之泪情之感染力之大，非一时被理智所支配时，所能想到去也，然我二人间交谈甚少，沉默中互相含情默视，由眼波中似更传出无限心意，后其母等归来，我至十时半亦归，铸兄又去看戏，瘾真大得可以。

7月6日　星期六（六月初二）　　晴热

连日热甚夏天来劲了！上午去前门找朱君泽，青求衣怅然返，顺路去尚志医院看九姊夫，他病仍不见痊愈，天气不好，热即不舒服，待了一会，他去协和，我亦回家，闷来无事，不思做别事，只看科学画报，报张及文艺小说等而已，现在十分感到自己"无斌不欢"，闲来很容易，一想就想到了她的身上去，中午洗了一个澡，洗完甚是舒适，身上也很凉快，看了一刻书，写完日记，穿好衣服，四点过去，不料斌尚未回来，坐了一刻她才回来，出了一身大汗，三点多，天天跑回来真够瞧的，不一刻五弟小妹皆过来与小弟玩耍，院中又形热闹，不一刻其母归来，不料庆的妹妹也来了，老和斌谈着，讨厌透了，我有点恨她，那么矮，那么胖，说话神气，态度，完全和庆似的，其实他俩都没有招惹了我，可是我不知为什么那么看他俩不顺眼，兄妹二人，我全有点讨厌，更恨的是今天，她完全侵夺了我和斌谈话的机会，我是应该多么珍视这数小时呀，一天之中只有这几小时才能看见斌，天晓得我是在什么样心情下过去这大半天的，好容易盼到了时候，却不料眼看着心爱的人会老和一个突然来的不相干的人谈天，而是那么并不理会我在一旁，我是多么失望，盼呀盼到了下午，盼呀盼到了礼拜六，看这情形，又不会使我过一个快乐的下午了，我也只好一个人去遛大街了，为了讨厌那个矮胖子，便回来了，坐在院中看书，晚饭后，一人上街绕了一圈，买了一点东西回来，回来又在黄家待了一会儿，下雨了，好在不大，晚上不意又看了斌的脸色，总之连日倒霉罢了，一连七月，就没有痛快一天过，不怪别人，只怪自己贱骨头罢了，也许我被她迷住了，我会变得这样，本想送她一件透体纱，后来一探她的口气，她不喜欢也就罢了！真是，一切都是前辈子欠她的吧？？

7月7日　星期日（六月初三）　晴热

现在不好解释一切不如意，只好暂时都归到命运上去吧!？平常倒许能够和斌常出门，或是到什么地方去玩的，可是一到了礼拜六，或是礼拜日反倒不易相见，更少在一起出去玩了，这种事情在其他二人的恋人身上发现似乎是奇迹，而在我二人却好像是应该的，多半原因也很简单，就是她母也是天天出去工作，而有了假日，她不免陪她母亲时时出去走走，所以我就少得和她在礼拜日中一块出去了，今天也不能例外，上午我带五弟去中央看早场，麦茂莱，贾克奥凯，劳埃劳伦等主演的（及珍派克）《边塞英雄》吧，还不坏，人多得很，遇多日未见的袁兰吉（RingVidor 表演的。）十一点多就散场了，热得很，下午没事，天气热极了，本来想去中山公园听音乐会，也因此中止，四弟去游泳池，五弟、小妹便在家睡觉，我因心中不快，闷极竟卧床上半日，把一本英 H. Malot 所著之《苦儿流浪记》看了大半，天气热极了，坐着还出汗呢！无聊中书儿是好伴侣，他给你兴奋，悲哀，与同情，美丽生动的句子，奇异的事出现眼前，情节的曲折哀婉，令人爱不忍释，于是就想一口气看完它，我向来是没有这么半日都卧在床上的，更是看书看这么久，头都有点昏昏然，可是心情并不太专注在书上，斌母二点多来谈天，四点多才回去，听说她一人在家卧着太闷了，知道斌等全未在家，我不知那条神经，那么冷淡而灵敏，下意识地知道她会在礼拜天出去，所以也懒得去找她，尤其是更准确的猜到她是去东城竹巷蒋兆和家，蒋要给她画像，蒋要求她去好久了，这次应尤是上次公园京华画展中答应的，她平常没有功夫，只有礼拜日，所以知道她今天一定是去那的，不管蒋兆和是什么心意，她去总是不高兴的（说给我自己），所以在看书时，不由自主的令幻想出种种她在被画时的情形来，令我精神十分不安，心中更不痛快极了，好似这简直是间接给我的侮辱，把我的斌拿去做模特儿（着衣的），因了心绪起伏的不定，故影响到我看书的进度，不然一下午是可以看完了那一本书的，自己也想不到，今天的下午会在这儿一种不快失望，愤懑混合的心绪一下过来，而今天却是我盼了那么切，那么久的礼拜日呀！命运之神呀，你待我也未免太刻薄些！心中乱极，脑中亦昏昏然，身上热极，晚饭也没吃多少，正吃完时，斌母及庆的妹妹又来了，奇怪这个胖子在人家这泡了，在外屋又开了话匣子，我十分讨厌。便在里屋待着也未出去，五妹来了，此时已七点多，小孩子们在外边玩，我则闷闷的独自卧在娘床上看书约八点三刻的光景，斌突悄悄不响的进来了，坐在我床边看看今夜又是那么温柔了，面部的表情就是告我今天许久没有见我想我的样子，我问他，蒋兆和给她画了几张，她说没画，我问难道蒋未在家，她也未答，不愿意谈这个，不说不说吧！这反过来要是我，她早会生气，她还常爱说："吓人家跟你说话都不理。"或是说："爱说不说，爱告诉不告诉。"其实我不留心没有听见好说什么呀！稍坐她便出去了，不一刻斌母等走了，娘送出去，她因不便也走了，不料娘又过去她家小坐，于是她又回来了，坐着闲聊到十点一刻她才回去，样子是恋恋不舍的，本来一肚子的不高兴，晚上她来了这么一趟，不觉消去大半，怪了，她今天是去东城，我猜得不错，又去东安市城，吃了许多凉食后来，又去文昌阁，嚷热极，今日七七事变之周年，没出去，也免得恶心。

7月8日　星期一（六月初四）　晴闷热

暑假中青年会补习课今天是第一天，带五弟他去学校，取暑假作业，青年会的学生不少，到了时候（九点）我开始学习英文打字，一切都很容易简单，只是不过每月花几元钱，租他个机器来练习罢了，何时熟了算，一小时打了不少，一时兴起，又跑到王家，用王庆华的打字机又打了半天，一到直到十二点为半才回家，饭后已一时半，休息一刻，与四弟下了二、三盘象棋，继续看《苦儿流浪记》。约三时半看完，带了五弟，四弟，小妹，过黄家去，找五妹，小弟一块去新新看环球魔术团，到时，她母才回去，面有不悦之容，口中唠叨着不知说什么，总之看了她那面容心中不快，她们三人也不自然，临行时斌却不去，大半是为了她母亲的不快的缘故吧！我的高兴已是去了大半，但不能临时不去，尚且已是以前答应了五妹的，心中勉强去了，花了二元，内容亦无什意味，还不如看电影呢，她

在今天不太热，看完回来跑了一身汗，晚饭后在院中十分凉爽，心火去了大半，但是听得近来小弟、五妹等去玩，多是我等引带，这个罪名却是不敢担，绕了白花钱，不被人知情反被人怪，这种傻事大可不必！听了心中多少有点不快，一进七月以来，就没有一天痛快的，斌呀！只好忍心少去看她吧！少去几趟，免得惹厌呀！我也不是那么没有出息呀！

7 月 9 日　星期二（六月初五）　阴雨不定

第二天去打字，使劲往快处打，虽有些错，可是却打了两页不少，刘鹰年也在那打字，碰见邢普连日心中总没有真痛快过，闷闷不乐，遂回家，到家才十点半，看看报，欧洲国际互相间的关系，变化莫测，微妙之极，今日两国携手和好，互相合作，明日就许开起火来，天气又变成那付讨厌的样子，雨是一会儿下一会儿停，说大不大，小也不小，云头在天上，一块块的像开会似的，午后习小字，至二时许雨已不下，闷在家中十分不好过，便决意出去了，骑了车往东城跑，好几天没有去了，到罗马去看杰姆斯凯耐，潘丽于点等主演的怒吼时代，算好，也不坏，本来想找点刺激，结果没有达到目的，散场时尚下小雨，地下很湿，推想先头一定下的不小，不由心理又惦念到斌是怎么回去的，出来又到东安市场转了一圈，把修理的手表取回，又去葆荣斋吃了两杯冰激凌，好似有两年多没有在葆荣斋吃凉食了，不敢想以前的日子，五点半仍是怀着一颗沉重的心回来，大大的感到生活的无聊，本来以为夏日斌仍去上班，我在家中可以稍微多少做一点事，但结果却大相反，心中总想斌，什么事也不能做下去，即使做，心中也忘不了她，也是不乐意的，勉强的，简直为了不能见她，不能和她在一处，而使我终日不欢，感到生活的无味，六点回来，一会儿斌来找我，因我吃饭，送我一块小肥皂，旋去，晚因雨微凉。

7 月 10 日　星期三（六月初六）　阴雨全日

又是这个讨厌的天气，腻烦透了，八点起来，不算早了，可是阴天却不觉得，下着毛毛雨，去时冒雨而去，还好不太大，但雨衣已湿了，雨虽小道路可不好走，今天打的较慢，只打了一页半，可是亦比其他三人打得多，打完即归家，这种天气更没有兴趣去别的地方了，回来看报及督促四五，二弟做功课，先后看科学画报，看完赶快还郑发是真的，已经借来有一年多了，太久了，三点一刻的时候，忽然陈书琨老伯及伯母全来了，老伯小坐旋去，伯母等娘等一块过去力家贺寿，四点多娘等先去，我与四弟五点多才去，先去看看九姊，坐一刻，出走走力大哥庆贺喜贺寿，缘其子伯熊于六月廿二日在津结婚，新婚归来，看他们一家子都是高兴异常，伯熊尤其得意，对其妻似甚得意，见人辄为之介绍，新妇较相片稍好看，不大美，但甚苗条，清秀而已，与伯熊，伯蕃，柴先生（志成先生）及三四个伯熊之友皆青年在一处说笑甚欢，后陆续所来之亲友不少，后五妹、七妹亦去，在谈话时，六点许斌及其母方去，不知何故，我一见斌心中跳动不止，斌今日穿其条格纱衫，足着黄皮鞋，甚活泼苗条，她在我眼中总是美丽可爱的，惟其身体发育不太好，亦许年龄尚幼的关系，七时许即用晚饭，安福楼去尚好，与李景铭同席，神啦！饭后与五妹、七妹略谈，又在力家小花园略坐，人多不便与斌交谈，只略谈一二句，其母今日频频视我，亦不语，不知何故，坐至九时，因无什意味遂告辞归家，今日伯熊频以庆城作口柄，殊可笑，真的女的年纪一大，如终身问题未解决实在心中不安，今日见陈黻臣老头，不禁令我心中悲楚，盖我见其又意及地下之老父也，昔日此时非随待同来祝贺耶！今日何在？怎不令我痛心也，为之不快去半晌，连二日未去黄家，虽心中极想去，但极力抑止，亦颇若矣？但男儿亦不可太无志气，太无骨气，何苦去受人白眼！？晚得大马，光宇，各一信，难得大马还写信给我，他向来是难得动笔的。

7月11日　星期四（六月初七）　阴，雨

　　谁也不知道，连我自己都不晓得，我是为何深切的，无时无刻不在系恋着斌的，连着几日因不愿担引诱他人孩子成天玩的罪名，更不愿去受的冷面也及白眼，所以连着三天都没有过去，于是连带和斌在一处的时间也

就少得多了。同时心中惦念着急也就愈加强烈了，早上特意起个早在玻璃公司后边空地等她十分钟一块走，送她到胡同口上，见了她，她却愁眉深锁，好似有多少不痛快似的，不高兴极了，答应我也是谈谈的一二句，懒懒的，不像平常有说有笑的，令我很奇怪她，不知又怎么了!? 后来她告诉我她和小弟打嘴架了，今天晚上并打算不回家去，这句却吓我一跳，我劝她几句别不回去，她还是很不耐烦听，我也只好不说了，一时我心乱至极，也难过之至，还有一个钟头才到我打字的时候，便跑到北平图书馆去，在东边靠墙上坐了，手里虽是拿着一本书可是那有心思去看，两眼只呆呆望着北海那边，因为天阴，水上似乎有层霜，黏黏糊糊的，什么也看不清楚，真有烟雾沉沉的劲，水上尚有几只小船在划着，在享受这一会功夫的清爽，双桨轻分，划破水面另有一番诗意，可惜我不是诗人，当前虽有美景，可是我心中在思别的，不能领略这时自然的朦胧美，清晨已有人在水边闲坐和看书的，我一切只当无睹，——斌她自己不知道她的喜怒哀乐安危，对我是有多么大的影响，她的喜怒哀乐，简直就可以说是我的，这却是她不知道的，而她的一举一动的安危，更是我十分关心的，也许比她自己的弟妹还关切呢！像今天因为不打算过去，所以早上特意等她一块去，借此可以看见她一面。打字比较复杂，左手不如意，不如右手灵便，十点后去郑家，表兄尚未起来和大宝二宝等谈了半天，胡扯又带回一个纪念册，晏的，她今年初中毕业了，约十二时方归来，午饭后看报，习小字、看完科学画报，三点多，出去跑到大酱坊胡同口立等了半天，约四点斌才出来，她去她同学张艳容家去了（好俗的名字），我慢慢走去，也就是我会这么痴呆，没事站大街站了半小时多，像罚站似的，她却完全毫不理会我的，也就是我这么痴呆会做出这么傻的事情。但是我情愿的，一天总是自己给自己找事，无事忙，自己找烦恼，·慢慢一人到文昌阁找郑爽还他廿本科学画报，他不在家，留了一个条子，便出来了，本来想去艺文看公开排球赛，因天阴雨停止，到了公园因心绪不佳，且无画展，又是一个人，无何游奥车推进去了，又出来，至天安门外买了上车捐住址登记单，又到张仪门大街段上去取回户口单回来，出去总真办了点事，但心中总不快，像天气一般，阴沉沉的，毫不开展，只有一人，她有力量能解我心中的结，但望穿秋水，伊人不来又奈何!? 晚看文艺小说，亦不能稍解心中烦愁。黄错时，蝉鸣不已，谅明日或可是晴天矣!

自和斌相识熟习以后，在一处出去，无论是伴她买物，抑是游玩，她总似觉得有点不自然，总有些无形中的不便，在我二人中间疏隔着，更明显的是她是最不好意思的，也可极力避免的碰到熟人，这种无形的隔膜几年来总在我二人之间树立着，这一点也是有时常使我烦的缘故，我不明白她何以会如此，因此我会毫不迟疑的疑到我俩在社会与旧制度所给我俩定下的亲属名分辈子的关系上去，虽是她和我一谈起将来没有结果与不可能，都不承认是积在这一点上，而我却是始终如此悬疑着的，也许她另有原因与理由，但没告诉我，于是我也至今不知她到底真意何在，是何理由如此说。

7月12日　星期五（六月初八）　　晴，热，黄昏暴风雨

早晨凉爽贪睡，打字竟迟到了十分钟，而后路尚不好走，晴天，可是立刻炎热得很，十点去理发，午后十二时半在家沐浴，很是舒服，一点许五妹、小弟来旋去，车指事已经告诉她们了，铸兄办公已改半天，中午回来，又与四弟下象棋，瘾头真大，四弟、五弟不大肯读书，每天督促令我不耐，生气，厌烦。四弟十六，什么全不懂，自己事也不着急，师大附中未考上，就像他那样马马虎虎，很难考学校，聪明人都不大皆用功，不知何故，沐浴后，很舒服，看书，报及习小字，至四时许去段上打住址登记单，以便明日去上车捐，天气炎热之至，虽不远来回汗出已不少，终日闷闷无聊，唯觉无味，怅怅寡欢，一日心中如梗石乃频念斌不止也，有时自己亦发恨，自己对斌有时未免太"贱骨头"（?）。不想她不成，方数日不见就难受? 她如想我，也应过来看我才是，但事实却告诉我，如不见斌，则一日难得高兴，所以连日觉得自己毫不高兴，下午在家看落华生著之缀网劳蛛内所舍之每一篇，皆各具意义，令我看。我低头沉思半晌不止，晚饭后小弟邀我陪他去段上打印字，遇狂风暴雨，未去，在家又看书，雨后，炎热天气，又变清凉世界。闻小弟言，七日斌去蒋兆和家，稍候始归

去，日人石川请去艺术座谈会给她画了两张像，而那天夜间回来，来找我却告诉我没有画，我对于她时时骗我，拿我当大傻子看，我一想起来，总有点不高兴，画就画了，没画就没画何必骗人呢!? 闻四弟归来谈她七点半到家，骑车淌水深几二尺，从前有一点水，泥就不敢骑要下来，现在是迫在头上也就过来了，人总是这样，有时自己也不知道自己会做什么事，敢做什么事，事情逼到头上了，也就会做，敢做了。正写的时候，已八点半过了，想不到斌光降了，起初脸上很不高兴，好似以为我不管给她去上车指的缘故，后来经我解释才渐消气，脾气可不小，不得了，如无事，她也不会来得这么晚了，而且雨后道这么不好走，继之是五妹、小弟也来了，误了一阵子，玩了一会约十点了才回去，她告诉我下礼拜六去天津，礼拜日再回来，我总得自己给自己找个工作，自然一天闲的时候太多了，太难过心也容易想别的事，不然也太无意义，太无生气了，这种平淡的生活，自己不是也觉无味吗？今天看缀网劳蛛上有两段话很好，摘录在下面：

> "世上没有一个人能够把真心拿出来给人家看；纵然能够拿出来，人家也看不明白；那么，我又何必多费唇舌呢？人对于一件事情一有了成见，就不容易把真观察出来，凡是人都有成见，同一件事必会生出歧义的译判，这也难怪的，我不管人家怎样批评我，也不管他怎样疑惑我，我只求自己无愧，对得住天上底星辰和地下底蝼蚁便了。……"

> "为爱情么？为爱而离开我么？这是当然的爱情本为极利的斧子，用来剥削命运，比用来整理命运的时候多一些，……"

这话我感到也有点道理，上一段说的好，我自己也可以记在这本上，我反正是爱斌爱极了，从来对任何人都不肯受委屈的，也都为斌受了，她所施于不论是对我的嘲讽、讥笑、怒骂、白眼、热爱、轻怜、安慰、温存……我都是以诚挚的心情去接受，不知什么力量能把我应发怒时候的怒气会消失了，凡是为了斌的事，我会奴隶般那么甘心情愿的去给她办理，奔跑，甚至为她想没有做而应做的事情，至于为了她我有形，无形中所爱的损失，与我所感到的苦恼，更不是这几本日记所记的这一点就是了，但我就是秉着上一段话的意思，自己对得起自己的良心就是了，何必多费唇舌和她说，也不必一一详记下来，和她说了，反而无意思了，更不值一说，那一切不都是我自己身相情愿的吗？同时我的行为本不必一定求她知道，也不是为要得她或别人家的怜惜和赞美，她怎样待我就怎样受，从来是不计较的，别人伤害我，我还饶恕，何况是她呢？而她更没有伤害我呢！一时信手写来，不觉竟写到这么远来。我为了我自己的自尊心，所以连日都没有过去她家，最伤心的事，白尽了力，白费了心，不但不知情，反而误会成有了恶意，才糟心倒霉，令不不快。

7月13日　星期六（六月初九）　　上午阴，下午晴

一天到晚糊里糊涂地过，自己也不知是怎么过来的，昨天，答应了她们，所以今天早上也没有去上车捐，上午阴凉睡到九点才起，习小字，看过报，已是快中午了，午后帮娘换糊南窗上的冷布，继续看完了缀网劳蛛，四点半和小妹去土地庙绕了一圈，回来很无意思，六点半吃晚饭，饭后四弟，铸兄出去玩，遛大街，打乒乓，七点我过去看斌，待有廿五分钟即归失望得很晚看书。

恐怕没有我这样的呆子了，像这么无日无夜的苦恋着斌的了，本来在家苦思她，她也不晓得，自己在自己找点事做吧！别想她了，可是心却不由自主的偏想念她不已，自己太没出息了，太没志气了，有四天没过去，心里就难过了!? 本想今天，明天都不过去，泄气理智软弱的我，却又踱了过去，本来想连日没有看见斌，连稍长时间谈话的时候都没有，今天去了，她见着我，至少会很高兴地谈着，不料一进门就令我大失所望。她伏在桌上染她的相片，紧锁双眉，也不言语，半天只说了两句极低的，几乎听不见的话，不知又是何事发烦，也许见我讨厌吧！那我真不该去看她，奇怪，又不知是我怎么得罪了她?! 这种空气我是受不了的，所以坐了一刻拿回一本书回来了，我为和她说话或她来这找我谈天，我如有不高兴的脸色，她会立刻沉下脸来，冷笑说："嚇，瞧你这个劲！人家说话也不理！"她这样了，不管我心中多么难过的，我相

信我对她帮她一切，都尽我力之所能及的，都办到了，只许她生气，不许我不高兴，人又不是木石，岂不太不公平。我有点不高兴她不会温存，反而生你的气，总计三年来，她与我的痛苦却与我的快乐多出数十倍不止，但我却一直受到现在我都奇怪我自己。平常李娘给我的不快，都受不了，会受了她赐予的，到这么久，所以我每每说，我是上辈子欠她的呀！近几日我也看出她母亲的神色不对来，也许她母亲曾对她说了什么，而使她如此对我?！唉！天呀！对我何其薄呢？现在只有一个斌在和我相处时，能给我些慰安与快乐，这一点点的如意，也要被剥夺去吗？我不是太可怜了吗？我不能放斌去，不使斌离开我！失掉了她还有什么意思呢!？也许她母会警告她，叫她离开远些，就是有这意思，她明告我也好，何必如此对我，我也不会再去惹人厌，我一天到晚心中总有一块东西卡在心头似的，我知道那是我念念不忘的斌在心中，我是这般珍重的把她存在心中，她却未必会在一天中念我一下，为了她，这几日我的心神痛苦极了！斌呀！我绝不愿失掉你！

想不到四天的盼望，又到了礼拜六，仍然是上次的例子，所得到的只是那淡冷的颜色，爱理不理的神气。仍是怀了一颗沉重的失望的受伤的心回来，这苦痛却是日夜爱着的人儿底赐予呀！我敢不接受!？从前时时怀疑我是平生每一步就走错了呢!？现在不由我不再疑惑了，也许我根本不配和她在一处吧！无论她如何对我，不管她以后怎么样，我这一辈子心中是总忘不了她的！

我本来想今年的暑假可以和斌清静快乐过一个夏日了，谁知道第一就是她有了事业，不能常会面，接着又出这个不明何故的事情，使斌对我这么冷冷的，人生不如意事常八九，尤以我为甚，简直近两年来常自溺于困苦烦恼中，也可真是我倒霉吧！这一个夏天恐怕过的不会痛快了，但盼望不久会变成快活了，我简直不敢往后想，连今年每天是什么情形都难保，何况以后长久的日子呢！人生变幻无常谁知道明天是什么样？我真伤心，几年来小心留意珍存培养的种子，花儿开出来了，但她已告诉我她将来结出的果子，是对我毫无关系的结果，大半会被别人摘去的，我一想到这，心便和碎了一般，真想放声大哭一回，我培获她的精神，耐心，忍受，外

502

界的狂风暴雨，亲切的情意，将要全付之流水，而眼看自己的收获却被他人轻轻采去，我是多么的悲伤与失望，天呀！我命该如此吗？

7月14日　星期日（六月初十）　晴热

为了昨夜过于激越的情绪，使得我夜间也不好睡。早晨醒来，忽听见斌母在里屋说话的声音，一会儿也就走了，原来又说小弟不念书，爱玩，看闲书，好似都是五弟，四弟去引他的，这个罪名却担不起呀！四弟五弟这两孩也是太没有志气，这两天又跑过去好几次，我听了心中十分不快，立刻再严重的嘱咐两个弟弟，别再过去了，自己弟弟好坏，自己管就是了，小弟本来是真肯用功的孩子也还罢了，像十二日下午五妹小弟去中央看电影也是我们叫他去的吗？还不是他自己去的，我们谁又去了，再说和他们小孩一块出去玩吃多半都是我或四弟出钱的多，有交情才肯这样，难道我们钱没地方花了，把人家的好意，当作引诱她孩子的恶意，谁爱受这个呢！这么傻简直是倒霉到家了，处处都碰见不清楚糊涂的人。

这两天自己的感情太旺盛。几乎蒙蔽了一切，希望我自己渐渐冷静下去，用理智来支配约束我的情感。这几日我太苦恼了我自己，她在家未必会想念我一下呢！我想我如果，万一，失去了斌，我是否还应该继续生活下去，按我这般狂热的爱恋着她的程度，就是去为她死都可以，都愿意。但是人生社会，又不是那么简单的，我为了尽我人子的职责，也不得不去负起我的重担，但盼望这些日子内，失望、悲伤、灰心、苦闷、不致把我变成一个精神失常者，或举止失措的废人，且留着能为这个破碎的家尽一点力才好！我在这里再记一下就是不管是现在，抑是将来，我有什么对于我自己不利的变化，都是我自取，自找，自作自受，不与任何人相干，更不与斌有何关系，她更也不负什么责任，我俩二人间的恋爱，还是我这边高热出她那方不啻百十倍之多呀！

现在我也不知道自己变成什么样了，不能和斌在一处便终日不欢，不必一定和她一同出去玩，只要能和她清静地谈着就是我的最幸福了，我常幻想的夏日清晨图书馆去清谈或太液湖上同泛舟，晚饭后与斌挽臂在公园

中散步，这完全成了我美丽的幻梦。她是那么避讳着晚上单独同我出去，不明白她是什么意思，难道她担心我夜间出去便会害了她，而我也有我的人格呀！有时十分恨她对我的薄情及忍心，但过了一刻安静下来，仍是那炽热的爱着她，我也不晓得我自己是多么狂热苦苦的恋爱着斌竟到了什么程度，终日始终老惦念着她，虽要努力不想她吧，反而她的幻影在我眼前更加清晰。小窗听雨，挑灯闲话，也就是我极想和她在一起的范围了，而她昨日悉眉深锁，又不知为了何事，不知我可能代她为力，斌！我俩是那辈子的缘分这辈子来偿还你！

上午起来到下午两点半一同写了三封信，都不短手都写得酸疼了，心中苦难，无一刻安宁，难过得很，没出息的我心中又想不知今天斌在家否，又在做些什么，三点卧在床上看了一会黄庐隐做的海滨故人，内容各篇多是描写爱情的悲剧，看了更增我的爱思，心里更不痛快起来，便丢在一边聊闲一会儿，眼睛休息一下，可是不得安宁而紊乱的心绪，那能睡得着呢，放假两个礼拜没有一天痛快过，阴了一礼拜天，又晴阴不定一个星期，下雨，晴天太热都懒得出门，没有斌去那一个人都是懒懒的，觉得无意思，这两年来运气不佳，人生不过百年耳，何苦自己待得如此苛苦！心中烦闷苦恼之极的时候，便拿起笔来完全发泄在这个本上，心中便觉得好一些，这也一半是心理作用吧！

海滨故人中有一篇丽石的日记，中有几句话："爱情是不能买预约券的，也不是一成不变的……变幻不测的人类，谁能认定他们要去的路呢！情感的漩涡里只是愁苦和忌恨罢了……"看了不禁怅然，处处感到做人苦，人生没意思！今天日记可真特别，一天之中，一有了念头，便记下来，今天记了好几次，一段可算是一次，因为苦念不已，对斌的恋情只有寂寞益我苦！无聊使我悲！渴望增我怒！

为了斌，现在她的力量足以颠倒我的精神终日不安。下午又看了会儿海滨故人，里边中含的各篇都是颓唐悲哀的思想，看了更加增我的烦恼。我借书给斌看多半是我没看就先给她看，像这样的书是可以影响她的思想，以后如果借她书看，我先看过以后再借她才好。

这几天我简直是过的糊涂日子，不知怎么过来的，今天也可算是我爹爹去世后的最不舒服的日子了!

因为心烦便总闷在家里那也没有去,今晚因为太难过无以自遣,便决定晚饭后出去走走,散散心。谁知道却反而惹了一身不自在,精神更受了一个刺激回来。晚饭后出去顺便把早上写给几个朋友的信也发了,在黄家门口遇见小弟,说了几句话知道斌自早晨出去到现在晚八点了尚未回去,不知去那儿玩去了,这倒不错。她出去一天,我却在家愁苦烦恼了一天,写了一天,骑着车拣人少的地方一走,不觉走到中南海,便漫不经心地走进去,去找小徐看看。想不到他竟在家,不易,他才回来,屋子小得很,闷热,前边住的就是王揖唐。谈了一刻八点半他们才吃饭,饭后看了几张他和赵合照的相片,怪亲热的,意思大了。由他谈话,知道在一礼拜内他就和赵订婚了,我听了心中一震,不觉一阵伤心,他是走一步便离成功进一步,我是愈来愈退步,相形之下,我不觉受了一个大刺激,心中难过得很。他还和我商量登实报广告好,还是新民报好。我含糊应付他九点多,便告辞出来,只觉骑在车上晃晃悠悠,如在云端,幸未撞人。为了换零钱,在亚北吃了一点东西,心中十分怅怅。归来到家十点,不料一进门,热闹得很,出乎我意料的是斌及小弟在这,斌在我书桌椅上坐着!斌!我暗恨了一天,而又爱极了的人完全来了!? 铸史新买的车也推回来了,小孩子,大人都在一屋里谈得正热闹,斌及小弟来是为了上车捐的事,又坐了约有半小时,才走。斌今日对我言谈尚和,私自得慰不少,我也未免太贱骨头了吧!白日恨她的意思,不知都跑到什么地方去了,送她出去的时候,一边走着,一边我忍不住问她为什么这几天这样对我冷漠?她说我写给她一个条子,搁在她皮夹内,不料被她母亲看见了,训了她一顿,不许她胡闹。我才明白原来是这么回事!可是她不该不告诉我,回来后,一时心情兴奋,便在灯下又写了几个字,预备明天给她的,问问她妈妈到底要我俩怎样。近几日斌母见我殊冷漠,可是今天为了托我明天给她孩子去上车捐,又给我笑脸看,人都是这样,她又何能例外?! 午夜十二点才上床,一半心里在为斌告诉我的这句话心中不安,一半惦记明天特别起早去上车捐,以至在床上翻来覆去的,老睡不着,失眠两夜了!天!

斌自己没有一个带锁的抽屉!什么不值当的东西都爱留着,又不经

心，这下可糟心害怕了！我问了她，看她如何答复我？上帝可怜我唯一可爱的，能安慰我，能与我的快乐的斌，别被剥夺去了吧！我和她的要好，谁都很容易看出来，我也不怕任何人知道，我可以大声疾呼，我爱斌！我爱极了她！对谁说都可以！也许因我和她过于特别的亲近，而招了别人的嫉妒，甚至于连她母亲也嫉妒起来了！我本来有一阵子真想明和她母亲说："我爱了她的大女儿！"这次不成心的发现也可算是我间接和她说过了，只看以后她母的态度如何了！上帝助我，别让我失掉了热爱的斌？

7月15日　星期一（六月十一）　　晴热

夜间大约二点左右才睡着，四点一刻五妹、小弟就来叫我起来，漱洗以后就一块骑车去琉璃厂。因为天尚早大街上人很少，许久没有这么早起过，清晨另有一番风味，到了那已有十余人在等着了。发牌子了，又小麻烦一阵子才领到牌子，九点才办公便又回来了，进过早餐过去看看斌，尚未起，吻了她一下，多少日子的渴望呀！我待了一刻就回来了，晚上没睡好，又起得绝早，这时又困了，卧在床上睡，到八点过去找了小弟一同去，到了那等了半天。人多得很，挤了半天，热极，味够瞧的。时间在这时就不值钱，还得看警察的颜色，受了许多邪气。处处都是钱，六个车分三回上捐，买牌子，好不麻烦，没耐心烦非气坏了不可。又无地方坐只站着，前后跑和粗人臭味汗味挨站着，没法子的事铸兄，斌，我，四弟的事弄完了，他们又吃饭了，还好吃的很快，一会儿又办公，五妹小弟的车又等了半天才发回来，这时已是下午一点了，不是为了他们四辆车，不到半小时，我就可回来了，这时又和小弟跑到天安门去看看，明天放假不能去，后天再说，回来跑了一身臭汗，休息一刻饭后看报，卧在床上睡午觉，四点半起来，一人去中央看考尔门文学的情圣殉国尚好，路上遇孙祁，在中央遇梁秉言全七点半归来，又遇小弟在门口站着，听他说才知道她姆妈和他三姊都未回来呢！饭后已是八点多，记日记，因疲乏卧床上看书早点休息。

7 月 16 日　星期二（六月十二）　晴

　　半阴晴的天气不太热，很好，也是最好休息的温度，早上不免多贪睡了些时候，去打字，还好没晚，一小时后，打了一个电话到叶家，一问知道于政已于前日归来，遂去其家看他，巢贤德也在那，打电话把祖武叫来，大家一块谈天，于政还是那样，没有什么改变，只是他在上海学会了跳舞，舞场也去过几次，这种玩意在上海普通得很，他跳的不坏，差不多都会跳了，还按着话匣片子跟我们面前表演一回。又谈了些关于上海的别的事情，到了十二点我们才告辞，到家午饭后看报，又躺床上休息到三点钟，因为找书去黄家问问，不料只余小弟一人在家，而且还睡着，又无意中在斌床上发现了两张纸，一张是真光电影院卖花女的说明书，一张是蒋兆和写给她的信，大意是问她那天累了没有，只请吃冰激凌而没请吃饭，对不起得很，温存体贴得很，并约她礼拜日（十四）早上去中南海游泳池游泳，画表好了给她送去，一抬头可不是她床头墙上挂了一张蒋兆和给她画的一张像，中国法裱糊的，不太像。我看完了全身发抖，眼含痛泪，幸而没人看见，便急忙回来了，一时心中不知是悲是痛，烦乱无奈之至，只觉全身颤抖不止。心跳特别剧烈，我这时才晓得，她礼拜日早上去中海游泳池了，大约下午又去真光看电影了，散场再去她干妈家待一刻，或是又去别的地方走走，一直到八点多才回来。怪不得出去了一天，赶情和蒋兆和玩了一天，亏她晚上还来我家，一来就问四弟关于游泳的事，多乐呀！可是我十四日却苦了一天！斌，真有你的！哈哈，我这个大傻瓜！上上礼拜日（七号）也去找蒋兆和了，为了蒋要给她画像，她不怕热和远，跑到东四南竹竿巷去找蒋，不料蒋去应日人石川艺术讲谈话会，（报上登的）未在，她竟肯等了半天。后来蒋回来了，因疲热未曾好好画，只马马虎虎的给她画了一张，大概就是墙上挂的那张了，本来她跟我说，她只是要想要蒋给她画一张画就是了。说蒋年纪那么大了（约有三四十岁）又能怎么样？可是现在画已到手，目的已经达到，而还去应他约去中南海游泳池，不知她是何意思，我从前也曾约过她去游泳，却得她毫不犹疑地拒绝了，

只淡淡一笑罢了。不料一个不过是她的先生随便说了几句，竟说活了她的心，我说的又算得了什么？放屁一般！自她有事以来平时见面的机会少多了，比较多的时间只是礼拜日而已，而她连着两个礼拜日都去找蒋一块玩乐，抛我不顾，由此看来我才知道她原来并不爱我，简直是玩耍我，可怜我，可笑我自己，却是三年来原是一个天字第一号的大傻瓜哟！我本来下午又写了一个条子，看这样子，也不必给她看了，又有什么用呢！还不是反笑我痴呆吗？天呀！到今天我才晓得斌是不爱我的，她本来是被我傻子感化的（那夜在西鹤年堂亲自告诉我的）爱情竟是这么换来的？她连着两个礼拜日同先生去玩，甚至同泳，这是我梦想得到的，我却闷在家中。疯狂了，斌的性格也未免太赶浪漫一些！她既不爱我，何必当初，当面讲好，两下分开好了！何必如此，哈哈！我可别疯，她不要我，我家还要我呢！想来她的虚荣心极大，总想爱出风头，最好是一个交际花人人崇拜才好。我一无特长，又无金钱，怎能满足她的欲望，还是金钱的势力大呀！和名画家走在一块，人家看见了，应是多么羡慕呢，她又是多么骄傲呢！唉！我错了，我第一步就走错了，我看错了人，我错用了心情……一切都是我错了，我根本不配和她恋爱呀！哈哈！我会什么呢!? 我算什么呢！她简直是有点弃旧迎新，一想起，好不伤心！一时觉得四周空气特别难过，遂立刻骑车去中南海看看，四弟孙翰等今天去了，去看看他们，这时才三点半，也顾不得什么热，快两年来没有下水了，今年也没心思去游泳，看他们玩得很痛快，毫无牵挂，不失天真赤子之心，心中羡慕他们得很，他们哪晓得我站在岸上心中的难过，那比得了他们百分之一，奇怪我自己现在会变成这样了！从前像他们这么大的时候，向来不知道想女孩子的，现在却会自己作茧自缚得这么苦。人何苦是个感情动物，如果人皆无情，世上谅无苦恼了！我又何不幸而生为人！做人这般无味！我又何不幸会遇见了斌，不能和她和好长久，几个月就出一回岔错。不幸她对我如此薄情，不幸我又对她如此愚诚，站了一小时半，看他们玩的十分起劲，我却胸中仍是愤懑异常，斌这时不该如此待我！在中南海内，离小徐住所甚近，一半她未必在家，一半伤心。六点归来，心中仍觉满，亦不思食，铸兄又出去，有车更要走了。过黄家向小弟要回海滨故人，原来昨天被他拿回去，害我找了半晌。拿了书我就走了，看样子斌回来了，大约又未在家，我拿回书来，心中难过极了。近半个月斌回家的时间不定，以至我也没法去找她，知她什么时候回去呢。正在院中椅上想心事，望着天空中的白雪发怔，忽然悄悄地斌来了，看了我的不自然的样子，她觉奇怪，还问我怎么了，我心中暗恨，不是为她，还为哪个，可笑，她在我面前是和平常一般谈不上几句她还是说劝我那一套，平时听了尚好，今天听了非常刺心，刺耳，心中的难过就别提了，她说我老爱烦，可又有什么可烦呢!? 可说呢？我不是为了她我还为什么呢？她一来就说环境这样又有什么法子呢？我就不懂她这句话的意思何在？她告诉我昨夜找她妈妈去东城，又到西单买布，九点才回来，这两天全没骑车去。谈起游泳，她又兴高采烈地说着，感觉十分有兴趣，令我好笑。想不到她会立刻想游泳了，四弟回来了，又说了一阵子，和她谈起来，她说我何必老在家烦，不会出去玩去吗？天呀！这句话是她真心自己说的呢？还是成心试我呢？我说我不惯于今天和这个玩，明天和那个玩，她说惯了就好了，她是惯了，她又说一个男的在游泳池，叫李树藻她认识，就是她还给她写信的那个，写的还那么亲热呢！不知她的性子是什么样，对谁都那么容易发生好感吗？她还说她花了廿多元买了一个游泳衣，今天告诉我有一天去游泳池看去了，更没错，准是礼拜日早上去的，找蒋兆和去了，说良心话，我自己一个人出去玩的时候，回来都觉得怪对不起她的，好似没有和她一块出去玩抱歉，更不用说和别的女孩子单独出去玩了，连想都不曾想。可是我也是除了她一个可以说是常在一起玩玩的女友外，我没有第二个。像她的交际那么广博，认的人哪流都有，成打成打的那么多，看见的人多，自然瞧不起我这样的穷酸了，啊！金钱与虚荣心的魔力呀！真伟大！我听了她的话我才明白了她的意思！

可笑，亦后可怜！我今天才明白了，才觉悟了，我和她不是一对！不是适合的一对，我成天的念着她，三年尽我全部的精神与所有的能力来爱她，却不料她却是丝毫并未把我搁在心上。我一天没见她，就关心她了不得，生怕她在街上出了事，或别的什么不幸，而她也竟可连着两个礼拜日与他人玩上一天，而心中无动于衷。

　　我三年来把她当做我的爱人看，一切都尽我的力所能及的，为了她不知受了多少委屈，费了多少心情，忍了多少痛苦，比爱我亲妹妹还爱她，为了她二年来疏忽了我母子的恩情，手足的情谊。我对不住我的家族，只是为了她，简直什么都先顾到了她，才想到我自己，其次才轮到家人。她不知我爱她爱到多么深切，简直近乎疯狂痴傻，但她也许背地里不定笑我多少次的愚呆，完全被她利用，给她做了三年高等的奴隶！我现在可觉悟了！再也不干了！她的虚荣心与思想太可怕，她的虚荣心简直与岁俱增，永无止境，可以把凡和她接近的男子都吞没了，再侵蚀第二人。她二三年来，只把我当一个比较亲近的，可玩弄的普通朋友罢了，简直做梦也想不到会爱上我这个没用，什么不会，社会上默默无闻，穷光蛋的废物，我只是暂时利用一下罢了！高兴时提过，不高兴时，丢在一边，换一个新朋友玩，她的男友多得很，恐怕连她自己都不知数，她的桃花运也特别旺盛，到处都有追她的，她的事故也许特别多，恐怕连她自己也记不清楚，真是一个红人，唉！！她自己不觉得，她这样子毫无定性，抱着人尽可亲的宗旨，结果是一无所得，而女人的青春有限，年华一过，总无一人肯理她了！在此时的社会，她这种思想与行径最危险，在北平还好，在上海恐怕早就被人骗了！哑巴吃黄连有苦说不出呢！我俩互相所抱的宗旨，与观察点既不大相同，当然没有亲近的可能！我得感谢她指示我明途！纠正我走正道！

　　但我，诚实的我，心中是什么样子表面立刻显出，不会藏起来，而做成无事的样子，本性如此，极力想改也不成，没有法子，而她还说我圆滑！我要会圆滑也就好了！可惜不会，有时说着玩她相信，说实话她偏不信，而她骗我更是家常便饭，而以后应采何态度对她实是一个问题，但由此又使我生一疑问，是应使些法子玩弄女人，对她们不诚实呢！还是应该尊敬她们而处处实在呢？想了半天，还是因人行事吧！别再那么呆了！

　　晚饭是她走了才吃的，心中闷烦，只吃了一碗稀饭再也吃不下，这是近年来吃的最少的一天。到春明把小妹叫回来，又到尚志医院去看九姊夫，他咳嗽的那么厉害，谈了一刻闲话，听了一会儿无线电便出来了，此时已是八点廿了，随便骑车走，到公园，有新民报主办的消夏大会，在里边乘凉的人很多，外面灯火辉煌，很热闹，便下车进去看看。游人多极了，以儿童运动场最多，大人小孩全有，又放着唱片都在那听，其余各处茶庄皆满了，人真不少，可是真凉快，如果斌皆出来，在一块遛遛多好，可惜我没这福气，她也不肯和我夜里单独出来。看人家打小高尔夫很好玩，可惜人无兴趣，漫步绕了一圈，心烦什么都不顺眼，走到前边拣了一个清静地方，在网球场边水池边上一人抱膝独坐。天上云彩数行，横互天际，明月适卡其中，低首水中月光云影迷离恍惚，突然水中小鱼跳出，或虫蛙吹气，冒起一个小泡，则影子顿成散碎，人生也不过如此，水影镜花罢了！一时又想起斌，真怪！说她不爱我吧！我相信她和我的特别亲近，只有我享受到，其他的男友，一点得不到，但我嫉恨她和别人去玩，我病中她不顾一切来看我慰我，有时又对我那么好；说她爱我吧！她可又有时对我那么薄情，忍心不在意我，不理我，不理会我，不纪念得我！还毫无限制的结交许多男友，而在我面前提起有意夸耀似的！……一时心绪难平，比天上云星，水中乱影还乱，眼看见许多伤心惨目的事，气愤添胸，一时雄心陡起，男儿当有一番大事业大志气，岂可终日沉湎于儿女私情，不要忘了这句话："且莫要儿女情长英雄气短！"三年前的话，想不到现在又来鼓励我自己，一下午都在盘算怎样走法，和可同一起走，不知能否如愿，也别叫人看着这么大了没出息，令人看不起！月光下独坐亦不免感到孤寂一时，忧国思家及恨我平生至今唯一的恋人斌，而不禁心痛如割，泪盈双睫矣，晚风拂体，渐有凉意。至十时，遂怅之归来，晚上精神兴奋，提笔一气作完今日此一篇长日记，至一时许，而毫不觉疲倦。异日定当把我此番今生初恋的经过详细写下来，以作纪念。

年前有人云我在新民报上投稿，有新诗一首，我奇怪得很，我向来设有向新民报投过什么稿，更不会做什么新诗，我特恨新诗，想不到有这回事。于六月十七日在斌处看见了，她是从报上剪下来的，她真以为是我做的，一直保存到现在，真是可笑，亦有趣但连我自己看了都会疑心是我做的呢！但我猜大半是张振仕做的，因为挨着还有一首诗，笔名是仕，而他那时投稿也爱用我的名字这个字，而斌那时还正在京华，传他有追斌的意

思，所以我疑惑是他做的，现在整个由斌处抄来，再抄在此处也是个小纪念：

献给贤（笔名只是一个毅字）
人海的苍茫！萍踪的流荡
那——来日的归宿，
是幸福还是悲怆！
但想我自己来酝酿；
艺途上相逢，
心心相印，
这——目前的开端，
是地狱还是天堂？
但凭你自己去酌量！

由"艺途上相逢"这句话，我更疑是张振仕做的了，可是凑巧这首诗，正可代表了我的口气，幸福与悲怆，都是我自己来酝酿成功的，"是地狱还是天堂，你自己来酌量！"她现在早已给我酌量好了！她是，"把我送上天堂的快乐使者，也是把我打下地狱的鬼卒！"说她不爱我吧！为什么注意到这首诗，不过是一个适巧用了我的名字做笔名，而题目又暗含了她的名字，内容又巧合了那时的事情，她会剪下保留了近三年的时间!？想不透是什么缘故，也许她不过是小孩子好奇好玩罢了，这首诗如果说那么巧三件都巧合，那只有是另一个有意与她，有心做此，而巧又用了我的名字，我实没作此诗，我也做不了！

我今天才明白她——斌——不会爱我，为了她所说的我不明白的这种环境这种道理及我不能满足她享受与虚荣心。我也不能继续爱她了，为了我对她这种滥交男友不检的行为思想，与其日渐增大、毫不知足的虚荣心的可怕，只知享受不知劳苦的幻想的不满，而她有时亦对我太不应该，简直有点轻视我与看不起我，几乎玩弄讥笑的态度，我是十分不高兴，而任意与他人同游，置我于不顾更是我所不能忍，但我这辈子是不会忘掉了她的，因她可算是我苦苦狂热单恋了三年的人儿啊！同时也忘不了为了她所与我绝大刺激的两个人名！

今夜独游公园，月下踽踽独行，倍觉凄清，坐在池旁，水映明月放出寒慄的光芒来；我寄我的深愁于流水，我将我的苦闷付于清光，只是那多么的月亮，不知为何把我孤独的影子，清清楚楚反射在身后的白石头上；我对她，好像怜她，又好像恼她，怜她无故随我受尽了精神与心理上苦痛的磨折！恨她为什么自己要着急，若没这有形的她，也没有这影子的她了，无形无迹，又何至被有表有迹的世界折磨呢？……连累我的灵魂受苦恼！……

《丽石日记》一篇中这么几句话："我受名教的束缚太甚了，……并且我不能听人们的非议，他的意思，我终久要辜负了，请你替我尽友谊的安慰吧！……这一定是没有结果的希望！"又其中有一段，其同性女友，离丽石去京未半月，即与前异若二人，爱上了异性朋友。唉！人的感情真容易改变，不过半个月的工夫，源青已经被人夺去了，人类的生活，大约争夺是第一条件了！前段，可以说是代表斌对我屡谈结果的意思，第二段也可说是我对斌所感到的悲哀，这半月来斌别被别人夺去才好，虽然现在尚未全被他人（蒋兆和）夺去，却已渐趋此危险了！啊！人的感情！前半个月及以前，我每逢悲苦怕失了她的时候，她不是那么热情，那么温柔地对我说："不管你怎么样，我永远这样对你！"话犹在耳呀！斌！近来你的行径与对我的冷漠能不令我怀疑吗?！

7月17日　星期三（六月十三）　晴

昨夜的情绪，过于兴奋了，十点半回来后一阵阵思潮只管涌个不住，握笔尽情地写下来，一气写了许多，一直到两点半的样子，虽心情仍未宁静，但因太晚了，铸兄又催我去睡，卧在床上，心绪还是起伏不定，一会儿乐极，一会儿悲极更自己想些安慰的言语来宽解自己，世界上谁是我真正的安慰者?！热爱了三年的斌终有一日厌恶我了，有时想到伤心处，不禁想痛痛快快大哭一回！但是人不是小孩子，别人也不会把我当小孩子那么天真地看待，会为了我大哭，而劝慰我，这时如痛哭，别人一定会失笑，错愕惊讶，甚至于以为我神经错乱，成了疯狂者，人的感情得不到正

常的发泄，郁积心中，更是加倍的痛苦，啊！什么人生！什么社会！连发泄我感情的自由都没有？！

仅仅只睡了三小时吧！早四点一刻五妹小弟来找我，本来我不想去天安门，可是他们既然来了，就去吧！起来急忙梳洗，又叫起了五弟一同去，他骑斌的车去，到了天安门一看吓人真不少，有许多人根本不走，车早推来了，晚上就在天安门睡觉，一清早当然他们先到了，不得了，这样我们怎能办得到？打听结果是头一天先填了一个纸条子，第二天再来凭纸条子换一个号码牌子，再等到七点钟骑车合格再买指牌，种种手续麻烦之至，其实也很简单，只是人多了，全市十二万多辆车，每日只接五百，人多了，都想早换捐，于是来的人多，皆想早起，愈来愈早，于是索性有人睡在那里了，还有车摆在那了，何时发条子，何时发牌子是不知道的，今天车骑去了，就搁在那吧！可是已在五百后廿余辆了，也许有希望等着吧！天安门一清早有七、八个老头没有在那练腿脚，自一换自行车，更是加倍热闹了，本来说是十点发纸条，后竟一直到十二点才发，可恨发五百零三个纸条没有了，从早上五点半到这，一直等了七个多钟头竟是毫无所得怎么不气人，大把车又不成，四弟车又出了麻烦，满肚子幽愤回来，中午又热起来了，早上去还有点凉呢！午后因连夜睡眠过少，饭后看报遂午睡，至 4 时半起来，愁闷不快的心情仍然如堵什物在胸，十分不快，对斌之想念不已，冗自排遣不开，三年来的友情怎是一旦能忘的！昨日觉悟了，明白了，是真的觉悟了，明白了吗？心终想去看看她，过去时，五妹、小弟都在床上，已是快五点了她却尚未回来，不知又去何处？忙得很啊！告诉小弟明天不去等，下礼拜再说，与其母略谈，见桌上有一封斌的信，看那笔迹就认得是蒋兆和来的，这家伙，也未免太不要脸，一个先生一个学生何况还是那么大的岁数呢！何苦死缠着不放？多差劲！而斌本来目的是想要她一张画，现在目的已经达到，看她如何摆脱，也许她不愿摆脱吧！看她七月十四日应约去陪蒋玩了一天，就可证明了，她未在家无什意思，何必那信而使我心中十二分的不快与不安，便回来了，饭后闷闷，便想出去散心，路过她家忍不住又进去看看她回来没有？一进去看她坐在院中在做她的衣服，近日天热，她那天告我近日吃饭很少，果然近日来她又较黑，瘦了，本来身体不好，不会保养，又不留心自己，随便说了几句，叫她拿出她买的游泳衣我看，半毛半线的，绿色上有白色条纹，代价码票29.5折扣，恐怕也得廿五六元吧！想不到她今年会对游泳下如此大决心，而下得如此快，竟肯花如许代价买一游泳衣，就凭蒋兆和那么一句话，真是不可思议的力量呀！待了一会我便走了，在西单替李娘买了茶叶，便一直跑到小酱坊胡同郑家三表兄家去，他们才吃饭，看报，日内阁又改组，米内辞职，近卫又出来了，大约有参加欧战的意思，日美一打仗教会势力的学校都有步英崇德后职的可能性，麻烦事。和大宝等谈了一阵子学校的事，到十点才回来，到家十点半左右，力大嫂在和娘及李娘谈天，原来先头伯熊及其新妇来回谢，到家觉疲乏遂丞收拾就寝。

今日下午，一时有感便提笔写了几个字给斌，看她如何答我？问她我是否能和以前一般去看她，她母自发现了我给她写的一张纸条后，曾对她说了些什么？并我和她以后又应取何态度？不知她近来着了什么迷，好似意外牵扯她的事也很多，每天回来时间也不一定，前些日子（十五日）早给她一个条子，至今无一字复我看这条子如何？也许她心中早没了我？

7月18日　星期四（六月十四）　　晴热

从今天起和邢普换时间打字，改在早上七点到八点了，早上也好，比较凉快，现在打的愈来愈慢了，手不如意，字母记不熟习，手不应心，速度大减，打完至八点半，还赴于政家，到时于良在外边睡，于政在里边睡，都未起，我也不便警醒他们遂在他书桌边坐着随便看看书。后来于良翻身看见我遂起来接着也把于政叫起，打搅了他们。于良今年毕业团数理化考得好，得有廿余元之奖励书籍，不料他的功课也不坏，别看他也竟出去玩，打松球什么的听他说，今天志成被请去谈话的先生们都回来了，不知确否？报载闽浙沿海日记封锁，宁沪海上交通已绝，则南行之路皆不便行走了，香港势亦危，缅甸亦不良于行，而于政则先至沪能行则行，不能行则仍留沪读书，如此则我亦不便与他同行了，昨日于政买了4张新唱

片，皆名曲，有二为 The Great Wadye 中之名歌，反复唱了半天，又练习跳舞及听音乐拍子，又把祖武叫来，大家一块谈天，好友相聚畅谈，实天下一乐事也。但我来时，心中因未忘却吾热爱之斌于片刻也，谈至十二时，约定七午七时半再去广政家集齐，一同赴北海泛舟夜游遂归家用午饭，午饭小睡，借夜游，至五时许起，六时过西院上供，冷清清无一人，遂点香拜业而返。晚饭后，稍息至七时许去叶家，七时廿分至其家，祖武小郭皆在谓等大郭，遂坐误，下午忽起微风，实夏日稀有现象傍晚阴云四合，实败我等清奥，本拟早去，八时许于政等方面用饭，延迟来已是九点方始打道北海去考，至买票入门，带话匣子及唱片，在门口遇大郭遂同入，在双虹榭，适有二小船遂登舟泛湖，六人分坐二船，我兴于政良兄弟二人在一船，大郭小郭兄弟与祖武一船一边划一边听话匣子，安不啻人间天上，仰望天空浮云的海，月光的从罅处下窥人间，晚风拂体，凉爽之至，几觉此身飘飘欲仙矣，惜风较大，划船往北，费力半晌，所进无几，好在我等意在听话匣子；而不在泛舟也，初时月在云中朦胧，发晕淡光，后云渐散开，露出青天，一轮玉盘呈现吾人眼前，水清玉洁，光茫四射，反映水中燐闪不定，另是一番清辉与灯光迥乎不同，两相比较顿觉红尘三丈中，莫非俗人俗物了！仰卧舟中，耳听音乐妙音，与风涛微浪拍舷作响一时心神俱爽，不知此身后在何所。记三年前夏日某夜，亦兽兴祖武于联政三人，夜泛舟于北海湖上，不意今年又得此一游，人生动如参与商，相会不易，好友袂畅游更不易得，我等更应以何珍重今夜友谊之游!？至十一时半大家始尽兴归来，此次为祖武大郭二人请客，分手后，我一人独归，夏日午夜大街人仍不少，至家已十二时，铸兄亦由北海方归不久，半睡，今日感到疲甚，明日尚需早起也，北平说热也够热，说不热也不热连日早起，晚睡，早晚小风拂体，舟有凉意！

7月19日　星期五（六月十五）　晴

　　早上在青年会打字，不料遇见了王燕埠，多日没见了，他也在青年会学打字，恰在我前边一个钟头，六点到七点，谈了几句话，今天打的成绩不好，又慢又少，所以出来又跑到王庆华家去，借用他的打字机又打了约有一小时多，到十点多才回家，大孩子三个全走了，只剩下小的去了。谈话无人，没意思所以少去得多了，今天去了，他们较大的四个都在各自读书，风气很好，孩子们也肯听话，不坏，到家看报，写日记，本来打算上本写完七月一月呢！不料前两天心中不快，在纸上一发泄，竟不够了，饭后躺在床上正拟午觉，不料孙祁与孙翰来了，得也甭睡了，足一聊，孙翰一个人又说又笑，这个那个的，就瞧他一个人的了，孙祁右臂因毒蚊开刀，也甭打排球了，不知为何近来与他颇感生疏隔膜，见面后彼此无什么可谈，闷闷对坐，后铸兄由西院回来，与他们聊天及和他们下象棋，方始渐行热闹，我则仍觉无味，躺在床上看书，也看不了多少，孙翰说行佺找他好几次，并且写一明信片给他，不知有何事，后来孙翰过西院去找行佺，拉他和我们一块出去玩，到西单去打乒乓球及台球，祁去艺文，玩玩两小时，代价二元，铸兄花了两元，似乎有点心疼，又到亚北去吃点凉食，我自己给我自己的，回家遇小弟于达智桥，和他妈妈出去，告诉我斌及五妹去看电影。后来知去新新，饭后到孙祁家小坐一刻，知系演什么日本的影片音乐与运动一方面的，不是别人送的票，就是铁路学院发的。唉！随便她爱去哪便去哪吧！何必我瞎操心，我也未免太多余了。晚上月光极佳，恋恋不忍就寝，徘徊顷之，至九时许即就寝，今日我却第一个上床，九时半小弟忽来幸而尚未睡着，他说明天去天安门，先头在达智桥那问他说不去，这会又去了，去也是他，不去也是他，去就去吧！言定明早三点半去，早些去，免得白跑一趟，今日报载中南海前日有朴姓韩国人小孩溺毙，今日起暂时停止营业二三日，前日大约是蒋兆和又来信约斌去游戏，这下子要吹灯。

7月20日　星期六（六月十六）　　晴

晚上两点醒了一次，到了三点半五妹小弟们来找我了，叫起了五弟四弟，弄得来已是快四点了，他们又回去打气，我进去看看斌，她还睡着，轻轻吻了她一下，遂被我吵醒，迷迷糊糊的也没说一句话，出来便和他们

一块走了。天上仍挂着月儿，为了上车捐，这么费劲，这么麻烦，愈起愈早，这种生活却是以前所没有的，到那尚好，在五百辆车以内，今天可有希望领到条子了，于是我领了四个孩子，在六点钟的时候到中在公园去散步，清早又是一番光景，空气静穆清洁得很，精神为之一快，走到孔雀栏边，突然看见一个五色孔雀开了屏，彩羽十分美丽，天生尤物，各具奇态，看孔雀开屏却是第一次。还有几个孔雀都未成形，狼狈得很，相形之下，反觉丑陋，隔栏有一纯白孔雀，另具风采，与五色孔雀相比，一似纯洁之少女，一似贵妇，见人亦不惊，管理人并赠小孩落之孔雀羽毛数根，其中一五色，一白最美。小孩欢跃之至，又往后行，在后河椅上看人划船，地小划船太无意思，可是这么早来却不易，我在河边椅上看书，小孩子们都在山上玩，半天了才八点。这时不禁又想到斌身上去，想她这时正在铁路学院开始上班了，我现在只想和斌在一起玩玩，如夏日一清早来公园走，或是去北海划划船，不然这种好天气，和她并肩坐在公园的松林里，听早晨的云雀娇婉的唱歌，看莲芭的露珠向朝旭争辉，有时她含羞向着自己微笑呵！这又多么使人醺醉！如果晚上能和她在月光下划一只轻舟，荡漾波心，又是多么美妙的情景！但一切都成了幻想，不但她没功夫，就是有了，现在她妈妈不赞成她和我接近呢！坐了半晌又往西南土山那面走，他们不知又跑到什么地方去玩，我却一人在山下一亭中独坐观书，芦隐的作品，都是悲观的人生，苦闷呀，孤零呀！哭呀！失望呀！难得有快乐的叙述，近日我正烦苦，哪禁得起再看她这种悲苦的作品，看了心中更加抑郁少欢了，以后看书也得注意，像这种令人颓废，消磨志气的作品还是少看，选一些带刺激令人兴奋的作品来看看才好，可是在这种时候却难得有呢！正是伤心人看伤心语，失意人听失意声，只有增加我的苦恼耳！在公园有四小时，十点多出来又到天安门去等，就为了那么一个小纸条子，花了一天多的代价，一直到十一点才发，这下总算没有落空，真不易领得，回来已是十二点了，这两天不算热，游泳可凉点，明天想去呢，饭后卧床上看报睡着，一直到五点才醒，只觉人疲乏得很，不意斌忽来，遂起来，随便谈谈，说了些关于游泳池的事，她大约明天去，我随口说了几句话，一切都埋怨我自己并祝她前途幸福，不意竟赚得落泪却出乎我意料，我说我都不哭，为了我，还值得你哭吗？我实不会哭吗？我早哭够了，这时已是欲哭无泪了，夫复何言。说这话时，我只觉得我自己全身都在发抖，听她说，近来她母对我与她监视极严，今早只在她床前站了一下，走后，她母便爬起来，东翻西捡，大加搜查，可有什么犯种的？唉！斌！都是我苦了她，她母如不愿我去找她，看斌，尽可明言，何必如此，我和她二人情好实不算亲近，可是不及于乱，三年来永远保持着如此，此心可对天日，诚挚纯洁的爱情也会被阻碍吗？别的或许总觉对不起斌，但幸未害斌一生见不得人，此则无愧的对任何人，也可说是我俩每每足以向别人骄傲的！事实胜过雄辩，怕什么流言诽语，每一念及此点，良心稍安，觉稍可足以对得起斌！总之我非真呆子，其母近日对我之颜色及神情我还看不出来？我也不是那么太贱骨头的人！何必！？今日得见斌一面，谈顷刻，心中较安定。弟妹们去遛大街，我则未出去，在家记日记，看书，今日我问斌我写信问她的话，她却又有什么可说，还不是那一套，大约仍是叫斌和我疏远的意思，起初我本想今年暑假可以过一个快乐的，与斌在一起，不料起初她先有了职业，每天大半见不着，第二次她母又发现了那张信，于是我烦苦的生活开始，而理想的与斌过一个快乐的假期又成泡影了！

7月21日　星期日（六月十七）　晴

早上七点多起来，有点阴云彩甚多，也不很热，便有点有想去游泳了，因为知道去了准冷，洗脸的时候，娘告诉我昨夜孙翰嘱了他转告叫我今早去中南海游泳，一时又兴起遂决定去了，半路车坏了，修理半天，路上遇祖武等他们去金城银行打球，九点半左右到游泳池，没有多少人，池水新换还差很多，浅处没不了小腿，水也凉甚，一进去便看见了孙翰，又看见了斌及小弟于棚下，他们先来了，旁边坐着那面目可憎的蒋兆和。没错，我猜得对，一定又是应蒋的约来的，蒋老早就先来等着，打过招呼我便进去换衣服，他们嫌人少水凉，后来我换过衣服了来，他们便也征得蒋的同意一同换了衣服下水，斌换了游泳衣还不难看，尚苗条，只胸部发育

差点，蒋有意追斌不知有二年否，屡次约其去其家作画，去了一次，去冬欲与斌同溜冰，斌避之未果，今夏又努力，结果成功，斌竟破天荒允与之同泳，实出人意料之外，故蒋今日面上似有得意之色，我则不觉暗自好笑，斌却未必会看得上他这块料。初斌尚有羞意，后亦渐自然，我带油去，大家擦，斌还抹了在蒋背上，蒋面上现得意的微笑，劲大了，她给别人擦完了，却叫我给她擦，大约这是看得起我，才叫我一亲她的芳泽，擦就擦，我就吃这个！初学头须浸入水中，而她姐弟二人皆不惯，皆害怕，斌只浸了二三次就不干了，后来又来了一个沙漠画报的社长江汉升，也和他们在一起，大谈大笑，后来她们去棚下茶座下坐着喝茶，斌也和他们在一块坐着，也不知都谈些什么，斌在水中也是立着的时候多，偶尔学一下子，他们便笑她，使她很不好意思，而不再练。今天一天竟一直大半天都陪着他们坐在茶桌上谈天，就是在岸上也是和他们在一起的时候多，很少和我谈话。中午我未回家吃饭，也不觉饿，就大晒太阳，上午因有孙翰作伴还好，中午他回去，我一人躺在那里晒太阳，不一刻四弟就来了，这时水还是凉得很，下去后直打哆嗦，上来晒半天才好，后来又遇见曹少堂，一块说了半天话，小麦也去了。午后我仍是晒的时候多，四弟也嫌水凉没有下去几次，斌更是只偶尔从棚中走下，在水中站站而已，根本没练，这样子哪时才会？后来别人又给他照了一张像，也许会有登在沙漠上的可能性！今天她大半时间都坐过去了，连晒也怕晒黑了，凉也怕，水也怕，练会了难得很。小弟虽在水中时较多，可是也不会什么，她坐在茶桌上，呆坐着的时候多，因为只有她一个是女的，多无聊，简直有点像坐台子，不好。蒋走到哪他们跟到哪，也不肯单独过来和我在一起待一刻或是谈谈什么的，可怜，有什么意思，四点多他们走了，她及小弟和蒋一块走的，我在她走后又练了几次，蛙式有毛病，腿部运动不对，五点和四弟一块回来，在亚北吃了一点东西，到家吃饭，头有点晕，眼亦发花，初次下凉水中所致，身体觉疲乏，早睡，明早还得去换捐牌呢！又是半天，真是受洋罪，这年头还是女的好，钱更好，女的不管和谁出去都可不出代价而享受一切，譬如今天斌坐茶桌有人管出茶钱出饭钱，有人肯白给照相，我游了三年没人肯给我照相，因为我不是女的，且不漂亮，溜冰都没有，斌第一天下水就留影了，多美，这是女人的权力。而斌去游泳池带着她小弟的意思，谁不明白，一个利用机会找便宜，一个想找便宜，而天下可怜的就是被人玩弄自己尚不知的人！斌的虚荣心极大，蒋有什么可值得她喜欢的，为了他的画技？为他是教画的教授？社会的小名人？不明白！反正肯出钱在一起玩就成，也许下期的沙漠登出某某小姐在游泳池中的玉照，多美。斌认识的朋友多得很，现在她母正不高兴她和我接近，不和我在一块玩，她也不会一人在家像我那么傻似的苦恼的快疯狂了，她会找她各式各样的朋友，去各种地方玩，也不错，现在她爱和谁玩便和谁玩，我也看开了，反正不过如此，今日更是极力地自拔自己于苦恼深渊中，但心境虽是极力自慰，而谁又能似她那样的忘情，且事物即呈现于我眼中，明明白白，故我多少总有点不痛快！而斌似有点那个劲，和谁在一起玩了，另一个为她出了代价，她便很乖的随某人各处去玩，随那个人的意，至某人兴尽为止，（而与我在一起却除外）这种态度不对，自己应知自己是一个小姐的身份，有时有地方也不得不拿一下子，不然太随便了令人小看。晚上七八点了斌及小弟尚未回去，不是去文昌阁便是蒋又请他们上哪了，近来斌似乎不愿与我一起玩，感情不是勉强的，不愿就不愿吧！日前斌买了些吃的送五弟，大约是因为代斌去天安门的缘故今日上午来此谈了半天，下午又带小妹出去玩，不知又是那股子劲，晚九点其母又过来找斌等，这时尚未回来，谁知道她上哪去了，认识她三年，她又何尝有过整天和我在一起玩过？她和别人玩，其母就肯去，和我在一起便责备她，大约她家把我看成是她的一危险人物吧！可慨！人真不易为尽了多少心力，尽力之所及来帮忙，能不落个骂名就是好的，岂敢还望别的吗？今天觉得乏了，九点就预备睡了，刚上床斌及小弟就来了，一进来便嚷着叫我看她的新鞋好不好。是她自用毛线钩出来配的皮底，所谓海滨流行式，她顶喜欢鞋，一个人七八双还说没的穿，这双是专预备去游泳池穿的，神气！和我谈了一会，闲扯，她才回来，说是取鞋，那么早走了，不定又去哪转够了，吃了饭才回来的，站了一天，走来走去，便累得很，简直是穿着浴衣去公开展览去了，一提起来是游泳去了，给她照相的那个叫什么蒋汉澄（？）也是沙漠画报上的人，那张相片无疑的是一定会登在最近的沙漠画报上了！某小姐

玉影，名闺，看她今晚对我的情形好似要利用蒋兆和，蒋汉澄，江汉升等等为她捧捧，出出风头，相片登登画报，而另一方面似乎也不愿立刻疏远了我，但也不一定，也许小姐一时高兴来坐会儿罢了！不然就因为她妈妈在这的缘故吧！谈了一刻，她母与她等一同走了，她一去，我便关灯睡了，但久久不能安眠。

7月22日 星期一（六月十八） 晴

清晨三点半起来，五妹小弟来，叫起四弟五弟，一同驶往一天安门去买车牌子，到那四点半，坐候至七时，始凭条换领一号码牌子，又等了约有两小时，方始叫到，检车马马虎虎就过不了，五妹，四弟各罚五毛，买车牌子及行车执照又等了半天，一切弄清楚，到十点完事，回家来十点半，还算快，大约是昨日被太阳晒得太久了，所以今日觉得肩，背，颈下及两腿后部被衣服摩擦生疼，全身亦觉疲乏，早起精神不佳，回来遂卧床上休息，不觉睡着，午间吃饭醒来，午后又睡。一直到快四点，张妈谓有一姓刘的来找，一时却不想不起是谁，进来一看，方知原来是桂舟，新从东北回来的，相见欢谈，他九日就回来了，约有半月了，胡扯半天，我和他谈与斌的事，他却沉吟不语，对斌所说不可能的理由社会制度与亲戚辈分上的关系，他却不以为然，他认为如果斌真爱我，真愿意，这一切都不成问题，何况那么老远的亲戚呢！他说他一时还不能南下则将继续上学，他此次回平，本月十一日与李瑜订婚，又本月廿日小徐与赵淑兰亦订婚，二人相识未达一年，如此快车，想不到，廿日为大哥生日，是上午率弟妹过西院与之拜寿，笑容满面，又是一番神气也，桂舟暂时不走，有暇可常晤谈，至五时辞去，六时晚饭，七时把上车捐的账算清，拿过去还斌母，斌及其母皆尚未回来，忙得很哪！又不自知上哪玩去了，见其桌上有一电影说明书似芮克小飞来伯主演之气贯长虹，昨天下午又去看电影了，蒋有钱玩玩也不错，我一个穷学生的确陪不起小姐玩上整天呀！她却从来没有这么痛快大方的和我玩过这么长的时间，我没钱，更没那福气，小姐也不肯和我去呀！哈哈！别成天胡思乱想，癞蛤蟆想吃天鹅肉呀！算了吧！连着整整三个礼拜哟！人心!? 隔层肚皮谁知道谁?! 哈哈！天！

7月23日　星期二（六月十九）　晴

连日都睡得不好，肩背等部仍疼，身体疲乏，早起打字，有一人未去，连打两小时，未及二页，慢甚，错亦不少，九时许至舒令泓家小坐，闲扯亦甚无聊，本不欲去，心身方面及精神的不快，皆可谓斌迫我而出此，本欲访祖武，顺步至其家，舒殊腼腆，含羞作女儿态。至十时许却归来，检视打字成绩及看报，午后习小字及看书，小睡一刻，至二时许起，吃一些西瓜，径赴中央看《万里寻师》，意义殊伟大，主角斯宾厥塞表演亦佳，尚称满意可作名人传记视之，至时遇小弟亦去，散场后复去访强表兄，其新搬家已布置就绪，楚楚可观，他一人在书房中为友人画扇，电扇开着亦享清闲福也。谈顷之电车公司股票事谓暂缓办理，过些日或有好消息告我，并愿我转系，我亦一时糊涂竟会完全把此事忘却，明日晨可去校一询究竟也，学校长学费，先缴去可不必补交也，五时半为我画扇，半小时许即毕，稍嫌草率，只一石二鸟而已，六时许归来，终日怅怅无聊之至，炎火长日，多在睡乡亦殊非好办法，晚饭后看书，又思睡，在院中颇凉爽，但却无此心思去享此清福，近一二日每一抑郁不欢，尚能稍以自慰自解，但生效殊小，吾何其痴哉。

7月24日　星期三（六月二十）　晴，下午阴，晚大雨

昨晚铸兄开 Radio 听戏，又吵得不好睡，早六点一刻才起，到那晚了五分钟打完字，去学校打听关于转系事嘱我再去信，今日为考新生第三日，人殊瘳瘳，不似去年前年之热闹，第一宿舍新楼已完成大半，工程够快，下半年或可住上，在学校遇见朱泽吉及徐光振，十一时至浙江兴业取出十五元，只余五元矣，还黄家面钱，归来午饭，自行车大座子今午忽坏，前大簧又折无法修理，一时亦配不着，寻思彻底修理烤漆一下，午后写二信，一与学校张重一经济系主任，一与强表兄，本拟今日下午去游泳

池，后因连日天气并不太热，午后天空多气后又起风遂未去，闷闷无聊，又不思做何事，遂又及梦，近来每每如此，殊无趣，亦无处可玩，心中亦无何兴致，迷惘中，此心似游丝，飘摇而无所属，五时起来，贴贴报纸，此时天上阴云四合，微风已起，饭后习小字半页，又写完二明信片，一与华子，一与光宇者，继写日记，此际正值狂风暴雨大作之际，闪电雷声，汇为巨响，方写一半日记，院中忽有人高呼我名，大叫华子来了，方惊疑间，随之跃入一全身湿淋淋之人，定睛一看，原来是华子，真是出乎我意料。不料此时八点半，他会来而且狂风暴雨，他却巴巴的跑来，我家处偏僻，平日尚不易有人来况值夜间，他且远在天津，据谈今午来平，现系由东城来此，也就是他这么神的人才会遭这事，全身湿了，便急忙找衣服换，打水洗脸，大说大笑晤谈甚欢，同学久不见忽一相会，出乎意料以外之欢，更令人兴奋也。

7 月 25 日　星期四（六月廿一）　　晴，下午多云

　　突然光临的华子，因雨晚夜就留息家中，畅快的谈得很痛快，早上八点才起来，他的衣服也全都洗净由妈妈给他熨好，他很感激直说太不敢当了，吃过早点，等我换好衣服，便一同去找厚沛，华子穿了一身中国衣服，都是绸的，缎鞋，在服（丧）中不应如此，他却不在意这些，还是那么胖，神气得很，带着近视墨镜，白袖一挽，背着手，典着肚子一走，完全另是一番神气，与前犹如二人。到青年会与四弟换车骑，因为我的车坏了，他骑回去修理，陪华子步行到东斜街找桂舟，不在，便又乘车至南宫坊口家中找他，在家让进去坐，他家中人真不少，可是到处破碎杂乱几不堪入目，简直看着头疼，奇怪他们家不知为什么这般模样，在刘佩韦屋中坐了一刻，便拉桂舟出来，在什刹海棚上坐着谈天，想不到今天早上会跑到这么远来，同学在一块坐着聊天毫无拘束，又是一种快乐，恍惚又是一年半以前的在辅大宿舍中的样子了，华子一年半中颠沛流离，南奔北跑，进入社会，却染了一身习气，心目中只以钱为重，环境之移人如此，可怕哉，至中午华子与桂舟故人情重，良为可感，午饭后看报，稍息至二时

半，一人去中央看大侦探唐纳，甚无意味，威廉鲍尔此片演的殊不好，令我失望，散场后至西单绕一下，也未买什么东西，至亚北吃了一杯冰激凌，闷闷无聊，即回来，伙计看我一人来，大约皆奇怪斌怎未来到家，把面钱送过去还斌母，斌及小弟未在家，五妹有一同学，我便回来，饭后正在院中坐着凉快，教四弟念英文，八时斌忽来了，却是我想不到的，近来她因为她母不愿意她太和我接近了，所以不大常来，我也不大去她家，甚至从前每日必见的现在近一月时常数日不见，她又忙着应酬她那一帮新朋友，没有和我在一起，又有什么办法，人的感情是不可以勉强的，我只好自宽自慰，还是恢复从前未识她以前的样子，独来独往，倒也逍遥自在，随心所欲，无牵无挂，今天来了，是郑夔有事在唐山临走时，大马一本书替我代还的，还赔我一条手绢，她第一次去游泳池，把我的弄丢了，我以为她说着玩呢，不料她真买来了，她告我今天江汉升在南海家中请她去吃饭，还有夏家一帮，因雨阻在那了，九点多才回来，又谈了一刻闲话，送她出来，她叫我去她家坐一刻，便和她过去，她母病牙呻吟不止，坐了约半小时，便回来了，这年头还是做个野蛮无知的人好，在荒岛上住着度着无忧无虑的自然生活多好！不然就当富人或是妙龄女郎，其余全是受罪的命，富人有钱享受一切不成问题，而性情稍为活动一点，则不怕没有人来献殷勤，不愁没有人送东西用，认识朋友了，则机会也来了，举凡一切出门车钱喝茶，吃饭，点心电影，溜冰游泳等等一切均可解决，白白享受，不出何代价，且陪伴者还是处处小心，甚至扩大了可以解决了生活问题及终身问题，岂不美哉，此种便宜，除了女孩子谁占得了！吾何不幸，生不逢辰，值此离乱之际，即非富者，又非女人，何如此不幸之至欤？呜呼哀哉！

7 月 26 日　星期五（六月廿二）　　晴

因为车去修理，烤漆，没有的骑了，去打字骑四弟的，四弟借黄小弟的，好在一会功夫便回来，打完字等四弟一块走，在洋货店买了一条布腰带，还好，预备去游泳池用的，我的运气很好，前天托老王找大车座子上

的簧，昨晚斌来告诉我老王已找着一个，巧得很，不然又得花六元买一新的，回来伯英来与四弟一同习代数，伯英功课很好，一切朴实不华，不讲求外表，难得，至十一时半始去，我则阅书报，午后与铸兄及四弟下象棋习小字半页，看书，肩背因上礼拜日在中南海游泳池晒时过久，今虽不疼却完全脱皮，甚讨厌，连日凉爽不热，故未去游泳池，下午偶尔心有所感，写信三张与斌录之于下：

斌：

　　自从你告诉我那件使我俩想不到的事发现以来（指她母发现我端午写给她的一封信）使我常常因此心中不安，而那日早上，我不过在你床前站了两分钟，我走后，又劳你妈妈大事搜索，这是很明显的反应，你母对我俩竟监视这么严。我听了难过，因此为了不使你受你母的叨唠与别人的麻烦起见，只有我这方面牺牲一点吧，这也是我近一月来少去你家的原因！何况不时可与你会面，和你谈话，更知道你生活很好，并不因此受何影响，我知道了更高兴，只要你是快乐的，我也是喜欢的，近来连稍长谈话的机会都没有了，何况别的希望！想来都是我的命该如此吧！幸而现在我自己稍能自宽自慰，你知道了我能够自拔于烦苦的深渊中，你亦应为我高兴吧！近月来又恢复了我以前的，幽灵般的独来独往的生活，随心所欲，倒也逍遥自在的生活。人生不过如此，听其自然的演变，随日子打发生命吧本来不愿再写什么字，免得使你受无谓的麻烦，可是谈天的时候都没有，只好随便写几个字吧，闷在心中更是不好受，真的，我想了许久，你对于我写的字，不管现在的，以前的，为了避免使你遭受出乎意料的责难起见，我想只有两条方法，一是全部仔细的搜集起来不留一点，用火烧净；二是全部交我保存，我也有个纪念。希望这次你能听我话择一办理，你不要误会，我是完全为了你减少麻烦着想的，何况这些纸条子又有什么价值，值得你保存?！近来我自己觉得我自己变得沉默多多，不大爱说话，不论对什么人，我告诉你，我现在唯一快乐我自己的方法，你猜是什么？就是常常独自静坐凝望天空（就如同有一天你在我家院中看见我的那般！）沉沉的陷入回忆中去，记得你好似说过这么两句话："天下最快乐的事是回忆，最辛酸的也是回忆"不错！我的回忆中不止快乐与辛酸，不有甜蜜的生活，兴奋的，悲伤的，失望的……但我努力使我思想中抛了一切不幸，而尽回忆我那过去的甜蜜的，快乐的生活，在我过去生命史上最美丽，最灿烂的一段落，迷惘中犹如和你相对，那时的快乐是不可比拟的，思想驰骋自由，天南地北，无往不达，那时也就不知此身尚在何处了！游泳的确是个好运动，全身可平均发育，练好了，可使你日臻健康美，望你努力练习，多认识了许多朋友，冬天冰上亦不患无伴了，有时想起你对我所说的话，虽未必尽由你衷心所愿言而发，但确实是金玉良言，对的，可惜，不，可恨我本性愚顽不明，终不能过于达观，往不快皆是自苦，也许异日或能不负你对我一片盛意，我也觉得以前每天一去就在你家耗了许久的时间，偶尔还好，要是天天如此实是不大方便，便我当然在可能范围内（不令她母见我就皱眉的范围内）我仍是极愿意去看你，在你有功夫的时候，或是一块玩玩什么的！只要你高兴，愿意！有时默默沉思中，回味，过去的生活，自己"扪心自问，度德量力"我应是太应自足了！你以前对的牺牲够大的了，我总觉得我自己似乎有点那么说不出的缺陷，在我俩中间存在着，我总感到如此也是对不起你！为了爱你！为了你前途，为了你一切，我应知难而退，并自己严加检束一下才对努力抑止我的感情才好！……写了已是不少，最后，告诉你，我仍是和以前一般的热爱着你，并不因近来稍稍生疏了而减少什么！虽然是你尖锐的感到了我对你冷漠一些，外表我虽如此，而内仍是火一般燃烧着对你！而对你冷漠一点，更是你亲口所要求我如此做的，（也是为了他人的耳目起见）只要对你有益，我又何乐而不为？再把你以前常向我说的两句话（想你不会忘记）再转告你："不管以后怎样，我永远如此对你，你我的友情爱意永远维持到如此程度！"我再添一句是："我永不忘你！"你

不会为了我外表使你不快，则我幸甚，只要你明白我以前的，现在的与将来的对你的心意如何，也就是了，也就是我此信的目的！并且希望这三张纸也为上述两个办法中之一来解决了！时不我留，望你"珍重青春"，我在随时随地都可尽我力之所及来助你对我的需要，祝你永无烦苦，前途光明，笑口常开！

1940July, 26

我一气写完了我的想法，胸中郁气稍舒，稍感痛快一点，不知斌看了会起什么反应？也许会淡淡一笑抛在一旁吧！晚饭后与铸兄四弟三人去中央公园作夜游，并看中国画学十七次展览会，内多精品，有钱可以买几张，又去后面打乒乓，游人甚多，玩了一会，不料遇见七姐及七姐夫，三都，还有爽秋（三兄大女）夫妇，谈了一阵子，后来张文桂，郑乃熙等也去打球，他们打得好，看着都过瘾，至九时半，我们先回，出了公园又到亚北去吃了两根冰棍，又不料在门口及街上遇见西院四嫂行佺庆诚等，我车在修理，来回均骑四弟车，互相带着走，没了车，如同没了腿似的那么不方便，后来回来到车辅看看，已经烤好了漆，正在上零件，于是由老王处拿回大座子，按上，等了一阵子才回来，至家已十一点，娘亦方由力家看九姐归来，斌母及五妹小弟亦方归去，斌一人未来，拿劲了，休息一阵子，收拾睡下，亦是十二点多了，今日上午在青年会看见王燕墀的太太，由他介绍过了，本在我校女部念书，长的还好，不过骄傲点，王燕墀可瘦多了。

7 月 27 日　星期六（六月廿三）　　上午晴，下午阴

早上十点跑到财政总署去找强表兄，他谓该款系指定作为我与刚弟做学费之用，不能拨作修理自行车之用，不能提出，则我自己再想别的办法，反正修理车了，得还车辅不是，自行车烤漆以后，全部焕然一新，看着过瘾得多了，由前门跑回来路过尚志医院进去看九姐夫，不在，去协和看病，回来休息一会，看报，午饭吃蒸饺子，留伯英在家吃，饭后下象棋与铸兄四弟等，二点习小字，孙祁来约铸兄去艺文，旋去，习完小字后，补写昨日日记，至五时，与铸兄同去艺文看公开排球赛，此时天上多云，

小雨初晴，天气甚为凉爽，本拟下午去中南海游泳池玩，为了天气不好便未去，此时打球到也凉快，看的人不多，打的不大精彩，无什么意思，至六时半即归来，晚饭后稍息，写日记，闷闷无聊，连着二日未见斌矣，晚又阴，雷声殷殷，又有雨意，娘去黄家，全未在家，去文昌阁了，这年头各种各样的人，在各种各样的环境中，过各种各样的生活，而想要做一个现代的青年，是不易的，并是不只知穿合乎时代的衣服，用时代的物品，享受时代的娱乐一切，那只是一个衣架子，绣花枕头，高等的行尸走肉，活的费（消费）物罢了，又有什么用，必须有时代化的头脑，精神与丰富的知识，健全的身体，才够得上称为一个时代的青年，只知快乐享受，跳舞，吃大菜，看电影，游泳，溜冰……而已，其实人要知足，度德量力，如不知深浅，妄想高攀，令人耻笑，实为恬不知耻之徒。

7 月 28 日　星期日（六月廿四）　上午阴雨，下午晴

九点才起来，习习字，看看报，随随便便便过了一个上午，饭后照例铸兄与四弟下象棋。我看过报纸，听听无线电音乐，心中终闷闷，一点半过去，看斌，她在床上躺着看书，随便闲扯，她说郑燮已有事去唐山，每月九十，但生活甚清苦。她床上摆了几本《沙漠画报》，及一本最近，上年的合订本，是江汉升送的翻着看了半天，最后那期登有一张斌站着照的相，是在游泳池的，这下子，她一定心中高兴得很，小姐的玉照在《沙漠》上登出多荣耀，她打扮要出门，我便回来了，约坐有一小时半，把前天写的信交给她看过，又拿回来了，看她似并不在意，果然是淡然置之，一切随她吧！谁叫我一切都错了呢！她昨天下午去罗马看第二场的电影，《风花雪月》，宋雅海妮、泰伦宝华等演，不知又是谁的约会，这年头都是女的吃香，一切都有人请，多美！有白玩的地方就去，管那些，回来心中烦闷，便骑车出去，到王家借来书三册，他们要出门，我便又到赵祖武家去谈天，他在家，闲聊了半天，五点出来便到于政家去，才到不久，单贤德沈正仪也去了，一时神聊，说去西直门外走，说走便走，四人骑车直出西直门，此时已六时，本来说去天然博物院，后来竟跑到燕大去，在燕大

高中及燕大稍绕，因怕关城门遂又驶归，至家八时半，想不到今天会跑这么远，晚斌母来，谓斌尚未回去，不知又何往。

7月29日　星期一（六月廿五）　上午阴，下午晴

　　为了晚日跑了趟长道，今天一懒便没有去打字，一直睡到九点才起来，一早上看报，习习小字，便过去了，这种平凡沉默的生活，实是无味之至，午后便整理书架子，久未动，又乱又污，蒙上了许多的尘土，整理后，望过去，很是清爽，弄完了，又懒得做别的，一天到晚只感到无聊，与乏味，全身不知搁在何处才好，总觉不自在，也无处可去，亦无兴味，拿起书来看，又没精神了，不知自己为什么这么颓废，这般没精神不振奋，自己对自己这些日的糊涂生活实是不满，真得改良纠正一下才好，起初卧在床上心绪又起伏不定起来，因为爱斌到了极点，所以对她近来不和我在一起，她并不在意，漠不动心，昨日给她看那封信，更是看完就算了，无何表示，更无一言慰我，令我十二分的灰心与失望，而她竟今天去这玩，明天和那个去另一处玩，玩得十分高兴，并不把我放在心上，也许忘了我，故不禁因爱她反而恨极了她的薄情。人的心实不可测，隔层肚皮谁也不知到底是怎么回事，而真心真情真意，更是不可轻易拿出对于一人，不然是顶危险的事。结果最易使不慎而伤心的，不经一事，不长一智，实在不错。看看斌给的两封信，她是早就不打算和我有什么好结果，也许根本她不爱我，不过一时被我感动而已，不是自然的感情岂是被勉强得来的，也许她根本抱悲观对我二人友谊的前途，所以现在她虽和我疏远，而并不难过，反而很快乐的过着。而愚呆的我始终努力希望那理想的花会结成美丽的具体的果实，现在遂陷入烦恼的深渊中了。昨天信中说的自拨，实是为了安慰她而骗她，实在我三年的热情，会在这么短的时间中收束吗？绝不可能的事实，不过仍是为了爱她，才那么说，才使她安心。哼！也许她根本没想到我和她疏远后是什么样？她根本不关心我，更不会心中不安，看了这些字，也许更会笑我！嗳！我怎么陷入这么深呢！可怕，自缚的亦未免太苦了！事已如此，悔不当初，都是无用，一切只有自

责，以后更应竞之小心，胡闹太不应该！一个穷学生还是安分一点的好，努力一点自己的学业是正经，哪有那么多空闲的时间与金钱来陪伴小姐吃玩乐呢!? 心中稍静方朦胧睡去，约睡了一小时半，四点半起来，遂过去看看九姐，人尚好，伯长未在家，坐一刻回来，力家只余太，九姐，小妹，小孩及仆人在家，殊无趣，回来看书，书是处世奇术《How to win Friends And enfluence people》，American's Dale Carnegle 著，李木译，学些处世待人的方法，我这个愚笨的人正应学些这种技能与知识。晚饭后又到力家小坐，伯长已回来，打字机不在家，旋即归来。四弟五弟已由黄家归来，每逢他们去黄家，我未去时，他们回来，我必常问斌在家未，干吗呢？而她从来没有问过我一次，我也太痴了，为什么我这么做，我自己也不明白，内心一种无名的潜势力催促我这么做，这么关心她！

7 月 30 日　星期二（六月廿六）　　晴，多去，晚雨

昨夜四弟铸兄下棋，我也未睡，卧在床上大唱，外边又下起大雨来，里应外合闹成一片，一直到午夜才安静了。今天早上去习打字，道不太好，大街还好，就是从家到大街，处处都是泥塘，打了一小时，不过瘾，便跑到尚志医院用九姐夫的打字机又练起来，他才起不久，后来力伯长来了，与她父亲一同去协和看病，我却一人留在那里打字，一时兴起竟打了三小时多，到中午快十二点了才回家，坐得久了，手，背都有点累，昨天九姐问我去游泳否？今日九姐夫亦问我会游泳否，奇怪，一定是行伦去饶舌，说我和四弟常去游泳。近一月来，自和斌逐渐疏远以来，我自觉极端老实，安分，哪也很少出去，多在家闷着，心绪不佳，无伴亦无高兴，去年未玩，忙着家事，今年月日孙翰拉我就去了这么一次，第二次还没去呢，这值得去说啦！爱造什么谣便造什么吧！反正我良心对得起自己就是了，事实胜于雄辩何必多言。午后习小字，并看书等，自觉读书太少，家中可读之物亦甚多，今后当努力充实自己，多读多看，否则腹内空空如也，自己也对不起自己不是，读处世奇术尚感兴趣。四点半出去买物，看见斌方回来，归来换过衣服去七姐家，今日她生日，一家全未在家，比去

年还没人，只好又跑到五姐家去坐，放假后尚未去呢，小坐未一小时即归，因无人谈天，殊无味也。绕东城一周哪也未去，赶回家用晚饭，铸兄急于接其太太来平，已找好房屋，连日置办一切，忙甚，一礼拜内即可搬妥。晚饭后读书，记日记。连日非阴即雨，今晚又降暴雨，雨虽止，雷声殷殷不止，因之凉爽未去，下午得大马一信谓礼拜四在西四南看见我和华子了，眼镜尚有用，又得小徐一信，他因无心事，生活很是恬适，他已与赵订婚，此车开的不可谓不快，前后相识尚未一年之久，他的大功告成，可喜可贺，我的希望却愈来愈疏谈，终将成泡影了，结局总是个悲剧！

7月31日　星期三（六月廿七）　上午晴，下午阴雨

天气凉爽了，就好多睡一刻，早上真想多睡一会，但仍得鞭策自己去习打字，昨夜大雨，幸雨水皆已渗入土中，比较好走，但终少不了泥塘。觉得今天成绩稍好，只要专心就比较好一些。八点多回来，路上遇见了伯英，倒是多日未见了，现在她成了怪僻与家人多不和，亦是爱情在作祟，又碰见了行佺，听五姐说，他现在正在代替夔去瓦姑家教小孩，到家又感无聊了，拿起处世奇术来看，习小字半页，无什进步，很快地过了一个上午，今天小妹生日，中午吃面，吃的很饱，吃足了，忽然精神又倦怠起业，卧在床上，一直睡到下午四点半才起来，四弟五弟等去春明玩去了，过去黄家看看，五妹却在家，她说斌回来又出去了，足一玩，坐了一刻便回来看书，晚饭后在院中小坐，颇有凉意。

8月1日　星期四（六月廿八）　上午晴，下午阴

一清早打完字，无聊，也无地方去，便回来了。在家门口碰见五妹，进来坐了一会，就走了。一会四弟回来了，说他同学王宝隧，答应借我打字机用，一高兴立刻又促他同行去茶食胡同取出打字机，由四弟雇一洋车拉回去，我则顺便去尚志医院看九姐夫，他方起不久，把本月的用款取回，和九姐夫谈了半晌，闻我欲转系他不大赞成，谓多吃亏一年何苦，中

国此时专门人才亦用不着，大学毕业不过一名义而已，能学以致用者，能有几人？又谈及邓芝园之长女去美国，因无钱，初为一俱乐部之女侍，因不慎误以咖啡污某老妇之衣，茶俱亦碎，遂惭往见经理，经理见其英文说的甚好，询其家世，俱道所以，遂引至某老妇前为之缓颊致歉，并道其始末。老妇竟欣喜奇遇，偌其继续工作，后竟时常讲述中国故事，某次讲演中得百元奖，后老妇又为之介绍至某会为宣传员，现在每月约有百元美金，生活极安适，令人可羡。在外国与人之机会亦多，有机会仍以去外国为妙。归来看报，午后习打字，王某之打字机不甚好用，至二时一刻，去蒲伯场医院打霍乱预防针，不取费用，又至中央看气贯长虹，人甚多，内容尚佳，散场后去艺文看排球赛，至六时许归来，饭后至院中小坐，竟觉疲甚，精神连日委顿，不知何故每日做有用之事甚少，困极，遂上床睡下，亦未漱口濯足，实我每日生活中甚少之现象也，闻五弟言，小徐下午来找我。

8月2日　星期五（六月廿九）　（闷）半阴晴

近一月来极少与斌接触，更可说是自七月来并未一起出去过，一半有她的一帮新朋友一起玩得很好，一半我自己也觉悟，不要走入迷途，便自己前途尽成荆棘。近来每每自己努力使自己脑子不想到那些无谓的事情上去，只想如何读书应读何书，应做何事，感到生活压迫下，自己亦尽力之所及来想法得一点收入，虽不能对家用有何小补，就是自己作零用亦不坏不是，可惜一时没有机会，午后看看书习习小字，一天总觉闷闷不快。至四时许，至强表兄处，未在，遂去郑表兄处小坐，并把二宝纪念册拿回去，不料孙祁亦在，与大宝二宝小三等闲扯，又与郑三表兄谈谈时局，至六时许始归，大宝很肯念书，自己在念循序读本第四，二宝要考贝满，亦在加紧念英文，并请一人教她，每天念一小时半，很好，四弟五弟等总不知自己去念，实令我心烦，至六时半与孙祁一同归来至五条分手，今午铸兄去保接其太太，下礼拜一回来，即移往椿树下头条一号内，晚饭后沐浴，连日阴天，处处发粘有味，洗一个澡舒服得很，和四弟谈昨日九姐夫谈邓芝园

长女在美之事，以鼓励其努力读英文，今日下午力大姐来与娘等座谈久之始去，前日力大嫂来谈，皆言西院对外传言黄家老三与日本人跳舞，造谣造的一点边都没有，真令人听好笑，可气又可恨，不过近来斌自己的行为也太不检束，玩得太厉害，在家的时候极少，难免流言，晚早休息。

8月3日　星期六（六月三十）　　上午晴，下午阴，闷热

上午和四弟出去理发，又买了些凡士林等回来，天晴了，太阳晒得热得很，回来看报习小字，中午吃蒸饺子，不错。午后不久又阴天了，饭后收拾收拾东西，洗干净了玻璃瓶子，冲好了一瓶硼酸水预备用的，消毒洗眼都很好，现在时常想在将来如何如何弄成一个一切合乎近代化的家庭，家中应备有各种日常药品等等，欲实现这个理想也全都在于我们弟兄们的努力如何了？一下午天总是阴沉沉的，本来想出去玩玩，去看赛球，这下子得，还是在家等着吧，在家和四弟下下棋，习习打字，后来斌母，五妹，小弟全来了，又去土地庙，斌母又把文昌阁那个小胖弟弟抱来了，才一岁多，什么都吃，四点多，四弟旧同学宋宝林，杨善政，何继鹏三人来找他玩，一个个长的都很大了，变了很多，我几乎全都不认得了，坐了一刻便走了，下起雨来了，本来要去北海，后又改去找陈九英，娘等和斌母又谈斌事，斌母说，她出去上那玩，她母都知道，去跳舞怕什么？既然是她母放心，允许她去，他人尚有何说，根本管不着，不过西院的女人的嘴，是第一差劲的了，她到处胡传又说到我，每天都在黄家，以前我到承认，现在一个月了不常去，从前去也不过是聊天玩，也没有做什么亏心事怕谁说，爱在力家怎么宣传怎么宣传，力家，及任何人知道了也没关系！？但是斌自己近来玩得也太厉害点，不是看电影去，游泳去，便是跳舞去，自易招人嫉妒而生谣言，自己也应检点一些才对。

8月4日　星期日（七月初一）　　阴，晚雨

连着总有一个多礼拜老是阴天，下雨，讨厌得很，处处都觉得很粘

湿，反潮，讨厌得很，可是农作物此时却正盼着这阵及时的好雨，阴天凉快是真的，竟睡到九点半才起，十点去强表兄处，去看什么他做的关于我和四弟二人学费等用途的收支报告表，他却也是要去理发，看完没耽搁便出来了，无事便回家了，在家看报，习英文打字，午后习小字，又督促弟妹们念书，至四点把香港布的衣服拿去洗，闷闷无聊便到艺文去看赛球，有一场女子队赛，晨队和酉队，晨队是老将，前年励队那一帮，女师体育系的，酉队是新组成的，头排中是前年志成女校队的陈凤珠，个长大了许多，球打的比以前强多了，头一个 Grame 很厉害，竟胜了晨队。一般打得还不错，都肯卖力气，可惜后劲不成终于输了。末场是体友与红黄蓝赛，很精彩，不过时间已晚，且天又阴沉沉的，怕下雨便回来了，五妹小弟都在院中玩，小妹五弟告我先头斌来找我，谓我回来后过去吃菱角，她今天在中南海买的，我吃完饭，五妹又来叫才过去，她一人坐在院中吃呢，见我一笑，又给我剪菱角吃。后来四弟五妹等全来了，一锅六个人吃一会儿便吃完了，就进屋去坐，她给我最近一期的沙漠看，又说又笑，态度对我很亲昵，拉着我手，似乎这一礼拜未见怪想的劲，九点又下起小雨来，至九点廿分便和四弟等回来了，想不到今天她还会来找我一趟，还会看见她一面，本来想劝她几句，终于没说出口，晚有凉意。

8 月 5 日　星期一（七月初二）　　全日阴雨，凉

去青年会打字晚了半小时，打的很少，起来晚了，因阴雨，打完即冒小雨回来了。看报及督促弟妹们读书习小字等，并打英文字，阴天时雨时止，殊闷煞人也，年后又习打英文字，并习大字数页，多日不习，字几不成形，退步多多，本拟去车站接铸兄，其今日由保携春来平也，因雨中止，三时精神疲倦卧床上休息一小时，四时半铸兄一人归来，兰嫂已在椿树下头条新舍中整理什物，他行理已经取回，大小十件，又回家来取物，幸亏年轻，在此两天往返奔驰，年老决支不住也，助其收拾清楚，用洋车运走，如不下雨，即拟去其家中看看，他一移去，小床抬出屋中，顿觉畅清爽矣。置一家大不易，铸兄亦可真苦干出来，雨天意趣索然，百无聊

赖，又习小字半页，晚饭后在院中小步，小雨竟使气温降下甚多，几可着夹矣，在院嘘气可见初五即立秋矣，真快，大半年又过去了，冷了，煤炉又该值班了，又添了许多麻烦，讨厌得很，家用繁多，而物价奇昂，五十元未一礼拜垂尽矣，来日方长，不知如何是好，令人思之不禁焦灼之至，本月铸兄又搬家，所费不赀，能否至期相助实一问题，强表兄处事迄无音问，不知耗到何时，而电车公司股票又不肯即日办理押款事宜，思之殊忧闷惆怅不已，当家即知处世难。昨日对我殊亲热，今日又不禁精火中烧，竟连日沉静，理智甚强，终于安坐家中竟日，惟偶念及斌耳。

8月6日　星期二（七月初三）　　上午晴，下午阴

上午八点多，由青年会出来，到郑家去，坐了约一小时便回来，她们都在念英文，托大宝去王家说一下，四弟考学校的事，九点多回来，看五弟小妹念书，近来小本忽又时常过来找五弟玩，一上午看看书报，习半页小字便过去了，吃完饭正卧在床上假眠，被五妹来搅醒，适陈书琨老伯来坐，谈及欲为郑表兄介绍一女友，系唐宝潮之三女，二时始去，我亦去椿树下头条一号铸兄新居去看他，并把他的帽子等送去，他家中只租三间，已布置就绪，一桌五椅一几一柜一床，一衣架，二人住着亦颇自由也，兰嫂较黑瘦，似颇疲倦，坐顷之，铸兄出购物及报户口陪其出来，在西单厂甸分手，我径驰往真光去，久不在东城玩了。今天片子是菊痕克梦馥罗拔扬，茂文岛格拉斯等主演之《巫山梦回》（Shening Norn），尚不坏。恋爱与苦恼似永不分离，有乐就有烦，真不明白，为什么要如此！散场后又到艺文去看赛球，辅友与北华友谊赛，洋枪也去了，我因大马也去打，所以也去看，我到后一会他才到，还是那股子劲，因为他要打球，也没有谈什么，今天打得不好，输了三比一，大马在协和一天到晚很忙，过两天去找他玩，谈谈，下午又阴了天，现在早晚大有凉意，回来后知四弟他把兄弟会面，又吃又喝，又看戏，晚上又去吃，又看戏，足玩一气，他对于他考学校倒并不在意，今天我还去托大宝呢，回来小妹告诉我，下午斌问我，并来找我，我不在家，这又是怎么回事，不知她如何又会想来找我了，也

许为了来取那本画报吧!?

8月7日　星期三（七月初四）　　下午阴雨，凉

　　现在早晚甚凉，大有秋意，明天就立秋了，真快，快过大半年了，早上八点多由青年会又跑到学校去打听关于我要求要转系的事，前封信已经去了快半个月，也没回信，今天一问费课长，好，他说他根本没接着那封信，还好，今天跑来问一下，不然还傻等着呢，不会寄丢了，本城的信，铸兄放错了邮筒，不会，也许他事忙忘了，或弄丢了，他却告诉我没接到，没法子，便再写一封信吧！在刘记吃了点点心，第一宿舍大楼新盖的大半开学可以住人，工作真快，不到半年，在门口又遇见洋枪说了几句话，便分手了。顺路到中南海去找小徐不在家，后来才想起来今天是他去找赵的日子，便一直回来，五妹在我家与五弟小妹等一块念书呢，近来五妹常来，小弟到不常来，看报习小字，午后写了几封信给华子，学校等，下午阴沉沉，闷得慌，就是凉快，小风过处去又觉得有点冷，晚上盖大棉被一点都不热，夏历才七月初，真是坏天气，下午三时多又滴滴答答的下起来没完了，讨厌极了，二点半五妹小弟又来找五弟小妹玩，四点左右下雨了，便回去了，五点我午睡起来，四弟今日下午又和同学去看戏，起来后把书柜子收拾清楚两个，老搁着心里想着不安，动起手来不过半小时多的功夫，便完事了，所以凡事最好别说别想，只有去干才对，六点多晚饭后雨甚小如牛毛，便走过去看斌。她在做衣服，我去了便不做了，在一块谈天闲扯。拿起《沙漠》说了半天，她还是和我要那本《沙漠》。她母弟妹等在西屋，就我和斌在她屋，又说又笑的，对我还是和以前似的温柔，近日她显得稍胖，可是黑了一些。连日阴天没有太阳，怎会晒黑了！奇怪！天生来的债？近日心虽收回一些，但多少总不遗留在她身上一些，不禁又吻了几下，她也好似不愿意似的，可也并未拒绝我。挨着她坐在她床上，她躺在床上，谈谈笑笑，像这样子亲热，是近一月来没有的事，也没机会，今天算是很难得。雨是滴滴答答下个没完，可又不大，一直耗到九点我才回来，临行时，她也抱我吻一下，挨挨她的脸亲亲，样子又是两个

537

月前那么热烈，舍不得走的劲。我明白，我也相信，她也就独与我比任何别的朋友都亲近的多，可是她却也时时与新识不久的朋友各处走走，看看电影，不知她到底对我的意思何在？回来时雨已小，近来私自庆幸自己理智比以前强多多，不那么完全感情化，遇事也看得轻一些，不那么严重化了，每礼拜看见斌两次，已经知足了，能如此保持久一些亦不坏，人心难测，还是别希望什么吧！

阴雨连着几已半月，今年暑假过得十分沉闷无味，生活更是平凡枯涩。天热多在家中，下雨天凉在家一忍，多在梦乡亦一良事，阴雨不止，更觉百无聊赖，什么事懒作，不觉何以近来心绪以至颓唐如此也，是以近每常自奋起，藉以鼓励志气雄心耳。下半年即大三，每扪心自问，实愧不配为大学三年生也。

8月8日 星期四（七月初五） 全日阴，凉

不知又是什么缘故今天仍是全日阴沉沉的，令人的心绪那么沉闷无生趣，早上打完字就回来了，那也未去，无处可去自己也懒得很，回来看看报，便开始整理父亲生前所遗旧信，没用的就撕毁了不少，各处来来往往的信那都有，父亲一生所助的人不知多少，而一生不得意时多，晚景为子孙所累，每一思及心辄不安。直看至下午三时半方始看完一部。值此百物奇昂之际，而每月生活费用固定者只有五十元，尚不足半月分配，即完全用毕，后半月则全赖东挪西移，铸兄的助款等项，而物件奇贵，每日菜钱又不得不花，花了元余更不见数，亦不佳，母辄为之焦急愤怒，急怒又有何用？问母卖何菜不悦，不问亦生气，实无办法也，间或对李娘不满，养她数十年，岂又可一旦弃之不顾，且其一人，每日食用不多，并助理家事不少，亦非坐吃白食者可比，何必如此，无谓之至，而年老人啰嗦惹厌亦不免，因不可讳言者。下午五妹小妹去文昌阁中南海玩，小弟五弟亦同出去，我与四弟皆在家。四时许，斌及其母来，坐半晌始去。她来了就理眉毛，看她十分注意外表的装饰与美容，及好慕虚荣，毫不注意自己的学识的充实，至此已经满足，她如此实成一将来只知玩乐的典型女人，有被人

538

视为玩物的危险。且其近又陪朋友玩一整天者，游泳，电影足一泡，大菜舞场足一玩，晚有汽车送回家，多神气，她不曾与我同游一日过。何必多怨，我一个穷学生，既无此富裕金钱又无此宽暇时间陪她，她更肯三点多跑回家赶着修饰一番又去陪别人看第二场，对我她定不肯的哟！和我出去还得骑车多累，又是前排，那有坐楼上舒服神气。现在多少心情仍受她的影响，仍爱着她，而另一方面也恨着她，因爱而生的恨，也是因她有时说话态度太侮辱了我的自尊心，令我不快，伤了我的感情，因她放荡不羁的行径，而她家中既不加管束，别人夫复何言。近来外边对她而发的流言与印象不佳有时未免言过其实，我听了也不免为她生气，且并拉上我，我一个男孩子倒没什么，没有对不起见不得人的事，又怕什么人说闲话造谣言！只一个女孩子却不应受人如此胡批评，我为她自身名誉计，最好能劝她行为检束一些。好在这几日她每天都很早回来，至少这一礼拜是这样，没有去看电影游泳和跳舞，但见了她，因为知道她的脾气是愈说我愈这样，就是这样！更糟的是踌躇，迟迟总未出口，我每天老去，也不好，且也没什么事，所以还是少去为妙。今日又想去来着，理智努力约束自己未去，而她来了，看见了，也就是了，晚上做信三，一与小徐，（仁契）一与朱君泽吉，一与赵君德培者，近对斌凡是有玩，不花钱的地方就去，不管才识不久的朋友也好，满不在乎，有玩就去，时常批评些别的女人："人常常是看见别人不对，而不知自己的错处。"真是不假。暑假手中无钱了，自己也老实了，想起从前每月本来有余的，而于斌在一块玩得反不足用了，回想起来，甚是可笑！

8月9日　星期五（七月初六）　全日阴

老天爷今天一天到晚还是愁眉不展的，一上午在家习习小字，看报，仍是那般平凡沉闷枯寂的过来了，无什可记。午后二点四弟那几位把兄弟们又来找他出去一块玩去了，倒不错，我闷了便也出去，一个人到中央去看电影。是小飞来伯与金西罗吉孙主演的《风花雪月》（The shining Jime），内容虽空泛毫无意义，不过演来还差强人意，剧情未免

有点不合理，像叙一个女打字员的罗曼史，与一个侍者讲恋爱却不近情理。不过一个人看电影总觉得有些寂寞，不觉得又想到现在令我恨多爱少的斌底身上去，现在是难得我和她在一起出去玩，她都是和她的朋友们一起去。她的交游广得很，看完才四点半，虽是阴天，可是很早，一时兴起便又起跑到东城去找大马，到北极阁去，找了半天才找到好容易到了，他又不在屋，白跑一趟。虽到了东城，可是哪也未去，便一直就又回来了，到家仍是无聊，北极阁还有二座楼房，也是协和的房产，盖的都很神气，大夫住宅更是洋味得很，能在那做事，也够舒服的了。医学校宿舍也比辅大强的多了，下午在艺文看见陈祝彭，都有一个小男孩了，在大街上又碰见了洋枪，东单日本商店栉比林立多得很，东城外国人多，另成一番神气，比西城热闹得多，立刻感到一种城市的嘈杂，令人烦恶。晚饭后和弟妹们在院中一块散步谈天，到也清爽，饭后忽觉身体十分疲乏，便早寝。

8月10日　星期六（七月初七）　阴凉

一懒，九点才起，床尚未整理好，赵祖武来了，谈起来才知道，于政家现在被人看起来，不准出入。因为于良与南方友人写信不慎，致被请去谈话，祖武告我嘱我别去他家，好，这两天我正要去找于政不料竟会出此事，令人听了为之担心，不知到底因何，何时方能解决，谈至十一时他才告辞回去，习小字，看了一篇伯英做的文，写的仍是幼稚，不太好，有的几句多不合其人的个性，身份，知识等，午后看报到三点许到力家去陈家拜寿，大姐生日，坐了一刻便出来，又到九姐处小坐，九姐夫在家，和他谈谈，扯了半天，他要回去，我也回来，今天去时，只九姐及九姐夫在家，二人现已说话了，很好，本来何必呢！五十岁数十年的夫妻了。五点多过黄家，斌尚未回来，坐了一刻便回来了，因四弟尚未回来，坐在院中看书，又和弟妹们一块玩玩，吃完晚饭时已是八点了，又在院中坐坐。天上云彩渐稀，希望明天能够晴天，天空已有许多星星，院中微有凉意，以后是一日比一日凉。入秋了，又有冷天的麻烦及困难，人生一辈子只被自己生活就压得喘不过气来了，今日是旧历七夕，又是天河配牛郎织女的故事，各戏院也从前一个月以前起就演上了，晚上 Radio 也放这个播音剧，还不错，今天又是在家闷着过来的，很是无聊，那也懒得去更是没意思，今年现在这样凉，游泳池恐怕是吹了，不知秋老虎还会热不？今年本不想去，都是要去看斌才去的，简直是因她才去的，今天又花三毛买了一本《沙漠》，因上有她一张浴装相片。

8 月 11 日　星期日（七月初八）　　阴晴不定

早上又是很懒起来，九点左右，十点半去林清宫看看林笠似四兄去，自为家事时去找他以后，有大半年未见了，我去时王彦强恰好出来，随便和四兄谈了一会，便告辞出来，倒第二附小去看看，小妹又来考本校，考的不大好，不知能否录取，回来又到衣服店内取了衣服，本来早上是我去的，后来我一懒娘起来送她去了，我就没去，午后正习小字时，铸兄与嫂回来，坐一刻即去。我亦出去，到南海游泳池一看，没有斌的影子，她没来，下水决心去了一半，后来太阳又藏起来，有点凉遂不下去，虽然衣服什么全都带来了，就在岸边看了半天。小麦和卢婉庄一块去了，玩有一小时即又相谐走去，孙翰兄弟去了，孙顺想不到也练的不坏了，不知是那一股子劲，一直站了有两小时多我才走去。由中南海出来到艺文去看赛球碰见不少熟人，大马也去赛球了，王贻，孙祁，小弟，四弟，五妹，伯英等全去了，快完了的时候，大宝二宝也去了。大宝告诉我昨天她去舒家，全泓告诉她转告我，本月卅日她二姐结婚在什么新陆春请我去，不知是真是假，赛完和她一块步行到西单分手，陆芳讨厌得很，回家在路上又碰见五弟，他正从他同学家秦白处出来，带他回家，晚饭后在院中散步，很是凉爽。可是因为白天站了几个钟头有点疲倦遂早睡，晚上听张妈说，斌今天下午五点多来找我，我未在家，遂又走去，她因回来屋门倒锁，无法进门，闷了，遂来找我，她是没有地方去了才找我来吧！

8 月 12 日　星期一（七月初九）　半阴晴

　　难得痛快高兴的心情，于是打完字便又机械的跑回来，看过报，正想再练练打字，不料斌忽来了。小姐一不高兴便不去上班了，随便瞎谈，她说她昨日下午去文昌阁，上午去游泳池了，我去大呆子，下午哪找她的影子，人家早和别人玩够了。她又嚷着要吃的，一时想起昨日买的一块月饼拿了来两人分吃了，在小姐眼中这一点是不算什么的，穷小子只供献这一点。她因文昌阁郑胖子鲲，爨的妹妹去了，讨厌她，躲出来才找我，烦了才找我呢！阅报知道京华移在下斜街九十二号，畿辅先哲祠旧址，离斌家更近了，以后她家将很热闹。我想去看看，她也要去，可是又去叫了小弟五弟一块去。到她家，她送我一本最近出牌的《沙漠》廿七期（第三卷），把她在池中的玉照作封面登出来了，人家可以为了她的肉感相片多卖几本画报，腰中多收入点，而她却很以为得意呢，而她特意买了一本送我，情意可感了！我对她说："京华挪到这，蒋兆和还得跑到这来！又可以在你家休息休息。"她很快很自然的答道："可不是，从他家来这多远呐！"她从家中跑去找蒋兆和都不嫌远呐，蒋来教书赚钱，为了要吃饭就嫌远了，再远点，怕他不来！我听了答话，心中如被刀刺，急以他话岔开，不知蒋那点把她笼络得这么好，前一个多月还说蒋追她讨厌，现在常在一处玩，而不觉讨厌了。许久不进"大楼"的门了，大楼就是我们小孩子对畿辅先哲祠的特别称呼，进门去各处地上污秽得很，树叶，荒草蔓生各处，从前的池园也荒芜不堪，杂树丛生，碍人手足，回想从前与家人来游并摄影，至今老父弃我等而去，其余亦多星散，昔在池底所摄影处，树莽长过人高，思之不胜今昔之感！十一点多回来，为了斌近来的转变一时扰得我心中十二分的乱，饭后卧在床上看最近的《沙漠》，内容愈来愈无味，只为了封面斌的一张相片而留着她罢了，其实那相片照的不太好，笑的也算好看。想起斌现在也不和我在一块玩，正好，我也没钱，她不开口和我去，我也装糊涂。其实我就是有钱她和我在一起出去也不能和她别的朋友请她去玩的地方相比。现在我二人之间无形中隔了相当距离，她几乎全部心中都是舒适，享乐主义，拜金主义，以后她的归宿也得择一个有钱的才比较合适，而有钱的人多玩弄女性，无爱情，其实是有钱物质享受不是真乐；爱情专一，夫妻二人有浓厚的爱情才是真快乐。斌如果抱着惟乐主义，正在青春时候还好，青春一过，有她后悔的日子！午后卧在床上，心里乱的很，明知道将来和她没美满如愿的结果，还不如现在早点丢开手，极力想把她在我脑中淡下去，但没有那么容易。极力想忘的事偏忘不了，一切在脑中刻印的更清晰，真是烦苦麻烦的事，连我自己都讨厌我自己，为什么爱管闲事，为什么会那么毫无理由的关心着斌的一切，甚至于那么琐细亲切，而反应却是感到我这些都是多余讨厌的。两点左右，正在写日记的时候，忽然斌又来了，小睡方醒，听她说还没喝水，一种无名无形的潜势力，命令着我去自动的给她倒了一杯水，她闲谈几句，要去东城找她妈妈，可是自行车坏了，我随口说也要出去，她竟邀我同行，原来要我代她把车送到车铺去修理，不然会来找我同行？心中明明知道又被她利用了，可是却仍是给她办了，她坐洋车到宣武门坐电车，我二人各自行各自的路，难得同行，我去前门转了一趟，在南池子南口电车上又看见她，到七姐家看看，关赓麟太太与七姐不知在谈什么，三叔不在，大叔亦未回，七姐夫旋亦欲去赴诗会，我遂亦辞出，至东安市场转了一圈，东西不少，没有钱买，随随便便走到协和去，恰好大马下班出来，说好去找他，回来到市场取了车，到他宿舍坐了一刻，他请我在那吃饭，协和宿舍的饭是每人一份，别一番风味，与清华又自不同，一客饭三菜内有一荤，饭、馒头管够，还有一碗汤和一碗凉午奶，才四毛五，真不坏，吃完和大马一块到艺文去，又等了一会儿才赛球，与体友作友谊赛，打的还好，头两个 Game 胜了，打到二比一，第四个 Game 都快黑了，到家已是快八点了，站的，骑的腰又有点酸。近来身体为什么这么泄气，从前是跑一天回来也不觉累。饭后在屋中和娘谈家条，食粮又告断绝，明天又得去买米，想起来都是烦，听小妹说斌母四点多即归，斌没找着，不知又去哪玩去了。

8月13日　星期二（七月初十）　半阴，下午闷热

又是阴雨不定，早上还下雨，幸而一回便停了，打完字出来，到南海小徐家待了一会，谈了一刻，他和赵新摄了两张相片，是同生照的，不错，怪恩爱的，多幸福呢！谈了一刻，约有九点多，他原来约好与赵去看哈大夫，赵肩上生了疙瘩，已是过了半小时，便急忙与他出来，在大街上分手，我冒小雨去前门浙兴行办理押款手续，预备买米用，不料还得要一保证人，临时又打了退堂鼓，到交通取回统丁的利息五元七毛，回家来闷闷看报，又习了一会英文打字，午后小睡一刻正迷惘间忽报有人来访，出外一看，原来是赵德培，请进来坐，畅谈半晌，天南地北，新旧同学的近况，无所不及，到也好玩，又说了半天乡下事，有机会真想去乡下去住一些时候，换换空气环境也很好，谈起来才知道刘德山近来品行不佳，日趋下流，上次来平已住有半年，而诡言方来四五日，托言其弟购结婚用之物，款不足，暂借拾元，我只借彼五元，闻林鲁及伯超（常斯泰）皆被其借去十元，后又有多人被骗多少不一，至今竟无音信，怪不得也，人真是不可貌相，处处都是坏人，值此时一时一刻都不可不慎连日外传风声极为不安，捕捉学生甚多不知何故，故仍以多在家中为宜，谈至六点赵德培告辞，我亦至西单绕了一圈回来，上午及三点左右尚有小雨，下午即稍晴并觉闷热，一天到晚并未做何事，无聊之至，心中总觉不快，晚习小字，在屋中弟妹们与娘谈笑甚欢！

8月14日　星期三（七月十一）　晴热

阴天下雨的足有半个多月，今天可见着晴天了，觉得分外高兴，打完字又跑到中南海小徐家坐了一刻，到九点了出来往前门跑，给家中办事，到浙兴一问，如果把定期未到的三百款支出来，可以省得银行剥削我的利钱，银行方面因是熟人肯了，虽不要铺保，但需找一人保，麻烦，不是我不愿去找力九姐夫及强表兄，因本来款就不多，一找他们，他们还以为有多少不告诉他们呢！何苦，打电话到美大和李娘说话，叫我去，便又跑到东城去，走到协和找着五姐谈了一刻，想起叫我去找农工银行的王希隆表姐夫去作保，由此我却想到了庆华的父亲，是农工银行的副经理，和沈范思很熟，找他不知肯否，但去一试，我先去向王伯父说说看，不成再由李娘去找王希隆，我去了，等了一刻王伯父出来，我先道了冒失，却先谈庆华昨来一信，谓他有病，谈起庆华病来，王伯父说了半晌，我乘他高兴时才说托他作保事，他接过一看，并未犹豫遂欣然应允，谓这没什么，便拿进去签字盖章，道了谢出来，和李娘说过她先回家，我又跑到浙兴拿去给银行看，这下没问题了，等了一刻手续办清，存在活期折内一年取出一半特为买米之用，到家午饭，晴天热得很，一早跑了许多路，在午饭时忽然忆及我今上午去找王伯父，无心中应用上了处世奇术中的条件，一是笑，二是静静地听别人讲话，三是谈他人所关天于他自己的事，于是我便很轻易地达到了我的目的，一入社会，接触人士，发生了交涉，便不得学些处世待人之法，午后略加休息，便与四弟同去中南海游泳池，阴天半月余，一晴天去的人很多，碰见不少熟人，四弟同学等，不料遇见向云俊、韩天佑、万邦平等人，谈起来，向搬家所买的房便是松三家的，巧得很，三点半，发现斌一人来了，想是看见我的车了，便在张望着找人，先看见了四弟，我在人堆中坐着，她未看见走过去，后来出去了，大半是去找江汉生，一会儿又回来，可惜未找到又打电话不知给谁，未下池子，站着看了一刻，与一女友一同走去，我却始终未过去向她打招呼，一半是懒，一半是既然明白自己和她不会有好结果，何必去妨碍她前途的进展，使别人（她的其他男友）见了多一点疑心呢，今天有一次在二十五米处玩，一不小心，不知如何竟往南方深处游去，想立起换气时，却不料水已没顶，急又游走，喝了几口水，认清方向，往浅处极力游去，方始脱险，好不危险，这种危机，我已遇到两次了，上来心还跳个不了，尚有余悸，我的游泳技术也够坏的了，后来在浅处玩了半天，到五点多，便与四弟回来了，到家觉甚疲倦，饭后即卧床上休息，精神甚是萎靡，两眼无力，看报都无精神，八点许斌母五妹，小弟等均过来，稍坐即去，我亦早寝，即知对斌无望，而每日心中多被其占据烦搅，对其特别关心，终不能忘丝毫，不知何故。

8月15日　星期四（七月十二）　晴热

秋老虎实在是不错，这两天热的够瞧的，上午八点多由青年会去学校，打听转系事如何，亲友知此事的多劝我不必转系，自己看一些课外书就可以了，老远到学校去，不料碰到什么瞻礼放假，各处都不办公，白来一趟，于是到第四宿舍找洋枪不在，写了一个条子留在他桌上托他代问，不知他肯否为力，又到新楼去看，内部均未完成，但据匠人说可以于开学后住上，遇胡宝璐，谈了一刻，分手我即回家，正在看报时，忽九姐由西院来小坐即去，陪送她回去，午后三点去第二附小看榜，小妹温书不得法，竟名落孙山，为之不快，又去陈老伯处小坐，把他来信所询我铸嫂之姓氏告之，又闲谈顷之，约一小时遂辞出，至郑表兄处坐，未在家，与大宝二宝闲谈，小孩子气大得很，扯起没完，一直聊到快六点了，又扯我去艺文看赛球，只看了一会便又回来，天气热得很，跑来跑去，闹了一身汗，她们非叫我在那吃饭不可，于是又去了维勤也在艺文遇见，一同回来，并且还特地买了五毛的羊肉请我吃，铸兄亦去，稍坐即去，维勤因去调查东郊农村与新民会合作每日一人三元，于是他有钱了，买这买那，修饰一新，比从前强多，亦吃好的，花钱亦方便，不知其除每日三元外，尚有其他收入否，并谓搬家后请我吃烤肉等，饭后他即回校，我拉大宝二宝神聊一气，一直到十一点才回家！

8月16日　星期五（七月十三）　晴热

今日上午又去找小徐，连着找他三次了，坐了一刻，相偕由他家出来，因尚早不到九点，便骑车往中南海东北去看，一直骑到头，满是草木，径路为之遮蔽，拂人头面，折回又到万善殿去观光一番，里边都是佛像，相当伟丽，金身如来，一进大殿全有一番庄严肃静阴森森之感，两旁列十八罗汉，后护法伽蓝，后殿内尚有不知名之神佛及一座七星塔上满是小佛，旁有龙王庙，与十八罗汉各俱异态，久未至庙宇观看，且此地多年未来，回忆与幼年来游时似稍不同，万善殿内尚有中日佛教会设于此外，外有一牌上书此殿殿之来历，知万善殿系明代所遗留，距今约有百余年，和小徐都绕到了，便又骑车出来取道出东门走南长街去前门找朱君泽吉，道上遇大宝二宝二人，衣一红一绿，惹人注意，朱君不在家，把他书还他，闻他有南下意，不知已成行否，碰壁而返，信步行来，随意闲谈，偶言及昨日下午西四南行人道上遇辅大女作家张秀亚在一卦摊上与老者不知谈什么，大约是在找材料吧，小徐闻之一时见猎心喜，硬拉我到西单北找了一位占课的王铁笔去卜封谈天，他随便问了一卦，又要我问了一卦，谓我有贵人相助，事虽有成，但不免迟滞，后来小徐非常关心我和斌的将来结果，非又要我测一字问问不可，他替我择了一个字是钞字，谓卧人无力，虽内藏乾坤，却有小人作案，凡事皆宜退忍，西方、西南、西北三方勿去，去则凡事审慎，过八月，入九月即转好运，虽其言略有所合，但终不信，一笑置之可也，出来也近十一时，又邀其至亚北略坐，吃了一点东西，遂分手，想不到今天会去看算卦的，午后疲倦卧床上睡着，到五点方起，铸兄忽来，与四弟下棋，旋去，今日烧纸衣，他回去接其太太来，我等不知，西院未通知遂亦未过去，今日力六嫂生日，娘过力家小坐，晚甚凉爽，唯一日之间精神不佳，小徐将要离开伟人搬家至受壁胡同九号住，距学校甚近（今天是我的纪念日）。

8 月 17 日　星期六（七月十四）　　晴热

早起五天，今天不免偷懒起得晚了些，八点被五妹来搅醒，于是起来。谈了一刻，小妹回来了，她们俩在一块说一会话又出去了，早点后卧在床上看报，不一刻，四弟五弟相继回来了，习了半天打字，机器不好，打的不好看，又看了一会四弟借回来的《三六九画报》，一个上午就这么交待了。午饭后不知今天怎么这么懒，老爱在床上待着，不然又要睡午觉了，太不好，于是立刻爬起来，在书桌上检阅旧日父亲的信件，没用的便撕了不要，三点许，五妹小弟又来，四点去，我亦因在家殊无聊闷闷，亦出去走走，到小酱坊胡同郑家，不料三表兄请客，大宝等亦有同学，不便

在彼，遂出来，在西单遇小徐及赵，他们去真光看电影，他要请我去，我因尚得回家去上供辞未去，遇见他们和美的劲，前途幸福，不禁令人羡慕。又到王家去看看，都未在家，遂归来，坐院中观书至六时，去西院上供，饭后在院中小坐颇凉爽，然终日心殊烦闷不快。

8月18日　星期日（七月十五）　阴闷

又是烦闷的天气，阴沉沉的天，还不时的下小雨，一上午看看报及处世奇术，快十二点的时候，斌母来谈天，不一刻斌也来了，穿着她自己新做好的绿色布旗袍，宽边，头发又改了式样看了好似大了好几岁，脸上涂得红红白白的，倒是会修饰，化装起倒也颇动人呢，见了面近来似没得说，无形中隔离了很远，待了一会儿她们便都回家吃饭去了，我们随着也用午饭，饭后继续看处世奇术，照着书上去做，显得那么圆滑，不易，因为每一人都有个性，本性难移，不然谁都是个老练的处世者了，卧在床上，心中又不安起来。我极力想把斌放在不在意的地方，不要把她总置在极其关心的地位上，几天没有见她还好一些，禁不住她来一次的诱惑，使得心中火又要燃起，二点左右走过去，她在床上躺着休息，一会便起来了，她去略加修饰出去了，说是去文昌阁，谁知去哪？上次有那么一个礼拜日也是，我去了坐了不久，她就出去了，我也只好回来，去她家可以说就是为她去的，今天我试邀她去中央，她竟拒绝我了，使我是又失望又伤心，值得让我这样吗？她似乎有意避着和我一同出去，我也太无志气，无聊得很，决定带五弟去郑家走走，散散心，有时真感到做人没意思，自己落入情网中更是苦多乐少，能自拔的又有多少!？三点左右我与五弟一同去郑家，我和三表兄谈一会，陆芳也去了，和小孩子聊了一阵子，六点才回来，买了一点东西，到家才知道娘自下午过黄家去便一直没回来，也未回家吃晚饭，五弟四弟饭后亦过去，后又同五妹小弟二老妈（老张妈亦去）同去逛大街，缘今日是旧历七月十五日，所谓中元节，各处烧法船，放焰口，放荷花灯，超拔鬼魂，北海等地必有一番盛况，我则没有这心情，在院中亦很凉爽，随意喊两嗓子，看看月亮，不是也怪舒服的吗？一个人在家，随随便便，院中凉爽立在那里看看天上明亮的清月，很是幽雅。正在静静地欣赏的时候，突然绿门那里黑影一条，渐渐走近，借着月光定睛一看，实是出乎我意料，原来却是斌一个人姗姗来了，想不到她会肯来，一个人来看我，这么晚了，尤其是她知道都出去了，只余我及李娘二人在家，让她进屋坐，请她吃点零食花生水果等，谈了一阵子，今天晚上她会那么温柔，对我完全又是一月以前的态度，那么亲昵，我随便说几句，她竟会一再的流泪不止，却是我以为稀奇的，她说我变了，她不是和以前一般，我变了？她一个月来足和其他的朋友玩一气，电影，游泳池，舞场，哪都去，我不成，和生朋友总玩不痛快的更不愿去，我一直丝毫不懈的老关心她的一切，哦！我变了，她说我礼拜三是成心不理她，她全明白，她那么清楚我的心理，她比我聪明，可惜不肯念书，她不定笑我多少次呢!？我这个大傻瓜，总做傻事情，和她谈别人说闲话的事情，她也早就知道了，我知道她脾气果是如我所料的那几句话："就是这样，谁也管不着！"甚至于说："不要我也有地方吃饭。"这却是危险的思想，不好。年轻人火气大，只顾目前不顾以后，青春一过，女子找饭吃难极，她却绝不承认，绝未想到，她思想的活动与范围与复杂起来却绝不是一般十八岁女孩子所知道那一点所能比的，她说因为我酸，酸的比别人不同，她爱得那么一种酸法，问她她也说不出，她为了这所以才理我！她说的，她有时却达观，她都归到命该如此上去，或是上辈该我的。缠绵不断温存地谈着，一直到十点半，其间也不免不越轨的亲热一番，她用力的抱着我，吻我，我又感到恢复以前一个月以前的热，理想的乐园中去，她要回去，非要我送她回去，于是在皎洁的月光下，并肩伴她回去，她告诉我每次我和她的疏远一阵子都是她外婆来了回去以后，本来我对老头老太太是有好感的，因为如此，对她老外婆多少总有些恶感，她到家就上床休息了。娘和张妈还在那和表嫂谈天，娘自下午三点左右去黄家一直到夜十点半多才回家，足有七个多钟头，并且在人家吃晚饭，真是少有的事，不知都有什么好谈的，娘走了，我也要回去，她又留我在那坐一刻，我不知怎么对她的话，却是那么无力抵抗的，她给我一期《妇女新都会》，上面正页也有一张斌的浴装相片，旁标"北平名闺×××小姐"。她告诉我，她很后悔，

《沙漠》封面那一张相片，力家都知道了，知道就知道吧，这又怕什么，怕就别叫他们登。在床边伴她坐了一刻，到了十一点我便回来了，小孩子们去公园尚未回来，今晚李娘去睡，张妈、娘都在黄家谈天，二弟一妹亦都去与黄家同出去，斌又来找我，清夜对月畅叙衷肠，这种好机会真是难得的很，也是一个奇迹！

躺在床上，觉得人生真是一个谜，谁想到，今晚上会是这么过来的，生活，明天怎么样，谁又晓得，斌对亲疏远近莫测其用意何在？今晚的突如其来？与她近一月来对我的行径大不相合，总不至于又是什么笼络的手段，来耍我这个大傻子吧！谁晓得她葫芦里卖的什么药，不知她对我（到底）是什么意思！？

8月19日　星期一（七月十六）　　晴热

早上八点多去访祖武未起，遂至久未去的松三家看看，她母谈起来倒是很惦记我的，谓怎么久未去了，谈了半晌，新又移进一家邻居，是谈六弦琴名家黄卓人，他太太就是辅大校长的长女，巧得很，我也很喜欢"吉他"，由松三母亲来介绍学学倒不坏，可是够贵的学费说他成天弹琴，九点半多，又有人来，我便辞出，顺便到舒家看看，和泓谈了一刻，她说她姐姐卅日在新陆春结婚，拟请我做伴郎，我以有服在身辞去，并请我那天去，我尚游疑未定，至十一点出来，又去趟祖武家坐了一刻，闻袁兰吉已由乐家出来，想其事较冷淡下去，心中稍慰。十二时归家，休息半晌看报，天气热得很，娘又要我去银行提款，什么买面钱，房租钱，又是五十多，这般花起来，哪有够，不两个月就可以用完了，娘对于家用根本一点计划都没有，有了就随便花，多买些，多用些，没有就憋住了，就这样！又是必得花的，没法子，只好又去，恐怕银行里都奇怪我为什么老去拿钱，还以为我是坏子弟呢，胡花去了，其实我都是禀明，秉承母命取来，作家中正当用途的，买米粮的，近来没钱了，便在家中一忍，哪也不去，由银行出来直驰中央去，想不到一个旧片子人会这么多，好容易在后排找了二个位子，泓也如约来了，片子内容还好，腊人真不坏，都很逼真，美得很，这是和泓第二次看电影，在一块总不如和斌在一起随便，自然一些。散场后，她又去别的地方找同学，我即回家，天气热得很，觉得今天有点疲乏，到家五妹小弟在这玩，卧在床假寐一刻，晚饭后五弟五妹，小弟小妹蒋张二老妈一同又去遛大街，我在灯下记日记，四弟下午去北海，他们同学一同送孙翰，直到七点多八点才回来，晚又阴天看不见月光，欧战法已屈服，英德宣战方酣，德机轰炸英国各地，惨极，人民何辜，遭此大劫，战争万恶，莫此为甚！时局如此，闻之心神不安，同情英民之涂炭！老百姓受罪！打什么劲!?

生活奇昂，家用浩繁，每月共力撙节尚非百余元不可，如此用法，以此少数之款，坐吃山空，无钱用时，眼看就到，此时什么事都要我去出头，要我去跑办，看人颜色，家务，人情世故，种种都得我去应付，烦恼，把廿岁青年有的活泼态完全收起了。

8月20日　星期二（七月十七）　　晴热

近来生活真是平凡枯燥之至，毫无可叙者，似乎少了斌生活中便少了活力，心情那么无处寄托，想起来，我和她要好的程度，最高时，竟可算是达到无以复加的程度了，想不到为了种种原因环境等，而却反使我们两方都不得不忍痛暂时疏远一些！我忘不了她，而她大半也不易把这个印象从她脑中除去，但我写这两句话时，我同时也记得人心是善变的，尤其是好虚荣意志薄弱的女孩子的心！早上有一人未去，在青年会多打了一刻字，九点多到郑家去很是无味，近来常去他们那，也无事可做，谈了一刻，到约有九点半多泓也来了，坐在那竟听她们谈天了，郑雯还是不脱孩子气，有时仍显得那么随便洒脱天真，而泓却总是那么爱不好意思，爱害羞，一来就拿手绢捂着嘴，十足女孩子味，胡扯一气，泓的二姐姐结婚，非请我及雯也去不可，约十一时半才辞归，自雯等知道我和泓认识，这是第一次她们看见我俩会见，竟听她们谈话，我只坐在一旁静听很少说话，天气热得很，午饭后卧在床上看会儿报，前天看见斌的相片同样的又登在天津的妇女新都会画报上，是前天夜去她家时，她给我看的，今天在西单

特意买了一份回来，看定了，不知为何精神十分萎靡，竟又尽寝，一直睡到五点才起，送面钱过去还斌母，斌及其母均未在家，即归来，晚饭后习小字，阅书习英文打字。

8月21日　星期三（七月十八）　阴雨，凉

又是阴天，一上午接着我打的那位没来，我便打了两小时，回来时到久未去的孙祁家看看，孙湛大病后亦好了，说了会话便回来了，阅报，饭后读书顷之，阴而不止，又复陷入百无聊赖中矣，三点左右，精神又倦，卧床尽寝两小时许方起，觉甚凉，秋风秋雨阵阵凉矣，米面忙完，又着急煤了，一切现在都得我去应付，筹划商议做主了，才过廿岁的人就来应付这些磨难了，深深的觉出人生的味来，这重担已经起始置在我的肩头上了！压着，压着，不知到何时方能直起腰来扬眉吐气的畅快的活着，书是多得很，也可以找些事来做，不知为何心总沉静不下去，老想念着斌，没有心情去做什么事，只是懒懒的发闷，难得高兴，恶劣的环境，怎么有快乐产生，每日生活中不如意事常八九，眼中所触的都是不快的事，弟妹等终日嬉戏胡闹，吵乱，时惹人生气，娘着急，不知何时方省人心，自己懂得事，不能助理事务，反从中生事捣乱，四弟虽较大，仍是什么不知，终日昏昏懵懂，娘遇事辄急嘈喝骂不止，肝火极旺，今晨老李娘又吐有血，实骇人，其吐血病已数年不犯，不知又因何故又吐，我很是着急，这么大岁数犯病可不是闹着玩的，暗自忧急，急服药喂水安卧休养，中午力家二及方面派人来量地，闻西院一带及玩所住之房均拟出售，本主出售，则又须搬家，多年未曾搬家，搬家岂是易事，尤以值此时期，真搬不起，且搬家种种之用项，麻烦，困难，简直一切灯，水，炉灶，房屋等均须从头整理，谈何容易，简直不敢想，那又有什么便宜的房租如此宽大的房及院落。

8月22日　星期四（七月十九）　阴雨，凉

淅沥一阵子，滴答一阵子，又是那种烦闷讨厌的天气，早上一懒便没

去打了，五弟骑我车去开学，一上午看看燕园集便过去了，中午习了一刻打字，仍是时常出错又慢，泄气得很，午后习了一会小字，发了一阵子牢骚，天气惹厌，在家中种种都不顺眼，处处都不合心意，弟妹们不听话，四弟尤其荒嬉无度，劝责无效，甚愧忝为兄长，近常出游各处，置书于脑后，北海划船，什刹海聚餐，甚至大胆在北海中游泳，今日上午本令其去汇文报名，不料去了半日归来并未去报名，却与同学四人去摄戏装像，如此荒唐，怎不令人生气，饭后又去报名，至三时许方归，不知又去何处耗到许久才回，功课各种不成，明日即考，更毫不知着急，如此子弟，实少有，气极反无语责之，责骂已惯当无效，我亦不必再白费力气对牛弹琴，不图小孩三人竟如此费力也，午后散步庭中力家又派人来量地，闻西院学校已出售，早晚，此房亦是售买则必须搬家矣，如此则一切麻烦皆生矣，心为之忧急之至，种种不适使心中烦躁之至，家中又无余款搬家，巧妇难为无米之粥，实不知如何是好也，遂出去至尚志医院与九姐夫略谈，不过闲扯，亦无何意味，不一刻遂又冒雨归来，来去匆匆，自己亦不知其可也，归来仍烦躁，积郁于中，亟欲寻事一发泄感情，适弟妹触我怒，责之，娘竟责我，怒出，至四眼井小刘家坐，亦无味，七时归来，不料斌母及斌，小弟三人在。旋去，因我不快面孔，亦惹斌悻悻归去，晚殊悔，已之气难涵养也。

8月23日　星期五（七月二十）　　上午阴，下午晴

一个半月的打字，进步很慢，差劲得很。今日是最末一天了，不料才打了一页半，又耗了半小时，到十点多才出来。闷闷无事，一时就又懒得回去，往西单北走，遇见祖武，他去找林宪义等去打乒乓球，拉我一块去玩。找着林宪义又遇有几个朋友一同去新民学院即国会街前众议院旧址。里边甚大，初次来，后张振华朱北华先后亦去，他们打的都很好，我太泄气，一块玩了一会，到十一点三刻回家，玩了一会乒乓球，右臂筋有点疼，真泄气，近年来除了骑车以外，几乎没有运动的机会，身体很不行，午饭后卧床上看报，不料又睡着，不意近日精神竟委颓至此，实不可解，

四点起，看了一刻书，四点半至土地庙去绕了一下即回，无味之至，遂又出，至西四强表兄处将辅大来信与之看，我拟转系，谓允我转至一年级从上，那太不合算了，决不干，不转了吧！小坐即辞出，西单路旁两侧，五光十分，目不暇接，恨囊中空空，仍以不看为上，眼不见心不烦也，近日更因力家欲售住房，一思及搬家之种种麻烦，不禁令人愁苦之至，是以一念及家务，令人心终不快，晚饭后独坐院中，澄心净虑，静坐半晌，寒气侵衣，秋意已渐矣，煤火又上市矣，生活重担在无职者尤感重压也，四弟早去考汇文第一时因戒严而未曾考试，恐又半名落孙山矣，晚灯下阅完燕园集，内容多半皆系新诗，前有陆志韦，郭绍虞先生之文关于新诗等，我不感兴趣亦不大明了，郭先生谓，此时之新诗，往往有读者不能明白之句子，此乃新诗演进未成功以前应有之一个阶段也，但我至少现在尚不明白与不喜新诗，内有数语有暗合我心，或与之同感的，录之于下：王戟的《庆简拾零》中："……虽然因为家庭恶劣和戚友的势利受到抑郁，这些都是些小事，自己的天地得自己动手去创造正如自己跌下了得自己立起来，公理战胜强权永远是一句骗人的迷信，假使成为有血性的人，对怜恤式的同情却可拒绝？……旧的皮囊装不了新的酒浆；也许比从前更踌躇了……哪一日偿清这时光的积债，到别处去做一个有用的平凡人，这死城之春被残酷的主宰装饰得非常美，非常细致，不过风沙很多，风沙由塞外吹来，使人感到视息惟艰。"张敏珍的《望着向海的人》中："……我总是被小心左右着，因此我就悄悄地躲开了，一声不响地把眼皮垂下躲开了，压着自己的热情，仿佛有点失望，又有点悻怅，但并不觉着苦，其实是说不出的苦……我自解了，但并没解开，反倒是更紧了……太苦了，自己寻些迷离来咀嚼，我觉着我像个傻子，又大不承认……迷离，醒了吧？不，依旧是迷离，依旧是那么一个不堪回首的迷离！"这段话，好似可以说是完全对着我适才在院中独坐而写的，十九日那天晚上小孩子和老妈都去公园了，知只斌母一人在家，想走去过和她谈谈，表一下心迹，说她已知道我和斌的真情，但我现在很后悔，而她为我受了很大的损失与很多的委屈，我错了，但幸而未铸大错，但我仍以友谊的态度愿助他们一切，后因怕她大惊小怪而未去。

8月24日　星期六（七月廿一）　晴

　　昨天打字截止，今日无事，便起得很晚，整理点旧信，一个上午便去了，天气很好，可是一个人去玩，又多少感到枯寂，但仍极力忘掉那心之魔——斌——我是找不到她而且到了礼拜六礼拜日自有她的另外朋友陪她各处去玩，我陪不起，午后力大嫂来看李娘病，孙湛孙昭来玩，谓今日为孙翰生日，孙祁等一早便去了，说得我一时心动，反正又没事，也没处可去，闷得很，便立刻换好衣服，骑车去访他去了，关东店还是第一次去，找了一刻才找到，不近在八面槽北面，快到五姐家了，孙翰等想不到我去，孙祁在那显得那么冷淡，不理不谈话活该，我也不大理他，只和孙翰谈谈，他生日我什么也没送，要不是他九月初去日本了，我还不想去呢，本打算在那坐一会去看电影，不料他不肯叫我走，胡聊，看小孩子吵闹我懒得和他们玩，自觉愈来愈失去天真了，愈少活泼劲了，不大好，只静静坐着看看滑稽画报，听听话匣子及无线电，看孩子们吵，闹，叫，跳，后来来了一个姓朱的，原来就是朱美玉的弟弟宝林，想不到他们也会熟起来了，还有卫生局的侯家人来了不少，小孩子两个，前面大人有打牌的，后来又来了两个女的，是陆宗兴的女儿，怪哉，什么人都有。小屋子一间热闹得很，一会儿说话，一会儿看画报，一会儿打扑克，一直耗到九点左右才吃饭，孙翰的三个母亲都在一起吃，很客气，招呼一气，吃完又玩捉迷藏，我却也被他们拉上蒙了一次，笑话，一直到十一点左右了，和朱宝林相偕骑车归家。

8月25日　星期日（七月廿二）　晴和

　　昨日虽睡的不早，可是今天却起的不算太晚，今天是郑三表兄搬家，答应去帮忙，不可食言不去，急忙弄得来，已是九点才到，他们已搬走了三车，去晚了，只维勤，其弟，及大宝二宝在家，东西只等脚夫来搬运只看他们装车走而已，坐着没事，随便走来走去看看，和小孩等谈谈天，报

来了看看报，十点半又替二宝跑一趟东城去了，礼拜日报名截止，白跑了一趟，回来已早快十一点半了，三表兄又从新房子回来了，看着回来的脚夫在搬东西，动手帮着收拾些零碎，指挥工人搬东西，来来回回地跑着，二点多了，三表兄回去，我和维勤等了半晌，一同押车前去，大车走得很慢，一直到四点左右才到，四点半我才和维勤一同进午饭，吃完看过新屋子，房东甘先生前见过一次，该人有点神经病似的，有点惹人讨厌，休息一刻便带了小三又回小酱坊胡同，他们已经打了整整一大书包的枣了，可是却不大甜，都未红熟呢，一回三表兄又回来了，看着他们收拾一会零碎东西，带走一些便又走了，这次大车回来算是末一次了，多是家具桌椅床柜等等东西，拉到那天已是黑了，最后清理一切以后搬取了最后一些的零碎东西，大宝二宝各做一车，我和维勤一同骑车走，本想回家，非拉我去不可，房子交给邹家的看房，还有一些东西明天再来取，今天下午五六点的样子，邹泉孙自己亲自又去看了半天房子，和一个人指手画脚说了半晌，还有一个保镖的神气得很，到了郑家看他们卸东西，一直到十点才吃饭，吃过又休息一刻，十一点半回来，又看一会儿书，十二时睡。

8月26日　星期一（七月廿三）　晴和

九点左右去学校一趟，交涉转系事，一年从上我不干，二年三年都不肯，只好不转了，还有两年就毕业了，注册课叫我再写一封信即可，会计课关于增加学费，而我已全交过，是否补交，还得问会计主任，主任不在，托那办事的梅先生系志成的同学代问，十点半左右，又到前毛家湾一号郑表兄新家去看看，又助他们搬搬东西，看看按电铃及稍加整理东西，至三点左右即回来，顺便去第二附小把五弟带回家，到家后即觉神疲体乏，看完报，已五点左右，便卧床上休息，不觉睡着，娘去附小为小妹事去和主任商量，至礼拜五六及下礼拜一方可决定，回来带了些水果，至五点半左右，想不到斌会光临了，我便起来了，拿果子请她吃，说了几句话，她因我要吃饭了，她便走了，叫我饭后过去，近来我很少去她家，倒是一礼拜她倒来看我两次三次的，礼拜四我以为她生气了，想不到她又来了，她说她礼拜六去香山玩去了，脚还疼呢，这时天气晴和爽快，倒是游山的好时候，连着两晚上都不好睡，本来想今天早些休息，她叫过去便过去走走吧！一个礼拜了呢！晚饭后过去，开门的蒋妈一定都很奇怪，眼光中好似询问我，为什么不常来了？还特给我倒了一杯水，显而在她们家的空气中又感到生疏了，见了她家人也没什么可说，只是我和她在外屋坐着，她照例是躺在床上看书，一本什么叫"鬼恋"的，我也多半时间都是在看书报中过去，谈的时间很少，偶尔一两句而已，她只是看书，不说话，她说那本书有意思得很，要是她来我老看书她早生气走了，可是她却伸一只臂给我，那么温柔地抚摸着我，只显得这么一点点温情连向我笑都有点不自然，我看了心中难过，既然如此，不如不见，何苦，床上堆满了沙漠画报，及沙漠丛书，什么"风""女人们的故事""给女人们"等，她近来脑子里完全装的是这些，愈来愈醉心欧化的了，思想如何，可想而知，可叹！虚荣心的女孩子！惜我劝她不听不醒！何况她母并不管呢！去了都是刺目的东西，墙上蒋的画像，桌上的游泳衣的相片，床上的书，看那些书知其与江汉生很熟，她既是心中无所不适，且与其他朋友在一处，各地各种方式玩得很好，为什么还来向我示情，是我猜不到，舍不掉一个我这样平凡无用且穷的，有百害而无一利的朋友呢！还是尚未耍够我，还是尚未伤够我的心呢！人生的事，真是想不到啊！谁会想到两个月前那么亲热的朋友，现在七八两个月会变得那么冷漠而疏远了！我妒忌，我妒忌！她和别人在一起玩，十二万分的妒忌，本来按理说我没权利和义务去妒忌斌的一切行动，但我爱过她，那一阵子，她几乎使我发狂，为了爱而十二万分的妒忌，现在更是十二分的有点恨她，想不透她对我如此是何意，见了她回来（九点多）使我心烦意乱，又难过不安起来。

8月27日　星期二（七月廿四）　晴和

心中不安，自己恨自己没出息，又为了斌以至于脑中乱糟糟的，十分烦躁，翻来覆去耗到九点半才起，看报及写一信与学校，一信与夑，一个上午便去了，午后天气晴和惟多云，秋云亦甚好看，家中每月款总不够

用，应来之款均不来，为之烦急，午后二时去东城，至 Res 看电影，片为续无影魔鬼，片子不大好，照的还不错，散场又遇见那几个辅大的美国神父也去了！到协和转了一圈，又到北极阁协和宿舍，到大马屋一看未在，下楼随便到客厅去看看，会碰见他在那，真巧，不然白来了，把那本手册还他，谈了一刻，因他要吃饭，我即回来，顺路又到艺文看看，玩打的没意思，看了一刻与刘曾履曾萃一同归来，归家即觉疲倦，连日奔跑劳乏，明日在家将息矣，近最苦者莫如精神痛苦，而每日无时无刻不在念斌中，虽找事，寻环境想种种方法，使身心专注一面之事，希能忘却苦恼，但岂奈只片刻之事，不能长久，脑中对彼所刻之印象过深，焉能忘得了，愈想忘却，不思，不想念她，反而更加清晰，念念不忘，男女之情，及时而起，可爱可恨亦复可怕！实则一切皆幻，自己做井陷于其中，她因每日与其他友人共游甚乐，未必念及我于孤苦中于万也，近日偶与泓见面一次，或通信亦只聊聊数行，无何可言者，半为应付普通朋友而已，实则予根本殊不喜泓，而大半则为对斌之心理上求报复之举动耳，又何系从自心中欤？但一念及斌与他人游乐，而拒我于千里之外，满腔热忱复几全化作冰水矣。

8 月 28 日　星期三（七月廿五）　半阴晴

跑来跑去都是无目的的瞎忙，所以今天打算在家休息一番，哪也不打算去了，早九点半才起来，其实卧在床上闭目假寐何尝睡着，至十点半许，沐浴，天气虽有点凉不顾也，午后阅旧信数封，多系不如意诉苦之事，阅之心烦，遂中止，近常看文学类之书，脑中为之固滞一下午竟看了半天的武侠小说，换换脑中的印象，三点左右，忽然宁岳南来访，稍坐即去，未十分钟十分匆匆，来约我住同屋，惜我无此意，他本租北平一所房子，现人不要，一切花费，白耗至三百左右，今日送还行伍之家具，下午即行回津，神啦瓜唧的，送他走去，又回来继续看书至四时左右，斌母及五妹来谈天，旋斌亦来，来谈，近来不知为什么对她没有什么可说的，不知何故，沉默时多，偶一出口，动辄得咎，心中对她的行不满，径我这个心直口快的人，不会虚伪的傻子，不免惹她不快，她说我近来说话不好

558

听，很讨厌，有时也真没办法，实在我心中不高兴吗，郁闷不快的情感只是想一吐，发泄出去才快，可是这样就常使得她听了生气，实际上我心中是仍爱她的，更没有第二人占过我的心，只有她占据了这么久，因为爱她过甚，便因她近日的行径，而使我不觉又恨她，何尝不想和她与以前那般温柔多情的说笑，但她与别人在一起玩的影子每浮上心头，立刻就觉得与她无形中隔着相当距离似的，而口和心也立刻那么不听使唤，说不出什么温柔好听的话来，也笑不出来，心中只有愤懑与难过，从前我可说是她怎么说怎么办都成，就是她极无理由都可以，处处吃亏费心费力忍了，可是近来觉她这么对我公开的不诚实，我当然也没有完全对她服从的义务，不免有时就硬些，不愿那么驯顺服从，否则总觉得冤一点似的，为什么我非得如此，而她又如何非得那么样呢？男子都那么没骨气吗？比较好的是近半个月来，倒是她不时来看我，我只是一个礼拜去一次，她总算未全忘了我，于是今天未了还是我软了，说些她爱听的话，她才又笑起来，还自动吻我一下，这却是近两月没有的动作，值得一记，六点和她母回去，答应晚饭后去她家，过去时已七点半了，四弟亦去，今日西院请客打牌，听得很热闹，不知为了何事，近家人盛传庆城欲订婚了，不知确否，去时黄家一家人都在西屋坐着，后来我一个人跑到她屋子来看报，她一会也过来伴着我，我看报，她在篦头，我有时竟忘情般地只注视着她，她被我看得不好意思起来，便说"你那么老看我干吗？"我才如梦醒过来低头看我手中的报和书，弄完头发她就又照例卧在床上盖上被，一边看书一半聊天，总像是没有什么可说的，于是沉默的时候多，每次去时都是这样，我和她二人在她屋待着谈天说笑，或是沉默中过去，他们其余都在隔壁屋子待着，知趣的不来打搅我俩，分明是给我们机会，今天仍是觉得没什么可说的，偶或停下来互相深深地注视着，半晌了又都以无可奈何的表情拉开这深情的视线，我真不中用，太泄气，自己太无克己的功夫，总以为自己近一个多月来以强忍之力训练得自己比较理智许多，不为感情所支配，但每当一见斌的面，不由得心中就乱了，多与平时不同，理智不能自主，情感立刻大盛，今晚情感旺盛时，一时又不能受理智之支配，而又做了一些不该做的事，很后悔，真是哪辈子种下的恶因情种！也许以后她会恨我，则我的

罪孽也许会减轻一点吧!? 她今晚上脸上的不知是羞, 是喜, 还是恨、悔, 还是无可奈何的表情, 却也是近两个月来没有见的事, 沉默……多情的眼光深深地注视着, 深深的射入互相的心房, 不平衡紧张的呼吸, 在空气中振动着, 无语的眼波, 更比千言万语还多情, 我时时被这种诚挚庄严沉默的空气所感动而流下泪来, 我以一种敬爱之诚, 庄严地轻轻吻吻斌的额角, 再向她从心迸出诚挚的悔言与爱意, 我有时觉得自己太爱受感动, 自从与斌认识以后, 心肠更变软弱、脆薄了, 别人的谈话, 看书, 看电影, 甚至于自己偶尔静坐的想象, 都是那么极容易受感动而流下泪来, 自己都不明白自己近两年为什么心情会变成这么脆弱, 情绪会这么容易为外界所影响而变易, 十点十分了, 偕四弟回来, 一步一步走着, 每足踏下去, 都好似踏着我的心, 就是在那迷惘昏乱的情绪下步出了她家的大门, 我真不晓得到底对她应该采取什么态度, 而我二人的友谊结果是如何, 真使我迷惑, 而陷入沉思中, 烦躁不安, 是苦, 是甜, 多半苦的成分多, 既然知道了, 现在就开始躲避吧! 但事实不是那么容易, 愈想疏远, 却愈发接近了, 知道是苦水, 前面是刀山, 但不顾一切, 也要喝下去, 也要往前走, 明知苦处, 而偏要那么办的, 这都是在恋爱中的傻子们的工作。

要说起来, 按友谊的亲密来讲, 我和她简直可以说除了夫妻的亲密以外, 就算我和她的友情了, 我们可以对任何人讲, 不怕! 最多得到一声不该罢了, 因为我俩之间的纯洁, 亲近而不及于乱, 是我唯一对得住她的事, 也是偶或摸摸良心对得起自己的事, 恐怕除了我俩以外, 谁也不明白, 不清楚, 我俩之间友情的程度到多高深, (也许我俩自己也不知道呢!) 现在, 却奇怪的是精神 (至少我这个方面是如此) 及心理方面, 都是那么极端接近关切的一对情人, 而在外表却维持一种相当冷漠疏远的态度, 真是奇异的形迹! 晚上回来, 一时心情芜杂, 卧床上看书, 她借我的《鬼恋》一直看完, 到十二点多才睡。

8月29日　星期四 (七月廿六) 　半阴晴

昨夜看完了《鬼恋》以后, 今早心绪又是起伏不定, 九点左右才起,懒的很，去车行取了车跑到学校去问，增加学费还得补交真是烦事，顺路去郑家看看大孩子都没在家，客厅摆设一新，坐了一刻即回来，饭后在家看看书二点铸兄来，谓今日三表兄请他打牌吃饭，旋去，四点许去强表兄处，未在家，归来遇小徐，又至西单理发，回来在宣内大街遇见斌，她一人推车而行，车带又坏了，代她送到老王车铺修理，陪她等了半晌才一同回来，有时她对我显出一片冷冰冰的面孔，真可怕，不敢看，可是一笑起来却又是那么温柔可爱，今天她穿上了长袖夹袍愈发显得那么娇小玲珑，实在说起来她十八岁的孩子发育的不太好，还有二三年的长呢，有时她自己太不会保健她的身体，近来又犯了爱吃零食的小毛病，劝也不肯听话，一天到晚，口中总有点什么吃的才好呢！真的，人们都是有点距离或许会相处的好一点，如果要是互相知道的太真切了反而不好，我和斌俩人，有时就犯这个毛病，互相的一切都知道的太清楚了所以不免常爱吵个小架什么的，想想吧！她有时猜我的心中所想的大半都猜得到，她的脾气也明白，甚至于私生活恐怕在她一切友人中，独我最明白呢！她对我的清楚恐也是比她任何的友人也清楚吧！

《鬼恋》这本书，内容结构可算是个出乎人意料以外的一本书，取材及描写相当的成功，能够抓住读者的心神不容易，有时的描写与对话，十分流利自然与生动，两个主角不同的个性跃然纸上，尤以较主要的女主角轻淡的写来，正面重重的浓抹都有相当的成功，不失为一部佳作。且更加一层神秘性。前半简直是扑朔迷离，令人不知所以，等到后半她自己道出了原委，不但男主角明白了，读者此时也才恍然大悟了！真是个神秘的孩子。内容大略述一个男子邂逅一女子，该女子自称为鬼，一切行迹十分诡秘，后二人不觉陷于情爱中，男不能自持，乃向求爱，女以人鬼异路拒之，男不信，实则女是人，乃一看破人世诡诈，对一切失望伤心，超然出世之女子，不料一时不慎又堕情网，幸尚能自持，终以坚毅不屈，始终忍痛拒男之爱，后竟飘然离去不知所终。相当凄艳哀婉，甚能动人，内中许多句子，正可为我对斌之写照，如："我爱你，这不是一天一日的事，我还相信你是爱我的，我一直在爱你"其中如"……我生成是……"那种娇柔矫情的话，更明明像斌的口吻，在她找不到什么理由来为自己辩护

时，时常这么说，而以前每一提起将来，斌总是对我说不可能，这书上也是这么说："……我们永不能相爱……我们间可以是朋友！"可怕！还有许多录在别的本上，间或内亦有哲理。

8月30日　星期五（七月廿七）　　晨阴，午晴，晚雨

　　九点才起，一切收拾清楚看看报，换了衣服，十点半去新陆春是泓的二姐结婚，不得不去应酬一下。车骑到宣武门，存在老王处，坐洋车到西长安街，到那一看，男女客人已是不少，但大半全不认识，幸而郭道经道伦兄弟皆在，遂与他们在一起，我因服辞去伴郎，小郭代我在喜堂行过了礼，退出与大郭等在一处，大郭人很诙谐。来来往往的人真不少，这么早就有许多人吃上了，看过了新郎，经大郭一介绍，他却笑嘻嘻地说什么久仰大名了，我没哄他，他先哄我了，伴郎新郎都换好了衣服在屋内等新娘驾到，后来渐渐的女客来得真不少，多数是新娘等的同学，女客人都要看看新郎是什么样，正如男客都急于要看新娘一般，才转出来泓出现了，今天头一次看她脸上擦了粉，打扮一气，看见我似乎很高兴，后来又带我去见她的父母，看她父倒不大注意我，正合我意，此时不由我又想起我的老父来了，人皆有父，惜我独无，我因人不识，只在新郎休息室中待，和几个我们差不多大的青年在一起谈天，后来又分了些纸花、小米、绿豆等东西，新郎看着直皱眉，直冲我们央求别打闹，听说还有什么毛，及胡椒面，这两样可损，新娘一直嚷头疼，新郎人还不错，泓不时跑过来招呼我，致使他人注意上我，大郭也看出来和我开玩笑，以此度彼，知小郭在一旁坐着，不知他心中作何感想，其实我却无何奢想。上午阴天，本不想去了，后来太阳又探出头来，这时却是个好晴天，男客人也不少，都在楼上，十一点半左右新娘子驾到，大家早已列队两旁相迎，新人出来，足挨大家的打，纷纷投掷纸花等物，好不热闹，真够乱的，伴娘、伴郎也足挨一气，幸不是我，进去休息一刻，便到礼堂去行礼，一切如义，又拥到休息室去凑热闹，女孩子、小姐们全挤进去了，新娘平常就极大方不拘，口气横得很，谁也不怕，今日虽身为新娘，却毫无羞愧之色，还直瞧我，我

去吃饭时，他们去同生照相，菜不少，许多都没吃光，热得很，出了点汗，饭后他们回来了，屋里人太多，新娘看见我却指着我说："你也够坏的！"惹得小姐们都看我，闹得我有点不好意思，其实我就没闹，只打了两下还不重，平常简直就见过新娘两次面，二年来，未说过五句话，今天却这么不客气，好似我们之间多熟似的，真够大方的，我走开了，还听见她在说："你也别忙，也快了"，我听了刺耳，我并没想到这些。后来我进去了，看新郎换衣服，女人们都围绕新娘在那边谈话，我和大郭小郭等都背着她们站着，助新娘换衣服，不料听得有人叫我，叫得那么自然，原来又是新娘子在发话，说有许多人要看我，大郭索性把身子整个搬转来，一时不禁又要烧盘了，我？又有什么好看，新娘的意思我明白，那么些小姐在那时都一齐向我看，我没那么一点点意思，人走出去了，只余大郭伴娘伴郎新娘新郎泓，及我数人在屋坐着，新娘忽又说："今天不是看四妹的面子非揍你一顿不可！"吓我一跳，我又怎么惹了她！？新娘子说话真够随便的了，还是那么横，尤其对我，幸而未烧盘，回想起来一时够下不来台的，好在一时在座的人都知道新娘子的脾气与谈话的，看那样子，新郎非怕太太不可，后来她们去吃饭，我们吃过了，坐在旁桌上聊天，泓的大姐在那边椅上坐着，与泓小声谈笑，又向我看又笑，后来她大姐夫过去了，她大姐又附耳而谈，她大姐夫一般的视我而笑，我都装做不见，松三母也去了，去晚了，又在她家人席上吃了，见面谈了两句，泓父喜饮白酒，酒后大好诙谐，饮后脸通红，适余叔乔处长来谓："你来的真巧，我正因为没肉和掌柜发脾气，管肉的来了，我吃你的肉吧！"随说手便随附在余之背上，可笑，时已二时许，遂辞出时客人大半散去，与二郭等同去辟才胡同口上涵静园去看新房，临时租饭店内三间屋子，住二日即去，屋内甚小，新娘大方招待强我吸一支烟，稍坐即出，步至西单书摊忽瞥见斌之后影骑车回去，惜我身边无车，怅望而已，不觉一耗竟至下午三时半矣，至老王处取车回来，过黄家门口，五妹看见我，早上出去时她也看见我了，到家休息一刻换了衣服，便又出去，在黄家门口又遇斌在买东西，进去坐了一刻，她问我上哪去了，什么穿着神气不理她了，五点出来，一路上想她看见我在西单了吗？后来一想绝不是，一定是五妹告诉她的，一路又跑

到强表兄家，不是为了四弟明天交学费今天也不跑这一趟了，到了那谈了一刻，闻仲老新又得一孙，算了半天账，但盼物价不涨，否则学费恐尚不敷用，出来时阴黑欲雨，西天如墨，路上疾驶，经至宣武门而暴风雨降临，来势迅猛惊人，雨雹齐降，顷刻水满渠平声势惊人，先起风扬土，继以暴雨，衣衫为湿污，在老王处避一小时雨止方归，电灯亦坏，饭后八时许即寝。

8 月 31 日　星期六（七月廿八）　　上午半阴，下午晴，晚雨

昨日睡得特别早，八点多就卧在床上了，可是半夜三时许就醒了，翻来覆去老睡不着，听着钟打半点，四点，半下，五点，快六点了，才又睡着，一时心中如沸，各种不同的思念奔集脑中乱极，清晨又复睡去，迷惘中一切均听得，至十时方起，看报三页，竟打发了一个上午，近来不知何以竟懒到如此程度，如此容易虚度光阴。昨日晚暴风雨，今晨又是暖阳满窗，看了分外亲切似的，比起昨日黄昏时那种变天凶暴的光景，大不相同，不由得又想到"天有不测风云，人有旦夕祸福"。昨日雯未去饭庄，隐约听得新娘说，好似去她家去了，我昨日止送了双元礼金，也未买什么东西，反正家又不在此，东西多了，没法子带，经济才是正用得着的东西，我感到没有一件正经的衣服去给人家贺喜或贺寿什么的，昨日穿了猎服去，自己很觉不合适，如芒刺背，有钱做一身正经衣服，午后在家闷闷无事，天气又呈出晴和，云彩一块一块的还不少，一时心动，一人便去中央看电影，无什么意思，便末后仍为那么一种严肃的空气所感动流了泪，近来我的感情也太脆弱了，强自支持不住，看完又觉颓唐得很，再提不起兴趣来，便懒洋洋地回来了，正如幽灵般独往独来，没有斌伴着十分孤独，她也不明白我是怎样恋着她，她却另找男友伴她玩呢，我内心的痛苦谁也不知，无时忘了斌，晚摘录《鬼恋》中的句子，全对斌而取，晚又大雨半小时，并为斌书履历片三张，十一点休息。

9月1日　星期日（七月廿九）　晴和

这些日子不知怎么那么懒，早上九点左右起来，郑家大宝已来了，我们都赶快起来，原来她是来请我今天去她们家吃饭的，我收拾好一切，又闲扯了半天，到十一点多才同她一同骑车回去，到她家已是十二点了，和维勤小二，小三等谈了半晌，本来尚请有孙祁孙陆方，因通知过晚，他二人出门未来，甘先生来了，那人言谈举止有点神经病似的，惹人厌，我在大宝屋和小孩们胡扯，说了半天才出去，懒得理他，小孩们也都讨厌他，菜是不少，可是被我们五个年轻人都吃得差不多了，吃得很饱，饭后下下五子棋及象棋，又聊了半天已是快三点了，又计划去那玩玩，都无准主意，便没去那，在那也无事，正好大宝又出去，我亦辞归和她一同走，她去舒家，拉我也去，坐了一刻，谈了约有半小时便辞出，与大宝分手，南北各行，又是一天过去了，不知都干什么了，近来也不是怎么了，会那么容易混日子，马马虎虎便过了一天，什么事也没做，无聊之至，礼拜六，礼拜日是斌玩的日子，自有她另外的一般朋友伴她玩，两月来她不找我来一回出去玩，我也不会那么不识趣去惹人厌，也就不便再去惹小姐的烦，人家既不会赏脸，我也没有钱请她，更犯不上去碰这一鼻子灰，所以一到礼拜六礼拜日反倒是看不见她，更不必过去找她，一定不在家，何况这么好的天气呢！各处电影都看，反正有人请自己一子甬花，多美，今天出门，去及回来都碰见长元，而小弟亦均在此，如前日出走来回五妹俱见，可谓巧矣。

9月2日　星期一（八月初一）　晴热

十点到受壁胡同小徐新搬的家，和名教授钱稻孙住在一处，原来他和钱有亲戚关系，钱家养了不少兔子。小徐住的屋子比前两个地方都好，比较大得多，一切摆起来都清楚，而且光线亦很好，坐了一刻便一同到学校去，不意遇见了朱君，一块谈了一刻，绕了一圈，找外国人教务主任胡鲁

士问他是否再补交所增学费，他说他太忙叫我写一封信给他，十一点多回来，太阳晒得很热，午后看看报，不觉精神又倦，真是泄气，早上九点多才起，一吃完午饭十二点半又困了，一点半了卧在床上假寐了一小时，近来简直有点混日子，很晚才起，午后有空还睡一会儿，就想找点事来打发时间，每日闷得很，有可以做的事，如整理旧物吧，可是就是那么懒得动它，看见就头疼，成天糊里糊涂的过日子，希望我自己不要堕落下去才好。三点了，去春明代小妹交了学费，因为第二附小没有空位子了。出来到力大哥医院去看耳朵，不知为何，有小半个月了，右耳有点疼，取了些药回来，又去尚志医院去看九姐夫，坐了一刻，这两天天气很好，倒是出去玩的好天气，可是没有地方去，没有朋友伴着，一个人孤孤单单，感到十分枯寂，便没有玩的心情，在大街上转了半天，一切虽很热闹，看去都不顺心，绕了一大圈仍然闷闷回来，在家和小孩子们一块打了会儿排球，今年夏天今天算是头一次摸球，闹了一身汗，今天比较热，休息一会儿，又习了会英文打字，好几天没动了，生疏了许多，别人的机器也快该还人了，晚饭后七时许在屋中坐着，忽然斌来了，她说气死她了，原来她刚回到家，在达智桥遇见了三个流氓骑车追她到下斜街北口，（我也不好说什么，又有什么可说呢？）她又说昨天出门了，爱上哪去哪吧！反正左不是又有人请去看电影罢了，我也懒得问她，待没有十分钟的样子，就要走神啦！近来胆子也大得很晚上黑了也敢一个人骑车回来了，她还说她还是她呢，她变得多了，不知冬天，明年又变成什么样子，我更惹不起了，看五弟做了会儿功课，看会儿书理睡了，生活真是平凡透了！

9月3日　星期二（八月初二）　晴热

不知自己现在是懒惰还是堕落，昨晚看书到一点多，今天竟睡到快中午了。十一点才起来要不是四弟同学来了，恐怕我还睡呢！吃过早点一会儿便用午饭了，生活太散漫了，看了大半天的小说，简直又变成了小孩子了，竟赖在床上卧着了，娘等还以为我病了呢，今天天气很好，可是我哪也不想去，只是一个人在家闷着，四弟出门去了，四点多回来，和他在院中玩了一刻球，又闹了一身汗，忽然脚疼，进来修脚，此时忽然孙祁来了，我今天一天真是懒散舒服得很，早上起来一直到下午还是没穿衣服，只是随身一件背心和裤衩，孙祁来了，拉我过黄家去，心里却不想过去，不知为了什么，虽然孙祁说他碰见了她回来了，可是我却下意识的觉得一定会看不见她的，他拉我去就去吧，才穿上衣服，过去一看，果然只小弟及其母在家，斌去土地庙了，我心里明白，知道她一定是避开孙祁懒得理她，因她曾谈过非常讨厌孙祁说他变得比以前坏了许多，孙祁坐那看开了《沙漠》，今天又拿回一本择偶术及《沙漠》合订本，和江汉生走得很熟呢，待了一刻便回来了，想是孙祁也觉得无趣便回去了，我便习了一会英文打字，晚饭后在字中闲步一回，看弟妹作了一会儿功课，看会儿书，在家闷一天，明天该出去了，近来每逢礼拜六及礼拜日斌是一定出去的，总是去找她最近相识的这一帮新朋友吧！不过才两个月不到的交谊而已，一块出去吃、看、玩，按说自然别人请她，可是人家向来没有来找过她，而都是她自己屈就大驾光临他友人处，每逢有暇就去找人家，这也未免有点损失小姐骄傲的尊严了吧？择偶术，看看也不错，现在她正是在物色她的心上人呢，江汉生、蒋兆和总不会被看中吧！？哈哈，总之心里虽在一天中不时的念到她，可是心里总不想去她家找她，因为看见了许多刺目的东西便不好过，见了面，沉默的时候多，也没什么可谈的，大丈夫能伸能屈，小不忍则乱大谋，算了吧！自己的前途要紧，难道自己这一辈子真要断送到她手上吗？两个月来，无形中省了不少呢。

9月4日　星期三（八月初三）　阴晴不定

弟妹们都去学校了，家中只余下我一个人，一睡又是九点半才起来，一个人在家晃很是无聊，看报，习了一刻英文打字，午后听了会 Radio 中的音乐，闷得很，一种半愤恨半伤心的思潮不时侵袭咬啮着我的心头，为了娱自己起见，又觉得无处可去，各公共场所亦都不感觉兴趣，便跑到东城 Roma 去看电影，片名是《战鼓情花》，内容系述美开发西部一对新夫妇之生活挣扎史，可歌可泣，由柯尔柏及亨利方达主演，二人演技相当

好，故为此片生色不少，且内容与穿插又与一般所摄美国西方影片又不同，另成一种风格，且为全部五彩，有数镜头相当美丽。遇朱北华，散场一路同归，至西单分手，在影院或他处每睹他人一对对亲热之状，即不禁令我又想及那给我多少痛苦令我记恨复不能忘之人，亦不想去看她，见了她反而心乱，难过，归来尚早，顿又陷入不快乐无聊之中，刹那之欢乐，焉能驱去长久之烦苦。下午又阴，简直是有点混日子，看了半晌书，晚饭后又听了一刻 Radio，教五弟算术谈谈家常，心中都是不痛快的，家用浩繁虽极力节省，每月亦须百余元不敷，而所支有限又无收入，以至每月亏空颇多，来日方长，每一念及，真不知如何得了，郑燮大学毕业仅月入九十，除自用外，寄家十余元，而我肩负尤重，正不知将来命运如何也。

9月5日　星期四（八月初四）　阴雨

昨日下午，不知是那一阵子心血来潮，忽然一高兴跑到中原照了一份相，过些日子还想照一份一寸的呢，夜梦不安，乱七八糟，糊里糊涂想是昨夜与家人谈话精神过于兴奋所致。今晨忽然斌来了，我还在床上，被她打醒，原来是叫我去中央铁路学院为她告假去，见不着她时及每一想到她和别人的交往时，便妒火中烧，十二分的恨她及至她来了看见她了，便有一股子无名的不可思议的力量，把心中的刚硬的气愤完全软化了，她说的却又无不从命，不知是何缘故，屡次都是如此。今日又是无缘无故答应她，得为她跑一趟，下雨了也得去呀！玩的时候她找别人，有事办了，就该找我了，我真成了她的忠仆了!? 她不来的时候便成天闷在家中哪也不去，费力不讨好的事都来找我了，唉！这都是罪孽，哪一辈子欠她的债吧！唉！她认识了我有什么好处呢!? 得不偿失吧！亲友们责备她不该和我好，名誉精神两受打击呀！疏远了我以来，不过才两个月的工夫，两大本《沙漠》合订本，源源不断的寄来的《沙漠》封面的相片，一本一本的丛书，跳舞场的流连享乐，电影院的消磨，精美食品的享受，墙上挂着当代名画家的写生像等等，一切身心两全的安慰与享受不都得到了吗，这不都是疏远我以后，不过两个月的收获罢了！更长久点得到的岂不是更大吗？和我有什么好？三年来她受了许多意外的损失，她告诉我她都认了，这就面子不小了！我还不知足吗？知难而退，度德量力，自是退让贤者的是，何必如此不知趣，苦苦相缠，得个无谓的人儿名，穷磨的雅号呢！反正不过如此而已，何必！？现在是无事不来，也好，也好！（以上是上午她走了，有感起来写的）

上午写了两张明信片，一给李永，一给桂舟，又写一信沪上仲老，因闻云门兄言彼近得一孙，借以道贺并问近安，十一点多已不下雨了，顾不得泥泞难行，骑车出去，寄了信，为了斌又跑到铁路学院去，替她送了代她写的托什么方先生请假的信，看见那么多穿绿色衣的人，心中十分不快，赶快便回来了，道上看见王光英和他一同走到西单分手，先头两小时，大雨倾盆，这时却又赤日高照，大晴天，晒上还有热意，真有点开玩笑的意思。午后看了几封旧信，便没心思再看了，拿起《爱的分野》来看了半天，心里不静，半晌方好，连着换了三个坐的地方，结果还是卧在床上舒服，真懒极了，弟妹们都上学了，只我一人在家闷着，又无意思极了，没有地方去，一个人懒得动，看了半天书，看了不少，腻了只好在院中散步，后来信步走到空地葱店去，久不行此地了，旧东北大学操场满长青草，与数年前与众戚游嬉时，大不相同，而岁不我与，大半星散，不胜感喟，顺路去刘家，皆末在家，碰壁而返，在院中坐看书一刻，晚在院中散步，随口哼哼，以舒胸中积郁，半晌近屋续写日记，不意此时斌又为不速之客，来问给她告假了没有，近来见面是没话时候多，我只好对她笑笑，免得空气太僵，后来她又做她那整容修眉的工作，我没事，把 Radio 开起来，打破这沉寂的空气。我静静地注视着我现在对面的女孩子，两个月前和我那么形影不离的亲热，现在却这么生疏，真是想不到的事，真有点不信，坐在我对面前，那么自然的斌，现在和我竟会保持一种奇异的友谊关系，现在不见她，不时的想念她，见了她便会因联想到各方面而恨她，这种是因爱极我生的恨，想不到我会如痴如呆，几乎疯狂般爱过了一个女孩子，一直维持到三年之久，快九点了，她走了，仍是照例如常的陪她走出去，我觉得对她没有什么说的，心中一时充满了愤恨，伤心，失望，一半也是因她对我加以侮辱而恨她，她漠视我三年来对她精诚不变的

友谊，而二月来冷待我即是对我莫大的侮辱与心灵上、精神上极大的创伤，今年暑假的快乐完全断送在她身上了。简直不敢想，小徐半年的成绩就定了他的终身，现在始终那么亲爱，我不但没进步，不能维持如常，反而退步甚而冷漠几显决裂之势，云泥相隔与小徐相差太远了，我也没多大欲望，连保持二月前之亲近都不可得，人生已是动如参与商了，而情场中之得失，更比天空白云变幻更多，三年来与斌之亲疏不知演变了多少次，预料今年冬日恐亦无何好情形演出。也许为了"眼不见心不烦"的理由，今冬不溜冰了，明夏如仍如此，则决定一有机会，立刻离平一个短期间。这种精神上、心灵上的无形的痛苦实在受不了，也许在人生观点上，思想上，我与斌之间有显然不同之点与不可见的、巨大不可逾越的鸿沟吧！为什么自己终是这么排遣不开呢？她不和我在一起，不是玩的极高兴吗？二月来，不是没有我在一起，她也并不觉得寂寞吗？

9月6日　星期五（八月初五）　　晴热

学校今年学费长了十五元，我的学费由强表兄在去冬把我那时到毕业时的学费全都交纳了，我去学校问会计课主任说得补交，再去问强表兄，他却说不再补交，什么预交学费，学校可以用那款项生利，尽了义务，可以享权利，说了半天，没别的再去和学校交涉，前四天又去学校找荷兰人胡鲁士教务主任，他太忙，叫我写一封信给他，当天回来寄给他一封信，前天接到回信，晚天又去学校，据注册课费先生说学校根本没有这种办法，预交是我们自动愿意的，长学费是大家的事，结果仍得补交，果然碰回来了，没法子，回来了，午看看报，习了一刻英文打字机，一直到四点半，骑车出去，在达智桥遇见斌回来了，先到王家坐了一刻，和庆华父母谈了半晌，庆华在沪得病，手足几不能动，又有心脏病，比去沪前轻了三十五磅，他怎么那么容易生病呢？治华考上了震旦，他们的姐简直成了他们俩的老妈子了，成天忙家事，真可怜，先有一番真切的做主妇的家庭生活的习惯也不错，如此一来才晓得当家苦，成立一个家庭并不容易，到了五点辞出，到强家及陈家都不在家，绕了一大圈回来，看了一刻书，饭后擦澡，看书，为了区区十五元学校、表兄处两下共跑了不下七八次，经济权在他人手上，谁说是好用的呢!? 幸亏年轻，有自行车，不然腿真吃不消呢! 庆华母初七日去沪，为他们安排一下，并接庆华回来到协和检查身体，他们在沪月花五六百，大爷们真不知甘苦，去了半年花了五六千，走一趟日本恐怕也用不完。今天在达智桥口上遇见了斌，招呼她就骑过去了，不知她当时说了一句什么，追回去问她，她又不说了，反正她脸上不高兴是一看便看出来了，说："没什么，快走吧!"大约是我招呼她后走得太快了吧! 其实我出去跑，除去去郑家以外，不是为家里出去，便是为学校事，自己玩是太少了，也没地方去，又无第二个亲近的女友，不像她有许多男友可找，和他们一块玩，现在不找我玩，也好，这次碰见我出去了，不定又疑心我去哪呢! 于心无愧罢了，每天我在家闷着的时候多，她要扪心想想近来怎样待我?! 她根本不明白，我和她在我家和在她家两者所处的地位不同，她在她家是毫无责任，每日当然可悠哉游哉，享小姐之乐，我在家中负有相当责任，对外一切均须由我出面奔跑，想是我生来就是奔波劳碌的命运，想想我以前一有空，就是在陪着她，可以说我没有空闲的时间，不知和她在一起消耗了多少小时，这批代价的确不轻呢! 这些足以影响家中亲友对我的印象之不佳，学业之轻疏，现在尚好，也许这种疏远淡漠的交谊是对我很好的，为了我的读书，为了我的前途起见，但无论她是如何的疑我，我良心上是对得起她的，我绝没像她那样背了我而去和另外的异性打得那么热熟，她老要把她的高傲表现出来，表示出她的贵性，与惹人注意出风头的劲，一来就报告我在街上有多少人追她，甚至有老头，她简直不知这种外人对她所起的反应的举动，对她是一种好意还是一种侮辱呢，而我很明白，在外表她是很讨厌生气这一种举动发生在她的身上，而也许她心中实在是很高兴骄傲也未可知呢——每一想到那天，她头一次去游泳池的那天，在我面前，而和那些毫不相干的人，做出那么熟悉的样子，看看真是可气、可笑、可怜她，自己又是伤心，那天她简直是给了我一个特别的侮辱! 我再也忘不了那一天的情形，也许她一点也不觉得，我一想到这便十分恨她，再一念到她和我亲密和好的情形，真是疑惑那天那样对我的不是她呢!

9月7日　星期六（八月初六）　　阴

　　昨天去强家扑个空，订好今天早上去找他，一早上八点半到，在家，等了一刻出来，俱道所以，表兄也没法子了，只好补交吧，谈完就出来了，顺路去访祖武方出未遇，又至孙祁处小坐，被我吵起，十时归家，看报，后天还得跑去强家，真是的，这么小数，不知得跑多少次呢！坐下打一小时多的英文，午后节录昨夜看完的《爱之分野》，弄了半晌，不感兴趣了，在院中散步半晌，此时天下小牛毛雨，空气较凉，闷闷无趣，竟卧床上看书，不觉睡着，睡了一小时起来，雇了一辆洋车把英文打字机给别人送回去，和四弟一同走，送到王宝隧家和四弟一同又去怡园打球，不起兴，打得平平，无什趣味，回来已暮，晚饭后与四弟同过黄家，斌一脸冰冷，殊令人不耐，亦不言语，甚至连眼皮都不抬，好似并无人来，才八点已卧床看《沙漠》，斌母亦甚冷淡，不知何处得罪了斌，今日如此待我？！不可解，难道说昨日在路上相遇很快的就分手而不高兴吗？我自有事，她自回家，否则在大街上人很多，我又应如何对她呢？小姐对我发惯了脾气，使惯了性子，随意便摆下脸来给人看，现在我耐烦不得，妒忍不下这个，把我久借她未还的几本书向她要回，她自是生气，但这却是没法子的事，借她东西，不向她要，向来是不记得还你的，马马虎虎，取了书便先回来了，计未立一刻钟，因那种冷峻的空气实在是受不了，她也只会看《沙漠》一类之书，也是那样的人物，我是何苦！

9月8日　星期日（八月初七）　　晴和，晚转阴

　　无事不早起，真懒，八时半去孙祁家方起，候久之，一切部署完毕已九时，至真光时已九时半，不意今日竟特别提前于旧时九点即开演矣，距此已演过半小时，老早老远跑来，如不看实不值，楼下已满，无奈何，遂购票坐楼上，又无地位，竟坐加凳上，殊晦气。片为《草裙诱春》（Ueonolnlls），爱莲娜鲍薏尔及罗拔特扬等主演，尚佳，最精彩之爱，扮演之草裙舞幸未错过，南洋音乐为予素所喜，今竟得足聆南洋音乐，并大部为六弦琴甚妙，惜去过晚，只看一小时，十时半即完，早场真早，与祁缓缓而归，漫无目的，盖兴犹未尽，而又无可往，至中央一看，人甚多，四弟、小妹、五妹在，行俭与其同数亦去，绕一圈即出，方半场休息，而真光竟结束矣，归来方十一时许，阅报及书，午后习大字半晌，大退步，久未执笔故也，今日又晴，太阳晒入屋中大有热意，习过字后，继续节录《爱之分野》至五时方毕，弟妹等出玩，家中清寂异常，近日生活安定大同小异，又如幽灵，无所依附，每日殊感闷烦，无聊，又觉无处可去，乃因失去伴侣之苦，且无一知友得畅述衷曲，有一二人往访多不相值，平生唯一所至爱之人又呈疏淡状态，各不肯屈就，僵持二月有余，虽星期日与我殊无异于平日也，散步院中久之，入屋中整理旧信札，晚饭后继续整理柜中文件至九时许，检出七年前与父之信一纸，思之欲泪，今后欲书无父矣。

9月9日　星期一（八月初八）　晴和

不是西院大哥叫人送什么自来水的清单来还不起来呢，连修理水管子及七个月的水钱共是三十二元四角三分，平均每份应出十元零八分，旋又来要回《汉书》及《史记》，可是他兄拿出的书箱子账子至今无讯，实属无耻之极，无此心力精神与之争较此区区，不过思及实觉可气可笑耳，十点许徐仁熙来访，座谈久之至十一时半始去，赵考上辅仁附中，每日午至其家用饭，下午或亦去，晚送之归鹣鹣如蜜，一双小夫妇好不羡煞人也，他生活安定一切均无问题，身心俱得安慰，真幸福儿也。午后整理旧书信及父生前之诗文稿件，抚之如见严父，间或一二诗中流露平生，及年老之抱负，如非为儿孙岂肯于老年中尚低首下心向人乞怜耶?! 而父诗文生前为人所钦敬，不肖子孙又焉能及于万一耶?! 愧杀! 诗文稿甚芜杂，且年幼有多时，多事不知，不知诗文对谁而作，及何时所作，殊费心力探索也。整理至三时许，在院中散步半晌，又进屋看书顷之，至五时许，五弟骑车归来后，遂至强家，表兄尚未归候久之，并为其子讲解一题算术，待其开过支票后即归来，连日天气虽甚佳，但因无伴，且无处可去，多在家

闷坐，晚饭后，散步庭中，灯下观书顷之，闻斌母言斌每月薪水不够其一人之用，其出游，有男友出资一切不需其花钱，不知其皆做何用途？虚荣心过大亦未免太不知足，及不知甘苦深浅矣，女孩子此除终日只知醉心于欧化享受中，最为危险。可怪者，其母之不禁，可慨！而彼可谓为我平生以来第一个之爱人劝诫之不听，耳日趋堕落之危殊令我怅恨此生，惟祝苍天有眼，勿令其陷入不可救药之地，及时自拔，觉悟改悔自新为盼！

9 月 10 日　星期二（八月初九）　晴和

上午陈书琨老伯来，坐顷之始去，携来彼送与铸兄之画一幅，命我转交，并托我代约郑三表兄于下礼拜日下午至其家介绍与唐女士会晤。阅报载德机大举轰炸英国伦敦，情状十分惨烈，人民涂炭，惨不忍睹，战争万恶于此可见一斑，总之为之心悸不怿者久之。午后送小妹去学校，顺路去菜市口李福寿处购小字笔一支。归来与弼写回信一封，信笔书来不觉已尽五纸，封好付邮，又至前门银行去取补交学费等，中秋节在即，家中又需款项，不得已算来除还账外，尚须四十余元，区区之数，转瞬即尽，来日方长，正不知如何是好也，下午天气甚好，顺路去东城走走，一路信步闲散览两旁商店，颇自由适意，入绕东安市场半晌，订汽车外带底皮鞋一双。遇冯以理，在丹桂商场遇见孙祁、孙翰兄弟，一同绕了半天，又到中原公司、大众，国货售品所等转了半晌，我购物数事，分手又遇张思后兄伴行一路，六时许分手，至西单购水果一包送庆华母，明日去沪故也，坐顷之归，小妹殊大胆荒唐未与家中言明，径与其学校陈士庄先生之弟去北海玩，小孩子幼稚无知，娘万焦灼，八时许至铁门陈宅问问，归俟至十时方归来，殊无知之至，贪玩可恨，晚间较凉。

昨晚心绪不安，已睡，复起，午夜灯下，信笔又作一条，乃与斌者，但又不愿自己先向之服软，且此次忽然疏淡，非起因我之过错，近来不常去她家，愈来愈不好意思去了，如无事她再干着你多无味，自讨无趣何苦！兹录该条于下：

"三年来你我之间的友谊在外表上忽远忽近的不知演变了多少次，

这难道说都是命运之神所拨弄吗？最近之两个多月来无形中你我之间忽又渐趋向这条可恨的方向了，莫非冥冥中命运之神又在恶作剧吗？我真不明白，什么是这种每次不知不觉而演变你我友谊的原因何在？谁的错误呢？我希望你我能够相见以诚，探讨出这症结之点来，把它完全解开，仍恢复我们两月以前快乐的友谊吧！否则我已实有点感到厄运已渐降临在我的头顶了，我希望能够因你我二人之谅解，而完全驱逐了一切阻碍那些在你我二人友谊之路上的阻碍的东西！你以为如何!? 虽是近日少得会晤，那只是外形的，我相信我二人之精神仍是时常接近的，至少在我这一方面是如此的感到，还相信你我二人互相了解力，也比其他深切得多，而这也是你所承认的，……我随时都在等待着你!"（结果此条并未与之。）

今日上午陈书琨老伯来谈，忽又言及我大学所学何系，陈老伯言仍以学理工为佳，将来需要此项人才，总之又是那一套，乃自我入大学生国文系以来所常听到的那一套，于是娘立刻责备起我来，娘的脾气向来是如此的，别人一说什么立刻爆发，别人不提再也说不起。其实我已上两年，从头念自无此理，责我又有何用！而且我向来不承认国文为无用之物，试闭目一想，同平日生活记账写信以及国家，大家，公牍，书籍，报纸等等无往而不需要国文，其用途之宏广，不可胜数，如此理工为要，则人人皆习理工，文学院又有何用，及早取消，岂不大佳，人人学理工，则理工人才必有余剩，且此事又绝不可能，而上大学乃发展自由个性，如本性根本不近理工，习之只觉枯苦，必无裨益，且中国此际，以数十百年来之流弊，能以才取用者，能有几人，皆靠人力、后台、他人提携吹嘘而立足于社会，其持才能能自足丰给者又有几人，予记此言非无出息，而系实在之情形，此则撇开不言，晚近趋重欧西文化，多习理工，而轻视国学，于是普通程度多低至几不能令人相信，多数他系大学同学，速一封简单家信亦写不明白，甚至格式称谓皆不知，而为大学生，夫本国文字尚不明了，虽不求艰深，亦必通顺，否则尚欲研习他国文字，或其他学问，岂不可笑矣哉，国文果无用欤，予固未敢深信也，敢请俟诸异日！

9 月 11 日　星期三（八月初十）　晴和

　　一早起来，却是近半个月来起得最早之一天，七点卅五分就到了小徐家，一同到学校去交费，人真不少，可是因为今年分系别，分日子交，人少得多了，去得早，完得也快，我只补交十五元，九点半就完了手续，还得定日子去选课，主任今天未去，功课表与四年级完全相同，没什么意思，看了半天也没别的功课可选，除了第二外国语只有十七小时，一礼拜，太清闲了，第二外国语应该一二级把它解决了多好，现在还得念，大多很晚，讨厌得很，回家都太迟了，没法子，反正得念，不然更烦了，耗了半天，又去女院转了一圈，十点半左右和小徐出来，他回家了，我去毛家湾郑家，三表兄尚未起来，与二宝谈了半晌，她见满辅仁全误了，现在预备上志成呢，一人在家，坐半晌三表兄方起，与之谈陈老伯约之本礼拜日至其家与唐女士会晤，其意则系无可无不可之意，是日去其家伴之同去，小孩等留在彼午饭，饭后又谈顷之，即与大宝同行彼去校，我至西单商场巡阅一番，久未去西单临时商场，里边商摊林立甚为拥挤，货物亦相当多，绕了一会儿无味遂出，到中原取回相片，不甚满意，头过小，归来阅报，神疲卧床上小憩五时半起，铸兄来，本拟给他送画去，他来了省得我去，傍晚又出去一趟买东西，饭后去力家看看九姐，谈了一刻，十二时就寝。

9 月 12 日　星期四（八月十一）　上午晴，下午阴雨

　　一早上八点时候，忽然二宝老远的跑来找我，请我带她去志成考试，急忙爬起来，连穿衣及用早餐等等，一切就绪才用了十五分钟，又用七分钟到了志成，带她一直进去，向教务课声明，柴先生未来，便到事务内室去特别单独考试，题目不算难，找富胖子庆璋等说了几句话，出来遇见了赵昆山先生又说了半天，在事务部外边等着时候，遇见了耿克仁，他现在当了事务主任了，又是一番神气，一直到十一点多，二宝还没答完，只完

了一半，中午休息了，陪她到女附中她去找同学，我便回家来了，不料在辟才胡同道上碰见了泓，穿着操衣骑着车，差点认不出，下了车随便说了几句话便各自分手了，她突然遇见我，似乎有点不好意思似的，到家休息一刻便用午餐，饭后带小妹去春明，这两天五妹的脸不知为了什么又是见了人那么冷冰冰的，今天见了也装看不见，她们家人都是这样，她们高兴了就理你，不高兴了就不理你。回来休息并写一封信与庆华父兆麟老伯，托其与斌找一事，不知成功否，我无时无刻不在关心着斌，而她近来不定以为我成了什么样了呢！嗨！我的傻苦心，三年来对她如一日，她是不知道的，至志成已快二点，二宝尚未来，在操场与庆璋谈顷之，半晌方来，又谈其考了半晌至五点方出来，走至西单分手，我去尚志医院保证书打了姐夫图章便回来了，晚习小字半页。

9 月 13 日　　星期五（八月十二）　　阴不时降雨

全日阴，不时降雨，类似南方梅雨期，极惹人厌，上午十时方兴，四弟连日病泻肚未去校，上午看书，午后阅报，阴沉烦郁之天气对我无聊益增我萧索之意，斗室清斋，无趣之至，书虽有，但无心绪高兴，百事懒做，奈何，吟词数首，习小字一页，不时降雨，气候甚凉，昨约大宝二宝等今日去中央看罗宾汉，并嘱如下雨则不去，五弟此时尚未归，必已去，我四时半去时，五弟与其同学杨梦鱼已在，大宝等果未去，我既来之则安之，遂又购票入场，此片面彩色鲜艳，有数镜头极为美观，埃尔佛林亦有惊人武打开车表现，初开幕不久之开打及箭术表演中间之反手跃马，及越城，末与赖斯朋之剑术皆有惊人精彩之表演，过瘾之至诚百看不厌也。散场已暮，今日阴雨且为第二场，尚上座八成，该片之号召力可见一斑，雨后室外难行，尤以达智桥下斜街等为最，小雨已是泥泞满途，北平市之市政差甚，晚饭后静坐片刻，微觉疲乏，今日阅报，有满洲国庆祝日皇二千六百年纪念定于十九、廿日在新京举行庆祝大会，及东亚青年代表交流大会。华北参加代表经教育总署、新民会中央总会推定，内有郑维勤，上次曾去日本一次，暑假中又参加什么调查团每日二元津贴，今有代表去满，

几成小要人，不料他喜参加此种集会，彼尚自以为荣，闻大宝等谈，均讨厌其为人，晚阅心理锻炼，明日陈献汀大姐夫六十正寿，送礼未收。

9月14日　星期六（八月十三）　　晴，午起风

预定今天去学校选课，一早起后拟先去找小徐同往，不意行至西单遇斌坐洋车上，我招呼她看见我，整整两个礼拜未会面了，见了我她脸上也禁不住流露出乎意外遇见我的喜悦的笑容，便伴着她车走，随便谈谈，原来上礼拜五在达智桥遇见的话，果是摔了，是在西单北被一个类似流氓车匪之伙计所碰跌，当场出丑她岂不恼恨，而两方骑车匆匆间她未说明，我不知何故，她本求同情与安慰于我，不料我竟淡然而去，她怎不恼，但不知者不怪罪，她亦应原谅我才是，今天方知，后悔不及，并告诉我她过数日或不干铁路学院之事了，不做此事甚好，本来打字员又有何出路希望，且每日生活工作亦太机械化，谈至此，她车拐弯，各自分手。我往北行去寻小徐，他才起来等他半晌，一同到校选完课请余主任签过了字，在楼下迟疑中，碰见了朱泽吉，等了他一刻，一同交到训育课，今年复选了二年日文，应该去年亦念就好了，真是忘了，第二外国语实是有点讨厌。十一点多回来，在西单北碰见了王燕婷、王光英、李庆城等，后与王光英同去志成问关于二宝上学事，原来叶广良出事，其有女友为郑孝胥之孙女，学校风闻之，查二宝，姓郑，亦福建人，学校为谨慎起见，查明其与叶郑二家有无关系，方肯收录，适逢其会，方有此麻烦，实则郑二宝家与叶郑（孝胥）二家毫不相识，也讲解至三，学校唯恐惹下麻烦，仍属光英问清，迟一二日再行上课，此则非我所料，午后看报，英德飞机互炸激烈，英受损失尤重，人民浩劫，可胜浩叹，可怜可惨！习小字半页，并算家中用款账目，如今此种家务琐细，全加之我之身上，虽不愿亦无可奈何也，中秋节近，下午有人取账，为之开发阳光晒人觉热，午后起风扬土，可厌之至，在屋中阴处，风吹即觉冷，秋至矣不可不慎。今日为陈献汀大姐夫六十寿日，又不得不去应酬一番，实懒于此道，而又不得不如此，为人难哉，下午看看书，到六时半过去，与大姐夫大姐等贺过寿，无处可待，三

桌麻将，一桌扑克占了三间屋子，小孩很少，走到九姐夫处坐一刻，伯长有同学在，旋又踱至陈家，与伯沸力九兄嫂、伯师、伯畏等谈了半晌，八时许行俭亦去，临时叫菜，到九时三刻方吃饭，吃完已十时半，旋即告辞，到家已十一时左右。

今日上午看见斌，身穿条绸旗袍，网眼长袜子，新购黑皮鞋，外罩黑丝绒短外衣，一个打字员何必如此打扮？今日礼拜六，定有去处，省得再回家了不是，对于斌，都没有什么，只是我深深地感到她的虚荣心的无限与毫无止境，对她现在的环境讲起来，即近于奢侈的修饰，与极力模仿并醉心欧化，仰慕美电影明星之一切，效仿欧化的行径，有点可怕，新鞋一双数十元，以其现在之微薪焉能堪此，且尚有其他许多花费，虚荣心有增无止，即长则难落，自力难如意，则必趋于其他之方式或采其他手段，以满足其愿望与目的，如此则小人乃可乘虚而入，其处境无形中岂不危殆，由是观之若不谨慎其行止，则极易趋堕落之途，如其心中不能坚定认清。

9 月 15 日　星期日（八月十四）　　晴和

好天气，虽有太阳但并不太热，清风拂面，倍增精神，如此时能邀二三知己至郊外一游，其乐又当何如，惜不能如愿，既叹友朋之离散，又恨郊外之不请。晨起赶往真光，拥挤半晌，竟未购着票，楼上下全满，诚好买卖，一时远来，侧身从旁门入，拟寻一座，遍找无有，只最前一排尚数位，看情形，转瞬即将无隙，遂亟择一位子坐下，活该，给钱不要，有位子不卖票，可恶，我岂肯白白跑此一趟，白看他一次。片子是麦唐娜主演的情天歌侣，相当不错，就是听麦嗓子唱流行小曲还过瘾，要正经去听歌剧及古典音乐，倒不如此感觉兴趣的多，歌唱场面很多，才散场方十一点多，优哉游哉，一个人是自由，爱怎样便怎样，走就走来就来，也没一点的牵扯，毫无挂碍，骑着车更是爱快就快，要慢就慢些，也不必留心谁也不必等着谁、照顾谁，只小心自己就成了。午后看看报，节关在即，还账买物计算，又不免淘了一点气，直是没法子，这年头一月五十元够什么，七口人，吃，喝，住，穿，用，行，一切一切，有钱决不这些麻烦，只要

经济充裕，一切好办！唉！钱，真能逼出一切想不到的情与生外极大的力量来，迫人上吊，英雄志短，的确不错。二点跑去郑家，行至西四北大街上，不料由北往忽来二洋车，偶尔一看，不觉大奇，前车上坐一女子，极似斌，后一洋车坐一穿藏青色西服之男子，手扶头，似在困睡，未看清面目，前车似斌之女子，亦看见我，又似与我点头，又似未点头，被洋车颠得头点一下，我亦微微点一下头，一刹那，便相错过去，一时心中满腹疑惑，想不到会此时此地碰到她，她会来这边找谁，脸上少施脂粉，看去很黑，又较瘦，又疑非斌，可是又那么像，则所穿之衣，又似斌那件长袖夹袍，想了一刻亦就放下，是与不是，我又怎样?! 到了表兄家，他正在屋中痴坐，似有所思，叫来二宝，与表兄三人与之细谈昨日去校与赵柴二先生所谈经过，据表兄言，志成即如此表示不可再去，何必令学校与介绍人不放心，再向他校商议好了，表兄与二宝听了此消息都很闷闷，待了一刻，约三点，便陪表兄一同出来到陈书琨老伯家，所欲向郑表兄所介绍之二位唐女士已先来，在前边坐，旋即前来，由陈老伯介绍过后，便随便谈，二人容姿普通，一高一矮，高者比较大方活泼，喜谈话，矮者此较沉默，开言甚少，亦不如行四（较高者）者能言，行三（较矮者）乃系学化学者，行四者学政经者，宜乎其言谈如此也，中大，留学，读书，以至世界经济，战事，无所不谈，起初尚拘束客气，后渐谈渐自然，行四者初时之问题，简直就是考问表兄之私生活，后来听表兄之谈话不觉竟有你者出现，亦可笑，好玩，彼等均不觉，一直到四点半方由二女先辞归，我与表兄亦辞出，陈老伯并备办点心，月饼、水果、瓜子等，闹了满屋子一地都是，在西四与表兄南北分途，至中央已满，无位，遂归来，顺路至理发馆洗发，出遇黄小弟一同归来，斌母在与娘等谈天，我与四弟小妹至西院上供，旋五妹亦来，饭后月光微有朦胧，至黄家，本怀有书一本与代斌写之履历片一纸，不料尚未回家，坐看一本新《沙漠》画报，无什么意思，都是无聊的东西，墙上又添了一张江汉生的相片，也不错，但祝她勿被人玩耍及欺骗，我诚恳祝她前途幸福，现在我明白了我绝无有与其结合之可能，唯以纯洁友谊立场上来关心她的前途！我从此以后将再毫不含一丝嫉妒来关心她的一切！没事，五妹又去我家来玩，月光很好，何必老在屋中，便也回来了，习了半页小字，并记日记，由黄家回来把代斌写的那张她的履历片，放在她桌上，书仍拿回来了，她近来的出游，当然另有其他男友伴她在一起，可是没有见人来拜访她，难道每次出去玩什么的，都是她自去找人家吗？这样未免差点意思，如此岂不易被他人轻视，说有点失了小姐的尊严不是！嗨！我为什么会联想到这许多，人家不会预先约好一个地点去赴约吗！不管她怎样吧！冷静一点！

9 月 16 日　星期一（八月十五）　　晴和

旧历八月中秋节就是今天晚上，可是白天过得很无聊，仍和平常日子没什么分别，或许更沉闷一点，九点起后看报，英德交战正酣，如果总是如此一日消耗这么多的炸弹，飞机及人才，恐怕德国力量不能支持多久。欧战一延长，中日战事也无形中得延长，而人民受苦，受这种高度生活的压迫，又不知得何时方能消除呢。午后一点多骑车出去，一时慌疏，不慎和另一自行车在宣外桥边碰上，幸而两人均未受伤，怪的是，我的车没有出毛病，而那人的车前轮不转了，于是没法子又陪他回德兴隆去修理车，计前钗子弯了，并车轮也不圆了，还好不太厉害，起初我以为他是糊涂人，我一时性急，出口急躁几乎吵起来，想不到那人反而很温和地对我说不要紧，一时倒闹得我不下来台，后来不料是愈说愈近乎，他说话温和有礼，直和我拉交情，这却是我想不到的事，等他收拾车半晌，反而互相让着给修理车的钱，并令我先去，不必等候，倒闹得我心里很不安。临了，嘱福华写我账上，向他道了对不起，便先走了，那人还给了我一个名片，名叫徐龙卿，是香炉营二条福兴纸庄跑外的，外表也不是一般买卖人样，分头，想是个知识阶级，后来一路上想来，不料结果会这么圆满，谁也料不到，不算我有运气碰了一个明白人，一路想来这人分明是很通人情世故的，把我的暴躁无理，全被他温和的言行所消化于无踪，反而自愧，以后想法报报他的好意，这样人，将来必有好运气的。到了郑家，都在家，没事，坐着瞎聊天，后来陆方及维勤二哥亦去了一块胡扯，又看他们打枣，吃了点水果及栗子，二宝送我一块月饼，很无味，到了五点多，便辞出，

饭后在院中小步，月光被薄云所遮，朦胧不清，近日饭量稍减进不多。

9月17日　星期二（八月十六）　晴和

　　连日天气之晴朗惠和，极可人意，但我终日平平，无处可去，郊外亦未出去，不能领略大自然美景，真是辜负了自然的美意，上午九时许至西四北前毛家湾郑三表兄家去，陪二宝一同到西什库光华女中去交涉入学事，初有难色，结果仍是允许考试，报了名，明天去考，又和她一同回去小坐一会儿便辞归了，顺路在西单买了一个镜框回来，装上 Analale 的相片，挂上了，不错。午后闭眼卧床小憩，听 Radio 中放出的西乐，至二时左右，骑车去 Roma 去看末一天的《Nallywood Cavaclade》，Zoth Fox 出品，Aeice Fay 及 Don Amach 二人主演的，不坏，内容穿插无声笑片，相当有趣。Rama 即旧平安址，现将两旁箱座打开，多添许多座位，并换有新椅子，显着宽大许多，散场四点半。往北去弓弦胡同郑家，去看五姐，因为昨天是她生日，不料她家都不在家，绕往北城，比较清静，在西单取了修理的皮鞋。遇朱君泽吉，至西单分手，我又到王家小坐，庆华母已安抵沪滨，前托庆华父为斌在建设总署内找一事，容缓议，现在斌自己也正在进行，那我也就不必再替她托人了，又谈了些别的闲话，到了六点半辞归。晚月华清光照澈大地，比昨日光明多，惟是来秋风袭人已冷，不可着单，转眼又将寒矣。近日甚乱，仍以深居简出为上，灯下习小字，并教五弟算术，昨日碰车可算奇遇，亦给我一个教训。

9月18日　星期三（八月十七）　晴和

　　天气真好得很，上午在院中看报看书，太阳晒着很舒服，这时才觉出院子大，有树木的好处，如果搬家我真舍不得这个大院子。早晨清清静，坐在树下看书，阳光沐体，微风拂面，神仙不易也。午习小字半页，午后因老张妈其家中丈夫与儿子，二人病倒了一双，她急得了不得，明天就回家，可是自本年二月起至八月止之工资全未付给，家中无钱，没得说又须我出去跑一趟，念在母亲疼儿子的份上，就去一趟，偏偏早上五弟把车骑到学校去了，于是没法子，走到第二附小找着五弟，取了车跑到前门，取了卅元回来，所除亦仅卅元了，娘只知无钱去取，我看取完了怎么办!?表兄长处前允之事，亦无消息，不知何故，回来两点多，在家中闷闷无事，又习了一页小字，卧床上看书，不觉睡去，约五时半醒来，六时左右，孙祁忽来，他亦在家闷了，旋去，晚饭后写信与郑毅表兄，略述家常，不觉尽三纸，今日何日？"九一八"纪念日也，近日闻甚乱，少出门为宜。今日本拟不出门，不料又出，张妈事等钱用，不得不出门，责任在身上，无可推托，我不去即无人去，近日不知心中为何物事所扰，坐立不安，一切均懒做，书亦看不下去，时已属金风送爽桂子飘香时，早晚已凉，世乱如此，唯此弹丸可称乐土（?）亦在水火中求生，麻醉人们，仍在恣意求观，不知身在何所，可叹！

9月19日　星期四（八月十八）　半阴晴，晚小雨

　　晨九时起，老张妈已去，正在漱口时，不料二宝会来了，想不到小鸟似的跳进来，原来是告诉我，她和少丹表兄熟议结果，不再去志成了，免得各方面不便，又要请我礼拜六去芮克看电影，真是不得了，才帮一点小忙，便要酬谢一番，倒叫我心中过意不去，一个上午便同娘及二宝闲谈过去了，别看大宝二宝都十七岁了，不知道的事情很多，还保持着那种天真的态度，在她们的言语，态度行动中时时可以表现出来，觉得憨态可掬，稚气可喜，很有意思，谈起来不觉近午，遂留她在家用午饭，也没什么菜，饭后给她讲了一遍《鬼恋》，她带来本大公报出版的《生还》。我原也有，搬出报纸一找，没有，才想起原来在斌处，一直聊到两点多，二宝才回去，五弟亦由校回来了，因今日是第二附小廿九周年纪念，开完会便回来了，二宝邀五弟一同去他们家玩，五弟并带了两个蟋蟀去和克昌斗，一直到六点半才回来，天气是真好，在家闷闷，又不甘去睡，看过报纸习了一页小字，遂坐书桌边看书，五点多时，忽然又是一个不料，两个礼拜未来的斌来了，闲谈一阵子，她一劲生气，说什么倒霉等，问她又不说，

六点多她走了才告诉我，前两天去农学院考试打字，一共三人，她考得最好，可是没有录用她，而用了别人，把她气坏了，把我托庆华父事今日告诉她了，叫我晚饭后过去，七点半过去了一家四口，三口上了床，她虽上妆可尚未睡，坐在她床边闲扯了半天，左不是聊电影等等，东城的电影差不多没一个她没看过的，反正有人请吧，那还不看，九时归来，晚夜不知怎么那么巧，九时许老张妈出去买东西会碰见斌坐洋车回来，并有一个年轻戴眼镜的男子伴她回来，大概是江汉生了，还让进去坐呢！我现在有点不愿知道她的行踪与关于她的消息，刺激我的多，还不如不知道的好，最好忘了她，可是哪有那么容易，愈想忘了她，愈来的显明打扰我心绪更厉害，爱是绝不容第三者加入其间的，反正现在我已认为在我及斌之间曾发生过的爱情，已是不那么纯正了，已被她所玷污了，加上了别人，我认为她的行径近于浪漫，我已不似以前那么疯狂般的恋着她了，对她总是觉得有点缺点了，而是不可补的，就这样疏淡着，维持着这般的友谊也不错。今夜临行时，她不知为了何故又流了两滴泪，难道说我又错了吗，也许不该来看她，但她给我的刺激，失望，伤心，愤怒，嫉妒与教训太多了，脆弱的心几乎麻木了，对她现在所流的眼泪已不再发生什么反应，只觉得奇怪就是了，一朵灿烂美丽的初恋之花，由她一手培成，现在也正由她自己慢慢的撕掉，毁灭！虽说现在和她谈不到爱情，但其间还维系着一种较深的友谊或许有的。新晴的天，头上云彩隙处露出星光，黑暗沉静的街上，只有我一人的脚步声，想不到今夜又从她家回来，两个月来，这却是头一遭呢，夜凉如水，正又是一番秋天肃杀之影色，回来心情也便冷静下来，安心念书，努力自己的前途要紧，不要像以前那么糊涂。

9月20日　星期五（八月十九）　晴和

今天第一天上课，可是我上午没课，看会儿报，习了半晌字，总那个样子也不进步，真不痛快，午后一时许去校遇见孙祁，走了一会儿不见了，不知他上哪去了，找小徐去，已去校不在家，至校显得特别热闹，他系有课合班，为从来未有之现象，想以后将添不少韵事矣，见了许多同学都那么怪亲热的，到了学校，我便像是个十六七岁的孩子，心情觉得那么舒散活跃，大楼宿舍尽改旧观，尚有一部工程未完，院子还是乱成一片，小马已搬来，但未见着，上了两小时的汉魏六朝文讲文选，聊了一小时多，写了点笔记，等了一小时，和刘冠邦杨智崇在操场待了一刻，又去上日文，傅仲涛教，哄了半天，说用什么本子，便下课了，才五点廿分，便到郑家去，不料行伫也去了，问二宝有我们所用的日文本子没有，她有，找出来了，我又省得买了，大宝二宝等稚气未退，频频与少丹表兄开玩笑，捣乱起哄，少丹表兄每日对此几个宝贝不寂寞了，行伫旋去，我则留在彼用晚饭，表兄谓陈老伯今日又去他家，谈话之意，通知表兄女方无问题，可以进行，表兄托我有暇去询老伯谓是对何人而言，论交友抑直接谈亲事，忽后又闲谈了半晌，至九时许归来，二宝要请王光英等明天去看电影，可是时间问题委决不下，又叫我明天再去，真不愿老去，连着老去，极易惹人厌的，以前的教训学了不少，虽然与他家的关系和别人不同，人情总是一样的，晚骑车归来，晚风甚凉，灯下稍阅一刻书及笔记遂休息。

9 月 21 日　星期六（八月二十）　　晴和

日上三竿尚未起，正可为我连日之写照，不知为何如此懒，张妈回家，一切不能就绪，老赵不接头，麻烦得很，起得晚，早饭也没吃，看报，已是十一点了，家中又无钱了，娘又叫去银行取那一点点的款子，只晓得没钱了去取，其实只几十元，如果老照这样子贴补着用，那一下就完了，眼看这点也完了，花了回不来，因为家中现在是没人挣钱的啊！来日漫漫，真不知如何得了，心中烦闷，已是十一点了，礼拜六下午又不办公，好在自行车方便，跑了前门一趟，来回才用半小时，真快，方便得很，饭后习了一页小字，找出了下礼拜用的书，一翻国学基本丛书中用的差不多都有，有许多书真该看看，有书不看，成天待着，看别的书，实是有点对不起泉下的老父，更也对不起自己的良心，不用说记得，能把这些书看过一遍就不错了，今天下午又得去郑家一趟，本来不想去，老去也会惹厌的，自己都不觉得无趣了，又没什么事，三点多出去，先到陈老伯处

小坐，老伯未在与伯母略谈即辞出，在路上遇见了老伯立谈了一刻，谓唐家意俟其大姐等，回平再言，至郑家与表兄言明，正和其意，因其根本无意也，表兄正整理旧相片，内有一张父与少丹父等之合影，老相片，看起来都很有意思的，但不由又勾起念父之思，旋有李姓（友樵）请少丹表兄竹战，表兄大约在家闷得很，立刻急忙换衣即去，和小二在家闲聊，至五点许大宝方回，打电话王家光英未在，不能去，又留我和小孩们一块吃饭，饭后神聊一气至十二时方回家。

9月22日　星期日（八月廿一）　晴和

昨夜十二时许就寝，不知何故，今晨六时许即醒，睡九时许起来，看报真光中央早场都很好，急忙跑到中央已无隙地，遂又归来，买了点东西，昨日下午斌一家子全过来，这却是近三月来少见的事，礼拜六下午会没出门，难得的很，十点多走过去，斌在家包饺子呢！随便瞎谈，她说我要结婚了，也不知是听谁说的，正谈着门儿一响走进一人，隔帘一看，原来是江汉生来了，她们一问，竟奔南屋来，那么随便，好似熟得很，后来斌母把江让到北屋去坐，斌好似颇不好意思，被江看见她自己动手包饺子，她叫我也去北屋坐，我也不认识他，又是来找斌的，我在中间打什么扰，便回来了，斌母很高兴接待江的，留我在那里吃饺子，我却谢了，那一刹时斌的面色不知是什么表情，好似想不到，一时竟着了慌，我明白那时她心一定跳得很厉害，很乱的，我却回来了，不知那时她心中作何感想，看这样子，江来他家不止一次，很熟的了，前日闻同学言江尚未结婚，不知他多少岁了，反正那人够滑头的是真的，现在竟常和斌在一处腻，玩，但望他不要耍着玩就好了，昨日下午侯少君去找斌，所以过来找我过去聊天，说少君要代表三报馆去曲阜祭孔去了，看报，邮费明日起改实行新章程，这年头不得了，什么都涨价，一下邮费涨一倍，本来本市二分一分，现改为四分二分了，外埠八分，最初以为唯一不涨价的邮费，现在亦涨了，恐怕只有中国人命是只有落没有涨价的时候了，中午吃面弄得不清不楚，处处乱七八糟，显得那么乱，一点半赶到真光去，想不到这个片子不叫座，不太踊跃，根本没有什么人，幸而是礼拜日结果上了八成，一直等到开演了半天还不见大宝二宝等来，不知何故，大约演了有一刻钟，才来了一位，大宝没来，不知何故，散场后和二宝遛了会儿市场，丸京商店，中原公司，也没买什么东西，二宝坐公共汽车又换洋车回去，她非要叫我去她们家，到那已是六点半了，二宝又亲自动手给我作"沙剌子"一大碗给我吃，维勤由满洲回来，对了，还带了许多书及许多日本味的东西来，还有两张满映明星的相片，可是他不在家，晚饭时，有一个什么他们叫涟哥的来了，坐了一刻也就去了，我又坐到九点半才回来，还二宝钱，她也不要，明天再还她，连着今天共是三天，晚上在郑家吃晚饭，自己都有点不好意思了，老去打扰，可是孩子们待我都很好！今天倒霉碰见那么一个可恨的警察在宣武门麻烦了一阵子，闹了一肚子不痛快，路上车又出了一点毛病，倒霉，明天邮局加价，今天发了几张明信片，先省几分再说别的，晚间归来，只见天边斜挂秋月，夜风甚凉，疏影铺树声萧索，又是一派肃杀之秋日光景，独自徘徊万籁无声，清风明月，顾影一人，不免兴起多少感慨也，自觉自有时亦不免太孤僻一些，脾气性格与以前亦不相同，想系年龄增长，人生观点亦异之故，看《心理锻炼》一书，知自己的个性是趋向于"内向"的方面，四弟似趋于外向的那方面，他好交友，运动等。

9 月 23 日　　星期一（八月廿二）　　晴和，晚雨

今年也许因为有合班的缘故，一下课，尤其是门口里边特别乱，人也特别多，且出出入入多添了许多花花绿绿的女孩子，为辅仁又添了另一番光景，我们乙组的功课因为人多，除了四年级以外，尚有研究院及他系的人来听，每班都不少，大约没有合班的课，这很好，我倒不喜欢合班上课，自从上学以来尚未与女生合班长期上过课，如果合班一定感到不合适，今日头二时是"诗三百篇"。一位姓顾的先生教，他原是北大英文系毕业的，喜研究韵文，讲诗三百篇乃是他小时书房中所读者，他是辜鸿铭的学生，与罗家伦、胡适之等同学，辜氏之遗事在新北平报上登过，很好

玩奇特，顾先生讲，辜氏讲莎士比亚时，戴方顶红球帽，梳辫子，马褂缎鞋，持烟袋，半小时工友捧茶一杯，班长（时为罗家伦氏）立旁点名，官派十足，讲后问学生好否？实在好，彼又笑曰：看我著此不著西服，即使请西交民巷中洋鬼子（指西人）亦未必讲得比我好。实在好，古典文字英国文学之深，实非他人所及，西人实亦不及多多，辜氏为我国老留学美国之学生，亦一怪人也。第二时又讲字，顾先生譬喻多幽默可笑，讲甚好，第三四时校勘学，人多教室小，多人无座位，亦只有大学有如此怪现状，下周即换教室矣，赵先生颇自负，年岁亦不大，只卅余而已。午归用饭，有风甚讨厌，饭后小睡，四时许又去校，路过郑家送三角借给二宝，到学校上日文，只上半小时，无味，为了日文跑一趟真不值，六时半铸兄来小坐，他又托李律阁为之说项，拟升一点，多收入一些，此时他亦知着急矣，安家匪易也，晚饭后看书习小字，并与四弟谈话半晌训勉其上进，每一思及前途辄不觉不寒而栗，我双肩所负之责极重。

9 月 24 日　星期二（八月廿三）　晴和

近日每到午后一定起风，虽是不大，扬尘土已是讨厌不过的事，骑车的人最怕风多少顶风就费大劲了，上午就有一小时《庄子研究》，又是孙蜀丞先生教，我有点怵这位老头子，他的话有时仍听不清，《庄子》内容根本就玄妙，文法又古特难懂，大不好办，看了半天功课表，没有什么可听的，就回来了，现在功课表挺不好，功课都堆在下午的时候多，上午竟闲着，上午空着时做不了什么事，一懒睡一觉就过去了一半天，而且下午上课多半不精神，回家晚了也不方便，回家来看了会儿报，饭后看会俞平伯散文（亦可名为杂文集）燕郊集，不觉神疲，倦极思睡，卧床上午睡一小时许二时半又赴校三时有课，高阆仙氏教汉魏六朝诗，随便说所要讲的都是那几家，接着上近代散文又是朱肇洛的，连着选他课三年了，他今天也说了老实话，三年来他肚子里的玩意差不多都卖完了，随便说了一小时便下课了，下礼拜再开始讲，下课与宁岳南至恭王府花园绕了一圈，地方不小，很好，需修理，又给神父盖大楼，神父倒在国都享福来了，归途访云门兄未归，晚促弟等读书，自习小字并阅书。

9 月 25 日　星期三（八月廿四）　　半阴晴，晚风雨

　　一到大学三四年级，功课就少得多了，一礼拜差不多只十余至廿小时之间，成天竟是空闲，今天两堂选课，都只在乎自己如何去读书利用空暇了，十点半去学校上一小时的指导研究，是储先生负责，大约了谈了谈，做东西可以问他，大家研讨如何做法，又提到论文题目问题，一提到这个，我心里就烦了，真不知毕业论文怎么写呢？我打算做蜀中二李年谱，但和朱泽吉兄谈起来，怕不易做，总之择一题目做目的别人未做过，又不能不算做大学毕论文的题目，材料收集容易，好写的才妙，下课后请朱兄代我拟一个题目，还想请他代似一个大纲，由我自己去收集材料去写，中午回家吃饭，看看报，听一刻 Radio，近月来忽又添了一个什么"伯利维北京中央分台"，电波甚强大，又有噪音，不知何故，周率离 1350 很近，扰得听不清，讨厌之极，二时许只身去中央看《Town of London》（金殿喋血记）今日末一天，还不坏，看完就回来了，有点阴天，到家不久，二宝忽骑车来了，我知她来意是要还我那日的钱，谈一刻把钱给我就跑了，毛衣也未拿，给她送出去，便一块去，她还去大吉巷，我陪她一起走，顺路到李福寿处去买了两支小字笔，回来接到弼自沪来一信，她母已安抵沪上，来信也说了不少，还附来相片三张，她这人也怪有趣的，别看她一个女孩子，走过了不少的路，可怜我连平津都未出，所见所闻都太少得可怜了，下午未去上日文，想刷了。

9 月 26 日　　星期四（八月廿五）　　阴，黄昏小雨

　　昨夜狂风雨后，今晨路尚不太难行，《庄子》一小时又扯了一堂的序文大要篇数异同多少等等，两小时《世说新语》主任的课，不料会有六七十人之多，原来教室不够坐，临时移到大礼堂去上，还有女生合班，不料在主任堂上，倒有女生来同上了，男女同学之间无形中隔着多远，谁也不

理谁，虽是近在咫尺，多无聊，两小时倒是好好的听了，中午在饭铺吃午饭，只吃了十四两炒饼就是五毛多，要是住校成天吃饭就受不了，饭后到第四宿舍老王（树芝）屋坐了一刻，又到第一宿舍小马屋去坐了半天，看了会儿画报，谈了一会儿天，觉得才待了不一刻就上课了，过的很快，六朝诗闲扯了一小时的古诗十九首的起源，因为听说今年改了规矩，国文系可以不念第二外国语，遂和小徐刷了日文，合着牺牲了十学分，得补上，遂又改选了汉书研究与广雅研究，今天下午都有，凭空多了三小时，老头竟一句话没问，遂答应了，签了字，很痛快，可是今天得上七小时的课，算是最多的一天了，两小时广雅研究不料也是合班课，由陆颖明先生讲，在一年级时听过他的文字学纲要很好，人也蛮好，好说个诙谐话，足足讲了两小时，写了不少笔记，回家来已是黄昏薄暮了，小徐又没上广雅，这孩子，成天竟惦念赵了，老往家跑，不好，现在我倒尚好，心无所念，能够每小时安心读书了，晚又与四、五弟谈训半晌。

9 月 27 日　星期五（八月廿六）　上午阴，午后风雨

上午没课时多，下午有课时多，不好，一懒起得晚点，做不了什么事情便过去了，今天上午没课就只誊清了《汉书》研究的笔记，别的全没做完，找出了两个插销，用纸包了预备下午去校时带给郑家去，早就答应了，老忘了。午后一时许走，风很大讨厌之极，骑车往北走吃力得很，影响速度甚大。幸未尽到，老头今天讲《文选》序，大家不很安静，没有听清楚，上课上了不一刻忽然风止，下起雨来，后来竟愈下愈大了，自行车被淋，也没法子，淋去吧！上了堂课，下雨没法子走于是和几个同学跑到图书馆去看书，我们几个人想现在就定好题目，开始搜集材料做论文，虽是自己差不点，有两年的工夫，也应能写出点什么来了吧！只是自己可怜自己所知的这么一点，连个题目也想不出个妥适，真是惭愧得很。一和同学朱君泽吉谈起来，不论是提到什么，大半他总是知道的，一或关于这问题的一切，就是要定一个论文题，也应得明白，欲达到此目的的方法与应知道的一切，这是一件很重要的事情，我已请朱君代我择一题目，在图书

馆坐了一刻，雨小了，快止了，便出来了分途各归。时已快五点，便到郑家去坐了一刻，还二宝一本日文，送去插销，因在意和郑表兄他们一家都很熟习了，下雨路不好走，未在那吃晚饭，可是回来已暮，由达智桥至家中这一段路泥泞异常，非常难行，晚甚凉，多早睡。

9 月 28 日　星期六（八月廿七）　阴，凉

今天是夏历八月廿七日，是孔子生日，中小学放假，辅大不放假，可是与我无干，因我今天根本就没有课，上午修理自来水笔，近日两支都不好使，大约是墨水底子有渣子滞塞之故，不易流水，讨厌得很，故写字有时墨甚浓有时又轻若无水，看看报，上午五妹来小坐，与小妹近日甚要好，其余三人皆不常来，今日李娘又小不适不思食，早睡。午与两弟同过力家拜寿，九姐夫生日也，彼未在家，坐顷之即回午饭，穿绒衣竟尚觉冷，读《文选》序习小字一页，并读古文释义半晌又习大字半晌竟近黄昏，下午娘及小妹等又去力家，旋归来，四弟五弟亦出去，李娘亦去力家，只余我一人在家，静坐书斋读古文，亦是另有一番情味，今日不知何故会甚凉，老人皆可着棉，阴沉沉，闷郁郁之天气，令人发烦，所以根本哪也不想去，只是在家待着念书好，自己感到自己知道的东西太少了，对于旧学更是可怜，简直不配当三年级的大学生，什么都不成，没有一样说可以能让人看的东西，情绪闷了一天，近暮时扯开喉咙喊了一阵子到痛快。晚饭后与弟妹们侍娘开了一个小规模的家庭游乐会，有我清唱，五弟怪样打球双簧等表演，小妹跳舞国术，四弟口琴等很有趣，末了吃花生，晚看燕郊集。

9 月 29 日　星期日（八月廿八）　半阴晴

这两天够凉的，简直可以穿毛棉的了，今天又懒，也可算是近半个多月来起的都很晚，起来觉得不一刻就十一点了，可见够晚的了，十点许五妹、小弟及其母来旋去，五妹与小妹玩扑克，十一时半才走，看报载日德

意缔结三国同盟，就是言各管各的事，各不相涉，实际双方谁也再无何余力去干涉他事了，结果是袖手旁观的苏联与大美国大占便宜，尤以老俄近水楼台，随意攫取，德意更是在吃紧的当儿，也不敢瞪眼，哑巴吃黄连有苦说不出，在经济上大美国是得其所哉，世界金融完全流到美国去了，愈来愈富了。中午习小字数页，一时半铸兄来，五弟小墨盒修理好了，整旧如新光可鉴人，甚好，又与四弟下象棋，真大瘾头，坐了半晌方去，我又习了半晌大字，不知何以今日的习字瘾那么大，三时许在院中散步半晌，又进屋读古文至四时许出门，路已稍好走，先到陈书琨老伯处，代四弟向其小女借书，已借出，小坐即辞出，又到强表兄处，有一姓高的在彼谈印泥事，久久方去，枯候半刻，旋与强表兄谈家中款项将用尽，能否足以支持至我毕业时为止否，实属问题，强表兄意至明年九姐夫处存款将尽时，彼即提出一笔款子将电车公司股票押之，不足处其意拟与九姐夫五姐七姐等人商酌之，每月只数十元，在如此生活程度高之时，绝对不够，如欲购米面即须另筹办法，每月不足即由前存零款中提出弥补，眼看已尽，而冬日转眼即届，煤又为必需品，尚不知购煤钱出自何方，每一念及家务，辄为之头疼，烦闷之至，而小孩不明事故，每日胡闹，且不知努力上进，尚须人操心喝骂怎不令人生气也，沉思家中之款不知能足我至毕业时止否，九姐夫处存款只余四百元数，至明年五月即零，即使能支持至我毕业，而此房是否会搬出，以后时局有无大变？生活程度是否会再升高，而我毕业后是否即可有职业，而每月薪水是否足以维持七口之生活，而二弟一妹之教育费及其他一切均在我之肩上，念及种种困难问题，怎不令人焦急愁闷也!? 怅惘久久，不能自释，这年头，真是钱的年头，没它什么也办不了！又常幻想自己如会赚钱了，又是如何如何，这一切均不过是空中楼阁而已，实现不知在何年月矣!? 灯下复翻检古文，今日知读文，知爱之不忍释手，而老父在九泉下不能再亲加指授文义矣!? 可恨！可悲！老父在天之灵，亦知儿思亲乎？数年前父在商务订购一部国学基本丛书，数十册，常年堆置书橱中，轻不一动，亦不在意及至上大学国文系，今一翻检，所用之书，十九皆有，其中其他有用之参考书亦甚多，为之惊喜，可怜，可恨，我知事，亦需有父之指导，而慈父偏又见背，每一见他人小儿嬉戏，其父母之前，辄为之暗羡不已，尝念有父之福，而我今无矣，哀哉！但青年，男儿一切固当不畏难，负起一切，前进勿怯！

9月30日　星期一（八月廿九）　上午晴，下午阴

一阵秋雨一阵寒，十阵秋雨穿上棉，这几天冷得够瞧的，中午一度出现的太阳，照在人身上，只是有光亮就完了，一点没有温暖的感觉，可怜得很，自然的威力，使太阳失去了热力，一礼拜只今天是满堂，头两小时是顾遂氏的诗三百篇，顾先生为北大英文系毕业生，故每堂必写一些英文字，讲得不错，且出语多幽默，举例亦妙，令人忍隽不禁，众同学皆感兴趣，可算一好先生。第三四时是校勘学，赵斐云先生教授，言外颇有自负意，不太有趣，惟讲古时书简封送等与今所用缄、检、函等字有关。中午归来，行至甘石桥遇于政，遂至其家中小坐，谈顷之，因其家中有客，访其父，遂辞归，闻其言，廿八日祖武由津回平，并访于政，是晚自等并在小郭家聚会看竹，真有瘾头，于政尚有此闲心逸致亦殊出人意料，于良出来尚无期，性命或可无危险。午后神疲，二时睡至五时，懒甚，下午又阴，下午习小字半页，晚饭后作《诗经》笔记，看书，近日闻五姐谈闻黄表嫂及铸兄谈谓我等生活尚舒适宽裕，此不过就外表言之而已，实际每月由九表姐处取回之五十元能打发半月就好的，每月皆闹钱慌总不足用，尤以月底为甚，东挪西凑，百孔千疮岂外人所知，每月不足用度尚到处张扬，又有何好说，每日向人嚷穷，谁又能助我？！且求人助用，时乎穷困，非我所能做得到，且又有何用？更无此不要脸也，人言且由他，实际如此是真耳。

10月1日　星期二（九月初一）　晴

昨日一度风传今日学校放假，原来没这么回来，上午只一小时《庄子》，但也得去，又讲了一小时的版本问题，才开讲第一章逍遥游的第一句，就下课了，和小徐一同走，到西长安街分手，至尚志医院，九姐

夫去协和，谓本月款下午送来，我即又跑到兴业取了本月的饭钱，回家用午饭，今天起多订了一份新民报，中午也不知都干什么了，只习一页小字，饭后又看了半天报，二点多上学，去修理了两双皮鞋，午后起风可厌，来时匆匆忘了带文选，讲了一小时，尚未讲完古诗十九首中之头二首。近代散文，决定用书，沈启允之近代散文抄，没有书，却讲了两小时的创作的准备，朱肇洛先生这能聊，亏他又有那么些说的，足讲了两小时，下课六点已是黄昏了，以后冬天自是更要黑了。今晨接到书琨老伯来一信，谓代四弟所借之书已寻出可以去取，又可省几元了，家中无钱生活困难，处处掣肘，所订一双皮鞋早已到期尚未去取，旧鞋修理又需数元，令人无处筹措，周转不灵，郑家允借与之书尚未送去，王家亦需去一趟，拟托兆麟伯父代卖保险柜，又是为了家中用度，而现在却弄得忙得很，没有时间去，下午有课时多，不是人家没下课，就是银行没下班呢，六点多晚了去，黑了不好走，又得和那混警察淘气，或是以为我成心去赶晚饭呢，延宕再三令人不决，迟至今日尚未去呢，简直是无事忙，晚听 Radio 很好。

10 月 2 日　星期三（九月初二）　晴

北平春秋两季的风真讨厌，骑车顶风费力不说而且弄得一身的土。清晨朱君泽吉来访，谈论文事，题目仍未想定，他又借去不少的书，真佩服他看书的速度，而且博闻强记，亦是天才过人，非他人所能及，十时半与之同行，去校上指导研究一小时，储先生指导，又不知怎混过来了，我们三年的同学仍未定好，下礼拜再说。一想起论文来，头就有点疼，烦，毕业那关"口试"也够瞧的，中午在小饭铺吃饭，简单之至，尚过半元，昂贵可知。饭后一时兴起到前毛家湾郑家去，小孩方吃完，把借与小三的古文释义搁在那，小二一时上课就走了，与大宝谈了一刻便也回校了。二时上了一小时的汉书研究，没什么劲，现在讲的，校长差不多都已讲过了，别看高阆仙，孙蜀函，郭琴石，与余主任（嘉锡）几个老头的教授法都不及校长讲得好，校长讲得特别明白，令人懂，别位先生都有点乱，笔记亦大多无次序不易写，下课后又到郑家去，小孩子都没回来呢，与郑表兄谈了半晌，方陆续都回来了，五时许三表兄去看竹，又和大宝二宝谈了半晌，要去，不许去，非留在那吃晚饭不成，六点多就吃了。大宝是自知读书，饭后即去念书不必人叫，自知着急，二宝是善体人情，人情世故也比较懂得，对于家事，亦较会管理，各有所长，但多少仍不脱孩子气，七时许归来，已暮。

10 月 3 日　星期四（九月初三）　晴和

一礼拜中就以今天为最多课了，一天上七小时，每堂用心听写，也够累的了。九时起上《庄子》，《世说新语》是余主任讲，改在二〇八教室，仍是满坑满谷，旁听的人多得很，几乎坐不下，甚至连先生都来听，教文字学的陆颖明先去，教秦汉史的，教国文的，足有三四位先生也都来旁听，可见号召力之一斑。午饭后到李国良屋中去坐了半晌，他买了不少的书，葛松龄，姚日本也在那，下午又上两小时高阆仙氏的课，老头汉书也爱写笔记，字迹潦草不清，看得费劲得很，接着又上两小时的广雅，手不停挥地写笔记，已有两个礼拜的笔记没有整理了。下课出来，已是快黄昏了，顺路去陈家代四弟借来书籍，到家已黑。大街上十分紊乱，不好走，西四等地已实行高空指挥。本月一日起又订了一份新民报，其实很便宜，只是每天多消耗了我一小时多的时间来读报，因生活程度奇高，而家用浩繁，每月只有数十元用款，故一切均未能办，且不够用，处处掣肘为难，一记账便不免淘些闲气，讨厌得很，管家务事最乱人心，每在校一念及家中用款不足，辄焦急不知所措，难矣哉为人也。人生天地间是来应劫受罪来了，酸、甜、苦、辣、咸各味都尝，男儿立志当自强，事业为终生大半之所趋，而恋爱不过一生中之一部耳，何必多耗精神气力，年轻人心血俱浮不定，最易步入歧途，否则后悔不及，这时及早回头，凉水当头浇下，浇的正是时候！正是我的当头棒喝！

10 月 4 日　星期五（九月初四）　晴和

近半月来，每晚总是早睡不了，其实晚上也没做多少事，不知不觉之间便耗到十一二点了，于是早上便起的晚了，通常是九十点方起，一上午便不用想做些什么了，今天又是九点，因为上午没有课，看报，习半页小字，心绪不安，以至写得不好，极力想忘却搅我心绪之一切，但不成功，可恨！书多得很没有看，心中急得很，我看书的速度也太慢了，午后到校去上了两小时的汉魏六朝文，讲文选今天讲《文心雕龙》中的一篇时序篇，偏又忘了带去，和别人合看，功课中，就是这门最无味，马马虎虎就过来了，到图书馆去借书，幸而有了一本，现在可以把书借回家来了，不易三年了呀！在西单书摊上看了会儿书，也没什么值得一买的，取了鞋，又出去了大洋五元，这还不过是修理旧的，新的简直是买不起，这月因为和四弟合资在中原公司买了一 guitar，梦想了许久，这次才实现，可是虽然都很喜欢，可是不会，没人教，这太糟心，二日买的，去了本月饭钱的大半，又买别的东西，于是不免又感拮据，前在东安市场定了一双汽车轮底的黑皮鞋，早就好了，只因为没有钱老没去取，想起来都是烦事。顺路去王家看看，打听庆华和他母亲何时回平，他父在指挥整理屋子，又糊又扫的，他父亦不知道，他们亦无信，他又忙着出门，在道上托他代留意有人购保险柜者否，承允，归家已黄昏。每日下午起风讨厌之至，下午随意购了点文具，已过一元，昂甚。

10 月 5 日　星期六（九月初五）　晴和

一礼拜只上五天课，还竟是半天，实际上不了四天课，空时很多，今天一整天没有课，不知怎么睡到十点才起，太懒了，这还怎么念书，一上午看看书及报，和小妹很早吃过早饭，娘偶着凉不适，中午方起来。娘只知叫我们穿衣服怕冷着，却忘了自己加点衣裳。近两天除了刮风以外，天气怪好的，可算晴和，早晚仍有点凉，但也不像前一礼拜那种冷法，午后一边听着 Radio 中所放的音乐，一面抄写笔记，广雅的，两个礼拜没誊清了，一气写了五页，不少有点累，可是太阳晒得又怪舒服的，一直写到四点多才算完了，出去把户口表改了，因为换了仆妇，顺路又到铸兄家去，还他修理五弟墨盒的五毛钱，走到他门口，恰好他也才回来，因他还要出去，坐了十分钟便出来了，一同到达智桥修车后各自分手。我买了点东西便步行回来，因为车搁在车铺擦油泥，六点多了，五弟尚未回来，真荒唐，现在小孩子一个个真大胆，常不和家中说明就晚回来，使娘着急，真该责罚。在院中和小妹玩了一会儿，闹了一身微汗，一刹那也归真返璞了，好似我也是十一二岁的孩子了。饭后一时兴起，与四弟二人互相搓背，并开了半天的话匣子，老伶多半物故，从前唱戏的好嗓子，今日能有几人及得上，上礼拜中空的甚多，拟照朱先生的话实行，每礼拜自己强迫自己写一篇或两篇东西来，以熟练笔下。

10 月 6 日　星期日（九月初六）　晴和

平常不早起，今天反而起得早了，上午带五弟去中央看早场，片子平平，前边加有三个短片，正片甚短，中穿插习行技术一段，不错。中午归来，五妹在此，旋去，午后阳光甚好，讨厌的风今天没有，在院中小立，又在屋中看报，五妹又来，旋又回去，近日只五妹常来我家中，别人都不大露面。闻斌（多日来极力避免写此字）和江汉生去津大约是昨天去的今天下午才回来的，左不是住在她六姨家中了，近来是极力不提她，甚至想来忘了她，但哪有那么容易?! 愈是那样，反而心中愈加乱，就是偶尔听别人谈到她，不自然的便不安起来，不知何故，但心中一沉，一想到自己应该好好念书，想到自己肩上的重担，想到自己的前途，便会安静下来，甚或老想把自己把工作来紧住自己，使脑筋没有余闲来想别的。今天娘偶尔谈到说表嫂意思是她找一个好女婿，要能够养丈母及一儿一女一时的，要有这种能力才可入选，她要是等小弟来养她得等到什么时候? 也是的，这也有可能性! 我真傻，我却没想到这层呢! 本来女婿是有半子之劳的，听了心中十分紊乱，其实她以前早就和我说过多少次了，她说得也

对，我更不怪她，我只怪我自己糊涂罢了！现在只默祝她前途光明终生幸福！但愿她放大眼光，认真了人，不要被人骗了，我亦代她欣喜的，她和江认识算来才不过三个月多一点，北平的地方玩腻了，联袂跑到天津去了，多亲密呀！以前她曾笑我同学徐君的女友现在的未婚妻赵涉兰傻，半年就定了终身，她这次别来个特别快车，不到四个月定了终身，则又何以自解?！唉，我这些都是多余，管得着吗？人事是不可预料的，许多事情都是做梦也想不到的，不定什么时候就会实现了出来，就是明天会出什么事，什么结果都不知晓！连着我瞧得的有三个礼拜日江都在她家中，下午一块出去玩，平时有见否，不知道，今天下午没出去，在家，那是为了由津方归，得婿，坦腹东床如此，表嫂也许很满意了吧!? 我倒盼她不来也好，来了我心更乱，不见反而好些，但不见她不是恶意的，见了她便心不自安！午后一时情绪兴起，又控制不住了，拿起笔来习了半天的大字，稍好一点。四点许维勤忽来，小坐即去，与之同行至西单分手，带五弟一同理发，六时许归来，晚饭后习一页小字，看了会儿书。

日前看书，《贤明的——聪明的父母》，俞平伯《燕郊集》中之一篇，总之，其意有些与我以前所想者相同，吾人平时所谓之孝道，谓"天下无不是之父母"这句话我就反对，假如父母是个混人，强盗，无可救药者，无恶不为，蛮不讲理者，亦应俯首唯命是听吗?！且一般皆以为为子女者对父母只有无条件地服从，尽孝，此话大有酌量之余地，且父母对子女因天性而有爱护抚养之心与义务，子女因受其施，方有孝之报，否则如私生子被弃路旁，因而死亡或流落孤儿院中大不知其父母何在，受苦之不暇则父母又何有哉。

10 月 7 日　星期一（九月初七）　晴和

头一堂没课，起的较早，带五弟去校，两小时的唐诗，顾先生讲得很好，费了三小时方讲清了第一首诗，第二首还得用两小时，以后大约不这么讲了，否则太慢了，校勘学讲得也没什么秩序，信口随他说，讲到哪记哪就是了。午间归家与小徐同行，遇小刘，午饭因今日是五弟生日吃面。

饭后看了一刻报，二点许到中央去看电影，是《绝岛流莺》，不算佳，平平而已，散场后又往东跑到东安市场去，今天总是那么巧，中午回家碰见保滋，下午又碰见他，听小马说他在美国学校呢！这人挺神！在东安市场信步游览，绕了一圈子，又走回到丹桂商场内去买书，买了五本，两本是小徐的，沈启允编选近代散文抄上卷，孙席珍辑之现代中国散文选，在书摊上偶翻最近期之（三卷卅五期）沙漠画报，封底有斌之两张相片，一坐一立，著两新式短大衣，旁注为最会穿时装之×××小姐，相片可照的不大好，还不如本人好看，也不大像，也许她变样子吧！出了市场遇王燕沟及叶于政，后又遇见邓昌明，叶于政称十一日走，这家伙这两天没事，成天大约竟和燕沟泡了，王家中有钱，今年结婚大约是舍不得太太，成天在一块，也不上学了，美国学校念了两天半又吹了，成天和太太在一起玩，无啥出息，于政和他老在一起不大好，于政看他那样子花钱也不少，大爷味也够瞧的。灯下看报，做校勘学笔记，并看书，连日疏懒，书看的既少，朋友的信牍也该还了，每日时间不知都怎么过的，可怜！

10 月 8 日　星期二（九月初八）　　晴和

上午只有一小时的《庄子》，老远跑去，下课又跑回来，为了这一点钟课跑了这么远，如果没有听见什么那才冤呢。现在颇能自治自己，每一堂课都留心听讲，十点又在家中椅子上坐着了，有自行车太方便了。看报，午后想写一点东西一时心又安静不下去，只写了一点，再也写不下去，便只好丢在一边，跑去上课。一小时的课，只讲了一首古诗，西北有高楼那首，引了四五个说法对孟姜女哭倒长城加以证明，乃系民间谣传故事，纯属子虚，接着两小时的近代散文，书买了却不用，难为他又讲了两小时，大半都是在一年级时现代文学课程中所讲过了的，很是无聊，所以一直爱困，想睡，与小徐同行，他搬家近了，不一刻就到家了，可惜我还得走老半天，一天来回四趟，够瞧的呀！自行车这两天爱出小毛病，讨厌得很，收拾了会儿，到家已暮，晚饭后又唱了一刻留声机，看了一刻书，并习小字半页，不觉已是十时矣，时光飞快之至，预计之笔记尚未写，书

亦未看呢！烦了！又想睡，又想做事情，不知怎么好。近月来每天睡皆甚迟，许多事都未做真糟心，我太不会利用时光，太荒废时间了，终日荒忙，亦不知自己都做些什么事，论文题至今仍未想定，靠人总是不成，朱头马马虎虎的，一味推诿，有时间还是自己好好想想是真的，双十节放假一日的布告今天下午就贴出来了，以安人心！一笑。

10月9日　星期三（九月初九）

我下意识地感到，为什么近两三个月来时光尽管如飞的过去，尽管自己是那么后悔，诅咒自己，为什么不在白天做一些事，写点字，看些书也是好的呢！白天尽管有闲，也不知是怎么消磨过来了，自己也并没有自去玩，大半都是焦躁不安地徘徊着，默默地一个人幻想着，自己的悲伤情绪，愤怒，冷笑，后悔，完全深深地埋在自己的胸中，不使它们露出一点来，一切不幸感伤只有在我一个人独坐的时候，沉思的时候，深夜扪心自问的时候来咀嚼来承受，结局是过去的叫它过去吧！我实也是在过去的行为上，也有对不起她，也对不起自己的行径，我后悔我平生第一步就迈错了方向，第一次纯洁的狂热的爱情倾注在不能接受的人的身上，（这句话恐怕在我日记上不只写一次了）近月来之不能做什么事，就是完全被这件事所打扰，可怜，可笑，我亦不软弱了，偶尔不经意的偏偏听到了她的近况，只有更加暗自加重我深心的创痛，那失去了爱人的难堪的惨变，虽然在外表上对人，同学，一切人都还和平时差不了许多，尤其是对她的母，弟妹时，（近三星期未见她面，也好）极力矜持自己保持平时的情态，间接令她们告她，我仍和以前一般并未因为和她疏远了而悲哀，好使她"也许"会恨我的无情而渐渐忘了我，那最好，恨了我也好，但我心中的失望与悲痛是谁也不道的，只有我一人自己来体味，我也不愿别人知道我心中的真情，一切都叫它过去吧！真的是过去了！过去岂止这一点点日记时代，所有的梦幻所有的热情，所有的感情，所有的爱情的享受，都过去了，流走得这么自然，流走得是这样不使我自己惊诧，流走得是这样不使我自己有点沾滞。多么痛快，多么轻捷的我便跳在现在的地步了，当然现在我还是不好，也许我还遗留得有许多过去的成分，是我自己看不清，而常之要在不知不觉中，反映出那种意识来，也许我不是顽强的人，我或者又堕入到另外的歧途上，虽说我相信，我是可以把握着我自己，不，自己再糊涂再懒惰，然而话总是这么说，我们不否认环境，我还在一个旧式的环境中，也许比我过去还可能到更堕落的地步去的，但我把持住意志，决定现在要努力一点，开始好好的读书，开始做事，开始重新做人的时候了，我要一切过去的事都无痕的过去，我只向着前方，一点也不回头！——今天上午没课，早上一个人坐在树下，阳光斜照着全身，一时心有所触，记下了上面的一段：

上午只一小时的指导研究，简直是聊天去了，还了一本书（丁玲的《意外集》）又借了一本，施蛰约的《善女人行品》。午饭后，因来时路过张兄恩俊约好午后去找他，并允借我船票，因他家无人用，到了和他胡聊一阵子，今天到他里屋去坐，他倒是买了不少关政治经济的理论书，又借了一本小说二时左右回校，又上了一小时的汉书，下课后去郑家本拟七时半回校听讲演，萨本铁讲维生素，三表兄去打牌，后孙祁亦去，同留在彼用饭谈至夜十时归。

10 月 10 日　星期四（九月初十）　晴和

国庆纪念日，所以今天放假一天，可是小妹还去学校半天，四弟五弟都在家，四弟昨日育英运动会，赛跑结果得了一枚铜章及一本杂志。上午睡到快十点才起来，因昨夜在床上卧看书至一点才睡，故而起得晚了，一上午看报及习小字，已是十二点多了，阳光很好，连风也没有，天气太好了，在阳光下坐着看书是太舒服了，真舍不得走开。饭后补写昨日的日记，一段在三点多钟去郑家，维勤回去了，今天郑三表兄请客，与二宝维勤聊了半天，大宝已出去了说是赛球，被人强拉去的，谈了半晌也无什么意思，要是昨日没说也不来了，不料维勤来了，她二人不愿和他去于是便未去，要知如此，还不如在家看看书呢！维勤先去学校，我又坐顷之，便也走了，因为还得去南池子廖七姐夫处去给他拜寿，今天是他六十正寿，

去的都是亲戚，五妹、二妹等皆去，增益所订之未婚妻柳氏女名庆宜亦在，身体强健，较之前订之王氏女儿之强多多，看来人性不错，有一本相片，内皆增益与庆宜之影，皆不错，鸿泥雪爪，各处留迹，亦可见青年人之豪兴也。增益摄影颇知取景，柳女亦在辅大，今年二年级，教育系，亦大方，饭后已九时许，十时归家，弟妹等均睡。今日殊不值，一下午太荒废了，不然多少看些书及写下些笔记，今日在廖家见着萨老伯，犹殷殷以近况为问，惜昨日晚未听萨本铁之演讲，一念他人之境遇皆甚佳妙，予独不幸如此，可恨！

10 月 11 日　星期五（九月十一）　晴和

　　自己一想起来就惭，空空每礼拜有那么多的时间，有三四个上午几乎都是空闲着的，那是自由的时间，而近来新添上的毛病晏起，以至一点也不能做些什么事情，晚点起再加上看看报，习了半页小字，便过去了。今天上午看完了余下的一些《西游补》，明末清初时董说著的。翻完了，下午带去小徐看，由他那又拿来一本《在草原上》，赵宗濂作的，大约是本校历史系四年生，还教二宝的历史呢，薄薄一本，不算好。下午两小时的汉魏六朝文，预先也没说，临时定讲枚乘的《七发》，没有在带来的这本文选上，便把《在草原上》（文苑社出版）翻开看，下课在图书馆内又借出一本朱光潜的《孟实文钞》。小徐一下课便往家中跑，拉着我一块走，我也和他似的好似学校除了来上课并没有其他关系似的，无形中对于同学们的接触也少了，回来尚早，到家也无聊，不像小徐回便有个心上人陪他说笑，便在西单书摊看看，买了三本书，沈起予的《怎样阅读文艺作品》，一本叶鼎洛著《他乡人语》，一本是厨川白村著《苦闷的象征》，鲁迅译，三本代价八毛，不算贵了，五点多到家，在院中走走，又在灯下看了一刻书。饭后出去，打一电话给李娘，她在郑家，先头来电话叫我打的，原来是明早有人来看铁柜。晚上一时兴起跑到中央去看电影，夜场中央尚是第一遭，人多得很，片子是台风，不错，十点回来，家人都未睡呢，卧床上看书半响。

10 月 12 日　星期六（九月十二）　半阴晴

懒透了，仍是起得很晚，预定做的事，一早上什么都未做便又过去了，只是看看报和书，一个姓沈的来看保险柜，因无洋文牌号他疑蝇国货，奇怪，不知这个为什没有西文，难道原来就是中国货，不明白，娘开口太大，五百元，恐不易出货吧！看那人那样似无要的意思，旋即匆匆走了。午后想去看跑马，一时心烦，一则无钱，二则也无什味，且很远，也就罢了，闷坐在家中看本由张恩俊兄处转借来的《Aphrodite》，法 Piesse Louny 著，鲍文蔚译，上海北新出版，译名为《美的性生活》。内容多系希腊之古风俗，中多神名，内容仍不脱一般的译书的一种有时不可索解的字句，令人读着不耐。于尽三日的余暇匆匆翻了一遍，一时半忽然二宝骑车来了，约我们明天去北海划船，她们也借了一个船，真是孩子，她们俩一定以为我前天不高兴了呢，本来是呀！玩是寻快乐，要被他人所勉强那多难过！其实那天我又何尝生气呢，却累她这么远跑一趟，幸而我在家，不然又扑空一次，她算是有运气，两次来都是我想出去而又中止了的，下午看完了《阿芙罗蒂忒》，补写昨日的日记，老抱着书看，也会腻的，这两天赶着看完了几本书，要看虽是多得很，可是这时，自己又不愿再继续拿起另一本来读了，人就是有这么个懒惰性，及有厌恶心，所以在人生道路上才起了波澜，才有不平，才有曲折！

一下午只是看看书，在院子走走，结果看完了一本书，晚饭后和弟妹们狂欢一阵，唱，吹，一礼拜一天也不错，又在灯下看了一刻朱光潜的《孟实文钞》看得还不太艰涩，虽也是个论文集，语似比较《燕郊集》还易看一点，俞平伯的句子，有时不易了解，晚上无线电里播音乐剧，大意是说一个出名的交际花，以名媛名闺为名衔而在礼交场上活跃，结交阔人，甘为玩物，追慕虚荣与享受，结果其父母乃一双穷人，其父甚至拉车，最后幕后大白，兰娜小姐的身世为人所不齿，此剧真可为当世好虚荣摩登，好出风头，以名闺媛自命之辈之当头棒喝，且剧中之邹三爷，石先生，亦尽吹拍经理之能事，亦可见社会一般之世故，亦尽讽刺小人之能

事，可惜若辈糊涂可怜虫不醒，当局者迷，可怜，可叹！但愿此剧此辈荒唐者听后醒悟。

10月13日 星期日（九月十三） 晴和

天气很好，一上午在暖和的阳光下看书报十分舒服，十一点左右孙祁来，他约我去跑马场，倒是想去，岂奈无大龙票何?! 未去，玩了一刻，十二点左右，他去黄家借书我未去，午后弟妹一再的迟缓临时又换钱，四弟一早就去郑家和郑克昌打乒乓球玩，不管了，好，一个人怎带两个孩子，心中很是生气，陪他俩步行到宣武门，他俩坐上了电车，到西长安街换车，谁知往北戒严又不开了，只好又步行到府右街，洋车太贵，一气便一前一后带了他二人走到了北口才下来，进去直赴船屋取了船和五弟小妹两人划，他二人只是玩，只我一个人划，绕了一圈也未找着二宝他们。划到了水中央停着，任其自漂，本来想去看足球赛，为了这俩孩子累着哪也未去，耗到了三点四十交了船，往回走，慢慢地，走五弟小妹又到白塔上去玩，一耽误，倒巧了，在门口遇见二宝，只她一人来了，她说她划了四圈也未找着我们，奇怪，她似乎很抱歉似的，幸而结果遇在一起了，否则又好似她说讹似的，在道上说她今天很生气，大约是因为大宝没和她一同来的缘故，且她向来不敢一个人来划船，不知怎么今天会一赌气我就一个人来了。二宝虽是小孩子，似比大宝多懂似的，我也不好说什么，反正我今天心中玩得也不算高兴，心中对二宝，倒是有点歉意，在西四看五弟上了电车，便带小妹先回来了。五点许回来，身体觉得疲倦，真不好，还不如静坐家中院内看书好呢。一直到六点五弟才回来，他到什么不管一个人玩去了，可恨。晚饭后，觉神疲卧床上休息，幸因倦而小睡了一小时，自己也真未免太泄气了，灯下又看会《孟实文钞》，便睡了，小孩子小，又没车，这年头出去哪都别扭，哪像我们大了，又有自行车，骑上就走，又跑又方便，带了两个小孩子，交通乱，又不放心，算是累上了，麻烦透了，空自着急。今天走了不少路，算是车钱省了不少，否则车钱就得过一元，近日家中连菜钱都没有了，每月亏空正不知如何是好!? 没钱更是哪都懒得动和出去，浑身都不自在，好似缩在一起那么不舒服。

10 月 14 日　星期一（九月十四）　　上午晴，下午阴，狂风

清晨阴天很凉，并下了雾！顾先生说雾很有诗味，是不错，明明隔两三丈以外便是四外白茫茫一片，什么也看不见，走熟的路还不错，到了野外，简直不敢动了，虽是数丈以外全是雾不是，可是等到你一步一步走到那时，在你立身的数丈范围以内，又是清清楚楚的什么都可以看得见，而四外二三丈以外，仍是白茫茫的都是雾，奇怪，神秘，太阳一出来，又都没了影踪，又都不知哪去了，消于无形，妙！雾里看花，隐隐约约，终隔一层，比起清清楚楚的看花又是一番情趣。两小时的诗三百篇，仍然在很有趣的空气中过来，两小时校勘学就是那么回事，我总觉得赵先生有点自大，带着骄傲劲！学问好，也犯不上那样不是？他讲了一部杨守敬的日本访书志，下课后我立刻到学校内图书馆去借，现在能够把书借出来多好，也方便，好容易耗到三年级有这权利了，不享，不利用那也未免太冤了不是！午后归家，太阳出来了，又有点热，饭后看看报，不知不觉已是两点多了，跑支浙兴取了十元，活期只余五元了，可怜！打电话给李娘，铁柜别人只肯出百八十元，可怜！等钱用没法子，今冬恐怕要把它烧了吧！可叹！去看朱君泽吉，他病了，睡着未见，又至尚志医院小坐，九姐夫仍有喘，不知病源，怪事，下午起大风飞沙走石其势惊人，气候顿凉，五时左右归来，习小字，晚复令泓信，看书。

10 月 15 日　星期二（九月十五）　　半晴

九点上课，早上八点多骑车出去手还冷呢，天气凉多啦。上了一小时的《庄子》，下课到图书馆中又借了两本书回来，十点多打电话给王庆华父未在行，不知确否，归家又唤天德信来看铁柜，磋商再四，以一百八十八元议妥售彼，中午一时许，彼即雇一排子车拉去，随父多年之物，一旦脱手，心中良不安，唯以现今迫于衣食，又待如何？而昨日九姐夫言得

好，值此国难非常时期，只有以非常办法应付之，且只要男儿立志，将来此等身外物，要多少买不回来耶?! 思之亦良是，心亦稍安，此区区百数十元，不数月即吃烧净尽矣，可慨，但此时不卖物以相济，每月五十之数，七口之众，生活如此之高，焉能敷用！午后阅报，思整理笔记，一时心中烦乱如麻，不能下笔又止，至二时半驱车赴校听课，下午三时至六时尚有课故也。晚夜不慎把表朦失落，午间归来娘又拾得，而晨间表已送入表铺配去矣，无形中损失元余。及至大课打电话与郑家，寻李娘谈柜事，彼谓有人出二百之数，但已迟矣，柜已出售，本东城一店只出百八十，今多八元自售于彼也。运气不佳，夫复何言，无形中又损失十余元，而欲购之面粉又长二角（十斤）买九十斤无形中又损失三元左右，可怜，今日彼生活所迫犹得售物以生，若在战区，一切均被炸毁又当如何也!? 六时下课又至陈家代四弟借书，逢林琴南姨太在，小坐即别。归家后习大小字，灯下观书，昨日为阴历十四日，理应去西院为先父上供，一时疏忽，风狂与弟妹等读书谈天，竟至忘却，晚间灯下始悟及已过迟矣，实该死之至，上月底即忘却进内拜供，今日复忘死罪之，亡父在九泉亦必怒儿等之不肖也，以后切实可行不可忘，否则重责自己，一时心中不安怃然出久之。报载日德意三国结同盟后，英美愈接近，美更加显明积极助英，太平洋情势亦趋紧张，美侨撤退，实与人以一大冲动，日美其将开火乎？今日报载东城美国学校昨日已停课，燕大自亦将动摇，育英见满汇文之属教会学校亦将受影响矣。今天闻协和医院亦将停工，一时恐不易也，华人赖之以生者，甚多，一撤美侨，牵动极大颇可令人注目。近报载，各国尽力向苏流波送盼，大加拉拢，展开外交战，而老俄则大得其哉，居中获利，欧战中心，谁败谁胜，无形中皆操自苏联之手，彼之行动，牵扯力最大，从中与此与彼结定各种条约协定，而得利无算，美国不如也。各国虽恨之，明知其老奸巨猾，占尽便宜，而因其影响各国存亡甚大，不敢反抗，吞声忍气，任其剥削敲诈，可气！世界大舞台，尽由此数人要角来扮演精彩名剧，只看其如何收场，怎样结局也！昆明今日被炸，不知情形如何，缅滇路再开，日空军一定去炸，日美远东一正面冲突，地中海方面一开火，德已进驻罗马尼亚，则真正世界大战方开始也！

10 月 16 日　星期三（九月十六）　晴

指导研究去了又没事，一懒今天便没去，于是一上午没有课了，上午看了会儿报，看完了一本宿莽，矛盾作的，里边几篇随笔还不错，其余创作平平，乃系其十年前之作品也。娘上午出去一趟，买什物及菜回来，午后取了表，出去一元半，倒霉。到学校只上一小时课，高先生老了，有时讲得不清楚，下课后去炒豆胡同找老张，还他一本书，未在家，他太太出来的，张绍先倒是个幸福儿，独自一人，好父亲，母亲，好产业，好妻子，还有个大儿子，一切安享，他的太太不错，人满好的，他出去，常常一个人，也不带他太太一块出去，他太太就安安静静地在家待着，也许是小孩累赘住了。还了书，又到郑家去小坐，和三表兄谈了顷之，告其托我问煤之事，至五时半小孩皆回，三表兄去赴礼拜三会的竹战，我亦回家，灯下一时文思来了，写了三页多，不意为五弟吵闹把思路打断，只好停笔。晚又接得永涛来一信，一时心中起伏不定遂提笔给华子写信，其来信已半月，其来信有颓废灰心之意，为尽朋友之义遂勉励他一番。青年人最要者为他人之鼓励，有了自信心与勇气，奋力前进，不顾险阻艰难，必有达到光明成功之日。今日不知为何，十分兴奋又与这祖武一信，想了许久的事了，就是懒得动笔，可是写写也许写完了，都是自己太延迟太懒的缘故，今日上午得松三一信，出乎意料，久未去看其母，过数日亦应去一次，归来闻斌及其母下午来小坐，难得小姐光降，一月矣。

10 月 17 日　星期四（九月十七）　晴

今日为一礼拜中最多上课时数之一日，自早九时起至下午六时止，共须上课七小时，脑筋精神相当疲乏。今日有两门课，四小时与女生合班，是以同学互相开玩笑与谈话之趋向，自不免对女生而发，亦较往日热闹，《世说新语》，余主任讲的，有时亦夹杂滑稽成分，而其本人并不发笑，犹如冰面笑匠巴斯祁登，令人忍隽不禁。中午饭后至宿舍中小坐，寻沈祖修

未在室，小马亦未在屋，遂至李国良屋小憩，卧阅巴金之雾半晌，下午又是两小时的高老头的课，老头讲书有时杂乱无章无法记笔记，汉书研究，有时更是东扯一句西拉一句，零碎得很，接着又是两小时的广雅，手不停的记笔记，人多教室大，天又黑，以后坐在后边看不见怎么办？回来已是黄昏，黑了，顺路到永丰德买了百张校纸，家中只有五弟小妹，四弟娘都未回来呢，七时左右方相继归来，灯下看看报，记记账，习小字半页，成天和小孩子打交代，追命似的，唤这嘱那个的催着念书，简直要吐血，不知为什么他们怎么那么不明白，真要气煞了！精神方面够痛苦的，不知长到多大方知甘苦，方肯自己努力上进，要想找同学，又想去玩，又想出城，又想看书，一时心中左思右想不得主意不知如何是好了！秋意已深，早晚甚凉，天凉了不好，一切动作都不便，衣服加多，身体笨重，这两天已经想好了要写的几篇散文，不知能如意否，一想起论文题目尚未想定就又烦起来了！

10 月 18 日　星期五（九月十八）　午后阴

上午看过报后，便开始整理近代散文的笔记，三个礼拜的笔记真不少，手写得都有点酸了，可是写得还比较顺利痛快，一半也是有小徐写的做参考，从九点半一直写到十二点半。饭后习了一刻大字，二时去校上了两小时课，汉魏六朝文，今讲完了枚乘之《七发》，在学校今天看见了一件出让的鹿皮衣，全新，小徐穿得肩头瘦一些，介绍给我，我试穿一下很好，而且很新皮质也很软，颜色也颇好，比宁岳南新从中原花五十五元买的还好，我从前虽是看见几乎无一学生没有一件鹿皮衣，而我并未想买，不知怎么回事，今天一见此件皮衣，便十分心喜，十分想买，于是招呼老李留下，回家来商量，因为价钱也太便宜了，仅只卅八元，买新的至少五六十元，而且买了此时又正穿，一路却都想的如意算盘，小徐叫我陪他一同走，到太平仓外他等赵一块走，被赵同学看见哄了半晌，看他们俩那样亲密美好的一对小夫妻（虽是尚未结婚已订婚了）真是令人羡煞也。在路上遇见王贻说了会儿话，因一时天色尚早，便到松三家去看看他母亲，松三前天来了一信，和他母亲谈了半晌，便回来，已是天暮，晚饭后一算，米、煤未买，大有不足用之势，娘又大加埋怨我把铁柜卖少了！令人气闷心酸不止，不图今日竟至卖物过日矣，可怜，晚又写笔记多页，手为之酸疼！

10月19日　星期六（九月十九）　半阴晴

全日无课，但早上睡不着，八时许起来，看了半晌报又想给王弼写回信，心中杂乱不安，也未写成，乱七八糟的心绪下过了一个上午。午十二时许送小妹去校，又到五弟学校去找他，带他去西单买了一双鞋，路上不慎，伤二手指，幸不重，归来娘又不去看赛马，不去也好，便又出去，到尚志医院找九姐夫，睡着遂留一条走去，顺便用其电话打一给泓，邀其出来，先不允，迟疑一刻方允，约至公园会面。我先去，在路上遇刘志聪随便谈谈，在公园门口等了约半小时，出我意料之外，她今天是骑车来的，一同走进去，先到新民堂去看影展，不太好，看完出来又绕到后边河边椅上坐着谈了半晌，她二姐因路不通及病一人归家，她并谓小郭前约其去看台风，去看赛足球，她都拒绝未去，今天又去她家，她竟丢下出来了，她的确对我不错，我真不明白她喜欢我什么地方？我还不过是那么一个平平常常的人而已，别的画展没看，坐了约有一小时。我说请她陪我去东安市场取鞋，她也毫不迟疑地答应了，一同骑车去东城，取了订了快一月方取的汽车轮底皮鞋，喜它结实能多穿些时日而已，十七元五真不易，又在东安市场内随便走走，不料遇见大马和高荫铸，大马看见我笑，怪亲热的，他买了许多东西预备回家的，谈了两句分手，出了市场陪泓绕北海那回来，胡同口上分手，她约我明天去公共体育场，真不想去，可是她极希望我去，便答应了，礼拜一她们放假。到家都不在家，只李娘由东城回来了，带回三包面来，一会娘带小妹亦回来，唧唧呱呱大大小小，又热闹起来了。李娘十天没回来，一回来精神蛮好，讲这讲那没完，灯下一时不得安静，于是什么也没做，好在笔记全都弄清了。

10 月 20 日　星期日（九月二十）　晴，风

　　北平春秋日爱起风，之讨厌简直是无以复加了，土之多，一出去，就是一头一脸，全身都灰了，空气在起风及有太阳时，变得很干燥，很不舒服，今天又开什全市中小学秋季运动会，我本是懒得去的，不是泓叫我去，真懒得往那跑。早上起来访孙祁尚在校未归，在路上又遇见了，说了两句话，他今天要去真光看早场，下午亦不去看赛马，分手后便又去尚志寻九姐夫，才谈起售林则徐对联事，他叫我持其片送至谢连仁家去，出去顺便看看朱泽吉兄，他病尚未好，不知如何，不在家，出去诊病去了，便径直往先农坛而去。学生是满坑满谷，多得很，挤得要命，乱糟一大片，偌大一圈看台是挤得满满的，还有容不下之势，土多得很，空气坏极了。在志成席上坐了一刻，人太多受不了，跳下来看，舒服得多。那么大地方，那么多人，那么乱，我上哪去寻泓，幸而走到司令台附近，她和她母亲等在那，招呼在一块说了会儿话，她母一会儿便走了，她送出去以后，又回来陪她绕了半圈，她也未找着她弟弟，我即一人先归。四弟仍在，瘾头真大，看见了许多事物可气，就是有一面青年白旗看见特别顺眼，特别感到亲切可爱，可惜上面多一面黄三角旗。午后临时取消去马场之议，看看报和书，归来方知斌今日上午十时许一人来访我，又是出乎我意料，大半是"无事不来"吧?! 难道说还放不过我去吗？还未耍够我吗？她那么多的朋友中，如江汉生还不是比我强十百倍吗？我心上所受的创伤，失望与后悔够瞧的了，想不透她又来找我是什么缘故？江今天上午来找她吧。三时许，领五弟小妹同去附近，前畿辅先哲嗣旧址，今京华美术学院，今日为其十七周年纪念，有画品展览会、音乐会等等，画品少数数十幅而已，冷清可怜，音乐会有老志诚钢琴独奏及与关紫翔合奏，遇侯少君，此人我觉得颇不错，见面握手寒暄，很是亲热，前去曲阜一次，为祭孔子，下月一日又将去日本考察以记者团名义出发，他的机会不错，有运气，各处走走亦很好。别后取林文忠公对联，拟与送去，并作一短简与斌转达候意，交与其蒋媪，送对联至石板房，留下名片，在西单旧书摊一时兴起以

三元代价购书五册而归。四弟荒唐无知，好嬉戏，下午又去先农坛，殊不知念书为何事，气愤为极，训了一大顿，欲责打之又止。下午觉两小手臂及大腿上部肌肉微痛似跑路过多疲乏所致，而近日并未跑远路，不知何故。新购厚底皮鞋今日穿了半日，两足颇不受用，大约是新的又稍大所致，穿些日子就好了。晚灯下习小字一页，连日伤风流清涕不止，左鼻不通，甚讨厌，晚甚凉！

10 月 21 日　星期一（九月廿一）　阴，凉

阴沉沉的天气，一上午那种样子简直似乎要下雪的劲，凉的可以，穿了夹袍还直打哆嗦。上午四堂，只上了两小时的《诗经》，校勘学告假了，来上这两堂不错，我很高兴听顾先生（名遂笔名苦水）讲的中间穿插许多幽默的笑话，令人高兴，不似别人只会讲书令人感到十分枯燥没意思，所以大家都很欢迎他。顺路去郑家取书，二宝未在家，没找着，便出来，又到小徐家坐坐，闲扯了一阵子，十一点一刻回来，到家看看报。午饭总是不知有多少麻烦做的好菜似的那么难开出来，其实不过极平常的菜而已，一时许才吃完，还闹肚子不高兴，后来一想实不应该，母亲费心费力在厨房做了半晌，自己白白享受，还不满意，太混了。午后看了半晌报又看书，四弟只知嬉戏不知读书，尽管你骂，可恨之至。四时半出去至尚志找九姐夫未在，给五姐打一个电话，娘问买卖房子事，又是没事找事，打电话问王家，庆华母还未回来，不知何故，又去铸兄处他尚未回来，把李景铭嫁女请帖交其太太便回来了。石芝嫁长女，给大哥及他，没有给我，正好，我正懒得理他，不知道我更好，我还省了两元钱呢！回来已五时许，孙湛三时许来与四弟聊天，五时许方去。灯下看书不觉神疲，天气冷得很，卧在床上休息，不意斌这时来了，七时我们才吃饭，她等我。我吃完和她坐在书桌边闲谈，她仍在铁路学院还未辞退，她又告诉我，她上上礼拜在路上遇见泓事，并谈有人偷看我日记，原来是小妹这小鬼头，（可恨）还和五妹说，五妹和她母谈，她母又和斌讲，斌今天来不禁又告诉我了，说我在日记上骂了她，可是为什么她今天还来看我？我已整整一个月未去

她家了，奇怪，她难道还未忘了我吗？我又提到结果美满、现在快乐的小徐，她竟流泪了，偷偷地拭去，我只装作没有看见，我只是不问她，由她来问我，她去天津两天的事，也自动地告诉了我，她今天又在我家中，我们灯下书桌边对坐着谈天了，但我觉得我们二人之间更显明的又加深加宽了些这道不可见的距离的鸿沟。她今天不禁又流了泪，是追怀以往的事迹，后悔以前的行为，还是怜恤同情我这时的处境？我不明白，我现在生活得很安定，一切也把持得住，今天束住将动的感情，也没流下泪来，今天来的她，在这一刹那，一切还是和以前的她差不了许多，没有多大改变，比在《沙漠》登的名闺媛（小姐）的倩影则恍为二人了。八时她回去，送她一块走，便不知不觉到了她家，得进去吧！一个月了，蒋妈看着一定很奇怪，轻轻地走进去，不料东城老太太又来了，好在已睡了，没见着，我如果知道，那我一定不来，在外边坐了一刻，和斌又闲谈，她又搬出《沙漠》来我看，卅六期又有她一张相片，桌上又多了一张江汉生的相片，墙上有一张她自己的相片，一切多少看了有点不舒服，九点便回来了，夜间更冷得紧，今晚上又没做什么事。

10 月 22 日　星期二（九月廿二）　阴

这时候又十分想见太阳光了，见了它，就有一种温暖的感觉，一天不见它，总是那么阴沉沉的，令人不高兴。早上去校手已甚凉，需戴手套，上午只一堂《庄子》，下课后打一电话与九姐夫，昨日谢道仁虽去，但未谈对联事。归家看看报，巴尔干难免一战，老俄对德近日颜又不对了，时局变幻莫测。上午得华子一信即复，并与李准一信问其兄李永之近况，午后休息，看一刻书，一时半即去校，在达智桥又遇侯少君，他为人和蔼可亲，对我甚为亲热，一可交之人也。顺路先去郑三表兄处，出未遇，到校尚早，先到操场小立，观二队大一同学赛美国式足球。三时上汉魏六朝诗，又上两小时近代散文，听朱先生谈又把着急论文的心引上来，所以极想和朱先生谈谈，预备礼拜六上午去拜访他。小徐在外边等我半晌，一块走，至太平仓分手，我去郑家要书，并和郑表兄闲谈，问其买面事，至时已暮，与大宝二宝等闲谈，留在晚饭，饭后又与表兄小坐，至八时辞归。到家后，灯下习小字半页，一看见身旁摆的书就烦了，还有那么多还未看呢！二宝要把一个同学介绍给孙祁又找事，找麻烦，我的论文题仍是没有定好，简直自己也未想，不知做什么的好，明天又想去还是又不想去，弼的信已是有一个月没有回了，她一定奇怪呢，不知为什么，提起笔来不知说些什么好。杨智崇听说肺病，多日未来。朱君泽吉，好学生，太用功了，近已病约半月未痊，功课学问好，而身体健康方面亦应注意。

10月23日　星期三（九月廿三）　午后阴，并起狂风冷

今天只有两小时课，清闲得很，早上看完了孟实文钞，又看了刻报，至十点半去尚志问九姐夫对联事，仍未言及，旋即辞出，至校上课。上午是指导研究，和储先生定论文题，自己也想不出什么好题目，又不得不在他写的那些专人集子中寻一个来作单人的研究，我择的是"唐顺之"，不知会作成什么样？午饭后在马永海屋中坐了半响，一同在屋内聊天。午后起狂风立刻凉起来了，飞沙走石，气不能出，眼不能开，只上了一小时的汉书研究，也未听到什么。下课去郑表兄家，和表兄与小二谈了一刻。因面好，又便宜，在五姐家对过买方便，便问郑表兄要否，他买一袋，便于四时许去东城之便替他带去，进去小坐，因风有土，吹得很难过，谈完了事，便辞出，去罗马看第二场，最末一天的"雨来"文艺巨片，梅娜萝埃，在此片中不好看，泰伦宝华亦不吃重，巨洪为患那幕穿插还相当的逼真生色不少，否则亦不过平平而已，还加价前排一元不值，七时许散场已黑，狂风之势有加无已，往西行顶风努力挣扎前行，极费力迷漫一片，看不清物，风猛力大，有时几不能前行，除戴有风镜外，恐怕全身都是土了，几经困难，努力终于无事抵家。饭后大洗头，脸为之一快，又看了会儿书，前在校有一同学出让一鹿皮衣，很新很便宜，只卅八元，已付十元定钱，余款无着落，对联急卖又无讯，令人焦灼，煤亦未买，烦甚。

10月24日　星期四（九月廿四）　阴狂风竟日，冷

　　清晨醒来，狂风竟夜未息，犹自怒吼未止，闻之令人毛发为直，不意深秋有如此狂风，落叶落地，转瞬又属冬日矣，阅月份牌知昨日为寒露，下月初八日即立冬矣，快哉！凉犹不足惧，只是今日去校往北行，大费我气力矣，心中不快。今日课最多，《庄子》终不感兴趣，但终比三老板之说文强甚，多少明白些，继之者为国文系主任，余老先生嘉锡（季豫）之《世说新语》研究，座次号已排出，男生在前，女生在后，为他班男女生合班所未有之现象，（他班皆女生在前）亦特色，此岂余老头之所谓有余老头乎？午饭后至赵德培屋小坐，昔日之乒乓球室，今日皆成宿舍矣，又在李国良屋坐顷之，葛松龄之味劲谈话等与我等迥不相同，另成一派，好唱戏玩耍派，不料日本人姚子靓会和他搅得很好，受不了，令人不耐。后复至其隔壁找沈老二学六弦琴，他弹的不错，他说他自己练的，可是我太笨，虽是很喜欢，但恐怕不易学会了。午后又上了两小时的高老头课，老头字写得草率马虎之至，不易辨识，学问很好，可惜教授不得其法，讲书太零碎，汉魏六朝诗尚好，汉书乱得很，又继之为两小时的广雅，我的座号在后边，看不见烦事，幸前有空位子，便坐在那了。因为预备听讲演没有回去，又在小饭铺吃的两顿一元多。在宿舍坐了片刻，约李国良一块去听讲，约有数百人，礼堂下边满了十分之九，女生亦有数十人在楼上。主讲者是教育学院之长张百龄（怀），题目是大学的教育，略述世界各大学之起始源流，我曾略记大纲，自七时半起至八时三刻讲完，中间放幻灯相片两次，有各大学之建筑，校长亦莅临听讲。张院长有口音，有的话听不懂，据说上次萨本铁公开讲演很通俗易懂，惜我错过。晚间归来甚凉，幸而穿得较多，归来方九时半，虽不晚，因今日上课七小时，又听讲演觉疲倦遂寝，今得乐成来一信。

10月25日　星期五（九月廿五）　半晴凉

　　上午一懒睡到十点才起，好在无课，看看报，亦未做什么事，一个上午便溜了，想誊笔记及写信写小字等全未动。午后去校上课，顺路去西北育才学校，探问中文速写及打英文机事，内容简陋不堪，心冷大半。上了两小时汉魏六朝文，抄了不少笔记，下课去郑表兄家，其面亦购回又言买煤球事，福中老没有，不要，另叫家中附近，燕中吉新开煤厂之煤允明日送去，归时写一条子与煤铺。晚饭后略加整理笔记，看完一本《鸠绿媚》，叶灵凤作，不好，灯下补昨日日记，连日凉甚，约好明日早去访朱先生肇洛，又不愿去，明日再说。连日家中又无余款，用钱之大，可怕，早定下无钱去买之鹿皮衣已一礼拜矣，亟须款时而拟脱手之林则徐对，已置五日未有消息，真急煞人矣，明日如再无讯，则亲往谢仁家中托之，否则取回便了，生活大不易为也，有物换钱尚如此不易，则欲空手得财者更无论矣。

10月26日　星期六（九月廿六）　晴

下月初八就立冬了，冷是一天比一天来劲了！虽是晴天没有风，已是够瞧的，不容人们少穿了！一天没课，九点去尚志问九姐夫，昨天谢道仁来是来了，九姐夫没问，好，这又有什么不好问的，是我卖东西呀，愈等钱用，他们是愈吃稳的耗着，一晃一个礼拜了，于是从尚志出来，亲自去找谢道仁，又往北翻，到了又不在，于是通知他仆人明人来取东西，要不要，多少钱，只一句话，不知耗什么劲，天冷了，要买煤呀！绕北海，过沙滩去访朱先生肇洛，是礼拜二约好，今天上午去访他，和他谈了半响的论文，他以为做方姚文也不错，材料亦有不少，反正无论做什么，多少得费一些力量，天下是没有便宜事的。朱先生住在东河沿，两家合住的，他屋中书虽不算多，手边应有的差不多都有了，他正在编讲义，我和他瞎扯了半天，耽误他不少时间，他还教女附中，舒令涟、大宝他都教，一直到十二点我才告辞出来，又回家，这一趟也不算近呢！午后看了半响报，一时闷闷也无处去，二时许，因看报上西单高岛屋有日本人画展，便去观光一番，高岛屋亦未进去过，顺手绕个圈子，二时三刻出来，走到上斜街，不料遇见斌回来，她说她下午放假，走过去，还回头看我，（我也回头才

看见她回头看我了）为什么现在还那么注意我？江汉生呢？在宣武城门看见铸兄嫂，他二人倒是很快活自由的，把车存在西单商场，到高岛屋绕了一下，地方比东城王府井大街丸京小一点，售家具的，为丸京所无，和中国中原公司一个味，一个高等百货商店，也有吃东西的地方，女职员多于男的，中日都有。二楼展览约有二三十幅日人的画，多半都是效法中国画的，山水，禽鸟，花卉，老虎都有，亦有一二幅日本味之美人，二者亦精，但总脱不掉西洋味，如着色运笔画法布景，多少掺杂些西洋风味，定价多数都很廉，二十元，三四十元者甚多，有几幅亦颇有趣，如有钱亦可购数轴挂着看看，中有一标千元，四五百元亦有二三，不知其佳点何在？看完画出来，又至新修好之西单商场绕了一圈，内容与前大不相同，多半尚未修妥，各种工事尚进行中，在内购信纸信封等，出又遛了半天书摊，又寻得一本近代散文钞下卷，并代四弟买得一本生物学，归来已黄昏。晚饭后又阅报半晌，习大小字，今日一日空过，并未做何正经事，书亦未看多少。

10月27日　星期日（九月廿七）　晴

天气不错，也没风，和四弟坐在院中，全身沐着阳光足看了一上午的报，很是舒服，我以为坐在秋日阳光下读书倒是一件非常美的事。中午习了一刻大字，午后，哪也不想去，便去享受我在阳光下快乐读书。看的日前由西单旧书摊上买来的爱眉小札，徐志摩和陆小曼二人相恋时之日记与书信，内容热烈得很，一下午三小时的功夫吧，看了大半，晚上又接着看，八时许就看完了，这两位爱得够瞧的，真热烈，最妙不过的是，一个是罗敷有夫，一个是使君有妇，甚至有子了。在中国严厉的数千年的礼教制度之下，他们俩能够不顾一切地相爱着，经过几许困难卒达到目的，最妙的是她俩会在各自结了婚以后相识仍然发生那么真挚精诚热烈的爱来，而徐志摩以前的夫人怎么解决的，也是个有趣的问题，由此可见爱是没有疆界和困难的，只要当局者两人是真正的互相爱恋，二人同心，排除万难，终能成功的。二人信中，日记中所写的先生不知系知何人，W，B，S等朋友不知是谁，这种知心的朋友也确实难得。还有一点，"很"字二人都用作"狠",不知是方言习惯呢,还是排字工人排错了。日前在新北京报上看有一段,陆小曼给还珠楼主的信,还珠是今日武侠小说作家,内容作风别创一格,与社会一般之影响甚大,小曼女士也是此书迷之一,知其仍在沪上独居,亦可怜矣,剪下夹在此书中。下午三时半去力家,九姐夫在睡,与伯长略谈,九姐送娘两张相片,是与泊津第二女合影的,约半小时九姐夫方醒,谓午间,见谢道仁未提,遂辞出去谢家取回,谢道仁又睡着,遂归来,嘱其明日送至尚志,顺路至王家小坐,闻庆华父言,其母于廿六日或可回平,于廿九可到平。归家适好孙祁来,略谈,约其下礼拜三去郑家。灯下决定作书复弼,其信已一月余未复矣,一时心血来潮,手不停挥竟达十二页之多,恐为前所未有之长信也,至午夜方毕。今日下午在力家,见力太用大衣给九姐夫盖,老母爱子之心,无时稍渝,无微不至,母爱伟大无涯,感我至深。

10 月 28 日　星期一（九月廿八）　晴

因为昨夜睡得太晚的缘故吧,今天醒来太晚,所以头一点钟迟到约有一刻多钟,真泄气。顾先生讲诗两点钟内至少叫我们笑三次,一点都不觉得干燥,幽默得很,讲得也很好,大家都很欢迎,都喜欢上他的课,冬天为听他的课,早起挨冻也是值得的。接着两小时的校勘学,一小时一个教室,真讨厌透了,今天讲的是敦煌文献中关于佛经及经史子集之大略。下课打电话去尚志,对联事已妥,先去郑家问煤球如何,表兄谓少了四十斤,扣了钱但未给他,交我带回,为了一点小事,把猫关在二宝屋中了,表兄责问了她几句,其实这又值当说什么,二宝因我在,不好意思,竟掩面泣了起来,我也不好劝便出来了,把乐谱交给克昌转交大宝,令其转告二宝孙祁礼拜三去,出来不料车后带软了,打不上气,定是哪里破了,修理一下,果然扎了一个小钉子,倒霉。在大街上看见了大宝,说了两句话,收拾完车,又跑到尚志,取了售对联的款子,立刻就定了三千硬煤,一日送来,在下斜街又把郑家煤钱给了燕中吉,到家已快一点了。李娘去东城尚未走,我们吃完饭又是一点半了,快两点才走,看过报,三点左右,

又开始誊录一篇与友人书，从给弼的信中择下来的，预备做散文练习交，一直写到五点半才完。过黄家去，把爱眉小札带去，斌日前向我借的，与五妹小弟略谈六时归，斌及其母尚未回来，晚饭后读一会儿书早歇。

10月29日　星期二（九月廿九）　晴

一疏忽，今早又睡过头了，又迟到了，真泄气。《庄子》孙先生讲得是眉飞色舞，手指足舞口沫横飞，可惜听了仍不太明白。因为昨日把出售林文忠公对联的代价取回，提出一部分来取回那件上礼拜定的鹿皮衣，九成多新，就是小一些，但穿上亦不太显，才卅八元，太便宜了，我很满意，小徐在福罗洋行买了一件大约半百多吧！我觉得我自己这个已不错了，回来修车换了一个挡泥板，后边的断了，我都不知道，单我这个会那么容易坏，怪事。发了复弼的信，十一点多才回来，看看报，又写了两个明信片与同学，一与强表兄，二时许去校上课，三点才有课的缘故，高老头和孙蜀丞二人讲的我都听不来，太零碎，有时说不清楚。今天两小时的近代散文没意思，第一小时，闲扯了一堂，散文及杂感文等，第二时念了一堂的近代散文钞的序和论文上，后边竟是说话的，下课亦是薄暮了，回家的路上，已是黑了，冬天才不方便，讨厌。到家弟妹们说斌五点到又因有人追随她，一直跑到我家来，避了一刻才回去，有时她打扮的服装与神气特别，易被人误认，一切都在自己。灯下把今天新借来那本薄薄的从军日记看完，无什么意思，只把记述数十天从军医院中的一切见闻而已，是直奉战争的一片段。晚饭乱了一小时多才吃，吃完已是八点半了，念了会儿诗、书，习了半页小字，李娘又去东城了，住未归，下午接大马及祖武明信片各一，昨天刘冠邦放帖子他结婚，又得出去点。

10月30日　星期三（九月三十）　下午半晴，凉

上午阴天，气候立刻凉了许多，疏懒的我，指导研究没有来，可是一上午看看报，也没做什么事。小姑奶奶病了，连着跑去菜市口两次，不过

是着凉发烧罢了。习了半篇小字，简直是不像样子，愈写愈不好，不知是怎么回事，新开的小字笔亦不好用，心里愈烦愈写不好。下午去校上了一小时的汉书，今天竟讲起本文来了，高帝纪一，那得用多少时间方能讲完？下课后未即归家，因大马说他今天来校想和他谈谈，还早，便到图书馆中看了一小时书，四点一刻出来到大楼宿舍中找着大马，待了一刻又到篮球场看他们赛了一刻球，已是五点廿分了，便出来，急欲归家，才走不远不料车带被钉子扎破，邪门，补带又等了半天，不意才走不太远又无气了，不知何故，大约是没补好，心里愈急愈出毛病，气得很，没有法子，推着走到了毛家湾郑家，今天是定好二宝又给孙祁介绍一个女朋友，二宝同学叫王道蕴，我去的太晚王已走，孙祁仍在那，我因急欲归家上供便谈了一刻就回来，郑家有气筒，打足了气，怕又软了，赶快骑，足那么一跑，不料一直骑到宣武门，它又不软了，不知何故，怪事，又在宣外等了半响火车，今天真倒霉，到家立即率四、五、二弟去西院拜供，晚饭后不觉神疲，卧床上小睡，八时半起，仍觉疲倦，到九时起漱口，沐足毕，写完日记，不想做何功课，今日休息，早睡，明日课多颇累人也。

10 月 31 日　星期四（十月初一）　晴

幸而到了今天早上，车带未软，上午上了三小时课，《庄子》及《世说新语》，余主任时讲本文以外的材料，两小时才讲二三条而已。午后去前毛家湾郑家，因为今天出布告，明天公教瞻礼，放假一日，明天答应的不去了，表兄才起来，昨日打牌回来晚了，略谈，因饭后小孩们去校，我亦回校，在教室中看一刻书，和同学聊了会儿，本来高先生拟把古诗十九首中末三首不讲，经我要求讲完了一共十九首，下次接着讲李陵的，《汉书》讲开了高帝纪的原文，进行很慢，与他讲诗的法子相同，无什趣味，又上两小时的《广雅》，座位排在后边看不见找个空位子，坐在前边了，写了一小时多的笔记，今天七堂，每小时都得写笔记，够费劲的，归来又是黑了，小徐说赵今天还在他家等他呢，多美，怪不得心中不安宁，笔记也不写了，只是他俩这么成天在一块腻，一天见上二三次，实在影响小徐

的功课，那还不如结婚了呢，省得成天心中不安，谁也念不好书。一路回家黑了看不清人物，又没有灯，很费眼力，讨厌得很。到家听说黄家三人才走，斌也来了，还了我的《爱眉小札》。晚饭后习小字，笔不随意，字写得难看甚不适意，看完两张大报，明天起想不订了，每天看看也没什么，而且还费不少时间，可是巴尔干风云日紧，意、英、希大战地中海，美国大总统竞选，热闹节目都在下月呢，再看两月再说，晚上也未做什么事，小妹稍好。

11 月 1 日　星期五（十月初二）　晴

今天放假只放了我两小时的课，起来晚了，十点多才去沐浴，在西单南大街上碰见二宝（郑晏），不是她招呼又没看见，她说还我书去，可是见了我又不交给我，还跑去，也不怕不好走，洗澡是够痛快的事，精神一快，全身积垢清除，为之轻快。十一点半又至九姐夫医院处，他外间房屋已收拾很清楚，他倒很有心计整理屋子的，修饰得不错。又到前门财政总署找强表兄取回本月校饭，零款不足，余由他垫出，至明年一月方提出还他，他们又在下棋，不知国家出钱养这一帮闲员做什么，可叹！回来又到尚志医院取了一点药回来，已十二点左右了，急忙吃过午饭换上了新购的鹿皮衣，去中央看 Frielly（战地笙歌）。虽是礼拜五，不是例假日，可是人如潮水般来，很多，不一刻已是上了八九成的座了。在里边遇见了马永海等，可是绕了两圈子，也没找着小徐，随便出来走走，不料碰见二宝，她看见人多要走，可是又想看，便被我留住请她看了，她近视眼便又往前边坐。一直到快开演的时候，方看见小徐和赵两人来了，真稳，幸而我旁边还有座位，不料赵和二宝是小学同学本来认识，一同说说笑笑。二宝和赵都买有糖大家分吃，赵对我向来大半印象还好，不似对徐别的同学似的，我也向来见了他俩不起哄的，都订婚了还起什么哄!? 小徐老爱和我取笑，以为我又怎样了，我这时自受了斌的刺激心里冷得很，热情难再起，安心读书，别的都不在意。和泓见了几次，也不过只是普通朋友态度而已，和二宝，更是什么也谈不到，好在我自己问心无愧，小徐爱怎么想便怎么想吧！今天把《爱眉小札》带去借给他，片子是相当的好，我这次看第二遍了，在真光又看了一次，里边的音乐无线电中常放，相当好，穿插亦有趣，二点就开演，四点一刻就散了，在西单和二宝分手，我即回家。我有时真不愿看见小徐他们一对，看见他俩那么亲密、美妙，令人羡慕。再一回忆自己，真是惨得很，和他一比，不啻云泥，他真幸福，将来快乐的日子，现在已经打好基础，我连铁锹都还未拿到手呢，好在尽有工夫，不忙在此一时！一半羡慕忌妒小徐，一半也站在好友的立场上为他高兴，并祝福他俩永远快乐！归来看了半晌报，晚饭后习了半页多小字，今天就在这么瞎忙的空气中过来。

11 月 2 日　星期六（十月初三）　半晴

又是九点半才起来，煤又未送来，看过报，开始誊清广雅笔记，连着两个礼拜的不少，足足写了三小时方完，手也有点疲倦。今天无课，午后整理完笔记，正要去尚志医院去问煤事，不料郑家二宝来了，今天又来却是想不到，原来也是问我买煤的事情，长了脚钱，大概就不要了，和四弟及娘等一块瞎聊了半晌，太阳是捉迷藏似的忽出头，忽又没入阴云中。三时许，孙祁亦来，一起聊天很是有趣，一直到五时许，他俩才走，陪他们一块走，宣武门分手，孙祁告诉我他不喜欢二宝日前给他介绍的那个朋友。在尚志问明煤明早送来，在那打了几个电话和娘说了半天，打到王家，庆华及其母已经回平，在电话中只说了几句话，预备明天去看他，打一个电话给泓，随便谈谈，记得近日内就是她的生日，她昨日来信中谓，小郭近日，每日下午七时左右去她家和她闲谈，到九时方走，分明是要和她套旧交情，我很高兴，我希望他能努力进行，我也好无形中脱出，他俩如能成功也很好，世交呀！不常和她见面很好！晚饭后习大字数页，看书。

11 月 3 日　星期日（十月初四）　阴雨，凉

大阴天，空中还飞着小雨丝，天气在深秋了，下起雨来自是很凉了，

一清早送煤的来，偏赶上这个天气，真是讨厌。今天早场芮克演摩洛哥，贾利古柏及玛琳黛瑞茜二人合演的战争片，决定去看，欲望后他二人这是第二次合作。煤来了，四弟和娘在看秤煤，我冒小雨骑车出去，走到绒线胡同，雨又下大了，一烦便回来了，空空冒雨跑了这么一趟，闹了一身雨水，鞋裤子全湿了，倒霉！回来煤也秤完了，什么事也没做，克己功夫真不易做。上午看报及习小字大字，午后看书报，二时许孙湛又来，二时半神疲卧床上休息片刻，四时许起，此时秋雨骤降，气候愈凉，雨后继之以秋风，灯下看书蔡璋著之《中国速记学》，全是符号，在家闷了一日，本拟去看庆华又被雨阻，晚灯下又习大字一刻，看会儿书，晚虽雨止，风停，仍阴云未开。

11 月 4 日　星期一（十月初五）　阴雨冷

好家伙，真是新闻，都初冬了，还一劲下个没完，一阵大，一阵小的雨，真好似与人们闹着玩似的，从昨天就下一夜，滴滴答答的就没停过，听着就心烦，路上准难走，讨厌透了，老墙要成了河，那边都是泥泞满途，雨下个不了，虽然不大，五弟小妹便全未去，四弟持伞步行，我则奋勇骑车前去，一路过泥、过水的，反正鞋袜裤子都不在乎走呀！还是不慢，雨衣虽有，便年代久远了，这么小雨，久了也会透了，糟心。天气冷得很，到校跑了一身微汗，满脸的雨水和汗相混也分不出来了，两手可是冷得很，线手套全湿了，幸而没有迟到，同学有六七个没来，一身潮湿，浑身却不舒服，不是为了顾先生这两小时的诗三百篇，今天就不去了。在图书馆借了一本书，下了课，到李国良屋去看大家买的东西，送刘冠邦结婚的，是四个银瓶，中间有一个香炉，别看香炉是从东安市场古玩摊上单配的，价钱也便宜，外表比那卅余元的四个银瓶还神气哪，一个瓶上另刻有同学们的名字。午饭回家吃，下午没课了，天又下小雨，两手冰凉不顾一切，一路飞驰，出宣武门，路即难行，临家泥泞满途，真不亚如经越千山万水似的，骑车都提一口气似的别扭，好容易到家了，真够瞧的，这道，这天！午饭后身上暖和，看过报，习半响大字，又看了会新民报半月刊，阴冷的下午沉闷之至，灯下习小字看书。

11 月 5 日　星期二（十月初六）　阴狂风

不料昨日竟夜也是淅淅沥沥，一夜未停的下着小雨，夜半并加上了狂风助阵，落叶满地，加上雨水纵横，一早一推窗一望真满院狼藉，凄凉之至，冷意侵入，树木光枯，顿显空阔萧索，晨间大风逞威加以淫雨不止，弟妹三人因路途泥泞难行均未上学，我则上午只一小时也未去，以至四人均在家中，晨间一懒，至十时半方起，上午看书为凫二著之《生还》，此本小说写得文笔甚好，结构，布局，立意，描写均与一般不同，颇动人情感。此于三年前已在大公报中看过且尚存有，今二宝日前送来又得再睹全貌，甚好。习小字不见佳，字迹因笔墨之故，变肥，仍不惬意，不似以前所书之俏丽也。午后二时许冒风去校上课，雨幸已止，路较易行，而大街上已无水迹，现出柏油路，犹如平日甚好走，惟胡同中仍泥泞满途，中国一切事业至今仍是只顾表面者，大街上平整干净，即是该管当局尽力矣，其他胡同中不顾也。高老头，今天又讲开了乐府，上点钟讲的那一点李陵又忘了，两堂近代散文又念原文讲了半晌，很是无聊，不似从前讲的有劲，可以写点笔记，什么的。图书馆今天又跑了几次，又借出了一本书，以后打算使劲借，多看一本是一本！下了课已是昏黑了，又至强表兄家，去打了图章，（他在画表叔的遗像）坐了一刻便辞出，大街好走，昏黑中不免拖泥带水，幸持有手电灯尚好。灯下看报，并阅书继续看《生还》，因闹天，也未去看庆华，明天想去。

11 月 6 日　星期三（十月初七）　微晴狂风（雨止）

上午九点左右才起来，九姐夫处本月份应取回之钱尚未送来，今早顺便又去一趟，见了面，他脸上似很惶恐，不好意思的样子，立刻答应下午送来，也不好意思怎么追问他，随便谈谈了几句便出来去校上课，因为比较早，于是先到小徐家去，他正在习字，可是不肯让我看，他拿出来他的

新相片册，里边都是他和赵的相片，也可算是爱的痕迹，现在是有情人终
成眷属了，多美呀。每张相片旁边，小徐都有题辞很有意思，在他俩说，
也很有意味，他年翻开看看，一切往事，都如在目前，相视一笑，又是多
么有趣！他真聪明，似乎他比较对我谈他关于赵的事，就像这相片本子旁
边的字，恐怕他不会像对我的那么容易便给别人看的，一道去校上指导研
究，今天才把唐荆川文（唐顺之）借出来，决定做这个比较省事省力点的
吧！自认自己才能有限，选择这个做吧！别自找苦吃，不然反弄得尾大不
掉，那才是贻笑方家呢！午饭后心中一动便去郑家看看，二宝方走，在街
上说了两句话，进去和表兄略谈，他出去在客厅陪客，我即随意在他屋内
坐着看书，到一点半便又去校，上了一小时的《汉书》，下了又到郑家，
在门口遇见二宝谈了一刻，她说她近来感到别人轻视她而生气，下决心不
玩，努力念书，真是好志气的女孩子，她说好像我也有点轻视她，真是哪
里说起，我毫无此意，有点神经过敏，谈了一刻，她为表兄购物，今天他
们请客。我遂未入门，亦径飞驰去东城东安市场，至吉士林定购一四元一
盘之寿蛋糕，在书摊上绕了半晌，因纸张之飞涨，因之无论新旧书籍皆昂
贵之至，不敢问津，万有文库竟至过千元，旧书亦接原价出售，巡行半晌
终于废然而返，其余日用之物，一切均琳琅满目，美不胜收，直不敢看，
人之欲望终无限止处也。在古玩摊见有二表颇奇特，一为绝大者，较平常
之闹钟尤倍之，一切均如环形，且走得如小表，亦一趣，一为扇面形之
表，其面上之时数亦各扇面之弧形摆列，亦一奇。古玩摊中，如有余裕，
大可搜集许多在商店中购不到之奇特有趣之物品，本拟今日去访庆华，雨
虽止，而狂风竟日不停，去东城时如飞，顺风有力，归来大费力气矣。明
日课满无暇，只索后日早晨去看庆华矣。至家即阅报，连日借来书甚多，
今日在市场亦看中数本书皆因贵甚未购，手边缺少一部词源及字典，问之
索价九元，只好作为罢论，手边参考书过少，实可怜也。连日只忙于看
书，心中不暇他顾，晚习小字半页，随意写下街头速写数行，灯下观书，
知《生还》结局甚惨，不忍翻完，窗外狂风怒号，两夜未止，寒气阵阵袭
人，大感深冬未临前，大自然对人之威胁可怕也。晚归来时，因风，手足
冰冷，几同麻木，时光如飞，回顾夏日游泳之热，距今方三、四月而已，

气候变迁如此之速，再过一月余，又当做冰上之戏矣，时间之速，吾辈可不及时努力勿懈欤!?

11 月 7 日　星期四（十月初八）　晴冷

早上虽有晴天，可是多少总有点风，骑车往北费劲，线手套已大不管事，身上穿的不算少了，可是风扑过来，仍有点冷。上午因起来晚一些，迟到二三分钟，上午一连上三小时，午饭后在马永海及李国良二人屋中分坐了一个中午，两点又到校上课，一连上了四小时，一天七小时够瞧的，《汉书》现在竟按着课文讲起来了，这样一学期才能讲多少呀!? 小徐今天又未上《广雅》，又去陪赵回家了吧？他现在一心一意只专注在赵的身上，为了赵不惜牺牲一切，这样，我想，他会荒废了不少的时间，多少总对他功课上有点影响，但这种牺牲多少总有个代价，比盲目的胡来有价值的多，何况是他已定名义上的未婚妻上呢!? 今天七小时，有四小时是合班课，上午两小时的余主任《世说新语》堂，下午两小时《广雅》也合班，和女同学在一块，同学们多少总有点说的了，叽叽呱呱的，女同学们人多了，也不示弱，吵起来尖声尖调的更高。礼拜二和礼拜四下午都是很晚下课，出校门已是黑了，冬天又冷又黑，很不方便，我还得跑这么远的路呢，真是讨厌得很。今天回来手里拿着手电筒都麻木了，冷得紧，原来今天是立冬怪不得呢！晚灯下阅报，美国大选，罗斯福连任三届大总统，助中国及美国必更强大，早晚不免加入战争，热闹都在后面呢！报载昨日冻死卅九人，可怜可叹，我等又该如何的自足呢！唉！中国的穷人命?! 晚坐室内已感凉意袭人矣。

11 月 8 日　星期五（十月初九）　快晴

到底是入冬了，天气虽是晴了，可是太阳光照在身上也不那么容易觉得温暖了，朔风吹着已是够瞧的了。清晨已见冰，泼在地上的水已是冻了，街上未干的泥也都冻硬了，报载河水都冻了一寸多厚。上午无课，在

家中看报并整理旧作，早晨拉车的送来九姐夫交来本月份之用项，他也是用钱，而暂先挪用迟至今天才拿来，幸而今天早上没去又问他，多忍耐慎重一点的好。一早有钱了，仆媪工钱，煤球钱，油钱一打发就出去十余元，哪一样也未胡花，东西贵，这点哪够用！午饭因陈妈告假回去，只是娘一人做，心中良不忍。饭后出去先到王家小坐，庆华未在，其母昼寝，遇其外婆略谈，庆华旋归，遂略谈，并有一个他的表兄同来，他只是忙着收拾东西，我就习了一刻英文打字，生疏了许多。两点三刻辞出至西长安街一亩园羊肉馆，（回回铺）还热闹，赵德培带上知宾条，长袍马褂足招待一气，神气得咧，走到后面和刘冠邦见了面已是换上了礼服，不一刻辅大同学来的真不少，大家在一块说说笑笑很是有趣，不一会儿大家又预备了许多纸花，绿豆，小米，刘冠文（冠邦堂兄）出主意又加上了白糖和白面粉，新鲜，新娘子进来这一路打，同学摆列两旁，足一打，好不热闹，新郎是一头一脸的白粉，纸花，绿豆，真够受的，非洗头洗澡不可，结果休息时再整妆，刘二（新郎）竟自生气急了，嘴里嘟嘟囔囔的，后来出来行礼还直噘嘴，有人闹，就没好脸色，殊未免有点煞风景，大喜日子亦不应生气，也未免有点差劲。新式结婚仪式完后又行他们的回教仪式，男女两方都是回教，一亩园亦是回教馆，由一个四五十岁之所谓教长者，站立新人前袖手默念回文，叽叽咕咕，奇言怪声，不明何意，以意测之，大约亦系祝新人之意而已，将毕有接福之说，新人等皆两物前屈手心向面并胸前，旋扑面，礼毕完时又可以荔枝桂圆生栗子之属向新人遥掷，此种礼仪却是第一次闻见。同学同在一桌，国三者约占两桌，食间谈笑风生，风卷残云一般，菜来即空，毫无客气，谈顷一桌中只我与朱君泽吉无对象，未结婚，余皆结婚甚皆有子矣。今日小徐果未来，饭后新人已去同生摄影，同学等遂亦星散各归各家。新妇方十九岁，颇娇小尚似一小孩，面目亦尚姣好，宁二爷扭脖歪项老看没完，他心中想必十分着急也。归来已黄昏，晚饭时又略进一些，以补不足，灯下看书，看完《生还》，结局颇惨，明后有好电影想看，又有画展，又想看学校影展，真是都赶在一起了，不知怎么办好，这两天半的好时间不足分配的了，后天母亲生日了，《生还》中第五章所论国事，我也觉得都说的不错，还是君彦爽快，一语道破都是

假的，还不如他要恋爱就恋爱罢了，没有虚伪，第四章君彦与田漪的那封信，再痛快热烈的没有了，我真喜欢那封信，虽只聊聊数十字，把君彦的个性表露无遗，第十章梁志清找来又独自回去，漪的抑郁就是良心的谴责，结局之惨，也可说是田漪对不起她那懦弱的小丈夫所得的结果罢，但却未免便宜了点君彦。此书虽只有十二章，但其中曲折亦足动人，且描写手腕与造句，内容间或亦有一二警句，一切都不平凡，与一切平常小说不同，第一章很巧妙地把后来结局前出走的线索伏下，只是轻轻一带，随便提到再不提到，令人毫不知觉，不料那一句话，对于后文有很大关系呢!? 总之这本是水准以上的小说，值得一看呢！

11月9日　星期六（十月初十）　晴

天气不错，本想早上早些起，一睡又是九点半才起来，一切弄清楚都快十一点了，才到中央公园门口，进去，径奔水榭去看张大千与于非厂二人的合展。张大千为中国有数之一等名画家，善山水人物，间亦作花卉，现在四川青城隐居，其画均系自川航寄来平者，实堪珍贵，彼与于至交，于目张走后，画展中亦少见其画，今将最近作品与张合并展览，实为故都人士可以一饱眼福，今日有暇故特前去参观，展品近百件，来半日已被订购一空，盛况令人注意可见一斑。两氏作品着色用笔自是不同凡响，不愧为名家手笔，但每画之值皆过昂，于氏作品较廉，最低者七十元，最高者七百元，普通百余，二百四百不等。参观人士甚众，今日尚为第一日，浏览半晌犹不忍去，水谢东、西、北三厅为金石展览，书画砚墨尽有，略加周览即出。于张二家作品有多幅甚好，但非穷者所能购。摄影亦五七角，二种，十二时许出水榭，因近园时见有布告，金紫泉，陆佩其，姚其，郭湘武，四人书画合展，想不到金老夫子也干起这行来了。一时为了好奇心便又走到春明馆去看看，恰好金先生在那照料，便招呼他一声，他也奇怪我会看画展呢？问我："怎么你也喜欢这个？"看看画展又怎么了？书画只有二三十件，全是写的魏碑，只有三四个横额，三四付对联，标价只三伍拾圆而已，看那样子也怪可怜的穷教员混不上饭吃了，也逼得试试这行，

金晓峰（岩）还订了一副对联，面子事。出来绕五色土坛及董事会出来，天气晴和，精神为之一爽，不料今天天气这么好，回来顺路买些东西，一点左右才吃午饭，二点多，与四弟一同到西单理发，这孩先去了，又敲了我，理发后我去郑表兄处不料四弟亦在，和表兄大宝二宝等一同聊天，维勤旋亦归来但无什么可谈者，默坐时多，五时许辞出，小孩子磨烦，耗了半晌才走，四弟被留下吃晚饭，时孙祁亦去了，灯下看报，今天也不知都忙什么，早晨还看了画展及买了点东西，下午才辜负了，只理了个发，本拟去校看慈善画展，却被留在郑家未去，饭后又习了一页小字，已是十时了，于张二氏之作品照其标价完全售出，计共可售洋万九千四百六十元正，于氏四千余，数亦可观矣，张大千氏之兄善孖，亦一名画家，乃系善于画虎，并曾游历美国，且与美画家比赛画虎速度胜利，得美人士之称赞，闻不久前归国，但不幸因病逝世于四川，亦我国艺术界之一大损失也！

11 月 10 日　星期日（十月十一）　晴和

真好，连着雨天后的天气都好极了，没风没雨，天上也没云彩，太阳晒在身上也很有点暖意，早上今天起来，一个人跑到东城去看罗马的早场，是个喜剧片，名《万事如意》，还不太坏，水准片吧，主角内有贾克海莱，在莺歌引凤中与爱丽丝费主演，一展他的歌喉，他的嗓子另有一个韵味，我还喜欢听，可惜今天未唱一句，还是他那一贯的呆头呆脑，受人愚弄的作风，相当可笑，但片前加演了许多美国各地人士游玩的不同风光的片子，多为女子的活动，美国好玩，玩的花样也是无奇不有，有这边滑雪，到了一边立刻脱下衣鞋，又跳下水去游泳，又有一边站了一排男子拿着钓鱼竿抛在水内一个标志，那边站一排女的，一下全跳进水内，各人认定各人的目标，拉住，再游到拿竿的人走，好似钓了一条美人鱼一般，看谁快，还有骑大玩具似的大鸭子在水中玩，又可在水面上吃东西，女侍们都着了游泳衣从水上厨房取了食物，一手在水上托着食盘，侧泳送到顾客面前，还有四个大胖女人，在海滩上相传递大皮球借以运动，每个足有四五百磅，块头之大，可惊，还要运动，入水扑通震耳，可笑之至。赛马，赛野马，无人骑，只空马竞争到头各归其房，中照一胖孩，亦足可与前半女人相媲美，举止皆极可笑，滑雪从高处飞跃，惊险，无胆量者绝不敢作此运动游戏，有跌倒仍滑出二三十丈远者，重者且跌断腿骨，养好仍玩，西人之冒险精神真是令人佩服。还有汽车钻大墙，撞短墙，翻跌等险事，亦西人喜作此种危险表演，女子数十元地球，一人持一大球来立其上，以足使之前进，并有赛腿美比赛，美国女人之大方，不在乎，牺牲色相，数镜头颇肉感也，美人亦喜好此。散场方十一时半，归途在天安门遇王怡，略谈归来，穿大褂率弟妹给娘看寿，今日娘之寿辰也。午间吃面，大家尽量皆饱甚，饭后决定不出门，日光下坐院中看报，忽斌母来，与娘闲谈，顷之力大嫂、大姐、二太、九姐、四嫂皆来，与娘贺寿，未送，送亦不会收，两便，甚好，坐闲谈，坐约一刻许即均辞归，四嫂又与娘在院中之谈半晌，斌母本不知今日为娘生日，俟力家来方知，闻其言，其子女三人均去长安看话剧《梅萝香》去了，力家人走了不久，忽五弟同学杨梦鱼来找五弟玩，五弟去理发，同四弟、孙湛等玩踢球，我一时兴起也跑了几趟，全身发热，运动实在好，可惜我活动的机会太少了，玩了一刻，又觉得微微有点疲乏，身体真泄气。日光下看完了今天的报，乱乱的就这么过了一个下午，此时亦是四点多，什么正经事也没做，五点左右杨、孙走，弟妹习字，我在屋内陪娘坐着，看书。今日九姐又令仆人来要铜脚壶，量小可笑如此，娘即付与之去（九姐于父前本言明孝敬与父者）不生此闲气，惟于今日平和空气加此一点云烟，亦不免令人心中有些不快。晚饭时庆城小本出来旋进去，灯下娘切分食我与四弟合资为娘定购于东安市场吉士林之寿蛋糕，我并买一只鸡与娘，又购廿个五芳斋之烧饼。灯下看书，左眼不适，流泪，不知受何刺激，遂未再看书，写完日记即睡，今日午食面甚多，晚间尤甚饱。

11 月 11 日　星期一（十月十二）　晴和

天气很好，早一堂课不得不早起，今天不算冷，这两天眼睛不大舒

服，早上迎风频频流泪不止，在太平仓南遇见小徐在走着，问他才知道，他昨夜与赵去中央归来，行至西单不意自行车大梁上下全断了，摔了下来，幸未伤，亦云险矣，没车只好走，去学校还好说，每天送赵没车怎么办，于是又愁眉不展了，上了两个月学了，又快季中考试了，得好念念书了。上午四小时的课，两堂校勘学记了不少笔记，今天听到两个不好的消息，一是物理系同学李家昕卧病协和年余终于死了，去年郑家煦亦病死，都是廿左右的小伙子，年轻人也这么容易去世吗？真使我深深的惘然了，觉得生命对于人也未免太脆弱了！可叹！可怕！我们现在活着的又何时死呢？人终有一死，不过是早晚问题，那么夺名争利，苦苦的干这个做那个的做什么？没意思，一死全完了！再简便一点说，有死又何必有生？现在活泼满处跑跳说唱嚷叫各种各样的人将来总有倒下来不言不动没有一切的一天，那现在又为了什么，而且一个个活得都那么高兴，他们不知道将来会有死的一天吗？而且天天有人出殡，活人抬死人，将来再有将来的活人来抬他们，一辈子的抬下去永无了时，大家站在路旁冷眼观看，心中一点都不难过，也许心中只有那么一点点的观念，不过一个死人抬过去罢了，刺激太平凡了，就不再起反应了，他不会想到总有一天他也会钻在那长方匣子里去了却一生的，根本如果没有生，那岂不不省了多少数不清的麻烦吗？一个同学说人根本一天天都是死，一生来就是死，天天在等死，在与死接近，今天死了，第二天又生了！他的话也许有道理，太哲学化，我没看过哲学书更不喜欢它，所以现在也不懂他的话！但觉得总有点相当的道理吧！前天报载汤尔和病死于平高，今日报载美前首相张伯伦也病逝了。今天到校又闻校长报告说老教授名学者高步瀛（阆仙）氏，于昨日无病而终了（？）真是这两天怎么那么爱死人！我知道的比较有名的已有好几个，那些不晓得的一天又不知死了多少，可是又有人在努力的生，以弥补死者的缺，于是人们便在世上大家一块表演这幕滑稽可怜永远循环不绝的悲喜剧，我愈想愈明白，生与死的关系与因果，与何以人有生又有死，有死何必又有生？找这烦恼，知道人终有一死，还要生活，知必死，至死时又哭，真是大傻瓜，但谁都认为这一切是对的，都那么办，我愈想愈明白了！高先生教我们两门，汗魏六朝诗及汉书研究，这下子不知又换谁，时间又得调动讨厌极了，高氏人品忠厚，学问渊博，真是中国学术界之大损失，尤其是中国旧学问好的人日愈凋零的时候深为可惜，我听了心中很难过，很悲悼惋惜！午饭后在院中日光下看报，二时许骑车去中央看苏伊士大运河，为法国雷塞布开辟运何之前后，当此巴尔干地中海风云正紧张之际，此实一部值得一看有意义之片子，前在平安已经看过，现在来看第二遍了，从前看电影不知选择，并且只看一次，从不晓得看第二次的，现在有许多片子看第二次或是第三次了，好的真值得，今天人也不少，电影好的实在感动人，我就时时被感动，谁说电影只会让人坏，我就喜看电影，我就从电影中得到不少教训，影响我的为人方面不少，电影教育实大，那些除了胡调的歌舞片子以外，只有不懂不会看电影的才把电影当娱乐品看，那都失了看好影片的意义，同时也辜负了摄制影片的苦心同时光金钱，与演员的表演，"Sueg"在洛丽泰场，泰伦宝华，安娜蓓拉之星通力合作之下，相当精彩，雷对东尼（片中人名）始终不动于爱，一面固是爱情专一的表现，与其对郡主的爱情不渝，另一方面亦不免有点门户之见，以为东尼不过一贫家女，（女父为一守门兵而已）对东尼痴女子之憨情即可怜复可爱，我甚同情之，结局亦惨，我每叹知己难得，尤以一异性知己难得！朋友的鼓励其力量之效果与伟大往往出人意料，尤以异性为最，但极不易获得，安表演娇小女子之天真活泼娇憨之态妙极，毫无做作之态，前部男装亦别致可喜我初不知安，自此片始知之，今安与泰已结为夫妇，可称一对璧人，全片泰最吃力，洛亦称职，几部内心表演亦佳，雍容华贵亦合贵妇人身份与安迥不相同，此片观后虽系相当兴奋，安救其恋人而意牺牲，死别一幕令人不禁眼下，末雷受奖章，由已失之爱人亲授之，此际之心情真非笔异所能形容酸甜苦辣丛集方寸，只有血泪矣，只有一句话："运河成功了，东尼也失了！我为了什么，一切都完了！"凄凉之至，正是此恨绵绵无期矣，我观影片，常被感动流泪，如忠义双全泰最初主演之片（亦系为友牺牲助成大功之片）万世流芳（保罗穆尼主演发明种痘之法人巴斯德一生奋斗之故事）、左拉传、孤儿乐园等片皆与我以深刻之印象，为之一洒同情泪，散场遇老张，在黄家门口见九姐夫陪谢道仁走出，想系看房，酝酿年余之房不知能否售出也。灯下阅报，因观影片精神过于兴

奋，一时不支，卧床上休息片刻方起，晚饭后，习小字，并看书，记日记，近月来，自雇此陈媪，娘儿每日皆亲自去厨下弄菜，每日劳累心中不安，且母亲身体不大强健，平日不知保养注意，只顾我等，其实我等皆好，母亲身体不健亦是不好，屡谏不听，每日胡忙，书终未看多少。

11 月 12 日　星期二（十月十三）　晴，下午风

起得早，去得早的小妹，上学不一刻又回来了，今天是总理孙中山先生的诞辰，市立中小学校都放假，可是不知我们学校放假不？早上既是已经起来了便去吧！到校果然没放假，照常上课，上午只一小时，余主任，孙蜀丞各先生听到了高阆仙氏逝世的消息大家都很烦愁，据说是脑充血的毛病，老年人血压高是免不了的事。下了《庄子》，我一人购票去看辅大赈灾摄影展览会，代价两角，共约有百余帧，皆系由小张放大者，少数亦颇多精彩，邓昌明也在摄影研究会中亦有他的作品，每张标价二、三、五、六、七至十二元不等，已订售出不少，据闻此次售票约三四千张，不少，有二女同学亦同在照应，志成毕业，今在美三之李彬为之女同学亦在帮忙，女孩子都爱出这个风头，我认得她，她不识我，她与邓谈笑甚欢，矮矮的像日本人，邓昌明，我不知怎么那么讨厌他，贫气得很，看完抓彩也没有，回家顺路到西安门大街谷怆医院去看杨智崇，进屋一看，他头发散乱卧在床上，身上脸上都瘦了许多，谈了一刻，他如好人差不多，只是大夫说他肺内有水，须静卧半个月之久，真够瞧的了，他在吃饭，吃炸酱面，我便辞出归来，午饭后看报，四弟五弟皆归家，他们都放假，下午第二时高先生去世自暂不上了，等到三时多再去上两小时的近代散文，二时多孙祁来，后知我未放假，旋去，三时半冒风去校上课，两小时近代散文很无聊，回来已黑，灯下看书报。

昨夜十一时半忽有二便衣进来，一路问询，时全家皆睡，我未入梦，潜撑帘窥之，讶何来此不速之客，方惊疑不定，闻其与郭家隔窗对答方知，系本地面之便衣巡察，因我家大门未下杠关闭，故进门通知，幸而此二人来告知，其二人出叫起门口吕姓起来关门，里院中无人，夜晚半夜回

家，只有西院不是打牌的晚回，便是听戏的夜归，自西院另按一小门，严密关闭，置大门不顾，关闭与否，已不与相干，屡屡告之不斩，遇此不讲理之人，实令人痛恨也，值此离乱之日，报上每每登载抢人者，不知哪日出事了才后悔亦来不及了，今天想起，昨夜就够危险的，尤以此处地在偏僻之处，冬令更是宵小活跃之期，必严防方好。

昨日下午在中央看影戏，我身后坐有一男一女，于休息时间其二人谈话颇有趣，回顾二人，女有廿余岁，中下等人家女，装平俗，男着一布棉袍，颈围一巾分发，年亦相若，闻其二人言似相识未久之友伴，出语相当文雅客气，甲代男，乙代女，戏记之于下，甲稍明英文不时且解释影片情解与女听，休息时乙问男曰："礼拜三请您吃早点，希望您别推辞。"甲答曰我已打扰二次，因今日方请假，明天上班，后天又请假不方便，反正以后见面机会尽多，您也不必客气"我在前边听了心中十分好笑，我以为如果讲恋爱，我宁肯去和小孩子打交代，不愿找那些尽是虚伪客套的已成年女子去来往，耍贫嘴，太无聊！

11 月 13 日　星期三（十月十四）　　晴，午后风

一时贪睡，睁眼时已是十时了，早上一小时的指导研究不去了，下午高先生去世尚无人代课，也甭去了，今天没有课，上午十一时方清理完一切，吃了些点心看报，午饭后看报，陪着娘在一块坐着，弟妹们全去校了，一炉小火，太阳光照在屋中，印在地下一片火纹另有一种静谧的空气，三时许忽来一人，系外四特务科者，奉宪兵队令持一种专为调查大学生之表格，按格填写，内有数条特殊者，曾入何党，思想倾向何方，对于新政府之观念，对于中日亲善之观念，接近生活活动状况等一一填写后持去，不知此又系何意也，不一刻亦即丢开，四时与五弟同去土地庙绕了一圈，什么也未买，没意思都不过是那些东西而已，近日四弟五弟小妹皆甚能吃，较我不相上下，甚且过之，时正发育之期，无怪乎米面特费也，归来又看书，五时半到西院去拜供，饭后看书及日记，今天悠闲了一天很无聊，有时觉得很兴奋，有时又觉得很颓唐，终觉少了个友伴，小徐现在他

的心是完全整个都用在赵的心上了，简直别的都顾不了，看他们那情形，恐怕也许等不了小徐毕业便会结婚的吧！自己也不知自己一天到晚都怎么混过来的，今天又没有看多少书，甚至有两本已由图书馆中借来一礼拜了还未动呢！

11 月 14 日　星期四（十月十五）　晴

《庄子》简直是不易懂，使劲听，还不大明白，道家凭空来说实在空泛不易明了，两小时的《世说新语》中间常有幽默可笑之语句，今天又借了两本书，不借还是白不借，午后头两时无课遂回家，小徐换了大梁，与他同行，饭后看了一刻报，在院中阳光下散步顷刻，回屋中看完了一本生活的血迹，顾仲起著，现代 1928 出版，太早一点，做得也不好，有时笔下还是很生嫩幼稚，大半写的都是作者自己一生及家庭的遭遇无什意味，勉强翻完，因看报上载有中德学会于南城开设德文夜校，想念点德文，于是在三点多去校时，特意绕到后门南黄化门内西妞妞房廿号中德学会去报名，连我才七个人，报名费一元，大概在艺文，一二年级是每礼拜一，四下午六点到七点半，一年才五元，便宜，不知能念点什么不，这么一绕远，到校竟晚了一刻，笔记误了一点，下课还了那本生活的血迹，下第四时已是黑了，与小徐同行，不一刻，他的受壁胡同到了便分手，赵在他家等他呢！一块吃过晚饭，谈笑后，便又可陪赵回家，他到美，多幸福，有人陪着谈笑！一人踽踽独行疾驰归来，弟妹等正围坐静聆 Radio 中放出连阔如所播讲之"东汉"，我则不感兴趣，独在外屋补完笔记，饭后又检视笔记，看书，下礼拜一起便是季中考周矣，《庄子》，诗我还不知怎么考呢，世说又怎么考，都是谜？汉书，六朝诗，都不知怎么办？以后学分又怎算呢？考总是麻烦，反正不好受！

11 月 15 日　星期五（十月十六）　晴

今天放假，放心一睡，十时左右方起，一上午一看报便过去了，天气是晴了，到了冬令，反正是不会多暖和，总比阴天有风的日子好得多，连着一礼拜地皮都发起来，往上干裂如人手干裂似的，踏下去松松的不知何故？反潮？还是因天冷如人手似的吗？午后看完报，又看了刻《庄子》，真是不好懂。两点多出来，在亚北和水果铺买了点心及水果径送郑三表兄的寿礼，三表兄二宝大宝等都很奇怪我怎么知道的，在外边坐了一刻，才走进去，这时只二宝及小五在家，六表嫂亦来，久未见，哩哩拉拉扯个没完，不过就是家长里短而已，与二宝也是东拉西扯的胡聊，四时许维勤游白塔寺归来，五时许久未见之陆方亦来，约六时大宝方归，选上了篮球校队，后天还得去前外比赛，可是白得一身衣服是真的，六时半即吃晚饭，三表兄陪客人在外边吃，我们一堆小孩及六表嫂在里边吃，五元才叫了六个菜，吃了一半，又换馒头吃，等了半晌，饭后又瞎聊了半天，也无什么意思，二宝大宝拟于礼拜日去罗马看早场，又是 Sueg 我已看过两次，而且想去 e. k. 看 He women，所以推辞未去，不料又在这耗了好几小时，白白过去了，可惜，不然又可多少看一点书，现在自己总怕自己时候白白过去，没事那也懒得去，今晚不知何故，左眼受何刺激频频流泪不止，讨厌之至，九时许归家，一路并不觉冷，因眼故，未看书亦未记日记即睡，此为十六日补写者。（今日夏历十月十六日）

11 月 16 日　星期六（十月十七）　晴

昨日放假，今日无课，后天礼拜一连就是三天，又懒起来，十点左右才离床，今日不要了新民报，省下些时间，大概重要点的事情，小报也全有了，上午看看报十一时许七姐忽然回来了，稍坐即又去西院，原来是谢礼来了，七姐夫生日我们都贺寿的原因，弟妹们不在家，到也清闲，便拿起《世说新语》从头看起，午饭后又看，和四弟一块玩了一刻 Gmites 又稍稍闲步，贴了一刻报纸，便又继续看《世说新语》，一时心动，想把《世说新语》中的引用书辑出个目录来，于是立刻动起手来，开始又从头翻看，手目不停地赶，晚饭后又继续，一下到九点才弄清了第一册，明天看《诗经》及校勘学，《庄子》简直是有力无处使，今日一天未出。

近日不时也曾想到也许在大街上，或门口会碰见了斌，或是她会来看我吧，但结果一切终成泡影，我承认有时想看见她，但同时也更强烈的希望别碰见她才好，这是多么矛盾的心理呀，但这一颗一度破碎的弱小心灵，一时是不会恢复发生完整的感情，至于后来终未遇见她以后，心中又在轻微的失望中得到一点缺陷的安慰，也许是因为我不能矜持更不善虚伪的酬对心中的感情，不禁便流露出来了，现在见了她，虽是这三个月左右，已努力维持，压抑，放宽了不了，但多少不免对她有点恨意，如果相对静默无言时多，应付再一不好，把那点可怜的残余的友谊也葬送了，才不值得呢，留点余地亦好，君子绝交，不出恶声，其实我和她不算绝交，只是不大会面罢了，近日不大去她家，好似她家的门限日愈增高了，不好迈过去，而且又无什么事，更不好意思去，聊天现在也没那兴致了，也虽去惹厌，自己也不肯那么无谓的荒废宝贵的光阴了，说来也怪，好似我们和她家的关系全系在我二人的友谊上一般，近几月来我与她无形中疏远起来以后，她的一弟一妹，即其母三人，亦是随之绝少过来了，其母亦然，这真很有趣，人心换人心，（？）这是个极好的例证，只最可惜的是一个纯洁无瑕的聪明的孩子，终被恶劣虚伪环境所熏染引诱坏了，我现在仍是爱她！不，我仍爱半年以前的她，现在的她对之只有相当残余的友谊而已，因为是愈来她之思想与人生观与我大不相同，相去日远，且其行径更是我所不满的，所以不如渐渐疏远起来倒好！只以诚恳的心境默祝她一生幸福，永远快乐吧！

李娘自何先生日即去东城郑家居住，一去几约一月，至今尚未归来，岂在人家作客，一切舒适，乐不思归也，连日家用又告窘竭，至今方半月，而不知后半月如何过法，每月饭费实做饭费用者甚少，而皆胡乱添补家中零用及自己购物用去，糊糊涂涂，不知此十余月如何过来者也。

11 月 17 日　星期日（十月十八）　晴

放假没课的日子倒懒得起来，可是今天礼日倒是个例外，却八点一刻就起来了，乃是决定今天去真光看早场的原因，今天早场是《The

Women》（M. G. M.），米高梅之特殊作品，集多数名女星于一堂，洋洋大观，关于女人之一切几均收入镜头，亦可见美妇女之豪华矣，而以一夫妇为中心，一妇以其夫另有所恋而出走，其中女友播弄是非，创造谣言，幸灾乐祸者均有，亦均如中国妇女，中外亦无何大不同也，女星中有霹爱黎（占片中最中，亦表演好，可称主角中主角）宝莲高黛，菊痕丝罗英，菊实不美，不知其何以成名，此外尚有多数女星不记其名因无说明书故也，其中有一小女星颇似金蕙漱，不知是否全片中无一男性，御车者亦是女性，为此片之特色。Gcone wiche He wond 传十二月三日将于津大光明及平真光同时上演，闻因片特长，将演四小时，售价增至三，五，八元不等，为空前之高价，木偶奇遇记前在真光上演时已售一元五，二元为前所未有，今将又过之，片子无什意义，只是看见不少科学为女人而新增之设备与时装而已，还不如去罗马再看一次 Seceg 呢，午间归来，今日又吃馅饼，食后一下午颇不适，下午未出门在家中，看笔记及书，三时许神疲，与弟妹们玩踢毽子戏，在床上小卧至五时许起，晚饭后复看校勘学及《诗经》，明日考古文也。

11 月 18 日　星期一（十月十九）　半晴，凉

就是今天早，第一堂有课，并且还得考试，因为今年大半先生都是以前未曾上过课的，不知怎么考法，《诗经》及校勘学都考了，都很容易，每样只考一小时，半阴天，有点凉，中午回来午饭，下午没课，看完报，想看会儿书，不料这两天又犯什么毛病，精神疲倦得很，眼睛睁不开，非得闭眼休息一刻才好，这两天也是有点觉得不舒服，别病，病了才是活受罪，两点睡到四点起来，四点半去刘家找曾履和他小谈，问他学德文事，他现即在后门西妞妞房中德学会学德文，他有讲义，这礼拜他亦考，先借来一用，我因学校钟点不合适，而且又太远，所以看报中德学会在南城有分校，便决定学点德文，交五元学费，学两期很便宜，上礼拜四报了名，可是一时又没钱缴学费，不管它，今天第一天上课，便先去听讲，由刘家回来，提前吃了饭，便又赶紧骑车出去，由下午六时到七时半，去时已是

黑了，赶到那里幸尚未上课，先生未来，购讲义与刘曾履的相同，今天未买，六时一刻先生来，遂从德文字母发音教起，字母与英文廿六相同，只是写时形体不同，读音亦异，有一字母发数音者，为 y 字发音为"cprilon"亦一特点也。七时半归来，同学者约二三十人，归来右眼忽又不适，近数日两眼时感受刺激时流泪，不知何故，亦应注意，连日精神体力均欠佳，冬日不好，甚冷，处处行动皆不方便，两足冻疮又发，幸不重。

11 月 19 日　星期二（十月二十）　晴

　　早晨大雾满天，数十丈外即不见人，八时半尚未散净，大地满布白霜，俨然冬令矣，去校时已渐薄，雾有一种神秘性美，早拟做一短篇散文记之，至今尚未动笔，今日不料行至宣武门忽遇斌，初看其车牌号方知是她，因为她穿了一件灰白色长毛皮短大衣，毛鬃鬃的，如披一皮，毛皮货色亦不佳，观之殊不美观，几月来薪金所得全都装饰了自己，后来她发现了我在后面，遂上前与之同行，随便谈谈，我开口很少，本来没的可说么！不料今日会遇见她，原来她现在上班改了九点了，走到大酱坊胡同口分手，我即一路加急驰向学校去，怕晚了，幸未迟到，《庄子》今天就考，题目是试各以己意分析逍遥游之章节并略述每章之大旨，好《庄子》本来听得就是马虎又不好懂，哪会这些，一小时，只做了一段半，于是经大家要求礼拜四再交，拿回来做，幸而参考林纾的《庄子》浅说勉强做完，午后看报及书，稍憩，二时许到刘家，还曾履德文讲义及与他略谈，扯了半天，他妹妹上礼拜一结婚，今天他母及嫂去探亲家，旋归来，三时许我亦即回来，一路不觉又起无父之悲，有父承受余荫多美，但一时又责自己也太无出息了！到家居郑家廿余日之李娘回来了，我又去校上课，考近代散文，做散文一篇，题目是在寒风里，做完一看，不怎么样，一看别人的，都比我强，自己的学问差得远，笔下亦生，宜常练习，小徐一写就没完，聊了四张还没完，我不如他，一路归来，不知何故馋吻大动，袋中又无余裕，遂购四角零食而归，晚灯下看些杂志影报，一时脑中又乱七八糟，决拼弃不看以免乱我心，Madceme Baveny 昨天一时忘了还图书馆，过了一天，罚我五分钱，倒霉。

11 月 20 日　星期三（十月廿一）　晴，下午风

一小时的指导研究，因为那唐顺之全集，一点都未看呢，去了又说什么呢，下午一小时汉书研究先生明天开吊还上什么，今天上午起的一晚，于是一天无课，上午看看书，不一刻就午饭了，午饭后骑车带小妹去校，回来起风讨厌得很，中午屋里两个小火很热，坐外屋，没有火太阳光照在桌上，身上倒也不冷，中午又接到泓来一信，算来一共自十一月一日来了三封信了，计共廿日，我一直搁在一旁也未复她，这下可急了这封信问我为什么不回信，她天天盼着我的信，每天回家都失望，前天夜做了一个梦，头又疼，精神也不好，课也没上好，吓！真不得了！我竟不有这么大的魔力吗？（可笑！）会对她有这么大的影响吗？我迟迟未复她信，竟那么使她失望吗？她一向对我倒是不错，可是我倒始终无意于彼，老不回信，也是有意冷她几天，希望小郭那边近水楼台努点力，再重述旧情，我倒是诚意愿她俩再好起来，可是他俩恐都不明我的意思，泓误会了我的意思，而小郭也许更恨我呢，我不晓得那点值得叫她喜欢了!? 连我自己都不明白，她尽管总是对我表示好感，而我总是对她冷淡处之，最多也不过是不即不离而已，连比较随便的语都没有谈过，说起来，良心上似乎多少有点对不起她对我的好意吧！于是今天不好意思再迟延了，便提笔回了她信，并且也给乐成复了信，这孩子孑身一人闯荡，也怪可怜的，什么弟兄，都是自顾不暇。五点多与小妹谈天，她这么小巧玲珑就很喜欢作文，尤喜作新文艺之类，极力诱导她，希望她多作文，对创作发生了兴趣，小妹很聪明，说了就记得，同时也会实行利用，灯下拿出《世说新语》笔记来看，明天也不知怎么考法？六时许忽然铸兄回来，谈了半晌七时许走去，饭后灯下看《世说新语》，今日一日在家，日前售了两件皮衣，方售廿七元，除去前买面钱十余元，买物十余元，今日买菜，各方面一去，反不足一元许，真是这年头的钱一点不敷用，东西贵得邪门，心中想做的事又成泡影，每月十余元饭钱实际并未用了多少做饭费，都是补家中零用及自己零

用，每月总不敷用，什么都不敢想，不敢做，每月下半月即几无分文，真不知每月都怎么过来的，而也竟度过来了，今日李娘由东城归，稍活动，才多买了点，不然一天一两毛也过了，为以前所未有。

11 月 21 日　星期四（十月廿二）　半晴，下午风，多云

今天早上去校却一点也不觉冷，没有雾，大太阳，那么晴和的天气，可惜是没有继续维持多久，今天交了《庄子》的卷子，高先生今天开吊，十几个同学联合买了两副挽联送去，朱泽吉却自己另外单送了一个，人死了这一切都无聊，我却没有参加，一半也是这几天特别穷得要命，没有富裕钱。《世说新语》没有考，研究院的课每一学期才考一次，我们沾了光，讲了两小时，下午广雅先生告假，一下午又可不必去了，中午回来吃饭，饭后看报，一时又被睡所侵，又困了起来，不知自己身体怎么那么泄气，精神就那么不济!? 成天竟休息了，廿四小时恨不得睡十几个小时才好，而一天也没做什么事自己都恨开了自己，迷迷糊胡卧到了四点起来看了一刻书，到五时许又吃了两碗多的烫饭，因为是预备五点多出去到艺文上中德学会的西城德文分校，五点半去六点十分先生来，温习一遍字母，习写大写字母，德文又与英文写法不同，又练习拼音，末习变间及主母音拼音法，七时半左右归来，今天人甚多，桌椅竟不足用，今日我也未交学费，今天学拼音也不省事，弟妹们不在家又显得那么清闲，一回来事立刻多起来，话也多起来，麻烦得很，可是少了他们似乎家庭的组织分子就不完密似的，晚间灯下看笔记，波娃利夫人翻译的看着无味决定不看了!

11 月 22 日　星期五（十月廿三）　半晴（今日小雪）

特别懒的我竟又睡到十点半才起来，因为上午没有课的关系，上午看报及习小字连着数日来练手腕即觉生疏起来，收拾点旧纸东西，一个上午便过去了，午饭后稍憩，便去校，下午两小时考作文一篇，胡聊了二张交上，看看朱君的，人家到底是比咱强得多。这时天气阴下来，四点多出来

顺便去郑家坐，一个礼拜了，到那和表兄胡谈了一阵子时局，又和小孩子们瞎扯，大宝二宝等都是孩子气款未泯，大宝扯上学校的淘气事便没完，她的个姓有点爽利亦有点倔强，二宝比较温柔女性化，个性亦比较善于治家，掺呼家中琐碎事，时会助表兄治家兄，她俩随意和表兄开玩笑，相当娇纵，但亦听话，表兄怒时无一不惧者，表兄谓请我明日吃晚饭，信已发，我未见到，白费四分，我已至其家，今日复留在其家中用饭，吃炸酱面，却恰是我所想吃的，但过重过干，不甚合口，饭后又与表兄及二宝大宝谈天，坐约九点即归来，略看书即休息，今日不太冷，虽是节气小雪。

小妹有时是很乖的，天天也知早起，决不麻烦，而且上学是急性子，走了愈早愈快愈好，早上极早就去了，中午也是如此，回来就闹着吃午饭，吃完立刻就去，脸也不洗，嘴也不漱，忙得很，还有一个小时才上课就走了，其实春明离家近得很，不一刻就可走到，五弟则大大相反，处处时时迟延不忙，事事如此，急死人，他二匀匀就好了。

11 月 23 日　星期六（十月廿四）　半阴，下午，大风

简直不知自己为什么那么懒，这两天上午没课，便好似我没上午似的，因为这两天起的都很晚，待不多久便午饭了，今日上午做了一个奇特的梦很有趣，梦见了父亲仍和平日安居一般，坐着谈天。后来出去，下斜街路被土垫得极高，玻璃公司筑了许多大建筑物，成了军校也不不知是什么，有许多大楼，许多人在操场上操练还请外国人来，不知怎么，外国人便坐了一种似球拍形的东西，上下飞划起来了，后来又参观机器隐形光线等等有趣得很，最后最滑稽的是梦见和现在欧战的几个领袖及美总统在一起谈天。不一刻醒了，已是十一点了，午后整理庆昌留存我已三年的书物，屋中挪移了一下，下午又起大风讨厌得很，四点多骑车去郑家，三表兄请我吃晚饭，到那孙祁先在，一块聊天很有趣，大宝二宝等皆在家，在客厅坐，生了火十分暖和，不一刻六表兄亦来了，继之杨先生，铸兄，旋即开饭，大谈其天，东拉西扯那都有，结果云不久日本撤退前，广州大火，推之谓北平将来恐亦不免有上一劫，闻之怅然，不知至彼时将来如何过

法也，遂进与小孩等瞎聊，谈甚欢，不过也是胡扯，十一点许与孙祁方归，杨铸兄亦已去，祁于途上忽言欲向我暂假拾元，其不知我之真相，遂婉告手边不裕，心中殊歉然，然以老友或能相谅，晚间风止，路上夜静人稀飞驰归来，亦颇不冷，天上星斗满天，明日当系好日子也。

11 月 24 日　星期日（十月廿五）　半阴，凉，下午风

迷迷糊糊又是十点半才离开床，一上午天气倒是很好，大太阳不错，上午时间已是不多，洗了头，看看报便过去了，吃午饭时吃的是面，又是快两点才弄清楚，本来下午想出门，可是又起了风，并且阴下来凉得很，下午孙湛又来，左不是胡扯，四五弟二弟便又不能够安静，不好，小妹倒很乖，和我同坐在书房静静地看书，我在不到两小时的功夫下，看完了一本《流亡》，洪灵菲的，明天还学校图书馆，四点许看完，做的不很好，接着又看完了一本果戈理著的《外套》，含着讽刺的意味，一天赶着看完了两本书，五点许斌母来小坐，五妹亦来，皆多日未见，近不常来者，旋即去，我则在我屋看书，晚又看唐荆州（顺之）全集又习小字一页，大退步，晚早休息，每日不知不觉休息皆近午夜，实亦未做何事，中午陈老伯来小坐。

11 月 25 日　星期一（十月廿六）　晴，下午半阴

就是今天得起早，八点有课，可是因为我高兴去听顾先生讲《诗经》，所以很高兴跑去，早晨并不很冷，上午四小时满贯，午饭回来吃，今天买了一本辅仁文苑第五辑，午后看完报拿那本来看，翻了几篇不太满意，看了几页新诗，我仍是不懂，我是向来不喜新诗的，不是我没看见过好的新诗，就是我没有了解新诗的能力，一时不觉神疲，不知怎么自己近来精神那么不好，每每下午无课在家时好睡一会，晚上可又不能早睡，矛盾的人生，五点半又艺文念德文，变音，拼音，例外等等麻烦多得很，我觉得一切别国文字都比英文难，可是念了多年，我英文程度是糟不可言，遇李准亦去。

11 月 26 日　星期二（十月廿七）　晴

　　今天一天过得很无聊，上午晚去只上了一小时的《庄子》，也听不得什么，汉魏六朝诗又归他讲了，不怎么喜欢被他教又得移时间，回来看报，继续看辅仁文苑及张天翼著那本移行，里边写的大半都不不坏，三时多又去校上课，是近代散文很无聊，只是照书讲，下次大约可以讲点别的，大家都不觉兴趣，正经听的没有几个人，先生觉得无味上了一小时多便下课了，课室内只有刘冠邦，朱泽吉，徐仁熙和我四个人闲聊没走，左不是又扯什么女同学，不是说这个注意那个，就是以那个取笑这个无意思得很，说了一刻我拔腿先走才告完了，又一起到图书馆借了一本书，走到大街上已是黑了，到家晚上看完移行，床上又看了一刻文苑。

11 月 27 日　星期三（十月廿八）　晴，下午半阴

　　十点多去学校，其实今天可算无课，汉书没空谁教，六朝诗已空下礼拜上课了，可是上午有一小时的指导研究多余选，也不考，也没有学分，两个礼拜未去了，今天不得已也得去应应卯，不然太不好意思，其实也和同学在一起谈谈罢了，中午归途又在护国寺摊上看看也没什么，饭后已一时半，二点去中央看《The White Angel》，Kay Felersnce 主演述英国南丁格蕾女士创始护士之一生事迹，亦甚足以感人，回来方四时许，做广雅笔记及看沈从文之《如蕤集》，《唐顺之全集》仍未看多少，做这个论文实在不感兴趣。

11 月 28 日　星期四（十月廿九）　晴，下午风

　　今天本是课最多的一天，不料也是很轻松的过来了，上午只上了一小时的《庄子》，那两小时的《世说新语》余老先生因病请假了，于是提前就回来了，多日未见王树芝到他屋中去看看他，十一点多回来看报及沈从

文著之如蕤集，第一篇如蕤写得很好，却是一个美丽的故事，末了有点令人不解，神龙见首不见尾，给人一个没有结束的谜，倒是个好办法，沈从文也没读多少书，并且当过兵的出身，努力而成了一个作家，午后耽读其书不肯放手，三点廿去校应考广雅，一小时后出来因欲于七时半校长讲演题为顺治帝出家，便没回家，便跑到郑三表兄处坐坐，晤谈一阵子，又在那打扰了一顿饭，吃完待了一刻便是七时了，便又赶到学校，吓，不料人真不少，大礼堂亦满坑满谷的人，校长叫坐力真不小，本无地位，幸而在最前硬挤出一个位子，校长届时上台，最怪的是平日早已穿上老头乐了，今日竟穿了一双皮鞋，校长讲的很有趣味，其中并加幽默语，引人发噱，不禁哄堂大笑，讲后并有幻灯映像征文字等，结果是（1）顺治帝欲出家而示遂，并曾由其师兄茆溪森为之落发一次（2）是董妃非董小婉，疑系其于一弟之妇楝鄂氏（3）顺治确曾被火葬于景山，且清初皇族被火葬者颇多。九时方告结束，至家九时半矣，因疲乏遂未再做何事，略息即解衣就寝，听此讲演后对此历史上之有趣问题颇感兴趣，此页日记乃廿九日补写者。

11 月 29 日　星期五（十一月初一）　晴，下午风

九时半起上午又看了一点书，不多，一边听 Radio 不专心不成，午后即去校上课，两小时的汉魏六朝文，又叫做什么表，很无聊，不过把现成的目录再抄一回又有什么意思，下课后见有辅仁学志的总目录，校长那篇顺治出家文，名语录与顺治宫廷八卷一期恰好由那期起涨一倍，售两元，同学八折尚须一元六，不太值，下课后去郑三表兄家与之谈昨日校长讲演事，他亦对之颇感趣味亦愿研究，旋有人来遂止，五时半客去又继之重述，天暮遂又在颇晚饭，饭后又讲，三表兄并言清室有四大问题，顺治出家未此其一，顺治母与多尔衮结婚未此其二，雍正如何去世（人言系被吕四娘所刺）此其三，乾隆是否汉人（传系江南陈姓子，三下江南即访故居也）此其四，颇想以其余三条询问校长，今晚归来途遇二次检查，不知何故，连日间或夜晚归家，车上无灯颇感不便，以后有钱当购一车灯。（校

长言此次讲演系胡鲁士劝他，英千里先生出的题）

11 月 30 日　星期六（十一月初二）　晴

上午没课，看报后，结束了沈从文著的那本如蕤集，做得不错，大半写的都可算好。午后玩了一会四弟从孙顺处借来的一个手风琴，我对音乐是喜欢听，也高兴会点什么，不过自己太笨，没天才，总无那耐心烦和性情去学它。二点多出去沐浴，又痛痛快快地洗了一次头发真舒服，又遛了一刻书摊，旧书亦够贵的，看见斌骑车回家，大礼拜六还得关到四点才出来，也没上别的地方玩不易，我看完书摊又到尚志医院去，坐了一刻即回家，娘性躁，任何皆易对之不满，唠唠叨叨多不必要之话，多生不必要的闲气，真是何苦，无钱就过无钱和气日子，总是一天到晚的瞎吵多无味，令人不快。

四弟喜弄音乐，什么都玩玩，虽不精，但一学易会，我就不成。爱踢足球，从小学他就喜欢，不负他的苦心，今年竟被选上成了育英的足球校队了，美得很。

今日报载昨日汪就主席职于南京并与日沙部特派全权大使在南京签订新和约，以亲善提携为原则，内容之特殊及有趣不论，此和约殊为自欺欺人之滑天下之大稽之举动，诚为汪所不取，譬如甲乙二人打架，甲与丙握谈欢言和，丙劝乙勿再打，丙不允，仍与甲打，而甲一面打一面与丙言和，声言与丙言和，诚空前未有可笑之事也，甲与丙并未打，又从何言和，甲无台阶下，借此下台而已，近日风闻，丙有北大说，王瞎子又要上台藉吊汤之便又来京活动未行，胡子又要下台了，不知政局又闹到什么样子，细思，汪此次又强出头，诚为智者所不取，此次一出头，一切弄不好，徒自遗臭万年而且前大半辈子之轰轰烈烈半生之事迹完全为此次晚年数年所淹没污秽无遗，诚可惜之至，昨日阴历十一月初一日开始生大火，热甚。

12 月 1 日　星期日（十一月初三）　晴风

时光真快，又是一个月过去了，上午九点多去强表兄外，不意未在

家，失望得很，便又走到距强家不远的陈老伯家坐坐，前几天他老人家还来看我们呢，在那谈了一刻天，看见了他大儿子在四川成都（？）结婚寄回来的相片很好，十一点许回来，中午吃煮饺子，一吃面食就晚了，来一阵子吃一阵子，吃的不舒服，一直吃到一点半的样子才吃完，心中一动想去真光看电影，便一个人打道前往，走到东华门大街上，一个人举手向我招呼，一看，原来是大马，和他弟弟骑车，一同到辅仁去看赛足球，四弟选上育英足球校队，今天亦去观摩，在大街上谈了几句，便即分手，自上月廿九日，东皇城根一日本军官高月保中佐被人刺死，全城轰动，以致捉拿凶手，甚为积极，日军方大为震怒，连日城门大街上严查行人，各外城门均关闭不得通行，菜蔬不能上市，近日大涨，大马兄弟三人皆被关在城内不能回家（燕大）此种特殊情形恐不能持久，了城门须持户口单至分局领许可证，声明出城原由，坐火车亦是如此，如此凶手亦不易捉获也，影片名《Lt'o A wondespul woslol》中文名俏冤家，由柯尔柏及杰姆斯都华二人主演，二人皆以演喜剧出名，相当精彩，唯今日礼拜上座不多，只有七成，亦怪矣，明后停演，后日夜起演《Gone with the wind》用新机器，拟来看，散场后，绕王府井大街一圈而归，夜于灯下观辅仁文苑，家中人事多不如意，似大半皆拂逆我意，辄使气不止，事后后悔，气实难使，年轻人如我者更宜力戒！

12月2日 星期一（十一月初四） 晴，下午风

头一堂有课，起得比较早了，从这礼拜起，又得多一天早起，汉魏六朝诗是改在礼拜五第一二时了，早上带五弟去，今仍穿夹袍，亦不觉冷，大风方凉也，上午只上了两小时的诗三百篇，顾先生讲书有时常谈及其人生哲学观亦颇有趣，间或亦有一二惊人语，今日因大检查，内五区地界内人只准入，不准出，每一胡同口皆有警察把守，闻系每一胡同内挨家搜查，但并未搜及学校，因各路通口戒严，于是校勘学赵先生迟到，同学皆散去，只余我，朱泽吉，小徐，徐光振四人在门口闲谈，时已将过半小时，遂与先生商议下点钟再上，我等去找个同学，遂至宿舍，图书馆等处

寻觅，结果只七八人来上课，仍未讲书闲谈天，朱泽吉问其醉翁谈录未难到，朱君为之佩服，赞之不错，赵先生年轻聪敏强记，其记书名人名版本年月甚多，其供职于北平图书馆善本图书主任，有机会看到许多书，又可去故宫看书，近年发现之东西看见不少，中午各处寻路皆不能通，无法遂留在饭铺吃了一顿，小徐同吃，他中心频念赵不已，心神皆为之不安，饭后至图书馆中看书半晌，向管书李先生商借得辅仁学志二册，盖其上有二文系校长作，与顺治出家火化，董妃等有关，又至操场散步，看赛美式足球，辅大全体男女同学四时后因皆不能出去，故皆聚立门口街道两旁，女生又往男校来上课，比影院散戏还热闹，或言戒严四时解，或言夜十时，或明日甚至三日后方完事，纷传莫衷一是，至四时许尚无音讯，遂至宿舍小坐，在小马屋中，暖甚，承彼等同屋皆殷殷留住，若夜仍不得归，心甚感之，不意五时许小徐告我可以归得，如被囚半日而蒙赦免，遂大喜与之同归，朱君同行，陪之步行至受璧胡同，小徐归家，又至西四朱君上电车，我方上车走，顺路至强家，不意仍未归来，遂归家，饭后在书房看报，不一刻，闻人语笑谈声，知斌母来，后又闻有五妹声，真是久违了，多日未见了，但我未动，仍看报，后五妹来，四弟，小妹皆在书房，与之纵声谈笑半晌，为近数月来未有之现象，五妹似未变多少，仍带大半稚气，至九时许其母偕之归去，原来明日银行各机关等放假，春明及各中小学亦均放假，我校却不放，为了什么中日满三国之交成立，不值得吧！今晚忽孙厨子亦来看娘等，并带了一大碗的苏子鱼来，他现在施今墨处为厨子，已年余，月份四十余元，事甚好，人亦比以前好，清楚多赏之二元，焉能令其赔物，惟其意可喜不忘故主，其为何不去西院看看，而来我处，西院人缘可见一斑矣，今晚本拟看一些书，及抄一点辅仁学志，五妹一来，也不能做了，十时余即收拾就寝，今晚得泓来一信，中有一二语，亦颇似负气之语，读之好笑，今日早发一信，适与此信相左，不知彼读彼信又作何想也，远东近东皆开战火矣，世界和平不知何日?！

12 月 3 日　星期二（十一月初五）　晴

　　虽是今天没有放假，我们也等于放了一天假，这年头念书也真够舒服的事了，只是我跑了不少路，早上去上了一堂课，迟到了，又告了假，只一小时，绕到前行，机关银行全放假，表兄铸兄全未找到，空空回来，午后阳光下抄辅仁学志陈垣校长作语录与顺治宫廷，三时去校，先到强家，不意又未在家，但由长嫂交与我卅六元，本月饭费，稍坐即出，至校时，不意朱肇洛先生告假，白跑一趟，气人，于是又回来，顺种去告诉小徐一声，行至受璧胡同口小徐与赵亦步行出来，遂告之，他又美了，又可陪赵回去了，伴之行至西四，彼二人上电车，我即亦上车回家，在久大购二背心即三元，又在永丰德购文具纸张等又去三元，物件之昂贵可知，才到手已去六元矣，归来黄昏，继续抄辅仁学志，饭后方抄完大半，还有一本，不打算抄了，预备买一本，今日为李娘生日，我等与李娘鞠躬拜贺生辰，亦未有何表示，思买一点东西，李娘不许，遂作罢，且手中亦无多余裕，中午四弟同育英亦放假归来，庆璋，许君涛，富保钦三人亦来，在书房中弹 Guitar，拉手风琴，吹口琴，直着嗓子就唱，又是夏威夷音乐，一会又是美国西部牧童之歌，有的亦相当像，少年们那么活跃的生命力，令人羡慕，我的黄金时代过去了，虽然还年轻，与他们比似乎老得多了，他们那种无忧无愁地过着多快乐，午作四片与祖武，华子，绍先及孙翰。

12 月 4 日　星期三（十一月初六）　晴

　　本来打定今天不去学校，不料出了意外，虽仍是不能去校，可是原来下午想去 e. k 看《Gone with the Wind》的计划也成泡影，因为早上还没起来就被小孩子们吵醒了，原来今天查的是外四区，各路口和前天内五这时一样都把守上了，不许出去，可以进来，我因已经遇到一次，而在家中，心中还空，不好，早上抄完了辅仁学志上那篇文章，又看了会辅仁文苑，上午黄家除了斌以外都过来了，西院行伩，行佶，力家伯美小胖全来了，人聚在一起也不少，很热闹，不一刻十点左右也就散去，沉默紧张中过去，到了中午十二点半时，终于来了，先奔正屋郭家去，不一刻便出来了，又到我屋，一个日本宪兵，一个中国联络员，外表的服装真也像日本人，不过面貌慈善很好，没有什么留难，听说我是大学生，便到书房检查我的书信，七八个警察就翻着看，没有关系，胡翻一阵，什么也没有，书柜中有一个父前在热察绥蒙时的信封，里边存着些用过的支票存根，一个警察卖好拿给日本兵看，结果也没什么，在书桌前由联络员翻译我日宪兵谈了一些话，由那人翻译，很有趣，日兵问我将来想做什么事，漫应以教育，他说不要墨守旧法，并谓应共同助之发扬东亚秩序勿与赤魔接近，而失身份！答以谢期好意，我曾言很高兴其来看我，他微微一笑谓我恐未必，我急答以此乃大家事，非独对我特异，彼始无言，惟其料我殊有趣，他心中明白就得了，天明白谁心中高兴！旋去，检查也不过是马马虎虎，七八个警察亦出去，一个年老警察甚好，去西院去看，心中方安，全身好系由一阵紧张压迫的空气中挣出，全身皆快此时，在此地真不易居也，好在一切事皆不闻不问，安心读书，不犯法不得罪人，又有何事！二时半随娘过力家与九姐拜寿，只至戚数人，二太，陈大姐夫妇，力六嫂，大嫂，六姑等在彼打扑克，小坐即时先辞归，三时许出去，此时已准出大街，力家未检查，奇怪，而不料此处偏僻自事变后日兵竟光临二三次矣，亦可怪，闻黄家尚翻箱检查真出人意料也，四时许至王家与庆华闲聊，这家伙未念书在家闲待着，多无味，其一表兄亦来平寻事，上海不好，反而跑来北平，真是多余，北平有什么事好做，巧得很，其母去津玩两礼拜今日下午恰好回来，大谈大笑，打扮其母不似四十许人，在津夜以继日的打牌，吃蟹，饭馆，看戏，看电影，倒是享福，快乐之外，尚知有其他耶！庆华亦因环境较优关系，养成一种大爷派，许多甘苦人情世故均不知道，明日起又去学日文，要是算会点什么才怪呢，他没那耐心，不是看不起，三天的新鲜劲，他们大姐倒是比他们都明白一点，比较多懂一些，许多东西都被他糟蹋了，今见院中一堆书，中有许多尚完好些，竟欲卖与打鼓或作一把火焚之取暖，每日西服一穿，在家一晃多无味，黄昏归来，灯下看完辅仁文苑五辑，十一时就寝，午得泓一信立复。

12月5日　星期四（十一月初七）　阴，冷

　　九点上课，可是去校时，因阴天故甚冷，似清晨，上午上了三小时，中午决定办点事，连日皆被戒严检查所误，先趋前门，至财署与强表兄略谈，即辞出，又至统税分局寻铸兄已下班，又至浙兴取回本月之区区五十元，绕行至宣内大街取回为娘染之大褂，又到下头条把郑三表兄还铸兄之购烟钱，足那么一跑，真够瞧的，连在各处待着及走才用五刻钟，要是没有这辆车真受不了车钱，回家一身汗有点累，等了半晌，吃完饭已是两点多了，因为三点有课，于是又没休息，又跑一趟不近的路，上了一小时的汉书研究，换了位先生，很矮小，口齿亦不大清楚，听的也不来劲，按着书文讲解没意思，又接着上广雅，因阴天屋中黑甚，灯光又小，后边同学多看不见，遂上一小时多即下课了，陪小徐走了一程，回来又是暮了，一天到晚就是这么瞎跑，每天总得花费一些宝贵的时间在路上，似乎真有点不值得，怪可惜的，但又有什么办法呢，瞎忙的过了一天，近一二日右小腿前肌肉微疼，想似连日骑车用力所致，灯下整理广雅笔记，重刊荆川先生文集借来一月了，半本都未看完呢，现在又过期了，又得罚钱倒霉！前两日天气晴和并不太冷，今天有冷意，亦有雪意，微微下了点，地下湿湿的似小雨，近二三日，斌的影子又在我脑中浮现不定，心神稍觉不安，多日不见面，亦不错。

12月6日　星期五（十一月初八）　　上午阴，下午晴，狂风凉

　　昨天据说是下了点雪，可是几乎看不见，那小的到地下就化了，阴沉沉的天，这天早上还是那样，看样子似乎是要下雪，可是没下，中午又晴了，可是又起了狂风，飞沙走石，外加冷劲扑人，不好受，今天汉魏六朝诗移到第一二时，又多一天起早，教室在335东北三层角楼上，还是够冷的一间不算小的屋子，倒是亮，三面都是窗子，今天孙先生泛论一切，未讲书，一堂半就下课了，忘了还四部丛刊中之唐顺之文集，罚了一毛五

分，倒霉，又借了两本书，陪小徐朱头一块走到西四分手而归，看看报，左不是庆祝中日满，社会栏是无一日无凶杀创劫偷窃之案件发生，亦可暗示出人民生活之极度不安，现在出入城得领什么许可证，菜蔬不能大量入城，价较上涨，一时许来校，因近来时时幕中归来，一路颇感不便，车上极需一灯，以览应用，今日一问，日本货之摩电灯要十一元五角昔日可购二三个，昂贵之至。上了两小时的汉魏六朝文，下课狂风不止，至郑表兄处小坐，将借来之辅仁学志借与他看及历月所剪存之现代史料等，稍谈，至五时许即辞出，风未止，归来稍看文选，今日所讲之文章两篇，一为孔文举荐祢衡表，一为曹子建求自试表，丕死，其子立，植后上此表以求自试，终未用，实无味之至，植又何其官迷头袋哉！表中卑躬之至，以一叔父又何至无耻至此，可笑。五弟明年即小学毕业，其学费及升学尚不知有无问题，念之惘然，夜独坐灯下，惟炉上壶鸣与窗外狂风呼应，夜凉如水颇思故人！

12 月 7 日　星期六（十一月初九）　晴，狂风

又是九点才起，出去到骡马市大街李福寿买了三枝水笔就去了一元许，又到尊元阁理了发半元又出去，换了掌柜的，几个伙计手艺还不坏，讨厌的风刮个不已，顺路去尚志医院和九姐夫略谈即出，中午饭后二时许，四弟育英校队和中大赛足球，跑去看，在中大遇见几个熟人，辅大转去的袁渡云，房磬石都在那，赵宗正，大丸子陈祝彭等，还玩了一会乒乓球，四时左右他们才赛，四弟又没上场，只是练习了一会，王贻踢中大那边管了许多事，头半场零比零，后半场中大进一球，育英都是年轻小孩，爱往高踢，打门不准，倒很卖力气，风不止，站在那半天怪冷的，五点多完事，一比〇，育英输了，顺路去南太常寺去看黄松三母亲，谈了一阵子，松三月余无信，仍不知在何处，老太太怪好的，又倒茶，又拿吃的，每次去总是很殷勤的，我倒怪不好意思的，松三妹还是念书的人，不好玩，与松三他们有相似的脾气很用功，去了几次都不大看见，亦不好修饰虚荣，松三家一门均为俊才，有志气，有奋斗能力，可佩，将来他家必会

更加发扬光大，走到那时离舒家很近，想起令泓二姐结婚，相片允送我一张，太大不好寄，便趁今天走到这去取，进去让我到她卧室，因为客厅没火，小郭先在她屋坐着，她说小郭常去找她，不虚也，去下的又泡上了，我却满不在意，一块谈谈笑笑，全泓倒不大说话，拿来了一张相片，六点左右辞出，小郭亦走，铸兄归来小坐，晚看书，今天糊里糊涂就过来了，无意思。

12月8日　星期日（十一月初十）　晴凉

上午那也没去，只是在家中看书，可也没看多少，乱七八糟的，一在家多少零七八碎的事不少，午后二点多带了五弟小妹去新新看电影，新新改了电影院不演戏了，最近公演三个片子，报上有优待券，二人购一张票，听说人多极了，走在半路上碰见了兆魁，多日不见他了，拉住闲聊，又拉我到他家去坐，往新新那边看看，人多得很，来去的都有，他说人多得很，现在也挤不上，好在没事，又久未见了，他也怪诚意的，便又往回走，好在很近，到了家见了他母，弟，妹，外婆，又是一阵子应酬，近几天见人就说的什么检查等等的话，又哇啦哇啦的重唱一遍，三点多才出来，车存在他家，拉鲁兆魁一块去，兆荣这小子也老不来信，在四川结了婚，到了新新一看，人真是不少，里里外外全站满了人，买票还是真挤得很，许多人站在外边等等休息时进去看，因为里边已是连站的地方都满了，到了一刻，兆奎报勇挤进去买了两张票，于是从旁门进去，里边倒不很黑，吓，黑压压一大片，楼下，上连走道的地方全都站满了，看多少次电影没有这么空前的盛况，因为演的是中国片子，对白歌唱都听得懂取材又平常，票价一半，大家图便宜，北平市近数年来根本缺少国产头轮影片，许多种方便加在一处，于是人多极了，其他影院所不及，何况又采取日本式循环映演不停，于是影院发了洋财，这下子投机算是做着了，回来时已黑了，晚上看完老舍的《赶集》，听鲁兆魁谈他近来常看电影戏什么的，晚睡早起，身体也顶得住，又认得许多伶界的人，看戏多不花钱，前些日子还彩唱一回，可惜我没有注意，现在他在京的两个弟弟都有事了，多好，兆贞赚四十多，兆义二十多，他五十多，三个合起来足有百余元，可是在这个时候，可一点也不算多，也许他们省得很，可是兆魁他又那么足玩，猜不透里边是什么妙用，我的同学朋友中，他家可学是一个特别的，小门小户地道北京人样，五弟小妹今天看见了，心中一定很奇怪呢，听他说张汝奎近日要结婚。

12月9日　星期一（十一月十一）　　晴，下午半阴

八点上课早起，顺便带五弟去校，到校还有七八分钟呢，今年头一次来得这么早，上了四小时课，又在图书馆中借了两本书，中午下课陪小徐走，到家饭后略息，换了衣服便照前几天的预计跑到东城真光影院去看宣传甚久之影片乱世佳人西名《Gone With the Wind》系由美国名小说家之作品搬上银幕，内容系描写南北美战争时中穿插一复杂曲妙之罗曼史故事，片长廿六大本，演达四小时，且为五彩片，前排二元，后排三元，楼上四元六元，开以往票价未有之纪录，本月三日夜场初次公演是售三，五，六，八，去晚，前排已无票，遂购后排，日本人亦不少，票价虽高，来者仍多，上八成，片子甚长，观后眼甚疲倦，归来已暮，全片中并无战争镜头，主角以嘉柏尔，哈蕙兰，李斯赫华，但以英籍新女星雯丽斯为其中之主，演技相当好，各配角老星更不错，似乎观后与我并无多大印象，其中有甚多美丽画面之镜头，与其在外面所挂之相片相较似略加剪裁，灯下观书不适，想系观影时久过于疲倦之故，遂早寝。

12月10日　　星期二（十一月十二）　　晴，风

最讨厌的风，今天又刮了一天，虽是不大，但是往北骑足够费一倍劲的，北平起风不只是风，外带扬土，冬天还好得多，土少得多呢，上午只一小时的《庄子》，便也得去，那么老过跑惯了，也不见得怎么累，学校工友出让一辆四个飞轮之爬山虎自行车，九成新飞燕牌法国车，还不错，

可惜贵点，要 180 元，最少 150 元，我真喜欢，如果 120 元他卖我就想法买它，可是不易，下课陪小徐走到受璧胡同他回他家，我上车回我家，回来吃完午饭看过报，并看完了张天翼那本短篇集《蜜蜂》这个本子共含有七个短篇，里边有两三篇写得不错，有一篇名《仇恨》，写农民受民灾之苦，女被奸杀，男被拉夫累死，民恨兵，兵毁民，而兵一部亦系由民变成者一夫子被砍七八刀未死而伤口黑糊糊爬满蚂蚁，而未死，呻吟求死，一兵受伤，伤口长满了蛆，又疼又痒，恨得他用手从伤口往外掏蛆，本来民看见了三个败兵，恨他们而打了他们，后来因为他们的声诉我想到了他们也是和他们在一个世界受苦的人，他们打仗也不知道为什么，只晓得大帅发了令，他们就得打，描写的惨状，令我看了直堵心，不忍再看下去，眼前模模糊糊现出了两个伤病人的惨状来，我有时真泄气，太易被感情所动，一想到那么受苦，那么疼，便不忍再想，心里怪不舒服的老大半天，看电影往往也很容易把我眼泪引出来，在不知不觉间，自己都有时好笑自己，为什么自己会那么感情用事，午后早点去，先到郑三表兄处，谈了一刻，去取回二册辅仁学志，二宝已回家了，她下课真早才二点卅五分左右，胡聊到三点三刻才去校，上了一堂半的课，讲了半天的散文的外形与内容等等，大半仍是老套子，未写笔记，小徐未来，下课到图书馆去还书借书，遇见那个姓李的值班好说话，那个姓何的才讨厌呢！回来又是满街灯火了，休息一刻便用晚饭，近一二日大约又犯了老毛病，晚饭后立刻又感到精神疲倦要小睡一刻才成，否则眼睁不开那么困怪事，今天又睡了一刻，到八点半才起来，又做了点事，感到自己现在做的论文无什价值，亦无味自己更不感兴趣，于是又求朱君泽吉再替我想个论文题目，不敢再怕麻烦和多看参考书了，天下没有那么多伸手便得的便宜了啊！昨在学校接得常斯泰兄一信，他因经济问题被辍学而谋职，现在青岛，日前早已知晓，只不知其住址，今读来信，失意人无它，满纸牢骚而已，念数年来沧海桑田，人事更迭，几经变换，亲友离散各自东西南北，多不知下落，而能间通音问者已甚甚少，何况其他，四年来艺居故都岂南，不闻问外事，一切不管，只读书外，以观电影为我唯一娱乐方法，而我亦承认嗜之甚深，是以昨日不惜以三元换四小时之观影也，间或亦步行于公园参观画展于水榭，非敢步高人雅士之后尘，之所以略抒闷怀，以畅心目而已，他非所好也，亦无何可以夺我心者，晚饭小觉，以致十时卧床后反不得眠，辗转反侧，久始入梦。

12 月 11 日　星期三（十一月十三）　　晴，微风

昨夜睡不安，久始入梦，以致今晨又是九时许方起，上午没做什么事，看报及书，未看多少，午后去校，到图书馆取书，只有一册，上了一小时的汉书，买了两张看足球的门票，十五日意兵与辅友赛，这次各约名将，必较前更精彩，陪小徐走，又去郑表兄处，把他托我借的那本辅仁学志送去，闲聊了一阵，不一刻小二回来了，也没什么说的，很无聊，在家还可找点事做，便辞出，到了大街上遇见小徐和赵走，他满脸不高兴，不知又何谁生气打架了，一路与张云超同行，至灵境胡同分手，到家又是黄昏了，灯下又把从前做的那篇断芽看了一遍又整理了一点散文，小徐打算交十二篇，我现在才有四篇，怕写不出那么多！日子一天一天过得真快，一切活动起坐，总是那一套。

12 月 12 日　星期四（十一月十四）　　晴

本来想早点起来，时间富裕一点，不料偏出事，昨夜头油瓶被五弟打破，今早一搓油，两手心皆被油内玻璃碎丁扎破了四五处，虽不大，可是血流不少，讨厌得很，白费了许多宝贵的血可惜，上午上了三小时课，今天又借了二本书从学校图书馆，中午回来午饭时接得张汝奎兄结婚喜帖，一到大学都结婚，写了两个明信，一与大马，一与林鲁，一信与兆魁拟与之合送礼品，闻兆荣在川已结婚，午后又上了三小时课，广雅又记了许多笔记，上一堂半便下课，回家已是黑了，灯下整理笔记看书。

12月13日　星期五（十一月十五）　上午阴，下午半晴，冷

　　真是巧呀！一到礼拜五又是阴天，第一堂课并且在学校东北角最高顶上教室上课，暖气也上不来真怪，冬天学校的气炉子并管不了什么事，简直是样子货，孙先生讲法和高先生不同，今天讲了一大套别的话，诗讲了三首，都是谢玄晖的，今天没有听好，下次决不这样，不然白白大老远老早跑来太冤不是，中午回来，看报及书，下午二至四有两小时汉魏六朝文，中间休息十分钟，从图书馆又借出《中国的西北角》，一共借了三本书了，都是廿几号还的，真得快看，又看不完就到日子了，四点下课，到栅栏王家去小坐，王庆华现和他六表兄同在中国农工银行西城办事处做办事员，下午又去绒线胡同久松去学日文，真是何苦，从前庆华还要去南方，香港去了一趟，天津住了一年多，中大念一年，又跑到上海去了大半年，得了心脏病又回北平了，在北平多么痛恶着这里的一切，而今却又在北平找事安居如昔，甚而也去学日文了！近来去了三次，待老月友一点也不亲热，冷冷的，淡淡的，他母倒还好，我一不欠他的，我不求他的，摆下那嘴脸给谁看！？银行员老几，什么资格，不是老子有钱做经理的缘故吗？自己的能耐大爷劲臭得要命，有钱就糟蹋吧！昨天中午回来，碰见了汤尔和出殡送殡人甚多，列一长列，大街交通为之阻隔，不知花多少万，死了一个人值得如此？真是死后还造孽拿那么多钱救济灾民好不？归来看沈从文之《新与旧》，昨日下课回来，肚子饥甚，遂信步出至附近小铺买一些东西吃，不意意外遇到一中学时同时，亦姓董之光北同学，他在天津闲住了二年，现在却又在我家附近感化胡同内工科职业学校就读，才不值得，高中毕业会又上这忍着来了，略谈几句便即分手，晚灯下看完沈从文之《新与旧》。

12月14日　星期六（十一月十六）　阴，微雪，冷

　　上午一觉不意竟至十一时左右，洗个头，看个报就过去了，今天又是

阴天，还飞下微雪，看不大清，落下即化地下湿漉漉的，如同小雨一般，天气冷得很，饭后稍息，我一人去中央看影片，片名《青山红粉》（Grad's Country and the woman）由 Greogc Brent 主演还不错，乔治伯论和碧蒂黛维丝很好，Brent 身体很好，很 Handsome，够个美男子味。散场天还是阴阴的，无处可去便回来了，回来把看影记录过便去习小字。我现在看电影及书二者都有纪录，现在并决定看过一本书后另作短评简记于另一本子上，大小字久未练习了，不怎么好，比以前又退步了，学问技能都是以熟为上，不进则退。晚饭后，因为今天是礼拜六的晚上，弟妹都在说笑，我也不加禁止，后来四弟吹口琴，五弟小妹在唱着歌谣，我也和他们相和着，娘和李娘各在灯下做活，打毛线，脸上挂着微笑，屋中暖暖的空气，几个人尽情地胡嚷胡叫，娱乐自己，又听 Radio 中的音乐，又开了半天的话匣子，另是一种家庭中的融融之乐，心中痛快得很，可惜不能持久，晚洗背，换新背心，因今本想去沐浴起太晚未去。

12 月 15 日　星期日（十一月十七）　　上午晴，下午半阴

今天又满处胡跑，胡过了一天，早上起来，跑到东单大街芮克去看早场，片子是《Mr Smith Goe's to Washinton》由 Yean Arthus 及 Yames Stewant 主演，没有说明书，看了一个大半明白，二人演技都相当好，且是合作多次（前曾合演浮生若梦）导演佛兰克皮（Frank Capnea）亦不错，在买票时碰见增祺，城门出入不便，不知他怎么进出的，忘了问他，散场回来已是午时了，午后二时左右去学校看辅友与义兵赛足球，票先买的，走到宣内大街，不料看见了斌坐在洋车上，和她举手打个招呼，我便行我的路，同行一个洋车上，从后头看那个男子大半是江汉生，我连看都未看，一阵轻微的怅惘，从心头像一阵微风掠过，正是"你若无情我便休！"更有何说?！到辅大看赛球，看的人多得很，足有两三千之数，王贻，杨马永涛等全去看了，我和小马（永海）在一块看，他告我大马和一个女友来的，怪不得看见一个人极面熟像他桌上那张相片，可是岁数不算小了，大马怎么打了这么一位，看人样怪和气的，总是那么笑眯眯，

散场出来挤得很，回来顺路到郑家小坐，因无事，三表兄陪客打牌，与小孩亦无话可谈，相对默坐颇无聊，遂辞归，到家只余娘一人，四弟赛球未归，五弟，小妹，李娘，因黄小弟每月事票唱白看，与黄小弟同去广德看戏，至六时左右方相继归家，灯下看书，昨晚及今早，在床上又想起二三个散文题目。

12月16日　星期一（十一月十八）　阴，大雪（今冬初雪）

不知昨夜里什么时候开始降下了今年冬日的初次白雪，昨日下午就冷得很，积了多日的寒气，终于今日全倾泻下来了，清晨起来大地已是一概皆白了，另是一番令人可爱的景象，早上空气虽比平时寒凛的多，但是清冽沁人心脾，便人精神愈发兴奋起来，在地上一切都那白皑皑的那般冷艳可爱，大自然的无私，一视同仁的，降下慈惠纯洁的手掌，遮盖了世上一切的污秽黑暗与不平，像是和平之神似的，全都披上了一个无限大的白衫，空中雪花不住地飘下来，树，街道，房屋，城楼，远远近近的事物全都反映着强烈的白色，令人眼睛发眩，不可逼视，今日的空气除了更冷一点以外，似乎更比平时显得静谧得多，一切都那么如雕刻成的一般，一动不动，无形中造成一种严肃的空气，一切都那么美，若不是我以外还有些人在街上匆匆地走来走去，我真疑心，我如同进了一个画图中或是同在电影中所见的理想的美地方一般，一点杂声也没有，好似平时那些无数无尽的城市中的噪声，全被一种潜力所吸收去了，我时时在梦想中去寻觅幻想我那最喜爱的白雪世界，今天这实际现在我眼前的，粉妆玉琢的境界，多少可以稍慰我平日想望之心，也算是聊胜于无了呀！雪片不大，可是很密，半夜下起，一直到午后五时左右才不下了，可是地上已有二寸左的厚度了，地上滑的很，各种车辆都能快走，上午满堂，上了四小时，顾先生讲的好，再下大点雪我也要来听他这两小时的，中午雪仍未停，冷得很，冒雪与朱君泽吉骑车同行，雪花飞扑人面，眼几不能睁开，路途滑溜难行，到家全身及须发全白，状殊滑稽，两足冷冻如无知觉，在屋暖和一刻方好，下午本来想看点书，做一些事情，随随便便过了小半天了，便急忙拿出文选来做目录，本来是以类来分，现在以人为主来做，前后查找费一些时候罢了，没有什么价值，弄了半天才一点，五个人的作品，不一时弟妹们全都回来了，家中七嘴八舌头的，立刻热闹了，晚上灯下看胡适的"四十自述"，右眼忽又不适，频流眼泪不止，想系今日白天被雪刺激所致，亦未能看多少，眼受不了之故。

12 月 17 日　星期二（十一月十九）　　半阴晴，冷

雪一下，冷得很，早上，小风虽是不大，可是往北骑车特别费劲，路上又是积雪滑得很，骑车不能快跑，还得留心，滑倒了，幸未跌跤，上午只一小时课《庄子》，在门口遇见老王，他去北海遛弯回来，原来是病了，也没上课，他近一年多特别瘦，不知何故，想亦系心境不顺的缘故吧！这年头多半为此！十时半去郑家，不料三表兄已经起来，和他畅谈，东拉西扯，什么人情啦！遭遇啦，什么都谈，十分高兴，十二时许二宝回来，大宝根本在家未去校，今日为庆祝中日满国交游行，他们没去留在那吃午饭，饭后和她俩聊天，又和三表兄交涉房子事，三时半回校，又上了一堂半现代散文，竟和李正谦谈话，也没听好，归来已暮，一路冷甚，晚复友人信三封。

12 月 18 日　星期三（十一月二十）　　晴冷

雪在中午到三时左右，被太阳晒得化了一点，大部雪都未化，虽是天晴，干冷得够瞧的啦！早上起来，得又不算早，九点半才起，上午把胡适先生的"四十自述"末一段看完，一时心中有感便写了一篇书后，一个上午没有了，下午二时多出来，先到尚志医院与九姐夫谈房子事他出去了，等了一刻才回来，谈过，又到西单白庙去找一个姓王的，也是说房子的事，那个姓王的大约是个吃房牵的，也无什么结果，回头又跑到郑表兄处给他回话，不得不又跑这么远路，因为明天没有功夫去他家，说过了房子事，和小孩也没什么可说的，时间已不早了，便也不去溜冰了，四弟今天又去北海了，他倒足玩一气，五时归家，晚饭后看报，七时半铸兄忽来聊

了半天无线常识的事，把那个矿石机借去，灯下又看了会儿书，今天因为下午汉书研究，移到明天下午了，上午只一小时的指导研究，懒得去，于是一天便无课了，所以今日没去，我十分不喜欢，过冬天，天气那么冷，穿得多，做什么都不方便，还得生火炉子，没有钱买煤简直不用想过冬了。

12月19日　星期四（十一月廿一）　晴

　　虽没有什么风，可是干冷，骑车觉得也比平常费劲点，到校微微见点汗，中国人只是顾面子，大街上扫了八成净，可是各胡同中的雪就不管了。今天一天课最多连着七堂，中午在校旁小饭铺用餐，中午走到什刹海绕了一圈，有几个女院同学在溜冰，旁边搭篷大约亦要办冰场的意思，又到马永海屋待了半晌，与李景岳闲扯半晌，他正在写他以前与一叫杜菊萍的小姐相识的经过，现在杜亦在辅大女院西语系一年，但亦订婚，故他很苦恼，他预备写三篇，是关于他三个女友的，都是在他生活上对他影响很大的纪念，不由我又想到我早就想写关于我自己和斌的经过，不知什么时候才能达到目，想在明年暑假完了以前写完不知能否完成此愿。下午四堂以后天已黑了，晚饭后看报，看书并习小字三页，要赶紧看的书还有两三本，要写的几篇散文也预备写，心里颇不安宁。

12月20日　星期五（十一月廿二）　半晴冷

　　清晨冲寒去校上课第一时八点有班，上了一小时半的六朝诗，在东北角的最高教室上课，热气会上不来，冷得很，十时许回家，看过报纸，就给王弼写回信，因为她十一月十六日来的信，不意一搁，意搁了一个多月才复她的信，想不起来就几乎快忘了，今天一提起笔来，不觉又有不少的话，又和她讨论人生观的问题，那封信也得和她发发牢骚，又向她叙说和斌疏远的大略，我倒是无话不和她谈的，末了又谈些家事，就是这样子一点半了还未写完呢，又忙着去学校，上了两小时六朝文，老头讲的令人不感兴趣，抄了不少笔记，再一懒得抄，那也未免太冤，白白坐此两小时做什么，还不如请假做点有益的事不好？四点下课回家，伴小徐行至护国寺，他等赵，我先走，家中月月必须百余元左右，而每月能支用者最多只有六十元，内尚有铸兄助之十元，而每月前半月即将月费用尽，后半月辄奇窘，东挪西凑百孔千疮，每月糊糊涂涂不知如何过来的，念之惘然，而近一二月又告窘渴，家中一元皆无，下礼拜二日张汝奎兄结婚贺费亦无着落，心中甚为焦灼，真不意至今过此种日子也，思之心中愤恨，徘徊无所措，心中不快之至，近日两睛又得疾病，辄流泪不止，如被风吹，眼即流泪不止，不适时如受刺激，亦常流泪，今日归来又如此，是以常思今日作若干字，或看若干书均不果，心中愈急，是以各方面聚合心身常有火气，嘴角龟裂上火多日未愈，心中烦躁，遂独至书房中做事，书房今冬仍未生火，仅一小煤火炉，晚始放入，虽甚冷，亦不甚觉，抄补誊清各种笔记又继续写完给弼的信，计共八页四张纸，两面写省点纸，现在给她写信，一时心中感触又来了，想起从前她对我的意思很好，可惜那时懵懂一心都专注在斌的身上，颇负她的美意，她曾先给我写信，我才和她不时通信，去她家时，也时时在一起熟习的说笑，她也特别对我亲热招呼，曾同我去过二次青年会，冰场一次，一同玩，一次我没带鞋只陪她去，她只好和她同学玩，一同也看过三次电影，有一次在中央楼上和我坐在一起，庆华和她同学黄哲坐在一块，那天真是凑巧，不知不觉竟会这般分开坐了，她毕业那年临别游艺会也曾寄赠我入场券两张，一张她自己的，一张还是和别人匀来的，情意够厚的了，那天我也不知怎么会把兴业银行的营业主任，麻子徐老伯拉了同去，后来她见了我似乎在学校又不好意思十分表示亲近，远远打个招呼，到了后来散场，我临走时，她才和我说了几句话，惹得大家直向我看，我都快烧盘了。还有一次汇文慕贞合开运动会也是她送我的票，年底下请同学的茶话会，还特派专人持条子来请我！想来这过去的种种，都是去年的事了，我真后悔，当时自己不觉得她对我的种种好意与深情，太忽略了她的美意，太对不起她了，最糟心的事，我会那么不知趣的于去年卅晚（归历年）上会硬把斌给带了去她家一同玩那个茶会，那天我真不应

该，想想当时我和斌一进屋子，她向我一怔，起初她还以为斌是我的妹妹呢！后来她明白了，似乎她脸上掠过一层浅浅的阴影，只是一掠罢了，她便立刻又摆上满脸的笑容，拿茶拿糖果的招呼一气，我起初也有点不安，后来看她言笑自如，才放下心来，谁知道，也许那时我已在无形中给她心上一个突然的痛创了，已令她对我十分失望了吧！真是的，斌对我的将来在种种方面都有大部分不可能，何必那日多此一举呢？后悔亦是来不及了，我想那天不仅是她一人出乎意料，恐怕连在座的诸人，都要为这个陌生的来客所扰而不安，而不能尽性地玩耍吧！如果她不知道我和斌相识，或者她今年不会那么坚决迅速地跑到上海去也不一定，那她也不会丢了值两千余元的一双箱子的衣物了！唉！都怪我太傻，当时不会体会她对我各方面的深心与雅意，我自己现在才发觉我曾经把一个绝好的机会，空空的从眼前轻轻放过了！上封信她还曾说这么两句话"今年还不知怎么过呢？过一时算一时吧！"其中寓有无限感慨于依恋去年卅晚上那快乐中加一点小不快的那一夜！现在却远隔千余里，更不知何时方能见面呢！一生中不知自己放过了多少好机会呢！可惜，可怜！亦复可恨，去年那些时候其实也不能全怪我自己太笨，一半因为她认识的人太多，对男的女的态度都差不多，而且她相识男友也十分多，我不过是其中之一罢了，一半是她爽快坦白极近男子的大方性格，完全把我慑服，亦可说是完全迷惑了，觉得她与其余女孩子不同，没有女子那份羞涩，虽喜欢她这种性格，而又慑于她的大方言谈中，而反倒自己有时拘束不好意思起来，自己明白这时自己在女孩子面前的最大缺点，幸而种现象因她一切的不在意，而使我在她面前大胆，自然起来，能够任意畅快的和她谈笑，心中除了快乐，并亦得了莫大的安慰，可是那时总觉得自己在她面前是个小弟弟似的，她也时常对我好似姐姐般的态度，于是有几封信，我还记得我称呼她作大姐，而自称小弟弟呢，现在想来不觉可笑得很，一见始面，便觉出她的性格特别，至今她那特出的爽快大方近于男性的言谈，犹自给我脑中留下一个鲜明不可磨灭的清晰的印象！她这种性格的女子真是少有，不知我还有机会再从千里外获得她否?! 今天新民会办的义务戏在长安演出，没钱去看，却坐在家中听 Radio 放送，如在目前，就是看不见，听得真的，比上戏院还好，满意得很，计有奚啸伯、茹富蕙、黄桂秋之《打渔杀家》，马连良、张君秋、李多奎之《桑园会》，尚小云、宋德珠、程继先之《金山寺》，太乱，打戏吵得很，没听，前两句很过瘾。

12 月 21 日　星期六（十一月廿三）　　半晴

今天没课，一直到九点左右才起来，现在好似被郑晏所传染了，觉得头发污秽得很，头皮又痒得很，所以才一礼拜今天又洗头发了，接着又弄了半天散文，还有许多题目都没有写呢！把给弼的信中择下数段，抄在另纸上做了散文数中之一《与友人书二》一直做到下午两点才完，一点多时，已走多年之李妈忽带一女及一外孙来看娘，样子比从前憔悴苍老得多，人还那般，没有改多少，娘用过的老妈倒也有一两个有点良心的，昨日老张妈也回来一趟，讲起她老头子在乡下被八个人才抬得起的大铁门压在底下两腿骨都压碎错了环，面颊骨亦压陷下去，请人来捏疼死过去好几回，儿子又大病，现好了大半，其老头子还不大好，已花了五六百元，没钱典卖了一亩地，才算过来了，说时，一把鼻涕一把眼泪的，怪可怜于是娘心软了，赏了一元与她，何况她还买了六个大柿子来呢，今天李妈来了，可惜不凑巧，因为娘身边也不名一文了，两个乡下孩子看见一切都是很惊奇羡慕的在他们两双小眼睛的表情里就完全可以看出来，尤其对于那声可大可小，忽此忽彼，几如无不有的 Radio 出神，昨天我还对我现在的生活不满，烦苦半晌，如今和此两个小孩比起来，我不是太幸福太美了吗？虽是近一二月来每天只是吃白菜汤，炒白菜，炒红胡萝卜丁，炒豆腐而已，但比他们俩不是已强得多多吗？他们俩的在穷人中已不算苦的生活，我们恐已是一天也受不来吧！想到这立刻心满意足而对他俩生出满腔热烈的同情来，二点忽然斌母来与娘座谈，也是一人闷极了才过来的，小孩子们都上学去没在家，可是银行今天又放假，两点半我一人去溜冰，到中南海还未开幕，正在整理，明天才许溜，于是穿中南海而过直达北海，北海人多极了，足有一千余人，靠国立图书馆那方面，多是日本人及日本中小学生，绿色一大片，道宁斋及漪澜堂那面才是中国人的地界，而且冰

也比较好，碰见许多辅大同学及旧同学，李庆成等，孙祁亦去亦是孤身一人，后我又见索颖与一女同学同溜，不知孙祁看见否？至四时半即换衣出，临行看见陆方，北海有四人甚惹人注意，一为每年皆溜之老头，据云已六十一岁矣，而运动之兴致与热烈技能不让青年，其溜冰之姿势一仍旧法，如其在冰上拿朝天蹬为后生所不会者，数年前尚用旧式冰刀，现已用新式者矣，闻其八岁即溜冰，前清时且曾在西太后前表演冰技，壮年时当亦系一好身手也，惟旧式之姿态殊惹人笑，而老人因不为动也，同时有二女装束化妆殊异常人面部如雕刻者，全无天然色彩，颇似日人，皆着短衣带裙长袜高挽冰鞋，冰技殊佳，翩翩若燕来往盘旋，好似惊鸿，亦极惹人注目，神态观之疑是西洋妓女，而与老者对比，红颜白发，相映成趣，而靠东方冰面上则另一着红色短衣带裙之女郎年红廿许，冰技亦美妙，亦有多人围观，面生，年来冰场未见过此妹出现，大约系由津来平者，由北海出绕行至鲁兆魁家与之商送汝硅喜事物，决定送一小铅盾，约四五元许，辞出又至铸兄处，与之谈其按天线地线事，他忽然想起听无线电来，把我从前定做的那个矿石机拿去，急得很，恨不得立刻就能听上才好，归来晚饭后身体疲甚，卧娘床上睡一小时许九时左右起，听 Radio 中放送义务戏，金少山、谭富英、萧长华、程砚秋、张春彦等合演之《法门寺》，精彩滑稽异常，夜十二时始毕。

12 月 22 日　星期日（十一月廿四）　晴和

上午起来已九时许，上午把院中积雪扫净，劳动以后身上头上微汗，暖和异常，今日天气亦极佳，毫不觉冷，练大字数页，看报，饭后二时左右带五弟去中南海溜冰，一路泥泞难行，到了一看，冰化成水，表面皆成雪花酪状不能溜，圈内不能玩，圈外到有多人在滑，本拟归家，五弟偏要滑，只好让他下去滑了半晌，我在岸上等他，到了四时又带他回来，很累，到家稍息便补写了三天之日记，因连日均未记也，想不到今天天气会这般暖和！怪事！今天左眼又不适频频流泪不止，不知是何缘故，是以心中又为之烦甚，本似要看此书又不成功！下礼拜三新年又放假，总计算来，实际也不过再上半个月的课就考试了！真快呀！又混过来了半年啦！

12 月 23 日　星期一（十一月廿五）　　半晴，风，寒

想不到昨日天气那么暖，今天起风又冷起来了，变化无常多添些病人，穷人倒霉而已，上午四小时顾先生课，我始终喜欢听他讲的，他讲书很生动，亦近乎人情，不板起面孔必定用旧的方式来讲很好，校勘学照例写了不算少的无秩序的笔记，只是赵先生有口音，北平话不好，有的字音听不清，偶尔亦会写了同音不同义的字，幸有朱君泽吉在旁指正，我因为不愿做唐顺之的散文研究，觉得上了大学四年，连个有点价值的论文都做不出来，也拿不出手，怎么给人看呢？所以托朱君代我留心择一论文题，反正看开了，天下没有便宜事，多少总得费一番看书的功夫，费相当的功夫与麻烦才能成功，现在他看见了几个最近发现的珍本宋代话本，和近人甚少看见的醉翁谈录！让我以此六本善本稀有的材料加上本有的材料可以做出一篇比较不错的论文来，只是不知我的学力够不够！也许很好的材料到了我的手里，反而糟蹋了，岂不可惜，所以还想和朱君谈谈，明天想去找他谈谈！中午出校径直往郑三表兄处，不意适值小五克易生日，留我在那吃面！被大宝二宝强逼吃得很饱，吃完又和他们胡聊一气，谈得很高兴，三表兄亦有脾气，今天就嚷了好几次，卅七岁，还未结婚，各方面总不调适，自易暴躁，且内无女人经理各事，家中诸多杂乱无章，处处都得留心经手，男人岂惯做此，于是便更易发怒了，脾气人人都有的，二宝有时说爹爹都没有骂过我们，现在常挨骂，真想写信告爹爹去，说时眼睛几欲流泪，状殊娇弱可怜，大宝则禀性比较刚强，二人迥不相同，无母之儿殊令人同情，无父有时似尚可办，而无母之儿对幼年生活影响殊大，且失了慈亲之照护真一生之最大遗恨，故对此五人我心中深表同情与怜惜，畅谈不觉日移，五时许已渐暮，遂辞归，至家小憩看报，晚饭后，习大字数页，看三六九画报一册，十一时寝。

12 月 24 日　星期二（十一月廿六）　晴和

今天天气很好，学校因为明天圣诞节，从今日下午放两天半的假，上午只一小时的《庄子》，告假没有去，上午看过报九时半去鲁家和兆魁夫妇一同去绒线胡同蓉园去给张汝奎贺喜，今天他结婚，帖子上说的十点就行礼，却一直耗到旧时十二时才来，在那白耗了两小时，早知如此晚一点来也行，贺客不算少，地方太小，又解决了一人的终身大事，新娘不太好看，与汝奎倒也相配，不意当年一块玩的人都结婚了。一点半又到鲁家取了车，兆魁去张家代他们照应一切，我取了自行车便到中央去看《The Drum》由 Lndia Bay's Atare Salm 主演，还不错，中等片子。散场去找朱泽吉未在家，又到尚志医院去找九姐夫，他在会客，等了半晌，他托我去找一个姓马的谈他们买西院房子事，本来我不愿管，因为一半是大哥住，一半是黄家住，不愿得罪人，到此时只好答应他，也说事成算我做中人。谈了一刻归来，晚饭后去下斜街全浙会馆找马某，他不在此住，在天聚兴和记金店住，明天再去，找他谈此事，归来作文选目录，灯下做事，双目又感不适，两眼实当留心保养。胡跑半日，又未看书，近日因米将用尽，家中连日分文皆无，亦不知如何过来，铁柜自故夏日至今已是坐食净尽，而日前娘所售出之五件是皮衣之四十五元，转眼亦用尽，而米面之贵，尚不知如何买法，而家中炉灶早坏未修，费煤，弟妹及全家皆数年来均未添置衣物，娘只有二双线袜，弟妹之袜说均缝补数十次，坏坏不堪，此中苦处琐细均非外人所得知，而每月六十元，合一人十元过一月尚不足，在此生活奇昂之际，如何能够？是以心火甚盛，嘴角，眼红，每晨起必舌干唇燥，而卧室中至今虽已严冬并无光炉，窗玻璃早起皆冻白冰不可见外面境物，可见心火多盛矣，连日烦躁不快之至。

12 月 25 日　星期三（十一月廿七）　晴和

今日为圣诞节，学校放假，天气晴和，但较前日稍寒，上午起后，为九姐夫昨日托我为其房事至前内廊坊头条，全聚兴金店寻马经理谈，彼意不适而属意于我我现住之房子，马年甚清，似仅廿许，全聚兴金店甚大新开幕不久，想不出马为经理，状如青年小儿，人不可以貌相，皮又为一证，辞出，顺路又去访朱君，未在，去国立图书馆遂又至尚志向九姐夫报告后归来，午后与四弟同去中南海溜冰，乱甚，亦无人紧鞋刷鞋，存入处只二人且取费，连门票冰票一元，存车二分，处处皆用钱实不便宜，冰不好亦不平，乱甚，只是地方甚大而已，存不上东西便置于冰上坐处，心中惦念鞋衣恐怕遗失故玩的不痛快，至四时半归来，继续作文选目录重编，晚饭后继之，至九时休息看书，为美人赛珍珠著胡仲持译之《大地》（Good Earth）今日乃圣诞节却未去校看音乐会，在很沉闷中过了一个假日，无聊！

12 月 26 日　星期四（十一月廿八）　晴和

学校今日仍放假，起来的不早，十时朱君泽吉来访，因为我昨前访他两次均未在家，故他今日来了，他把珍本的六本书拿来，四本是金相平话，四本为蝴蝶装（建安虞氏新列）影印本，蝴蝶装者如洋装两页之中，正印，甚精，每页上方亦皆有细图，两页之间无字无画（大约为日本影印者）又有二本新编醉翁谈录，田中庆太郎编辑发行，由日本东京本乡区本乡二丁目二番地文求堂发行，定价金九圆，昭和十五年十月廿六日印刷，昭和十五年（民廿九年）十月卅日发行，为最近出版之珍本，外间绝少看见，此系朱君借友人家者，有此六本新材料，作宋代平话实甚少观矣，但不知我能否不辜负此好材料也，留朱君共进早餐，又闲谈至午时始辞去午饭后一时许至前内财署找强表兄，他在睡午觉，等了半晌才出来，取了钱说了一刻话即辞出，至中央看（Molocco）《摩洛哥》，由贾利古柏与玛琳黛瑞茜合演者，不太好，贾饰一兵士，玛饰一歌女，钟情于贾，阿道夫孟旭饰一富翁追求玛，后贾因出征远去，且知阿追玛甚烈，自念一介贫士，遂毅然引去，期玛享富贵，而玛实爱贾，遂暂嫁阿，而心实念贾不已，亦并未被阿之金所诱，后闻贾在亚马伐，更驰往寻之，旋贾又开走，

玛见有爱其夫之本地妇人随军出发，追随不舍，玛见状，亦奋然追逐军队于沙漠之中，虽赤足不顾也，此亦爱情之表现，以此视诸薄情男女又如何?! 以视诸爱金钱慕虚荣之男女又如何?! 岂不愧死! 归途至长安，拟买一月一日白天李玉茹之同命鸟票，不意前十二排竟售二元，且前十排已无座位，花如许尚在后边，实不甘，遂未购，归家，助娘同糊书房等窗户缝，西院请客，铸娘亦在被邀之列，铸兄回来吃晚饭，至十时方去，晚阅书报，朱君之用功劲，及其交游阔多为师长及有学问者之流，其自己一用功则达十余小时之久，且不中辍较之我作四五个小时即间断者，不禁惭愧之至，彼且常至夜二三时，甚且彻夜不眠，孜孜不倦，去年暑假，且每日必去国立图书馆中阅书，上午九时开馆去，下午五时闭馆出，从不间断且亦不食午饭，此种苦干之精神实少见，极令人可佩，与我不用功何啻天渊之别，其青年看书极伙，普通之书各大皆看过，且记忆力甚强，阅过辄记得不忘，且看书甚速，人亦和蔼既不犹介，更不高傲，实一难得有为之青年，自己力有限，遂四出求借，不遗余力，今慨借我之六本书即可代表其努力如何矣，将来他有望成学者，如我有力家助之，彼谓我辈应眼界广博闻，闻之令我十分惭愧，自己未免太孤陋寡闻了! 我又应如何努力呢! 决定以后一定要克己多努力多读些书才是! 而我亦有我自己的苦衷，朱君是一概无忧无虑只专心读书，而我却有责任在身，读书以外，还得留心生活问题，除了读书以外，不知还得费多少精神和时间去应酬外务!

12月27日　星期五（十一月廿九）　晴和，小风

连着两三天，天气都不错，今年冬天还不算冷，五弟在院中做的冰场，始终没冻上，水都进地中去了，气人! 白天一晒，才冻上一层薄的冰，也都融化了，今天上午头两堂有课，顶着小风，心中着急，便出了一身汗，跑到东北角楼上一看，一人没有，原来是换了教室改在209了。今天改诗，拟谢玄晖的游东田，我也没交，改了一堂，下一堂讲了两首诗，仍是玄晖的。十点多回来，先去尚志医院由姐夫取了支票，他只给了卅元，大约也是没钱于是又跑到浙兴银行，取了钱，不是有自行车就这么足

一折腾，从后门到前门！回家，一路又买了一些东西，都是家中用的什么红白糖之类，到家已是十一时左右，书房中无火，书桌上太阳照进来怪暖和的，忙忙的，也没看什么书，连报都未看，便忙着吃午饭，陈媪又告半天假什么都得自己动手，讨厌得很，一点多即去，先至郑三表兄处，拟再令与黄言购九姐夫房事，不料又不成功，天下没有那么多如意的事，去校上了两小时的汉魏六朝文，四点多出来至恒兴斋购文具纸张，至家五时左右，不料今天斌会随其母光临，许久没来了，真想不到她今天会来，仍是那么活泼，态度神气还是那么样，对我比较熟悉，那么有意无意地对我一笑，仍觉得还是甜蜜可爱，她问我为什么老不露面，我怎好说她老和江在一起玩，我找她岂不是自找钉子碰和白眼吗？我只好说是下课晚的关系，神气还相当亲呢，猜不透她心中又作用什么打算！？李娘说话有点惹厌，看见她带了两个金镯，问她可曾"订亲"了！？这一下多少也便素来不怕羞的她也有点不好意思了！不料她现在都喜欢上这些劳什子，无味！她母先走，她又在此坐了一刻，快七点了才回去，送她走出大门，她叫我回来，便回来了，现在她胆子大得很，晚饭前，正在习字时五妹忽来，先头斌母来，掏出一封信一看，原来是一个小学生，平日追五妹，现在竟写了信来了，这年头不得了，人小心不小，可笑之至，信中幼稚中加着天真，一封坦白的小情书，极有趣的，还有几个白字，看了令人笑不可抑，五妹来了，也笑了半天，她嘴里说生气得很，也许心中多少有点得意，已是被人追了，可是说呢！也到了被人追逐的年龄了！她低声问我，明天下午三姐请我去吃好东西，我心中很奇怪，为什么忽然又请起我来？！明天大礼拜六不出去玩？和江汉生一起玩去？为什么忽然又对我表示好感起来？怪事，真猜不透她葫芦里卖的是什么药？便答应了！有时五妹是怪天真的，好似她很喜欢我和斌好，可是不可能呀！有负她的好意，她在这坐候我半晌，等我吃过晚饭，要我过去，弟妹们又和她说笑半晌，真的，自我和斌疏于往来了半年以来，五妹小弟甚至连其母也少来了许多次！吃过晚饭，一半却不过五妹的敦促，一半她回去夜里害怕，便邀了小妹，一同陪她回去，大约有两个月没有去她们家了吧！真是希客少见哪！今年她家炉子安置在外边了，大约是预备客人来坐的，到那已是八点半了，斌已上床没睡

着，我坐在炉过和她母五妹小弟等聊天，斌在床上不时也搭上一二句，欢欢喜喜地谈着，好像又恢复十个月以前的状态，蒋妈大约也稀奇我的来临吧！对我笑笑还特给我倒了一杯茶给我，谈到九点半辞归，今夜眼又不适流泪，晚上又不能看书了，每日在大街上，总留心着，找看会碰见她否？有时偶尔看见她便有点惊慌不知所措，希望她不看见我，如没有碰见她，便起一种轻微的，无名的惆怅，就是这么一种说不通的矛盾心理！不见她，想见她，见了她，怕见她！今天在家中看见了她，心中立时又不禁十分兴奋，她在我心中的印象，虽经我多日努力的磨炼与遗忘，但根深蒂固，哪有那么容易去掉，终未消减少许，反而更加刺激我的心身，真是想不到的事，她会对我的一切影响如此之大，天知道，我现在还在爱她不？！我希望把她的一切，对我的过去，完全忘个一干二净，才不会偶尔想起来，反而愈加增多我的烦恼与痛苦，或是见了她就痛恨，就生气也好，可是，一切都办不到，却反而得了相反的结果！天！

12 月 28 日　星期六（十一月三十）　半晴

初九天气暖，二九，三九才大寒不知确否？昨夜一觉安眠到天明，甚佳，并未被噩梦所扰，近来安定心情有力，可喜，但晨间疏懒十时方起，上午又作文选目录片刻，午后看报二时许去西单北裕华园沐浴，全身一爽甚舒适，五时许出来即归家，又到西院去拜供，今日为夏历卅日，又作一刻目录，六时左右去黄家，斌昨日请我去她家吃"油扁"，江米面做皮，白糖花生做馅，不大好吃太腻，又留在彼吃晚饭，稀饭烙饼耳，去时，江汉生已早在坐其围炉闲话，与斌相依偎，不时以手抚斌手、背、腿等，状甚亲昵，斌母为我与之介绍，仿佛如家人，回忆往昔不胜今昔之感，可慨，时光过，人亦变，今日未来以前已经预料必有江在，今果然，故心中甚平静，且十个月以来训练心情抑制有方，当时虽有起伏，旋即平复如常，与江畅谈电影及辅大同学等，今日斌之态度亦殊微妙，言谈笑语与以前无异，江谈得高兴时亦如小孩，但不知今年若干矣！江屡提起与斌看某某电影，斌辄否认，有二三个之多，江则谓彼爱忘，我不禁心中好笑，斌近六七个月与江情好甚笃，出入相谐，多人皆知，共游，共食，共处，且去津，又何必隐此看电影一节!? 瞒我? 怕我何来? 与我何干? 可笑，八时半先辞归，至门口时，斌谓常来玩，漫应之，归来灯下续作文选目录至十一时，心颇宁。

12 月 29 日　星期日（十二月初一）　晴和

一夜安眠，心已不为外务所动，可喜，早晨十时未起时忽然二宝来了，堵在了被中，她却不客气，径进来了，屋中大毡窗帘一遮，漆黑，睡眠特别香似的，于是起来，弄清了一切，已快十一时，想不到她今天会跑了来，没什么事，原来是让我下午去她们家和大宝一同去北海溜冰，本来预定今日一天不出门，在家看书的，但又不好意思负了她老远跑来一趟的雅意，于是便答应了，十一时半二宝回去，中午吃饺子，十一时许才动手，结果是一点半才吃完，我即换衣骑车去了，她们都在家，表兄在看报，大宝又因无鞋，因晚了，时已二时许，犹疑半晌，我几不耐，真是何苦，女性总是软弱的优柔寡断，要去便去，不去便不去，后来换好了衣服提鞋出来，又因见三表兄面色不太愿意她出去，又不去了，我则已向三表兄辞出，实在我根本不愿今日出门，预备看书做一点事的，不是为了二宝的面子，决不跑这一趟，真倒霉，白跑了一趟，耽误了我两小时多的宝贵光阴，遂径直回家，今天天气虽好得很，大街上出游各处的人极多，可是今日我绝无游意，心中只惦忘尚有若干书未看，故至家后，即看英文 Ain Thomas More（摩尔）所著之《Utopia》（乌托邦），刘麟生所译之书，商务出版，日前看过大半，忘却，今日算是从头再看，至六时阅完，饭后，又作节录选粹的工作，直至十时半才完事，明天到日子就还图书馆了，还有三本没看呢，一天一天我白消耗的时间太多了，今天的报也等到午夜才看，自己也不知自己怎么会这么忙，而且也没做出什么成绩来，现在才感出时间的宝贵，精神体力的不够用，讲恋爱耗去多少时间，才不合算，从前自己太对不起自己了，不然不知要能够看了多少册书了呢! 努力! 勿懈! 比朱君差得太多了! 赶上前去! 努力!

12月30日　星期一（十二月初二）　晴

　　昨夜不知为何甚是兴奋，一气节录《Utopia》至十一时许，一直到十二时许才睡，精神兴奋，一直到一时才睡着，可是今天早上不到七点就起来了，八点课也没有晚，还富余七分钟，顾先生讲诗三百，讲的相当好，同时临时能想出许多好例子，或吾人平常习惯，或北平俗语来解释，很有趣，也易明白，加之时常讲些含意的笑话，即不白费时间，同时也调剂了干燥空气，加了许多轻松幽默的成分，本学期只余了本礼拜算上只有三个礼拜了，阳历年放了六天假，一号到六号，再上一礼拜课就又过来了一学期快得很！又上了两小时的校勘学，这两小时所得的倒是比较别的课特别，别的先生说不到的，本学期也只余此两点钟了，中午又起风了，讨厌之至，北平不是刮风，乃是雨土，全身头面等全污了，受不了，午饭后看报，德军助义进攻巴尔干，近日该有开展，变化发生，土耳其之归趋可注意，英又如何应付，亦颇耐人寻味，美虽日前撤侨民，态度对日强硬，近又消极，且日又数次演说谓极力避免日美战争于太平洋，故日又复沉默。二时去中央看贾利古柏，柯尔柏主演之第八夫人为一滑稽喜剧，处处引人发噱，虽看过亦可笑，郑二宝亦去，昨日说好，不料她先走，并代我购票，却又打搅了她！以前她们未搬至前毛家湾时与之并不熟，搬家后与之接触机会甚多，且助其上学事，跑了两趟，于是便渐渐熟习起来，有时她是比大宝多懂得些人情世故，对我亦很好，想不到反而会和她很熟起来了，看得她也大笑不已，散场等她上了电车才分手回家，第一次看第八夫人是前年冬天在真光，已二年多了，片子实在不错，值得看的，两人演技都很好！尤以柯小动作脸部表情极妙且自然生动，柯已卅余岁，打扮修饰起来，犹如少女，美丽活泼，至四时廿分散场，偶从侧面看二宝，分明系其母之雏形，遗传亦是一神秘问题！归来略息看书，今日因昨日睡过晚，今日起较早，下午又看电影，两眼又觉不适，恐又不利看书，拟早些休息。

12 月 31 日　星期二（十二月初三）　晴

　　上午只上了一小时的课，《庄子研究》，这半年只讲完了三篇《逍遥游》、《齐物论》、《养生主》而已，《人间世》只讲一小部分！虽下礼拜当有两小时，恐也是讲不完了，下课看了半晌的本校美术系成绩展览会，成绩不错，今年特别在大礼堂展览，很有几位成绩很不错的，定价出售，五、六、八、十、十五、廿五、卅至二百不等，得款皆捐助于本校各委所办之粥厂，十一时许归来，午后拟作完那篇《读聪明的贤明的父母》。这篇文是俞平伯散文集《燕郊集》中的一篇，与我以前偶尔想到的意见相合，所以打算写一篇读后，略抒己见，以前写了一小半现在想继续下去，一时又不知说什么好了，再翻开原文一看，俞先生关于这个问题想的极周到，说的极完备，理由证例都十足，我也没什么好再发挥的了，又写了二三页，大半都是抄的原文实无意味，便抛开不再写，今天交近代散文，便交了写好的五篇，这篇不交了，三点多又去学校上课，又上了两小时的近代散文，小徐交了十篇散文，廿自述也写了，占了百页之多，叠起一大厚本，他倒是很能写，伴小徐走到护国寺我到郑家去三表兄刚出去沐浴，只余小孩在家，告诉她们学校事，得先问有编级生的地位否？留我在那吃饭，今天她们吃饺子，大宝洗面吃过她去女一中看同乐会，要演一夜，不回家睡，吃完和二宝陪大宝到太平仓电车站去上电车，回来与小三，二宝胡聊一气，不觉竟到十时多了，九时左右三表兄回来，又到他屋小谈即辞出，归家已是十一时了，因为二宝谈每届阳历年之元旦日，他父必买些东西各置在他们的床头上，于是我心中一动，顺路回家，到亚北买了三盒口口糖预备明天早晨给二弟一妹者，今天是阳历年的末一天了，亚北都上门了，伙计在整理货物，我一走便上门了，末一个最晚的顾客，胖子还和我招呼一气，替我看自行车，睡下已是十二点了，晚上各小地方，连火道口都站有一个警察，大约是警戒新年的，今冬女孩子们都时兴把一个毛围巾中间缝一尺左右，罩在头上，下边还可系住，如帽子，大衣亦有连帽子者，此亦今冬服饰之一特色。